陈浩然 ◎ 著

诗词曲联
鉴赏创作

二十二讲

中国书籍出版社
China Book Press

序　言

  目前我们能够见到的中国文学史上第一篇诗歌专论《毛诗序》，阐扬了诗歌是抒情言志、与治国、教化是密切相关的真知灼见：诗歌发声成音，和音乐、舞蹈之音一起，形成了巨大的感染力，与国家的政治治理休戚相关，"治世之音安以乐，其政和；乱世之音怨以怒，其政乖"，"故正得失，动天地，感鬼神，莫近于诗"。

  上下五千年，华夏历史演绎着治世与乱世的变化更替。动乱之世发出的声乐怨恨而愤怒，其时的政治就背时失序；清明治世发出的声乐安顺而欢乐，其时的政治就平和通畅。当今的中国，正处在国力日益强大的太平盛世，中央政府高度重视包含诗词在内的优秀传统文化的传承，提出了建设社会主义文化强国的重大战略决策。

  盛世兴诗，弘扬真善美。诚如时任中共中央政治局委员马凯指出的那样："中华诗词正在从复苏走向复兴"，"形势喜人，令人振奋。"[①]近年来两次全国性的"诗词中国"传统诗词创作大赛，"都是以亿为计的群众参与，以万为计的诗作问世，其中不乏好诗好词，就是明证"[②]。

  中华诗词从复苏走向复兴，从复兴走向鼎盛，需要几代人的共同努力；关注其中，诗词传承与创新就成为重中之重，发扬光大的希望就寄托在青少年诗词爱好者身上。而要如此，在当今全国绝大多数大学中文系普遍没有开设诗词写作指导课的背景下，倘若能想方设法，通过诸多努力，让全国中小学生中的更多诗词爱好者能向往写诗并学会写诗，那么，中华诗词的传承发展就不会后继乏人了。

[①] "中华诗词正在从复苏……"：引言摘录自 2012 年 9 月 29 日《光明日报》刊载的《在"诗词中国"传统诗词创作大赛启动仪式上的致辞》一文。

[②] "都是以亿为计的群众参与……"，引言摘自中华诗词学会网 2015 年 8 月 26 日刊载的《马凯同志给中华诗词学会四代会的贺信、贺诗》一文。

鲁迅先生说："凡人之心，无不有诗。"中华大地，诗风频吹，诗赛掀浪，不少大中小学生和成年人萌发了"我们写诗吧"的愿望。不过，要找到一本适合于欲学诗者起步进阶的普及型指导书，还是很不容易的。正是困惑与沉迷于此，身为中华诗词学会、全球汉诗总会会员、湖南省示范中学怀化市三中高级教师的陈浩然先生，在任教语文二十四年后，担任该校诗词鉴赏创作课专任教师的八年时间中，不得不自编教案，现学现用；退休后立定决心，再用十年时光，探寻诗词百家之精华，拷问多年诗教之经验，殚精竭虑，拨开重重迷雾，精心撰写了《诗词曲联鉴赏创作二十二讲》一书。

我与陈浩然老师初次相见，是在2000年9月深圳召开的全国第十三届中华诗词研讨会上。那时，我是中华诗词学会举办此次盛会的常务副秘书长，他是以优秀论文作者身份来参会的；虽然诗词研究起步有早晚，但我们有着多年在怀化市中学任职教师的相似经历，有着热爱诗词的共同点，因而相见融洽，多有共识。会后回校，他就着力推动怀化市三中"中华诗词大步走进校园"课题研究并实施，创办了舞阳诗社、《舞阳诗报》，成为怀化诗联的常务理事、诗刊的编辑；后来他担任初一、高一的诗词鉴赏创作课专任教师，近年来又多次前往怀化市各地、广州市花都区的中小学与企业讲座诗词创作并受到欢迎。他的《让学生提笔写诗，开创表现升华情感世界的新天地》一文，获得中国教育学会中学语文教学专业委员会颁发的国家级论文一等奖，也曾为学校争得了"新国风编辑部"颁发的"中国诗坛希望奖"，诗教活动搞得有声有色；我们常有书信联系，时有诗词活动的交集。此次他将试印装订好的书稿送来，请我雅正作序，自是欣然应允。

翻阅《诗词曲联鉴赏创作二十二讲》，看到的是：此书以创作为重心，全面谈及诗词曲联鉴赏创作，分为认识鉴赏朗诵诗歌、打好写诗基础、诗词散曲鉴赏创作、抒情写景咏物叙事哲理诗鉴赏创作、对联鉴赏创作等五编二十二讲共三十六节；每一节后面都配有练习可做。书中既有适合于初学写诗者所需的、以往诗词写作指导书上没有出现过的诗词仿写、学造诗句、名家引路等入门章节，更有古体诗、近体诗、词、曲、新诗、对联等分门别类的鉴赏创作指导，还有适宜于进一步探索抒情、写景、咏物、叙事、哲理诗鉴赏创作的专门篇章。

此书从诗词教学的实践中来、上升到理性引路、又回到讲学实践中经受检验，值得看重、珍惜；可供有需要的大学中学的学生、青年、成年人中的诗词爱好者阅读、自学；也可作为选修教材或入门教材，用于中学诗词鉴赏创作选修课或社团、单位退休干部学习诗词曲联鉴赏创作的指导。

此书广泛涉及诗词曲联鉴赏创作的基础知识与能力培养的方方面面。读者拿到了此书，既可以全书通读，全面了解，整体提升；也可以依据自己的需要而选择性地阅读部分或个别章节。譬如，倘若你困惑于诗歌鉴赏或诗歌朗诵，就可以只看第四讲"诗歌鉴赏"或第五讲"诗歌朗诵"，顺便看看前面第二讲"什么是诗"也会有所帮助。如果你从未写过但现在想学写诗，初次迈步，就不妨先看看第一编"认识诗歌"中的第一至第四讲的内容，然后翻开本书附录《义务教育语文课程标准》推荐背诵的古诗词，试试你能背诵多少首；或许还要熟读强化，一百一十五首诗歌大致能背时，动笔就有了可以启动的基础。尔后，你可进入第二编的学习，看看"诗语造句"、"诗歌押韵"，着力于"模仿起步"，动手做做后面的练习，也就在模仿写诗了。再往后，你可以与自己所关注的书中内容同行，构思诗歌，学写诗词曲联，或者研究抒情诗、写景诗、咏物诗、叙事诗、哲理诗的鉴赏创作。

为了方便使用，本书《附录》中刊有《诗韵新编常用字表》、《一些常用的词谱》、《一些常用的曲谱》、《联律通则》等实用资料；写作诗词曲联时，可以用来参考，有助于急时所需。

展望中华诗词曲联的美好前景，正如习近平总书记所说："优秀作品""既要有阳春白雪、也要有下里巴人，既要顶天立地、也要铺天盖地"[①]。衷心希望数以万计的青年学子、"下里巴人"，能提笔写诗，写出好诗，迎接中华诗词"顶天立地"、"铺天盖地"的辉煌之时的早日到来。

陈 图 渊

2017 年 7 月 28 日

（序言作者系全球汉诗学会名誉会长，《环球诗声》名誉主编）

[①] 引言摘自 2015 年 10 月 14 日新华网刊载的《习近平在文艺工作座谈会上的讲话》一文。

目 录

序 言（陈图渊） － 001 －

第一编
认识诗歌　鉴赏朗诵

第一讲　诗的作用
诗歌神奇有魅力　提笔赋诗可作为　　－ 003 －

第二讲　什么是诗
语言凝练声韵美　绘景抒情有佳境　　－ 012 －

第三讲　名家引路
不薄今人爱古人　转益多师是吾师　　－ 024 －

第四讲　诗歌鉴赏
一　诠释理解循直觉　借鉴评价善鉴赏　　－ 033 －
二　诗仙烦忧壮思飞　阅读揣摩试品味　　－ 039 －

第五讲　诗歌朗诵
一　寻觅基调善布局　知悉节奏谙韵律　　－ 048 －
二　把握语气试朗诵　慷慨激昂豪放词　　－ 057 －

第二编
提笔写诗　打好基础

第六讲　诗语造句
形象凝炼喜跳跃　善用古语表今情　　－ 071 －

第七讲　模仿起步
模仿佳什须陶冶　巧借旧瓶装新酒　　－ 081 －

第八讲　诗歌押韵
和谐回环悦耳听　诗歌用韵须斟酌　　－ 091 －

第九讲　诗歌构思
一　形象思维寻直觉　想象联想重比兴　　－ 102 －
二　写景言情重建构　美不自美人彰显　　－ 109 －

第三编
诗词散曲　鉴赏创作

第十讲　古风鉴赏创作
一　古风演变粗扫描　歌行五言体最佳　　－ 121 －
二　齐言杂言体式多　短篇长篇写法异　　－ 130 －

第十一讲　近体诗鉴赏创作
一　抑扬和谐音韵美　平仄为纲近体诗　　－ 141 －
二　排列组合循规则　变格拗救有讲究　　－ 149 －

第十二讲　词的鉴赏创作
一　讲究格律长短句　婉约豪放诉衷情　　－ 163 －
二　倚声填词寻本色　谋篇布局真功夫　　－ 174 －

第十三讲　散曲鉴赏创作
一　率真通俗元曲美　衬字通押可重韵　　－ 184 －
二　小令套数样式多　散曲新作看今人　　－ 192 －

第十四讲　新诗鉴赏创作

一　挣脱旧诗格律体　白话自由创新诗　　－200－

二　格律新诗重对称　整齐参差复合式　　－209－

第四编

情景物事理　读写各有异

第十五讲　抒情诗鉴赏创作

一　感于哀乐缘事发　直抒借事表情意　　－221－

二　借景抒情善选景　设景寓情重象征　　－227－

第十六讲　写景诗鉴赏创作

一　捕捉山水风景美　灵动鲜活出佳作　　－234－

二　对景能赋写所见　因情造境拟虚景　　－240－

第十七讲　咏物诗鉴赏创作

一　专主一物来刻画　绘形传神无寄托　　－247－

二　咏物寓意多奇葩　借彼物理抒心胸　　－253－

第十八讲　叙事诗鉴赏创作

一　写人叙事为主干　纪事感事择场景　　－261－

二　传神写照塑形象　情节跌宕看长篇　　－267－

第十九讲　哲理诗鉴赏创作

一　哲理诗词高台阶　写景咏物叙事伴　　－275－

二　情发理昭常议论　悟出纳入须储备　　－281－

第五编

对联独特　鉴赏创作

第二十讲　对联文体

文学实用谐巧性　奇光异彩赏对联　　－291－

003

第二十一讲　联律通则
　　一　严人宽出有规章　词语对仗须明辨　　　- 298 -
　　二　声律和谐有讲究　语意关联文载道　　　- 303 -

第二十二讲　写好对联
　　超卓见识拟佳联　立志须高入门正　　　- 312 -

主要参考书目　　　- 321 -
附　录　　　- 327 -

　　教育部《义务教育语文课程标准》（2011版）
　　推荐背诵的古诗词　　　- 327 -

　　诗韵新编常用字表　　　- 338 -

　　常用词谱　　　- 344 -

　　常用曲谱　　　- 364 -

　　联律通则　　　- 376 -

后　记　　　- 379 -

第一编 认识诗歌 鉴赏朗诵

第一讲　诗的作用

诗歌神奇有魅力　提笔赋诗可作为

本讲要点

⊙诗歌是人类最高精神仰望　　⊙大自然和生活中处处有诗

⊙潜移默化，走向创作　　　　⊙自古诗才出少年

⊙好诗令人刮目看　　　　　　⊙雏凤清于老凤声

当今，神州大地正在向着全面建成小康社会、建成富强民主文明和谐的社会主义现代化国家、实现中华民族伟大复兴的"中国梦"的光辉彼岸前进。近年来，中国已经成为仅次于美国之后的世界第二大经济体，在国际社会中扮演着越来越重要的角色。不过，经济强国必须与文化强国相匹配。倘若光有经济强势，缺乏丰富的精神世界和文化创造活力，缺乏强大的民族凝聚力和自信心，是不可能建设成真正的世界强国的。

习近平总书记指出："当今世界，人类文明无论在物质还是精神方面都取得了巨大进步，特别是物质的极大丰富是古代世界完全不能想象的。同时，当代人类也面临着许多突出的难题，比如，贫富差距持续扩大，物欲追求奢华无度，个人主义恶性膨胀，社会诚信不断消减，伦理道德每况愈下，人与自然关系日趋紧张，等等。"[①]

在人们的生活水平不断提高、现代物质享受几近饱和之后，有不少人的精神却变得空虚、消沉，甚至堕落了。有人在担心：长此以往，人类是否将

[①] 摘自《习近平在纪念孔子诞辰2565周年国际学术研讨会上的讲话》，来源于2014年09月24日新华网。

失去赖以生存的精神家园？

"当高楼大厦在我国大地上遍地林立时，中华民族精神的大厦也应该巍然耸立。"[1] 毋庸置疑，空乏的情怀需要填补，贫弱的精神需要振奋，失落的人心需要拯救！继承优秀的文化传统并发扬光大，能够改善人们的精神面貌，能够增强民族的凝聚力。

饱含着强烈的情感、充满了生命的活力、有着某种神奇力量的中华诗词，可以引导人们去寻找失落的精神家园，使人们在浮华喧嚣中返归宁静和淳朴，回到人的本真；可以化为抛洒在大众心田的甘露，成为激励人们健康向上的精神力量，培养出活泼不死的美好心灵。

诗歌是人类最高的精神仰望，"国魂凝处是诗魂"[2]。美国诗人惠特曼说过："看来好像奇怪，每一个民族的最高的凭证，是它自己产生的诗歌"[3]。享誉世界的哈佛大学学者海陶韦曾指出："中国文学的最高成就是诗歌，而且很有特色"[4]。中华诗词被誉为"东方文化的明珠"，"世界文化宝库中的珍品"。三千多年来，诗经、楚辞、汉魏六朝诗、唐诗、宋词、元曲、明清诗词、近代诗词与现代新诗、当代诗词，姹紫嫣红，赏心悦目。诗词中那些优秀的篇章，千古流传的名句，抑扬顿挫，脍炙人口，经久不衰地传达出感发人心的无限活力。

山水风光，花木虫鸟，大自然和生活中处处有美有诗，总是在不知不觉中感染着我们。当尽兴游览神州山水风光、流连忘返于名胜古迹的时候，我们自然就会联想起赞美大好山河的诗句："天苍苍，野茫茫，风吹草低见牛羊"（北朝民歌），"日出江花红胜火，春来江水绿如蓝"（白居易），"大漠孤烟直，长河落日圆"（王维），"余霞散成绮，澄江静如练"（谢朓），"接天莲叶无穷碧，映日荷花别样红"（杨万里），"无边落木萧萧下，不

---

[1] "当高楼大厦……"：摘自《习近平在文艺工作座谈会上的讲话》，来源于2015年10月16日人民网。

[2] "国魂凝处是诗魂"：引自《华中科技大学学报（社会科学版）》2009年第23卷第6期载杨叔子文《国魂凝处是诗魂》。

[3] "看来好像很奇怪……"：引自美国瓦尔特·惠特曼《草叶集》中《美国今天的诗歌——莎士比亚——未来》一文。

[4] "中国文学的……"：摘自海陶韦《中国文学在世界文学中的地位》，中译本见香港中文大学出版社1973年版，《英美学人论中国古典文学》，第260—261页。

尽长江滚滚来"（杜甫），"乱石穿空，惊涛拍岸，卷起千堆雪"（苏轼）、"望长城内外，惟余莽莽，大河上下，顿失滔滔。山舞银蛇，原驰蜡象，欲与天公试比高"（毛泽东）……吟诵品味着这些形象精致、出神入化的诗句，增加了我们对锦绣山河的热爱，也在陶冶着性情，开启着心智，得到了美的享受。

"国事家事天下事，事事关心。"当我们忧国忧民、壮怀激烈的时候，自然会想起许多曾激励过不少仁人志士的名诗警句："指点江山，激扬文字，粪土当年万户侯"（毛泽东），"穷年忧黎元①，叹息肠内热"（杜甫），"但愿苍生俱饱暖，不辞辛苦出山林"（于谦），"位卑未敢忘忧国"（陆游），"捐躯赴国难，视死忽如归"（曹植），"人生自古谁无死，留取丹心照汗青"（文天祥），"苟利国家生死以，岂因祸福避趋之"（林则徐）……吟诵着此类充满着豪壮的家国情怀的诗词名句，令我们精神振奋、壮心不已，坚定了报效祖国、献身事业的决心。

当我们为亲情和友情所感动，就会情不自禁地吟诵起某些有关伦理情爱的佳诗名句："谁言寸草心，报得三春晖"（孟郊），"在天愿作比翼鸟，在地愿为连理枝"（白居易），"身无彩凤双飞翼，心有灵犀②一点通"（李商隐），"海内存知己，天涯若比邻"（王勃），"豆花似解通邻好，引蔓殷勤远过墙"（高翥），"蜡烛有心还惜别，替人垂泪到天明"（杜牧），"两情若是久长时，又岂在朝朝暮暮"（秦少游）……我们把这些歌颂人类美好情感的佳句牢记在胸，就会更加珍惜和爱护比金子还贵重的亲情和友情，尊长爱幼，善待亲友和他人。

"生当作人杰，死亦为鬼雄"（李清照），"少年心事当挐云，谁念幽寒③坐呜呃"（李贺），"会当凌绝顶，一览众山小"（杜甫），"粗缯大布裹生涯，腹有诗书气自华④"（苏轼），"长风破浪会有时，直挂云帆济沧海"（李白），"我自横刀向天笑，去留肝胆两昆仑"（谭嗣同），"千磨万击

---

① 黎元：百姓，民众。
② 灵犀：古代传说犀牛角有白纹，感应灵敏，称之为"灵犀"。心有灵犀：比喻心领神会，感情共鸣。
③ 挐云：凌云。幽寒：指处境困厄。
④ 缯（zēng）：丝织品。气自华：气度不凡，优雅有文采。气：气度。华：光辉，有文采。

还坚劲,任尔东西南北风"(郑燮),"路漫漫其修远兮,吾将上下而求索"(屈原)……饱含着强烈的情感,充满了生命活力的此类诗词名句曾激励过多少有志青年奋勇向前,争当英雄豪杰;也指引、激励着我们树立远大志向、向着理想的目标不断登攀。有了健康向上的精神状态,才能使人生充实美好。

"铁肩担道义,辣手著文章"[①](杨继盛),"亦余心之所善兮,虽九死其犹未悔"(屈原),"如许伤心家国恨,那堪客里[②]度春风"(秋瑾),"洛阳亲友如相问,一片冰心在玉壶"(王昌龄),"浮名浮利过于酒,醉得人心死不醒"(杜光庭),"安能摧眉折腰事权贵,使我不得开心颜"(李白),"不要人夸好颜色,只留清气满乾坤"(于谦),"问渠那得清如许,为有源头活水来"(朱熹),"富贵不淫贫贱乐,男儿到此是豪雄"(程颢),……这些千古传颂的提升人格的诗句教育了几多有识之士,也在教育着我们,不要受尘俗污秽浸染,须洁身自爱,保持清白正直的品德节操。

"试玉要烧三年满,辨材须待七年期"(白居易),"山高自有客行路,水深自有渡船人"(《西游记》第七十四回),"芳林新叶催陈叶,流水前波让后波"(刘禹锡),"梅须逊雪三分白,雪却输梅一段香"(卢梅坡),"落红不是无情物,化作春泥更护花"(龚自珍),"抽刀断水水更流,举杯销愁愁更愁"(李白),"牢骚太盛防肠断,风物长宜放眼量"(毛泽东),"城中桃李须臾尽,争似垂杨无限时"(刘禹锡)……这些能振作生命中浩气、揭示做人要正视自省、自强不息的诗句,使人在云遮雾拦、彷徨犹豫时能辩证发展地审视自己,正确地对己待人。

"不是一番寒彻骨,争得梅花扑鼻香"(高明),"看似寻常最奇崛,成如容易却艰辛"(王安石),"百胜难虑敌,三折乃良医"(刘禹锡),"山重水复疑无路,柳暗花明又一村"(陆游),"沉舟侧畔千帆过,病树前头万木春"(刘禹锡),"野火烧不尽,春风吹又生"(白居易),"人有悲欢离合,月有阴晴圆缺,此事古难全。但愿人长久,千里共婵娟"(苏轼)……此类充满哲理的诗句又使多少人在身陷艰难、面临困境时看到了希望,鼓起了前进的勇气。世界总是要向前发展的,社会不断地在进步,人生需要进取

[①] 明代文化名人杨继盛临刑前写下名联:"铁肩担道义,辣手著文章。"后来,李大钊书写此对联,将"辣"改为"妙"字。

[②] 客里:客居日本。

向上。

中华诗词具有启迪人、教育人的巨大艺术魅力。诵读、领悟诗词中的名篇佳句，可以增长见识，开阔视野，净化心灵，陶冶情操，可以提高人的品位，增强人格魅力。

不仅如此。有了对诗词精品的阅读鉴赏，熟悉了诗词的格式语言与表达方式，感悟积累，潜移默化，有时在面临某种特别情景时，就会"情动于中"地吟诵起相关的诗词名句；甚至产生作诗的冲动，写出自己有感而发的诗句。"熟读唐诗三百首，不会吟诗也会吟"，说的就是这个意思。

创作诗词绝对不是成名诗人的专利。诗人在出名前也是普通人。鲁迅先生在《摩罗诗力说》中指出："凡人之心，无不有诗。"青少年学子，中小学时诵读欣赏了不少的名诗佳作，可以说是吮吸着中华诗词的乳汁成长的，对中华诗词有着深厚的感情，学写诗歌已经有了良好的基础。如同通过学习与训练、一般都能写文章一样，青少年也完全能够在熟悉热爱诗词的基础上，通过钻研与努力，学会用诗歌来抒发心声，释放和升华自己的情感。

自古英雄出少年。写诗也是如此。大家熟知的《咏鹅》是唐朝诗人骆宾王七岁时写的。宋代诗人黄庭坚七岁时写有一首不错的《牧童诗》："骑牛远远过前村，吹笛风斜隔岸闻。多少长安名利客，机关用尽不如君。"唐代诗人李贺，七岁时援笔写就《高轩过》诗"……我今垂翅附冥鸿，他日不羞蛇作龙[①]"，叫造访而来的韩愈等名人大吃一惊。北宋著名的政治家寇准八岁时写有《华山诗》："只有天在上，更无山与齐。举头红日近，回首白云低。"当时老师就预言他会成为一国之相，后来预言成真。唐代著名女诗人薛涛，八岁时，就一棵古桐树，父女共吟一首诗，父亲写的前两句"庭除[②]一古桐，耸干入云中"，比不上她用拟人手法把桐树写活了的后两句"枝迎南北鸟，叶送往来风。" 宋代汪洙九岁牧鹅时，偶见学宫屋宇倾倒，随手用墨炭题诗于壁："颜渊夜夜观星斗，夫子朝朝雨打头。万代公卿从此出，何人肯把俸钱修？"学官观而奇之；后人将他童年时的诗搜集起来，并杂采名家诗作，誉之为《神童诗》。明代哲学家王阳明十一岁时到镇江金山寺游玩，看到住

---

① 冥鸿：空中鸿雁。蛇作龙：喻咸鱼翻身，仕途转起。
② 庭除：庭院。

持与客人一起喝酒,当场吟咏《赋金山寺[①]》诗一首:"金山一点大于拳,打破维扬水底天。醉倚妙高楼上月,玉箫吹彻洞龙眠",叫和尚与客人们赞叹不已。明人于谦十六岁时写下了著名的咏物诗《石灰吟》,表达了"粉骨碎身浑不怕,要留清白在人间"的高雅品性。唐代王维十七岁写出了"独在异乡为异客,每逢佳节倍思亲……"那首至今仍常为人们引用的《九月九日忆山东兄弟》的名诗。杜甫七岁开始写诗,"七龄思即壮,开口吟凤凰"(《壮游》)。李白少年时即能诗擅文,二十岁时写下了震惊世人的好诗《上李邕》:"大鹏[②]一日同风起,扶摇直上九万里","宣父[③]犹能畏后生,丈夫[④]未可轻年少"。

能够写诗,写出好诗,是人的才华、气质的体现。对擅长写诗的人,人们是钦佩、尊重的。

唐朝大诗人白居易十六岁时到长安闯天下,大名鼎鼎的诗人顾况刚开始看到他年纪轻轻,叫"居易",就跟他开玩笑,说"现在长安米价正贵,在这里'居'住,可不'易'呵!"。可等到看了他写的诗"离离原上草,一岁一枯荣。野火烧不尽,春风吹又生……"后,马上改变态度,大加赞赏:"能做出这样的好诗,在长安'居'住,有什么难的呢?"年轻的白居易因而在长安安居下来,得以大展宏图。

一首好诗,就令人刮目相看。更有甚者,一首特别的词作,甚至使人心折服、敌方胆寒。

"数风流人物,还看今朝",1945年去重庆谈判,毛泽东留下了词作《沁园春·雪》,结果引起一场轩然大波。当时在重庆的美国记者斯特朗曾评述说:"毛泽东写的这首诗震惊了重庆文坛,那些文化人以为他是一个从西北来的土宣传家,而看到的却是一个在哲学和文学方面都远远超过他们的人"[⑤]。一

[①] 金山寺建筑在金山上,最高处妙高峰上建有妙高楼。金山脚下有白龙洞,传说洞中有一条白龙,即《白蛇传》中的白蛇。维扬即旧扬州府的别称。

[②] 大鹏:《庄子·逍遥游》中的神鸟,传说这只神鸟其大"不知其几千里也","其翼若垂天之云",翅膀拍下水就是三千里,扶摇直上,可高达九万里。

[③] 宣父:即孔丘,唐太宗贞观年间"诏尊孔子为宣父"(据《新唐书·礼乐志》)。

[④] 丈夫,对男子尊称,此指李邕。《论语·子罕》中说:"子曰:后生可畏。焉知来者之不如今也?"

[⑤] 斯特朗的评述等资料引自大型电视文献纪录片《诗人毛泽东》第一集的解说词。

桩笔墨韵事陡然转化成了政治斗争。重庆的一些报刊连篇累牍发表批判文章，有的甚至刊登谩骂式的和词。国民党宣传部门私下组织一些舞文弄墨之士，试图写出一首超过《沁园春·雪》的词，然后以国民党政要的名义发表。可策划数日，最终也拿不出像样的词作，只得悻然罢手。

历史钦佩一位伟人独领风骚的大手笔。一首雄视千古的豪放词作有似放了一颗精神原子弹。慨然兴叹，诗词竟有这样神奇的威力！

古往今来，不少诗词大家、前贤名人绽露才华，创作出了许多感人肺腑的诗歌佳作，让生命在敞开的大地与天空歌唱，使诗歌成为振奋人心的一种精神力量；同时诗人也得到相应的美誉赞赏，奠定了他们在人们心中的崇高地位。

长江后浪继前浪，世上新人追前贤。今天的青少年远比古代的聪明，见多识广，网络信息更具优势。从理论上来说，现在能够提笔写文章的人只要肯学习，又有人指导，是能够学会写作诗歌的，有的还能写出相当不错的诗歌。近些年来，全国有一些中小学的学生通过学习已经能够写作诗词。不少文学网站、诗词刊物刊载了许多中小学生诗词佳作。前些年，在不限制高考作文使用诗歌体裁的前提下，时而传出高考作文写作诗歌获得满分的新闻：如 2005 年四川考生写的古体诗《永远的谭嗣同》、新诗《在忘记与铭记的两岸》，2007 年浙江考生高志远写的古体诗《吊李白歌并序》，2008 年四川考生陈信天写的古体诗《悲中行》，2009 年湖北考生周海洋写的古体诗《站在黄花岗陵园的门口》，都获得了高考作文的满分，后者还被评为当年高考语文"最牛满分作文"。2013 年 7 月，南开大学美籍华裔女孩、年仅十五岁的张元昕凭借个人词作《满江红·拜读叶先生、范先生水龙吟有感》，获得由《光明日报》、中央电视台、中华诗词学会、中国移动联合举办的首届"诗词中国"传统诗词创作大赛青少年组唯一的特等奖，名扬四海。

"桐花万里丹山路，雏凤清于老凤声。"[1] 鼓励青少年进行诗词创作，期望创作出更多的能反映时代心声的好诗词，是中华诗词传承与发扬光大的需要，是"实现中华民族伟大复兴的目标"、"铸就中华文化新的辉煌"[2] 的需要。

---

[1] 诗句引自李商隐《韩冬郎即席为诗相送，一座尽惊……》："十岁裁诗走马成，冷灰残烛动离情。桐花万里丹山路，雏凤清于老凤声。"

[2] "实现中华民族伟大复兴的目标……"：引言摘自 2017 年 5 月 8 日新华网刊载的中共中央办公厅、国务院办公厅印发的《国家"十三五"时期文化发展改革规划纲要》一文。

教育部2011年版《义务教育语文课程标准》要求中小学生"能初步鉴赏文学作品","背诵优秀诗文二百四十篇";《高中语文新课程标准》则提出:"学习诗歌鉴赏的基本方法","尝试进行诗歌、散文的创作,乐于展示创作成果、交流创作体会。"古代诗歌鉴赏能力成了高考语文必考内容。高中语文教材配套练习中也有要求学生创作诗歌的习题。中宣部、教育部等六部委在2008年开展以"我们的节日"为主题的"中华赞·诗词歌赋创作"等活动时曾提出:"经典诵读和诗词歌赋创作活动按照'政府主导、社会参与、媒体组织'的模式运作……发动大中小学师生和社会各界积极参与。"

政府主导,媒体组织,诗风频吹,诗赛掀浪,越来越多的人正在投入或"尝试进行"着诗歌创作。不言而喻,"尝试"意味着有一定难度,但成功了就是另辟蹊径的成果。能写文章是一门能力,能写诗歌也是一门能力,而且是更为难得的一种能力。创作诗歌,比读背、鉴赏诗歌更富于挑战性,是学习诗歌的高级阶段,是激励生命活力、寄托人的精神面貌的一种最好方式。动手写诗,抒发心声,有益于释放和提升个人情感,使内在的审美素养得以提高,从而开创表现和升华情感世界的新天地。

"诗歌是一团火,在人的灵魂里燃烧。"[①]青少年学子,向往诗词创作的成年人,勇敢地、大胆地提起笔来,学习写诗吧!只要你愿意,只要你努力,就一定能够学会写诗,或许还能写出不错的诗歌。

  唐宋诗词万口传,至今已有千百年。
  江山日新情景异,今人应赋好诗篇。

【思考与练习】

一、"碧玉妆成一树高,万条垂下绿丝绦",这是贺知章《咏柳》诗中的名句。以此类推,你能说出多少吟咏花木草虫、山川江河等自然风物的诗词名句?请多找一些吧,写在你的笔记本上。

二、英国文学家狄更斯说:诗歌对于人生,就像灯光和音乐对于舞台一样。学习诗词可以增长知识,开阔视野,可以净化心灵,陶冶情趣;你是否

[①] "诗歌是一团火……":引言摘自俄·列夫·托尔斯泰《论创作》。

看到或听到过这样的故事，或者自己也有过类似的经历感受？能否举出一例，在微信或QQ朋友圈内交流。

三、清朝康熙年间编校的《全唐诗》，"得诗四万八千九百余首，凡二千二百余人"，第799卷中有一首七岁女童写的《送兄》诗，并有注释："女子南海人"，"武后召见，令赋送兄诗，应声而就。"

女童《送兄》诗如下：别路云初起，离亭叶正飞。所嗟人异雁，不作一行归。

据说，武则天本想把这位神童留在身边，见诗后改变主意，说了一番勉励的话，就让她跟哥哥一起回去了。

武则天为什么会改变主意？试着分析此诗发挥的作用。

第二讲　什么是诗

语言凝练声韵美　绘景抒情有佳境

本讲要点

⊙诗的概念及特点：诗要押韵 讲究节奏　●用语凝练 形象含蓄
●绘景抒情 情景交融　⊙中国诗歌源远流长：从形式体制上分类
●从内容性质上分类

人生活在世界上，自然会有以维持生命为基本的衣、食、住、行等低层次的物质需要，更会有以满足精神需求为基本的情爱、金钱、功名、地位等高层次的精神需要。人不能没有精神，不能没有灵魂。

文学就是人类的精神食粮。文学是以语言文字为工具，塑造形象以反映社会现实、表达作者思想感情的艺术，包括诗歌、小说、散文、戏剧作品等。在天空和大地之间，人类需要文学，需要诗；人们渴望从日常的琐碎生活中提升精神，使生活充满了鲜活而生动的色彩。

诗是什么？诗有什么特点？

战国时的《尚书·尧典》说"诗言志"，强调诗要抒发政治伦理道德上的理想抱负；晋代陆机《文赋》说"诗缘情"，讲究诗要抒写个人的性情体验。唐朝孔颖达的《左传正义》则认为："在己为情，情动为志，情志一也"。这就是说，"情"是诗的本质属性，"情缘物动"，化而为"志"，"情""志"是二而实为一；"情"往往兼指思想和情感。在论述诗词曲联的要素组合时，为了分析解说的简捷便利，论者往往"情景"并举，浓缩概指："情"不仅指情感，也包含了志向、理想、思想、事理等；"景"不仅指山水草木、自然风光，名胜古迹，也包含了物体、现象、人物活动、生活事件、历史典故等。

"情动于中而形于言"①，诗是按照一定的节奏和韵律的要求，用凝练形象的语言组织起来、通过生动具体的生活图景来表达思想情感、反映社会生活的一种文学体裁。

诗有一定的节奏和韵律，诵读起来，朗朗上口，悦耳动听，有一种回环往复的音韵美。

音乐性是诗歌区别于散文的最重要的特点。

唐代山水田园诗人代表孟浩然有一篇佳作《宿桐庐江寄广陵旧游②》：

山暝听猿愁，沧江③急夜流。

风鸣两岸叶，月照一孤舟。

建德非吾土，维扬忆旧游。

还将两行泪，遥寄海西头。

诵读此诗，起伏顿挫，回环和谐，江急猿啼、怀旧忆友的孤寂凄苦之情有感于人；何能如此？一般来说，诗是要押韵的。

看看此诗首句与双句的最后一字的拼音：愁（chóu）、流（liú）、舟（zhōu）、游（yóu）、头（tóu）。这五个句尾字的韵母大致相同，都有一个"ou"，只是"流"字"ou"前有韵头"i"。汉语拼音里把介于声母和韵腹之间，表示复韵母的发音起点的 i、u、ü 叫韵头，韵母中不含韵头（i、u、ü）的主要部分就叫作"韵"。把同韵的两个或更多的字放在诗中一定句子的句尾反复出现，这就叫押韵。隔句押韵的方式在诗歌中用得最多、最普遍，首句可以押韵，也可以不押韵。

除了极少数新诗外，从诗经、楚辞，到唐诗、宋词、元曲、明清诗词，乃至现当代诗词，包括相当多的新诗，都是押韵的；民歌也没有不押韵的。不过，当我们读古人的诗词时，为什么有时会觉得它们的韵并不十分谐和，甚至很不谐和呢？这是因为时代不同、语音发生了变化的缘故。用现代的语音去读它们，自然不能完全谐和了。例如，李白的《玉阶怨》诗"玉阶生白

---

① "情动于中……"：引文摘自《毛诗序》。"毛诗序"是为《诗经》所作的序，古代诗歌理论。作者有争议。

② 桐庐江：即桐江，在今浙江省桐庐县境。汉代，建德、桐庐同属富春县。后句诗以"建德"代指桐庐。"广陵"、"维扬"都是扬州旧名或别称。隋炀帝《泛龙舟歌》有"借问扬州何处在？淮南淮北海西头。"故"海西头"亦指扬州。旧游：指故交。

③ 沧江：江指桐庐江；沧同"苍"，苍青。

露，夜久侵罗袜。却下水晶帘，玲珑望秋月"，二、四句末字"袜"与"月"在普通话中不是同一个韵，但在古代的平水韵中，却同属入声"月"部，那时是押韵的。现在按普通话诵读自然有点不谐和，不过，按"入声短促急收藏"的读法，也可以在读"袜"、"月"即将结束发音时，舌颚短促上送急收，就能接近古代的读音。

押韵能把涣散的声音组织成一个回环和谐的整体，犹如乐曲中反复出现的一个主音能把整首乐曲贯穿起来，诵读诗词时就有了"同声相应"的效果，产生一种美感，读起来爽口，听起来悦耳。

除了押韵，音乐美还与诗歌讲究节奏是分不开的。

诗歌须有鲜明的节奏。节奏是音乐或诗歌中交替出现的有规律的声音的强弱、长短的现象。譬如，列队行进中变化着的鼓点，体现了音的长短关系，如"嘣—嘣—嘣嘣嘣"交替出现，就形成了节奏。在音乐作品中，节奏是通过节拍体现出来的，如交谊舞中的快三步的节奏型是"蓬、拆、拆、蓬、拆、拆"（属于八六拍），"蓬、拆、拆"交替出现，就有了节奏感。诗歌的节奏，声音的强弱、长短组合有规律地出现，是通过划分音节、组合成次数均匀的停顿间歇而形成的。

汉语一个字就是一个音节。古诗大多以两个字，或者是以一个字组合为一个节奏单位，习惯上又称为一顿，或叫音步。节奏最后一个字的位置叫节奏点。

为了说明的方便，下面用"/"把诗中的节奏单位隔开。

五言诗每句三个节奏，一般是一句三顿，二二一或二一二句式。《宿桐庐江寄广陵旧游》诗，依词语意义来划分节奏：

山暝 / 听 / 猿愁，沧江 / 急 / 夜流。
风鸣 / 两岸 / 叶，月照 / 一孤 / 舟。
建德 / 非 / 吾土，维扬 / 忆 / 旧游。
还将 / 两行 / 泪，遥寄 / 海西 / 头。

节奏显示语言有规律的顿挫，用韵讲究语言的回环和谐；诗歌有了节奏与用韵，读来就能朗朗上口，听来就会悦耳动人。

有了节奏和押韵的古风与新诗，诵读时就会产生回环顿挫的和谐乐感。不过，对于五律《宿桐庐江寄广陵旧游》这样的近体诗与词曲而言，还要讲究声调的平仄组合、抑扬变化。

何谓平仄？汉字声调分为四声，古人把四声分为"平"（读音高扬平稳，变化不大）与"仄"（读音低抑不平稳，变化大）两大类，就是使四声二元化。古汉语有四声，平声即平声，上声、去声、入声为仄声。普通话也有四声，阴平、阳平为平声，上声、去声为仄声。千百年来，语音发生了巨大的变化，"平分阴阳，入派四声"，古代的平声分派到现代的阴平、阳平中，古代的入声分别划入到普通话中的阴平、阳平、上声、去声中；普通话中已经没有入声字了。

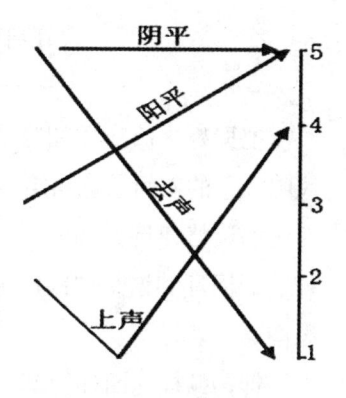

诗词曲讲究平仄有序的变化组合，就是使长短调、高低调交替出现以求得声调高低长短的协调平衡，使诗的语言具有抑扬长短的韵律。我们祖先在语言组合中的这一大发明，成为中华文化的一大专利。

下面以"—"表示平声，用"｜"表示仄声，标示出《宿桐庐江寄广陵旧游》的平仄排列组合①。要注意，此诗中的"暝"、"听"，古读去声，高降调；"急"、"一"、"德"，古读入声，读时须读音短促，一发即收。试诵读此诗，感受出诗中抑扬长短的韵律变化，体验此诗的音乐美。

宿桐庐江寄广陵旧游

山暝听猿愁，沧江急夜流。
—｜｜—— ——｜｜—

风鸣两岸叶，月照一孤舟。
——｜｜｜ ｜｜｜——

建德非吾土，维扬忆旧游。
｜｜——｜ ——｜｜—

---

① 孟浩然作诗注重声韵和谐，严羽《沧浪诗话》曾评说他的诗："皆文从字顺，音韵铿锵"。但他写的一些近体诗并不是严格合律的。如《宿桐庐江寄广陵旧游》诗中"风鸣两岸叶"中的"两岸叶"为三个仄声字组成的"三仄脚"，不算严格合律。不过，孟浩然主张作诗应当"一气挥洒，妙极自然"，追求的是行云流水般的自然美，不为过于严格的格律所束缚。以此推演，要如何正确处理写作诗词时情感与格律的关系？若二者俱佳，最好，如杜甫的大量律诗。若二者产生冲突、不得已时，在坚守总体平仄和谐的前提下，"两利相权取其重"，当可"为情造文"，勿要"为文造情"。

还将两行泪，遥寄海西头。

——｜—｜ —｜｜——

把握好平仄、用韵与节奏，诵读此诗，就能很好地感受到在激越动荡的风鸣江急的夜间景色描绘中，诗人对旧友的思念和失意后的愤激孤苦之情。

诵读格律诗词曲时，平声与仄声抑扬交错，"异音相从"；又有节奏、押韵的回环和谐，"同声相应"；就能产生有规律的抑扬顿挫、回环和谐的声韵美。

抑扬顿挫、回环和谐，这是诗的声韵美。

不仅是诗语组合，诗的语言运用也别具特色。它不同于社会交际的语言，而是作为一种诗人个人的言语行为而存在的，可以依据既能表情达意又要形象感人的需要，精心灵巧地遣词组句，可变而灵活。

与散文不同的是，现在看到的诗都是分行的。如果按一个标点算一句的诗的习惯分法，孟浩然的这首诗共有八句，可写成四行排列，每行二句，每句五字。句式显得整齐和谐。

此诗只有四十字，若改用整洁的现代散文的语言来表达清楚，可以这样说：夜宿庐江，山色昏暗，听到猿声，使人生愁；桐江苍茫，夜以继日，向东奔流。两岸风吹树动，枝叶沙沙作响，月光如水，映照江畔一叶孤舟……改换的结果，字数少说也会增加一倍多。为什么会有如此不同？一是此诗多用现代汉语一般不单独使用的"暝、苍、鸣、孤、非、忆……"等单音词，言简意丰。二是可以省去的词语就不必说，灵巧组句。如"山暝听猿愁"句"猿"、"愁"之间省略了"（听猿）叫而使人生（愁）"这样的词语；"风鸣两岸叶"当为"风（吹）叶鸣（于）两岸"，省略了动词"吹"、虚词"于"，并调整了语序。词语虽然省略了，但并不妨碍诗意的曲意表达，显得简练灵动。三是诗语的跳跃，省去了读者凭想象可以得到的内容，如从"月照一孤舟"的景物描写，跳而转向"建德非吾土"的抒情，省去了"面对此景，我思绪万千"类似的过渡性的叙述。概而言之，诗语简洁凝练，跳跃灵巧。

此诗描述猿啼薄暮、急流奔涌、风吹叶鸣、月照孤舟的景色，有声有色，是生活中可以看到或联想到的图景；而后思乡怀友、泪洒江头的倾诉，栖栖遑遑的心情，也是具体可感的。显然，诗的表达与散文不同。散文直抒胸臆，表达主要是靠抽象的逻辑线索贯穿，依靠着概念——判断——推理来进行。

诗用图画，情寓景中，景物场面等生活图景用语言来描绘，可见可闻可触可感。如此说来，诗语形象感人，精切真挚。

用语凝练、形象灵巧，这是诗的语言美。

《宿桐庐江寄广陵旧游》诗的情感表达与景物描绘，又有何特色？

此诗是作者四十岁去长安应试失败后潸然泪下，于夜宿江头时写下的。"建德非吾土，维扬忆旧游"，虽为直抒，不过显露的只是淡淡的思乡怀友之愁，没有往更深处去揭示。这可以看作是孟浩然写诗"遇思入咏"，"淡然有余"的风格。"还将两行泪，遥寄海西头"，隐含着"山水寻吴越，风尘厌洛京"的悒悒不欢的哀愁，只不过是"意不浅露，语不穷尽"，欲言又止。为何如此？如果把那种求仕失败的悲伤心情，说得过于直露，反而会带来尘俗乃至寒碜的气息，破坏诗所给人的清远的印象。"言有尽而意无穷"，作者只是在直抒中留有余地、略显含蓄而已。

诗贵含蓄，但并不反对直率自然的直抒胸臆。诗歌最适宜于用来表现人的情感世界，直抒胸臆有时也能撼动人心。不过，通篇直抒却能意气风发、独步情思的诗，如陈子昂的《登幽州台歌》"前不见古人，后不见来者。念天地之悠悠，独怆然而涕下"、夏明翰的《就义诗》"砍头不要紧，只要主义真。杀了夏明翰，还有后来人"，当属为数不多，好诗中难觅。因为思想直白，情怀浅露，弄不好就成了标语口号式、枯燥概念堆积，毫无趣味，通常是诗之大忌。作为一门语言艺术，诗一般不会通篇以抽象语言直接表达情思，而往往要通过生动具体的事物或场面来发抒情感，或者须"立象以尽意"①，要借助意象——情感寄寓在具体的物象中来表达。诗中的意象，也可看作是"借景抒情"中的"景"，或"托物言志"中的"物"。譬如，唐末五代张泌《寄人》诗中"多情只有春庭月，犹为离人照落花"，借景抒情，诗中的"春庭月"寄寓着诗人主观情思，就成为与爱情有缘的信使、证人的意象。白居易的《白云泉》："天平山上白云泉，云自无心水自闲。何必奔冲山下去，更添波浪向人间"，托物言志，以"云"、"水"的逍遥自在比喻恬淡的胸怀和闲适的心情，用泉水激起的自然风浪象征社会风浪，白云泉也就成了表达诗人闲适情怀的意象；诗中隐含、渗透着闲静雅致、逍遥惬意的自得自乐的境界，

---

① "立象以尽意"，引自传统经典《易经·系辞》。

则给人一种饶有风趣的清新感。

　　回头再看孟诗，诗人落第后南游，旅途孤愁情感略有含蓄的直抒，是由山暝江流的凄清景象而引发的。诗的前半部分写江上景色：山暝猿啼、沧江急流、风动叶鸣、月照孤舟的四个意象组合成激荡凄清孤凉的夜景；诗的后半部分直抒胸臆：面对着凄清的景象与茫然的来日，怀乡思友，本为失意之心灵，至此竟被逼出两行清泪。全诗借景而抒情，景引情发，情随景至，景情糅合，撩人情思。诗人所要表达的思想情感与诗中所描绘的生活图景有机融合，形成一种耐人寻味的艺术境界，人们称之为意境。"意"就是诗人所要表达的思想感情，"境"就是诗中所描绘的生活图景；二者有机融和就能产生一种美好的境界，引人入胜。

　　绘景抒情，情景交融，这是诗的意境美。

　　意境美、言语美、声韵美，是诗歌的三大特点。诗歌是用来表达情感、反映社会生活的，是音乐性极强的语言艺术；也是世界上最古老、最基本的文体形式。

　　中国诗歌源远流长，早在还没有产生文字的远古时代，人们在劳动生活中，就有了与音乐、舞蹈密切结合、用口头表达的原始诗歌，不过流传于后世的为数极少。

　　今天我们看到的最早的诗歌总集是《诗经》，收集了西周初期至春秋中叶前后约五百年间的三百零五篇诗歌，其中大部分作品是民歌。战国后期，以屈原为代表的楚国诗人，创造了以《离骚》为代表作、"皆书楚语、作楚声、记楚地、名楚物"的楚辞，是中国文学史上的又一朵奇葩。到了汉代，当时的乐府机关到民间大量采编诗歌用来配乐歌唱，以叙事为主的汉乐府民歌新声崛起，《孔雀东南飞》是典范作品；届时，文人五言诗也走向成熟，代表作是无名氏创作的以抒情为主的《古诗十九首》。汉末建安时期，以曹操父子为核心的文人集团，第一次掀起了文人诗歌的高潮，形成了"五言腾踊"的局面，创造了悲凉慷慨刚健的建安文学。东晋末年，辞官归隐的陶渊明以描绘单纯自然的田园风光诗歌而别具一格。南北朝时期，又一批乐府民歌集中地涌现出来，《木兰诗》是杰出的代表作。

　　唐代是诗歌发展、成熟的黄金时代，讲究平仄、对仗的近体诗得以盛行，七言古诗已经成熟壮大，自拟新题、歌诗"合为事"、"为时而作"的新乐府崛起。名家辈出，流派众多，《全唐诗》就收录了李白、杜甫等二千二百多诗人的近五万首诗作。而后，源于唐代、本用来配乐歌唱、继而为文人倚声填写的格律①化的长短句——词，到宋代发展到鼎盛时期，成为那一代文学的主要标志。到了元代，新兴的用以清唱的口语化的散曲，以及包容在戏剧之中、与对话、动作夹杂并存的曲词，共同组成了元曲，与唐诗、宋词一起成为我国古代诗歌发展史上的三座高峰。明清时期，诗歌、词、曲等诸体皆备，时有推进，缓慢发展，但未有大的创新。

历史推进到现代，五四新文化运动时诞生的，用白话写作、无句数与字数限制、不讲平仄、不拘音韵的新诗成为现代诗坛流行的主体。新时期以来，诗坛呈现出百花齐放的新景象，沉寂了半个多世纪的传统诗词又活跃起来，各种诗社、诗词刊物如雨后春笋般欣欣向荣，蓬勃向前，形势喜人。

纵观中国诗歌的发展历程，不但有着三千多年的悠久历史，有过辉煌的全盛时期，而且多种多样的诗歌体裁都得到了充分的发展，产生过许多不朽的佳作。

诗歌的类别，可以有多种分法。一般常见的分类，是从诗歌的形式体制或诗歌的内容性质这两个方面来进行划分。形式体制是诗歌的外在表现形式，即诗歌作品的具体样式。依此分类，诗歌有古体诗、近体诗、词、曲等传统诗歌与新诗之分。传统诗歌中，古体诗又称古风，包括《诗经》（四言体为主，多为民歌）、《楚辞》（杂言体为主，多用"兮"字）、汉乐府（以五言为主，兼有七言及杂言）、汉代至南北朝时期的文人诗（五言诗、七言诗），以及唐代与唐以后按古体诗格式写成的诗。古体诗格律形式比较自由，每篇不限句数，不须讲平仄，押韵较宽松。按每句字数的多寡齐整，又可分为齐言诗（四言诗、五言诗、七言诗）与杂言诗（长短句杂在一起）。相比古体诗，近体诗是唐代才正式确定下来的诗体，有严格的格律要求：一般押平声韵，句数字数有严格的规定。近体诗中，又有绝句、律诗、排律之分。绝句每首四句，律诗每首八句，排律是律诗的延长，至少十句，多达一百句、二百句，可换韵。形成于唐代、盛行于宋朝的词，是有着严格的句数、字数、平仄要求的长短句。元代兴起的曲，是多用口语、虽有格律要求但句法较为灵活的长短句。五四以来崛起的新诗，则是打破旧诗格律、不讲平仄、无句数字数限制、用白话

---

① 格律：诗词曲等关于字数、句数、对仗、平仄、押韵等方面的格式和规则。

创作的新体诗歌。

内容与性质是诗歌的内在意蕴。诗歌内容包括诗歌的题材、主旨等，诗歌性质泛指用了什么表达方式、有着什么功用，是一首什么样的诗歌。依此划分，诗歌可以分为抒情诗、哲理诗、写景诗、状物诗、叙事诗等五大类。

诗要表现的，是诗人的主观世界，和诗人所面对的客观世界。在主观世界一方，有抒情诗与哲理诗，重在表现的是情理美，即诗人对世界和人生的情感体验、思想体悟以及审美感受。

抒情诗旨在抒情，偏重于表达作者内心的思想情感；虽有写景叙事，但不是重心，只是为抒情服务。譬如上文提及的《宿桐庐江寄广陵旧游》，就是一首重在表现诗人落第后失意的抒情诗。又如，杜甫的《春望》"国破山河在，城春草木深。感时花溅泪，恨别鸟惊心。烽火连三月，家书抵万金。白头搔更短，浑欲不胜簪"，诗中有春日长安凄惨破败的景物描写、战火连绵中盼望家书的概述，饱含着兴衰的感慨、家国的情怀，全诗充溢着的凄苦哀思的情感才是全诗要表达的重心，因而是一首抒情诗。

哲理诗重在阐述诗人认识到的人生社会的哲理，主要表达方式是议论，而不是抒情。譬如，唐代刘禹锡的《浪淘沙》"莫道谗言如浪深，莫言迁客似沙沉。千淘万漉虽辛苦，吹尽狂沙始到金"，诗人以淘金为喻，通过形象化地议论，生动揭示出了从自身遭遇中悟出的"狂沙"终究掩盖不了真金的光辉的哲理，显然是一首哲理诗。

客观世界表现于诗的，有写景诗、咏物诗、叙事诗，重在写景、状物、叙事；其所写之景、所状之物与所叙之事，往往也寄寓着主观的情思及美感。

写景诗是以山水田园等自然景物或人文景观作为写作的对象与主旨，情感的表达也是围绕着歌吟山川景物景观之美而展现的。譬如，欧阳修同为描写西湖的《采桑子》十首中第一首："轻舟短棹西湖好，绿水逶迤，芳草长堤，隐隐笙歌处处随。　无风水面琉璃滑，不觉船移，微动涟漪，惊起沙禽掠岸飞。"词作描绘了泛舟颍州西湖时所见的美丽春景，舟动景换，愉悦的心情出自于对西湖"天容水色"的热爱赞颂，主旨在景而不在情，显然是一首写景词作。

咏物诗则是以单独个别的物体作为咏写的对象和主体，不是把物体作为风景中的一个组成部分来谋篇，而是努力做到"穷物之情、尽物之态"；诗中也有比兴,托物寄怀,但那是在体物基础上的升华。譬如,宋朝李纲的《病牛》"耕犁千亩实千箱,力尽筋疲谁复伤?但得众生皆得饱,不辞羸病卧残阳",传神地刻画了病牛不辞羸病、志在众生的形象,借此表达了诗人为济苍生而甘愿劳累疲病的心志,应看作是一首"托物言志"的咏物诗。

叙事诗则重在客观地叙述事件的发展过程,虽有抒情但以写人叙事为主干。譬如,唐代李商隐的《花下醉》"寻芳不觉醉流霞,倚树沉眠日已斜。客散酒醒深夜后,更持红烛赏残花",全诗以写己叙事为主干,叙述从"流霞"到深夜时迷花醉酒的过程,表达了诗人爱花惜花、陶醉流连的"雅人深致"①,应视为一首简短的叙事诗。

白居易说:"天意君须会,人间要好诗。"不管是抒情诗、哲理诗,抑或是写景诗、咏物诗、叙事诗;不论是古体诗、近体诗,抑或是词曲或新诗,千百年来,充溢着真善美、流传至今的各式各样的名篇佳作,其生命是长久不衰、绵延不绝的。正如某位诗词卓见者②所说:

诗,是人类心灵的深切呼唤。

诗,是流经人类每个角落永不枯竭的清清长河。

诗,可以越过沧桑岁月,到达地老天荒。

诗,具有全人类的共同情感与价值追求。

统览今古,展望未来,"人类应当诗意地栖居在这片星球上"。③

---

① 清人马位在《秋窗随笔》中说:"李义山诗'客散酒醒深夜后,更持红烛赏残花'有雅人深致。"致:情趣。

② 诗歌卓见者:指《魏晋南北朝诗歌变迁》的作者朱光宝先生,以下四句引言摘自四川文艺出版社2009年8月版出版的、此书第一章开头语。

③ 《人,诗意地栖居》,是德国19世纪浪漫派诗人荷尔德林的一首诗,后经海德格尔的哲学阐发,"诗意地栖居在大地上",就成为人们的共同向往。诗意栖居:就是艺术地美好地栖居,就是对安祥和谐的美好生活、对心灵的解放与自由的憧憬与追求。此处"诗"为广义,指包含诗歌在内的一切艺术的通称,是自然美、艺术美和人生美的代名词。

【思考与练习】

一、晋代田园诗人陶渊明写过一组《饮酒》诗,其中第五首尤为出名:

饮 酒

结庐在人境,而无车马喧。
问君何能尔,心远地自偏。
采菊东篱下,悠然见南山。
山气日夕佳,飞鸟相与还。
此中有真意,欲辨已忘言。

诵读并背诵此诗。从当代语音(普通话)的角度来看,此诗押的是什么韵,有哪些字用韵,押韵有什么规律;并试着按五言诗"二二一"或"二一二"的节奏规则,依词语意义为单位,划分此诗的节奏。

"采菊东篱下,悠然见南山",是脍炙人口的千古名句;归复自然,追求人与自然的和谐,是此诗的宗旨。试分析此诗的景物描绘、情感表达,谈谈情景是如何交融而表现宗旨的。

二、唐朝诗人钱珝[①]的《未展芭蕉》是一首描写"未展芭蕉"的诗歌,通过丰富优美的想象与联想,绘难写之景如在眼前。诗中连用三个比喻,从未展芭蕉的形状、色彩着手,以物喻物,以物拟人,不仅生动描绘了未展芭蕉的形态,而且把它比拟成含情不展的少女,深化了诗的意境。请指出诗中哪几句用了比喻,并解析比喻的含义。

未展芭蕉　　　　　　　　　　钱珝

冷烛无烟绿蜡干,芳心犹卷怯春寒。
一缄书札藏何事,会被东风暗拆看。

三、"立象尽意",以客观物象寄寓心中情意,其意象对于诗意表达有着十分重要的作用。

宋末诗人郑思肖,南宋亡后,誓不降元,孤身隐居。他写有《画菊》诗:

[①] 珝:xǔ。

"花开不并百花丛,独立疏篱趣未穷。宁可枝头抱香死,何曾吹落北风中。"此诗吟咏的是菊花,托物言志,诗中寄寓着诗人什么样的情意?

四、诗要有意境;情景融合,情真景切,方能感人。诵读李白的诗,对照注释理解诗意,并揣摩分析,谈谈此诗叙何事、写何情,有何特别之处?

宿五松山下荀媪家　　　　李白

我宿五松下,寂寥无所欢。
田家秋作苦,邻女夜舂寒。
跪进雕胡①饭,月光明素盘。
令人惭漂母②,三谢不能餐。

---

① 雕胡:一种水草里面的野果子。

② 漂母:韩信年轻时不得志,一位浣纱的大娘多次把自己带来的干粮分给他吃。韩信发誓要报答,大娘却激励他去求取功名。后来韩信报答了漂母的一饭之恩。

第三讲　名家引路

不薄今人爱古人　转益多师是吾师

本讲要点

⊙师承前人诗熟背　　⊙画面浮现巧记忆　　⊙诗豪研究寻启示：
民歌体乐府　•咏史寄兴　•抒情讽刺　•哲理胸襟
⊙诗外功夫觅佳什①

　　学习诗词、走向创作，必须师承前人的优秀诗词遗产。"不薄今人爱古人"，"转益多师是吾师"②。冒春荣《葚园诗说》指出："唐人古诗，无有不从前代人者，子昂从阮（阮籍）入，王（王维）、孟（孟浩然）、韦（韦应物）、柳（柳宗元）从陶（陶渊明）入，太白（李白）从齐、梁入。独老杜（杜甫）从汉、魏入，取法乎上，所以卓越众家。"这就是说，李白、杜甫、陈子昂、王维等之所以成为大诗人，其中一个十分重要的缘由，是因为他们师承了前代诗人。

　　历史上的大诗人起步时都要师承前人、学习研究名人诗词，何况当今学写诗词的入门者呢？

---

　　① 佳什：好诗，优美的诗作。唐代许浑《酬钱汝州》诗序："汝州钱中丞以浑赴郢城，见寄佳什。"清代曾国藩《邓湘皋先生墓表》："于是搜访滨资郡县名流佳什，辑《资江耆旧集》六十四卷。"严复《以〈渔洋精华录〉寄琥唐山春榆侍郎有诗见述率赋奉答》："忽蒙佳什誉过庭，语重情深谁敢荷？"

　　② 杜甫写有《戏为六绝句》六首，其五曰："不薄今人爱古人，清词丽句必为邻。窃攀屈宋宜方驾，恐与齐梁作后尘。"其六曰："未及前贤更勿疑，递相祖述复先谁？别裁伪体亲风雅，转益多师是汝师！"

中国诗坛上有许多名家高手，像屈原、陶渊明、陈子昂、李白、杜甫、王维、白居易、王昌龄、韩愈、刘禹锡、柳宗元、苏轼、黄庭坚、秦观、陆游、李清照、纳兰性德、秋瑾、毛泽东……都可以成为初学者的诗词老师。虽然不可能当面请教、耳提面命，但你可以了解诗人走过的道路和创作特色，熟悉、研究诗人的诗词，看他们是怎样写诗、写出好诗来的，从中可以学到很多东西。

《红楼梦》中，作为诗人的林黛玉为香菱指点学诗的门径时说，"你若真心要学，我这里有《王摩诘①全集》，你且把他的五言律读一百首，细心揣摩透熟了，然后再读一二百首老杜的七言律，次再李青莲②的七言绝句读一二百首。肚子里先有了这三个人作了底子，然后再把陶渊明、应玚、谢、阮、庾、鲍等人③的一看。你又是一个极聪敏伶俐的人，不用一年的工夫，不愁不是诗翁了！"

"揣摩透熟"，须熟读背诵。我国有句老话："熟读唐诗三百首，不会作诗也会吟。"对诗词名篇佳作，只浏览默读不行，还要反复诵读，直到熟读能背、理解透彻。背诵是学习古诗文的长久传统，是学诗写诗必须先行迈出的一大步。

熟读能背，心领神会，口、耳、脑并用，不仅能熟悉诗词的声气口吻，亲切感受到诗词的声韵美，领略其中的趣味与快感，而且不知不觉之间，由声入情，进入作品中的情境，把所读的诗，所得的境界化作自己心胸的一部分。如此长期积累，等到自己动笔写诗时，于无意中支配着自己的思路和气势，并能化用前人的语句或思想，融入自己的作品。宋人叶梦得《石林诗话》说："读古人诗多，意所喜处，诵忆之久，往往不觉误用为己语。"

国家教育部颁布的《义务教育语文课程标准》2011年版提出了背诵古诗词的要求：小学阶段指定背诵诗词七十首，初中阶段指定背诵诗词四十五首。鉴赏需要背诵，创作尤需如此。对决心迈入诗歌创作之路的有心者来说，这一百一十五首诗词，须复习后都能背诵。

不少人背诗，不去理解分析，而是拼命读、反复念，强迫自己即时记忆。这种机械记忆方法效率不太好，时间一久，容易忘记。要背一首诗，不仅要

---

① 王摩诘：王维，号摩诘。
② 李青莲：李白，号青莲居士。
③ "应玚、谢、阮、庾、鲍"：指魏晋南北朝诗人应玚、谢灵运、阮籍、庾信、鲍照。

反复念读，而且要理解、消化，这样诵背起来效果就会好得多。

如何理解、消化一首诗？画面浮现记忆法就是一种行之有效的好的方法。

拿到一首诗，弄清楚字面的意思后，可以把诗中的文字转换成不易遗忘和易于回忆出来的画面来记忆。为帮助理解记忆，读后可向自己提出两个问题：这首诗是怎样写的？写了什么？这两个问题，前者可以分解成几点：如何开头？如何展开？如何结尾？后者包含两点：写了什么景？抒了什么情？

诗词不外乎是写景抒情，诗的形象化的语言可以化为画面浮现在大脑中。弄清以上两大问题，用自己概括的语言简要地回答它，同时头脑中浮现出诗词中展示的动态画面，背诵起来就顺利得多了。

试试看，用动态画面记忆法来背诵宋代大诗人黄庭坚的一首七律。

寄黄几复

我居北海君南海[①]，寄雁传书谢不能。
桃李春风一杯酒，江湖夜雨十年灯。
持家但有四立壁，治病不蕲三折肱[②]。
想得读书头已白，隔溪猿哭瘴[③]溪藤。

此诗是黄庭坚的代表作，赞颂了黄几复廉正、干练、好学的品德，而对其垂老沉沦的处境，深表惋惜；以此表达对友人思念的殷殷之情，寄寓了对其怀才不遇的不平与愤慨。情真意厚，真切感人。此诗颔联两句，"桃李春风一杯酒"，写朋友良辰美景时相会饮酒之乐；"江湖夜雨十年灯"，表达了各自漂泊江湖十年、萧索怀念之情。两句十四字，选用名词或名词性短语，勾画出特定的情境，快意暂聚与久别思念形成强烈对比，内蕴极其丰富，令人回味无穷。因而倍受古人赞赏，被誉为"奇语"[④]妙联。

此诗读起来有点难度，先须疏通生字难词，逐句理解，再来诵读就会顺畅得多。

[①] "我居北海君南海"：此句化用《左传·僖公四年》中楚子问齐桓公"君处北海，寡人处南海"的话。作者跋此诗云："几复在广州四会，予在德州德平镇，皆海滨也"。

[②] 蕲：qí，求。肱：gōng，上臂，泛指胳膊，古代有"三折肱，知为良医"的说法。

[③] 瘴：zhàng，湿热空气，易导致疟疾传染病流行。

[④] 宋人王直方《王直方诗话》载：张文潜尝谓余曰："黄九诗'桃李春风一杯酒，江湖夜雨十年灯'，真是奇语。"

理解诗意后，就可用画面浮现法来加强记忆。

先要弄清：此诗是怎样动态推进的：如何开头？如何展开？如何结尾？

揣摩此诗，用概括简要、自己能够理解的语言回答以上问题就行了。譬如可以这样简要回答：

首联思念：思友、传书　　　颔联聚离：桃李酒、江湖灯

颈联谈朋友为人：持家、治病　　尾联遥想：读书、猿哭

再次，要揣摩浮想：诗中浮现了怎样的动态画面，依次展现了什么景、什么情？

请诵读一遍或几遍，然后闭上眼睛，看能否依据诗意在头脑中浮现出诗中的画面。可能对诗人的形象不熟悉，那也没关系，依你的学识经验设想一个古诗人的画像，或者仿佛就把自己看作是作者，身临其境吧。

画面可以这样来展开：诗人思念远隔海洋的朋友，想要大雁传书却无法达到（我居北海君南海，寄雁传书谢不能）；遥想起十年前在京城欢聚，桃李春风相互祝酒的场面，又想起多年来漂泊江湖、夜雨伴灯、伏案苦思的经历（桃李春风一杯酒，江湖夜雨十年灯）；老友你清正廉洁，家徒四壁，颇有治国才华，却不得重用，老是在下面跌撞（持家但有四立壁，治病不蕲三折肱）；想来此时正在读书可头发已花白，隔着瘴气弥漫的溪水听到了猿猴的哭声（想得读书头已白，隔溪猿哭瘴溪藤）。

简言之，依据诗意，可以在头脑中浮现出北海思念，聚欢离愁，（友）家壁治病、读书猿哭的动态画面，还可以浮现出深切怀念友人显得孤独寂寞的诗人（或者仿佛就是自己）的形象。

倘若能做到用画面理解，配合多次读读记记，背诵此诗也就不难了。

不过，光即时背诵还不够，要长久地牢牢地记住一首诗，还要复习巩固。当天记住了，过一、二天再读背几遍，过一个星期、一个月再检查，看还能不能记住。年轻时期记牢的一首好诗，老来往往能脱口而出，受益终生。

除熟读背诵、揣摩透熟名家的大量优秀诗篇、"读选本以博其趣"外，师承前人，还可"专一家以精其诣"[1]，即专门研究某一优秀诗人的创作道路及诗词特色与风格，采摘精华，熟悉腔调，领会意境，弄清其诗词所以致力

---

[1] "读选本以博其趣"等引言，见任中敏《词学研究法》，上海商务印书馆1935年版，第2—5页。

之缘由；而后写诗，就以此家为准则，多加练习，自然会有长进。若是志存高远，还可不限一师，对多位名家都作如此之研求，"转益多师是吾师"，融合众长，运以智慧，就会有更高的造诣。

现在，且找一位诗词名家，就选被白居易誉为"诗豪"、"国手"的唐代诗人刘禹锡作为代表吧，探访一下，看看能否从简略研究他的作品和走过的诗词道路中，受到什么启示、得到什么收益。

刘禹锡，字梦得，是一位志在辅时济世、澄清天下却又命途多舛、历尽坎坷的时代精英、诗坛名家。他的诗豪健雄奇，"无体不备"[①]，五七言的古诗、绝句、律诗，诗人都能得心应手地驾驭，娴熟自如地运用。他在七言绝句上的造诣，清人李重华《贞一斋诗说》评价为："李白、王昌龄后，当以刘梦得为最。"

诗人早年曾习诗于唐代最有名的诗僧皎然、灵澈，不少诗作构思、设境和造语中，都有师承皎然《诗式》的痕迹。他被贬朗州后，就开始主动向民歌学习，将民歌的声情融入诗中，创作出为人称赞的"含思宛转"的《竹枝词》、《杨柳枝词》等民歌体乐府诗[②]，开辟出通往风光旖旎处的蹊径。譬如，最为人传诵的《竹枝词二首》其一："杨柳青青江水平，闻郎江上唱歌声。东边日出西边雨，道是无晴却有晴。"诗中的景象美，人情也美。诗人高妙地采用融人情于景象的手法，将情有所钟的年轻女子复杂的心理生动而又曲折地显现在景物的刻画中，巧用谐音双关语，以天气的"无晴"与"有晴"，暗寓人物的"无情"与"有情"。这种移情入景、欲吞还吐的抒情方式的应用，使全诗显得情思宛转，余味无穷。

刘禹锡尤为擅长"咏史"一体，他的咏史诗，寄兴深微，气韵沉雄，历来传诵不衰。如颇有名气的《金陵[③]五题并引》其二的《乌衣巷》："朱雀桥边野草花，乌衣巷口夕阳斜。旧时王谢堂前燕，飞入寻常百姓家。"七绝将金陵盛衰兴败的深沉感慨藏而不露，婉曲形象地告诉人们，随着时光的流逝，

---

① 清代管世铭《读雪山房唐诗》中赞刘禹锡诗："无体不备，蔚为大家。"

② 刘禹锡的《竹枝词》、《杨柳枝词》等民歌体乐府诗，像《竹枝词二首》，体式上与七绝无异；不过也有人认为是早期词作，尚无确定的界限。

③ "金陵"是南京古老的别称，东吴、东晋、宋、齐、梁、陈曾在南京建都，后人称南京为"六朝古都"。

晋代王导、谢安等世家豪族的华贵宅第已沦为普通百姓的住所,旧时的"王谢风流"已荡然无存;看来,以富贵自恃者当知自警。诗人善于运用典型化的手法,将朝代沦替、富贵不常的重大主题通过燕子做巢这一区区小事的特写镜头凸现出来,即小见大,观微知著。

  诗人写作《金陵五题并引》时,尚未到过六朝古都。因而,这组诗是见到客人同题诗作后、凭想象虚构而来。梦得有感于六朝旧事,胸中先"立定一篇主意",然后运以穷尽幽冥的想象力,铸为生动可感的形象。此即所谓"逌尔生思,欻然有得"①。如《金陵五题》其一的《石头城》"山围故国周遭在,潮打空城寂寞回。淮水东边旧时月,夜深还过女墙来。"诗人要表现的是石头城的荒凉寂寞,绝句正是依据这一立意来生发想象,不过并不是从正面直接说破,而是将它赋予潮水和明月,让潮水来感知其寂寞、明月来窥见其荒凉。这样措辞表意、熔铸意境,实为高明。《谢叠山诗话》曾称赞这首诗"意在言外,寄有于无"。无怪乎,"白乐天掉头苦吟,叹赏良久,且曰:'潮打空城寂寞回',吾知后之诗人不复措辞矣"。②

  不仅是民歌体乐府诗、咏史诗成就卓越,刘禹锡的抒情诗、讽刺诗,也风力遒劲,以其冠盖群雄的"骨干气魄",特树一帜。看看他创作的颇负盛名的两首游玄都观的代表作。公元805年,诗人参与了王叔文集团进行的政治改革失败后,被贬到湖南朗州当司马。十年后,他被召回长安。其间,到玄都观赏桃花,借题发挥,写下了《元和十一年自朗州奉召至京,戏赠看花诸君子》:"紫陌红尘拂面来,无人不道看花回。玄都观里桃千树,尽是刘郎去后栽。"此诗表面上是在描写人们观看桃花的情景而抒发感慨,实际上是用千树桃花来比拟那些投靠权贵的趋炎附势之徒,指出他们不过是在自己被排挤以后才提拔起来的。其轻蔑和讽刺有如剑锋,刺痛了当道的新贵。不久,刘禹锡又被贬到连州任刺史。公元828年春暖花开时,刘禹锡终被召回长安,任主客郎中。两鬓斑白的他百感交集,重游玄都观,再次写下一首《再游玄都观》:"百亩庭中半是苔,桃花净尽菜花开。种桃道士归何处,前度刘郎今又来。"诗中再提旧事,当年满观桃花荡然无存,而今尽是菜花而游人罕至,

---

① "逌(yōu)尔生思,欻(xū)然有得":见刘禹锡《金陵五题并引》。"逌尔,笑貌。欻然,亦作"忽然"。

② "白乐天掉头苦吟……":见刘禹锡《金陵五题并引》。

暗指那些打击当年革新的"种桃"的权贵小人或亡或失势，"树倒猢狲散"；而多年来被排挤的"刘郎"又自豪地回来了。前后相隔十四年，"再游"与前游玄都观两首七绝，都是绘景寓情，将遭受贬谪仍宁折不弯、嘲讽蔑视权贵的情感寄寓在吟咏玄都观中桃花的盛衰存亡之中，树立起一个傲骨豪健、"其锋森然"而令人倾倒的诗豪的高大形象。后代的诗词作者在坎坷失意而又不甘屈服与沉沦时，往往自托"刘郎"或"前度刘郎"，借以自慰或自勉。如北宋苏轼《南乡子》词云："秋色渐摧颓，满地黄英映酒杯。看取桃花春二月，争开，尽是刘郎去后栽。" 北宋周邦彦代表作《瑞龙吟》下阕道："前度刘郎重到，访邻寻里，同时歌舞。惟有旧家秋娘，声价如故。"在此类作品中，"刘郎"或"前度刘郎"，已成了历尽劫难而又无改贞操的人格典范的代称。

　　作为王叔文政治集团革新的中坚，诗人在革新失败后屡遭贬黜，以致长期流徙于"巴山楚水凄凉地"，深罹风刀霜剑侵袭之苦。"亦知合被才名折，二十三年折太多"[①]，白居易也为老朋友的坎坷命运十分感叹。但刘禹锡不这样看，面对着一己的困厄却显示出一种达观的大度、开阔的胸襟："沉舟侧畔千帆过，病树前头万木春"[②]。这就是说，"沉舟"为尾随而至的"千帆"指示了正确的航道，"病树"前头昭示着万木欣欣向荣的春天；社会总是要向前的，一己的沉浮荣枯又算得了什么呢？此等对自然、人生、历史含有深情感悟、诗意与哲思融合的诗句、诗作，刘禹锡还写有不少，如"芳林新叶催陈叶，流水前波让后波"，"城中桃李须臾尽，争似垂杨无限时"，"人生不失意，焉能暴己知"，"不因感衰节，安能激壮心"，"莫道谗言如浪深，莫言迁客似沙沉。千淘万漉虽辛苦，吹尽狂沙始到金"[③]，等等；情辞慷慨，境界壮阔，显示了学识卓异的诗豪正道直行，傲视忧患，豁达乐观，坚毅高洁的胸襟和抱负。

---

　　① "亦知合被才名折……"：见白居易诗《醉赠刘二十八使君》。
　　② "沉舟侧畔千帆过……"：见刘禹锡诗《酬乐天扬州初逢席上见赠》。
　　③ "芳林新叶催陈叶……"：前后诗句、诗作分别引自刘禹锡的《乐天见示伤微之敦诗晦叔三君子皆有深分因成是诗以寄》、《杨柳枝词九首》其四、《学阮公体三首》其一、《学阮公体三首》其二、《浪淘沙词九首》其八。

刘禹锡写出了不少中国文学史上"真谓神妙"[①]的好诗,他所走过的诗词道路和取得的杰出成就,为我们昭示着应该怎样去做人、如何去写诗。宋朝著名诗人陆游八十四岁那年,在留给儿子的一首传授诗词创作经验的诗中说:"汝果欲学诗,功夫在诗外。"[②] 意思是说,你果真要学习写诗,就应该在诗歌、书本以外多下功夫。诚然,诗歌以内,体式、韵律、辞藻、谋篇、技巧等知识技能,对入门者来说,当然需要学习。不过,对上过学校、能写文章的人来说,体式、韵律的掌握毕竟不是什么大难事;辞藻、谋篇、技巧等,潜心钻研也可以提高。而文学艺术的基本诉求是真善美,好诗须情景交融、有特别的感人之处。倘若诗歌通篇没有个人的胸襟怀抱寓于其中,人云亦云,千人一面,即便再如何体式合格、辞藻堆砌、构思巧妙,但由于缺欠骨力支撑,也不能感人。真正要写出能打动人心的诗歌佳作,就需要在学养才智、胸襟抱负、操守人品、阅历见识等方面多下功夫,尽力提高。只有怀有博大的胸襟抱负,有着高超的才学识见,才能写出第一等的颇有真情实感的好诗来。这就是清人沈德潜《说诗晬语》中所说:"有第一等襟抱,第一等学识,斯有第一等真诗。"

【思考与练习】

一、看看刊印在本书《附录》中的中小学必背古诗词一百一十五首,现在你能背多少。暂时背不过的,要求复习、巩固后能够背诵,可以试着用"画面浮现法"来加强记忆。或者,你还有什么好的记忆方法,也可以与他人交流。

二、从中国古代或现代诗人中,选择一位你感兴趣的大诗人进行研究,用电脑软件制作或者手绘,自己精心创办一张"诗词名家诗报";然后与相同兴趣者交流,并可择优在适当场合张贴或发表。

"诗词名家诗报"要求围绕单个诗人诗作的推荐介绍评说展开。"诗报"

[①] "真谓神妙":后晋·刘昫等著《旧唐书·列传卷》中《刘禹锡传》载白居易语:"如梦得'雪里高山头白早,海中仙果子生迟','沉舟侧畔千帆过,病树前头万木春'之句之类,真谓神妙矣!"

[②] "汝果欲学诗……":引自陆游《剑南诗稿》卷七十八,陆游写给儿子的诗。

中须有"诗人简介"、"诗词选登"、"好诗推荐"、"风格特色"、"研究评说"等内容,还可以有"编者的话"(为什么要办诗报)、"友情链接"(名家与其他诗人的诗词往来)、"后人评说"、"逸闻趣事"等等。"诗报"的版面,依自有条件而定。可以办成大报或小报的形式,也可以用 A3 (420 mm×297 mm)纸打印。

第四讲　诗歌鉴赏

一　诠释理解循直觉　借鉴评价善鉴赏

本讲要点

⊙名篇鉴赏特别处　⊙直觉美感先自寻　⊙诠释品读
深理解：知人论世　•解说揣摩　•想象联想
⊙前贤评价须借鉴

古往今来，只要进了学校的门，诗歌鉴赏就会成为学童的必修课。教育部2011年版《义务教育语文课程标准》要求中小学生"能初步鉴赏文学作品"，《高中语文新课程标准》则提出"学习诗歌鉴赏的基本方法"；古代诗歌鉴赏能力成了高考语文必考内容，例如2017年全国高考语文试题，其中就有占试卷十一分的、鉴赏解答欧阳修的《礼部贡院阅进士就试》诗的两道题。

为什么如此重视诗歌鉴赏？因为中华诗词是中华文化的精髓，很多传世佳作内涵深刻，情趣高雅，艺术手法高超。品味鉴赏古今佳什，既能"像闻到玫瑰花的香味一样"感知思想情感，有利于陶冶情操、感悟人生；也是学习写诗时明了应写些什么、如何写好的最佳指引。

诗歌鉴赏离不开阅读，但阅读并不等同于鉴赏。阅读是翻看并领会诗的内容，重在读懂。诗要多读，可以泛读略读，多方涉猎历代名家诗作，如通读《唐诗三百首》，大致读懂，浅尝也可。不过，"若读诗"只是"爱看人家评语，这字好，这句好，这样最多领略了些作诗的技巧，但永远读不到诗的最高境界去。"① 要想读到诗的最高境界，还须选择性地精读，对历来评价甚高、自己喜爱的名家名篇，要舍得下功夫，静下心来，领悟参透，进行深层次的鉴赏。上好的鉴赏力，不是靠观赏中等作品而是要靠观赏最好的作品才能培养成的。

鉴赏，是阅读的深化，即在阅读的基础上进行鉴析和欣赏。鉴析，是阅读辨析，诠释理解；欣赏则是感受品味，欣然领略其中的情趣。鉴赏的内容，包括思想内涵和表现形式两个方面。前者是了解诗歌中的景物、事件、思想、情感等，把握其主旨、意图，进而评判优劣高低；后者指考察其体裁、结构、语言、表现手法、风格流派等。思想内涵和表现形式如何分析把握，鉴赏者对此应有一定了解，平日须注重学习与储备。不过，具体到鉴赏一首诗，却不必面面俱到，重点是要放在其感人至深的特别之处。

诗歌鉴赏，是欣赏者与诗人在进行无声的交流、寻求默契、品味受益。鉴赏诗歌自然要阅读作品，不管是默读或是诵读，先须找到直觉快感，接着是诠释解读，求得深入理解，还须借助前贤的评价，以便全面正确地品味欣赏。

诗歌鉴赏须先找寻直觉快感，即先读原诗，找到自己的第一感觉，等多少有点自己的看法以后，再去翻看别人的解析评说。这就是说，拿到一首蕴含着鲜活生命力的好诗，欣赏者先不要急着去看资料、忙分析，而是要在鉴定和欣赏之前寻波探源，首先要自己读读这首诗，凭着已有的生活经验和读诗水平，在扫除字词障碍之后，原汁原味地从诗中找到属于自己的直觉快感，立定一个兴趣的焦点，才能催化辨析，促使理解趋向深入。

鉴赏者如果迷信书本或他人，只是看看或听听旁人对诗歌的诠释分析，不去自己阅读体验，让别人的思考代替自己的思考，就不可能领会诗的独立自足的境界。这就好像是浏览某一名胜景点，不去实地参观，只是听听导游在景点外的解说；不管讲得如何生动精彩，终究不是亲眼所见，缺乏亲身感受，也就没有切身体验思考后的收获。

阅读诗歌产生直觉快感，也许只是由诗中的一行一句引起，如首次读王昌龄《芙蓉楼送辛渐》，就有了对诗中名句"一片冰心在玉壶"的巧设比喻的赞许；也许是对通篇的朦胧的美感，如初读杜甫的《八阵图》，即为全诗

---

① "若读诗……"：见钱穆《谈诗》一文，引自《怎样赏诗》一书，中华书局2012年9月版，第44—45页。

对诸葛亮的精辟评说"功盖三分国，名成八阵图。江流石不转，遗恨失吞吴"而称羡。这种直觉快感，或许是对大自然某处美景恰到好处的描摹的向往，或许是对某种社会生活生灵活现的刻画的赞赏，或许是对社会人生独特的深邃见解的认同，抑或是为诗中的好词瑰句所吸引，抑或是唤起对诗中涌现的某种情感的强烈共鸣……一句话，读到一首好诗，在还没有分析、思索之前，就有了一种特别的快意的好感，觉得这首诗值得去赏析、有乐趣。

这种朦胧的直觉的美感，难以分解离析，有时自己也说不明白，但是只要有了，你就会对这首诗产生兴趣，引领你进行再阅读、进入诠释理解的层次。你得看看这首诗究竟写了些什么，又是如何写的，怎样形成了与众不同的特别之处，因而能够感人至深。你需要下决心真正读懂这首诗，而不是仅仅浏览一下有关的解说评价。

有了自己的直觉快感，接着进入诠释理解的层面，这可以从知人论世[①]、解说揣摩、想象联想等三个方面展开。

要诠释理解好诗歌，许多时候，除了像"黄四娘家花满蹊，千朵万朵压枝低。留连戏蝶时时舞，自在娇莺恰恰啼"那样重在纯粹描绘景物的诗，或像"床前明月光，疑是地上霜。举头望明月，低头思故乡"此类明朗表达人类共有情感并且通俗易懂的诗歌以外，对那些蕴含着诗人特定的情感经历而又没有明说的诗歌，则需要"知人论世"，如《孟子·万章下》所说"诵其诗，读其书，不知其人可乎？是以论其世也，是尚友[②]也"。譬如，你要阅读欣赏李白的许多诗歌，就不能不了解李白所处的那个时代和诗人创作时的特定境遇与心态。读到李白的《上李邕》"大鹏一日同风起，抟摇直上九万里……宣父犹能畏后生，丈夫未可轻年少"，你应知道这是诗人青年时游览渝州谒见刺史李邕被冷遇后的回敬诗作，以力簸沧海的大鹏自比，抬出圣人识拔后生的故事，对李邕轻慢态度进行反唇相讥。事隔多年，诗人四十二岁时被唐玄宗召见，写下了《南陵别儿童入京》诗，"仰天大笑出门去，我辈岂是蓬蒿人"，高兴地"大笑"是以为理想抱负即将实现……显然，只有知人论世，对诗人创作诗歌时的独特的经历与心态有所了解，才能据诗探事知人，解悟诗情，你的诠释才能比较正确。

[①] 知人论世：了解一个人并研究他所处的时代背景。
[②] 尚友：与品德修养高于自己的古人交朋友。

诠释理解，欣赏者还须通过解说揣摩，来品读那诗句之中、字句之外无限的滋味。解说诗歌语言，不能"以文害辞"、"以辞害志"，即不要断章取义、不能孤立地理解个别字眼而曲解其词句，不能就词句的表面作解释而曲解了作品的原意；而需"以意逆志"①，即用自己的想法去揣度别人的心思，依据作品整体要表达的思想来体会作者的真正立意。例如，读杜甫的名篇《阁夜》的前两句"岁暮阴阳催短景，天涯霜雪霁寒宵"，首句"阴阳"不宜照字面解释为占卜、看星相所指的事物的阴与阳的对立面，而是借指月亮（为阴）、太阳（为阳）。"景"也不是指景物、景色，而是通"影"字，是一通假字，"短景"即短影，指冬季日短。"催"为催生（变化）之意。全句意思为：临近年暮，日月变化，白天时间越来越短。第二句"天涯"也不是泛指天边，而是借指诗人寓居偏僻之地的夔州，还含有沦落天涯之意。全句意思为：夔州漫天的风雪在这个寒冷的夜晚停住了。

又如，读南唐李璟词《摊破浣溪沙》"菡萏香消翠叶残"句，如何理解？若有人改成"荷花凋零荷叶残"，似乎也可以；但那是写实，不能给人以言外的联想。原句的"菡萏"出自《尔雅》而显得古雅，"翠叶"与翡翠、珠翠等贵重之物有关联，加上"香"的芬芳，再配上"消"、"残"两字，就能引人联想，表示出一种对珍贵芬芳之生命的消逝摧伤的特别的哀感，这才是词人精心选择词语来写景的原意。

诠释理解，还离不开想象联想。诠释理解，是从"语言→形象→生活"，反向类同于写诗的从"生活→形象→语言"②，同样既需要抽象思维，也需要形象思维，宜善于展开想象与联想的翅膀，驰骋在诗的海阔天空，飞进诗人所创造的意境中去。巴尔扎克的小说《幻灭》中有一句名言："真正懂得诗的人，会把作者在诗中只透露一星半点的东西，拿到自己的心中去发展。"这就是说，诗歌鉴赏是一种积极能动的反映，鉴赏者在诗中应有自己的发现和评价。譬如，《红楼梦》中，香菱谈读王维诗的感受："'大漠孤烟直，

---

① 孟子《万章》上说："故说诗者，不以文害辞，不以辞害志；以意逆志，是为得也。"
② 创作是"生活——形象——语言"，作者从生活体验中领悟出某种富有生命活力的情意，诉诸于鲜活的形象，组成情景交融的境界，并用诗的语言表达出来，供读者阅读品味。鉴赏则是"语言——形象——生活"，欣赏者则是通过阅读，将语言文字转化为心目中的具体形象，通过想象联想进入到作品的境界中，从中获得对生活的认识与美感享受。

长河落日圆',想来烟如何直?日自然是圆的:这'直'字似无理,'圆'字似太俗。合上书一想,倒像是见了这景的。若说再找两个字换这两个,竟再找不出两个字来";"还有'渡头余落日,墟里上孤烟'","我们那年上京来,那日下晚便湾住船,岸上又没有人,只有几棵树,远远的几家人家做晚饭,那个烟竟是碧青,连云直上。谁知我昨日晚上读了这两句,倒像我又到了那个地方去了。"读诗见景,香菱以上所谈,结合了个人的阅历、评价,是从创作的角度进行的,通过想象再现,体味涵咏诗的意境,如橄榄之回味,显得实在而深沉。

想象联想、解说揣摩、知人论世,依托着读者个人的生活经验与学识水平来诠释理解诗歌,必需而且十分重要,但有时也难免会产生这样那样的疑惑或主观偏差。要解除疑惑、纠正偏差,真正对诗歌做出全面客观正确的评赏与分析,还需要借助一种文化传统的历史视野,即需要了解自作品问世以来前人是怎样诠释和接受它的。

譬如,李白的诗读得多了,有人就产生了以下的疑惑:唐朝不是律诗发展的鼎盛时期吗?可为什么被誉为诗仙的李白,他的诗歌的名篇精华,更受世人赞誉的,却大多是如《行路难》、《蜀道难》、《将进酒》、《梦游天姥吟留别》等句式并不整齐的七言歌行呢?要解难去惑,需要找一找,翻翻对此颇有研究的前人的评说。譬如,明代胡应麟《诗薮》如此评说:"古诗窘于格调,近体束于声律,惟歌行大小短长,错综阖辟,素无定体,故极能发人才思。李、杜之才,不尽于古诗而尽于歌行。"明代王世贞《艺苑卮言》卷四做出这样的论断:"五七言绝,太白神矣,七言歌行,圣矣,五言次之。"而今人薛天纬在《唐代歌行论》第一百八十页中则如此解说:"歌行确实是李白最擅长的诗体,也是最能施展他的艺术才华、体现他的艺术个性的诗体。"

从前人评说中我们得知:与律诗并立,七言歌行能错综阖辟,发人才思,自有它的长处;李白最擅长于此也就不足为奇了。显然,借鉴了前贤的评价,胸中的不解、疑惑或许就能化解,就能弥补个人视野的不足和欠缺。

个人视野加上并融合于历史视野,直觉美感引领下的诠释理解才能得以修正、补充、完善,欣赏时才能加深理解,得出正确的结论。也只有到这时,阅读时最初的直觉的美感才会变得更有条理和秩序,显得完整、清晰和明朗起来,而终于大彻大悟,得到了一种亲切的感受、真正的满足。这正如诗人兼批评家托马斯·艾略特一首名诗所说:"我们追求探索的尽头,是要达到我们原始的开头,而对它有了初度的了悟"。

【思考与练习】

一、阅读下面一首唐诗,然后回答问题。

过香积寺　　王维

不知香积寺,数里入云峰。
古木无人径,深山何处钟。
泉声咽危石,日色冷青松。
薄暮空潭曲,安禅制毒龙[①]。

古人构思、评论诗歌时常用"诗眼"的说法,所谓"诗眼",是指有些诗中有着最精彩、最关键的字眼或警句,可能蕴含深刻的哲理和隽永的情致,或传神地表现景物和人物,有助于创造鲜活的意境。此诗第三联(颈联)描绘流泉岩石、青松日色,绘声绘色,凸显意境;请问:前后句分别有哪一个字最精练传神,可作为句中诗眼来看待?为什么?

二、阅读下面的诗歌。结合全诗,谈谈"新脱冬衣体乍轻"是如何从细微处表现生活情趣的。

早兴　　白居易

晨光出照屋梁明,初打开门鼓一声。
犹上阶眠知地湿,鸟临窗语报天晴。
半销宿酒头仍重,新脱冬衣体乍轻。
睡觉[②]心空思想尽,近来乡梦不多成。

三、阅读鉴赏下面南唐后主李煜的一首词。首先默读寻找直觉快感,朦胧地寻觅到此词的特别之处。接着诠释理解,品味欣赏;请不要忘记"知人论世"、参阅有关评论,可以上网或从书本上查阅相关资料,了解李煜的身

[①] 安禅,佛家语,指闭目静坐,不生杂念。毒龙:指世俗欲念。
[②] 觉:醒。

世经历、思想情感和后期的创作特色。然后，解答以下问题：

此词写了哪些景物，描绘出一幅什么样的画面？词中用了哪些抒发情感的词语？"胭脂泪"指什么，用了什么修辞手法？"自是人生长恨水长东"用的又是什么手法？

王国维在《人间词话》中说："词至后主而眼界始大，感慨遂深"，请结合这首词说明李煜后期词作"眼界始大，感慨遂深"的特别之处。

相见欢　李煜

林花谢了春红，太匆匆。
无奈朝来寒雨晚来风。
胭脂泪，相留醉，几时重。
自是人生长恨水长东。

二　诗仙烦忧壮思飞　阅读揣摩试品味

本讲要点

⊙欣赏《宣州谢朓楼饯别校书叔云》："烦忧""壮思"　几多撞击
•天马行空　不可羁勒　•七言歌行　畅纵宛转　•散发扁舟　寻求超脱
⊙鉴赏有法　并无定法

诗歌鉴赏的过程，是一个从阅读中找到直觉、而后通过知人论世、解说揣摩、想象联想等来诠释理解、个人视野再加上并融合于历史视野而进行较好的品味欣赏的过程。

一番理论解说过后，现在来整体解读欣赏一首诗。要鉴赏的诗应该是独具特色、绝无仅有的，重点要品味的就是它的与众不同的特别之处。眼前要找的，就是李白的七言歌行《宣州谢朓楼饯别校书叔云》。原诗如下：

弃我去者，昨日之日不可留；乱我心者，
今日之日多烦忧。长风万里送秋雁，对此可以酣高楼。蓬莱文章建安骨①，中间小谢又清发②。
俱怀逸兴壮思飞，欲上青天揽明月。抽刀断水
水更流，举杯销愁愁更愁。人生在世不称意，
明朝散发弄扁舟。

　　静下心来，阅读这首诗。首先要扫清文字上的障碍，不会读的字要正音读准，不理解的词语要通过看注释、查字典而弄明白。像诗句"蓬莱文章建安骨，中间小谢又清发"中含有典故，要弄清楚它，理解其意：前句喻美身为秘书省校书郎的叔父李云的文章刚健遒劲颇有建安风骨，后句诗人以南朝时谢朓（"小谢"）自比，肯定自己的诗歌有着清新秀发的风格。

　　扫疑解难后，不要急于去看解说、分析，而是要轻声诵读或默读诗歌，体味一下，看是不是会在头脑中涌现出某种直觉快意的美感。

　　初读此诗，多多少少，往往会有某种直觉的新奇感：也许是由一句一行引起："抽刀断水"、"举杯销愁"的类比，显得新颖奇特；"昨日之日不可留"、"今日之日多烦忧"，或能引起共鸣。也许是对整体的好感：烦忧与自负、苦闷与豪情，在诗中大起大落，兼容并存，颇有意思。

　　读着读着，觉得这首诗很特别，激起了读懂、鉴赏这首诗的兴趣。接着，循着已有的直觉的美感，须诠释揣摩，深入理解。

　　此诗不长，最好能熟读背诵。熟悉了，自然会注意到，开端的"多烦忧"引人注目，与"壮思飞"的矛盾撞击贯穿全篇。这既可能是直觉快感的触发点，也是理解此诗的钥匙，即最关键、最能传情品味的一篇之诗眼。不过，"烦忧"何来，与"壮思"有何撞击，诗中没有明说，需要找资料，了解诗人有关的身世经历和思想情感，才能知人论世。

　　李白出生于盛唐时期，年轻时四处漫游，广泛结交，不愿应试做官，希望依靠自身才华、通过他人举荐走向仕途，即"长风破浪会有时，直挂云帆

---

　　① 蓬莱文章建安骨：蓬莱文章：借指李云的文章。汉代官家著述和藏书之所的东观被称为"道家蓬莱山"，唐人又以蓬山、蓬阁代指秘书省；李云为秘书省校书郎，是盛唐时很有才华的散文家。建安骨：汉末建安时期以曹操父子与孔融等"七子"为代表，他们的诗歌能真实地反映现实的动乱和人民的苦难，抒发建功立业的理想和积极进取的精神，有着刚健深沉、慷慨悲凉的艺术风格，文学史上称之为"建安风骨"。

　　② 小谢：世人称南北朝南齐诗人谢朓为小谢，东晋诗人谢灵运为大谢。谢朓的诗以清新俊逸著称。

济沧海"（《行路难》其一），从而实现"济苍生"、"安社稷"的理想。不过，直到四十二岁时，才被沉缅于声色的玄宗征召入京，供奉翰林，陪侍皇上，写诗文娱乐。时间久了，李白对御用文人生活日渐厌倦，因恃才傲物而不为权贵所容，仅一年多就被赐金还乡，仍然浪游四方。因恃才傲物而不为权贵所容，仅一年多就被赐金还乡，仍然浪游四方。"安能摧眉折腰事权贵，使我不得开心颜"，就是不久后在《梦游天姥吟留别》诗中金刚怒目似的呼喊的名句。"但为浮云能蔽日，长安不见使人愁"，乃是诗人南游时在《登金陵凤凰台》诗中，为权奸杀害忠臣而表现出的忧国之情。《宣州谢朓楼饯别校书叔云》则是五十三岁在宣城期间，饯别自己的叔父李云时写的。此时大唐正走向衰落，奸佞当道，报国无路，诗人心中的理想与黑暗的现实发生了激烈冲突，因而烦忧苦闷。

了解诗人的这些身世经历，"功业莫从就，岁光屡奔迫"[1]可以当作"烦忧"与"壮思"撞击的特别注脚。诗为心声，《宣州谢朓楼饯别校书叔云》是诗人在自述心迹。从标题来看，这是一首饯别诗，抒写送别，更主要的是借此抒发诗人苦闷的心情。首句"昨日"指的是两年前在长安的美好时光。"弃"点明是时光抛弃诗人，因而想挽留却"不可留"，显得格外无奈。因为在官场碰壁、功业未成，心被搅乱，于是就有了挥之不去的"烦忧"："弃我去者，昨日之日不可留；乱我心者，今日之日多烦忧"。愤激苦闷之情突兀而起，喷薄而出。接下来，从"烦忧"跳跃转写豪兴："长风万里送秋雁，对此可以酣高楼"。从字面来看，逻辑上似乎不连贯了，但在深层却是笔跳意顺的：虽怀"烦忧"，但此时是观"长风""送秋雁"、"高楼""饯别"，心情的转换也在情理之中。接着四句又是一跳，省略了举杯畅谈，激起情感的场面描绘，直接就写豪情满怀的欢快情绪："蓬莱文章建安骨，中间小谢又清发，俱怀逸兴壮思飞，欲上青天揽明月"。李白赞赏叔父李云的文章颇有刚健遒劲的建安风骨，相信自己的诗歌像南朝谢朓那样有着清新秀发的风格；两人俱怀着飘逸豪放的兴致，"壮思"飞腾，渴望着飞上青天去拥抱那轮作为美满之象征的明月，大展才华。可是，凭楼观水，从幻想豪情中回到怀才难遇的现实，诗歌又转折跳向："抽刀断水水更流，举杯销愁愁更愁"；以极端的、不现实的"抽刀断水"而引起"水更流"的必然结果，雄辩地类比佐证："举

---

[1] "功业莫从就……"：此为李白《淮南卧病书怀，寄蜀中赵征君蕤》中的诗句。

杯销愁"不能如愿，而只会走向"愁更愁"的反面；奇特的类比映衬更显示出烦忧的深重无边。烦忧在加重，与"壮思"撞击碰撞，又一次跳跃，转向结尾："人生在世不称意"，就只有"明朝散发弄扁舟"了。李白决心不管人世束发礼仪那一套，无拘束地"散发"，乘坐"扁舟"而"弄"：游览山水，吟咏玩赏，自得其乐。至此，前面的"烦忧"、"愁更愁"，一下子都给消解了，心情放松了；也给读者留下了回味的余味：诗人终于找到了一条出路，不过，"散弄扁舟"真能够摆脱"愁更愁"的苦闷吗？

诠释理解需要解说揣摩，还可借助想象与联想。试着闭眼静听录音朗诵或自己默诵，依据对诗歌已有的解读与心目中原有的对诗仙的认知了解，看能不能在头脑中想象再现，依次出现长风秋雁、高楼酣饮、青天揽月、抽刀断水、散发扁舟的画面，体味捕捉诗人要表现的"壮思"与"多烦忧"的矛盾冲突、跌宕起伏的特别情感。一个想象激越，豪情满怀、慨叹惆怅的诗人形象是否会在头脑中跃然而出呢？

统观全诗，从突起波澜的极度烦忧，瞬间跳向豪情欢快，又迅即从九霄跌入苦闷的深渊，转而又是极度放松。情绪波澜起伏，结构跌宕起落，没有明显的承转过渡的痕迹，诗的意脉衔接应该如何理解疏通呢？个人视野看不分明，还可借助名人的诠释来扫清疑惑。今人孙绍振在《月迷津渡》一书第八十二页中是这样解说的：这种"起落跌宕"、"意脉贯通"，"（从）多烦忧之愁到揽明月之欢，其间矛盾转化的条件是一个'酣'字，而到举杯不能消愁，也就是不'酣'了，清醒了，就只能从紧张落回到现实，只能在'弄扁舟'中潇洒地放松了。"此种解说较为合理，思绪靠"酣"的是与否而推进，意脉贯通，诗语就能大幅跳跃转折，而且，正如程千帆在《古诗今选》中所说，"衔接转折之处，都来得突然，出人意料；而人情与物理，过去与现在，幻想与现实，又交织得十分妥帖，莫不在意中。篇幅很短，而变化极大"。[①]

波澜迭起的思想情感、跳跃起落的诗歌结构，适宜于用不受平仄对仗束缚、句式灵活可变、中途可换韵的七言歌行来表现。细看此诗，开头与收束时押的是古韵中的"尤"韵（即"ou"的平声韵），中间"蓬莱文章建安骨……"等四句换成"月"韵。中途转韵，适应了情感起伏转折的变化。还有，诗以七言为主，节拍较五言为长，声气舒畅，便于表情达意；开端杂以四言，组

---

① "衔接转折之处……"：引言见程千帆《古诗今选》。

成重叠复沓的一组长对句,为生命旋律的奔腾激荡在句式章法上提供了回旋的余地……。正是有了体式上的这些灵活便利,诚如赵翼《瓯北诗话》中所说,此诗才能"神识超迈,飘然而来,忽然而去,不屑于雕章琢句,亦不劳于镂心刻骨,自有天马行空,不可羁勒之势"①。

概而言之,建立在古诗体式最灵活的七言歌行之上,思想情感波澜迭起和艺术结构跳跃起落得以完美结合,这是此诗独特的成就,是诗仙才华与灵气的体现。品味欣赏赏至此,我们对李白的这篇名作有了深入的理解。不过,诠释理解诗歌时,读者可能还会有自己独到的发现和不同于他人的看法,有时想欣赏评价却难以得出正确的结论;届时想要解除疑惑或纠正偏差,就必须借助历史视野来解说评赏,才能再上一层楼。

譬如,有人说,李白的这首诗重笔抒写烦忧,结尾又要"弄扁舟",似乎在宣扬消极避世的思想。应该怎么来看待这个问题?解疑去惑,还需找寻相关的鉴赏评析文章来借鉴,可以再次联系李白创作的诗歌与身世来寻找正确的答案。

李白《古风》五十九首中的第十八首中也有类似提法:"何如鸱夷子②,散发棹③扁舟。"鸱夷子是辅佐越王勾践建立霸业后功成身退的范蠡的自号,李白想学范蠡乘扁舟、浮游江湖。唐汝询《唐诗解》卷十三说:"而以抽刀断水起兴,因言人生既不称意,便当适志扁舟,何栖栖仕宦为也",认为李白想避开的只是"不称意"的官场。写作此诗两年后安史之乱爆发,李白救国心切,怀着"浮云在一决,誓欲清幽燕"(《在水军宴赠幕府诸侍御》)的平叛愿望,误投了永王李璘,结果被流放夜郎。后被赦免,六十一岁了又去投奔剿灭安史之乱的李光弼大军,半路上生病返回,次年病故。诗人带病报国请缨,可以说至死也是壮心不已。如此看来,诗人长期处于怀才不遇的苦闷之中,"散发弄扁舟"还不能说是在宣扬消极避世的思想,而是对权贵弄权的强烈不满,是怀才不遇的激烈愤懑之言,是不甘沉沦而暂时避世、愿融于自然,自得其乐的某种超脱。

李白虽"多烦忧",可这"烦忧"是理智制约下的烦忧,是强者的烦恼忧愁,

---

① "神识超迈……":引句见赵翼《瓯北诗话》卷一。
② 鸱(chī)夷子:即鸱夷子皮,指牛皮做的酒器;春秋时越国范蠡自号为鸱夷子。
③ 棹(zhào):用桨划(船)。

是才华卓越者追求生存的适意、生命的不朽、浩然之气充溢其间的"万古愁"。诗人并不是沉陷在烦忧之中的宵小之辈，而是有着豪情逸兴的有志之士。"达则兼济天下，穷则独善其身"，李白本想踏入仕途有所作为，但理想不能实现，遂借着隐逸求仙、狂歌纵酒来排遣苦闷。

　　李白为不能建功立业而长期苦闷怀忧，从历史的眼光来看，似乎是有点忧虑过度了。诗人虽不能在政治、军事上有所作为，但在赋诗抒情、文化传统上却功业卓著。仅一首《静夜思》，就成为几乎是当代全世界华人耳熟能详的一首思乡名诗。"诗仙"的名声远播海内外，诗歌千古流芳，远胜于李白在世时那些能建功立业的帝王将相对后世的影响。倘若在天有灵，诗人也足可欣然自慰了。

　　品赏此诗，或许你会与诗人所表露的情感产生共鸣：岁月如飞，时光易逝，人生又会留下多少失意和遗憾？李白捕捉到了人生的大忧患，我们也会有忧患，只是内容与程度不同而已。忧愁苦闷难以解脱的往事或许至今还让人难以释怀，而玩味着"举杯销愁愁更愁，抽刀断水水更流"这带有哲理性的诗句，仿佛懂得了明知不能为而为之、只能更痛苦的道理：狂放不羁需要清醒的理智、严格的制约，才能避免酿成更大的悲剧。

　　面对着《宣州谢朓楼饯别校书叔云》这首诗，我们从开始阅读时产生"烦忧"与"壮思"撞击的朦胧快意的美感前行，通过知人论世、理解揣摩，借助想象与联想来体味诗情画意，再阅读前贤相关的评论，拓展阅读视野，了解到此诗激情跌宕与结构起落的完美结合的独特之处，体味到诗人虽蒙受苦闷重压但仍显豪放飘逸的可贵品性。鉴赏此诗，从起点走到终点，从终点又回到起点，走了一个大圈子，使朦胧的快意美感变成了清晰的，有条理的、整体的认识，大彻大悟，较好地认识了这篇旷世之作。

　　赏析诗歌，离不开感知性阅读的直觉快感、拓展性阅读的诠释理解、理论性阅读的借鉴评价；有了融合个人视野与历史视野的合成视野，才能正确无误地进行品味欣赏[①]。我们依循着上述步骤与方法，赏析了李白的一篇名作。

---

　　① "赏析诗歌……"：《叶嘉莹说诗讲稿·阅读视野与诗词评赏》（中华书局2010年4月版）文中指出：德国接受美学家姚斯在《关于接受美学》书中提出"阅读的视野"，说可以分成三个层次：第一个层次是美感的、直觉的阅读，第二个层次是反思的、诠释的阅读，第三个层次是历史性的阅读，即要了解自作品问世以来前人是怎样诠释它和接受它的。

不过，鉴赏有法，并无定法。由于诗歌有深浅难易之别、读者有生活经历、学识水平与爱好期待的不同，是用不着也不可能找到一种适用于每个人、每篇诗歌的一成不变的鉴赏方法的。叶嘉莹先生说得好："诗词之创作本无定法，因此诗词的赏析也并无定法。每一篇作品都是自发而且自足的一个单独的艺术生命，所以诗词的赏析也应该针对每一篇作品而有不同的方式，我们很难为之拟出一个死板的模式。因此你们要想学习怎样赏析诗词，只有从多读和积学入手。读得多了，自然会有神而明之，豁然贯通，取之左右逢其源之一日。"①

【思考与练习】

一、"诗无达诂"②，因为诗的含义常常并不显露，甚至于"兴发于此，而义归于彼"（白居易《与元九书》），加上因鉴赏者的心理、情感状态的差异，不同的读者有时就会有对诗歌的不同解释。

阅读下面这首宋词，试回答下面的问题。

点绛唇·访牟存叟南漪钓隐　　　　　周晋

午梦初回，卷帘尽放春愁去。昼长无侣，自对黄鹂语。

絮影蘋香，春在无人处。移舟去。未成新句，一砚梨花雨。

问题：词中，"卷帘尽放春愁去"一句，在表达技巧上有何妙处？

此词写春，有人读出了愁，有人读出了喜，请结合全词谈谈你的理解。

二、阅读鉴赏下面一首唐诗，回答后面的问题。

遣　怀　　　　　杜甫

愁眼看霜露，寒城菊自花。

天风随断柳，客泪堕清笳。

水静楼阴直，山昏塞日斜。

夜来归鸟尽，啼杀后栖鸦。

---

① "诗词之创作……"：见叶嘉莹《纳兰性德词——从我对纳兰词之体认的三个不同阶段》，《清词论丛》，北京大学出版社2008年版。

② "诗无达诂"：语出董仲舒《春秋繁露》卷三《精华》。达诂：确切的训诂或解释。

诗的颔联写"天风随断柳",将吹断柳枝的天风反写成"随断柳",并与有异曲同工的后句中"客泪"相对仗,这是一种什么样的写作手法?紧接着的颔联中"水静"应是无风,似与"天风"相矛盾,如何理解?

此诗名为《遣怀》,可初看却是处处写"愁眼看"物,但"遣"在何处?诗人又是否排遣了愁怀?如何理解?这样写有什么作用?

三、试参照"直觉快感、诠释理解、借鉴评价"的鉴赏要领,从主题题材与体裁韵律两方面来考虑,阅读品赏唐代边塞诗中的杰作《燕歌行》,找出它倍受赞颂的特别之处,并加以简短的分析评说。

燕歌行　　　　　　　　　　高适

开元二十六年,客有从御史大夫张公出塞而还者,
作《燕歌行》以示适,感征戍之事,因而和焉。
汉家烟尘在东北,汉将辞家破残贼。
男儿本自重横行,天子非常赐颜色。
摐金伐鼓下榆关①,旌旆②逶迤碣石间。
校尉羽书飞瀚海③,单于猎火照狼山④。
山川萧条极边土,胡骑凭陵⑤杂风雨。
战士军前半死生,美人帐下犹歌舞。
大漠穷秋塞草腓,孤城落日斗兵稀。
身当恩遇恒轻敌,力尽关山未解围。
铁衣⑥远戍辛勤久,玉箸应啼别离后。

---

① 摐(chuāng)金伐鼓:军中鸣金击鼓。摐金:敲锣。榆关:山海关。
② 旌旆(jīng pèi):旗帜,此借指军旅。
③ 校尉:武官,官阶次于将军。羽书:羽檄,插有羽毛的紧急军事文书。瀚海:大沙漠。《木兰辞》:"寒光照铁衣"。
④ 单于:秦汉时匈奴君主的称号,此指敌酋。猎火:狩猎时所举之火。狼山:阴山山脉西段,在今内蒙古自治区中部。有借瀚海、狼山泛指当时战场之意。
⑤ 胡骑:匈奴的骑兵。凭陵:逼压。凭信威力,侵凌别人。
⑥ 铁衣:借指将士。

少妇城南欲断肠，征人蓟北①空回首。
边庭飘飖②那可度，绝域苍茫更何有。
杀气三时作阵云，寒声一夜传刁斗。
相看白刃血纷纷，死节从来岂顾勋。
君不见沙场征战苦，至今犹忆李将军③。

---

① 蓟北：蓟州、幽州一带，今河北省北部地区。此泛指东北战场。
② 飘飖（yáo）：形容动荡、起伏。
③ 李将军：指西汉李广。善用兵，受惜士卒，守右北平，匈奴畏之不敢南侵，称为飞将军。

第五讲　诗歌朗诵

一　寻觅基调善布局　知悉节奏谙韵律

本讲要点

⊙抑扬顿挫要诵读　　⊙诗歌朗诵再创作
⊙情感基调须找准　　⊙宏观微观要布局
⊙韵律精巧求和谐　　⊙节奏变换看情感

　　诗歌既不同于口语，也不同于散文、小说、剧本，运用的是一种别具特色的语言。起伏顿挫的节奏、和谐的韵律以及律诗、词曲中抑扬的平仄组合变化，形成了具有一定音乐性的中国诗歌语言。要熟悉乃至运用这种原本建筑在有利于口头表达抑扬顿挫情感基础上的语言，只是学习诗词知识、浏览默读是不够的，还须熟读成诵。这正像学英语的人学了不少语法知识、能默读背诵、却不肯开口去练习，是肯定学不好、讲不出流利的英语一样。

　　"熟读唐诗三百首，不会作诗也会吟"。熟读成诵，传统的方法是吟诵，摇头晃脑，自有声调，但流传不多，难度较大。现在中小学语文教学中提倡诵读，强调的是有声有色、抑扬顿挫地大声读诵，精确地表达诗文的情意；个人静坐诵读即可，集体诵读也好。作为"国家文化工程"中的一项，从2007年起，由国家教育部、国家语言工作委员会、中央文明办主办、中国教育网、中国教育在线承办、而后在全国铺开的"中华经典诵读活动"，已经进行多年，旨在"诵读千古美文，传承中华文明"。

　　不过，诵读不同于朗读。朗读着重于熟悉、理解作品，用清晰响亮的声音把诗文读出来，情意的表达往往是摇摆不准的；诵读则看重作品情意的有声有色的准确表达。而且，诵读也不同于朗诵。朗诵须在诵读的基础上，配合态势动作等无声语言来表达情意,带有表演性质,常用于朗诵比赛、舞台朗诵节目、朗诵会中。譬如,抗战时期,在当年大后方各地的诗歌朗诵会上,高兰先生创作并朗诵的《哭亡女苏菲》感人肺腑,总能让全场不少听众为之失声恸哭。

诗歌朗诵是用有声语言对书面的诗歌作品进行再创作。朗诵者用声音对诗歌作品做出诠释,抑扬顿挫,轻重徐疾,伴随着姿态、气氛,把诗歌中的趣味快感、情景交融的艺术"境界",生动准确、声情并茂地表现出来;既感动自己,也打动听众。

受过幼儿、小学语文教育,语言规范、发音纯正,便具备了朗诵的基本条件。不过,要朗诵好一首诗歌,也不是容易的事。理解、熟悉诗歌是前提,明了作品基调、布局结构主次、把握韵律节奏、活用诗句语势,是朗诵艺术再造的四大支柱,缺一不可。

朗诵诗歌,先须理解作品,弄懂词句,理清思路,捕捉思想情感。朗诵者仿佛是诗词作品的代言人,对诗歌要十分熟悉,最好能背下来;通过想象和联想,在头脑中能浮现出诗歌中情景交融的感人画面。

要朗诵好一首诗歌,明晰表层与挖掘深层,不可不认知与把握好作品的基调。

不同的诗歌有着不同的基调。基调是作品的思想情感的基本取向,是全篇所有语句的具体思想情感的综合体现。如若将思想情感简略概称为情感,基调有时也称为情感基调。有些诗歌较短,情感基调寻找不难。例如,唐代王维的《少年行》诗"新丰美酒斗十千,咸阳游侠多少年。相逢意气为君饮,系马高楼垂柳边",表现的是"相逢意气"、"斗酒十千"的洒脱豪迈的情意。张继的《枫桥夜泊》"月落乌啼霜满天,江枫渔火对愁眠。姑苏城外寒山寺,夜半钟声到客船",字里行间,浸透的是旅途中的凄凉、孤寂的情意。但有些诗歌较长,情感闪烁难定,需要通过由此及彼、由浅入深的感受形象、解读剖析、整体把握,才能认准基调。如苏轼的《水调歌头》,有人说基调是对亲人的关怀、祝福,因为"但愿人长久,千里共婵娟"是词的主旨。不过,"关怀、祝福"并不能包容"我欲乘风归去,又恐琼楼玉宇……何似在人间"中想象飞腾而"何似""人间"的矛盾心情。而且,"人有悲欢离合,月有阴晴圆缺,此事古难全",这一辩证合理的解脱,指向的不仅是亲友,更是由自身推及人类、自然界的万事万物,加上"但愿……"的祝福,满怀的是因失意坎坷、离愁别绪而自寻解脱的旷达豪爽的情意，这才是此词思想情感总的趋向。由此看来，如果理解诗歌有偏差、领悟基调有错误，诵读时就会"走调"。基调是诗歌的"纲"，"纲举"才能"目张"。只有深入理解、把握好诗歌的基调，才能正确地统领全篇。

基调强调的是对诗歌的整体把握，来自于对结构层次及语句的分析概括的综合。朗诵布局则要回过头来再思考，在把握全篇总的基调的前提下，依据原作的语言文字的描述，梳理出情景物事理的来龙去脉，细察谋篇结构层次以及每一诗句如何用适当的情思来朗诵、哪些作为重点并如何与非重点组合起来而推进变化。朗诵时，个体须服从群体，群体要服从整体，不应有离散和遗落。因而，全篇应宏观控制、微观须细腻处理，既不要空泛笼统，也不要陷入细节而不知所终。譬如，余光中的新诗《乡愁》，从诗题、诗句以及用时空隔离与变化来层层推进诗情的结构层次来分析综合，不难看出游子对故乡对大陆恋恋不舍的乡关愁思是此诗的情感基调。以此为统领，再谋篇布局，深入探讨四个诗节、全诗一十六个诗句如何朗诵为佳。宏观调控诗节，可以将研究的结果以下列图表来书面展示：

基调　线索　意象　诗节内涵　　　　　　　　情思　　语调

乡　┌小时　邮票　因分别引起对母亲的思念＿＿＿童挚怅惘（平缓）
关　│长大　船票　因分离引起对妻子的思念＿＿＿苦闷无奈（略重）
愁　│后来　坟墓　因诀别引起对母亲的怀念＿＿＿悲伤怀念（低抑）
思　└现在　海峡　因隔离引起对统一的期盼＿＿＿忧愁期盼（升华）

宏观的把控，朗诵时可试将自己定位于一个"少小离家"而"老大"难回的台湾老兵的角色，用略带忧伤的回忆心态、采用节奏舒缓的语调来表达情怀；要抓住"小时候"等四个表时间的词语来勾勒作者的思维轨迹，把渐次递进的情感放进去。诗节之间的空行，诵读时应予以稳实的停歇，稍稍屏息再深吸一口气，在从容呼出的同时，起诵下一小节，将伤感的语气推进前行。

微观的细腻处理，譬如第一节"母亲在那头"中的"母亲"，忧思中要加入微量的"思念的温暖"的情感。第二节"新娘在那头"中的"新娘"，苦闷中应渗入些许"盼望的无奈"的情感。第三节"母亲在里头"中的"母亲"，则要怀着"痛彻心扉的悲伤"的心情、运用一点稍带颤抖的声音技巧读出，而后紧停缓连，含泪忍悲，拉长后着力涌出"在里头"三字。诗句"里头"、"外头"中的"头"字要读轻声。第四节的"浅浅"二字须抬高语势并加重音量，含有不满谴责的情感；读"大陆"时以融入"期盼统一"的渴望为佳，"大"字语势拖长，"陆"字略下行平推；"在/那/头"可断开来读，并略为拖长，撩人愁思，意味深长，结束全诗。

弄清情感的基调，布局宏观与微观，还须明了诗歌的韵律节奏规则。韵律和节奏，共同营造了诗歌悠远高扬的意境，产生了错落有致、参差中的有章可循，既有鲜明的节拍乐感，又有鲜活的词语张力。如果说文本在视觉上给人以整齐变化的构架美，那么，朗诵则赋予人悦耳动听的音乐美。

韵律指的是诗歌中的押韵规则和格律诗词曲中平仄对仗的格式。韵律是诗歌的体态要素，诗歌的情意须附着在韵律上。

押韵是按照规律在一定句子的末尾重复出现同一韵的现象。诗歌用韵，诗句之间产生呼应，使涣散的声音组织成一个整体，形成回环和谐的美感。诵读时，对韵脚的字音，须读得舒展些、突出些，或稍微加重，或适当延长。要注意，诗词的结尾，或读到每段后一句三个字时可放慢一点，缓缓结束。

诗歌中讲究格律的诗词曲，加上对联，还须讲究平仄。平仄就是四声的二元化，使长短高低的语音交替出现、抑扬变化。诵读时，一般是"平高仄低"，平声须高扬平稳，音稍长，舒展响亮；仄声则低抑而曲折，不平稳，语速稍快，音稍短。下面的"—"表示平声，"｜"表示仄声，试按"平高仄低"法，诵读唐人李嘉祐五绝《白鹭》诗：

江南绿水多，顾影逗轻波。
——｜｜—　｜｜｜——

落日秦云里，山高奈若何。
｜｜——｜　——｜｜—

平声与仄声抑扬交替，变化有序，诵读时就能产生抑扬动听的乐感。

律诗与词曲、对联，又须讲究对仗。诗中的对仗，与音乐的等长短、同旋律的两个平行乐句组成的乐段相似，给人以匀称整齐的美感。譬如，柳宗元的《江雪》诗"千山鸟飞绝，万径人踪灭"就用了对仗，诵读时，若在运用其他声音技巧的同时，突出"千山"与"万径"的对比，加上"孤舟"与"独钓"的渲染，用较重的强音来表示，就更能体现出诗歌幽僻的意境和凄寂的情调，描绘出一幅动人的江天雪景。

用韵、平仄、对仗的规则组合成韵律。韵律造就美感。人们往往是从平仄的起伏变化、对仗的匠心独运、韵脚的精巧严格中感受到诗的韵味和感染力的。

　　与韵律结伴而行的，是诗歌的节奏。节奏是交替出现的有规律的声音的强弱、长短现象，是艺术美之灵魂。古诗的节奏单位称为顿，或叫节拍、音步，以两字、一字为一个节奏单位。诗句常见的顿的组合，五言二二一或二一二、七言二二二一或二二一二。不过，还有另一种"半逗律"的组合，即把五言句、七言句半中腰的那个顿称之为"半逗"，诗行也可分为近乎均匀的两半，即五言二三、七言四三。诵读时，句子之间标点符号处停顿稍长，要换气；而读到半逗与非半逗的顿时，都须快速地不明显地"偷气"，"偷气"停顿时长约为"换气"的一半。倘半逗用"//"标示，非半逗的顿则用"/"标示。顿挫诵读时，既可以"顿"为节奏单位，也可变换着以"半逗"为节奏单位。譬如，读杜牧的七言绝句《江南春》，既可为"千里/莺啼//绿/映红，水村/山郭//酒旗/风……"，也可为"千里/莺啼//绿映红，水村/山郭//酒旗风……"，还可为"千里莺啼//绿映红，水村山郭//酒旗风……"。

　　为何有时要改变顿挫频率、变换着疏密长短来诵读？因为，有着严格的节奏韵律的格律诗词、韵律和谐且节奏整齐的古体诗，朗诵起来，会给人以较为鲜明的抑扬顿挫、回环迤逦的节律美，"好诗圆美流转如弹丸"。不过，朗诵同一类节奏的诗词多了、长了，完全无变化就会陷入呆板。为了不陷入四平八稳的"格式化"的"窠臼"，而使朗诵变得多姿多彩、情趣盎然，有时也可以变换顿挫频率，改用"半逗律"，通过延长音节或加速快读等方法来调整节拍，如按七言四三来读"千里莺啼//绿映红，水村山郭//酒旗风"，前面四字较快，后面三字相对拉开，用适合的抑扬跌宕的声音来表现。或者，在诵读时灵活处理节奏的疏密长短，次要的词语可密些、短些，重要的词语可疏些、长些，使其随着抑扬的变化，显出疏密、长短的差异。如此，给人以"循规蹈矩而不刻板生硬，起伏变化而趋向工整"的感觉，同样有着节律美感。

　　新诗冲破古典诗词严格的格律，不讲究平仄对仗，少数甚至无韵，但仍然讲究节奏，以此获取音乐美。节奏的单位称为"顿"，一个节奏单位由几个字组成，就称为几字顿。新诗以二字顿、三字顿、四字顿为主，少见一字顿、五字顿。还有，一个诗行由几个节奏单位组合而成，就称为几顿体。新诗的诗行多由二顿体、三顿体、四顿体组合而成。

　　看看徐志摩的《再别康桥》中的前二节节奏的划分：

轻轻的／我走了，
正如我／轻轻的来；
我轻轻的／招手，
作别／西天的／云彩。

那河畔的／金柳，
是夕阳中的／新娘；
波光里的／艳影，
在我的／心头／荡漾。

  诗中语句的节奏，多为二字顿、三字顿、四字顿、"是夕阳中的"则为五字顿。一节之内，四个诗行由三个两顿体与一个三顿体相随组成，双行不拘平仄地押韵；后一节复制前一节，前后节的诗行一一对应，参差对称，和谐布局，诵读时有着轻快和谐的节奏美感。

  需要强调指出的是，诵读时声音的停顿与书面的标点符号并不能等同，既有相同又不尽相同。为了更生动准确地表现诗歌的内涵，必须要根据节奏运行的节拍来确定诵读停顿的位置和方式，有时依据情感表达的特别需要，甚至突破规范的节奏划分而作特殊处理。譬如，诵读张志民的新诗《"人"这个字》，中间几句"历代的权贵们／装点门面／都喜欢弄点文墨附庸风雅／他们花一辈子功夫／把'功名利禄'几个字／练得龙飞凤舞"中的"把'功名利禄'"五字，可以划分为一个节奏单位来连读，但为了揭示权贵们貌似儒雅而实则利欲熏心、肆意追逐的虚伪本质，可以另作特别处理：在"把"后加一停顿来强调，同时可将"功名利禄"四字一一拆开，中间分别加上一个小停顿，一字一顿，特别强调；如此诵读，别具意味，未尝不可。

  以上所述，新诗、古诗语句中的停连顿挫，可称为语言节奏，这是诗歌的外在节奏，也是诗歌内在节奏——情感节奏的载体。情感节奏是情感有序波动的轻重缓急、抑扬顿挫的图谱，是心灵的音乐，须由诗句的停连顿挫的外在节奏和韵律来表现。朱光潜先生在《诗论》中谈及节奏的性质时说："节奏是传达情绪的最直接而且最有力的媒介，因为它本身就是情绪的一个组成部分。"

情感节奏贯注全篇，为诗歌的基调所制约，是在重点语气的回环往复之中自然显露出来的。它具有相对的稳定性，同时又富有变化，寓变化于整齐中。朗诵时，须以诗歌所蕴含的情感波动作为引领朗诵的前提和关键。

情感节奏的类型，一般是从声音形式的强弱、起伏、快慢等所表现的精神内涵的特点来归类的，大体可分为轻快型、舒缓型、低沉型、凝重型、紧张型、高亢型。

轻快型节奏反映的是愉悦欢快的情感，语流轻快灵捷，语势多扬少抑，语音多轻少重；常用来表现欢悦的场景、风趣的情绪或情景、令人鼓舞的事件等。如朗诵李白的《早发白帝城》，要表达的是李白在流放途中遇赦返回的愉快心情，就须用含有夸张与奇想的流畅轻快的情调来诵读。

舒缓型节奏反映的是舒缓从容的情感，语流舒缓自如，语势起伏悠长，语音轻柔舒展；常用于表现平静、舒展、悠然的情状、心态。如朗诵张若虚的《春江花月夜》，需全篇节奏舒缓，虽有心潮起伏，思念期盼，但悲欢离合是在平缓的层层推进中，不断揭示着人生有别、大自然却生机无限的哲理。

低沉型节奏反映的是理性的深思沉静的情感，语流较为缓慢，语势多为落潮类，语音偏暗偏沉；一般用以表现悲伤、压抑、郁闷、愤懑的情愫。如朗诵李清照的《声声慢》，开头的七对叠音词隐含着凄苦感，不少句势是降抑的，但作者受压抑的心情没有用哭诉来表达，更不是用悲惨来博得同情；朗诵者应该在低沉的节奏中，表达出一种面对孤独时内心的强大、将悲痛埋藏心底的坚韧。

凝重型节奏反映的是庄重严峻的情感，语流沉重缓慢，语势多抑少扬，语音多重少轻；常用来表现庄重、严厉、冷酷的情态、事端。如朗诵叶挺的《囚歌》，全篇适宜于凝重型的节奏，第一节冷眼面对"爬出来吧，给你自由"的诱惑，第二节庄严蔑视、愤慨，不愿"从狗洞爬出"，第三节沉着坚毅，充满"在烈火和热血中得到永生"的自信。

紧张型节奏反映的是急切激动的情感，语流重快分明，语势多扬少抑，语音多重少轻；多用于危急、意外、兴奋等多种情态的朗诵处理上。如曾卓的《有赠》，饱含激情，借对一位女性的深情倾诉，形象地抒写了在历尽苦难之后对人间温情的真切感受。朗诵时，宜用紧张型的节奏，表达出对爱情的不安、渴求、呼喊和感动的情绪急流。

高亢型节奏反映的是高昂激越的情感，语流畅达快捷，语势凌厉昂扬，语音强力高亮,常用来倾吐激昂、豪壮、愤怒等强势情绪。如朗诵岳飞的《满江红》,须用高亢型的节奏,无论是上阕壮志难酬的百感交集,还是下阕报仇雪耻的英雄情怀,都须高亢明亮、坚实有力的声音来表达,尤其是结尾处收复祖国山河的雄心壮志,更要不遗余力地将语势推向最高峰。

要注意的是,轻快型、舒缓型、低沉型、凝重型、紧张型、高亢型等节奏类型的罗列,只是一种抽象和概括,不能简单套用而一成不变。在具体的朗诵语境中,尤其是篇幅较长、内容层叠,情感跌宕的诗作,往往是主导节奏与辅助节奏变换组合、交替并现的。如朗诵艾青《大堰河,我的保姆》,除了表达对大堰河的回忆追思和对她悲苦生活的描述用主导的低沉节奏外,朗诵到"在你……"和"呈给……"这些表述感恩和无以回报的追悔心情的大段排比时,有必要就此转入辅助的紧张节奏,以表现诗人难以自抑的激动情绪。这种主导节奏和辅助节奏的转换交替,是依据情感的波动变换而依次显现的。

【思考和练习】

一、诗有节奏,又须押韵,格律诗还讲平仄,诵读时能产生一种抑扬顿挫、回环和谐的音乐美。诵读杨万里的绝句《小池》,感受和体味其中的音乐美。

诵读前,先找出此诗押韵的字,从当代语音(普通话)的角度,看看押了什么韵。而后,用表示半逗、非半逗的顿的"//"、"/",插入诗句中,标示出此诗的节奏。然后,用"—"表示平声,用"丨"表示仄声,在诗句旁边或下方标出此诗的平仄组合变化;要注意的是,"惜"古为入声字,应为仄声。

小　池　　　　　　　　　杨万里

泉眼无声惜细流,树阴照水爱晴柔。
小荷才露尖尖角,早有蜻蜓立上头。

二、情感基调是作品的思想情感的基本取向。诵读王勃的《送杜少府之任蜀州》,感受到其中既有与友人的依依惜别之情,也有离别时谆谆告诫之意,并有对友情旷达引申的感怀,你觉得这首诗的情感基调是什么,应该如何朗读此诗？

送杜少府之任蜀州   王勃

城阙辅三秦，风烟望五津。
与君离别意，同是宦游人。
海内存知己，天涯若比邻。
无为在歧路，儿女共沾巾。

三、《我爱这土地》是诗人艾青于1938年写的一首现代诗。此诗篇幅短小，构思精巧；诗人选择土地作为寄情和倾诉的对象，将感情浓缩在十行的诗句里，直抒胸臆，表达了一种刻骨铭心、至死不渝的伟大、深沉的爱国主义感情。

此诗用何种情感节奏朗诵为佳？试着声情并茂地朗诵，然后找寻名家朗诵此诗的视频或音频，对照比较，取长补短。

我爱这土地   艾青

假如我是一只鸟，
我也应该用嘶哑的喉咙歌唱：
这被暴风雨所打击着的土地，
这永远汹涌着我们的悲愤的河流，
这无止息地吹刮着的激怒的风，
和那来自林间的无比温柔的黎明……
——然后我死了，
连羽毛也腐烂在土地里面。

为什么我的眼里常含泪水？
因为我对这土地爱得深沉……

二　把握语气试朗诵　慷慨激昂豪放词

本节要点

⊙ 语气语调化语势　　⊙ 语势形态分六类
⊙ 坐标图示看诗例　　⊙ 强柔停连有讲究
⊙ 试诵《沁园春·长沙》　⊙ 态势语言为辅助

情感节奏的种种类型与多样组合，是依据情感波动的特点和变换的不同情况来确定的。节奏与韵律，表现的是情感有序的波动，显露的是声音的抑扬顿挫、轻重缓急的回环往复，立足的是全篇整体；朗诵时，还须一一落实到诗中个别语句的语气中来。

语气是在一定思想感情支配下的语句的抑扬顿挫、轻重徐疾的声音形式，表现的是说话人对事物的看法和态度。语气存在于一个个有具体语境的语句当中，以内心感情的色彩和分量为灵魂之神，以具体的声音形式为躯体之形。在诵读中，具体的感情色彩须体现在语气中。一般情况下，爱的感情气徐声柔，憎的感情气足声硬，喜的感情气满声高，悲的感情气沉声缓，惧的感情气提声疑，怒的感情气粗声重，急的感情气短声促，冷的感情气少声平。正是感情的千变万化，才有语气的千姿百态。

朗诵时，语气的感情分量要准确适度，把握好分寸、火候。譬如，若要朗诵李白的诗句"君不见，黄河之水天上来，奔流到海不复回。君不见，高堂明镜悲白发，朝如青丝暮成雪"，借助《将进酒》诗的基调来解说，作者是在借流水喻人生，借父母见未来，感叹时光易逝的不可挽回和人生短暂的无可奈何，而不能就事论事地读成气势磅礴、悲切哀叹的转换。

语气的变化表现为语调，被图解展示的语调则称为语势。语势是图解了的语气行进的趋向和态势。"语无定势"，语势有着典型的曲折性，不宜简单划一为平直态势，只能是曲折波动的高低变化。倘若将情感激荡下的语势运动，用模糊图形来表示的话，状如波起浪涌的水面，可以把语势中高耸部分叫作"波峰",低伏部分叫作"波谷",波峰和波谷之间的落差叫作"波幅"。

朗诵时语势如何把握？朗诵者可依据自己的音域,先定一个声音适中的中音为基线,然后考虑声音的高低,上行、下行几度,须上行到最高而不声嘶力竭,下行至最低也不气堵声噎。平常对声音敏锐而把握得不错者,可上、下各行五度；对声音反映较迟钝而难以把握者,甚而可只设中、高、低三度。一般情况下,可以上行三度,下行三度,大体能显示抑扬的起落差距。

书面表达,试以坐标系所画图示来表现声音的抑扬顿挫、轻重徐疾的变化：纵坐标表示声音的高低起伏,横坐标表示声音的徐急顿连。从坐标横向来看,空一字距离表示标点较长的停顿,空半字距离为无标点的快速偷气。

譬如,李商隐《贾生》中的前两句语气的抑扬顿挫的处理,可以这样书面展示：

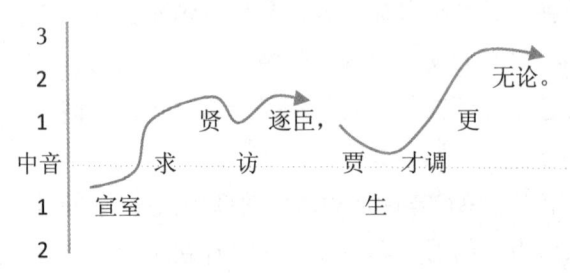

```
3
2
1            贤    逐臣,              无论。
中音    求  访         贾  才调  更
      宣室                生
1
2
```

语势的连接,即前后句如何过渡衔接,也值得重视。为了顺应思想情感波动变化的表达,为了推进语流行进而不呆滞,确定语句系列的前后语势须考虑：前后句的句首避免同一起点,句腹避免同一波形,句尾避免同一落点。

为了显示语言的立体性和语流的曲折性,按当代朗诵界前辈张颂先生的意见,可以将诗歌朗诵的语势大致分为波峰势、波谷势、上山势、下山势、半起势、突变势等六种基本形态来表述。

波峰势是不管如何起句和收句,句腹主要在高处,或达到较高处,如波浪之峰。如诵读王维的《山居秋暝》中的两联,四句皆可设为波峰势,其中,"雨"、"来"、"松间"、"石上"为句中高峰。

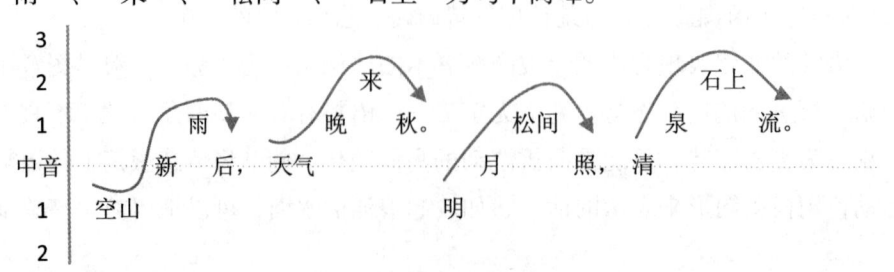

```
3
2         来              石上
1   雨      晚  秋。  松间      泉  流。
中音  新 后, 天气      月   照, 清
    空山          明
1
2
```

波谷势是句腹下降，像两个浪头之间的低谷。如诵读李商隐《夜雨寄北》中的诗句"君问归期未有期，巴山夜雨涨秋池"，前句设为波峰势，"未"为波峰；后句可为波谷势，"涨"为波谷。

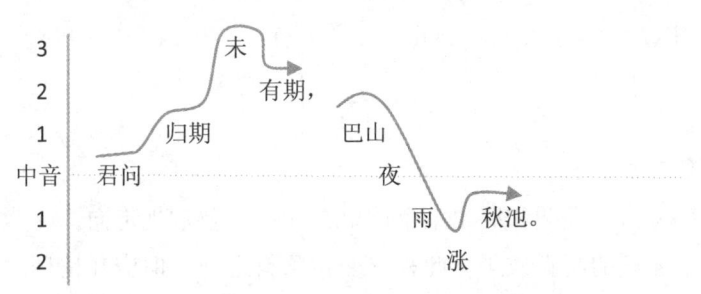

```
3             未
2          ┌─┐  有期，
1       归期         巴山
中音 君问─────────夜────────────
                   雨    秋池。
1
2                      涨
```

上山势又称节节高，由句首经句腹至句尾，一层高过一层，总的趋向是上升。如"清明时节雨纷纷，路上行人欲断魂。借问酒家何处有，牧童遥指杏花村。"此四句皆可为上山势，句尾最高；且看前两句语势的书面展示。

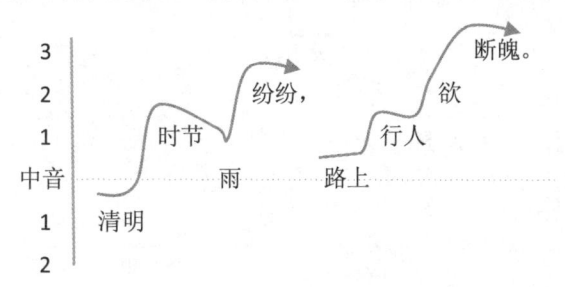

```
3                              断魂。
2          纷纷，         欲
1       时节         行人
中音 ────雨────────路上──────────
    清明
1
2
```

下山势又称节节低，句首高起，句腹走势下行，句尾较低，但并不一定达到最低点。如诵读孟浩然《临洞庭湖赠张丞相》诗，分别看四句皆可为下山势，句尾较低；若前后连续看，前三句可顺势而下，第四句慨叹加重，又需扬起低落。

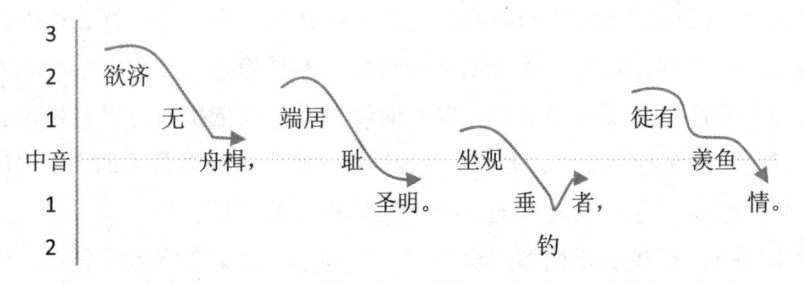

```
3
2  欲济
1  无        端居        坐观        徒有
中音    舟楫,    耻              羡鱼
              圣明。   垂   者,      情。
1                     钓
2
```

半起势是句首较低，句腹上扬到一半便悬至在中途，似犹言未尽，似求应答，句尾稍下降或持平。如诵读张若虚的《春江花月夜》诗句"人生代代无穷已，江月年年只相似"，可为半起势，"无穷"、"年年"可悬置在中途，

句尾"已"、"似"略有下降但未达波谷,不是波谷势。

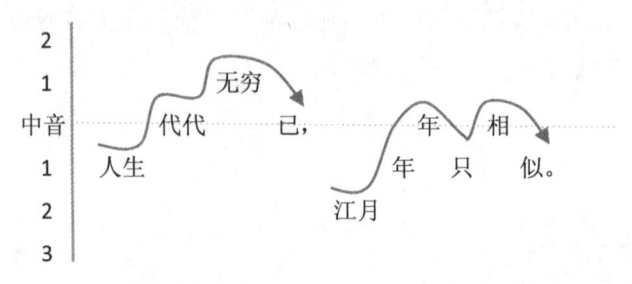

```
 2
 1           无穷
中音    代代      已,         年  相
              江月    年 只    似。
 1  人生
 2
 3
```

突变势是为了强调和突出某个词语,往往打破常规走向,突然高扬或低抑,以产生强烈的听觉效果。此种突变在预料之外,但应在情理之中。如诵读陆游的《诉衷情》词,在"胡未灭,鬓先秋,泪空流"的语势从适中到低抑、再高扬又低抑的变化后,紧接着的"此生谁料,心在天山"一节高过一节,而后突变为"身老沧州"的低落哀伤,且"沧州"宜低于"身老"。

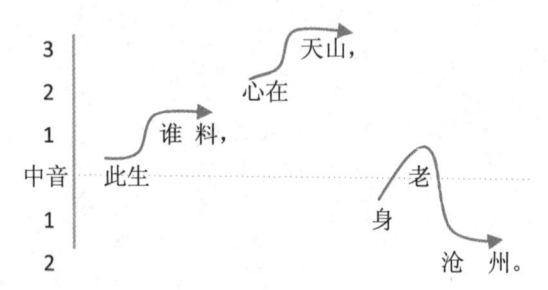

```
 3                  天山,
 2           心在
 1      谁料,
中音  此生              老
                    身
 1
 2                     沧 州。
```

语无定势,以上六类语势比较典型,但并不能囊括全部。具体到某首诗,诵读时或许会有这样那样的变化,允许有变通的处理方式,不宜机械地硬性定势。选择语势,需以诗歌的情意行进为导向,以语言流动的自然和顺畅为基准。

诵读时,依据表情达意的需要,与读音有高低上下之分一样,诗句词语须有强柔重轻之别,它们不受节拍结构约束,不是静态的和固定的,具有不确定性和多变性。强柔重轻如何把握?诵读者也可以依据自己发音情况,将强柔重轻区分为强音、常音、柔音、轻音四级。常音为一般常用的声音强度,不重不轻。轻音则念得又轻又短,如普通话中"的、地、得、着、了、过"等一般念轻声,有些双音词如"萝卜"、"地方"的第二字也读轻声。强音与柔音都需强调突出,强音需拉长音长、提高音高、增加音强,就是把要强调的字词读得重一些,响一些,一般适用于表现坚定、勇敢、庄重、豪迈的情感;柔音则需减弱音强、延长或缩短音长,保持原有音高甚至降低音高,就是要把要强调的词语读得稍轻、柔和一些，一般适用于表现欣慰、温存、亲切、柔和的情感。

读音强弱重轻的选择确立，要纵观全篇，在语言目的、环境、语气统一的基础上，有选择地使用，在对比中突出强调。譬如，朗诵毛泽东的著名词作《沁园春·长沙》上阕，开篇的"独立寒秋，湘江北去，橘子洲头"，是平和叙述，词语多为常音；但"独立"两字，表现的是"重游"的特殊性，可略重强调，两字可稍分开，"立"字略拉长音节，减慢语速，引发渲染后面的情景。后句"北"字引起思绪滚滚而来，可缓柔着读。紧接而来的"看"，是引领七句的领字，可柔缓拖长，顿挫稍停，引起后语。而后的景物描绘，都是围绕"万类霜天竞自由"而展开的，此句重点在"竞"，可用拖腔缓读；而"万山红遍，层林尽染，漫江碧透，百舸争流。鹰击长空，鱼翔浅底"中的"遍"、"尽"、"透"说明"竞"的程度，"争"、"击"、"翔"说明"竞"的方式，理应强调，前者可以减弱音强，后者可以略重强调，读来就会有一些强弱起伏的变化。再往后，"怅寥廓，问苍茫大地，谁主沉浮"，"怅"、"问"直接表达思绪万千、慷慨激昂的情感，"谁主"是设问的核心词语，都可作为强音重音，提高音高，增加音强，延长发音，重读并长读，以渲染激扬的情感。要注意的是，诵读中，强音、柔音并不是愈多愈好，关键是要有确切恰当的理由。

显然，朗诵时语音的强弱停连，都须服从节奏韵律和语气变化衔接的需要。在有声语言的艺术表达中，语气是中心，节奏韵律是重心。

概而言之，语气变化、韵律节奏、谋篇布局、情感基调，是朗诵这门语言艺术的四大支柱。综合起来理解表达，如何朗诵好一首诗歌，我们以上文刚提到的被人赞为"风调独绝，文情并茂"的著名词作为例，整体把握，具体展开来谈。

《沁园春·长沙》词，是诗人1925年初离开中国共产党中央委员会后、10月准备前往广州创办农民运动讲习所、途经长沙时写下的。橘子洲旧地重游，上阕写景融情，面对"苍茫大地"而发出了"谁主沉浮"的疑问，下阕忆事抒情，表达了"浪遏飞舟"的激流勇进的精神。词作展现了诗人对大好河山前途命运的关切、以天下为己任的革命精神；热忱忧心、自豪激昂是朗诵此词须把握的情感基调。

"崇高是伟大心灵的回声。"品味此词，朗诵者要在想象联想中，融入、调动那种激流勇进、奋发有为的进取精神；朗诵时须声韵饱满、激扬豪壮。"万类霜天竞自由"，南国绚丽美好的秋景，如在眼前；"指点江山"、"浪遏飞舟"，仿佛自己也身临其境，心中充满了豪情壮志。

把握了词的情感基调，回过头来再分析作品，进一步考虑朗诵的谋篇布局。朗诵者要依托情感基调，深入探究词中思想感情的变化推进，努力寻找书面文字转化为有声语言的内在依据，由此出发去研究布局全篇诗句语气波动起伏的全过程。宏观掌控，热忱忧心、昂扬奋进的情怀贯穿于全词。上阕由"看"到"问"、下阕由"忆"到"记"，心态都是从较为平和转入慷慨，诵读时宜用舒缓转入激昂的语调来表达起伏的情感。朗诵的重点，需强调的语句，不管是上阕还是下阕，都应落实在心态转换的过渡与激昂慷慨的表述上。微观细分，上阕"独立寒秋"三句，宜用舒缓沉静的语气读出；"看"以下的观景内容，动静的描绘中应含有欣然观赏、赞叹的意味。"竞自由"句则感慨万千，情绪转为激动。"问苍茫大地"显得激昂，"谁主沉浮"则将深思询问的情感推向高峰。下阕也宜用从舒缓到激昂的语调来读，不同的是，"忆""岁月稠"的几句，舒畅中须含有自豪而激动的暖色调。"浪遏飞舟"的设问，昂扬奋进的情怀充满着自信和对战友的期望，是对上阕的发问的巧妙回答，要读得激扬豪放，致成全篇的最强音。

朗诵的谋篇布局，宏观的大体把握，可以用下面的图表书面来展示：

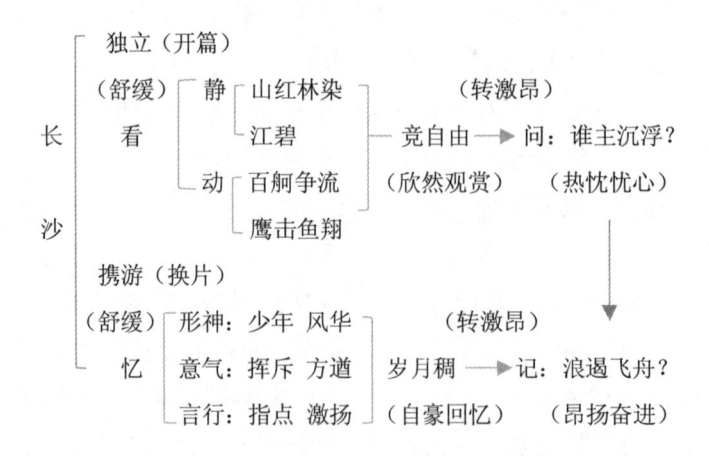

```
        ┌─ 独立（开篇）
        │  （舒缓）┌ 静 ┌ 山红林染    （转激昂）
   长   │         │    └ 江碧      ─ 竞自由 ─► 问：谁主沉浮？
        │    看   └ 动 ┌ 百舸争流   （欣然观赏）（热忱忱忧心）
   沙   │              └ 鹰击鱼翔                    │
        │                                             ▼
        ├─ 携游（换片）
        │  （舒缓）┌ 形神：少年 风华   （转激昂）
        │    忆   ├ 意气：挥斥 方遒  ─ 岁月稠 ─► 记：浪遏飞舟？
        │         └ 言行：指点 激扬  （自豪回忆）（昂扬奋进）
```

确立基调，布局谋篇，须与把握韵律节奏一起来考虑。上文由舒缓转至激昂的情调，谈及的就是词的情感节奏。词的语言节奏的划分，与古诗一样，也是以两字或一字作为一个节奏单位。虽然词句的顿挫，以意义组合来划分，与律诗五言二三、七言四三的句式有相同与不同之分，但只需在顿挫之处快速偷气后顺势连接即可。

朗诵时，此词的韵律如何把握？

韵律包含平仄、押韵与对仗。词与律诗一样，讲究平平仄仄交替使用，高低起伏，寓变化于整齐之中。下面我们来看看《沁园春·长沙》词的平仄组合、顿挫停连的情况。平声以"—"表示，仄声以"｜"表示。

独立 / 寒秋，湘江 / 北去，橘子 / 洲头。看 / 万山 / 红遍，层林 / 尽染；漫江 / 碧透，百舸 / 争流。

— ｜ — — — — ｜ ｜ — — ｜ ｜ — — ｜ — — ｜ ｜ ｜
— — ｜ ｜ — —

鹰击 / 长空，鱼翔 / 浅底，万类 / 霜天 / 竞 / 自由。怅 / 寥廓，问 / 苍茫 / 大地，谁主 / 沉浮？

— ｜ — — — — ｜ ｜ ｜ ｜ — — ｜ ｜ — ｜ — ｜ ｜ ｜
— ｜ — —

携来 / 百侣 / 曾游，忆 / 往昔 / 峥嵘 / 岁月 / 稠。恰 / 同学 / 少年，风华 / 正茂；书生 / 意气，挥斥 / 方遒。

— — ｜ ｜ — — ｜ — ｜ — — ｜ ｜ — — ｜ — — ｜ ｜
— — ｜ ｜ — ｜ — —

指点 / 江山，激扬 / 文字，粪土 / 当年 / 万户 / 侯。曾 / 记否，到 / 中流 / 击水，浪遏 / 飞舟？

｜ ｜ — — — — ｜ ｜ ｜ — — ｜ ｜ — ｜ ｜ — ｜ ｜
｜ ｜ — —

朗诵时，平声高扬平稳与仄声低抑变化的对比须落在实处；抑扬交替、加上变化有序的顿挫、押韵，就能形成声韵和谐回环的音乐美。

此词用的是"词林正韵"中平声的"尤"韵，押韵的字是：秋、头、流、由、浮、游、稠、遒、候、舟。要注意的是，"浮"现代汉语读"fú"；查"词林正韵"，"浮"的古音却属"尤"部，即与"尤"（yóu）同属一个韵部。要注意的是，诵读到韵脚字时，要略重，有所突出，特别是上、下阕尾句韵脚字"浮"、"舟"，要读得慢一点、重一点，缓缓而又果断地结束。

词中有三处用了对仗。"鹰击长空"对"鱼翔浅底"，"指点江山"对"激扬文字"；"万山红遍，层林尽染"对"漫江碧透，百舸争流"。诵读时，

063

须突出强调,词气畅达,对比鲜明,妙合自然。

和谐的音韵、鲜明的节奏、律动的美感,朗诵者须把握好诗词的这些特点,落实到每一词句的语气中来,安排好语气的衔接过渡,顺应情感的波动变化而起伏推进。

一首词的朗诵,就是词中所有词句语气的整合汇总,既要诵读好每一句,又要从整体上把握好全篇。下面看看《沁园春·长沙》词的朗诵,如何来整体把握,协调处理好诗句的语气变化、强弱表达及诗句的衔接停连;试以示意坐标图表来书面展示;并以语词下加"."表示读音较强较重;加"_"则表示读音较轻较柔;语词后加"‥"表示声音延长,略带拖音。

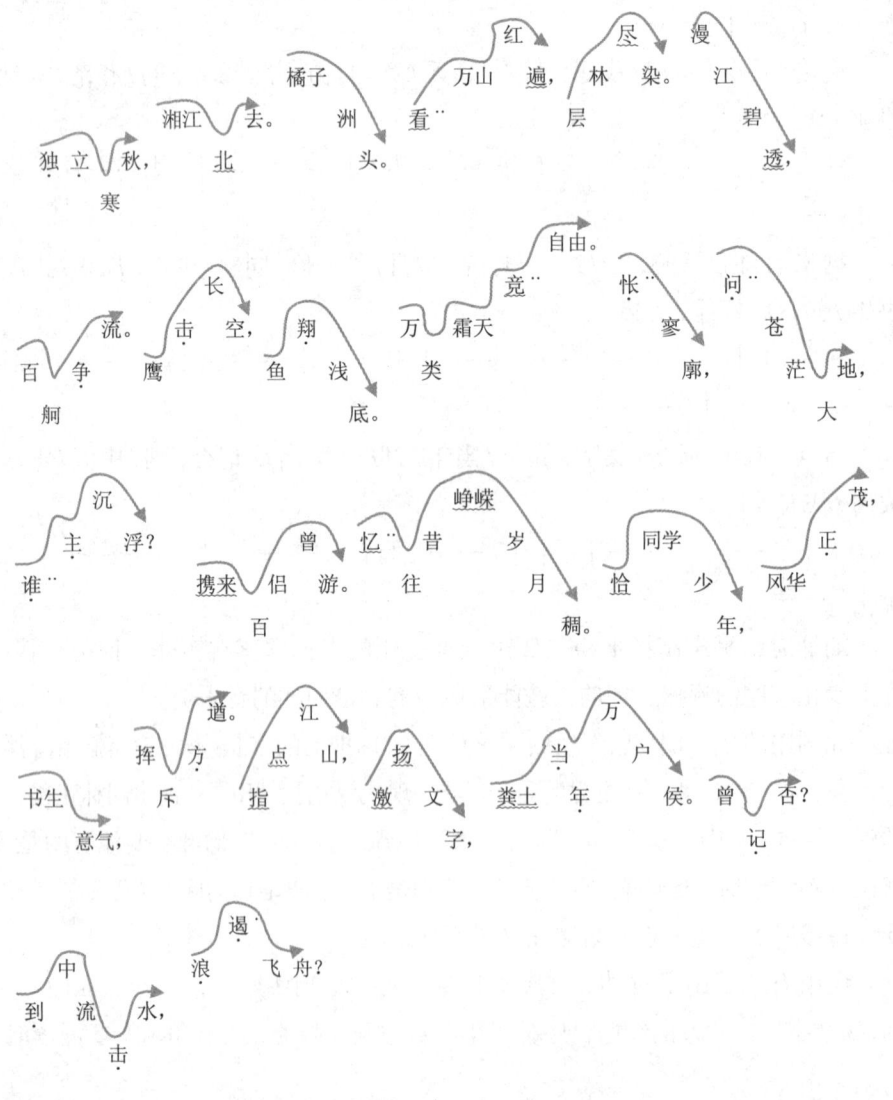

语无定势，因情而定，因诗有异，因人而设。若是朗诵者将音高设为七度，以中音为基线，上、下各三度，则此词热忱忱心、自豪激昂的起伏情感用舒缓转入激昂的语调来朗诵，激昂处上行可达三度，舒缓时下行可至一度，不宜过于低沉，偏离基调。

朗诵此词的上、下阕，都适宜于用由舒缓转入激昂的语调，来表达诗人起伏波动的情感。两阕之间须停顿缓转，时间比一般的标点符号要稍长。当上阕推至高潮后，先稍稍屏息再深吸一口气，在从容呼出的同时，再转换以平缓的语调起诵下阕，形成一个较为鲜明的跌宕，显示出全篇的变化和谐的节奏感。

不管是朗诵《沁园春》词，还是朗诵其他诗歌，都须把握好语气变化、韵律节奏等有声动态语言技巧，字正腔圆，以声传情，因声入境，声情并茂地将诗词中的思想情感灵动地表现出来。不过，倘若是面对听众，参加有着视觉要求的朗诵比赛、朗诵会，还要注意用无声的态势语言来配合，将作品的内容和思想情感更好地表达出来。

态势语言又称肢体语言，是对有声语言的补充和增强，包括姿态、表情、眼神、动作。朗诵者作为诗歌的代言人，凭着解悟想象融入诗中意境，面对听众站立，体态要自然良好，要有自信，面部表情须随着作品思想情感的变化而变化，自如而真诚，切勿装腔作势，弄巧成拙。眼神要会说话，手势要舒展适度，通过眼神和肢体动作，配合声音真切地传递内心对作品的感受，无需勉强。朗诵者不宜用手势来图解朗诵内容，那种一句话做一个动作的体操式拙劣表演实在是一种对朗诵的曲解。

用有声语言并辅之以态势动作，朗诵好一首首脍炙人口的传世诗篇，激情扬起，除了润物有声、感动听众以外，对朗诵者来说，也是一种情感熏陶、艺术享受，还能为写作类似情境的诗词打下基础，引发兴趣，何乐而不为呢？看来，不论是诗词创作者，还是诗歌爱好者，都应该在诗歌朗诵上多下功夫。

【思考与练习】

一、看看下面的新诗《年轻，真好》，或选择自己最喜爱的一首诗，熟读至能朗诵。朗诵前,要分析研究诗歌的情感基调、结构布局、韵律节奏、语气变化,然后有声有色地、并配以态势动作来朗诵。可以请别人提意见,也可以录音作为纪念。

提示:此诗洋溢着年轻人的朝气与热情,具有强烈的感染力。四次出现的"年轻,真好",不要雷同刻板,要有递进,赋予它不同的神韵。诗歌开始的热情释放,接下来的坚定决心和赞美,以及最后的深情感叹,都要通过内心的情感积累和外部的语言技巧加以展现。

年轻,真好　　　　　　　　作者不详

年轻,真好!
全世界都在向我微笑。
哼着歌,
迎着朝霞,
在无尽的田野自由呼吸,欢快奔跑。
看!盛开的野菊向我频频点头。
听!晚秋的蟋蟀也在为我欢叫。

年轻,真好!
举起巨石
敢于苍天叫嚣。
来到旷野,
与狼共舞,与虎相交。
啊!年轻,真好!

整个世界都在与我交融,
交融在爱的怀抱。

有一天,
我们也许会被重重摔到。
然而,
年轻的我们怎么会在困难面前低头,
怎么会在青春岁月里弯腰。
看着前面彩虹般的路吧
我们会猛地爬起来,
拍拍身上的土,
大吼一声"怕什么,
我们依然是未来的骄傲!
年轻,真好!

二、学以致用,举一反三。下面有三首不同的《沁园春》词,任选一首,请从寻觅基调、谋篇布局、节奏韵律、活用语气等四个方面分析,宏观把握并微观细察,看看应如何掌控,然后诵读。

诵读前,须先朗读至能背诵。然后,对所选词的谋篇布局、节奏、平仄的划分、语势的变化,一一分析落实,并试着写在纸上,做好充分的准备,再来声情并茂地诵读。诵读几次后,可回过头来,检查自己原来的分析布局是否妥当,进行修正。而后再次诵读,也可请人旁听并提意见,直到满意方可。

沁园春·雪   毛泽东

北国风光，千里冰封，万里雪飘。望长城内外，惟余莽莽；大河上下，顿失滔滔。山舞银蛇，原驰蜡象，欲与天公试比高。须晴日，看红装素裹，分外妖娆。　江山如此多娇，引无数英雄竞折腰。惜秦皇汉武，略输文采；唐宗宋祖，稍逊风骚。一代天骄，成吉思汗，只识弯弓射大雕。俱往矣，数风流人物，还看今朝。

沁园春·赴密州早行马上寄子由①   苏轼

孤馆灯青，野店鸡号，旅枕梦残。渐月华收练②。晨霜耿耿，云山摘锦③，朝露漙漙④，世路无穷，劳生有限，似此区区长鲜欢。微吟罢，凭征鞍无语，往事千端。　当时共客长安，似二陆初来俱少年⑤。有笔头千字，胸中万卷，致君尧舜⑥，此事何难。用舍由时，行藏在我，袖手何妨闲处看⑦。身长健，但优游卒岁，且斗樽前⑧。

沁园春·再到期思卜筑⑨   辛弃疾

一水西来，千丈晴虹，十里翠屏。喜草堂经岁，重来杜老；斜川好景，

---

① 宋朝熙宁七年（1074），苏轼赴密州（州治今山东诸城）知州任途中作。子由：作者弟弟苏辙的字。

② 练：洁白丝绸，此形容月光。本句意谓指拂晓时月亮渐渐收起光辉。

③ 摘（chī）锦：铺开锦绣，形容景色美丽。

④ 漙漙（tuán）：形容露水多。

⑤ 长安：代指宋都汴京。二陆，指西晋诗人陆机 陆云兄弟。吴亡后，二陆入洛阳，以文章为当时士大夫所推重，时年只二十余岁，词里用来比自己和弟弟苏辙。

⑥ "致君尧舜"：意谓使君主成为如尧舜一样的圣人。化用杜甫诗句"致君尧舜上，再使风俗淳"。

⑦ 《论语》有言："用之则行，舍之则藏，惟我与尔有是夫"。

⑧ 优游卒岁：优闲自得地渡过岁月。《左传·襄公二十一年》："优哉游哉，聊以卒岁。"牛僧孺语："休论世上升沉事，且斗樽前见在身"。

⑨ 绍熙五年（1194年）秋七月，辛弃疾被弹劾落职后，回铅山县期思村寻幽探胜时所作。卜筑，即卜居，选择地方，建筑房屋。

不负渊明①。老鹤高飞，一枝投宿，长笑蜗牛戴物行。平章②了，待十分佳处，着个茅亭。　青山意气峥嵘，似为我，归来妩媚生。解频教花鸟③，前歌后舞；更催云水，暮送朝迎。酒圣诗豪，可能无势，我乃而今驾驭卿④。清溪上，被山灵却笑，白发归耕。

三、如若有条件，可以参加诗歌朗诵比赛或朗诵会，上台朗诵自己所选诗歌。朗诵前须做好充分准备，反复诵读，然后再上台。

---

① "重来杜老"，"不负渊明"：借杜甫、陶渊明之事表达再到期思隐居的愿望。草堂：杜甫在成都浣花溪畔的故居。斜川：陶渊明居浔阳柴桑时，曾作《斜川诗》。
② 平章：品评，筹划。
③ 解频教花鸟：青山动员花鸟一起来欢迎词人。解：晓悟，动员。频：屡屡不断。
④ "酒圣诗豪"三句：擅长喝酒吟诗之人，可能无权势，但我还是能统率山水自然，尽情享受。

第二编　提笔写诗　打好基础

第六讲　诗语造句

形象凝炼喜跳跃　善用古语表今情

本讲要点

⊙积句成篇练诗句　　⊙诗语特色须熟谙：形象可感
•跳跃灵巧　•凝练缜密　⊙五言七言句常用
⊙仿写名句抒己意　　⊙直寻苦思皆有成

《文心雕龙·章句》说："夫人之立言，因字而生句，积句而成章，积章而成篇。"诗篇由诗句构成，诗句既是诗篇的有机构成要素，又是表达着一定感情、思想、志向、意趣的独立单位。正像学写作文之前先要学写造句一样，学习写诗，开始要多多学写诗句。经过训练，经过自己不懈的努力，倘若能用诗句来写景抒情，表达己意；那么，写起诗来，就不会感到生疏、为难了。

鉴赏诗歌，学写诗语，必须熟悉诗歌语言，明了诗语特色。

诗歌是高度精炼的语言艺术，以语言为媒介来缘情达意、反映社会生活。中国诗人依据诗的特色、利用汉语的固有特性，通过对日常生活用语的锤炼，创造出了一种独特的、与散文不同的诗歌语言。中国诗歌语言形象可感、跳跃灵巧、凝练缜密，最富表现力，也最适合诗歌传达情思。

诗的语言是形象可感的。

同样一个景物或感触，画家用线条和颜色画了出来，音乐家用乐谱唱了出来，而诗人用诗句写了出来，"状难写之景，如在目前"。诗歌是语言的艺术，而艺术的主要特征就是富于形象。

诗歌的情意须寓托在具体的生活图景之中，不宜直接用抽象词语来表达。

正如有位名人所说，"我们当然只能吃樱桃和李子，但不能吃水果，因为没有人能吃抽象的水果"。语言应诗化，纯粹的概念的组合、判断的表述及理路的推求，都与诗语格格不入。

诗歌用词，要求具体指物，形象可见。如诗中可用"高山"、"流水"、"飞鸟"、"青松"等视觉可见的词语，而忌讳用"思想"、"事物"、"标准"、"教学"等抽象性强的词语，也回避用"食物"、"树木"、"房屋"、"声音"那些过于笼统的词语。诗歌中形象一般越具体越好，如说太阳，可从朝阳、夕阳、炎阳、残阳等词中选择；说风，可从春风、暖风、寒风、朔风等词中选择。

诗歌语言是形象性语言，不管是叙述【如"独坐幽篁里，弹琴复长啸"（王维）、"朝辞白帝彩云间，千里江陵一日还"（李白）】、描绘【如"晴川历历汉阳树，芳草萋萋鹦鹉洲"（崔颢）、"烧叶炉中无宿火，读书窗下有残灯"（宋·魏野）】，抑或是抒情【"楚客病来相思苦，寂寥灯下不胜愁"（卢纶）、"问君能有几多愁，恰似一江春水向东流"（李煜）】，或者是议论【如"人世几回伤往事，山形依旧枕寒流"（刘禹锡）、"人有悲欢离合，月有阴晴圆缺，此事古难全"（苏轼）】，都以形象生动、便于联想品味为佳，毕竟形象画面中所蕴含的情感意趣能给读者以丰富的美感享受。

即或是某种难言的思想情绪、抽象的概念，也可用形象化的语言来表达。李白用"孤帆远影碧空尽，唯见长江天际流"来表达惜别的怅惘；李商隐用"嫦娥应悔偷灵药，碧海青天夜夜心"来表现无聊、寂寞的心情；杜甫用"留连戏蝶时时舞，自在娇莺恰恰啼"来表达对盎然春意的赞美。蒋捷词"流光容易把人抛，红了樱桃，绿了芭蕉"，用"红了樱桃，绿了芭蕉"这样具体的形象的变化来表现"流光（流动的光阴）容易把人抛"这一抽象的概念。

诗的语言是跳跃灵巧的。

诗歌运用的是一种与散文不同的特殊语言。诗要表达情意，其用字造语，不在乎叙写详尽、议论明晰，而是强调情至意会，重在意念的内在联接，遣词组句也须随机变化，行进步骤多是"舞蹈步法"，无须如一般散文那样规行矩步。诗语遵循的是想象、情感的逻辑，在动作、形象、图景之间常表现为跳跃性的结构，超越了时间的樊篱、空间的鸿沟。诗歌中，可以省去那些过渡性的叙述，省去那些读者凭想象完全可以得到的内容。拖泥带水的叙述、面面俱到的描写、毫无取舍的冗繁，都是诗歌不允许的。

譬如，辛弃疾的《菩萨蛮·书江西造口壁》："郁孤台下清江水，中间多少行人泪！西北望长安，可怜无数山。 青山遮不住，毕竟东流去。江晚正愁余，山深闻鹧鸪。"该词以吟咏山水来寄寓作者怀念故都、壮志难酬的苦闷心情，全词在抒情意念上呈现三次跳跃：开篇两句写俯视江水，慨叹流水竟是忍看金兵南侵的伤心泪水所汇成；接着两句转跳视角，写抬头远望帝都汴京，表现对神州陆沉及朝廷苟安的沉痛怨愤之情；下阕换头两句一跃而借水怨山，但坚信无数青山毕竟遮不住不停奔去的东流水；结尾两句转而直写心情，山深鹧鸪声声更勾起诗人忧伤时局而沉郁苦闷的心境。三次跳跃，意念联接，眼前景色与心中情感的起伏跌宕，蕴含的悲悯之情与忠愤之气何其苍茫悲壮！

又如，唐朝诗人钱起《省试湘灵鼓瑟》诗，前面几句写湘水女神鼓瑟，曲音袅袅，"苍梧来怨慕，白芷动芳馨。流水传湘浦，悲风过洞庭"，诗人通过想象的波浪似的推进，连接展开了四幅乐声感人的画面；而后紧连着的两句诗是"曲终人不见，江上数峰青"，从优美动听的乐曲声中转跳到眼前所见，从听觉飞跃到视觉，诗人描绘的景物是随情感的变化而展开，没有像散文那样用不少的连接词与过渡语句，显得凝练、深沉。

诗语活泼灵巧，除了跳跃前行的特点以外，还有诸多的词性活用与倒置错综。

词性活用在古诗词中屡见不鲜，包括名词、形容词、数词活用为动词，形容词、动词用如名词，名词作状语，使动用法，意动用法，等等。略举几例。譬如，苏轼《江城子·密州出猎》中"锦帽貂裘，千骑卷平冈"，"锦帽貂裘"等于说"戴锦帽，穿貂裘"，名词活用为动词，这是为了顺应选词组句合乎词牌格律的需要而为。又如，李清照《如梦令》词中"知否，知否，应是绿肥红瘦"，"绿、红"形容词活用为名词：绿叶、红花；用语新颖，委曲精工，含蓄别致。再则，杜甫《春望》中的"感时花溅泪，恨别鸟惊心"，"溅"和"惊"都是使动词：繁花使人泪溅，鸣鸟使人心惊；如此活用，既能合乎平仄要求，又让所描绘的情景简略传神。

倒置错综指的是在诗句中出现了各种成分前置、后置现象。譬如，岑参《逢入京使》诗中"故园东望路漫漫，双袖龙钟泪不干"，"故园东望"的正常的语序应是"东望故园"。"故园"前置，既能迎合平仄合律的需要，也能突出作者对"故园"（长安）的无限思念之情。又如，杜甫《秋兴八首》

中的"香稻啄余鹦鹉粒，碧梧栖老凤凰枝"，正常顺序应为：鹦鹉啄余香稻粒，凤凰栖老碧梧枝。"香稻"、"碧梧"的前置与"鹦鹉"、"凤凰"的后置的错综妙用，既顺应了律诗平仄的要求，又强调了香稻粒的宝贵，碧梧枝的优美，呼应了"秋兴"的诗题，富有情致而又新颖独特。

诗的语言是凝练缜密的。

中国古诗，律诗、绝句精短，至短者如五绝才二十字而已，因为受篇幅、韵律的限制，诗不能像散文那样详尽、舒缓地表达，而是要求语言精简，可以省去的就不必说，须以最少的文辞表达丰富的情意，以精练为美。

欲求诗语凝练，"篇短而须句练，句练而须字简"。练句择字，可多选用一字一音一义的单音词来组合诗句，比起多用双音词来看，所含信息容量更大，在有限的诗句字数的限制下，更能表达丰富的情感意蕴。古诗用语，多为单音词，当下写诗也可多用。现代诗人聂绀弩有首七律《伐木赠张先怡》："湖南儿女不知愁，完达山中雪作裘。百日皆夸茅屋暖，一冬尽与赤松游。大呼乔木迎声倒，小憩新歌信口流。痒煞烹调能手技，替人风里煮猴头。"诗中，除少数地名物名称呼须为双音词外，诗语大致为单音词，因而语言容量大，人物形象鲜明，劳动场景感人。

练句简字，古诗中大多省略虚词，一般省略代词，不用"我"、"你"、"他（她）"这些人称代词，不用"着"、"了"、"过"、"的"、"地"、"得"这些助词。有时也省略名词、动词。

譬如，李白的《静夜思》："床前明月光，疑是地上霜。举头望明月，低头思故乡"，开头没有交代时间、地点，全诗无虚词，也无"主语"，诗题也没有任何提示。诗中"疑"而"望"者，作者亦可，游子亦可，思妇亦可，而千万读者诵之，则千万读者亦可。这样叙说，读者诵读时容易进入诗境。

中国古诗极少用连接媒介，显得语言精练，含义丰富。例如，"国破山河在"译成散文是：国都已经沦陷了，只是山河依然如故；诗句中没有用"已经"、"只是"这些连接性的文字。又如，"浮云游子意"译成散文是：天上飘着的浮云就像是游子的心意；诗句中没有用"是"、"像"等连接词。虽然诗句中省略了这些连接词，但并没有妨碍读者理解诗句的意思。

凝练还须缜密。诗句中应无闲语累字，不得有可去之字。"江平不肯流"是闲语，既"平"自然是"不肯流"了；这有点画蛇添足之味，不如"水深难急流"写得好。吴可《藏海诗话》引曾几"金马门深曾草制，水晶宫冷近题诗",而云"'深'、'冷'二字不闲道,若言'金马门中'、'水晶宫里'则闲了'中'、'里'二字也。"因"中"、"里"二字可有可无,换言为"深"、"冷",故谓不闲字。此两句诗,一句七字,字字不闲。

诗语缜密,有时一句之中,包含数重之意。例如"风急天高猿啸哀,渚清沙白鸟飞回",此两句包含六意:风急、天高、猿啸哀、渚清、沙白、鸟飞回,而言外还含有秋景萧飒之意。南宋杨万里撰《诚斋诗话》云:"有一句五言而两意者,陈后山云'更病可无醉,犹寒已自知'。"陈师道的此诗句含有几重意思:又患病受限制,可以不喝醉了;天气尚未转为寒冷,自己就感觉到有点寒意了。书中又指出:"东坡《煎茶》诗云:'活水还将活火烹,自临钓石汲深清。'第二句七字而具五意:水清,一也;深处清,二也;石下之水,非有泥土,三也;石乃钓石,非寻常之石,四也;东坡自汲,非遗卒奴,五也。""诗有句中无其辞,而句外有其意者","杜甫有诗句说'朋酒日欢会,老夫今始知',嘲其独遗己而不招也。"

缜密凝练,应是语能达意。有人写赞咏松树的诗句:"影摇千尺龙蛇动,声撼半天风雨寒",一位和尚改为"云影乱铺地,涛声寒在空"。比较一下,两者谁为优?前者描写生动,但有点过于夸张,而后者言语简约而诗意恰当,当以和尚诗句为优。这就说明在不影响诗意的前提下,以简略为上。

下面的半首诗出自唐代白居易写的《晚岁》:"壮岁忽已去,浮云何足论。身为百口长,官是一州尊。不觉白双鬓,徒言朱两轓。病难施郡政,老未答君恩……"若是挑挑刺,诗中有不少前后重复、矛盾的词语,显得不简约精练。开头说"壮岁忽已去",大致会"白双鬓"了,两句有重复,有点啰唆;诗中说"病难施郡政",也就谈不上"官是一州尊"了,起码不能自以为是。

显然,写诗要注意推敲,即使是有名的诗人不经意间也会犯错;对初学者来说更要小心了,要写好诗,用语要尽量做到精练缜密。

概而言之,诗的语言应是形象可感、跳跃灵巧、凝练缜密的;与此呼应配合,千百年来,也就形成了诗句多用五言、七言,或者以七言为主并杂以它言而精简适中的特点。

中国诗的句式,现代自由诗并无规范,自一言乃至十余言不限,唯在冲口适意而已。古体诗则并非漫无所倚,初以四言为常,继以五言、七言为主;齐言的五言诗、七言诗形成固定格式,律诗、绝句就主要是这两种句式。杂言诗中,唐代起盛行的是以七言句为主,而杂以它言的歌行体。词、曲为长短句,可算是一种特殊的讲究格律的"杂言诗",也多用五言、七言、四言句,杂以它言。

古体诗的句式,除五言、七言、四言句为多用外,一言到三言、六言、八言到十言乃至十言以上的句子,也间或有之。一言、二言多为叹辞、呼辞,常常并无句意。至于八言,如李白的《蜀道难》中"黄鹤之飞尚不得过"、九言如"上有六龙回日之高标,下有冲波逆折之回川",十言如《行路难》中"君不见昔时燕家重郭隗";此类文句有时杂入诗中,以为变化语气,并未成为诗家常用的固定句式。

诗歌具有音乐性,对整首诗而言,有了节奏韵律,诵读时就会有起伏顿挫,和谐动听的音韵美。不过,对单独的一句、两句诗语来说,韵律不好讲究,但节奏还是要有的。诗歌特别是古诗中,五言、七言为常用诗句格式。依照将诗行分为近乎均匀两半的"半逗律"来划分诗句,五言诗句音节的组合为前二后三,即二二一或二一二;如王维《山居秋暝》中诗句"明月 // 松间 / 照,清泉 // 石上 / 流。竹喧 // 归 / 浣女,莲动 // 下 / 渔舟。"七言诗句音节的组合为前四后三,即二二二一或二二一二;如杜牧《山行》中诗句"远上 / 寒山 // 石径 / 斜,白云 / 生处 // 有 / 人家。"

诗语形象灵动凝练、诗句精简适中的这些特点,在学写诗句、创作诗词时自然应该遵循。

参悟领会,学以致用,写作诗句,可以从套用改写前人诗句起步。只要合乎诗语的特点,即或是以讲究格律的诗词曲句作为参照物,改写时也可以不考虑平仄对仗押韵等要求。譬如,诗仙《赠汪伦》诗前两句"李白乘舟将欲行,忽闻岸上踏歌声",写得形象平实,易于套用;可以设想好友乘车将行、你去送别或者是父亲出差回来、翻看儿女成绩的情景;不妨套用这两句诗,改动几个字或全部改动,组合成能表达你的意思的新的诗句,如"学友乘车将欲行,忽闻车下告别声"、"父亲出差归来日,翻看成绩笑开颜",等等。

要强调的是,套用名作诗句,不是随便在原句上改动几个字来玩文字游戏,而是应表达抒发自己想要说的意思。《中山诗话》有言:"诗以意为主,文辞次之。"意在笔先,意在句先,自述己意才是套用改写的目的,参照有关句式只是手段。

套用诗句只是权宜之计,初试练笔之后,还须转向自创诗语。自创诗语,即按己意遣词组句,才是长久之道。而要如此,需要多读诗,善挖掘,多练习。

好的诗句,来自于对生活的观察体验领悟,多由直寻,也有苦思。从生活中直寻得来者,自然会妙,"清水出芙蓉,天然去雕饰"。像"思君如流水","高台多悲风","明月照积雪","余霞散成绮,澄江静如练","采菊东篱下,悠然见南山","行到水穷处,坐看云起时"等古今胜语,皆由直寻,却"非率直之谓也,乃凝练到极处也","不经意处却又他人千百构思所不能及者"[①]。与以上直寻不同,通过苦思而成者,以潜心推敲"僧推(敲)月下门"而闻名的"苦吟诗人"贾岛说"两句三年得,一吟双泪流",写有"春风得意马蹄疾,一日看尽长安花"名句的孟郊道"夜吟晓不休,苦吟鬼神愁",被世人推崇为诗圣的杜甫则慨叹"语不惊人死不休"。

"看似容易最奇崛,成如容易却艰辛"[②]。诗歌中变化无穷的句法,丰富多彩语汇,要基于学习前人佳作和体验生活而勤于练笔,通过无数次的累积提炼,才能了解和把握,绝非一朝一夕之功。据传,北宋诗人梅尧臣每次外出,随身总是带着一个小布袋,里面装满了很多小纸条。一次有人偷偷打开,发现纸条上全是诗句,大多为一句、两句诗;虽不成篇,但需要时即是不错的诗的素材。诗人擅长写诗,写得又快又好的奥秘原来就在这里。

前贤指路,后人当悟:非积学何以储宝,非酌理何以富才,非研阅怎以穷照,非驯致怎以绎辞?[③]对以往能写文章却不能提笔敲键写诗的人来说,通往诗歌创作的途径,没有平坦康庄的大道能驱车速行,只有崎岖的山路可以前行登攀。敢于迈步,勇于攀越,才能从必然王国走向自由王国[④],写出好的诗歌来。勤能补拙是良训,无限风光在险峰。

---

① "非率直之谓也……"等语,引自清代吴文溥《南野堂笔记》。

② 诗句引自王安石《题张司业诗》:"苏州司业诗名老,乐府皆言妙入神。看似寻常最奇崛,成如容易却艰辛。"

③ "非积学何以储宝……":出自刘勰《文心雕龙》,原文为:"积学以储宝,酌理以富才,研阅以穷照,驯致以绎辞"。意思是说:积累知识以储备自身的资产,明辨事理以丰富自己的才识,体验生活以提高观察的能力,顺应情感以演绎美妙的文辞。积学储宝是说积累知识也就是在储存宝物。

④ 必然王国走向自由王国:在认识上,必然王国是指人们在认识和实践活动中,对客观事物及其规律还没有形成真正的认识而不能自觉地支配自己和外部世界的一种社会状态;自由王国则指人们在认识和实践活动中,认识了客观事物及其规律并自觉依照这一认识来支配自己和外部世界的一种社会状态。

【思考与练习】

一、古人描绘景物有不少佳句，现选择几句，各隐去一字，请你试着从下列可选词语中选择，在空白处填上合适的词。

可选词语：混 如 动 落 遍 直 圆 发 游 散 满 竞 和 升 下 飘

A、鱼戏新荷____，鸟散余花____。

B、大漠孤烟____，长河落日____。

C、绿____山原白满川，子规声里雨____烟。

D、冰雪林中着此身，不与桃李____芳尘。

　　忽然一夜清香____，散作乾坤万里春。

二、"昨夜听见一夜的北风"，这不是诗句；可《红楼梦》中从未学过写诗的王熙凤听到后却脱口说出"一夜北风紧"（紧：急、猛、密集），众人称赞是好的诗句。现在，请你在"一夜北风紧"这句的基础上，换一个或两个字或更多的字，改写成描写寒风劲吹或春风暖吹的五言诗句。

接着再续写。《红楼梦》中，王熙凤脱口说出"一夜北风紧"后，李纨马上补续了一句："开门雪尚飘"。这就变成了两句联系紧密的诗句："一夜北风紧，开门雪尚飘"。注意此处前句末字是仄声，后句末字是平声。两句诗成为一联，末字前仄后平或前平后仄都是可以的，若末字都是平声或都是仄声，最好在同一韵部。这样写便于组合成诗。

请你也试着在自己刚才写的句子后加一个五言句，注意前后句意思要有关联，写景叙事都行。若是一下想不出，可以参照"开门雪尚飘"，改动几个字也行。

三、将下列散文化的句式改写成精练的七言诗句，须保留原意，大致用原句词语。

1、明日我要报名了，晚上激动睡不着。

提示：将两句改成一句，"着"、"了"可删去，"我"也可以不要。

2、花开有一定的时间，花落也有一定的时间，自然变化，不足为奇。

提示：将三句合并成一句，同样的意思只需讲一次。

3、冬天已经过去，春天来临，花儿开了，多么芳香；河岸两旁，青青杨柳，似在迎风欢笑。

提示：可改写为两句七言诗句。注意抓住关键词语组句，原句分号前后可各改写为一句。

四、模仿下列诗句，可套用个别词语，按自己所思所想之情景，写出自创的形象化诗句。

1、独坐幽篁里，弹琴复长啸。
2、昨日入城市，归来泪满巾。
3、青青河畔草，绵绵思远道。
4、清明时节雨纷纷，路上行人欲断魂
5、结伴五溪广场游，喷泉歌声乐悠悠。
6、一树桃花开前池，似赞红颜镜中笑。

五、古诗语言要求精炼简约，句意缜密，不用闲言累字，少用或不用连接词；依此标准，请尊重并保留原意，试将现代诗人徐志摩写的一首新诗《再别康桥》改写成一首七言古诗，要求句数大约是原作的一半；可两句改为一句，大致用原作的词语，特别是双句的最后一个词语可以保留。例如，可将前两句改写为一句：轻轻走去轻轻来。

改写后，诵读原作与改写后的诗，找出其中的差异，谈谈你更喜欢那种形式，为什么？

再别康桥　　　　　　　　徐志摩

轻轻的我走了，正如我轻轻的来；
我轻轻的招手，作别西天的云彩。

那河畔的金柳，是夕阳中的新娘；
波光里的艳影，在我的心头荡漾。

软泥上的青荇，油油的在水底招摇；
在康河的柔波里，我甘心做一条水草！

那榆荫下的一潭，不是清泉，是天上虹；
揉碎在浮藻间，沉淀着彩虹似的梦。

寻梦？撑一支长篙，向青草更青处漫溯；
满载一船星辉，在星辉斑斓里放歌。

但我不能放歌，悄悄是别离的笙箫；
夏虫也为我沉默，沉默是今晚的康桥。

悄悄的我走了，正如我悄悄的来；
我挥一挥衣袖，不带走一片云彩。

第二编　提笔写诗　打好基础

第七讲　模仿起步

模仿佳什须陶冶　巧借旧瓶装新酒

本讲要点

⊙写诗模仿初迈步　⊙沿袭诗语翻新意：取辞化意铁成金
•取意化辞胜一筹　•辞意兼取而略化　⊙巧借旧瓶装新酒
⊙类似关联少留痕　⊙合乎情理讲品位

有人说：写诗难，难于上青天。果真如此吗？学习写诗有没有入手相对容易的途径呢？

要想成功就必须向成功者学习，模仿就是向成功者学习的有效方法、入门相对容易的途径。

人从孩提时候起就有模仿的本能，很多知识技能的学习都是从模仿开始、走向成功的。三百六十行，行行有模仿：学书法要临帖，学绘画要临摹，学演戏需拜师，学手艺要依样仿做……我们学习写诗，也可以从模仿开始，先迈开步伐，而后升堂入室，潜心努力就能创作出好的诗词。

要想模仿，先须勤于读诗读书。杜甫的名言是"读书破万卷，下笔如有神"[①]。读诗读书能增进学养，勾起对诗的兴趣与品味，很有意义。也只有掌握和储备了大量的诗词语言材料，并能深刻理解，融会贯通；才能在写作有需要时，找得到宜于借用仿效的适合对象，恰到好处地运用，得心应手。

模仿写诗造语，可以从前人佳什中借鉴诗意语辞、用心陶冶，翻出己意；也可以仿照前人诗词的谋篇技法来布局诗作，描绘自选的图景和情感。

---

① "读书破万卷……"，是杜甫《奉赠韦左丞二十二韵》中的诗句。

仿效前人诗意语辞，不是沿袭照搬，不是生搬硬套，而要有所改易，借而化之，推陈出新。仿效的方式有多种多样，与简单套用改写诗句不同，高明的仿写，从变化翻新的角度看，既可取辞而化意，也可取意而化辞，还可兼取辞意而略化。

取辞而化意，即师承前人诗句语词，有所改动，翻出新意；有人称之为"点化"，或曰"点铁成金"，即"取古人之陈言入于翰墨，如灵丹一粒，点铁成金也"。[1]取辞化意可以承续原意而生色增辉，也可以增添意蕴而翻新情韵。

承续原意而生色增辉，仿作与原诗情韵相似相续，但在原作诗句上作些改动，使仿作更生动形象。譬如，杜甫《小寒食舟中作》诗的颔联"春水船如天上坐，老年花似雾中看"，与前辈诗人沈佺期《钓竿》诗"船如天上坐，人似镜中行"有着一定的渊源关系。杜诗前句借用"船如天上坐"句，只是加了"春水"两字，把前人的话融化到要描绘的境界中，再配上对偶的后句"老年花似雾中看"，就十分传神地写出了舟中所见，壮丽如画的图景，真切地表现了年迈多病、舟居观景时感伤、起伏的心境，成为历来传诵的名句。杜甫此诗的知名度远远超出了沈诗。

又如，白居易《长恨歌》中描写杨贵妃"回眸一笑百媚生，六宫粉黛无颜色"的名句，可以往前追溯：李白《清平乐》词曾道："女伴莫话孤眠，六宫罗绮三千。一笑皆生百媚，宸游[2]教在谁边"；韦应物《广陵遇孟九云卿》则云："西施且一笑，众女安得妍"。虽然白诗袭用了前人"六宫"、"一笑"、"百媚"等词语，但使用浓墨重彩，显得更具体、丰富。"回眸一笑百媚生"，既写"回眸"，又写"百媚"，神态要生动细致多了；且用"六宫粉黛无颜色"作为反衬，也比"众女"更具体，比"罗绮"更能显示女子的容貌，描摹人物十分出色。

与承续原意而生色增辉一样，增添意蕴而翻新情韵，取辞时也要对原诗用语加以改动，但仿作的意蕴有所变化，情韵更感人。譬如，宋朝词人张先的《天仙子》中的词句"云破月来花弄影"，被人赞誉为古今绝唱。不过，古乐府《唐氏瑶·暗别离》中有"朱弦暗断不见人，风动花枝月中影"的诗句，后句与"云破月来花弄影"结构相似，"花、月、影"三字相同。两相比较，

---

[1] "点铁成金"语：见南宋"江西诗派"的开山祖师黄庭坚的《答洪驹父书》。

[2] 宸游：指皇帝出游。宸（chén）：北极星所在，后借指帝王所居，又引申为王位、帝王的代称。

张先的诗句用了"破"、"弄"两字,就将景物写活了;通过拟人手法,传达出诗人临老伤春的曲折复杂的心情,翻用古意而造出新的情韵并不露痕迹,不失为难得的佳句。

  翻新情韵,既可如上述诗例顺向展开,还可逆向而行;不过,取辞多有变化,甚而只翻新不取辞。譬如,同为唐人送别之诗,初唐王勃《送杜少府之任蜀州》"海内存知己,天涯若比邻"的诗句,正面落笔,赞颂了"知己"的友谊是不受时间的限制和空间的阻隔而心心相印的,境界开阔昂扬。其后王维《送元二使安西》"劝君更尽一杯酒,西出阳关无故人"的诗句,不直接取辞而反向落笔,变"海内存知己,天涯若比邻"为"西出阳关无故人",转而凄凉伤感。而高适《别董大》"莫愁前路无知己,天下谁人不识君"的诗句,只取"知己"两字,并将王诗"海内"、"天涯",变而为"前路"、"天下",而且从"莫"、"无"、"不"等否定之否定着笔,转而为自信和豪放。

  模仿化用前人诗意语辞,除取辞而化意外,也可取意而化辞,或曰"换骨夺胎法"[①]。取意而化辞,既可以"不易其意而造其语",即直接因循古人作品之"意",而用自己的语言去表现它;也可以"窥入其意而形容之",即从别人的诗意境界受到启发后,对其进行扩大、改造、丰富。

  取意化辞,不易其意而改其语,譬如,李白《宜春苑奉诏赋龙池柳色初晴听新莺百啭歌》中有"春风已绿瀛洲草,紫殿红楼觉春好"的诗句,不可谓不精彩。两个多世纪后,王安石"春风又绿江南岸"却后来居上,借取李白"春风已绿瀛洲草"中"春风"吹"绿"之意,而化"草"为"岸",化"已"为"又",显得更为广阔和生动。"岸"自然包括了"草",又比"草"要空灵、开阔。瀛洲草"已绿"固然令人神往,江南岸"又绿"更会勾起归思;细品起来,"又绿"比之"已绿",其灵动也更胜一筹。

  取意化辞,窥入其意而刻画形容,譬如,宋人林逋《山园小梅》"疏影横斜水清浅,暗香浮动月黄昏"的咏梅绝唱,看来是点化五代南唐江为残句"竹影横斜水清浅,桂香浮动月黄昏"而为。江的诗句既写竹,又写桂,但未写出竹影、桂花的特点。林逋顺承水清影斜、香浮月昏之意来刻画形容梅,仅将"竹"改为"疏"、"桂"变为"暗",就生动描绘了梅骨"疏"、梅香"暗"

[①] 宋代释惠洪在《冷斋夜话》中记叙了黄庭坚提出的"换骨夺胎"法:"不易其意而造其语,谓之换骨法;窥入其意而形容之,谓之夺胎法。"

的特点，使梅花显得形神活现，特有情趣.。

　　模仿化用前人诗词用语，还可辞意兼取而略化，即同时采用前人诗语中的用辞和意蕴，兼而有之并略加变化，仿造新作。譬如，清代书画名家高翔《题扬州即景图册》诗"最繁华地久知闻，无赖①多因月二分。廿四桥头箫隐隐，玉人难觅杜司勋②"，赞美扬州月夜美景，切人切意。此诗第二句"无赖多因月二分"源自徐凝《忆扬州》中"天下三分明月夜，二分无赖是扬州"的诗意语辞而略加变化；三、四句"廿四桥头箫隐隐，玉人难觅杜司勋"则润色杜牧《寄扬州韩绰判官》诗"二十四桥明月夜，玉人何处教吹箫"两句，也是辞意兼取而略化。

　　辞意兼取而略化，除化用诗词意蕴用语外，还有一种称之为"隐括"的诗体。"隐括"本是一种矫正曲木的工具，使弯曲的竹木平直或成形。刘勰在《文心雕龙·熔裁》篇中说"隐括情理，矫揉文采"，此处"隐括"则是指对作品素材及内涵的剪裁组织；后来有人借隐括代指保留前人作品的题旨与文句从而熔铸成的新的体裁。譬如，柳宗元有《江雪》诗："千山鸟飞绝，万径人踪灭。孤舟蓑笠翁，独钓寒江雪。"乔吉的一首元曲小令就是隐括此诗而为："万树枯林冻折，千山高鸟飞绝，兔径迷，人踪灭。载犁云小舟一叶，蓑笠渔翁耐冷的别，独钓寒江暮雪。"其曲标题为《双调·沉醉东风·题扇头隐括古诗》，就自注是"隐括古诗"，辞意兼取柳诗而略有变化。

　　此种隐括诗体，情意、用语与原作大体相似，除了能练写诗语、在原作基础上可以有所生色添辉、对熟悉新的词曲体有一定帮助以外，对于今人说来，创作的价值不大，因为毕竟不是作者自己创设的情景。

　　与情意语辞与原作大体相似的隐括体有异，也与高翔《题扬州即景图册》只是从前人诗歌中部分辞意兼取而略化不同，模仿从全篇着眼，可以仿照诗词名篇的结构形式来整体布局诗作，描绘自选的图景情感。

　　从篇章结构来仿写诗作，可以称之为"借旧瓶装新酒"，即选择与自己想要表达的情意相似相关的某首诗词名篇，仿照它的谋篇技法，写大致相同或相似的句数、字数，将自己要写的情感、图景容纳进去，写成一首诗。

---

　　① 无赖：此处为可爱至极之意。

　　② 杜司勋：指唐代诗人杜牧。李商隐写有《杜司勋》诗："高楼风雨感斯文，短翼差池不及群。刻意伤春复伤别，人间唯有杜司勋。"

被新诗奠基人之一的郭沫若赞为"泰山北斗"的诗人毛泽东，自创的名篇佳作不少，不过，偶尔也模仿改写古人的诗，表达自己的心意。1957年底，苏联连续发射了二颗人造地球卫星，不久，毛泽东就模仿改写了陆游的《示儿》诗：

有感仿陆游《示儿》　　　　　毛泽东

人类今娴①上太空，但悲不见五洲同。

愚公尽扫饕蚊②日，家祭无忘告马翁③。

与陆游"死去元知万事空，但悲不见九州同。王师北定中原日，家祭无忘告乃翁"的原诗相比，《有感仿陆游》诗也是先写眼前情景，再写心中愿望；两诗的布局、句数、字数、韵脚字是相同的，二十八字中有十四字未改动。不过，毛泽东的诗，虽然借用仿效了陆游原诗的布局和用语，而且"但悲不见五洲同"、"家祭无忘告马翁"两句是对原诗诗句的"辞意兼取而略化"；不过"上太空"、"扫饕蚊"与"死去元知"、"王师北定"的背景与心情是不同的：陆游抒发的是内心的悲愤与无奈、表达的是临死前仍盼望中原统一的遗愿；而毛泽东抒发的是对共产主义必然实现的坚定信念，表达的是希望扫尽饕蚊那样的害人虫、实现世界大同的美好愿望。仿写诗所要表现的情景是诗人自己的。

仿作与原作，从情感表达的倾向性来看，两诗同有表达在世不能实现、希望后人能告知的、未来能实现的某种美好愿望。如此推断，模仿与原作要有某种类似的相似点，才便于模仿者模仿。

模仿作品虽无相似性，但有某种关联性，如正反两面的相互关联，也可借此展开，写出模仿作品。

北宋汪洙有一首著名的《劝学诗》，开篇有四句："少小须勤学，文章可立身。满朝朱紫贵，尽是读书人。"到了明朝成化年间，有一位叫冯彻的朝廷御史，因直言劝谏皇上被革职发配到辽东充军，他满肚子委屈，依自己的意思改写了以上诗句：

---

① 娴：原意是娴熟、熟悉，此处是"容易"的意思。

② 愚公：代指人民。饕（tāo）蚊：指贪食的蚊子，代指剥削压迫人民的人。

③ 马翁：是对马克思的尊称。

少小休勤学，文章误了身。

辽东三万里，尽是读书人。

《劝学诗》宣扬的是读书做官论，而冯诗反其意而改之，"借旧瓶，装新酒"，诉说的是读书有害论①，只换了八个字，没有改动原诗句的先表明观点、再用所见情景来解说的骨架。

不但名诗可以模仿，好的词作也可以模仿。前些年，台湾的防高血压协会和社会祥和基金会，制作了一批戒烟宣传卡片，上面印有一首劝人戒烟的诗歌，是模仿《钗头凤》词写成的。

陆游的《钗头凤》原词为："红酥手，黄縢酒，满城春色宫墙柳。东风恶，欢情薄。一怀愁绪，几年离索。错！错！错！ 春如旧，人空瘦，泪痕红浥鲛绡透。桃花落，闲池阁。山盟虽在，锦书难托。莫！莫！莫！"

台湾劝人戒烟的诗歌，模仿《钗头凤》的描绘、叙述、感叹的谋篇，没有遵从原词的平仄格式，但依照同样的句数、字数、标点等形式，写出了《戒烟歌》：本国烟，外国烟，成瘾苦海都无边。前人唱，后人和："饭后一支，神仙生活。"错！错！错！ 烟如旧，人苦透，咳嗽气喘罪受够。喜乐少，愁苦多，一朝上瘾，终身枷锁。莫！莫！莫！

从表现的内容来看，陆游的词写的是与前妻离异后邂逅相遇之景，抒的是怨恨愁苦而又难以言状的凄楚心情；而《戒烟歌》概括描写的是抽烟成瘾、凄苦受罪的景，抒发的是劝人戒烟、回头是岸的情感。虽然诗歌与词所写的情景完全不同，但表达强烈否定、悔恨莫及的情感这一点是相同的，因而《戒烟歌》保留了《钗头凤》的表达强烈情感的"错！错！错！"、"莫！莫！莫！"等六字及标点，自然融入了诗歌的情景之中。

与借用原诗语词露出明显痕迹不同的是，有些仿效诗作只是布局技法和语气与原诗相似，较少或没有露出借用仿写的痕迹，成功的概率更大一些。

东晋陶渊明有首《问来使》的诗，前四句是："尔从山中来，早晚发天目？

---

① 读书有害？不是读书有害，而是读书的人不会用书，害了自己。倘若读书不是为底蕴的贮藏、性情的雕琢、襟怀的开阔，只是想用书本知识来换取现实的利益，视角只局限在那几本偏狭的书本章节里，却不知大千世界的无限可能，不具备在现实世界里周旋的本事，不能审时度势，一心想变现却碰壁跌跟头了，此时不从自身找原因，反而理直气壮地赖读书没用、有害，回避了自己的无能。

我屋南窗下，今生几丛菊？"唐朝王维有一首《杂诗》写道："君自故乡来，应知故乡事。来日倚窗前，寒梅著花未？"两位诗人诗句的语调、写法一样，都说有人从家乡来，都向他打听家乡的事，不过一是问菊花、一是问梅花。看来，后者似乎仿效了前者，但只有"来"、"窗"两字相同，几乎不露什么借用的痕迹，加上王诗"故乡"一词更有代表性，"著花未"更形象化而吸引人，因而成为广为传诵的名篇，倒是知道《问来使》诗句的人并不多。

看看当代余光中的新诗《乡愁》，曾经风传赤县神州、被选入中学课本，作者蕴蓄既久，落笔时二十分钟即大功告成，它以"乡愁"为抒情中心，以"小时候"、"长大后"、"后来啊"、"而现在"这些表时间的词语贯串全篇；虽然未见仿写痕迹，在构思上似乎也曾受到南宋词人蒋捷《虞美人》词中的"少年听雨"、"壮年听雨"、"而今听雨"的影响，或者至少可以说两者有着某种渊源关系吧。

再者，有着某种渊源关系，虽未明显借用词语，也未仿效布局技法，但从前贤的诗词中受到启发、引申发挥而创造出新的意境的诗词，也是值得赞赏的成功之作。譬如，唐代诗人张志和《渔歌子》词"西塞山前白鹭飞，桃花流水鳜鱼肥。青箬笠，绿蓑衣，斜风细雨不须归"，将江南的景色、渔父的生活，写得十分形象生动，历代争相传诵。与此关联，据吴曾《能改斋漫录》卷十七记载，有一位佚名者在《渔歌子》之后，引申发挥写出一首新词《浣溪沙》"一副纶竿一只船，蓑衣竹竿是生缘。五湖来往不知年。　青嶂更无荣辱到，白头终没利名牵。芦花深处伴鸥眠。"前后词作比较，两首词的词牌不同，句数、字数、押的韵都不相同，内容也大不相同；不过，都是写渔父，后者是从前者的"斜风细雨不须归"发挥引申而来，通过形象化的议论抒情，使渔父不牵"利名"的形象明显突出，可以说创作出了新的意境。

模仿写诗，以受到启发而引申发挥创作出新的意境、没有或较少露出借用仿写的痕迹而能更为形象感人为佳。模仿虽可少量借用原诗语词，但大量照抄则不可取；最重要的是须有自己要表现的情与景，诗的内容应该是自己的。真景实情，合情合理，才能走上正途。

孟浩然的《春晓》诗"春眠不觉晓，处处闻啼鸟。夜来风雨声，花落知多少"，是小学就学过的。有一位同学模仿它写了首《蚊咬》："春眠不觉晓，处处蚊子咬。夜来点蚊香，蚊子死多少"。这首模仿的诗写得如何呢？春天蚊子还不多，或者没有，此诗似乎不合乎实际；而且第一句"不觉晓"与后三句睡不着的情景有矛盾，说明此生写诗时没有动什么脑筋，是胡乱拼凑的。如果把第一句改成"夏眠只盼晓"、把第三句改成"夜来巴掌声"，或许要合乎情理一些。

还有位同学模仿《春晓》诗，写了一首《春睡》："春眠不觉晓，处处闻臭脚。一片呼噜声，口水流多少"。此诗描写春夏之交有些同学打瞌睡的不文雅现象，虽有讽刺效果，但品味不高，糟蹋了一首好唐诗。与此类似，网络上看到的对一些名作的拙劣模仿的所谓民谣诗歌，格调低下，不值得提倡。

模仿不能追求低级庸俗的东西，不宜造成消极恶劣的影响；但并不排斥有时把模仿作为一种调侃的手段、讽刺嘲笑生活中可笑的、丑恶的现象。譬如，民国军阀吴佩孚失势后，逃到洛阳饮酒看花；当时在北伐军中的谢觉哉闻讯后，仿王昌龄的《芙蓉楼送辛渐》写了一首诗："白日青天竟倒吴，炮声送客火车孤。洛阳亲友如相问，一片雄心在酒壶"，讽刺挖苦了吴佩孚的狼狈逃跑、不得人心的失败命运，一针见血。

借旧瓶装新酒、点化诗意语辞，巧妙灵活地仿照借用前贤的谋篇技法、诗语材料而翻出新意，这是向成功者学习的高级智力活动，是一种推陈出新、能收到较好效果的技法，应当肯定和认可。不过，诗文贵独创，人无我有，人有我优，更值得推崇。"诗家清景在新春"[①]，要想成功，更需要自己去发现，去创造，还得知难而进，营造出自己创作诗歌的一片新天地。

【思考与练习】

一、名扬元代、流传后世的王实甫的《西厢记》，戏中主人公崔莺莺有一段"绝妙好辞"："碧云天，黄花地，西风紧，北雁南飞。晓来谁染霜林醉？总是离人泪！"此曲源于作者仿写翻新范仲淹、董解元等人的作品：宋代范仲淹《苏幕遮》有句："碧云天，黄叶地，秋色连波，波上寒烟翠……"；元人董解元《弦索西厢·送别》云："莫道男儿心如铁，君不见满川红叶，尽是离人眼中血……"。

[①] "诗家清景……"：诗句摘自唐代诗人杨巨源《城东早春》。全诗如下："诗家清景在新春，绿柳才黄半未匀。若待上林花似锦，出门俱是看花人。" 上林：上林苑，此指长安城。

取辞化意，运用之妙，在乎一心，贵在有自己独立的发现和创造。试品味分析，王曲的"绝妙好辞"与仿作有何相似与不同，翻新在何处。

二、湖南省怀化市三中有位同学在读初一时，模仿写作了一首诗，后来刊登在《怀化文学》2006 年第 1 期上，还获得了 2007 年 5 月"全国首届新国风杯青少年文学作品大赛"一等奖。

阅读这首诗，从篇章结构着眼，想想模仿的是哪一位唐朝诗人写的哪一首名诗，然后与原诗比较，看看有哪些相同、哪些不同。

作业难

睡觉时难醒亦难，作业费力细胞残。
眼睛熬红力用尽，手指发麻才写完。
一心但愿作业少，深夜应觉月光寒。
成才唯有走此路，老妈门前为探看。

三、"借旧瓶装新酒"，自选一首喜爱的短诗，或者是选择下列三首名诗中的一首；然后可参照所选诗的结构、技法、用语，按自己选择的图景与要表达的真情实感构思，模仿写一首诗。

可仿写的原诗一：

蚕 妇 张俞

昨日入城市，归来泪满巾。
遍身罗绮者，不是养蚕人。

设想情景提示：模仿可写自己考试、比赛、逛超市、聚会后……的强烈感受。

可仿写的原诗二：

榆社硖口村蚤[①]发 元好问

瘦马长途懒着鞭，客怀牢落[②]五更天。
几时不属鸡声管，睡彻东窗日影偏。

设想情景提示：模仿可写疲乏于某事某情，希望什么时候能结束这种生活，

---

① 蚤：通"早"。

② 牢落：内心像陷落在牢笼一样感到疲乏、失落。陆机《文赋》中有"心牢落而无偶"的描写。

享受想象中难得的乐趣。

可仿写的原诗（部分）三：

闻官军收河南河北　　　　　　　　　　　　杜甫

剑外忽传收蓟北，初闻涕泪满衣裳。

却看妻子愁何在，漫卷诗书喜欲狂。

设想情景提示：模仿可以写考试、中奖、得名次、得压岁钱……或高兴、或悲伤、或忧愁时的景与情。

第八讲　诗歌押韵

和谐回环悦耳听　诗歌用韵须斟酌

本讲要点

⊙诗歌用韵为常例　⊙用韵参照韵书
⊙换韵多有讲究　⊙如何选择韵部：撞韵或看关键句
•声情变化韵相随　•多用宽韵少窄韵

中国诗从来以用韵为常例。诗歌起源远在文字产生之前，相传尧舜时就有了用韵的民歌。最早成书的诗歌总集《诗经》，此后的楚辞、汉乐府、魏晋诗，后来的唐诗、宋词、元明清曲，直到近代诗词，都是有韵的。"五四"新文化运动后，新诗大多数也是有韵的。虽然有些新诗无韵，但音乐美欠缺，减弱了它的可读性，很难受到大多数人的欢迎。

诗歌创作，不但要善于模写景物、表情达意，还要求有声韵美。押韵就是促成声韵美的方式之一，是诗歌重要的特征。

押韵是相同或相近的韵在同一首诗中相间或相邻的诗行的句尾处有规律反复出现的语音现象。诗歌有了韵，诵读起来，韵脚字相互呼应，产生共鸣，可以把涣散的声音组织成一个整体，犹如乐曲中一个主音反复出现而贯串整首乐曲，形成回环和谐的声音美，从而动听感人，受到人们的欢迎。

写作诗歌，要懂得依据什么标准来用韵。

唐代以前，依照口语来用韵。唐代开始，依照韵书来用韵。韵书是把相同或相近韵部的字编在一起的工具书，便于写诗的人查找、使用。唐宋时代的韵书皆以隋代陆法言编著的《切韵》为蓝本。由于增加了有些韵可以"同用"的新规定，唐人把邻近韵部合并后改称为《唐韵》；北宋官修韵书，增广加注后改称为《广韵》，后来又重修编排，称为《集韵》。南宋刘渊索性把允许通用的韵部合并，由原来的 206 个韵部变为一百零七个韵部；金人王文郁著《平水新刊韵略》，编为 106 韵；因两人都是山西平水人，"平水韵"由此而得名。到清代康熙年间，张玉书编《佩文韵府》，也是 106 个韵部，这就是后人所称的"佩文诗韵"、"诗韵"，成为公认的用韵标准，沿用至今。由此看来，若说唐宋诗人写诗填词用韵是依照平水韵的，虽然在历史上说不过去，而在韵部上却大致不差[①]。到了元代，语音发展，周德清将韵部归并为十九个，语音中消失了的入声派入平声（阴平和阳平）、上声、去声之中，《中原音韵》一书反映这一现象，成为曲韵的规范。

词的用韵，唐人写词完全依照诗韵。自五代以后，就渐渐和诗韵离异，陆续有了一些词韵用书，但多有不同，未能规范。清人戈载依据前人作词用韵情况，进一步归纳"平水韵"，分词韵为十九部，列平声、上声、去声为十四部、入声为五部，作《词林正韵》一书，为近代及后人填词者所遵从。

明清以来，北方说唱文学用以押韵的韵部共十三个，总称为十三辙；"辙"的本意为车轮滚动后碾出的轨迹，喻指诗作要遵行的轨道，因而成为"韵"的通俗称呼。1941 年，国民党政府教育部曾经推出《中华新韵》，把韵部划分为十八个，成为当时诗歌押韵的依据。1956 年，中华书局上海编辑所按照现代汉语规范化读音用韵，为传统诗词作者编写总结了一套宽松押韵的《诗韵新编》，也把所有汉字划分为十八个韵部，编有十八韵、十三辙；考虑到旧韵遗留问题，在每个韵部的后面标出该韵部平声字中所含有的原入声字，以方便新旧韵对照。1978 年修订重印，1984 年再修订。修订后的《诗韵新编》只取十八韵，并配有《通押后的十八韵与十三辙对照表》。2005 年 5 月，中华诗词学会在广泛征求诗词界人士和专家学者意见的基础上，颁布了《中华新韵（十四韵）简表》，作为当时使用新声新韵、按普通话语音来写作诗词的新韵标准。

当今创作鉴赏诗词，按照中华诗词学会在《二十一世纪初期中华诗词发展纲要》中提出的，宜"倡今知古"、"双轨并行"，即"大力倡导使用以普通话语音调为审音用韵标准的新声新韵，同时力求懂得、熟悉乃至掌握旧

---

① 韵书的变迁及用韵的此种说法，参照的是王力的《汉语诗律学》"近体诗的用韵"，上海教育出版社 2005 年 4 月第 2 版，第 41 页。

声旧韵。"如此看来，对初学写诗者而言，适宜选用新声新韵。不过，《中华新韵简表》共有八千五百多字，《诗韵新编》则有近六千字，而国家语言文字工作委员会、国家教育委员会1988年1月发布的《现代汉语常用字表》、2013年6月颁布的《通用规范汉字表》一级字表，都只有三千五百字。为便于使用新韵写诗者查阅检索的方便，通过诗词创作教学实践的检验，本书作者按照常用的《诗韵新编》十八韵部分类编写原则，不考虑"入声"，完全以普通话语音为标准，并排除不太常用的字，依据2013年版《现代汉语常用字表》三千五百字、加上该表对1988版《现代汉语常用字表》的替换、去除的一百零三字，共选取三千六百零三字，重新编辑成《诗韵新编常用字》简表，刊印在本书《附录》中，供使用新韵写作诗词者选用。

写作诗歌，还须弄清楚用韵有哪些格式与要求。

一般来说，近体诗只能押平声韵，古风可以押平声韵，也可以押仄声韵；除转韵外，同一首诗中平仄不宜混押。不过，有些新诗押韵不拘平仄。

所有的近体诗，大多数古风，不少新诗，采用的是隔句押韵、一韵到底的方式，首句可以押韵也可以不押韵。诵读这样写成的诗歌，有着抑扬变化，和谐畅通，整体感强的优势。

依据景物情感的变化或者是择韵的需要，有不少古风用了转韵。转韵又叫换韵，即在某首诗中，先用某一韵部的字押韵，若干句后再换用另一韵部的字；一首诗可以转换几次韵部。

看看下面这首杂言古风的转韵情况。

白云歌送刘十六归山　　　　　　　　　李白

楚山秦山皆白云，白云处处长随君。

长随君，君入楚山里，云亦随君渡湘水。

湘水上，女萝衣，白云堪卧君早归。

这首短诗，依据情景的变化，转了两次韵。若依平水韵来看，此诗一、二句末字"云"、"君"押上平声的文韵，第三句末字"君"仍依文韵，四句、五句末字"里"、"水"则换为押上声的纸韵，第七、八句末字"衣"、"归"又转押上平声的微韵。短诗换了两次韵，比较随便，没有句数多少、韵脚平仄声调的限制。

随便换韵，没有定规，是转韵的一种情况。要注意的是，虽是随便换韵，但有些诗在开头或煞尾处，只用同韵的两个韵脚字的短韵，成为促起式或促收式。

例如，杜甫的《潼关吏》诗："士卒何草草！筑城潼关道。大城铁不如，小城万丈余。借问潼关吏，修关还备胡。要我下马行，为我指山隅……"，开头两句"草"、"道"押韵，只有两个韵脚字，为短韵；这是促起式。从第三句起就由感叹转入叙述，换成同韵字"如"、"余"、"胡"、"隅"……韵脚字较多，为长韵；换韵的首句末字"如"，也是入韵的。

相比之下，促起式的作用并没有促收式那样显得遒劲有力。七言古风里常用促收式。例如，杜甫的《乾元中寓居同谷县作歌七首（其二）》"长镵长镵白木柄，我生托子以为命。黄独无苗山雪盛，短衣数挽不掩胫。此时与子空归来，男呻女吟四壁静。呜呼二歌兮歌始放，闾里为我色惆怅"，前六句叙述大雪上山、空手而归、家徒四壁的情景，诗中"柄"、"命"、"胫"、"静"用的是同一仄韵部里的字；后两句转为哀叹悲鸣的抒情，就另用只有"放"、"怅"两个韵脚字的短韵了，这是促收式。

与随便换韵不同的是，换韵的另一种方式是依据情景变换的需要有讲究的换韵，在转韵的距离和韵脚的声调上都有讲究，大多是四句一换韵，平仄韵递用；每转一韵，转韵时的第一句一般是入韵的。如王维的《夷门歌》诗"七国雄雌犹未分，攻城杀将何纷纷！秦兵益围邯郸急，魏王不救平原君。公子为嬴停驷马，执辔愈恭意愈下。亥为屠肆鼓刀人，嬴乃夷门抱关者。非但慷慨献奇谋，意气兼将身命酬。向风刎颈送公子，七十老翁何所求。"此诗转韵，是依据诗歌起伏激荡的情景变换的需要而定的，十二句诗换了两次韵，四句一换韵，平仄韵递用，转韵的第一句是入韵的。前四句写形势危急，"分"、"纷"、"君"用的是同一平声韵，第五句起独写公子恭请，转入同一仄声韵"马"、"下"、"者"；第九句起换写嬴翁吻颈，又转入同一平声韵"谋"、"酬"、"求"。

不过，有些古风虽然四句一换韵，却并非是平仄韵递用，既可以平换平，也可以仄换仄。譬如，孟浩然的《采樵行》"采樵入深山，山深水重叠。桥（崩）卧查拥，路险垂藤接。日落伴将稀，山风拂萝衣。长歌负轻策，平野望烟归"。此诗只有八句，前四句用仄韵，后四句换为平韵，转韵第一句入韵。作者深山观樵的前后情景顺势连接，无激荡起伏的情感；不过，在采樵险行的前四句的描绘变换为后四句的日暮歌归时，选择了换韵。

写诗者，应该明了以上用韵的格式与要求；再则，提笔写诗时，还得面对要选择用什么样的韵的问题。

写作一首诗,选择韵部,有时靠"撞韵",撞着什么算什么,最初得到的诗句是什么韵脚,就依什么韵脚从一而终。倘若实在从不下去了,就试着改韵。改什么韵?一般是迁就关键语句的用韵。

关键语句就是能表现主旨或写景抒情精妙难得的诗句,既可能在构思推敲中途形成,也可能在一开始构想时就有了雏形。倘是后者,就用不着再东撞西挑了,只要依从关键的此句或此联末字的读音,来选择韵部,构思组织全诗。试想推演,贾谊被贬长沙,孝文帝求贤、宣室夜对,李商隐独具只眼,抓住不为人们所关注的"问鬼神"之事,翻出了新警透辟的议论"不问苍生问鬼神",奠基了诗的旨意,也许就依托此句,顺势选择"神"字所在的韵部来用韵,推出全诗:"宣室求贤访逐臣,贾生才调更无伦。可怜夜半虚前席,不问苍生问鬼神",诗中"臣"、"伦"、"神"同属平水韵的"真韵"。

倘若要写一首长诗,想一韵到底,是有困难的,尤其是用"er、ü、e、ie"等狭韵、窄韵,

无法苦守一个韵部,那就转韵吧。即便不得已而转韵,倘若能依据情思的流变而适时换韵,还可以避免一韵到底可能造成的单调和沉闷。如张若虚《春江花月夜》四句一层,转韵八次,平仄交错,韵随情转,情韵常新。白居易《长恨歌》一百二十句,转韵三十次,读者不经意中,已随诗人移步换景,深入诗境了。

还要注意的是,在同一首诗中用韵,选择韵字,对初学者说来,有几种情况需要避免。

"诗之有韵,犹屋之有柱。柱不稳,则屋必倾圮;韵不稳,则诗必恶劣。"[1]诗忌重韵、复韵、险韵、别扭的倒韵等不规范的押韵方式。重韵是指在一首诗中,同一个字前后两次用来押韵,一般来说是不行的。复韵则是指几个意义相同的韵字,如"芳"与"香"、"忧"与"愁"等,放在同一首诗中并押;倘若字异而意同地如此反复用韵,会使人生厌。险韵是指用生僻字为韵,如为了押"ao"韵,用"举大旄[2]"这样的短语,使一般人看不懂,费力不讨好。

---

[1] "诗之有韵……":引自民国刘坡公《学诗百法》,1982年9月上海古籍书店出版的世界书局版。

[2] "旄"的意思是古代在旗杆头上用牦牛尾做装饰的旗子,现在没有这种用法。

倒韵指为押韵而颠倒词序，这并不是不可以，只要读起来可以理解、不别扭。如王维的《山居秋暝》中的"竹喧归浣女，莲动下渔舟"，正常语序应是：竹喧浣女归，莲动渔舟下；诗中为了押韵的需要而颠倒了语序，语感流畅，不难理解。但不是所有的词语都能颠倒，别扭的倒韵使人费解。如"杨柳"不能颠倒为"柳杨"，前者是一个词语，后者就可以理解为两个词语了。

写诗择韵，倘若要缩小范围来便利取用，许多时候，可以顺着诗的旨意、情感的表达的需要来选择韵部。因为韵部关系着整个声情的变化，豪壮激烈、哀怨缠绵等不同情感，往往能用不同的韵部的语词来表现，应精心选用。

普通话的各个韵部在发音的洪亮程度上是不同的。凡是发音时口腔张得大、同时鼻腔又能引起共鸣的韵部，其洪亮程度就强，如 an、ang、en、ong、eng、in、ün、ing、a 等韵部是洪亮级的。许多时候，写表达激昂慷慨情感的诗词，适宜选用洪亮级的韵部的汉字作韵脚。譬如，毛泽东的七律《人民解放军占领南京》：

　　钟山风雨起苍黄，百万雄师过大江。
　　虎踞龙盘今胜昔，天翻地覆慨而慷。
　　宜将剩勇追穷寇，不可沽名学霸王。
　　天若有情天亦老，人间正道是沧桑。

此诗表现的是那种慷慨激昂的革命豪情，韵脚字是"黄"、"江"、"慷"、"王"、"桑"，归属于归纳平水韵而成的《词林正韵》中的第二部"平声，江阳唐通用"韵部，也合乎普通话中"ang"的平声韵，属洪亮级，读起来洪亮有力，能准确地传达出诗人的壮志豪情。

前文提到的《贾生》诗，选择"真韵"中的"臣"、"伦"、"神"三字作为韵脚，属于较洪亮级的韵部；虽比"ang"的程度稍弱，但也能清新畅快地表达出对汉文帝的"求贤"的警策咏叹、犀利嘲讽的情感。

发音时口腔处于半张状态的，如 ai、ao、o、e、ou 等韵部，发出的音弱于洪亮级、强于细微级，处于中间状态，称为柔和级韵部；许多时候，适合选作表达委婉深沉情感的诗词的韵脚。譬如，杜甫的《秋兴八首》（其六）：

　　瞿塘峡口曲江头，万里风烟接素秋。
　　花萼夹城通御气，芙蓉小苑入边愁。
　　珠帘绣柱围黄鹄，锦缆牙樯起白鸥。
　　回首可怜歌舞地，秦中自古帝王州。

此诗回忆曲江当年歌舞游宴之繁华，抒发了帝王洲今昔的盛衰变化与感慨，情感委婉深沉，韵脚字"头、秋、愁、鸥、州"，属于平水韵下平声的"尤韵"，也合乎普通话中的"ou"韵，属柔和级，表达的是作者委婉深沉的情感。

发音时口张得很小的，如ei、ie、üe、u、（z、c、s）i、（zh、ch、sh、r）i、er、ü、i等韵部，发出的音较细微，称为细微级韵部；许多时候，适合选作表达沉痛哀怨凄婉的情感诗词的韵脚。例如，鲁迅先生的《无题》诗：

　　惯于长夜过春时，挈妇将雏鬓有丝。
　　梦里依稀慈母泪，城头变幻大王旗。
　　忍看朋辈成新鬼，怒向刀丛觅小诗。
　　吟罢低眉无写处，月光如水照缁衣。"

这首诗是作者为纪念左联五烈士而写，表达了深沉的哀痛与强烈的愤慨交织的情感，用的是细微级的"i"韵。

下面，将韵部洪细程度与诗词情感表达的关系，对照列表如下，仅供参考。

洪细程度	十八韵部	押韵部分	洪细程度	十八韵部	押韵部分
洪亮级	寒韵	a n	柔和级	波韵	o
	唐韵	a ng		歌韵	e
	痕韵	e n	细微级	尤韵	o u
		i n		皆韵	ie üe
		un		微韵	e i
		ün		姑韵	u
	庚韵	e ng		鱼韵	ü
		i ng		支韵	i-（前）
	东韵	o ng			-i（后）
	麻韵	a		齐韵	i①
柔和级	开韵	a i		儿韵	er
	豪韵	a o			

---

① "i-（前）"指zi、ci、si，"-i（后）"指zhi、chi、shi。"i"是指除声母z、c、s、zh、ch、sh之外的其他声母后面的韵母i。

要注意的是，此表是前人的研究成果，说明韵部的选择与情感表达之间，在许多情况下关系密切，但并不是绝对的。诗词中的情感，主要靠所蕴含的内容、语词组合来表现，韵部的选择还在其次。如苏轼的悼亡之作《江城子》"十年生死两茫茫，不思量，自难忘。千里孤坟，无处话凄凉……"，有了伤感的语词组合、凄苦怀旧的内容，即便用响亮的江阳韵即上表中的唐韵，来抒发凄苦之情，读来仍十分感人。显然，韵部和情感表达的联系多种多样，寻求二者之间的规律、看重并运用前人的研究成果，并没有错，但不要片面孤立地看问题；组词选韵，既要考虑到诵读时的和谐动听，也不能脱离情感表达的实际需要。

写诗择韵，缩小范围取向，还须考虑所选韵部所含字数的多寡。因为韵部含字多，选择余地大，便于选词组句来表现要表达的情意；韵部含字少，选择余地少，难于操作。

可供选择同韵字数较多的韵部叫宽韵，少的叫窄韵。一般来说，写作诗词，依据情景的表现来选词组句，多用宽韵而少用窄韵。倘若要写篇幅较长的诗词又要一韵到底的，需要的同韵韵脚字比较多，就应选择宽韵或较宽韵，写作时才会有较大的变通余地，避免捉襟见肘，增大难度。如果要写篇幅较短的或中途可以转韵的诗歌，需要的同韵韵脚字不多，再加上表达的情感也适宜于窄韵韵部字，那也可以选定窄韵。

本书作者编辑的《诗韵新编常用字》简表共3603字，依照此表，按字数多少划分韵部宽窄，可分为宽韵（300字以上）、较宽韵（248字至283字）、较窄韵（142字至198字）、窄韵（65字至128字）、狭韵（儿韵7字），列表如下，可供按此表选择诗韵者参考。

《诗韵新编常用字》韵部宽窄表

宽窄	韵部	韵部音节	常用字数	宽窄	韵部	韵部音节	常用字数
宽韵	寒韵	an	500字	较窄韵	侯韵	ou	162字
	姑韵	u	339字		波韵	o	158字
	齐韵	i	300字		支韵	－i 零韵母	142字

宽窄	韵部	韵部音节	常用字数	宽窄	韵部	韵部音节	常用字数
较宽韵	豪韵	ao	283字	窄韵	开韵	ai	128字
	文韵	en in ün	267字		东韵	ong	122字
	庚韵	eng ing	266字		皆韵	ie üe	112字
	唐韵	ang	248字		歌韵	e	112字
较窄韵	麻韵	a	198字		鱼韵	ü	65字
	微韵	ei	194字	狭韵	儿韵	er	7字

选择韵部，如以上所说，既要考虑诗歌所要表达的情感的需要，也要考虑所写诗歌的长短及是否有换韵的需求，从而斟酌推敲，慎重确定；不能信手拈来，更不能为凑韵而随便转换情意。

择韵用韵，使所写诗歌音韵优美，朗朗上口，这是写诗者应该努力做到的。初学有难度，但动笔后多斟酌推演，熟练后就能生巧。要用好韵、写好诗，自然须花费不少的心血。

【思考与练习】

一、下面是白居易写的新乐府中的一首，虽是唐朝时用韵，恰好也合乎普通话的用韵标准。阅读后请用《诗韵新编》或借用本书附录中的《诗韵新编常用字》表，来分析此诗是如何换韵的。

天可度·恶诈人也①

天可度，地可量，唯有人心不可防。
但见丹诚赤如血，谁知伪言巧似簧。
劝君掩鼻君莫掩，使君夫妇为参商②。

---

① 恶诈人也：指官僚阶层中的险恶奸诈的一些人。
② "劝君掩鼻……"句：典故出自《战国策·楚策》。楚王喜得魏王送来的美人，夫人郑袖劝说美人见楚王时要掩鼻，后又挑拨，使美人被割掉了鼻子。使君：汉朝指州郡长官，此处借指楚王。参（shēn）商：参、商二星，此出彼没，永不同现，以喻人事乖隔。

劝君掇蜂君莫掇，使君父子成豺狼①。

海底鱼兮天上鸟，高可射兮深可钓。

唯有人心相对时，咫尺之间不能料。

君不见，李义府之辈笑欣欣，笑中有刀潜杀人②。

阴阳神变皆可测，不测人间笑是瞋③。

请解说：此诗换了____次韵，参考《诗韵新编常用字》简表来分析，开篇押的是____韵，中间转成____韵，结尾几句又转成____韵。每次开始转韵时，除偶句押韵外，____句也是押韵的。

二、鲁迅先生1935年曾赠送好友许寿裳一首七律，现选登如下，但诗中句末有四字空缺，请依照用韵常识，从选项中找出恰当的一项，正确恢复原诗。

亥年④残秋偶作

曾惊秋肃临天下，敢遣春温上笔一。

尘海苍茫沉百一，金风萧瑟走千一。

老归大泽菰蒲⑤尽，梦坠空云齿发一。

竦听荒鸡偏阒⑥寂，起看星斗正阑干。

恢复原诗，正确的一项应是：

A、尖万军抖　　B、头忌里作

C、端感官寒　　D、墨怒年颤

三、一首诗词中的情感，主要靠所蕴含的内容、语词组合来表现；但许多时候，与所选韵脚发音的响亮程度也有一定联系。试赏析下面三首诗词，在弄清诗词是何内容、用何种语词组合来表现情感的前提下，看看分别押了什么韵（以汉语拼音音节标示），并要指出是平声还是仄声）、所选韵脚发音的响亮程度（洪亮级、柔和级、细微级）与要表达的是何种情感。

---

① "劝君掇蜂……"句：典故出自《琴操》。周上卿尹吉甫有子伯奇，续娶后妻。后妻故意取毒蜂缀衣领，令伯奇掇之，使吉甫偷看。伯奇因而被流放。

② 李义府：唐高宗时的宰相，当时人说他笑中有刀。

③ 瞋（chēn）：发怒。

④ 亥年：旧历乙亥年，此处指1935年。

⑤ 菰蒲：指两种水生植物。菰可食用，蒲可编席，借指最低生活条件。

⑥ 阒（qù）寂：即寂静。

闻王昌龄左迁龙标遥有此寄　　　　　　　　　　　李白

　　　　杨花落尽子规啼，闻道龙标过五溪。
　　　　我寄愁心与明月，随君直到夜郎西。

所押何韵：_____　　韵脚发音响亮级别：_____
表达何种情感：

过零丁洋　　　　　　　　　　　文天祥

　　　　辛苦遭逢起一经，干戈寥落四周星。
　　　　山河破碎风飘絮，身世浮沉雨打萍。
　　　　惶恐滩头说惶恐，零丁洋里叹零丁。
　　　　人生自古谁无死，留取丹心照汗青。

所押何韵：_____　　韵脚发音响亮级别：_____
表达何种情感：

醉花阴　　　　　　　　　　　李清照

薄雾浓云愁永昼，瑞脑销金兽。佳节又重阳，玉枕纱厨，半夜凉初透。
东篱把酒黄昏后，有暗香盈袖。莫道不销魂，帘卷西风，人比黄花瘦。

所押何韵：_____　　韵脚发音响亮级别：_____
表达何种情感：

第九讲　诗歌构思

一　形象思维寻直觉　想象联想重比兴

本节要点

⊙形象思维君须记　⊙直觉引领寻诗境　⊙形貌可效妙神似
⊙艺术科学异想象：创造想象　•再造想象　•联想
⊙比兴手法对应物

提笔写诗，怎样去思索策划，要写成什么样子才算是诗呢？

一位初学写诗的高中生写了一首《人月圆》："全民共庆新春到，昂首战旗扬。高瞻远瞩，严格法制，国富民强。加强科教，文明双建，振业兴邦。炎黄十亿，扬鞭跃马，同创辉煌。"这是按"人月圆"词牌填写，句数、字数完全合乎要求，讲究了节奏、韵律，主题也不错；可是，有点像标语口号，直白道情，缺乏形象，没有诗味，还不能称之为诗词。

诚然，节奏、韵律等形式，往往会成为区分诗与文的重要标志，但这还不是问题的本质。文以叙事说理为要务，常用逻辑思维方法提炼为概念，往往直说。诗以情景为本，诗之情意寓托在景物事状之中，须用形象思维方法凝铸为形象，喜用"图画"。纯粹概念的组合、判断的表述及理路的推求，对于中国诗歌是格格不入的。

十九世纪俄国文艺理论家别林斯基在《智慧的痛苦》一书中指出："诗人用形象来思考"，"诗的本质在于使无形体的理念具有生动的感性的美的形象。"现代诗词大家毛泽东，在一九六五年七月二十一日《致陈毅》的信中鲜明地指出："诗要用形象思维，不能如散文那样直说"。

什么叫形象？与抽象性、间接性的概念不同，形象是可见可闻可触可感的具体生动的生活图画或场面。人们对形象有多种不同的提法。山水草木风光、人物、物体、场面等客观事物的形象被称为物象。事物不在面前时，人们在头脑中出现的关于事物的形象被称为表象。物象（如山川草木等等）融入了人的主观情意后被称为意象。

举例来说。有这么一个意思，用散文化的语言来表述是这样说的：见过天下最美好的堪称一流的东西，对于二流、三流的东西就不足为奇、难于动心了。这句话中有概念、判断、推理，运用的是逻辑思维。写诗时也可能这样去想，但不宜直接这样来写，而须转换为形象来表达。譬如，自然界中的大海、江河、溪流是客观存在的物象，或许，当头脑中浮现出记忆中的这些海、江、河、溪的表象，并对它们的容量与气势进行比较、评价后，唐人元稹写出了"曾经沧海难为水，除却巫山不是云"的诗句。诗句中"沧海"之"水"、"巫山"之"云"，代表着天下最美好的堪称一流的东西，是融入了诗人欣赏赞美情感的意象。

用形象来思维就是形象思维。在观察体验生活、选择创作材料到艺术构思、作品定型的整个过程中，始终伴随着情感和想象、以具体的物象作为思维的内容，这是形象思维。同时，一首诗歌，要选定什么样的主题，怎样让头脑中一大堆无序的物象为主题服务，那需要作者进行分析、综合、比较、选择，去粗取精，有序组合，也就离不开借助概念、判断、推理来作抽象性思考的逻辑思维。诗歌创作构思，既需要逻辑思维，更需要形象思维。

形象思维中蕴含着直觉。直觉是不经过逻辑推理就直接认识对象的感性认识。艺术直觉是对眼前的景物的观察、审视、思考与感悟，是直接把握物象的内在蕴含与意义。这也就是朱光潜先生所说"无论是欣赏或是创造，都必须见到一种诗的境界"中的"见"，即直接感知个别事物的本身形象。

直觉的特色是凝神注视观赏对象本身。譬如，看见一座青山，如果你只是想到山上去寻找能吃的野果，或者是想看看有没有可以做家具的稀有木材，那么，你所感知、注重的是山的自然属性和实际用途，就无法进入到诗的创作境界。只有凝神关注，把青山看成是一幅新鲜的美的图画，笼罩住意识的全部，聚精会神地观赏它，品味它，以至于把它以外的一切事物都暂时忘却；这时，直觉才能引领你去找寻诗的境界，进入诗的创作过程。

要找寻诗的境界，创作者对观赏对象的外部形貌特征应有一定的熟悉把握，并能恰到好处地描绘出来，有人称之为"得形似"。不过，这还不够，还要进一步感知，达到对对象的"精神"的领悟，还要"得神似"。

　　古人认为，自然万物，各具其性，一花一草，都是一个气韵生动的审美世界；一竹一石，都内蕴着跃动不息的生命精神。真正的审美体验，在于透过对象的外表形貌而把握其内在的精神。宋人邵雍有一首名诗《善赏花吟》，说的就是这个意思：

　　　　人不善赏花，只爱花之貌；
　　　　人或善赏花，只爱花之妙。
　　　　花貌在颜色，颜色人可效。
　　　　花妙在精神，精神人莫造。

而要"得神似"，想透过对象表层进入到事物的内在蕴含中，就须聆听观赏对象无语的倾诉，并思索寻找事物存在的踪迹，了解事物内在的联系及其变化的规律，从而领悟事物隐蔽的存在意义。心灵和智慧的感悟是艺术直觉的关键所在。

　　凝神观照，感受领悟，创作者心中的情趣倾注于事物，人情与物理互相渗透，内在的情趣常和外来的物象相融合而互相影响，或者是"即景生情"，或者是"因情牵景"；情景相生而且契合无间，情恰能称景，景也恰能传情，这便是诗的境界。

　　还是以观赏青山为例。凝神观照，须感知的不仅是青山的"外形"：山石土坡，斜陡高峻，树木花草，上空飘浮着的云彩，传来的动听的鸟声，等等；而且可以移情于物，把自然界的青山看作是具有生命活力的"她"，从而领悟"她"的内在的"精神"：为何能不惧风雨雷电，千年屹立？为何总是那样郁郁葱葱，不向人类索取，却把青绿留给人间？"她"寂寞吗？孤独吗？

　　"登山则情满于山"，心灵沉浸、浑然忘我的观赏能把创作者引向对青山的内在精神的感悟。擅长于这种艺术直觉、被"赐金还山"后漂泊十年、饱尝人间辛酸而倍感失落、孤独的李白，在来到幽静秀丽的宣城敬亭山观赏时，写出了余味无穷的《独坐敬亭山》："众鸟高飞尽，孤云独去闲。相看两不厌，只有敬亭山"。诗中的"敬亭山"是融入诗人孤独、失意的情感的写实的意象。鸟飞、云去的敬亭山仿佛也与诗人一样被抛弃了，"只有"她不嫌弃诗人，久久地"相看两不厌"。诗的前两句写景，后两句是描述性地慨叹言情，诗人的思想情感与敬亭山的景物高度融合，创造出"寂静"无言、"传'独坐'

之神"①的艺术境界。这种情景契合的艺术境界就是人们常说的意境。

感受领悟离不开个人在自然、社会生活与酸甜苦辣的经历中所体验到的人生经验,离不开创作者的思想情感的倾向。艺术直觉带有强烈的情感性,有着明显的主观性。因人而异,人言人殊。比如,面对着波涛滚滚的长江,在屡遭贬谪的苏东坡眼中,浮现出"大江东去,浪淘尽,千古风流人物"的景象,表现为一种对历史英雄起伏沉浮的深沉的感慨;而在罢相以后退居金陵的王安石的词中,却是"繁华竞逐"、"悲恨相续"的"六朝旧事随流水"、类似于"子在川上曰:逝者如斯夫"的历史沧桑的感喟;但在遭受亡国之痛的李后主心中,则是"问君能有几多愁,恰似一江春水向东流"的伤感,奔腾不息的江水竟幻化为无穷无尽的愁思。

艺术直觉是对眼前事物的观照,凭借它,也能写出像《独坐敬亭山》那样的好诗。不过,如果眼前景物只在视线所及范围,相对于天地万物来说,是有限的、狭窄的。诗词要"笼天地于形内,挫万物于笔端",突破眼前所见的局限,补充事实链条中的不足和还没有发现的环节,塑造出感人的艺术形象,还须借助于有着自由性和超时空特点的艺术想象。

文艺创作与科学研究,都离不开想象。科学想象是一种情感静止的抽象思维,具有严格的数理逻辑,遵循着自然法则。科学家牛顿在思考万有引力的时候大约曾这样想象过:既然石子抛出时,不同的速度和高度会引起落地点与抛出点的距离不同;那么,如果站在很高很高的高度,以很快很快的速度向外抛出,那么石子不就不会落地而绕地球飞行了吗?他的想法是正确的!现在的卫星就是在这种思想的指引下飞行的。

艺术想象则不同,总是紧密联系着艺术形象,始终伴有作者炽烈的情感活动,具有强烈的情感性。"神居胸臆,志气统其关键"②,对宇宙人生的解悟的思想引领着并融合在个人哀乐的情感之中,只有"情绪激动"、"思想浸润",才能鼓起想象的风帆,推动想象沿着情感指引的方向运行。诗人李白在流放到巫山被赦免、到达岳阳时,与被贬官的两位朋友在洞庭湖船中饮酒,此时夜幕已降、月亮未出。诗人在现实中久不自由而受压抑的洒脱无拘的本性,

---

① "寂静"等引言:摘自沈德潜《唐诗别裁集》第616页,上海古籍出版社1999年1月版。

② "神居胸臆……":摘自刘勰《文心雕龙·神思》,转引自《文心雕龙注》第493页,人民文学出版社1978年版。神:想象活动。志气:情志气质,近似思想情感。

面对着眼前空灵素净的山水忽发奇想，于是写出了"南湖秋水夜无烟，耐可乘流直上天？且就洞庭赊月色，将船买酒白云边"①这般奇妙的诗歌。此中引起想象的"南湖秋水"是写实的意象，在豁达想象中展开的"乘流直上天"、"洞庭赊月色"、"买酒白云边"则是想象中的意象。诗中由现实到想象中的意象的推进组合，独创了耐人寻味的由张扬洒脱无拘的本性的情趣与"乘流直上天"的图景有机融合而形成的艺术境界。

浮想联翩在诗歌创作中起到十分重要的作用。诗歌以时空幅度阔大并且富于变化而不受一般生活场景的束缚，变幻莫测的想象能创造出人们所渴望的情景。此诗中想象上天饮酒赏月的情景，是诗人依据自己的愿望，将头脑中的记忆表象加工改造、重新熔铸，独创出来的新的艺术形象。这种独创的想象是创造想象。

艺术想象还有另外一种类型，称为再造想象。这是依据语言的描述或图样的示意，在以往经验的基础上再造有关事物的意象的想象；欣赏诗歌作品时往往会如此。例如，读到"霜叶红于二月花"的诗句，头脑中就浮现出秋季满山霜染的枫叶流丹胜过春花火红的景象。而在诗歌创作中，还有阅读诗文篇章时受到启发、再造出有关事物的意象、写进诗词中来的情况。例如，现代艺术家李叔同创作了《送别》一诗，前一段是"长亭外，古道边，芳草碧连天；晚风拂柳笛声残，夕阳山外山"，由长亭、古道、芳草、垂柳、夕阳等景物由近而远有序地组合成一张淡淡的水墨画景，就是作者借鉴《长亭送别》、《天净沙·秋思》、《古诗十九首·青青河畔草》等古代诗词曲中的诗句"碧云天"、"古道西风瘦马"、"青青河畔草"……，由想象再造出来的组合意象。

在再造想象和创造想象中，均有联想活动参与。联想，也有人称之为"相似性想象"，或者称"联想地想象"②。联想是由某事物激发而想起其他相关事物的心理活动，往往在回忆中出现。它能调动大量的记忆表象，为创造想

---

① "南湖秋水夜无烟……"：此诗是李白《陪族叔刑部侍郎晔及中书贾舍人至游洞庭五首》之二。

② 联想的称谓：由童庆炳主编、武汉大学出版社出版的2000年4月版《文学概论》第471页指出："相似性想象在心理学上的依据就是联想。"文捷斯特在其《文学批评原理》中提出"联想地想象"，是"对于某种事物、观念，或情绪与情绪上的相类似的心像，加以连接的作用"。

象与再造想象提供条件，加快形成过程。看看被明人李攀龙推为唐人七绝压卷之作、王昌龄的《出塞》诗。"秦时明月汉时关，万里长征人未还"，前两句是诗人从眼前所见的关塞联想到秦汉以来无数戍卒战死疆场的历史慨叹，为后两句想象铺垫着地域的广阔与历史的沧桑感的基调，使得"但使龙城飞将在，不教胡马度阴山"——对历史名将的企盼和咏歌，诗化为秦汉时代人们的共同心声以及企盼无望后的哀叹。通过联想和想象的推进，使边塞战乱、企盼飞将的典型画面与历史慨叹、爱国激情熔铸在短短四行诗里，格调昂扬，意境雄浑。

联想所唤起的是不在眼前的真实存在的事物形象浮现在脑海中，要连接的是事物与事物的相似、相关、相反或其他的关系；这是"依类引申"的回忆与展开。诗中的"比兴"就是联想的应用。

"比"、"兴"与"赋"，这三种传统作诗的基本方式，就是三种形象思维的方法。"赋"是"直书其事"、"体物写志"，即直接叙述或描写。如韦庄《菩萨蛮》词之"人人尽说江南好，游人只合江南老"，以及"劝君今夜须沉醉，樽前莫话明朝事"等诗句，用的就是"赋"的写法。

"比"即比喻，"以彼物比此物也"①。例如，"江作青罗带，山如碧玉簪"（韩愈《送桂州严大夫同用南字》），"飞流直下三千尺，疑是银河落九天"（李白《望庐山瀑布》），"臣心一片磁针石，不指南方誓不休"（文天祥《扬子江》），"我心匪石，不可转也"（《诗经·邶风·柏舟》），这些诗句中都用了"比"，用人们熟悉的、具体可感的事物来解说抽象的不太熟悉的事物，比喻的意思比较明显，稍加揣摩就可以看出。

"兴者，先言他物以引起所咏之词也"。"兴"即"起"，是联想的起点与契机，因观物触发了情思，有了人心与自然物之间的一种感发与相通。譬喻，南宋民歌"月子弯弯照九州，几家欢乐几家愁。几家夫妇同罗帐，几家飘零在外头"，由月光普照大地感发，引起对社会动荡时期下层民众的苦难生活的倾诉，人心与月光似乎是相通的。这里就用了"兴"的手法。

"兴"中常常还隐含着"比"。前文提到过的元稹的《离思》诗，前两句，先言"沧海"、"巫山"等"他物"，以引起后两句"所咏之词"："取次

---

① "比者，以彼物比此物也"，引自朱熹《诗经集传·关雎注》。下文"兴者，先言他物以引起所咏之词也"，出处同。

花丛懒回顾，半缘修道半缘君"。这是"兴"，中间又隐含着"比"：用隐喻来表示诗人夫妻关系有如沧海之水和巫山之云，其深广和美好是世间无与伦比的。这一隐喻就是对"所咏之词""取次花丛懒回顾"所做的最好的解说。诗人用比兴手法，把难以言状的情感用具体可感的意象来深喻，言情而不庸俗、悲壮而不伤痛、高调而不虚浮，创造了历来悼亡绝句中的绝胜境界。

  比兴手法是通过联想给事物以形象的表现，实质上是形象思维的方法。用形象来思维，前文论及的，文天祥诗中的"磁针石"，《离思》中的"沧海"、"巫山"，《出塞》中的汉关秦月、万里征人、"龙城飞将"，以及李后主词中的"一江春水向东流"、李白诗中的"乘流直上天"、"洞庭赊月色"、"买酒白云边"，还有飞鸟、"孤云"、"敬亭山"，这些由单个意象或多个意象组合而成的景物，就是诗论家们常说的、能相应表达诗人主观情思的"客观对应物"。

  "客观对应物"可以是各种物象、景物、事件。英国诗人艾略特在《哈姆雷特及其难题》一文中说："用艺术形式来表达情感的唯一方式，便是找出一个'客观对应物'"。诗词创作，最重要的，是要将难以言状的缥缈朦胧的情意，用相应的"客观对应物"来形象地表现；让情感和思想融合在意象中自然体现，使情恰能称景，景也恰能传情，情景契合无垠，形成诗的意境。而要提升这一方面的能力，将刘勰在《文心雕龙·神思》中的一段话[①]翻译过来说，就须做到：酝酿思路，贵在静心思考，务使内心舒畅，精神集中；积累常识以存储宝藏，斟酌事理以增长才干，观察研究以透彻理解，依照情感的需要来措辞；然后使深明其理的头脑寻求规则与技巧而落笔，有独见的灵巧的心依据想象中的境界而写作。这是谋篇的要点、驾驭诗文的首要方法。

【思考与练习】

  一、从山、水、草、树、花、虫、鸟、兽等自然景物中任选某一项，或综合同时出现的几项景物，静下心来，凝神关注，欣赏、品味它。不仅要感

---

  ① 刘勰的这段话的原文是："陶钧文思，贵在虚静，疏瀹五藏，澡雪精神；积学以储宝，酌理以富才，研阅以穷照，驯致以怿辞；然后使玄解之宰，寻声律而定墨，独照之匠，窥意象而运斤：此盖驭文之首术，谋篇之大端。"

知它的外在形式，而且要感悟它的内在"精神"。然后仿照"留连戏蝶时时舞，自在娇莺恰恰啼"、"无边落木萧萧下，不尽长江滚滚来"、"大江东去，浪淘尽，千古风流人物"、"问余何意栖碧山，笑而不答心自闲。桃花流水窅然去，别有天地非人间"、"瞿塘嘈嘈十二滩，人言道路古来难。长恨人心不如水，等闲平地起波澜"、"红树青山日欲斜，长郊草色绿无涯。游人不管春将老，来往亭前踏落花"、"雨过横塘水满堤，乱山高下路东西。一番桃李花开尽，惟有青青草色齐"①……等诗句或诗歌的写法，自己选词组句，写几句七言诗句，把自己的直觉真实地写出来；倘能写成一首七言诗更好。

二、忧愁、欣喜、悲伤、激昂等情感是朦胧的、抽象的，不过，用比喻、拟人或拟物等手法就能形象地表达出来。请围绕某一情感，寻找、搜集古今诗词中用形象的物体来表达某类抽象的情感的佳句，至少八句。

三、《诗经·关雎》的开头几句"关关雎鸠，在河之洲。窈窕淑女，君子好逑"，运用了比兴手法。请具体分析，是怎样"先言它物而引起所咏之辞"的，又是如何比喻的？

四、宇航员已经能登上月球了。月球上的引力只有地球上的六分之一；也就是说一个人在地球上能越过一米，那么在月球上他就能轻轻地越过六米的高楼。请发挥你的想象力，想想登上了月球，人会如何走路、跑步，或者跳舞、劳作的，然后把你的想象变为几句诗，若能写成一首诗更好。

二 写景言情重建构　美不自美人彰显

本节要点

⊙苏轼如何写首诗　⊙诗词创作寻要诀
⊙情景建构方式多：触景生情：情景双绘　•显景隐情
缘情写景：情牵景现　•情显景隐　•设景寓情

---

① "留连戏蝶时时舞，自在娇莺恰恰啼"……等诗句、诗歌，分别选自杜甫《江畔独步寻花》、《登高》，苏轼《念奴娇·赤壁怀古》，李白《山中问答》，刘禹锡《竹枝词》（其七），欧阳修《丰乐亭游春》（其三），曾巩《城南》（其一）。

情景浑成　妙合无垠　⊙定墨成诗　推敲修改

诗是什么？如何写诗？用简练、浓缩的语言来回答：诗是由情、景组成的，写诗不过是在写景、抒情。"诗缘情"，诗要表达的是人蕴藏在内心的"情"（此处概指情感、志向、思想、事理），不过，"情"要借助"景"（此处概指景物、环境或事件）这个媒介来表现。"景乃诗之媒，情乃诗之胚，合而为诗"[①]。

中国的诗歌一向是以抒情为其主要传统。短小的诗歌侧重于表现心灵，往往借助于片断形象（景物）来抒情表意。清代诗论家王士祯在《渔洋诗话》中说："诗如神龙，见其首不见其尾，或云中露一爪一鳞而已，安得全体？"这是颇有见地的。

观景动情，受到外界事物的感染激发，创作者抓住自己感兴趣的一刹那，从自然中摄取一个景象、或从生活中抓取一个片断，凝视遐想，心领神会，给它贯注情趣、生命，而后建构情景，按诗的语言组合起来，就成为了一首诗。

我们来看看苏轼怎样写成一首诗。

诗人在杭州担任四年通判，写下了大量有关西湖景物的诗。公元1073年某一天，苏轼与朋友到西湖饮酒、游览，独有先晴后雨、别有情趣的西湖风光打动了诗人，联想起美人西施，觉得颇有意思，于是定情选景，写下了《饮湖上初晴后雨》诗：

水光潋滟晴方好，山色空蒙雨亦奇。
欲把西湖比西子，淡妆浓抹总相宜。

诗的起篇，写晴日照射下荡漾的湖波，清新明艳。次句紧承开头，写雨幕笼罩下缥渺的山影，美好奇妙。第三句没有再描写湖光山色，而是推开一层，转向联想中的"西湖比西子"，别开生面。末句接着比喻，点出淡浓皆美，收束、拢合全诗，余味无穷。读者仔细品味，似乎还能从诗中推断出"弦外之音"：天生丽质，不刻意装扮也是美丽的；而生性丑陋，再怎么刻意装扮，又有多少用呢？

此诗的结构安排，就巧妙地运用了古诗词中常用到的"起承转合"的谋篇章法。按此章法，有些短诗，如绝句的前后四句、律诗的首尾四联，可分

[①]　"景乃诗之媒，情乃诗之胚，合而为诗"：景物为诗人借以抒情的媒介、寄托，情感是诗要表现的在诗人心中生长着的胚芽、灵魂；情景融合，就能组合成诗。此论引自明代谢榛《四溟诗话·即影》。

别按"起"、"承"、"转"、"合"来安排。"起"即开头，要求不平庸，新鲜有力，能笼罩全诗；"承"是指紧密承接开头，对起句进行说明，加以发挥引申。"转"是指拓开一层转出新路，内容上要求变化与深入。"合"指结尾，须拢合全篇，卒章显底，余音绕梁。"起承转合"的构建，具有语语相承、环环相扣、首尾相顾、浑然成篇的性能，能够曲折灵活地转换，自然有机地贯通，形成前后呼应的完整形体。

运用"起承转合"的章法，苏轼前两句写游湖时"眼前"所见的由晴转雨片刻的水光山色，后两句用美女西施比拟美景西湖展开议论抒情；后者所抒淡浓皆美的赞誉之情，与前者所描绘的西湖晴姿雨态的美妙景色契合无间，成就了此首"前无古人，后无来者"[①]的名篇。由此可以得到一点启示：写诗原来可以这样：描写某时某地所见之景，抒发当时心中之情，情景融合就会成为好诗！

诗词创作的要诀，可以用以下十二个字简单地概括：眼前景，心中情，画图语，弦外音。

这就是说：倘若你看到了某种景物，或是处于某种情境之中，此时心中涌现出某种情感，有了对自然或社会美的某种感悟，那么就用绘图般的形象、凝练的语言，把"眼前"能够融合的情景描绘出来，按照诗的要求把它组成诗句；如若诗中还有弦外之音，令人回味深思，那就会成为一首佳作。

需要说明的是，"眼前景"既可以是眼前所见、也可以是回忆或想象中的景物。看看唐人崔护的《题都城南庄》，开头两句追忆的是往日寻春遇艳的场景"去年今日此门中，人面桃花相映红"，三四两句才慨叹叙写"眼前"情景："人面不知何处去，桃花依旧笑春风"。而唐人李商隐的《夜雨寄北》，则是从回答妻子来信中的问语"君问归期未有期"写起，引出"眼前景"："巴山夜雨涨秋池"；尔后生发、想象推出对未来欢乐的憧憬"何当共剪西窗烛，却话巴山夜雨时"。

写诗离不开情与景；景需能传情，情应能称景。情景建构，即情与景在诗中如何组合，既关系到诗歌的章法安排，也涉及诗歌的意境创设，是诗词谋篇的关键所在。

---

① 《饮湖上初晴后雨》诗评：清代学者王文诰在《苏文忠公诗编注集成》中称此诗'前无古人，后无来者"。

情景建构，既可学习《饮湖上初晴后雨》的写法，触景生情，情景双绘；也可显景隐情，景物显现但情感隐匿。

用显景隐情写法创作的诗歌名篇不少。譬如，北朝民歌"敕勒川，阴山下。天似穹庐，笼盖四野。天苍苍，野茫茫，风吹草低见牛羊"，看起来都是在写景；贾岛的"松下问童子，言师采药去。只在此山中，云深不知处"，似乎只是在叙事。两诗都没有直接表现情感的词语，可仔细阅读、品味，却能从景物描绘、动态叙事中体味出诗中所蕴含的美的情感。《敕勒歌》展示的是一幅天高地阔的草原放牧图，草原上放牧人的宽广心胸隐含其中，那种对草原生活的自豪与赞美也隐约显现在"天苍苍，野茫茫，风吹草低见牛羊"的描绘中。《寻隐者不遇》以答句包含问句，通过三番问答，表现了寻访者由希望变为失望、又萌生希望转而无可奈何的起伏动荡心情，隐现了诗人对济世采药、与白云、苍松为伴的真隐士的钦慕的情感。

诗歌所描绘的，不宜是停留在原始自然层面的实情实景，而是要经由主观心境所美化了的情感景物；这种美化了的情感景物形成的价值取向即是诗歌所要表达的主旨，即人们常说的"立意"中的"意"，它的调质应是"真、善、美"的。不如此，显景隐情也可能出现低俗之作。例如，唐朝的张打油写过一首咏雪诗"江山一笼统，井上黑窟窿。黄狗身上白，白狗身上肿"，描写逼真，句句扣题，然而，写景只是停留在自然的浅层次，用语直白浅露，故作诙谐，失去了诗的高雅色彩，只能被人称作"打油诗"，难登大雅之堂。"俳谐怒骂岂诗宜？"（元好问《论诗绝句》）"时把文章供戏谑，不知此体误人多。"（戴复古《论诗十绝》）

不管是显景隐情，还是情景双绘的诗作，都是以景为触发点，因景生情，景中隐情或者显情。情景建构，创设诗词意境的常用方法除此以外，还有以情为触发点而缘情写景的另一大类；这一大类下面又可分为情牵景现、情显景隐、设景寓情三种不同的类型。

情感是诗词的生命。"境非独谓景物也，喜怒哀乐，亦人心中之一境界。"[1]"情到真处，不假雕琢"[2]，至深至切的情感牵动着相关景象的展示而裸现出来，也能写出好诗。看看李商隐的《无题》诗："相见时难别亦难，

---

[1] "境非独谓景物也……"，见王国维《人间词话》第一部分。
[2] "情到真处……"：为清代黄叔灿《唐诗笺注》中语。

东风无力百花残。春蚕到死丝方尽，蜡炬成灰泪始干。晓镜但愁云鬓改，夜吟应觉月光寒。蓬山此去无多路，青鸟殷勤为探看"；深刻真挚、凄凉伤感的爱情是全诗的触发点和推进的线索，牵动着相关景物、场景的显现与推进。开篇围绕着凸显叹惋之情的"别亦难"展开，"东风无力百花残"是有心无力的心境的表现；颔联中春蚕、蜡炬的比喻是忠贞不渝、海誓山盟的写照；颈联的晓镜衰颜、夜吟清冷的描述不过是惆怅、悲凉的形象化描绘；尾联青鸟传情，寄托对伤感、真挚爱情的劝慰与希望。全诗情动景随，景中现情，诗人内心的痛苦、失望而又缠绵、执着的爱情得以充分表现，使此诗成为最有影响力的爱情诗中的一首。

　　因情设景，除情牵景现外，还有情显景隐的一类。此类诗中的情感是裸现的，可抒情依托的景物却是隐约的，虽不明显出现却是读者大致熟悉的、可以理解的。楚霸王项羽的《垓下歌》就是一例："力拔山兮气盖世，时不利兮骓不逝。骓不逝兮可奈何，虞兮虞兮奈若何！"这是项羽在进行必死战斗的前夕所作的绝命词。诗中没有写自然景物，"时不利"的叙述是模糊的，联系历史背景可知道是指垓下之围、四面楚歌。可诗中的情感却是裸现的、强烈的，"力拔山兮气盖世"洋溢着无与伦比的豪气；"奈若何"则蕴含着因爱而引起的沉重的叹息，穷途末路的悲凉之情展露无遗。诗中如火山喷薄而发的强烈情感有着强大的张力，千百年来曾经打动过无数读者的心。

　　因情设景，还可以设景寓情。由于要表达的情感比较复杂，很难直接用现实中的景象来表现，作者就创设出想象中的某种具体景象，作为情感表现的客观对应物；整首诗都是比喻，以此来寄托自己的情思。大家所熟悉的《七步诗》"煮豆燃豆萁，豆在釜中泣。本自同根生，相煎何太急"，就是曹植在其兄的逼迫下、虚构出想象中的萁燃豆煮而哭诉的场景来表达自己的情意。诗人将自己当时的情感移寄到正在受"煮"的煎熬的"豆"的哭诉上，"豆"能哭诉是在拟人，燃萁煮豆比喻兄弟相残，整首诗用的是比拟手法，以此寄托对曹丕的无情无义的指责。

　　情景建构，除以上所述的有因情设景、因景生情两大类外，还有情景浑成、妙合无垠的最佳组合，是创作者成就好诗的最高理想。杜甫的《春望》就是此类诗的典范。"国破山河在，城春草木深"，开篇写春望所见景象，可"破"使人触目惊心，"深"使人满目凄然，实为抒感；颔联"感时花溅泪，恨别鸟惊心"，"感"、"恨"的抒情味厚重，可是见花溅泪、闻鸟惊心，还是在写眼前之景；颈联"烽火连三月，家书抵万金"，转向望中所思，似在叙述战火中收到家书之事，可"抵万金"是在慨叹忧亲思亲情浓；尾联"白头搔更短，浑欲不胜簪"，写诗人自身形象，可"搔更短"饱含着忧国忧民的叹息。全诗通过眺望沦陷后长安的破败景象，抒发了感时恨别、忧国思家的情感，诗中呈景而显情，显情而呈景，景即是情，情即是景，难分难离，妙合无垠，情景交融达到了完美的高度，因而千百年来一直脍炙人口，历久不衰。

只要情景契合，不论因情设景，还是因景生情，或是情景浑成，好的情景建构都能写出好诗来。诗作有法，诗无定法。不管是何种方法，只要能恰到好处地绘景抒情，就是好的方法。

情景建构，定墨成诗。诗歌脱稿后，还须推敲、修改。杜甫叙说："新诗改罢自长吟。"[1] 贾岛感喟："为求一字稳，耐得半宵寒"。卢延让慨叹："吟安一个字，捻断数茎须"。毛泽东可谓当代的诗词大家，可翻阅他的诗词手稿，发现有不少涂抹修改的痕迹。例如，《送瘟神二首》从原稿到定稿，有不少词语被修改，"薜苈"改为"薜荔"、"三万里"改为"八万里"，"人间事"改为"瘟神事"，"无心"改为"随心"、"有意"改为"着意"，等等。

好诗往往是改出来的。诗歌草就后，反复诵读，读后又改，改罢重读，这就是古人所谓的"炼"。诗中，着力可锤炼的，首先是"诗眼"。诗眼是诗中能表意传神、最关键、最重要的传神点睛之笔。诗有句中之"眼"，即一句精彩灵动的着力处。譬如，王国维在《人间词话》中说过："红杏枝头春意闹，著一'闹'字而境界全出。'云破月来花弄影，著一'弄'字而境界全出矣。""闹"字、"弄"字，就是句中之眼。诗也有一篇之眼，即一篇精神的集中凝聚处。例如，杜甫的《遣怀》诗："愁眼看霜露，寒城菊自花。天风随断柳，客泪堕清笳。水净楼阴直，山昏塞日斜。夜来归鸟尽，啼杀后栖鸦"，开篇"愁眼"是一篇之眼，既奠定了全诗的感情基调，又领起以下景物描写，把种种景物连贯起来，构成了一幅完整的画面，"句句是咏景，句句是言情"[2]。

优秀诗篇用字遣词，每每几经推敲。大量掌握、筛选词汇，精通词类活用，对锻炼诗眼至关重要。韩愈帮贾岛掇定"僧敲月下门"时舍"推"取"敲"，

---

[1] 杜甫《解闷十二首·其七》："陶冶性灵存底物？新诗改罢自长吟。孰知二谢将能事，颇学阴何苦用心。"

[2] "句句是咏景……"：为清人仇兆鳌《杜诗详注》中对《遣怀》诗的赞誉之语。

是着眼于"敲"字能发声：诗的上句为"鸟宿池边树"，已是关门上闩的时候，"推"是推不开的，只好"敲"了。宋朝洪迈《容斋随笔》卷八载王安石写"春风又绿江南岸"，旋用又旋弃"到"、"过"、"入"、"满"，而终于选定"绿"字①；这是将形容词"绿"活用为使动词"使（江南岸）绿"，取"绿"字的色彩，具体形象，把春天到来后江南的一派生机写活了，这是用其他字所不能比拟的。

不过，并不是所有的诗都有诗眼，有些诗没有诗眼，也不需要诗眼。如谢灵运的"池塘生春草，园柳变鸣禽"，写病后初见的春色，已是形神毕肖，就无需再加锤炼之功。《古诗十九首》的妙处，是它没有一个"诗眼"，它是整体的好；钟嵘在《诗品》中赞美《古诗十九首》"可谓几乎一字千金"。没有诗眼的诗，以其全篇的气韵或意境取胜，修改斟酌的重点要放在整体把握、流畅和谐上。

推敲修改是在定情选景、谋篇布局、遣词组句、定墨成诗之后。诗歌创作的整个过程，是一种神妙艰苦的高级脑力劳动，因人而异。人的禀赋才能，有高低强弱的差异；诗词构思创作，有灵感②技艺③的不同。有人写诗多偏重于灵感，"心总要术，敏在虑前"④，瞬间产生的突发奇想携带着信手拈来的平日积累的技艺喷薄而出："李白斗酒诗百篇"，"何涓一夕赋潇湘"⑤，曹植七步成佳什，何其神来快速也！不过，有些人写诗多偏重于技艺，"选义按部，考辞就班"⑥，"权衡损益，斟酌浓淡"⑦，须较长时间地搜寻酝酿方能苦思成诗：

---

① 南宋文学家洪迈《容斋续笔》卷八云："吴中士人家藏其草。初云'又到江南岸'，圈去'到'字，注曰'不好'。改为'过'，复圈去。而改为'入'，旋改'满'，凡如是十许字，始定为'绿'。"引文中"吴中"即苏州吴中区；"士人"为读书人；"家藏其草"中的"其草"指这首绝句的草稿。
② 所谓灵感，是瞬间产生的富有创造性的豁然开朗的突发奇想。
③ 技艺：此处指富于技艺性的写诗艺术，包含诗歌的体式、韵律、辞藻、章法、修辞等。
④ "心总要术……"：见南朝梁代刘勰《文心雕龙·神思》。
⑤ 潘纬、何涓：唐懿宗时以文学知名，湘潭人。时人称"潘纬十年吟古镜，何涓一夕赋潇湘"。事见《摭言》、《吟窗杂咏》等书。
⑥ "选义案部……"，见西晋陆机《文赋》。
⑦ "权衡损益……"：见刘勰《文心雕龙·熔裁》。

"左思练都以一纪"[①],"潘纬十年吟古镜"[②],杜甫"新诗改罢自长吟"、"晚节渐于诗律细"[③],何其慢推细作也!

　　灵感和技艺或许可以解释为两种基本的写作机制。不过,对写诗者来说,虽有侧重,但两者并非水火不容。偏重于灵感成诗的人,必须历练日久,技艺多有积累,方能获得神助。"斗酒诗百篇"的李白,也曾前后三拟《文选》,"常横经籍书,制作不倦,迄于今三十春矣"[④]。反之,偏重于技艺成诗的人,即便在旬日艰难的渐悟中也或有刹那间的顿悟;有时灵感闪现也能快速成就一首诗。翻阅诗人毛泽东的《送瘟神》,诗前有小序,"读六月三十日人民日报,余江县消灭了血吸虫。浮想联翩,夜不能寐",可知诗人酝酿苦思,研磨诗艺,一夜不眠;只到"微风拂煦,旭日临窗",才"遥望南天,欣然命笔",当是顿悟闪现,一夜的构思欢娱融汇,提笔终成佳什。再看律法精严的杜甫的《闻官军收河南河北》"剑外忽传收蓟北,初闻涕泪满衣裳……",这是诗人惊喜欲狂时一气呵成的古今绝唱,被清人浦起龙赞为其"生平第一首快诗也"。

　　写诗最讲究的是技艺,神行天成则靠灵感。写诗这件事,在可知与不可知、可谈与不可谈之间。技艺可知可谈,灵感神助自来。无怪乎,历代后学写诗者最推崇的是改诗长吟、律法精严的诗圣杜甫,而"斗酒诗百篇"的诗仙李白的传人却千载寥寥。

　　灵感能成就好诗,它有着"有心栽花花不发,无意插柳柳成荫"、"来不可遏,去不可止"的特点。对创作者来说,有时来了灵感,若不能即时抓住,写成诗句,就可能转瞬即逝,造成遗憾。不过,对初学写诗者来说,因为要进入一个新的领域,写诗的技艺还须努力学习,起步创作往往需要苦思冥想。一首诗写什么、如何写,只有积极搜寻生活中的图景,在冷静中回味情感,再三思索选择,经过一番洗练,精妙剪裁,才能找到值得写的诗情画意。这需要多费心思,有时须延时日久,惨淡经营。

---

　　① 左思,西晋著名文学家,代表作品是《三都赋》与《咏史》诗八首。"左思练都以一纪"出自《文选》卷四《三都赋序》。一纪,十二年。

　　② 潘纬吟古镜:见前"潘纬、何涓"注释

　　③ 杜甫《遣闷戏呈路十九曹长》:"江浦雷声喧昨夜,春城雨色动微寒。黄鹂并坐交愁湿,白鹭群飞大剧干。晚节渐于诗律细,谁家数去酒杯宽。惟吾最爱清狂客,百遍相看意未阑。"

　　④ "常横经籍书……":引文见詹锳编著《李白诗文系年·上安州裴长史书》,作家出版社1958年版。横经籍书:横陈经典书籍,指受业或读书。

诗歌作品是良苦用心的结晶，它包含了大量的尝试、反复、删减和选择。"美不自美，因人而彰"，自然、生活中的美是要靠人的感受、发现、开掘才能显现出来。中华诗词源远流长，前代先贤们筚路蓝缕，孜孜耕耘，为我们留下了无数璀璨绚烂、珍美绝伦的诗词曲名篇佳作；当今的开掘者也必须付出艰辛的努力，才能创作出好的诗歌，才能无愧于生活在当今网络信息化的新时代。

【思考与练习】

一、吴乔《围炉诗话》载："王江宁'钱塘江上是谁家？江上女儿全胜花。吴王在时不敢出，今日公然来浣纱'，直以西施誉之，借吴王作波，妙甚。乔谓此种诗思，宋人已绝。"

品赏唐朝王昌龄（"诗家夫子王江宁"）的这首七绝，看看作者是如何构思的，情景如何布局？"妙甚"的特别之处何在？

二、阅读下面这首词，回答后面的问题。

苏幕遮　　　　　　　　周邦彦

燎沉香①，消溽暑②。鸟雀呼晴，侵晓③窥檐语。叶上初阳干宿雨④，水面清圆，一一风荷举⑤。　故乡遥，何日去？家住吴门，久作长安旅⑥，五月渔郎相忆否？小楫轻舟，梦入芙蓉浦⑦。

问题：这首词写了什么景，抒了什么情？又是如何围绕着情景布局的？

---

① 燎（liáo）：细焚。沈香：沉香，一种名贵香料，置水中则下沉。
② 溽（rù）暑：夏天闷热潮湿的暑气。
③ 侵晓：拂晓。侵，渐近。
④ 宿雨：隔夜的雨。
⑤ 清圆：清润圆正。一一风荷举：意味荷叶迎着晨风，每一片荷叶都挺出水面。
⑥ 吴门：古吴县城亦称吴门，即今之江苏苏州，此处以吴门泛指吴越一带。久作长安旅：长年旅居在京城。
⑦ 芙蓉浦：有荷花的水边，有溪涧可通的荷花塘。词中指杭州西湖。芙蓉，又叫"芙蕖"，荷花的别称。

作为联系情与景纽带的是何意象？

王国维认为这首词中："叶上初阳干宿雨，水面清圆，一一风荷举"，"真能得荷之神理者"，你同意这个说法吗？为什么？

三、写诗填词，情景建构，除情景浑成外，因景生情有触景生情、显景隐情两类，因情现景有情牵景现、情显景隐、造景寓情三类。

请自己找出与触景生情、显景隐情、情牵景现、情显景隐、造景寓情及情景浑成这六类情景组合相应的诗歌实例。每一类至少须找出一至两首。情景浑成类可从杜甫的律诗中去找寻，造景寓情类可参考唐代朱庆馀与张籍的有关绝句。选好后，有条件的话，可找人评判，或相互传阅，看是否找对了。

四、"眼前景，心中情，画图语，弦外音"，这是写好诗的要诀。

天涯何处无芳草？诗情画意自己找。请你从自己的生活经历中积极搜寻，找到某种值得写的"诗情画意"，然后学习某种情景建构的方式，勇敢地创作一首诗，体裁、篇幅不拘，准备在朋友圈内或同学之间交流。

第三编　诗词散曲　鉴赏创作

第三编　诗词散曲　鉴赏创作

第十讲　古风鉴赏创作

一　古风演变粗扫描　歌行五言体最佳

本节要点

⊙古风特色及分类：诗经体四言诗　•楚辞乐府杂言诗
•五言腾踊　•六言闪现　•七言勃兴 // 古题乐府　•新乐府
⊙七言歌行　五言诗为最佳

纵观中国诗歌的发展历程，与新诗相对的是古诗，古诗可以分为古体诗和近体诗。诗经、楚辞、汉乐府、汉魏及南北朝文人五言诗都是古体诗，唐朝确定并盛行的按格律来写的诗叫近体诗。唐朝及唐以后除押韵之外不受任何格律束缚写成的诗，还有仿效古诗格调又采用近体诗的某些格律写成的诗，也都称作古体诗。

古体诗又称作古风。即便唐朝确立并盛行近体诗，唐朝的诗人们仍然创作了大量的古体佳作，古风和律绝成为并驾齐驱的两种诗体。像李白、杜甫、白居易这些著名的大诗人，他们创作的古风，如《蜀道难》、《将进酒》、三吏、三别、《卖炭翁》、《琵琶行》等等，与他们所写的著名的近体诗一样，受到人们的广泛欢迎，彪炳千秋。

比起学写近体诗词来说，学写古风相对要容易一些，因为较少约束，表达思想情感要便利一些。古风一般隔句押韵，也可句句押韵，既可押平声韵，也可押仄声韵；邻韵可以通押，中间还可以换韵。每篇不限句数，每句不限字数。按每句字数的多寡，又可分为四言诗、五言诗、六言诗、七言诗、杂言诗。

中国文学史上第一部诗歌总集《诗经》，是我国诗歌创作的现实主义源头，绝大多数是四言体，也杂有五言和其他长短句交错的体式；"饥者歌其食，劳者歌其事"，从生活中概括形象，反映社会生活和人们的思想情感。篇章结构上多为分章复沓的形式；常分为三章，反复咏歌，每章仅换少数词语，有一唱三叹的韵味。如《硕鼠①》，第一章为："硕鼠硕鼠，无食我黍！三岁贯女②，莫我肯顾。逝将去女，适彼乐土。乐土乐土，爰得我所③？"此章句句押韵，用韵较密。第二、第三章只是将第一章每句最后一字改换，其余不变，反复咏歌，强烈抒发了奴隶们不堪忍受奴隶主剥削和压迫、准备远走逃亡、建立"乐土"的反抗意识和美好理想。

与《诗经》体式有别，"书楚语，作楚声，纪楚地，名楚物"的楚辞体，句式散化，参差错落，以五言、六言并带"兮"、"之"等语助词为基本句型，三言至八言参差错落，灵动多姿，突破了四言体双音步均衡连接而缺少变化、难以表达复杂的思想情感和丰富的社会生活的限制，解放了对文人抒情写志的局限。看看屈原充满激情、富有浪漫气息的长篇政治抒情诗《离骚》中的一小节：

朝发轫于苍梧兮④，夕余至乎县圃⑤。
欲少留此灵琐⑥兮，日忽忽其将暮。
吾令羲和弭节⑦兮，望崦嵫⑧而勿迫。
路漫漫其修远⑨兮，吾将上下而求索。

此节诗中，苍梧起程，傍晚到昆仑，神话中给太阳驾车的羲和也得听从诗人的指挥而按节徐步，想象奇特，"不遵矩度"。虽然道路漫长迷茫，但诗人决心"上下求索"，百折不挠地去寻求正确的道路。仅看此小节，二、四、

---

① 硕鼠：鼫鼠，又名田鼠，这里用来比剥削无厌的统治者。硕：大。
② 贯：侍奉。三岁：指多年，言其久。女：汝，你；指统治者。
③ 爰，犹乃，才。所：指可以安居之处。
④ 轫（rèn）：停车时抵住车轮的木头。发车时将它撤去叫发轫。苍梧，即九疑山，在今湖南宁远。兮，语助词，无义。
⑤ 县圃：神话中地名，在昆仑山中层。
⑥ 灵琐：神仙所居泽圃之地。琐，"薮"字之借，指草泽。
⑦ 羲（xī）和：神话中给太阳驾车者。弭（mǐ）节：按节徐步。节，以竹竿和羽毛制成的信节，路途通信之用。
⑧ 崦嵫（yān zī）：神话中山名，日入之处。
⑨ 曼曼：通"漫漫"，路很长的样子。修：长。

六句为六言句型，倘依次去掉语助词"乎"、"其"、"而"等字，则变为五言句型；其余五句都是带语助词"兮"、"而"的七言句。楚辞中此类句型甚多，包孕着后代五言、七言诗的胚模。

继《诗经》、《楚辞》之后兴起的乐府诗，既指汉乐府等官署搜集整理的诗歌，也包括后代模仿乐府而沿袭旧题或新创题目写作的诗歌。汉代采自民间歌谣或文人诗的汉乐府"感于哀乐，缘事而发"，可以配乐歌唱，句式多样，五言为主，杂言常见。

杂言古诗是指杂用长短句、自一言至十言等各种句式参差错落地混杂在一起的诗歌。此类古诗，《诗经》中并不少见，《楚辞》中所见颇多，乐府诗中常有，不少以"歌"、"行"名题。譬如，汉代的《古歌》就是一首以"歌"名题的乐府诗：

> 秋风萧萧愁杀人，出亦愁，入亦愁。
> 座中何人，谁不怀忧？令我白头！
> 胡地多飙风①，树木何修修。
> 离家日趋远，衣带日趋缓。
> 心思不能言，肠中车轮转。

此诗为一派浓重的忧愁所笼盖，秋风萧萧，出入不安，漂泊胡地，思乡白头；抒情写景熔于一炉，抒发了客居"胡地"的游子的思乡怀归之情。诗的后六句全是五言，前六句有三言、四言、七言，从"离家日趋远"句开始，由前面"尤"部的平韵转为"旱"部的仄韵。

与《古歌》此类诗中只有部分诗句为五言不同，全首都是五言诗句的乐府诗，在汉魏南北朝乐府中占据了重要地位，如《孔雀东南飞》、《木兰诗》等著名长篇叙事诗，句句是五言。

汉乐府的内容体式影响了当时及后世的文人诗歌创作，至东汉末年，代表文人五言诗成熟的标志、被称为"五言之冠冕"的《古诗十九首》的出现，开创了融情于景、寄情于事、以抒情为主的文人创作模式。且看其中的一首：

---

① "胡地"：即塞外胡人（古代北方游牧渔猎民族）居住之地。飙（biāo）风：暴风。

行行重行行　　　　　　　　　　　　　无名氏

行行重行行，与君生别离。相去万余里，各在天一涯；
道路阻且长，会面安可知？胡马依北风，越鸟巢南枝。
相去日已远，衣带日已缓；浮云蔽白日，游子不顾返。
思君令人老，岁月忽已晚。弃捐勿复道，努力加餐饭！

这是一首在东汉末年动荡岁月中的相思乱离之歌。一个妇女在咏叹"生别离"那种撕心裂肺的痛苦，胡马与越鸟的比喻在呼唤远行的君子，自我的宽解又留下了希望。诗歌语言自然淳朴，善于比兴，抒情深挚细腻，韵味深长。诗的前八句押古韵"支"部的平韵，后八句换成"阮"部的仄韵，并在奇数句"相去日已远"的末字起韵。

五言诗比四言诗多了一字，双音词与单音词交错变化多样，诗歌审美容量与能量大为改观，"指事造形，穷情写物"[1]，较为详切。建安时代开始，五言诗创作成为诗歌的主流之一。南朝钟嵘在《诗品》中说："五言居文词之要，是众作之有滋味者也。"发展到唐代，与崛起的律诗同步，五言古诗也得到了长足的发展。仅以杜甫为例，他一人就创作了五言古诗二百六十三首；其中，既有不少缘事而发、忧国伤时、像"三吏"、"三别"此类"即事名篇，无复依傍"、不再以合乐为标准的唐代新乐府诗，也有抒发性灵、寄托规讽、像《北征》、《自京赴奉先县咏怀五百字》等被后世誉为"古今绝唱"的非乐府诗。

五言诗句数不限，既可长如《孔雀东南飞》诗那样有三百五十七句，也可适中像《行行重行行》诗为十六句，最短还可由四句二十字组成。如三国时曹植的《七步诗》、李白的《静夜思》，孟浩然的《春晓》、李绅的《悯农》、柳宗元的《江雪》等二十字古风，都是流传至今的千古绝唱。

比五言诗多一个音节的六言诗句，在《诗经》《楚辞》中已出现；汉末有了完整的六言诗篇，如孔融写了三首《六言诗》，其二为："郭李纷争为非，迁都长安思归。瞻望关东可哀，梦想曹公归来"。此诗用的是平声韵，前两句尾字"非"、"归"在古韵"微"部，后两句尾字"哀"、"来"转为"灰"

---

[1] "指事造形，穷情写物"：指陈事理，塑造形象，尽情抒情，描写事物。此言引自南朝梁时钟嵘《诗品·总论》。

部。诗中直抒胸臆,歌颂曹操,具有史诗般的纪实风格。

六言诗与四言诗字数为偶,双音节成句,诵读时有着平衍呆板的弊端,因而不那么受欢迎。而五言、七言能形成奇偶相合的节奏、声气缓急相接,有着更强的表现力。到了唐代,诗体主流句式已经定型为五言、七言。

七言古诗大约是从战国时的楚调诗起源的,楚汉之际项羽的《垓下歌》"力拔山兮气盖世,时不利兮骓[①]不逝。骓不逝兮可奈何,虞[②]兮虞兮奈若何",若不计较句中没有实义的"兮"字,已具有七言诗的雏形。

七言"畅纵",节拍为长,字词组合变化较五言为多,存有字词修饰衬贴的较大空间,声气舒畅,便于抒情叙事。汉代民间已有不少七言谣谚,文人们也写七言诗,但流传下来的很少。建安末期曹丕的《燕歌行》为中国诗史上保存下来最早的完整的句句押韵的七言诗:

> 秋风萧瑟天气凉,草木摇落露为霜。
> 群燕辞归雁南翔,念君客游思断肠。
> 慊慊[③]思归恋故乡,何为淹留寄他方?
> 贱妾茕茕[④]守空房,忧来思君不敢忘,
> 不觉泪下沾衣裳。援琴鸣弦发清商,
> 短歌微吟不能长。明月皎皎照我床,
> 星汉西流夜未央。牵牛织女遥相望,
> 尔独何故限河梁。

诗歌抒写的是女子在秋夜里怀念寄居远方不归的丈夫,情景交融,浑然天成,今天读起来仍音调和谐,凄婉动人。因为句句押韵、一韵到底而不拘句数多少,此诗为少见的奇数句。彼时,七言诗讲究每句都用韵;而后,据说汉武帝修筑柏梁台,与群臣联句赋诗,也是句句用韵,所以后人将句句押韵的诗称为柏梁体。

七言的发展较五言为迟缓,到南北朝时期,文人创作的七言诗才逐渐增多。南北朝的鲍照,写下了《拟行路难》等七言诗,隔句押韵开始成为七言诗的

[①] 骓(zhuī):毛色青白相杂的马。
[②] 虞:指项羽爱妾虞姬。
[③] 慊慊:遗憾。
[④] 茕茕,孤独无依的样子。

主流。直到唐代，七言古诗才勃兴，与七言律绝一并大为盛行，成为唐代诗歌发展繁荣之达于极盛的重要标志。如卢照邻的《长安古意》、张若虚的《春江花月夜》、杜甫的《古柏行》、白居易的《长恨歌》、《琵琶行》等，都是著名的齐言的七言古体长篇。

与五言诗一样，纯为七言的古体诗也可长可短，长则如《长恨歌》有一百二十句共八百四十字；短则只有四句二十八字，如唐朝张渭写的不拘平仄的《题长安壁主人》诗："世人结交须黄金，黄金不多交不深。纵令然诺暂相许，终是悠悠行路心。"

不论是七言还是五言，只有四句组成的不受近体诗平仄束缚的古风，像七言《题长安壁主人》这等，五言《静夜思》那类，可统称为古绝。古绝可以押平声韵，也可以押仄声韵，但一首诗中不能平仄混合押韵。

七言古诗中，还有一种入律[①]的古风。这是在近体诗确立后，唐朝一些诗人，仿效汉魏六朝时古风的格调，而又多用律句，四句一换韵，平仄韵交替，写成的带有律诗特点的古风。例如，唐初的王勃写下了有名的《滕王[②]阁序》，以"滕王阁诗"作为全文的收尾：

> 滕王高阁临江渚，佩玉鸣鸾罢歌舞。
> 画栋朝飞南浦云，珠帘暮卷西山雨。
> 闲云潭影日悠悠，物换星移几度秋。
> 阁中帝子今何在？槛外长江空自流。

全诗以凝练、含蓄的诗句，概括了序的内容：滕王高阁，繁华不再，物换星移，长江空流；时不我待，大丈夫当建功立业。全诗八句都是律句，前四句用的是古韵"麌"部的仄韵，第五句起换韵，"悠"与"秋"、"流"同属"尤"部的平韵。这是一首入律的七言古风。

与纯为七言组成的齐言诗不同，有些诗以七言为主，相杂三、四、五言，随意变化，看似是杂言古诗，但习惯上将它与齐言的七言诗归于一类，统称

[①] 入律：使用律诗平仄格式，全用律句或大多用律句的诗。律句：近体诗中字数整齐划一、平仄交错组合有序的句子。如"闲云潭影日悠悠，物换星移几度秋"，以两字为一节奏、后余一字为一节奏的声律节奏来划分节奏、标示平仄："平平／平仄／仄平／平，仄仄／平平／仄仄／平"，节奏点上的字为句内平仄相间、联内平仄相对，这是律句。

[②] 滕王：是唐高祖李渊的儿子李元婴的封号，即后句中的"帝子"所指，曾任洪都（南昌）都督。

为七言古诗。

　　杂以它言的七言古诗，可或长或短、或骈或散地组合诗句，能波澜卷舒，奔放纵横，更便于抒情，因而受到唐代诗人的欢迎。李白最擅长此类诗作，像《行路难》、《蜀道难》、《将进酒》、《梁甫吟》等都是七言长短句。

　　《行路难》等名篇，用的虽是乐府古题，不过从内容到形式都发生了大的变化。譬如，同以《蜀道难》命名，唐以前的诗歌不过是为五言四句至七言六句的短篇，吟咏的也并不都是蜀道的艰难。而李白的长篇"噫吁嚱，危乎高哉！蜀道之难，难于上青天！蚕丛及鱼凫，开国何茫然！尔来四万八千岁，不与秦塞通人烟。西当太白有鸟道，可以横绝峨眉巅。地崩山摧壮士死，然后天梯石栈相钩连……"，共有四十五句计二百九十四字，极言蜀道之艰难险要，给人以回肠荡气之感。全诗以七言句为主，夹以三言、四言、五言、九言、十一言，参差错落，极为奔放；也突破了旧作一韵到底的模式，如后段描写蜀中险要环境三换韵脚，极尽变化之能事。所以殷璠编《河岳英灵集》称此诗"奇之又奇，自骚人以还，鲜有此体调"。

　　李白等唐朝诗人创作的古题乐府，虽是袭用旧题，与原题有一定联系，却对汉魏乐府从内容到形式进行了彻底改造，实际上是用新兴诗体的写法来写作，开辟了驰骋想象，直抒胸臆的一片新天地。而同是沿袭汉魏乐府风格、"感于哀乐，缘事而发"，唐代以杜甫引领、白居易、元稹等倡导并冠名的"新乐府"，则是用新题写时事，"文章合为时而著，歌诗合为事而作"[①]，有五言、七言古体两种形式，五言如杜甫的"三吏三别"[②]，七言如白居易的《卖炭翁》，元稹的《田家词》等诗，都是自创新题、"刺美见事"、"即事名篇，无复依傍"的新乐府。

　　在唐代古题乐府、新乐府以及非乐府古体诗[③]中，都有不少七言古体。"七

---

　　① "文章合为时而著……"：引言见白居易的《与元九书》。

　　② 杜甫的"三吏"为：《潼关吏》、《新安吏》、《石壕吏》；"三别"为：《新婚别》、《垂老别》、《无家别》。

　　③ 非乐府古体：指不是源于乐府诗的古体诗，如《滕王阁诗》、《琵琶行》、《长恨歌》等古诗。

言古诗，概曰歌行。"[1] 按明清以来不少诗论家持有的此种观点，七言歌行体是我国古代诗歌中最自由的一种体式，更富于抒情性，极能发人才思、驱遣衷情。发展到清代，吴伟业写出了《圆圆曲》、《永和宫词》等名篇，以诗咏史，辞藻富艳，用典精切，通过诗歌寄寓兴亡之感，具有叙事和抒情相结合的特点，人称"梅村体"。

综上所述，中国古体诗歌走过了漫长历程，四言诗虽远在《诗经》时代就被人们广泛采用，但至魏晋后却逐渐衰微，写它的人很少了。而六言诗绝少佳作，不是正体。只有五言古诗，从东汉末年成熟到唐朝后继，盛行几百年；七言古诗在唐代才得以长足发展、并推向高峰，佳作辈出。显然，齐言的五言、七言诗，加上间以杂言的七言诗，才是古诗体式的最佳选择；齐言的五言、七言诗句，则成为唐朝定型的近体律诗、绝句的唯一选择。

【思考与练习】

一、熟读、背诵、品味《硕鼠》、《行行重行行》、"腾王阁诗"、《古歌》等诗，熟悉齐言的四言、五言、七言与杂言诗的句式特点，领略其诗歌风格。

二、李白每逢胜景，常"恨不能携谢朓惊人诗句来"（《云仙杂记》），他写有《金陵城西楼月下吟》一诗："月下沉吟久不归，古来相接眼中稀。解道澄江静如练，令人长忆谢玄晖"；其中，"澄江静如练"就是南齐诗人谢朓（字玄晖）诗中的名句。请欣赏李白赞赏的这首五言古风，了解此诗是如何写景，又是如何抒情的，领悟"余霞散成绮，澄江静如练"的精妙之处。试着把自己的感受写下来。

---

[1] "七言古诗，概曰歌行"：见胡应麟《诗薮》内编《古体下》。明代高棅、胡震亨、清初王士禛等在其著作中，还有许多明清诗话评论，都曾持此种观点。"歌行"是一个变动的概念，本出于以"歌"、"行"等命题的乐府诗，也并不都是七言；后来指模拟乐府诗风格、语言通俗流畅、文辞比较铺展的古体诗。但七言古诗在唐代勃兴后，就流行用"歌行"来称代。不过，也有另外的观点、分类法。

晚登三山还望京邑① 谢朓

灞涘②望长安，河阳视京县③。
白日丽飞甍④，参差皆可见。
余霞散成绮，澄江静如练⑤。
喧鸟覆春洲，杂英满芳甸。
去矣方滞淫⑥，怀哉罢欢宴。
佳期怅何许，泪下如流霰⑦。
有情知望乡，谁能鬒不变？

三、杜甫的《茅屋为秋风所破歌》是融描写、叙述、抒情为一炉、七言夹杂二言、九言的七言古体精品。熟读至能流畅地背诵这首诗，了解其句式组合变化的特色，在头脑中扎根长驻。

茅屋为秋风所破歌 杜甫

八月秋高风怒号，卷我屋上三重茅。茅飞渡江洒江郊，高者挂罥长林梢，下者飘转沉塘坳。南村群童欺我老无力，忍能对面为盗贼，公然抱茅入竹去。唇焦口燥呼不得，归来倚杖自叹息。俄顷风定云墨色，秋天漠漠向昏黑。布衾多年冷似铁，娇儿恶卧踏里裂。床头屋漏无干处，雨脚如麻未断绝。自经丧乱少睡眠，长夜沾湿何由彻？安得广厦千万间，大庇天下寒士俱欢颜，风雨不动安如山！呜呼！何时眼前突兀见此屋，吾庐独破受冻死亦足！

---

① 三山：山名，在今南京市西南。京邑：指南齐都城建康，即今南京市。
② 灞，水名，源出陕西蓝田，流经长安城东。涘（sì），水边。
③ 河阳：故城在今河南梦县西。京县：指西晋都城洛阳。
④ 丽：使动用法，这里有"照射使……色彩绚丽"的意思。飞甍（méng）：上翘如飞翼的屋脊。甍：屋脊。
⑤ 绮：有花纹的丝织品，锦缎。澄江：清澈的江水。练：洁白的绸子。
⑥ 滞淫：久留。
⑦ 霰（xiàn）：小雪珠。

二　齐言杂言体式多　短篇长篇写法异

本节要点

⊙短篇宜写意　•古绝"五脏俱全"　⊙齐言五言诗写作　•长篇以叙事
⊙四言六言诗写作　⊙五言为主杂他言
⊙纯为七言诗写作　⊙七言为主杂他言　•波澜卷舒大起落

古风体式多样，长短不限。无论是句式整齐的齐言诗，还是错综参差的杂言诗，篇幅都可长可短，句数可多可少。不过，虽然短篇长篇写法有异，各具特色，但情景相合而融为一体，要求相同；布局结构时讲究章法，都不可少。

齐言诗每句字数一样，句式整齐。只有四句、句中不讲平仄的古绝，就是古风中最短小的齐言诗。古绝分为五言古绝与七言古绝两类，可以押平声韵，也可以押仄声韵，但不能在同一首诗中平仄混押。

"短篇宜写意[①]"，宜"言简味长，一意贯注"。含古绝在内的短篇，比较适宜于抒写心灵、表露情趣，不必苛求工细，不宜平铺直叙；"起承转合"的章法有益于纡折有变。

七言古绝，每句七字，共二十八字。如李白的《结袜子》："燕南壮士吴门豪[②]，筑中置铅鱼隐刀[③]。感君恩重许君命，太山一掷轻鸿毛[④]"。《结

[①] 写意：借用国画画法的说法，指用笔不求工细，注重神态的表现和抒发作者的情趣。

[②] 燕南壮士：战国时燕人高渐离。吴门豪：春秋时吴人专诸。

[③] 高渐离善击筑（一种乐器），与荆轲友善。秦王弄瞎他的眼睛，让他击筑。高渐离便暗将铅块藏于筑中，乘机向秦王扑去，没有击中，被秦王杀死。鱼藏刀：吴公子光（阖闾）欲篡夺吴王僚的王位，筵席上令武士专诸将匕首藏入鱼腹，献给王僚，乘机杀死王僚，专诸亦为卫士所杀，阖闾遂自立为吴王。

[④] 太山，即泰山。"太山一掷轻鸿毛"：司马迁《报任安书》"人固有一死，或重于泰山，或轻于鸿毛"，此句用其意。

袜子》在古乐府中属《杂曲歌辞》。李白此诗是借古题咏历史人物高渐离刺杀秦始皇、专诸刺杀吴王僚之事。先从极精简地介绍两位壮士写"起",接着以省略笔法"承"续两位英雄壮举的核心动作,而后"转"写壮举来源的"士为知己者死"而"感恩"的信念,尾句化用司马迁《报任安书》的话"人固有一死,死或重于泰山,或轻于鸿毛","合"于赞颂英雄死得重于泰山。"麻雀虽小,五脏俱全",全诗赞颂了两位壮士的豪壮义气,情感抒发是强烈的,壮举的叙事建立在读者熟知的历史事件上,极简略概括;情显景简,相融一体,作者顿悟生命价值的慷慨激昂的情感动人心弦。

五言古绝,每句五字,只有二十字。如南北朝庾信的《和刘仪同臻[①]》:"南登广陵[②]岸,回首落星城[③]。不言临旧浦,烽火照江明。"这是身仕北周的南朝诗人庾信,在思念广陵乡土时而写下的一首感伤之诗。此诗"起"于想念中"南登"故土,"承"于"回首"战乱中的建业城;这是化用王粲的"南登灞陵岸,回首望长安"的诗句,以寄故国之思。而后"转"于"不言"亲临熟悉的江边,而"合"于"烽火照江明"的场景。诗人悬想示现、试图重现家乡被攻陷之景,极浓缩地点化出烽火连天、流星陨落的战乱场面,蕴含的是深沉的哀思。诗中景显情隐,外景与内情是抿合无间的。

除四句的古绝以外,齐言的五言诗,常见的有六句、八句及十句以上。

五言六句,如王维的《陇西行》:"十里一走马,五里一扬鞭。都护[④]军书至,匈奴围酒泉。关山正飞雪,烽火断无烟。"此诗抒写的是边塞战火,但仅三十字难以正面描写战事,采用的是短诗中常用的截取片断的方法,描绘了关山飞雪、军使飞马告急的情景,从侧面渲染了边关战争的紧张气氛,"言简味长","意余象外",给读者留下了想象空间。

五言八句,如南朝裴子野的《咏雪》:"飘飘千里雪,倏忽度龙沙。从云合且散,因风卷复斜。拂草如连蝶,落树似飞花。若赠离居者,折以代瑶华。"诗人通过联想展开诗的画幅,描绘了大雪千里纷飞、云动风吹、入草落树的景象;而后借景生情:对于离妻别家的游子,雪花就像瑶花那样美好,可折

---

① 刘仪同臻:指刘臻,仪同是官名。
② 广陵:即今扬州,长江下游北岸。
③ 落星城:指建业城,即今南京城。建业东北十里,有落星楼。
④ 都护:官名。西汉置"西域都护",为驻守西域地区的最高长官,控制西域各国。

赠远人以慰思念。诗中雪花的形象传神，蕴含的情思委婉感人。此诗虽只八句，但与五律不同，句中不讲平仄，第二联没有用对仗。

五言十句以上的，其中多有长篇。"长篇以叙事"，"固须节次分明，一气连属。"譬如，杜甫的《无家别》，有三十二句一百六十字，篇幅较长：

　　寂寞天宝后①，园庐但蒿藜②。我里百馀家，世乱各东西。
　　存者无消息，死者为尘泥。贱子③因阵败，归来寻旧蹊。
　　人行见空巷，日瘦④气惨凄。但对狐与狸，竖毛怒我啼。
　　四邻何所有，一二老寡妻。宿鸟恋本枝，安辞且穷栖⑤。
　　方春独荷锄，日暮还灌畦。县吏知我至，召令习鼓鼙⑥。
　　虽从本州役，内顾无所携。近行止一身，远去终转迷。
　　家乡既荡尽，远近理亦齐。永痛长病母，五年委沟谿。
　　生我不得力，终身两酸嘶⑦。人生无家别，何以为蒸黎⑧。

这是一首作者代为再次被征去当兵的"贱子"叙述的代言诗。诗中，主人公借景、物、事来寄情抒怀，心浪波动有度，起结完备。从开头至"一二老寡妻"共十四句，总写乱后回乡所见园庐荒废、蒿藜丛生、触目伤怀的情景。"宿鸟恋本枝"等四句则简写留恋乡土、辛勤劳作的生活。最后一段写无家而又不得不别离的悲痛心情，以"人生无家别，何以为蒸黎"的反诘语作结。综观全诗，一韵到底，写景、抒情、叙事融为一体，简质浑厚，"沉郁顿挫"⑨，写得沉痛、凄怆。尾段中"虽从本州役"等六句，从自幸转于自伤，又转向宽慰，再转于淡定，愈转愈深，无家可别的悲痛心理刻画入微。难怪南宋刘辰翁评说：

---

① 天宝后：指安史之乱以后。
② 庐：即居住的房屋。蒿藜：野草。
③ 贱子：这位无家者的自谓。
④ 日瘦：日光淡薄，杜甫的自创语。
⑤ "安辞"句：以"宿鸟"自比，言人皆恋故土，所以即便是困守穷栖，依旧在所不辞。
⑥ 鼓鼙（pí）：鼓名。
⑦ 两酸嘶：是说母子两个人都饮恨。酸嘶，失声痛哭。
⑧ 蒸黎：指劳动人民。蒸，众。黎，黑。
⑨ 沉郁顿挫：前人评杜甫诗的风格特征的用语，指诗歌内容深广、意境雄浑，情意深沉又能抑扬跌宕、起伏有变。

"写至此,可以泣鬼神矣!"[①]

比五言少一言的四言诗,以两个双音节成句,形成鲜明的二二节奏,声气较为舒缓;多为双句押韵,也可句句押韵。如晋代左棻的《啄木诗》:

　　南山有鸟,自名啄木。饥则啄树,暮则巢宿。
　　无干于人,唯志所欲。性清者荣,性浊者辱。

女诗人才华横溢,长相丑陋。此诗偶句押韵,以丑陋的啄木益鸟为喻,表明自己清高不群的品格和姿态。明代钟惺的《名媛诗归》中给予此诗极高的评价:"咏物诗说性情妙矣!又以明达语与物理印证"。

比五言多一言的六言诗,由三个双音节成句,整齐一律。如南北朝庾信的《怨歌行》:

　　家住金陵县前,嫁得长安少年。
　　回头望乡泪落,不知何处天边。
　　胡尘几日应尽,汉月何时更圆。
　　为君能歌此曲,不觉心随断弦。

此诗首句、偶句入韵。这是诗人在被羁留北方后,承用乐府旧题,以女子自述的口吻,抒写自己由南入北、远离故土的哀怨情感。

六言诗与四言诗,都是由双音节构成,句式整齐一律,长于舒缓述;但节拍平衍缓推而缺少变化,声气软绵而难以振作,短于参差咏叹,不利于表达复杂的思想情感和丰富的社会生活,所以现在创作的人少了。

传统的古体诗以齐言句式为主,具有整齐美。不过,与以上所说的齐言的五言、四言、六言诗不同,有一类并非齐言,而是句式参差错落、整散配合的杂言诗,具有变化美。

杂言诗大多以一种句式为主,并杂用它言。像以五言为主、杂以它言的杂言诗,汉高祖刘邦的宠妃戚夫人所作的《春歌》就是一例:"子为王,母为虏。终日舂薄暮,常与死为伍。相离三千里,当谁使告女?"全诗六句,其中四句为五言,二句为三言。主人公倾诉着长期郁积在心中的悲苦情怀,诗语朴实,明白如话,哀怨感愤,溢于言表。

---

① "写至此,可以泣鬼神矣":见杨伦《杜诗镜铨》引言。

诗歌创作构思，既有此类日积月累、倾诉悲情、"穷苦之言易好"①的感人诗作，也有像绝句《登科后》"昔日龌龊不足夸，今朝放荡思无涯。春风得意马蹄疾，一日看尽长安花"那样因灵感触动、临时吟就、虽"欢娱之辞难工"但写好了也能流传于后世的佳作。

以一种句式为主的，它言夹杂，它言用在篇首的最为常见，篇末次之，中间又次之。《春歌》以五言为主，杂言用在篇首。唐朝顾况的短诗《长安道》："长安道，人无衣，马无草，何不归来山中老"，以三言为主，七言用在篇末。

杂言诗中，也有各言夹杂，诗句字数变化无端的错综杂言。如三四五七言夹杂的，唐朝吕岩所写的《长短句》："落魄且落魄，夜宿乡村，朝游城郭。无事玩青山，困来街市货丹药。卖得钱，不算度，酤美酒，自斟酌。醉后吟哦动鬼神，任意日头向西落。"此诗不是以一种句式为主，而是三言四句、四言二句、五言二句，七言三句；句式灵活安排，随着作者要表达的情意变化而改变。

错综杂言诗，又如唐朝权德舆的《赋得风送崔秀才归白田限三五六七言》："响深涧，思啼猿。暗入蘋洲暖，轻随柳陌暄。澹荡乍飘云影，芳菲遍满花源。寂寞春江别君处，和烟带雨送征轩。"这首送别诗，由三言、五言、六言、七言各两句组成，如果以正中线左右展开，一行两句排列，则有点像宝塔形诗。

杂言诗中，以七言为主而杂以它言的，多见。不过，按照习惯的说法，唐代勃兴的新兴的七言古体，既包括齐言的七言诗，也包括以七言为主而杂以它言的杂言诗；现放在一处来阐述。

齐言的七言诗，除七言古绝外，篇幅不长的，有七言六句、七言八句诗。

七言六句诗，如柳宗元的《渔翁》："渔翁夜傍西岩宿，晓汲清湘燃楚竹。烟销日出不见人，欸乃一声山水绿。回看天际下中流，岩上无心云相逐。"诗中"宿"、"竹"、"绿"、"逐"都为古入声字，同韵可押。这首小诗情趣盎然，诗人以淡逸清和的笔墨构画出一幅令人迷醉的山水晨景，并从中透露了深沉热烈的情感。苏轼在《冷斋夜话》中说："熟味此诗，有奇趣，然其结尾两句，虽不必亦可。"他认为删去较平淡闲远的尾巴，则前四句奇趣尤显。

---

① 唐朝韩愈《荆潭唱和诗序》："夫和平之音淡薄，而愁思之声要妙；欢娱之辞难工，而穷苦之言易好也。"

七言八句诗，如孟浩然的《夜归鹿门山歌》："山寺钟鸣昼已昏，渔梁渡头争渡喧。人随沙路向江村，余亦乘舟归鹿门。鹿门月照开烟树，忽到庞公栖隐处。岩扉松径长寂寥，惟有幽人自来去。"诗歌前四句"昏"、"喧"、"门"古属上平声"十三元"部，后四句三末字"树"、"处"、"去"，古属去声"六御"部，前后换了一次韵，平仄韵递用，转韵首句末字"树"押韵。此诗按时空顺序，分别写了江边和山中两个场景：江边场景着眼于钟鸣、争渡、向江村、归鹿门等人物的动态描绘；山中场景侧重于月照、栖隐、松径、幽人的感怀渲染。从江边到山中，暗示的是从尘杂世俗到寂寥自然的隐逸道路，表现的是清闲脱俗的隐逸情趣和恬淡的心境。

七言十句以上的诗，长篇有不少，如白居易的《琵琶行》有八十八句，《长歌行》有一百二十句。篇幅较长的，如陆游的《九月一日夜读诗稿有感走笔作歌》有二十句：

> 我昔学诗未有得，残余未免从人乞。
> 力屏气馁心自知，妄取虚名有惭色。
> 四十从戎驻南郑，酣宴军中夜连日。
> 打球筑场一千步，阅马列厩三万匹。
> 华灯纵博声满楼，宝钗艳舞光照席。
> 琵琶弦急冰雹乱，羯鼓手匀风雨疾。
> 诗家三昧① 忽见前，屈贾② 在眼元历历。
> 天机云锦③ 用在我，剪裁妙处非刀尺。
> 世间才杰固不乏，秋毫未合天地隔。
> 放翁老死何足论，广陵散绝还堪惜④。

此诗双句末字分别属于古入声的陌、织、锡等韵部，邻韵通押。诗人在自述诗歌创作发展之路，也是人生经历的回顾总结。正是投军西北、参与军机、

---

① 三昧：诗中用以指诗家悟入之境地。《大智度论》："善心一处住不动，是名三昧。"又："一切禅定，亦名定，亦名三昧。"
② 屈贾：战国屈原与汉朝贾谊的并称。两人平生都忧谗畏讥，从容辞令，遭遇相似。
③ 天机：天上的织机织出的丝锦瑰丽如云彩。比喻诗文华美精妙，浑成自然。
④ 放翁：陆游号放翁。广陵散：三国曹魏时嵇康善弹此曲，秘不授人。后遭谗被害，临刑索琴弹之，曰："《广陵散》於今绝矣！"此事见《晋书·嵇康传》。后亦称事无后继、已成绝响者为"广陵散"。

投入朝廷内外的政治斗争，丰富了生活，领悟到诗中"三味"，才能成为有飞动气势与宏阔格局的杰出诗人。"汝果欲学诗，功夫在诗外"，对学诗者颇有启发意义。

与齐言的七言诗不同，七言杂它言的长短句，有着或长或短，或骈或散，灵活自由的长处，有利于把起伏的情感、挥洒的气势有机地融入句式的变化中。杂言插入七言的选择，全凭诗意发抒拓展、转折跌宕的需要，唯意所适。

七言长短句，留下了不少情感内容与艺术形式堪称完美统一的精品诗。短小只有四句，七言杂八言的，如杜甫的《贫交行》："翻手作云覆手雨，纷纷轻薄何须数。君不见管鲍贫时交①，此道今人弃如土。"这首小诗慨叹世情浅薄，人心不古，用意深沉。朱鹤龄《杜诗详注》云："此必公献赋后久寓京华，故人莫有念之者，故有此作。"但诗中并没有写作者的具体遭遇，针对的是一种普遍的社会现象，借此来发表感慨和评论。

七言长短句，篇幅适中、七言杂五言的，如唐朝张籍自创的乐府诗《节妇吟寄东北李司空师道》②："君知妾有夫，赠妾双明珠。感君缠绵意，系在红罗襦。妾家高楼连苑起，良人执戟明光里。知君用心如日月，事夫誓拟同生死。还君明珠双泪垂，恨不相逢未嫁时。"此诗只有十句，前四句为五言，后六句为七言；词浅意深，言在意外，具有双层内涵。只看文字，它抒写了一位忠于丈夫的妻子，经过思想斗争后终于拒绝了一位多情男子的追求，守住了妇道；但实有喻义，它表达了作者忠于朝廷、不被藩镇高官拉拢、收买的决心。全诗以比兴手法委婉地表明态度，言辞中既有诚挚的谢意，也有委婉的拒绝，还有深深的遗憾，更有尖刻的批评，写得细腻熨帖、入情入理，短幅中屡有曲折，是唐诗中的精品。

七言长短句，篇幅较长，七言杂三、五、十言的，看看在饮酒诗中堪称第一名篇的《将进酒③》：

---

① 管鲍之交：管鲍：指春秋时齐国的管仲和鲍叔牙。两人早年相处很好，管仲贫困，也欺骗过鲍叔牙，但鲍叔牙始终善待管仲。现在人们常用"管鲍"来比寓情谊深厚的朋友。

② 张籍诗本事：《容斋五笔》记："张籍在他镇幕府，郓帅李师古又以书币辟之，籍却而不纳，而作《节妇吟》一章寄之。"

③ 《将进酒》：乐府旧题。将读"qiāng"。该诗还有另一断句版本，开篇为"君不见，黄河之水天上来，奔流到海不复回。君不见，高堂明镜悲白发，朝如青丝暮成雪！"若依此版本，该诗当为七言杂三、五言的杂言诗。

  君不见黄河之水天上来,奔流到海不复回。
  君不见高堂①明镜悲白发,朝如青丝暮成雪!
  人生得意须尽欢,莫使金樽空对月。
  天生我材必有用,千金散尽还复来。
  烹羊宰牛且为乐,会须一饮三百杯。
  岑夫子,丹丘生②,将进酒,杯莫停。
  与君歌一曲,请君为我倾耳听。
  钟鼓馔玉③不足贵,但愿长醉不复醒。
  古来圣贤皆寂寞,惟有饮者留其名。
  陈王昔时宴平乐④,斗酒十千恣欢谑⑤。
  主人何为言少钱,径须沽取对君酌。
  五花马、千金裘,呼儿将出换美酒,与尔同销万古愁!

  此诗长短句夹杂,参差错综,疾徐尽变。依据抒情叙述的变化、用语的需要,前后平仄递变、转换了古韵中的"灰"、"月"、"灰"、"青"、"药"、"尤"等六韵,极尽内容多变、结构转折、气势壮阔、感情跌宕多姿之妙,有益于表达潜在酒话底下如波涛汹涌的郁怒情绪。

  《将进酒》原是汉乐府《鼓吹曲·铙歌》中的旧题,李白与友人对酒放歌,写下了此首抒情诗。开头六句,以"君不见"徒起,慨叹人生短暂、不可逆回,从而引发"得意须尽欢"、"千金散尽""且为乐"的自信乐观情绪。发抒未断,忽转入现场描绘,直呼酒友姓名劝酒,高歌助兴。而后以歌抒怀,倾诉着富贵不恋、圣贤寂寞、饮者留名、陈王盛宴的愤懑。发抒正迫,又转入叙述言语,"主人何为"等句,表达了裘马换酒的旷达、煞尾于"同销万古愁",呼应篇首。诗歌笔酣墨饱,情极悲愤而作狂放,语极豪纵而又沉着,大起大落,波澜卷舒,

---

 ① 高堂:父母。
 ② 岑夫子,丹丘生:李白的朋友岑勋、元丹丘。
 ③ 钟鼓馔玉:代指富贵利禄。钟鼓,古时豪贵之家宴饮以钟鼓伴奏。馔玉,形容食物珍美如玉。
 ④ "陈王昔时"两句:陈王,指三国曹魏时诗人曹植,曾封陈王。宴平乐,在洛阳的平乐观宴饮。
 ⑤ 斗酒十千,一斗酒值十千钱,指酒美价昂。曹植《名都篇》:"归来宴平乐,美酒斗十千"。恣欢谑,尽情寻欢作乐。谑,喜乐。

忽翕忽张，忽奔忽流，纵横捭阖，极尽饮酒放歌之能事、具有震动古今饮酒者的气势与力量。《而庵说唐诗》赞道："太白此歌，最为豪放，才气千古无双"。

概而言之，七言古体中的杂言与齐言的长篇、适中篇、短篇，常见的其他杂言古体，齐言的四言、六言体，还有齐言五言体中的长篇、适中篇、短篇，组成了传统古体诗多种多样的体式。而创作手法呢？可以简洁地概括：古体诗创作有法，但无定法，借用张历友化用苏轼的话来表述，须"行乎不得不行，止乎不得不止；因自然之波澜，以为波澜"[①]。再如《艺概·诗概》中所载："问：短篇所尚？曰：咫尺应须论万里。问：长篇所尚？曰：万斛之舟行若风。"创作古体诗，作者可以依据自己的需要与爱好，灵活选择不同体式与适用的写作手法，力争写出能反映时代风貌、情景交融的好诗。

【思考与练习】

一、古体诗规则比较宽松，除了双句须押韵、齐言诗要求句子整齐以外，其他没有什么限制，写作时较易入手。学写诗歌可从古风学起，相对容易一些。

从本讲中或其他书中，选择几首分别为四言、五言、七言的古体诗，熟读诗句，并学习、仿照其句式特色，以自己的见闻情感为内容，分别写几句四言、五言、七言诗句，倘能写成一、二首完整的诗歌更佳。

二、自由诗可以改写为古体诗甚至格律诗。余光中那首著名的《乡愁》就曾被台湾作家陈鼎环改写为格律诗："人生多怅失，岁岁是乡愁。少小离家去，亲情信里求。华年思怨妇，万里卜行舟。未老慈母失，哀思冢外浮。而今横海峡，故国梦悠悠。"改写后的诗作没有"邮票"、"船票"、"坟墓"、"海峡"这四个醒目精彩的意象，原诗的艺术资质有所损失。从一种诗体改写为另一种诗体，难免会损失一些诗意和诗美；要想弥补，就需要借助于再创造，失之东隅，收之桑榆。

《我是少年》是作家郑振铎1919年正式发表的第一首新诗，在直白的诗

---

① "行乎不得不行……"：张历友语，见《带经堂诗话》卷二九，人民文学出版社1982年版，第830页。

句中融入激情,非常具有气势,反映了少年的朝气蓬勃与积极向上的精神。试以《少年》为题,将《我是少年》这首自由诗改写为古体诗,要求写为齐言的五言或七言或七言杂以它言的体式,句数不限,须融入原诗主要内容但不一定是全部,可以少量加进新的内容,去掉"我是"、"我有"、"我欲"等词,不用助词"的",用词不要重复;要借助于再创造,构思、修辞尽量巧妙,诗意贯通一气,注入激情。

原诗如下:

我是少年　　　　　　　　　　　　郑振铎

我是少年!我是少年!　　　　　我是少年!我是少年!
我有如炬的眼,　　　　　　　　我有喷腾的热血和活泼进取的气象。
我有思想如泉。　　　　　　　　我欲进前!进前!进前!
我有牺牲的精神,　　　　　　　我有同胞的情感,
我有自由不可捐。　　　　　　　我有博爱的心田。
我过不惯偶像似的流年,　　　　我看见前面的光明,
我看不惯奴隶的苟安。　　　　　我欲驶破浪的大船,
我起!我起!　　　　　　　　　满载可怜的同胞,
我欲打破一切的威权。　　　　　进前!进前!进前!
　　　　　　　　　　　　　　　不管它浊浪排空,狂飙肆虐,
　　　　　　　　　　　　　　　我只向光明的所在
　　　　　　　　　　　　　　　进前!进前!进前!

三、不管钱多钱少,每个家庭、每个人都要过年。请参考以下过年"可写之景"、"可抒之情",回忆往年或设想来年你家过年情景,也可另选适合写作的题材,自定内容、体式,写一首古诗。写成短小的古绝不错,稍长一点的五言诗、杂言诗、七言歌行体也可。

"过年可写情景"参考:

"过年"可写之景	可抒之情
大背景:辞别旧年、迎来新年	祖国富强　过年吉祥
天气:晴朗　阴天　小雨　有雪	舒畅欢乐　郁闷忧愁等
室外:爆竹声声　焰火冲天	辞旧迎新
贴春联　舞狮子龙灯	欢乐祥和

　　　　堆雪人等活动　　　　　　　热情快乐
　　　　拜年　送礼　　　　　　　　祝福　老套
　　室内：团聚 吃年夜饭 会心交谈　　团圆　欢欣　愁闷等
　　　　看春节联欢晚会　特别节目　　欢乐　感动　乏劲等
　　　　零点报时　给压岁钱　　　　　畅想　喜悦　设想等
　　　　打牌　搓麻将　　　　　　　　休闲　迷恋　无聊等
　　提示：注意情景融合，此情需此景，要围绕一个"中心"展开，有点特别之处为佳。情感抒发要从景物引起，自然真切，有感而发。

第十一讲　近体诗鉴赏创作

一　抑扬和谐音韵美　平仄为纲近体诗

本讲要点

⊙短小精美润心田　⊙平仄为纲四规则：句内平仄相间
·联内平仄相对　·联间平仄相粘　·一三五可不论
⊙五绝定式有四种

诗歌佳作，短小精美，瞬间就能使人感动，浸润心田，受到人们欢迎。只有四句、八句的绝句、律诗，是中国诗人创造出的世界上最短小的诗型之一，是中国诗歌所选择的极佳抒情方式，朗朗上口，好读易记，千百年来，广为流传。当今，无论在中国的城市乡村，还是在世界的其他地方，最广为人知的中国诗歌，还是这些短小的诗篇。

律诗、绝句以及排律总称为近体诗。它定型、崛起于唐代，故唐人称它为近体，以区别于古体诗。与不受篇幅长短、平仄粘对限制的古体诗不同，近体诗形式精美、音调和谐、语言凝练、意蕴丰富，成为我国古代诗歌中的佼佼者。

近体诗讲格律，又叫格律诗。格律是指关于诗歌字数、句数、押韵、平仄、对仗等方面的格式和规则。

近体诗只有五言、七言两种句式。绝句每首四句，律诗每首八句，十句以上的长篇律诗称为排律。

近体诗须偶数句押韵，首句可押可不押；一般要求押平声韵。如按普通话的语音，押韵的字的声调一般是阴平、阳平，不宜为上声、去声。相反，近体诗中不押韵句最后一字一般是仄声，即上声、去声。例如，刘长卿的《逢雪宿芙蓉山主人》诗"日暮苍山远,天寒白屋贫。柴门闻犬吠,风雪夜归人",偶句末两字"贫(pín)、人(rén)"押韵,属平声韵;首句、第三句末两字"远(yuǎn)"、"吠(fèi)"不押韵,是仄声。又如,杜牧的《泊秦淮》诗"烟笼寒水月笼沙,夜泊秦淮近酒家。商女不知亡国恨,隔江犹唱后庭花",首句与偶句押韵,押韵三字"沙(shā)、家(jiā)、花(huā)"属平声韵,而不押韵句末字"恨(hèn)"则是仄声。

与古体诗句中一般不讲平仄不同,近体诗的特点就是以平仄为纲。不讲平仄,即非近体诗。讲究平仄,就是讲究声调高低长短的协调平衡,使诗的语言具有抑扬长短的韵律,既有"同声相应"的韵,又有"异音相从"的平仄,读来给人一种声韵和谐变化的美的享受。

有趣的问题是:平仄如何排列组合才能产生音乐美?

让我们来做一点研究。譬如,人们常说"山清水秀",不过按"清澈"、"秀丽"的解释,"山秀水清"的组合似乎更佳,可为什么人们要选择前者呢?从"互文"的角度来看,"清"与"秀"调动一下位置,意思影响不大,可以理解;但从声调的不同组合来看,就别有意思。"山秀水清"是"平仄仄平",读起来不大顺口,顿挫变化太快,显得不大稳定;而"山清水秀"是"平平仄仄",读起来顺口,既比较稳定,又有变化。

同理,"三言二语"、"千方百计"、"万紫千红"、"鸟语花香"等短语的平仄排列,要么是"平平仄仄",要么是"仄仄平平",两平两仄地交互使用,读起来才顺口,听起来也悦耳。

如果我们用"—"代替平声,用"｜"来代替仄声,就可以这样标出"山清水秀"、"鸟语花香"的平仄组合排列,也就变成一幅四言对联了:

山 清 水 秀　　— — ｜ ｜
鸟 语 花 香　　｜ ｜ — —

对联又叫对子,由前后两句组成。每一联的上句(奇句)叫出句(出对子),下句(偶句)叫对句(对对子)。

大家看看,这样的平仄排列组合有什么规律?

先看看一句之内,有什么特点?"平平仄仄",两平接着两仄;或者相反:"仄仄平平",则是两仄接着两平;两平两仄是相间的,交互排列,这可以归纳为:"句内平仄相间"。

再看看一联(两句)之间的平仄排列,有什么特色?

同位置的字，上联是"平平"，下联则是"仄仄"；上联是"仄仄"，下联则是"平平"。上、下联平仄刚好相反，这可以归纳为："联内（两句）平仄相对（相反）"。

平声高扬平稳，仄声低抑波动；"句内平仄相间"、"联内平仄相对"组合起来，语音能产生有规律性的起伏波动，既比较稳定，又有高低起伏变化，诵读起来音调和谐优美，抑扬顿挫，可以铺排出一种音韵美。

以上所说的是四言的平仄排列，那么，五言的平仄如何排列组合，才能产生音韵美呢？

五言比四言多一个字，只要在四言平仄的基础上，加一个"平"或"仄"就行了。具体来说，在以"——"起头的"——｜｜"前面加一个"—"，或者在后面加一个"—"；在以"｜｜"起头的"｜｜——"的前面、后面各加一个"｜"，就变成了五言平仄排列组合的四种基本句式：

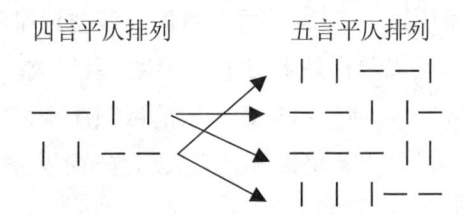

```
四言平仄排列        五言平仄排列
                   ｜｜——｜
——｜｜             ——｜｜—
｜｜——             ——｜｜—
                   ｜｜｜——
```

不过这里有一个问题：为什么不可以相反：在"——｜｜"后面加一个"｜"，在"｜｜——"后面加一个"—"，从而组成"——｜｜｜"、"｜｜———"这两种平仄排列方式呢？

解释并不难。我们试着按这两种格式造两个句子，然后大声朗读一下：落日依山头（｜｜———），黄河入海口（——｜｜｜）；就会发现：前句"依山头"为三个平声字连在一起，放在句后读来有点呆板、缺乏变化；后句"入海口"是三个仄声字连在一起，放在句后读来则有点不顺口，变化太快，不稳定。

上述两句句末的"———"、"｜｜｜"，被人称之为"三平脚"、"三仄脚"，由于读来要么呆板缺乏变化，要么变化太快有点拗口，不能形成音乐美，所以古人写近体诗是禁忌的。这就是说，近体诗句末三字禁用三平脚、三仄脚。

为了便于称呼，我们把刚才推断得出的平仄排列的四种基本句式，各加一个名称：

｜｜——｜　　仄起仄收式
——｜｜—　　平起平收式

―――｜｜　　平起仄收式
　　｜｜｜――　　仄起平收式

此处的"仄收"、"平收",是以句中末字的仄、平为标准;但"平起"、"仄起",则是以第二字的平、仄作为"起"的标准,也就是说,"起"指的是第二字的平仄,不是第一字的平仄。

为什么要以第二字的平仄作为"起"的标准呢?因为一句诗中第一字的平仄是可以变化的。古人考虑到写诗时选择平仄要有一定的灵活性,不致为格律束缚得太死,因而提出了近体诗中的平仄"一三五可不论,二四六须分明"的规则。这就是说:依据需要,在七言诗中第一、第三、第五字有时可以用平也可用仄,但第二、第四、第六字的平仄必须分明,一定要按平仄排列规则排列,平就是平,仄就是仄,不能随意变动;相应地,五言诗中的第一、第三字有时可平可仄,第二、第四字的平仄必须分明。

为了说明的方便,我们用"十"表示可平可仄。考虑到律诗八句可以分为四联,绝句只有四句,也可以看作是半首律诗,由二联组成。

上面推断出的平仄排列的四种基本句式,按前后顺序刚好能组成五言绝句的一种基本定式:依首句的特点,可以称之为仄起首句不入韵式:

　　｜｜―― , ――｜｜― 。
　　―――｜｜ , ｜｜｜――。

说到理论,还须联系实例。熟悉唐诗的人知道,王之涣的《登鹳雀楼》是首咏楼独步千古的绝句;它的平仄排列组合,基本上合乎刚提到的五言绝句的仄起首句不入韵的基本定式:

白日依山尽,黄河入海流。
｜｜――｜ ――｜｜―

欲穷千里目,更上一层楼。
十――｜｜ ｜｜｜――

要注意的是:"白"、"一",现在读为平声,但古代是入声字,应为仄声。考虑到第三句第一字"欲"变为了仄声,属于"一三可不论"的范畴;那么,每句诗内的平仄排列、同一联之内两句诗的平仄组合,也合乎我们前面说过的平仄排列组合规则:

①句内平仄相间;②联内平仄相对。

不过,还有一点是前面没有涉及过的:第二句与三句之间,即两联之间的两句平仄有什么联系？

初看起来似乎没有规律，但如果专注于偶数字（即第二、第四字）的平仄，看看有什么特点？

黄河入海流　——｜｜—

欲穷千里目　＋——｜｜

可以发现，"欲穷千里目"与"黄河入海流"中偶数字的平仄是一样的，第五字的平仄是相反的，第一字、第三字的平仄这里不同，但有时也可以相同，"一三可不论"。

这就引出了近体诗平仄排列组合的第三条规则：③联间平仄相粘。

解释一下："联间"指的是两联之间、相互连接的两句，即后联出句跟前联对句（绝句的第三句跟第二句）；"平仄相粘"指的是这两句的偶数字的平仄是一致的，即平粘平，仄粘仄。但最后一字的平仄是相反的，因为双句要押平声韵，第三句末字不押韵应为仄声。至于其他奇数字，平仄最好相同，但也可以不同，要规避的只是三平脚、三仄脚。

如此看来，《登鹳雀楼》的平仄排列组合为：

　　白日依山尽，　相　｜｜——｜
　　黄河入海流。　对　——｜｜—　相
　　欲穷千里目，　相　＋——｜｜　粘
　　更上一层楼。　对　｜｜｜——

小结一下：近体诗平仄排列组合的规则有四条：

①句内平仄相间：句内按"平平"、"仄仄"相间的规则排列。

②联内平仄相对：一联之内，对句与出句的平仄必须相对（相反）。

③联间平仄相粘：两联间相连两句的偶数字的平仄应相同，最后一字平仄相反。

④一三五可不论，二四六须分明。

熟悉掌握了这四条规则，就可以分别以基本句式的每一句为首句，凭此轻易地推演出四种基本定式。

只要记牢《登鹳雀楼》诗，知道"白"、"一"古代为仄声，而且把第三句第一字的"欲"的仄声改为平声，就能并不困难地记住五言诗平仄排列的四种基本句式：｜｜——｜，——｜｜—，———｜｜，｜｜｜——。

按以上基本句式的顺序，以基本句式的每一句作为首句，按规则推出其

145

他三句的平仄排列，就可以依次得出五言绝句的四种基本定式：仄起首句不入韵式、平起首句入韵式、平起首句不入韵式、仄起首句入韵式。

只要把"欲"字改为平声，《登鹳雀楼》的平仄排列组合就是仄起首句不入韵的定式。

五绝平起首句入韵式，以"— —｜｜—"作为开头，按"联内平仄相对"推出第二句，应是：｜｜｜— —。此处可能有初学者会错误地推断出"｜｜— —｜"，把每一字的平仄都"相对"，错了，因为双句应押平声韵，最后一字应为平声；那么，考虑到押韵而改成"｜｜— — —"行吗？因后三字是"三平脚"，犯忌了，也不行。那怎么办？依"一三可不论"，第三字可改成仄声，只有写成"｜｜｜— —"，才合乎在"一三可不论"的灵活下的"平仄相对"，也规避了"三平脚"的忌讳。然后，按"联间平仄相粘"规则，在第三句偶数处写上与第二句偶数处完全相同的"｜、—"，接着在第五字上加上"｜"（第三句不押韵，应为仄声），然后按"句内平仄相间"规则填上一、三字的"｜、—"，整句就成为：｜｜— —｜。再以后按"联内平仄相对"，较容易地推出第四句应为：— —｜｜—。

唐朝李嘉祐的《白鹭》五绝，就是平起首句入韵式，无一字不合乎定式的平仄：

江南绿水多， — —｜｜—
顾影逗轻波。 ｜｜｜— —
落日秦云里， ｜｜— —｜
山高奈若何。 — —｜｜—

同理，五绝平起首句不入韵式，也可按以上方法，轻易推演出全诗的平仄排列组合。唐人李端的《听筝》正属此种定式，无一字不合平仄：

鸣筝金粟柱①， — — —｜｜
素手玉房②前。 ｜｜｜— —

---

① 金粟：古也称桂为金粟，这里当是指弦轴之细而精美。柱：定弦调音的短轴。
② 素手：指弹筝女子纤细洁白的手。玉房：指玉制的筝枕。房，筝上架弦的枕。

欲得周郎顾①，｜｜——｜
时时误拂弦。　——｜｜—

五绝仄起首句入韵式，同样可以轻易推演。唐人西鄙人的《哥舒歌》属于此种定式的变式，只是将定式第三句第一字的平声改为仄声字"至"：

北斗七②星高，　｜｜｜——
哥舒③夜带刀。　——｜｜—
至今窥牧马④，　⊹——｜｜
不敢过临洮。　｜｜｜——

上述四首绝句，《白鹭》与《听筝》的平仄格式与基本定式完全相同，此种情形在绝句中极少见；但《哥舒歌》、《登鹳雀楼》两诗，都只有第三句第一字的平仄与基本定式不同，此类情形多见。

学写五言绝句，可以依托以上四种基本定式、参照"一三可不论"的规则或者严格一点只是"一可不论"，来考虑安排五言诗句的平仄格式。

五绝是近体诗中最短小的样式，字寡句短，定形极其简单而结构紧凑，不容闲言碎语的修饰衬贴。短章结构要根据内容的需要，不拘一格，不主故常。题材要为常人所熟悉，并能引人兴趣。而且，短章若要在刹那之间产生感动人心的力量，须以小见大，见微知著，"咫尺应须论万里"。

上述诗例，《登鹳雀楼》以大千世界浓缩于区区二十字，前两句将眼前日落、意中入海的景象融合为一，后两句即景"转"而议论抒发感慨，"欲穷千里目，更上一层楼"，哲理蕴含其中。《白鹭》妙在时空跳跃，"顾影逗清波"，"落日"上"秦云"，不惧"山高"水深的精神令人赞叹。《听筝》速写女子弹筝，"金粟"、"素手"、"玉房"施以重彩，转而写听筝所感，揭示弹筝女心理，为寻知己而有意"误拂弦"；语句传神，形象鲜活。《哥舒歌》则以"北斗"起兴，简笔叙述了哥舒翰"夜带刀"巡视的场景，而后以胡人"至今""不敢"

---

① 周郎：指三国时吴将周瑜。他二十四岁为大将，时人称其为"周郎"。他精通音乐，听人奏错曲时，即使喝得半醉，也会转过头看一下奏者。当时人称："曲有误，周郎顾。""得"：普通话里为平声，但旧读入声，为仄声。
② 七：旧读入声，古时属仄声。
③ 哥舒：指哥舒翰，是唐玄宗的大将，突厥族哥舒部的后裔。
④ 牧马：吐蕃人越境放牧，指侵扰活动。

南下牧马的慨叹，喻指哥舒翰影响深远；语句平淡素雅，自然流畅，塑造了威震一方的民族英雄形象。

显然，高超的思想情感、平仄错落跌宕的艺术形式的完美结合，别有情趣，虽是短篇，也能扣人心弦，影响深远，有着非同一般的艺术魅力。

【思考与练习】

一、绝句的平仄排列组合有哪四条规则？诵读分析下面一首五绝，并逐句标出平仄，一一解析此五绝是如何体现这四条规则的。

渡汉江 　　　　　　　宋之问

岭外音书断，经冬复历春。
近乡情更怯，不敢问来人。

二、熟读背诵《登鹳雀楼》。除诗中"白"、"一"两字古代是入声字应划为仄声外，请按普通话的声调在练习本上划分全诗的平仄。然后把"欲"字的仄声改为平声，就成为五言近体诗仄起首句不入韵的基本定式；此四句诗的平仄格式也就是五言近体诗的四种基本句式。

而后，依从这四种基本句式的后三句，将每一句作为首句，按"粘"、"对"等规则，自己分别推演并写出五言平起首句入韵、平起首句不入韵、仄起首句入韵等三种基本定式。

三、下面有两首五言四句的短诗，一首是绝句，一首是古风，请分析指明何为绝句，何为古风，并说明理由。

悯农（一）　　李绅　　　　**逢雪宿芙蓉山主人**　　刘长卿

春种一粒粟，秋收万颗子。　　日暮苍山远，天寒白屋贫。
四海无闲田，农夫犹饿死。　　柴门闻犬吠，风雪夜归人。
注："一"古为入声。　　　　注："白"、"屋"古为入声。

四、只有合乎诗句"平仄相间"要求的句子才能叫"律句"，否则虽是五、七字组成一句，也只能称为"古句"。梁武帝有两句诗"一年漏将尽，万里人未归"，平仄是"｜—｜—｜，｜｜｜—｜—"，这里的每一句的平仄不"相间",只能叫"古句"。

古句中的"漏"是漏壶的简称,指古代滴水计时的仪器。唐朝诗人戴叔伦将"漏"换成"夜",并分别调整了这两句的词语顺序,就变成有名的律句。你开动脑筋想想,看能不能把梁武帝的这两句诗也改为律句。

二 排列组合循规则 变格拗救有讲究

本讲要点

⊙五律定式识对仗　　⊙七绝七律推定式　　⊙章法结构可变化
⊙排律平仄循规则　　⊙变通句型有特例　　⊙诗句禁忌与拗救
⊙《近体诗平仄排列组合规则》表

近体诗有绝句、律诗之分。相比五绝,五律只是多了四句二十字。五律的四种基本定式,只要在绝句的基础上,按照平仄排列组合的规则依次推演,就可以得出。

这里以仄起首句入韵定式为例,来看看五律的平仄格式推演,并不是难事。前面已叙,五绝的仄起首句入韵的定式为:

｜｜｜——,——｜｜—。
———｜｜,｜｜｜——。

五律的仄起首句入韵式,只要在五绝定式的基础上继续推演,就可得出。按"粘"与"对"等规则,依第四句"｜｜｜——"可推出第五句的平仄为"｜｜｜——｜",而后第六至第八句可轻易推出为"——｜｜—"、"———｜｜"、"｜｜｜——"。五律的其他三种基本定式,也不难推演出来。而且,五律的平起首句不入韵式、仄起首句不入韵式,实际上就是五绝的此种定式重复一次后的翻版组合。

唐代许浑的《秋日赴阙题潼关驿楼①》,基本合乎仄起首句入韵式,只有

---

① 阙:指唐都城长安。帝乡也指长安。潼关:关名,在今陕西省潼关县境内。

四个句子首字的平仄有变，在"一字可不论"允许的较严格的范围内。

红叶晚萧萧，　＋｜｜——
长亭①酒一瓢。　——｜｜—
残云归太华②，　———｜｜
疏雨过中条③。　＋｜｜——
树色随山迥，　｜｜——｜
河声入海遥。　——｜｜—
帝乡明日到，　＋——｜｜
犹自梦渔樵。　＋｜｜——

律诗有八句，组成四联，分别称为"首联"、"颔联"（第二联）、"颈联"（第三联）、"尾联"。这首被《养一斋诗话》赞为"晚唐之翘秀"的五律，"起"于"红叶晚"秋、"长亭"畅饮，紧"承"长亭所见，衬题展开：颔联写骋目远望潼关的山川气势，颈联则由近及远写黄河远去；尾联上句"转"写赴京应考，下句则"合"于"梦渔樵"，委婉含蓄地表白了自己并非热衷功名之人。要注意的是：此诗颔联、颈联都在写景但有变化，"转"、"合"在尾联上、下句；这是依据作者绘景抒情的需要而定。

律诗"起承转合"的谋篇布局，既可按首联、颔联、颈联、尾联的顺序一一对应起、承、转、合；也可如《秋日赴阙题潼关驿楼》那样，不必拘定第几联第几句而灵活变动。一般来说，中间二联需紧承首联解说展开，或就景物加以渲染勾勒，或就人事加以点染；或叙写，或议论，或引事，或比拟，皆为深化题旨。不过，颔联与颈联所写内容要相应相避，要有变化。颈联写景，颔联则写人事，或者相反。若同为写景，则要写出不同景物的不同形貌神韵；若都是写人事，则需写出不同的人事或者是写他人与写自己，交错变化。一言以概之，写作律诗，正如清代朱庭珍《筱园诗话》所说："须要成竹在胸，操纵随手，自起至结，首尾元气贯注，相生相顾，熔成一片"。

按律诗格律要求，颔联与颈联必须对仗。首联与尾联不必用对仗，也可以对仗。

---

① 长亭：古时道路每十里设长亭，供行旅停息。
② 太华：即西岳华山，在今陕西省华阴县境内。
③ 中条：山名，一名雷首山，在今山西永济县东南。

对仗这个词来源于古代两两相对的仪仗队。对仗与音乐的等长短、同旋律的两平行乐句组成的乐段相似，给人以匀称整齐的美感。诗词曲创作及对联写作中，作为一种特殊表现形式和手段的对仗，则要求诗词曲联句在对偶基础上，上下句同一结构位置的词语必须词性一致但须避雷同，平仄要相对即相反。

看看许浑诗中二联的对仗。颔联"残云归太华，疏雨过中条"，两句意义相连，都是主谓宾句，上下句同一结构位置，偏正短语"残云"对"疏雨"，动词"归"对"过"，名词"太华（山）"对"中条（山）"；而且，除了非节奏点上的"残"、"疏"以外，这两句"十－－｜｜"与"｜｜｜－－"中的平仄基本上是相对的。颈联"树色随山迥，河声入海遥"可以解释为：苍茫的树色顺随（山势延伸向）远方的山脉，滔滔的黄河流向遥远的大海。两句意义相联，都是"偏正短语＋动词＋名词＋形容词"，相对应的词语词性一致，句子结构相同；而且，此两句"｜｜－－｜，－－｜｜－"中的平仄完全相反。

对仗有"工对"与"宽对"之分。

工对指工整的对仗，即一联的上下两句在词性、词类、句型等方面都分别整齐相对，甚至连名词的小类（有人把名词分为天文、地理、人物、动物、植物等小类）也相对。看看许浑的诗，颔联中的"云"、"雨"同属天文类，"太华"、"中条"同是地理类的山脉；颈联中的"山"、"海"同属于地理类，不过，"树"是植物，"海"属地理，不属同一小类。此诗的对仗，虽然接近，但还不能算是严整的工对。显然，要做到小类相对难度较大；现在人们写诗一般采用"宽对"，只要是词性相同就可以相对，不一定分小类。

回过头来，在已经弄清了近体诗五言平仄排列组合的规律之后，再来看看七言的平仄排列组合，就不难掌握了。

近体诗的七言也有四种基本句式，只要以五言的四种基本句式为基础，在每句句首前加上与五言开头不同的两平或两仄，就可以了。这就是说，五言开头为"平平"的则在前面加"仄仄"，五言开头是"仄仄"的则在前面加"平平"，依此可以推出七言平仄排列的四种基本句式：

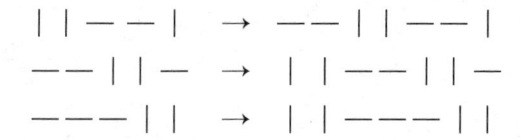

｜｜－－｜ → －－｜｜－－｜

－－｜｜－ → ｜｜－－｜｜－

－－－｜｜ → ｜｜－－－｜｜

｜｜｜——　→　——｜｜｜——

同理，我们把七言近体诗的四种基本句式中的每一句，分别作为一首绝句的开头，也可以推断出七言绝句平仄组合的四种基本定式。

A、平起首句不入韵式：

——｜｜——｜，｜｜——｜｜—。

｜｜———｜｜，——｜｜｜——。

B、仄起首句入韵式：

｜｜——｜｜—，——｜｜｜——。

——｜｜——｜，｜｜——｜｜—。

C、仄起首句不入韵式：

｜｜———｜｜，——｜｜｜——。

——｜｜——｜，｜｜——｜｜—。

D、平起首句入韵式：

——｜｜——，｜｜——｜｜—。

｜｜———｜｜，——｜｜｜——。

比较看看，A与D相比，B与C相比，只有第一句不同，其余各有三句相同。由此可知，倘若定要记背，只要记住了A、B两种基本定式，再变换第一句的句式（由首句不入韵变为首句入韵，或者相反），就可以记住七绝的四种基本定式了。实际上，五绝、五律，还有七律，都有这样类似的特点，要记住并不难。本节练习后的《近体诗的平仄排列组合规则》表，为此提供了清晰明确的参考，一目了然。

下面，看看唐人韦应物的七绝《登楼寄王卿》，是隶属于七言的哪一种基本定式的平仄组合而稍有变动呢？

此诗平仄划分，须知"踏"、"阁"、"一"等字旧读入声，"思"属去声，

　　踏阁攀林恨不同，　　｜｜——｜｜—

　　楚云沧海①思无穷。　　十—｜｜｜——

　　数家砧杵秋山下，　　十—十｜——｜

---

① 楚云：指南方；沧海：指北方。

一郡荆榛寒雨中①。　｜｜－－＋｜－

分析可知：此诗依七绝仄起首句入韵定式，只是第二句第一字、第三句第一、三字、第四句第五字的平仄有变，在"一三五可不论"的宽松范围内。

绝句灵活轻便，适宜于像《登楼寄王卿》诗那样来表现生活中转瞬即逝的意念和感受。七言绝句"畅纵"，字词组合方式较五言变化多样，节拍弥长，句中存有字词修饰衬贴的较大空间，声气更为舒畅，唐代诗家普遍喜欢采用。像"踏阁攀林恨不同，楚云沧海思无穷"这样的七言，想用两句五言表达完全相同的情意是不可能的。

与律诗类似，绝句起承转合的谋篇布局也可灵活而变。韦应物的七绝，前两句写寄诗之情，既在"踏"、"攀"，也在思索，"恨不同"、"思无穷"是同时之思，应看为并列而非连续关系；后两句"承""踏阁攀林"而来，写登山所见兵乱后田园荒芜的凄凉景象，"秋山下"与"寒雨中"也无前后关系，还是并列。若将前两句看为"起"，则后两句当为"承"，此诗并无"转"、"合"。又如，杜甫的《绝句》"两个黄鹂鸣翠柳，一行白鹭上青天。窗含西岭千秋雪，门泊东吴万里船"，四句之间看不出起承转合的联系，都是平行地写景，似乎互不相关，却暗含着思归不得的心理。诗作有法，但不能死守某法不变。章法结构的变化是为表达情意服务的，要注意区分结构的常规和变格。

章法结构灵活可变，平仄格式也不宜限制得太死。像七绝、七律名篇的平仄排列多为"一三可不论"，可诗人韦应物的此诗却有第四句第"五"字不论，因为找不到一个更好的仄声词来代替"寒"字，表情达意的需要比严格的格律更重要，只好在可以宽松的范围内将就了。

弄懂了七绝的平仄格式，七律的平仄格式也就不难依据规则推演出来。与七绝名称类同，七律也有平起首句不入韵式、平起首句入韵式、仄起首句不入韵式、仄起首句入韵式等四种基本定式，只是平仄组合前者为四句、后者为八句而已。

看来不难，此处就只谈及七律的仄起首句入韵式。七律仄起首句入韵式

---

① "数家砧杵……"两句：秋山之下，只余稀落的几家人用砧杵在捣洗衣服，几近空无人烟；寒雨之中，一郡但见荆棘丛生，不见稷黍。这表现出兵乱后整个州郡民生凋敝、田园荒芜的凄凉景象。

的第一句为"｜｜——｜｜—"，只要按"粘"、"对"等法则就能较容易地推演出全诗的平仄格式。

杜甫的《九日蓝田①崔氏庄》就属于此种七律仄起首句入韵定式的变式，只在"一三可不论"允许的范围内改动了"兴"、"今"、"蓝"、"远"、"玉"、"高"等六字的平仄；古代"发"读入声，"看"为平声（亦可为仄声）。

```
老去悲秋强自宽，    ｜｜——｜｜—
兴来今日尽君欢。    ＋—＋｜｜——
羞将短发还吹帽②，  ——｜｜——｜
笑倩旁人为正冠。    ｜｜——｜｜—
蓝水远从千涧落，    ＋｜＋——｜｜
玉山高并两峰寒。    ＋—＋｜｜——
明年此会知谁健？    ——｜｜——｜
醉把茱萸③仔细看。  ｜｜——｜｜—
```

此诗颔联与颈联，还有首联，上、下句词性对等，结构对应，平仄对立，都用了对仗。律诗讲究对仗，往往一句一意，两句对称，均衡和谐，长于描绘相对静态的画面、抒发诗者瞬间表现的情感。杜甫此诗，虽三联用了对仗，却能将叙述与抒情灵巧结合，宛转自如。首联"起"于抒发复杂矛盾的心情，含有叙事成分，"悲秋"而又"自宽"，"兴来""尽君欢"，情绪顷刻变化。颔联用典，"承"写欢宴，叙事中含情，怕"短发吹帽"露出老态而"羞"，于是请人"正冠"强颜而"笑"，形象表现出伤感、悲凉情绪。颈联"转"而描绘山水景物，"蓝水远""落"、"玉山高""寒"，雄杰挺峻，豪壮的景色唤起一篇精神，叫人不得不振作。尾联"合"收于"明年""知谁健"，"醉""看""茱萸"而遥想未来，忧心翻腾难诉，言有尽而意无穷。"起"、"承"、"转"、"合"一一对应于前后四联，全诗写景抒情，酣畅淋漓，被《读杜心解》赞为"字字亮，笔笔高"。无怪乎《唐诗归》评价说，包含此诗在内的杜甫的四首律诗"为唐七言压卷"之作。

---

① 蓝田：即今陕西省蓝田县。玉山：即蓝田山。蓝水：即蓝溪，在蓝田山下。

② 吹帽：此处用"孟嘉落帽"的典故。王隐《晋书》："孟嘉为桓温参军，九日游龙山，风至，吹嘉帽落，温命孙盛为文嘲之。"孟嘉落帽显出名士风流蕴藉之态，杜甫此时心境不同，他怕落帽，反让人正冠，别是一番滋味。

③ 茱萸：落叶小乔木。

杜甫的此首七律，有"悲"有"宽"，有"羞"有"笑"，且有转睹"远"、"高"而振作之情，还有"明年""谁健"而难诉之忧心，描绘老来心态跌宕腾挪而多变。这是律诗抒情强于绝句抒情之处。绝句的婉曲回环，即便是被沈德潜认为是七言绝句压卷之一、王之涣的《凉州词》"黄河远上白云间，一片孤城万仞山。羌笛何须怨杨柳，春风不度玉门关"，第三句的问语变为第四句的感叹，引出征夫的离愁怨恨而以"春风不度"（隐含卫国戍边责任重大）的宽语委婉化解、瞬间转换，情绪的宛转变化也只有一次。而律诗中情绪可起伏跌宕多变，体量远大于绝句；《九日蓝田崔氏庄》是如此，杜甫的《登高》、《登楼》、《春夜喜雨》，崔颢的《黄鹤楼》，李白的《登金陵凤凰台》、王维的《积雨辋川庄作》等律诗，也是如此，都能很好地发挥出律诗的抒发变换着的情感的长处。

比一般为八句的律诗、四句的绝句篇幅要长的排律，又叫长律。长律格式当按平仄组合规划，在八句律诗的基础上加以铺排延长，理论上可以无限扩展。排律多为五言，极少七言，常为偶数联，奇数联少见；在题目中常带有"××韵"字样，标示有多少韵。排律多则长至一百几十韵，如宋代王禹偁的《谪居感事》竟然长达一百六十韵凡三百二十句；最少为五韵十句，如刘禹锡的《送陆侍御归淮南使府五韵》就只有五联：

江左重诗篇，陆生名久传。
—｜｜—— ｜——｜—

凤城来已熟，羊酪不嫌膻。
｜——｜｜ —｜｜——

归路芙蓉府①，离堂玳瑁筵②。
｜｜——｜ ——｜｜—

泰山呈腊雪，隋柳布新年。
｜——｜｜ —｜｜——

曾忝扬州荐，因君达短笺。
—｜——｜ ——｜｜—△

---

① 芙蓉府：原指俭府，后泛指大吏之幕府。南朝齐王俭，于高帝时为卫将军，领朝政，用才名之士为幕僚，后世遂以"芙蓉幕"为幕府的美称；芙蓉府由此得名。

② 玳瑁筵：谓豪华、珍贵的宴席。

排律以律诗的格律为标准，要求句式整齐一律，押平韵到底并不许重韵与转韵，讲究平仄粘对与联内对仗而只有首、末两联可以不对仗。此诗平仄组合，前四联依五律"仄起入韵定式"而稍有变化，后一联按"联间平仄相粘"、"联内"平仄相对"的规则即可推出。显然，只要将普通律诗的平仄规则掌握熟练，排律的平仄格式就不难掌握。

看看奠定唐人钱起在诗坛的不朽声名、他参加进士考试时所作的六韵十二句的排律《省试湘灵鼓瑟》①诗及平仄对仗格式：

善鼓云和②瑟，　｜｜－－｜
尝闻帝子③灵。　－－｜｜－
冯夷④空自舞，　－－－｜｜
楚客⑤不堪听。　｜｜｜－－
苦调凄金石⑥，　｜｜－－｜
清音入杳冥⑦。　－－｜｜－
苍梧⑧来怨慕，　－－－｜｜
白芷动芳馨。　｜｜｜－－
流水传湘浦，　＋｜－－｜
悲风过洞庭。　－－｜｜－
曲终人不见，　＋－－｜｜
江上数峰青。　＋｜｜－－

诗中"石"、"白"，旧读入声。

诗的首联概括题旨，"起"于传说；接着"承"于鼓瑟苦音，张开想象的翅膀，由近及远，先写水神冯夷听闻狂舞、楚客悲不忍闻，瑟声哀婉悲苦使金

---

① 试帖诗题"湘灵鼓瑟"摘自《楚辞·远游》，传说舜帝死后葬在苍梧山，其妃子因哀伤而投湘水自尽，变成了湘水女神；她常常在江边鼓瑟，用瑟音表达自己的哀思。
② 云和，古山名。
③ 帝子：屈原《九歌》："帝子降兮北渚。"帝子是尧女，即舜妻。
④ 冯（píng）夷：传说中的河神名。
⑤ 楚客：指屈原，一说指远游的旅人。
⑥ 金：指钟类乐器。石：指磬类乐器。
⑦ 杳冥：遥远的地方。
⑧ 苍梧：山名，今湖南宁远县境，又称九嶷，传说舜帝南巡，崩于苍梧，此代指舜帝之灵。

石为之凄楚,清亢响亮而响遏行云。再述苍梧山的舜帝怨苦,让白芷吐出芬芳;悲风顺着流水,刮过洞庭湖。此时,乐曲进入高潮,"转"而"曲终人不见",从神奇的虚幻中拉回现实世界:"江上数峰青",戛然而止,尾首圆合,湘灵的哀怨留给人们的是神奇美妙的遐想;以景结情,余味无穷。全诗设想巧妙,驰骋想象,使鼓瑟奏出的苦调清音得到有形的表现,生动传达了湘灵女神对舜帝的哀怨和思慕之情。

全诗除尾联二句外,全部用了对仗。此首排律的平仄组合,前八句为一首仄起首句不入韵的律诗格式、后四句按"粘""对"规则即容易推出;或者说此诗为三首仄起首句不入韵的绝句的翻版组合。

排律篇幅较长,平仄、对仗要求严格,写作难度较大。律诗、绝句,相对短小,更受欢迎。

虽然依据"一三五可不论"的规则,绝句、律诗在基本定式的基础上可以演变出无数变式;但五言绝句、七言绝句、五言律诗、七言律诗,各自都只有四种基本定式,不难掌控。

至于说句式,五言律绝、七言律绝,各自只有四种基本句式,前文已一一介绍。不过,还有一种尚未谈及的特殊的平仄句式。

看看唐代刘禹锡的七绝《石头城①》的平仄排列组合,注意"国"古代读为入声:

　　山围故国②周遭在,　——｜｜——｜
　　潮打空城寂寞回。　＋｜——｜｜—
　　淮水东边旧时月,　＋｜——｜｜—
　　夜深还过女墙③来。　——＋｜｜——

除"潮"、"淮"、"还"三字的平仄有变动外,此诗有点"像"七绝的平起首句不入韵式,只是第三句五、六字的平仄与定式相反:定式应为"平仄",可此处却是"仄平"。

---

① 石头城:位于今南京市西清凉山上,三国时孙吴就石壁筑城戍守,称石头城。后人也每以石头城指建业,曾为吴、东晋、宋、齐、梁、陈六朝都城;今为南京市。
② 故国:即旧都。石头城在六朝时代一直是国都。
③ 女墙:指石头城上的矮城墙。

怎么回事啊？是不是诗人弄错了呢？这首被白居易赞美为"我知后之诗人无复措词矣"的佳作，平仄格式并没有错。"淮水东边旧时月"的平仄"＋｜－－｜－｜"，用的是一种特殊的"变格句"。

古人约定俗成，近体诗五七言各有一种常见的在允许范围内的变格句型。凡是仄仄脚前面有三个平声相联，即五言"－－－｜｜"、七言"｜｜－－－｜｜"，则允许变格为五言"－－｜－｜"、七言"｜｜－－｜－｜"；"仄仄"脚变成了"平仄"脚。七绝如"淮水东边旧时月"，七律如高适的《送李少府贬峡中王少府贬长沙》中的第三句"巫峡啼猿数行泪"，都是七言"＋｜－－｜－｜"的特殊变格句；五绝如张说《蜀道后期》第三句"秋风不相待"，五律如王维的《观猎》中的第七句"回看射雕处"，都是五言"－－｜－｜"的特殊变格句。

近体诗中，凡平仄合乎组合规则的句子叫律句，违反组合规则的叫拗句。有时候，为了表情达意的需要，诗中偶尔出现了某些拗句；此时可以采取补救的办法，这称为拗救。有人把以上所说——特殊的变格句中五言第三第四字、七言的第五第六字的平仄互换，称为出句自救，也说得通。

除此以外，若是诗中出现了孤平之拗，也须相救。

何谓孤平？凡是仄平脚句型（－－｜｜－、＋｜－－｜｜－）中五言第一字、七言第三字如用仄声，就变成了"｜－｜｜－"、"＋｜｜－｜｜－"；如此，除尾字为平声外，七言不考虑首字，则句中只有一个平声字，这就是孤平。如"夜来暴雨声"（｜－｜｜－）、"山雨欲来景满楼"（－｜｜－｜｜－）两句，不仅后句内容值得推敲，而且两句都犯了孤平；因为读来变化太快而不爽，所以忌用，也须补救。方法是：将原为仄声的五言第三字、七言第五字改用平声，中间有两个平声字相连，就避开了孤平。像把以上两句改为"夜来风雨声"（｜－－｜－）、"山雨欲来风满楼"（－｜｜－－｜－）[①]，念起来就要平稳顺畅多了。又如，杜甫的《复愁十二首》其三第二句"故园今若何"（｜－－｜－），苏轼的《新城道中》第七句"溪柳自摇沙水清"（－｜｜－－｜－），都是在本句内孤平拗救。

除本句自救外，还有对句相救。如果出句是五言或七言后五字为"｜｜－

---

① "夜来风雨声"、"山雨欲来风满楼"，是孟浩然《春晓》、许浑《咸阳城东楼》中的诗句。

—｜"，第四字当平而仄，变成"｜｜—｜｜"，甚至是"｜｜｜｜｜"，这时，就要把对句相应的"——｜｜—"中的第三字选用平声字以相补救，对句救出句。如白居易的五律《赋得古原草送别》颔联"野火烧不尽，春风吹又生"，出句为"｜｜—｜｜"，拗了，对句则为"———｜—"，救了出句。又如陆游的《夜泊水村》中的"一身报国有万死，双鬓向人无再青"，出句后五字"报国有万死"（"国"古为入声）为"｜｜｜｜｜"，对句后五字"向人无再青"则为"｜——｜—"，此中第三字"无"选平声，不仅救了出句，也救了本句可能犯孤平的"向"，此为两救，妙哉！可以利用此联构成两救的口诀："报国有万死，向人无再青"，"无"字救双拗，此联可记清。

还有一种"拗"，即出句为五言"｜｜——｜"中的第三字、七言"——｜｜——｜"中的第五字，不依照平仄格式而出现变例，成为"｜｜｜—｜"、"——｜｜｜—｜"，虽依"一三五不论"，也可不救；但王力《汉语诗律学》第一章第七节中说"诗人对此，尽可能避免，否则尽可能补救"。如王维《登裴迪秀才小台作》中"落日鸟边下，秋原人外闲"（｜｜｜—｜，———｜—），出句第三字"鸟"该平而用仄，对句同位置"人"则该仄而用平，对句相救。又如刘禹锡《秋日送客至潜水驿》中"鹊噪晚禾地，蝶飞秋草畦"（｜｜｜—｜，———｜—），出句五言第三字"晚"字该平而用仄，对句同位置字"秋"字则该仄而用平，不仅救前句"晚"字之拗，而且又救当句用"蝶"字而可能造成的孤平。再如苏轼《新城道中》中"野桃含笑竹篱短，溪柳自摇沙水清"（｜——｜｜—｜，—｜｜——｜—），出句七言第五字"竹"（古为入声）字拗，对句同位置用"沙"字则为平声，既救前句之拗，又救当句用"自"字可能造成的孤平。

拗救服务于平仄不规则变化的句式。近体诗的平仄排列组合，虽变化无穷，但概括起来就是一句话：寓变化于整齐之中，铺排语言的音乐性。讲究句内平仄相间、联内平仄相对、联间平仄相粘等规则，既为"同声相应"而求整齐，又为"异音相从"而求变化，整齐中有变化，变化中显整齐，抑扬交替，和谐回环，千方百计地造成诗歌所特有的和谐、优美的文字气场，以形成语言本身强大的张力，达到奇妙的感通效果，最终辐射出神奇的诗意。近体诗众多的名篇佳作，以精美的形式、和谐的音调、凝练的语言、丰富的意蕴，充分体现了诗歌的美学功能，成为我国古代诗歌中的佼佼者。

近体诗严整、和谐、形音尽美，受着平仄规则的限制，篇幅比较短小，容量有限，虽不能像古体诗那样敷陈铺叙、渲染排比来叙述复杂的世事和描画丰富的人生，但适宜寄兴言情，抓住一个断片的影像或感慨，描绘相对静态的生活画面，表现诗人瞬间的情感，反映人生和社会生活而呈现出特异的光彩。

赋诗传情意，得失寸心知。风骚千古事，胜者为诗痴。

【思考与练习】

一、赏析王维的《观猎》，并划出全诗的平仄排列组合，注意"疾"是入声字，"看"有平仄两种读法，本诗中读平声。

看看想想，这是一首五律吗？倘若是，应隶属于五言律诗的哪一种基本定式？又怎么解析诗中"回看射雕处"句的平仄组合？若不是，也请说说理由。

  风劲角弓鸣，
  将军猎渭城。
  草枯鹰眼疾，
  雪尽马蹄轻。
  忽过新丰市，
  还归细柳营。
  回看射雕处，
  千里暮云平。

二、为了更好地铺排语言的音乐性，近体诗中，凡出现了违反平仄组合规则的句子，须当拗救。孤平须本句自救。若出句五言或七言的后五字为"｜｜—｜｜"甚至是"｜｜｜｜｜"，则须在对句中，将五言的第三字、七言的第五字该仄而用平，即后五字改为"———｜—"，伺机补救。还有，五言第三字、七言第五字，不依照平仄格式而出现拗变，也要尽可能在对句中相救。

品读、分析下面四首名诗，先逐句标示平仄，看哪些句子出现了"拗"，诗人又是如何进行补救的。

复愁　　　杜甫

万国尚防寇，故园今若何？
昔归相识少，早已战场多。
注："国"古是入声字，应为仄声。

登乐游原　　　李商隐

向晚意不识，驱车登古原。
夕阳无限好，只是近黄昏。
注："识"古为入声字。

回乡偶书　　　贺知章

少小离家老大回，乡音无改鬓毛衰。
儿童相见不相识，笑问客从何处来。

江南春　　　杜牧

千里莺啼绿映红，水村山郭酒旗风。
南朝四百八十寺，多少楼台烟雨中。

注："四"、"八"、"十"，古为入声字。

三、试依照下列设想的情景，或自设类似的情景，写一首五言或七言绝句；平仄排列组合格式自定，依某种基本定式时可参照"一三可不论"的规则改动个别字的平仄，但忌孤平、三平脚、三仄脚。

设想题材：

被誉为"中国杨梅之乡"的湖南怀化靖州盛产杨梅，尤以木洞村杨梅为佳，因红中呈乌、酸甜适度而色冠群梅、味甲江南，是清代朝圣的贡品。在杨梅飘香的季节，你和朋友们一起赶到木洞，采梅品鲜；品味赞赏之余，试写一首绝句。

提示：写什么？写品赏杨梅的情景。可以写杨梅的外形、品牌、相邀、品赏等内容。

四、近体诗篇幅短小，宜于选择在瞬间产生的生活感受与情趣，摄取精彩的场景或优美风景的片断；写作时要力争做到小中见大，以少胜多。自选熟悉题材，自定感触颇深的情景，学习起承转合的章法结构，试写一首律诗，平仄格式依自己的需要而定。

初稿完成后，要诵读品味，看看有无诗意，平仄格式是否恰当；也可请别人雅正。然后修改，直到自己满意为止。

近体诗的平仄排列组合规则

一、近体诗常见的四种定式（注："△"表示最后一字押平声韵。）

第一式：五言平起、七言仄起

首句不押韵：

｜｜－－｜｜
－－｜｜｜－－△
－－｜｜｜｜
｜｜－－｜－－△

└─ 五绝 ─┘
└─── 七绝 ───┘

第二式：

如首句押韵，首句应作：

｜｜－－｜｜－△

其余三句同左

└─ 五绝 ─┘
└── 七绝 ──┘

第三式：五言仄起、七言平起

首句不押韵：

－－｜｜－－
｜｜－－｜｜－△
｜｜－－｜｜
－－｜｜｜－－△

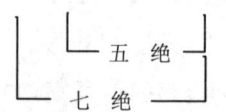

└─ 五绝 ─┘
└── 七绝 ──┘

第四式：

如首句押韵，首句应：

－－｜｜｜－－△

其余三句同左

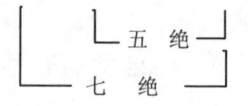

└─ 五绝 ─┘
└── 七绝 ──┘

二、近体诗平仄排列组合的规则

①句内平仄相间　②联内平仄相对　③联间平仄相粘

④"一三五不论，二四六分明"；但有几种情况排除在外：

A.下面两种变格句约定俗成，是允许的："－－｜－｜"、"｜｜－｜－｜"。

B.句末三字禁用"三平脚"、"三仄脚"。

C.禁用孤平。这两种句式"｜－｜｜－"、"╋｜｜－｜｜－"是禁忌。若犯孤平，本句可自救，改为："｜－－｜－"或"╋｜｜－－｜－"。孤平拗救往往与出句五言"｜｜｜－｜"中第三字、七言"－－｜｜｜－｜"中第五字的拗救同时并用；即在对句同一位置上改仄为平：五言为"｜－－｜－"、七言为"｜｜｜－－｜－"。

第十二讲　词的鉴赏创作

一　讲究格律长短句　婉约豪放诉衷情

本节要点

⊙风筝翔空表志向　　⊙词牌词题要分清　　⊙定句定字还分片
⊙用韵多样可混押　　⊙善用律句非律句　　⊙对仗宽松较灵活
⊙婉约豪放风格异

　　宋朝徽宗时，山东人侯蒙三十一岁时进京考进士，穿着寒酸，长相丑陋。时值春季，有几位纨绔公子画其头像在风筝之上，放在空中飘舞，让人取笑。侯蒙见到，叫人放下风筝，挥笔在背面写下几行字，再把风筝放入空中。众人仰头看去，见到的是一副《临江仙》的作品："未遇行藏①谁肯信，如今方表名踪②。无端良匠③画形容。当风轻借力，一举入高空。才得吹嘘④身渐稳，只疑远赴蟾宫⑤。雨余时候夕阳红。几人平地上，看我碧霄中。"见此，行人拍手称赞，那几个纨绔子弟悻悻溜走了。
　　侯蒙不因自己长相丑陋和家境贫困被人嘲笑而自卑，反而借风筝飞翔碧空来表达自己的不凡志向，反讽那些嘲笑他的人。那年他金榜题名，考中进士；

---

①　行藏：《论语》中孔子对颜渊说："用之则行，舍之则藏。"意思是说，受到重用就行其所学之道，否则退隐藏道以待时机。后人用行藏指出仕或归隐。
②　方表名踪：才显现了名声和踪迹。
③　无端：无缘无故。匠：指画工。形容：容貌。
④　吹嘘：风吹，相助。扬雄《河东赋》："唯待吹嘘送上天。"孟郊《哭李观》诗："清尘无吹嘘，委地难飞扬。"
⑤　蟾（chán）宫：即广寒宫，是神话景观中的月宫。在古代，科考高中被人誉为蟾宫折桂。

163

后来也仕途顺畅，一路攀升。

　　侯蒙写的这幅作品，分为两片，有十句，由七言、六言、五言句组成，每一片的第二、第三、第五句押韵；语言凝练形象，情景交融，诵读起来朗朗上口，算得上是一首广义的诗，不过与诗有别，人们习惯上称为词。比起字句整齐、只有十六种基本定式的近体诗[①]来说，词是长短句，有着上千种格式。

　　词又称曲子词，起源于隋唐。开始时与音乐有着密切联系，先有乐谱曲调，然后依据它填上歌词，于是就有了配合乐曲而写的长短句——曲子词。词牌就是曲调的名称。后来，词与音乐分离，乐谱大多流失，后人写词时，把前人的作品当作样品，只依照词牌所规定的字句和平仄、用韵的样式来写作，人们称这为填词。

　　词依长短可以分为三类：五十八字以内的称为小令，五十九字至九十字的称为中调，九十一字以上的称为长调。侯蒙的《临江仙》词有六十字，是中调。

　　"临江仙"是一个词牌名，平常我们见到的"忆江南"、"鹧鸪天"、"菩萨蛮"、"沁园春"、"水调歌头"等等，也是词牌名。因为词的内容往往不与词牌的含义有联系，有些词人在词牌后再自拟题目，以概括内容、揭示主题。如苏轼的一首词为《江城子·密州出猎》，其中，"江城子"是词牌名，而"密州出猎"是词题，提示此词写的是在密州行猎的情景。

　　词有词牌，每一个词牌都有固有的字句、平仄和用韵的规范格式。依据不同的词牌，词有多种多样的定句定字方式。"篇有定句，句有定字，字有定声"。

　　词有"长短句"之称，句子依词牌要求而长短错落不齐，少则一言、二言，多则八言、九言以至十余言，而以三言、四言、五言、六言、七言为多。一般来说，句子长则声情较为舒缓婉转，句子短则声容较为急促拗峭。像《临江仙》上下阕，分别由两个七言句夹一个六言句、再加两个五言句组成，词句适中偏长，托物言志，形象生动，委婉讽喻。又如岳飞的《满江红》："怒发冲冠，凭栏处、潇潇雨歇。抬望眼，仰天长啸，壮怀激烈。三十功名尘与土，八千里路云和月。莫等闲、白了少年头，空悲切！……"，只看上阕，先是四言、

　　[①]　近体诗的定式：共有十六种，其中，五言绝句有四种基本定式，依此可以推演变化出五言律诗、七言绝句、七言律诗的其他十二种基本定式；此点可参看本书"近体诗鉴赏创作"一讲。

三言句夹杂、推进到两个七言句,再是三言、五言句交错,以短句为主,出奇语,倾壮怀,喷薄倾吐。显然,词的句式参差,奇偶相生[①],灵活有变,读来能给人以舒卷自如的错综美感。

篇有定句,句有定字。一首词中,句子[②]少的,只有四句,如唐朝皇甫松的《竹枝》词"山头桃花,谷底杏。两花窈窕,遥相应",全词仅一十四字。句子多的,则超过了四十句,如南宋吴文英的《莺啼序》有四十六句,共二百四十字。

词有着句数、字数的总的限定,但有时需要,词人也可重新断句,在字的总数不变或稍加改变的前提下,前后句的字数可以作相应的增减变化,甚至可把两句分为三句,或把三句并为两句。例如,同为《望海潮》词,结尾两句共十一字,柳永的词为"异日图将好景,归去凤池夸",前句六字,后句五字;秦观的词则为"无奈归心,暗随流水到天涯",前句四字,后句七字。此类句式字数的调整变化,也成为同一词牌,却有着正格、变格等多种体式的重要原因。

大多数词还分段,不过在词中一般不称"段"而称"片",也可在分两片时称"阕"。词以分两片的为多。不分片的词,称为单调。由两片组成的词称为双调,《临江仙》就是双调。还有由三片、四片组成的词,称为三叠、四叠,词作不多;三叠如《南陵王》、《瑞龙吟》,四叠如《莺啼序》。不管是分两片,或者分三片、四片,片与片之间,不过是暂时休整,若断若续,前后有着有机联系;数片合成,表达一个完整的意思。

单调的词都是小令,而且在小令中也是字数为少的,如《竹枝词》、《十六字令》等。短小的单调重复一次,也能成为双调。例如,《忆江南》又名《望江南》,本是小令,为单调,二十七字。白居易写有《忆江南》词:"江南好。风景旧曾谙。日出江花红胜火,春来江水绿如蓝。能不忆江南";只是单调。欧阳修把单调重复一次,就成了双调《望江南》:"江南蝶,斜日一双双。

---

① 奇偶相生:词中的奇字句、偶字句相互交错推进。
② 诗词中所指的"句",与语法中只有表达了较完整的意思才算一句的"句"的概念有所不同,习惯性把逗号处也称为一句;从句法角度看,有的实际上只是一个短语,有的却是复句结构。

身似何郎曾傅粉①，心如韩寿爱偷香②。天赋与轻狂。 微雨过，薄翅腻烟光。才伴游蜂来小苑，又随飞絮过东墙。长是为花忙。"

单调重复一次，前后两片的格式完全相同。还有虽不是单调重复、但前后同片的双调，如《浪淘沙》、《浣溪沙》、《虞美人》、《卜算子》、《南歌子》、《蝶恋花》、《渔家傲》、《生查子》、《苏幕遮》等词牌。举例来看，苏轼的《卜算子·别意》："水是眼波横，山是眉峰聚。欲问行人去那边？眉眼盈盈处。 才是送春归，又送君归去。若到江南赶上春，千万和春住。"上、下片字数、句式相同，用韵方式、平仄排列也相同。

双调既有前后同片的，也有前后不同片的。双调上、下片字句全异的，如《佳人醉》、《六丑》等，为数甚少。双调上、下片大部分相同而略有异的，且往往是在下片开始处稍稍改变音乐的节奏，因而就相应地改变了歌词的句式，使下片起始首句或前两句，与上片开始处字数不同或平仄不同；这叫作"换头"。如欧阳修的《阮郎归》："南园春半踏青时，风和闻马嘶。青梅如豆柳如眉，日长蝴蝶飞。 花露重，草烟低，人家帘幕垂。秋千慵困解罗衣，画堂双燕归。"此词上阕的第二、三、四句，与下阕的后三句句式完全一样，字数、平仄都相同。不过，看看起首句，上阕为"南园春半踏青时（———||——），是七言句，下阕起始句则为"花露重，草烟低（—||，|——）"，是由两个三言句组成。上、下阕起始句的字数、平仄并不相同，已然换头。此类写作时须换头的双调，还有《清商怨》、《一斛珠》、《望远行》、《思越人》、《夜游宫》、《阮郎归》、《忆秦娥》等词牌。

大多数词分两阕，甚至分为三叠、四叠，是有规则的分段。词分双阕，在内容上，上下阕通常被赋予不同的功能；两者之间产生了一次大的跳跃，让思维情感作了一个大的转换。譬如，上段提及的欧阳修的《阮郎归》，上片写春早大好之景，下片则言春昼伤感之人，以"双燕归"衬"慵困"的孤独失落，含蓄地流露出思妇怀人的情怀；两片之间有一个从踏青看美景到归来感失落的大的跳跃。全词善于写景，深于言情，情蕴景中，以景结情，余音袅袅；短短四十二字，内涵丰富，情景两得。

---

① 何郎傅粉：三国何晏，美姿容，面色白皙，仿佛搽粉。

② 韩寿偷香：西晋大臣贾充女贾午喜爱美男子韩寿，偷其父西域奇香送给了他。后贾充将女儿嫁给韩寿。

不仅片数、句数、字数,词的声韵节奏也自有其特点。词的用韵非常灵活,既可句句押韵,也可隔句或隔几句押韵;既可在偶数句押韵,也可在奇数句押韵。有时候,词的韵脚字甚至也可以相同。如宋朝林逋的《长相思》:"吴山青,越山青,两岸青山相送迎。谁知离别情! 君泪盈,妾泪盈,罗带同心结未成。江头潮已平。"此词句句押韵;上阕连用两个"青"字韵脚,下阕连用两个"盈"字韵脚,前后反复,能形象、真切地表达出一对情侣在分离时复杂的情感,读来并不感到重复累赘,反而增添缠绵缱绻之情。

词的用韵,不同于近体诗只限于用平韵,而是多种多样。在同一首词中,专用平韵、还是专用仄韵、抑或是平仄韵变换使用,词牌中都有具体的布局安排;填词用韵时,一定要按照词谱标示的平仄来办,不宜移易。多数词牌只允许选用同一韵部的字,一韵到底。其中,有些词牌只限用平声韵,如《渔歌子》、《忆江南》、《临江仙》、《望海潮》、《沁园春》等,其韵舒缓悠长,适宜表达欢快缠绵等心绪;以小令用韵为密,长调用韵为稀。还有些词牌只限用仄声韵,如《卜算子》、《醉花阴》、《鹊桥仙》、《踏莎行》、《雨霖铃》等,其韵曲折激越,多用以表达激愤、感伤等情怀;也是以小令用韵为密,长调用韵为稀。但有的词牌,既可专用平声韵,也可专用仄声韵;不过,两可之中,也有常见与罕见之分:用平韵较为常见的,有《浣溪沙》、《浪淘沙》、《声声慢》等词牌;用仄韵较为常见的,有《如梦令》、《忆秦娥》、《满江红》等词牌。

再则,有的词牌虽也是一韵到底,但同部的平韵、仄韵可以交相转换使用,如《西江月》、《渡江云》、《曲玉管》等。举例来看,辛弃疾的《西江月·夜行黄沙道中》"明月别枝惊鹊,清风半夜鸣蝉。稻花香里说丰年,听取蛙声一片。七八个星天外,两三点雨山前。旧时茅店社林边,路转溪桥忽见。"此词押韵的字同属《词林正韵》第七部,上片为平声"蝉"、"年"转仄声"片",下片为平声"前"、"边"转仄声"见"。

另有些词牌,不是一韵到底,而是选择不同韵部的字混合押韵的,有《南乡子》、《清平乐》、《相见欢》、《虞美人》、《菩萨蛮》、《更漏子》、《水调歌头》等。例如,李煜的《虞美人》:"春花秋月何时了,往事知多少。小楼昨夜又东风,故国不堪回首月明中。 雕栏玉砌应犹在,只是朱颜改。问君能有几多愁?恰似一江春水向东流。"依《词林正韵》韵部分类,上片的"了"、"少"为第八部仄韵,而后的"风"、"中"换为第一部平韵;

下片的"在"、"改"则变为第五部仄韵，紧接的"愁"、"流"则转为第十二部平韵。此词用了四个韵部，上片是两个不同韵部的仄平转押，下片是另外两个不同韵部的平仄转押。

平仄转韵，不管是选择不同韵部还是同一韵部的字，无论调式长短，其用韵皆比专用平韵或仄韵者为密；由于其韵有平有仄，平处舒展，仄处疾速，曲折多变，波浪跌宕，多用以表达心情较矛盾起伏、思绪较错综变化的内容，有时也可用于表现诙谐、幽默的情韵。

再看词的节奏。词与律诗的节奏有同也有异。词句中大多数为律句。律句就是平声和仄声交错使用的诗句，划分节奏以两字或一字为一顿。如侯蒙的《临江仙》词，全为律句，节奏可划分为：未遇／行藏／谁／肯信，如今／方表／名踪。无端／良匠／画／形容。当风／轻／借力，一举／入／高空。才得／吹嘘／身／渐稳，只疑／远赴／蟾宫。雨余／时候／夕阳／红。几人／平地／上，看我／碧霄／中。

字有定声，词句中每一字位是平声或仄声抑或可平可仄，词牌中都有着具体详尽的安排，依谱填词即可。不过，还须了解，词由近体诗发展变化而来，律句的平仄结构往往主导影响着词句的平仄变化。清代《钦定词谱·凡例》中指出："至词中句法如诗中五七言者，其第一第三字类多可平可仄，似不必拘。"再则，填词者若能了解词的句式、平仄、押韵与声情的关系，有益于依情选调。譬如，近人龙沐勋指出："大抵奇偶相生，平仄相间用之，隔句成韵，或三句用韵者，音节最为和婉；反是则为拗怒，为急切怨落之音。……在其平仄配合方面，例如上句平平仄仄，下句仄仄平平，相间用之，不相凌犯，斯为和婉。反是，则声情即多乖异……"①。

看看苏轼依《鹧鸪天》词谱写就的一首佳什：

林断山明竹隐墙，乱蝉衰草小池塘。翻空白鸟时时见，照水红蕖细细香。
—｜——｜｜—△｜——｜｜——△——｜｜——｜，｜｜——｜｜—△

村舍外，古城旁，杖藜徐步转斜阳。殷勤昨夜三更雨，又得浮生一日凉。
—｜｜，｜——△｜——｜｜——△——｜｜——｜，｜｜——｜｜—△

上述平仄标示，用"△"表示押平声韵，用"—"表示平声，用"｜"

---

① "大抵奇偶相生……"：选自龙沐勋《填词与选调》，张璋等《历代词话续编》下，大象出版社 2005 年版，第 997 页。

表示仄声。

此词调是从律诗演化而来,有点像一首七律,不过破第五句的七言为三言偶句,并增一韵;不过,翻看词学发展史上权威的《钦定词谱》,此词牌第一句的平仄却标示为"十十十十十十—",显得十分宽松,是因为不同的词家写首句时有不同的平仄安排,于是综合而定。苏轼词中七个律句,大致合乎律诗句间平仄相间、联内平仄相对、联间平仄相粘的规则,而且用的是比律诗稍密但舒缓悠长的平声韵,每阕前两句用韵后隔句成韵,较为和婉,因而适宜于表现雨后游赏时欢快、闲适心境,读来和谐悦耳感人。

再来看看有着激越声情的、辛弃疾的《南乡子·登京口北固亭有怀》:
何处望神州?满眼风光北固楼。千古兴亡多少事?悠悠。不尽长江滚滚流。
—丨丨——△　丨丨——丨丨—△　丨—丨———丨丨，——△　丨丨——丨丨—△
年少万兜鍪①,坐断东南战未休。天下英雄谁敌手?曹刘②。生子当如孙
—丨丨——△　　丨丨——丨丨—△　丨—丨———丨丨，——△　　丨丨——丨
仲谋③。
丨—△

此词五十六字,押平声韵,一韵到底,上、下片格式同。除"悠悠"、"曹刘"为两字句外,词中都是平声和仄声交错使用的律句。词中句子"奇偶相生",前后阕第二、三句为两个七言句,其平仄排列为"丨丨——丨丨—。—丨——丨丨",前后句平仄相粘,连读而显得拗怒;每片五句有四平韵,用韵较密,声情显得较迫促,因而适宜表达词人凭吊慨叹时那种缠绵激越、感怆雄壮的情感。

《鹧鸪天》、《南乡子》中有不少律句。词中律句间的平仄组合可粘可对,但也可以不粘不对,没有固定的标准,要依词牌中的平仄要求而定。譬如,苏轼的《鹧鸪天》的上阕语句的平仄组合"—丨——丨丨—△　丨——丨丨——△——丨丨——丨，丨丨——丨丨—",完全合乎律诗平仄粘对的规则。辛弃疾的《南乡子》除前后阕的第二、三句都为七言律句而在"相粘"外,其余前后为非齐言句,没有相粘相对。再则,句间的平仄粘对,就是在

---

① 兜鍪:dōu móu,俗语叫盔,此处借指士兵。
② 曹刘:曹操、刘备。
③ 孙仲谋:孙权字仲谋。

同一词牌中，有时也允许灵活使用。例如，翻看《钦定词谱》，同为《望海潮》词牌上阕的第四句、五句，柳永正体中写的是"烟柳画桥，风帘翠幕"（—｜｜—，——｜｜），前后句节奏点上的平仄是对立的。可是，在被誉为"金人乐府第一"的邓千江的词作中，此处写的却是"营屯绣错，山形米聚"（——｜｜，——｜｜），前后句的平仄却是相粘的。

词谱中有大量的律句，也还有不少的非律句，各有各的特点。例如，词有诗中没有的领句字：一字豆、二字豆、三字豆。多见的有"一字豆"，如"但、正、又、渐"等虚词，或者是"对、望、看、念、叹"等动词。作为领字，一字豆可以放在四字句前面构成五字句（上一下四式），领起全句，甚至可以领挈两个以上的对句和排句。如毛泽东的《沁园春·长沙》上阕："看万山红遍，层林尽染；漫江碧透，百舸争流。鹰击长空，鱼翔浅底，万类霜天竞自由。……"，其中的"看"就是一字豆，领起下面几句。划分节奏时，领字与后面几句应分开进行：仄∥仄平／平仄，平平／仄仄；仄平／仄仄，仄仄／平平……。词句中也有以两个字作为领句字的，如周邦彦的《水龙吟》中"章台路，还见褪粉梅梢，试花桃树"，"还见"是领句字。还有以三个字作为领句字的，如宋人晁补之的《摸鱼儿》中"最好是、一川夜月光流渚"，以"最好是"三字领句。

词中，五言、七言句中的非律句也有不少。譬如，宋人张元干的《石州慢》上阕末两句"梦断／酒醒时，倚危樯／清绝"，前句是前二后三的律句组合，而后句则是前三后二的非律句组合。再如，秦观的《鹊桥仙·七夕》上、下片的末句"便胜却／人间无数"、"又岂在／朝朝暮暮"，是前三后四的非律句组合。

诵读与填写词作时，要注意此类与律句不同的非律句的节奏特点与平仄组合。

词中也有对仗，不过不如律诗中间两联必须从语意、结构、平仄上都讲究两两相对那样严格。词的对仗形式比律诗要多一些、宽一些，既可以平仄相对，也可以平对平、仄对仄，还不避同字相对。如白居易《忆江南》中律句"吴酒一杯春竹叶，吴娃双舞醉芙蓉"，前后句第一字是重字，第四字"杯"是量词、而"舞"为动词，也可相对。又如毛泽东《沁园春》中词句"千里冰封，万里雪飘"，可以仄对仄，平对平，两个"里"为同字。还有，词中是否运用对仗，也比较灵活。词中有不少对仗句，根据意境创造的需要，只要上下句字数相同，作者就可以用对仗；若不想用，也可以不用。譬如，习惯上用对仗，《浣溪沙》下片第一、二句，像晏殊的"无可奈何花落去，似曾相识燕归来"，用了对仗；《水调歌头》下片第五、六句，如苏轼词"人有悲欢离合，月有阴晴圆缺"，用了对仗。但《康熙词谱》中这两个词牌的凡例中并没有明确规定此处一定要用对仗。又如，词谱列出的《满庭芳》词有两正体、五变体，只有黄体、赵体两变体后标明"前后段六七句俱用对偶，填者遵之"，但其余五体都没有提此要求，可以不用对偶。

综上所述，词打破了近体诗齐言、不分段、偶句押平声韵的传统，创造了长短交替、变化多端的句式、可层层展开的分片、灵活多样的押韵、对仗等方式，为较自由、委婉、别有韵味的抒情带来了较多的方便。

"词之言长"，词长于精细表现内心小天地，常以儿女情长，离情别绪、伤春悲秋作为题材。宋代以柳永、秦观、李清照等为代表，形成了婉转缠绵的婉约风格。翻看感人至深的婉约词作，"人人尽说江南好，游人只合江南老。春水碧于天，画船听雨眠"（韦庄《菩萨蛮》），"金作屋，玉为笼。车如流水马游龙"（宋祁《鹧鸪天》），"花自飘零水自流，一种相思，两处闲愁"（李清照《一剪梅》），"多情自古伤离别，更那堪，冷落清秋节"（柳永《雨霖铃》），"柔情似水，佳期如梦，忍顾鹊桥归路。两情若是久长时，又岂在朝朝暮暮"（秦观《踏莎行》）……这些纤柔善感、情韵悠长的词句，浸润着人间的旖旎繁华、无边风月，道尽了人世的悲欢离合、喜怒哀乐。

而以苏轼、辛弃疾等为代表，则形成了豪迈奔放、沉郁悲壮的豪放风格，留下了千古传诵的豪放词作："大江东去，浪淘尽，千古风流人物。"（苏轼《念奴娇·赤壁怀古》），"想当年、金戈铁马，气吞万里如虎"（辛弃疾《永遇乐》），"怒发冲冠，凭栏处、潇潇雨歇。抬望眼、仰天长啸，壮怀激烈"（岳飞《满江红》）"滚滚长江东逝水，浪花淘尽英雄"（明·杨慎《临江仙》），"羌管悠悠霜满地，人不寐，将军白发征夫泪"（范仲淹《渔家傲》）……这些金戈铁马、满怀壮志的词句，解说着人世的起落沉浮、岁月沧桑，揭示了生命中的雄浑悲凉、阳刚壮美。

无论是婉约还是豪放，那流传千古、穿越生命的词作，可以赋予我们生生不已的感动，唤起一种活泼开放的精神。作为中国古代文学史上散发着异香的一园奇葩，词"创调数百，列体盈千"①，虽"不能尽言诗之所能言"，但"能言诗之所不能言"②；既能发唱心志，意境开阔，气调宏远，也可委婉曲折，抒写幽细隐微之情，颇有表情达意的优势，为许多欣赏和创作传统诗词的人所偏爱。

【思考与练习】

一、下面是同以农历七月初七牛郎和织女按期相会的传说为题材的一首诗和一首词，从写作角度、命意和表现格式（体裁、句式、押韵方式等）几方面来比较，看看有什么相同和不同，并填写下列对照比较表的空白项目。

迢迢③ 牵牛星　　　　　东汉·无名氏

迢迢牵牛星，皎皎河汉女④。纤纤擢素手，札札弄机杼⑤。终日不成章⑥，泣涕零如雨。　河汉清且浅，相去复几许。盈盈一水间，脉脉不得语⑦。

鹊桥仙·七夕　　　　　宋·秦观

纤云弄巧⑧，飞星传恨，银汉迢迢暗度。金风玉露⑨一相逢，便胜却人间无数。柔情似水，佳期如梦，忍顾鹊桥归路。两情若是久长时，又岂在朝朝暮暮？

---

① "创调数百，列体盈千"：康熙年间，陈廷敬等奉命编的《钦定词谱》，即《康熙词谱》，有八百二十六个词牌，其中有的词牌由于字数、平仄有少许差别，以致分成若干个体式，所以就有了二千三百零六体，算是当时最完备的词谱。

② 王国维《人间词话》（删稿）第十二则说："词之为体，要眇宜修。能言诗之所不能言，而不能尽言诗之所能言。"

③ 迢迢（tiáo）：遥远。牵牛星：俗称"牛郎星"。

④ 皎皎：明亮。河汉：即银河。河汉女，指织女星。

⑤ 擢（zhuó：伸出。札（zhá）札：织布声。机杼：织布机上的梭子。

⑥ 章：红白相间的丝织品。

⑦ 盈盈：清澈、晶莹的样子。脉脉（mòmò）：含情凝视的样子。

⑧ 纤云弄巧：纤细的云彩变幻出许多美丽的花样来。

⑨ 金风：秋风。秋，在五行中属金。玉露：晶莹如玉的露珠，指秋露。

172

	迢迢牵牛星	鹊桥仙·七夕
写作角度	织女痛思牛郎，不得相见	
命意		赞美牛郎织女的执着爱情
表现形式	五言古诗，每句五字，共十句；两句一押韵，共四仄韵	

二、欧阳修有一首《蝶恋花》，写的是闺怨，景深情深意境深，耐人寻味，深得词人李清照"酷爱"[①]。全词如下："庭院深深深几许？杨柳堆烟，帘幕无重数。玉勒雕鞍游冶处，楼高不见章台路。　雨横风狂三月暮。门掩黄昏，无计留春住。泪眼问花花不语，乱红飞过秋千去。"

用"—"标示平声，"｜"标示仄声，先按普通话语音在草稿纸中标出全词的平仄组合；接着对照本书附录《常用的词中小令格律》中《蝶恋花》的词牌修正调整，找出并标示词牌规定的可平可仄处，用"十"表示。

而后熟读背诵此词，思考了解此词牌句式组合、平仄排列、押韵的特点，用数字填写下面的空项。

《蝶恋花》词分____片，共____句，____字，上、下片各____仄声韵，只有片中第____句不押韵，用韵较密。通篇有____句为七言，每片起始句用七言"独句"（独立意思的完整句）入韵，接着____言、____言两句，变换节奏，再复回七言____句作结，与律诗绝句结构韵味有所不同。此调以七言为主，四、五言夹杂，用仄韵较密，适宜表现词中_____的情感。

三、宋代俞文豹《吹剑续录》云："东坡在玉堂，有幕士善讴；因问：'我词比柳七何如？'对曰：'柳郎中词，只好合十七八女孩儿，执红牙折板，歌杨柳岸晓风残月。学士词，须关西大汉，执铁板，唱大江东去。'公为之绝倒。"　对话中的"柳郎中"指的是词家柳永，曾任屯田员外郎；"学士"即苏轼，字东坡。此段对话，形象地揭示了婉约派与豪放派词作风格的不同。

查找资料，阅读赏析对话中提及的下面两首词作，最好能背诵，以自己的水平，感知体味这两首词的意境，并说说为什么这两首词分别能代表婉约派、豪放派的不同风格。

[①] 李清照《临江仙》词序云："欧阳公作《蝶恋花》，有'深深深几许'之句，予酷爱之……。"

雨霖铃　　　　　　　　宋·柳永

寒蝉凄切，对长亭①晚，骤雨初歇。都门帐饮②无绪，留恋处，兰舟③催发。执手相看泪眼，竟无语凝噎。念去去，千里烟波，暮霭沉沉楚天④阔。　多情自古伤离别，更那堪，冷落清秋节！今宵酒醒何处？杨柳岸，晓风残月。此去经年，应是良辰好景虚设。便纵有千种风情，更与何人说？

念奴娇·赤壁怀古　　　　　　　　宋·苏轼

大江东去，浪淘尽，千古风流人物⑤。故垒西边，人道是，三国周郎⑥赤壁。乱石穿空，惊涛拍岸，卷起千堆雪。江山如画，一时多少豪杰。　遥想公瑾当年，小乔⑦初嫁了，雄姿英发。羽扇纶巾⑧，谈笑间，樯橹灰飞烟灭。故国神游⑨，多情应笑我，早生华发。人生如梦，一樽还酹江月⑩。

二　倚声填词寻本色　谋篇布局真功夫

本节要点

⊙填词须寻其本色　⊙选调命意觅词牌　⊙用心良苦慎择韵
⊙章法艺术重布局：情景融和　•过片灵巧　•切入变换
⊙金陵怀古桂枝香　⊙推敲修改终定稿

---

① 长亭：古代在交通要道边每隔十里修建一座长亭供行人休息。
② 都门：国都之门。这里代指北宋的首都汴京（今河南开封）。帐饮：在郊外设帐饮酒饯行。
③ 兰舟：古代传说鲁班曾刻木兰树为舟。这里用做对船的美称。
④ 楚天：楚地的天空。战国时长江中下游地区属楚国。此处泛指南方的天空。
⑤ 大江：指长江。风流人物：指杰出的历史名人。
⑥ 周郎：指三国时吴国名将周瑜，字公瑾。
⑦ 小乔：《三国志·吴志·周瑜传》载，周瑜从孙策攻皖，"得桥公两女，皆国色也。策自纳大桥，瑜纳小桥。"
⑧ 羽扇纶（guān）巾：古代儒将的便装打扮。羽扇，羽毛制成的扇子。纶巾，青丝制成的头巾。
⑨ 故国神游："神游故国"的倒文。故国：这里指旧地，当年的赤壁战场。神游：于想象、梦境中游历。
⑩ 一尊还酹（lèi）江月：古人祭奠以酒浇在地上祭奠。这里指洒酒酬月，寄托自己的感情。

诗词也有体裁之别，写诗填词务须寻其本色。

诗为心声。心中有了诗情画意要表达出来，若想要在语言铺排上有着音乐性，诵读起来能跌宕起伏，铿锵入耳，就必须讲究节奏、押韵、平仄排列组合，极力造成一种诗歌特有的和谐优美的文字声气，以形成语言的强大张力，辐射出心中的诗意。该时，若用古体诗、新诗的形式就难以如意，而应该选择能达到此种效果的格律诗词。

再进一步，若想要比较灵活贴切地表达心中的情意、特别是要抒发细腻曲婉的情感，并且在句式、押韵、平仄安排上，相对来说能自由活泼一些，就可以暂时放下有着整齐、对称稳定的结构的近体诗，而选择有着某种流动性的、更倾向于音乐性结构的词体。

词有着能长短交替变化的句式、可层层展开的分片、灵活多样的押韵方式、多种多样的平仄排列组合等特点与优势。

何况，相对于近体诗十六种基本格式来说，词有着二千三百多个格式，在表现不同的题材、表达不同的情感时，有着较大的可供选择的余地。既然有着这么多经过精心设计的现成图案，我们在做着编织锦绣情感的工作时，又何不有选择地使用呢？

斟酌比较，下决心写首词，要把心中的诗情画意转化为词作，就须先选调择韵，接着谋篇布局，而后倚声填词。

填词须先选调，选调离不开命意。你心中想要表达的画意诗情的主旨就是词意所在。意贵新颖，须脱俗创新，给人一种与众不同的感觉。意贵深远，可以从小景物、小事情入手，从中挖掘出深邃的意义。

有了要表达的情意，想要写首词，就须选调。词调是词牌的字句、平仄和用韵的格式的定式。选调就是要选择适宜的词牌。不同词牌的词调，因其句式组合、平仄安排、用韵规范有着不同的格式，从而能包容表现的情感也就有着不同。一般说来，词调中奇言句偶言句相间推进较为均衡、平仄大致相对相粘，用平韵而且隔句用韵者，音节较为和婉轻柔、软媚平静，一般适宜表达各种忧乐不同的往复缠绵的婉约情怀，像《忆江南》、《生查子》、《浣溪沙》、《少年游》、《鹧鸪天》、《临江仙》、《满庭芳》、《凤凰台上忆吹箫》等词牌，虽各具独自不同的特点，但共有此种特色；反之，词调中奇言短句排比推进，平仄不相间相对，多用仄韵或者是平仄转韵，用韵较密者，则为迫促拗怒、急切乖异之音，适宜表达悲苦幽怨、苍凉郁勃的沉雄豪迈情怀，

175

如《菩萨蛮》、《蝶恋花》、《破阵子》、《满江红》、《念奴娇》、《桂枝香》、《贺新郎》、《六州歌头》等词牌，虽各有不同，但共有如此特色。

要找到与自己所要表达的情意相吻合的词牌，这可以从专门汇集词调、编写成"词谱"的书中去寻找。如由清朝舒梦兰编撰、近人王新霞、杨海健注解的、人民文学出版社出版的《白香词谱》，就介绍了一百首名家词、一百种常用词调及词律解读，倚声者需要时可照谱填词。由商务印书馆出版的近人林克舒写的《词谱例析》，选择一百三十五个典型词调，从格式到风格特色进行了具体详细的解说，对选择某种词调适宜表现何种题材、何种情感有着较好的指引作用，可供写词的人学习、借鉴。本书《附录》中也有《一些常用的词谱》，方便初学者选用。

选择词调，也可以从原来熟悉的或临时阅读知晓的某些词牌的名作入手，细读斟酌，分析比较，总结出何种词调适宜于表现何种情感基调，从而选择与自己所要表达的情思相吻合的词调。这不仅是选调的需要，而且还可以成为如何谋篇布局的参考。显然，要感受某首词牌的特有的抒情情调与效应，要了解、把握词的句式、音韵节奏，最好的方式还是多"读"，有声有色地读，而且须熟读到能背诵。只有熟读深思，剖析精微，才能体察分明，有章可循。

选调还要考虑自己所要写的内容的分量，看适合于写成小令、中调还是长调。倘若要表达的内容单纯，只是写景叙事抒情，题意纤窄，当用小令或中调。如果要表达的内容丰富，题意宽大，须层层展开，自然应选择容量较大的长调。例如，写怀人之作，若想篇幅较短，有晏几道的《临江仙》（梦后楼台高锁）、秦观的《忆王孙·春闺》等可供参考；若想篇幅较长，有苏轼的《水调歌头》（明月几时有）、王质的《八声甘州·怀张安国》等可供参照。不过，对初学写词者说来，宜由易到难，由简到繁，循序渐进。可先选择较易填写的小令，或写景或叙事，抓住生活中的某一特定场景中感受最深的一点情感展开；因篇幅短小，难度不致太大。

填词选调时，或者稍后在布局斟酌时，也须考虑选韵，即选择自己要写的词当押何韵。这需要细心揣摩所参考的名作表达的情意与所用的韵部及韵脚字，看对你是否有所启发；或者考虑所要表达某种情意时适宜选用某些词语的需要，从而选择适合的韵部。选韵时，若能选择自己所熟悉的韵部，或选择词语较多的宽韵，遣词组句时，可供选择的余地就会大一些。

韵部关系到整个声情的变化，有的适宜表达豪壮激越的情感，有的适宜表达哀怨缠绵的情感，非得用心选用，才能恰如其分地把要表达的情意表现出来。本书专有《诗歌押韵》一讲，可供参考。

填词须选调择韵，也要讲究章法艺术。作词者须依据主旨的需要来谋篇布局，恰当地安排内容层次，形成自然而完善的结构，力求达到艺术上的完整与和谐，才能写出好词。

诗词离不开情景，情与景如何安排就成为写词时要考虑的重要问题。刘熙载在《词概》中说，"词或前景后情，或前情后景，或情景齐到，相间相融，各有其妙"；"总之，前半阕不可将意思说尽……后半阕须开拓说去……"[1]。

白居易写了《忆江南》："江南好，风景旧曾谙。日出江花红胜火，春来江水绿如蓝。能不忆江南？"开篇就表达出怀念中的赞颂之情，接着描绘春江水绿、日出花红的江南美景，结句又回到追忆之中，由情推景再入情，情景相融，这是短篇小令的一种简洁、灵巧的布局。

晏殊有一首《清平乐》："红笺[2]小字，说尽平生意。鸿雁在云鱼在水，惆怅此情难寄。 斜阳独倚西楼，遥山恰对帘钩。人面不知何处，绿波依旧东流。"上片倾诉怀友惆怅、书信难寄的情怀，下片描绘独倚远眺、遥山隔断的凄清景象。此词上片抒情，下片写景，情景融和。不过，在双调中，此类前情后景的写法并不多见。

范仲淹写了《苏幕遮》："碧云天，黄叶地，秋色连波，波上寒烟翠。山映斜阳天接水，芳草无情，更在斜阳外。 黯乡魂，追旅思，夜夜除非，好梦留人睡。明月楼高休独倚，酒入愁肠，化作相思泪。"上片写旅途所见到的山映斜阳、天水相接的苍茫秋景，下片由景引情，抒写无计消除的羁旅怀乡的愁思。这种前景后情、触景生情的写法，在双调中颇为多见。

"情景齐到，相间相融"，更是常见的一种布局方式。运用此种方式，倘若能达到情景互映、妙合无垠的高度，则能产生传世的佳作。且看，李白写的《忆秦娥[3]》一词："箫声咽，秦娥梦断秦楼月。秦楼月，年年柳色，灞

---

[1] "总之……"：见顾宪融《论词之作法》，载《历代词话续编》（上），大象出版社2005年版，第685页。

[2] 红笺：一种精美的小幅红纸，可用来写信、题诗。

[3] 秦娥：借指秦地（陕西一带）的女子。

陵[1]伤别。 乐游原上清秋节[2],咸阳[3]古道音尘绝。音尘绝,西风残照,汉家陵阙[4]。"此词上阕写春悲,一钩残月伴随着呜咽的箫声,秦娥"梦断"、勾起"柳色"、"伤别"的凄凉苦楚;下阕写秋叹,重阳节登乐游原望远,亲人的音信断"绝",在"西风残照"的古道上,映衬的却是衰危中的"汉家陵阙",思妇的凄苦悲叹融入故国兴衰、历史的消亡反思之中。这首短短四十六字的小令,情融入景,景化为情,情景妙合,时空几次流动转换,越转越深,堪为"百代词曲之祖"[5]。

《忆秦娥》是双调,上、下片的衔接过渡有何讲究呢?

双调的过片须承上接下,似断而实连。清人周济在《介存斋论词》中说:"或藕断丝连,或异军突起,皆须令读者耳目振动,方成佳制"。过片前后,"藕断丝连"者,《忆秦娥》就是如此。上片末句"灞陵伤别"有稍顿而不住之势,有如奔马收缰,尚存后面地步;下片首句"乐游原上清秋节",紧承上片"伤别"的春悲,扬鞭再起,延伸、推进到"音尘绝"的"秋"叹,再推到后面故国兴衰的感喟。至于过片"异军突起"的词作,往往感情比较激越,并非一般的语言换片,而是凸显情韵,往往在豪放词中出现,下面即将例举。

比起《忆秦娥》这样的小令来说,九十一字以上的长调篇幅较长,字数更多,尤要重视布局,在过片、开头、结尾处多有讲究,须衔接自然,开阖有方,做到层次井然,曲折变化。

让我们来看看、揣摩一下王安石创作长调《桂枝香·金陵怀古》的由来与讲究。

宋神宗熙宁年间,王安石出任江宁(今南京市)知府,与诗友们在深秋游赏金陵山水时,相约每人用《桂枝香》写一首词。

为什么要选用"桂枝香"来吟咏金陵山水呢?因为这个词牌是长调,容量大,适宜于抒写登临凭吊、借古论今、托物寄情等场景。词调以四言双节

---

[1] 灞陵:在今陕西省西安市东,是汉文帝的陵墓所在地。

[2] 乐游原:在长安东南郊,地势高,在唐代是游览之地。清秋节:指农历九月九日的重阳节,是当时人们登高的节日。

[3] 古咸阳在今陕西省咸阳市东二十里。唐人常以咸阳代指长安。

[4] 陵阙:皇帝的坟墓和宫殿。

[5] 南宋淳佑间黄升编集的十卷本《唐宋诸贤绝妙词选》卷一,选录了署名为李白的《忆秦娥》、《菩萨蛮》两首词,并云:"二词为百代词曲之祖。"

奏为主旋律,能够铺张排比,处处渲染,显示壮阔局面;选用仄韵,还有奇句、领字,下片换头以三、四顿独立意思句转折,显得突兀有力,并且上下片结尾各有三个四言句连排而下,分外流畅,气势十足,便于表达曲折深沉的情感。

对《桂枝香》词牌,作为诗词大家王安石,想来当时不是第一次写,并不陌生,也就不须用过多功夫对词调先作一番深入研究。可如果是新手上路、初次选此词牌,则需找来此调名家词作熟读背诵,用心研究体味词调平仄格式特色,而后才能谈得上去构思布局。

写什么呢?金陵即今南京市,六朝古都所在,作为政治家的诗人,登高观景,怀古思今,大可描绘所见金陵山水风光,感慨历史的变迁,朝代的兴亡。

诗人头脑中浮想联翩。或许,既然要慨叹历史,那么,与此有关的六朝兴亡的"延续"、成功与失败的"荣辱"、王公贵族对繁华奢侈的"追逐"等以仄声收住的词语,适宜于用到词中;再加上观赏景物要用的"目",能描绘群峰集聚的"簇",能形容草木颜色的"绿"等同韵的词语,引起了诗人选韵的思考、确定用古韵中的入声屋韵。

怎么写呢?构思一首词或诗,先要寻找切入角度,要找到既能开始写景,也便于展开抒情的起点。观赏古都山水的景貌,兴发怀古伤今的感喟,是登上金陵山所致,视野开阔,见识高远,"登临"、"凭高"正好成为全词的切入点。

于是,选用"登临送目"开头,笼罩全篇,接着由静景到动景,铺写西风晚秋时"凭高"所见的澄江、翠峰、征帆、酒旗、彩舟、星河的胜景,再以"画图难足"的赏赞,作为上片的收煞。下片则以"念往昔、繁华竞逐"相接,异军突起,由写景转入议论抒情,从追思历史再回到现实,慨叹六朝的繁华、悲恨、荣辱、至今的衰草、遗曲,暗寓谴责、伤时的感伤;最后以商女犹唱"后庭遗曲"作结,化用杜牧"商女不知亡国恨,隔江犹唱后庭花"的诗意,借古讽今,抒发深沉的感喟,余音绕梁。

有了整体的布局谋划,接着就要照谱填词,参照词调声韵的前后安排,遣词组句,用心琢磨、选择推敲,铸炼成篇。

"桂枝香"这个词牌,是双调,二十句,一百零一字,上、下片各五仄韵,用平水韵写作当用入声韵;倘用新韵,可用仄声韵。填词时必须合乎这些要求。

王安石的《桂枝香》依词谱填成,下面按照依唐宋名家词作规范而成的《康熙词谱》所标示的此词调的正体,标出这首怀古名作:

登临送目。正故国①晚秋，天气初肃。千里澄江似练②，翠峰如簇③。
　— +— + | ▲ | + | 　 + —　 ++— | ▲ + | — — | |　　 | — — | ▲
征帆去棹④残阳里，背西风、酒旗斜矗。彩舟云淡，星河鹭起⑤，画图难足。
+ — + | 　— — | 　 | — —　++— | ▲ | — + — + | 　+ — + | ▲
念往昔、繁华竞逐，叹门外楼头⑥，悲恨相续。千古凭高，对此漫嗟荣辱。
| + + 　— — | | ▲ | + | — +　 ++— | ▲ + | — —　+ | | — — | ▲
六朝⑦旧事随流水，但寒烟衰草凝绿。至今商女，时时犹唱，《后庭》遗曲⑧。
+ — + | — | — |　—— | ▲ + — + | 　+ + — +　 | — — | ▲

　　如今我们见到的这首词作，估计是经过诗人几番修改后的定稿。虽然我们无法见到《桂枝香》初创的原稿，进行比照、说明；但王安石对"春风又绿江南岸"中的"绿"是经反复推敲后才定稿的诗坛佳话，大约可以佐证这一点。一般说来，一首词的初稿完成后，还须推敲、修改：若有意脉不畅、词语不当的地方，应疏通、修正；若有字词、意思重复之处，要斟酌、取舍；若有不符合词谱声韵的要求的，须酌情改动。

　　王安石的《桂枝香》写成后，成为宋词中的名篇，据宋人杨湜《古今词话》记载，当时"金陵怀古，诸公寄调桂枝香者三十余家，惟王介甫为绝唱。东坡见之，叹曰：'此老乃野狐精也'。"

　　名家的佳作成为我们学习的榜样。要写成一首动人的好词，命意、选调、择韵、布局这四个问题，都须全面考虑、精心策划，而后才好照谱填词。

---

①　故国：旧时的都城，指金陵。

②　千里澄江似练：形容长江像一匹长长的白绢。语出谢朓《晚登三山还望京邑》："余霞散成绮，澄江静如练。"澄江，清澈的长江。练，白色的绢。

③　如簇：这里指群峰好像丛聚在一起。簇，丛聚。

④　去棹（zhào）：停船。棹，划船的一种工具，形似桨，也可引申为船。

⑤　星河鹭（lù）起：白鹭从水中沙洲上飞起。星河，指长江。

⑥　门外楼头：指南朝陈亡国惨剧。语出杜牧《台城曲》："门外韩擒虎，楼头张丽华。"韩擒虎是隋朝开国大将，他已带兵来到金陵朱雀门（南门）外，陈后主尚与他的宠妃张丽华于结绮阁上寻欢作乐。

⑦　六朝：东吴、东晋、宋、齐、梁、陈等六个朝代。

⑧　《后庭》遗曲：指歌曲《玉树后庭花》，传为陈后主所作。杜牧《泊秦淮》诗句："商女不知亡国恨，隔江犹唱《后庭花》"

选调择韵，谋篇布局，所写内容与要抒发的情感的意识流，要与词调用韵疏密缓急及句式长短组合的特色相契合，用语选词要恰到好处地为要表现的情景服务。概而言之，作词写诗有法，并无定法。水流自行，云生自起，贵乎自然；用苏轼在《答谢民师书》中的话来说，就是"常行于所当行，常止于不可不止"。

【思考与练习】

一、填词选调，须考虑词调的句式平仄用韵情况与表情达意的关系。下面是"十首词调格式特色与情怀表现一览表"，表中有十二个单元格空缺，请从下列可选项中选择适当的内容，填入表格之中。有关词牌特色与名作的选项填空，可参考本书附录《一些常用的词谱》，或者是自找有关资料。

可选词牌：《满江红》《临江仙》《鹧鸪天》

可选"句式平仄用韵情况"：A、上下片各五句，六十字，三平韵。七言、五言律句为主，夹六言变化，用韵不密。B、一百零一字，上下片各十句、第二句为领字句。多用四言句。有五仄韵，古用入声韵。C、八句律句八韵，四十四字，两个七言句相粘，六个五言句大致相对相粘，平仄韵转换，急促转低抑。

可选"词调特色"：D、摇曳多姿，婉约缠绵，调名含蕴美好吉祥意。E、音节高亢，纵横豪壮，尽兴发挥。F、音节和婉，有起伏。另有仄韵格。

可选："适宜写作"：G、可表幽峭情、可抒缠绵意。宜于抒情言事。H、抒豪壮情感与恢宏襟抱。另有平韵体，抒低沉感情。I、写小景，抒柔和美好之情。

十首词调格式特色与情怀表现一览表

词牌	本调名作	句式平仄用韵情况	词调特色	适宜写作
忆江南	白居易"江南好"	单调，五句二十七字，三平韵。三言突兀，五言搭配，七言两律句对仗，再独句收起。	和谐流畅，明快上口。	
	晏几道"彩袖殷勤捧玉钟"	双调，九句五十五字，六平韵。通篇似七律，只是第五句变为三、三言。	严整又有变化，音韵和谐，宜言情。	可述怀、酬答、赠别、咏物、写景等。

词牌	本调名作	句式平仄用韵情况	词调特色	适宜写作
菩萨蛮	李白"平林漠漠烟如织"		用韵极密，声情前后跌宕。	借景抒情、思乡怀远，托物言志，可刻画心理。
浣溪沙	晏殊"一曲新词酒一杯"	六句七言律句，四十二字，五平韵。上下片首联平仄对仗，第三句平仄同第二句，独立句入韵。		可写闲情、艳情、怀远、赠别、村景、咏物等。
	苏轼《临江仙·夜归临皋》		音节和婉平缓，格局规整。	能写景抒情，怀人忆旧、送别伤怀、羁旅苦役。
蝶恋花	柳永"伫立危楼风细细"	共六十字，上下片各五句四仄韵，先用七言句金鸡独立，接四言、五言两句，复以七言一联作结。	仄韵较密，平仄相间，和谐拗怒。	
满庭芳	秦观"山抹微云"	长调九十五字，上下片各十句四平韵，以对偶四言句携六言句起式。也有如秦词过片处前两字断句增一韵者。		可描绘绮丽景色，抒发积极乐观心态。
	岳飞"怒发冲冠"	九十三字，上片八句四仄韵，下片十句五仄韵，古韵用入声韵。多用顿号有曲折顿挫感，又多用对偶句呈奔放之势，矛盾统一。	繁音促节，音律拗折，激越雄浑，慷慨悲壮。	
念奴娇	苏轼"大江东去"	一百字，上下片各十句、四仄韵，古用入声韵。以四言、六言为多，三、五、七言夹杂，用韵较稀。		适于写豪放激昂之情，亦可作悲壮苍凉之调。
桂枝香	王安石"登临送目"		奇偶相生，调式整齐，声情激壮。	可登临凭吊、借古论今、托物寄慨等。

二、"鹧鸪天"词牌，双调。上阕四律句，浑似七绝"仄起首句入韵式"；下阕除过片处为三字两句"平仄仄、仄平平"、增一韵外，余三句与上阕后三句平仄格式相同。该词词谱详见本书附录"常用词谱"中的第255页。凡熟悉律诗者，用此调为即兴之作则十分顺手。

此调既有律诗之严整，又插入长短句之参差，是为言情之佳作；可用于写景、咏物、述怀、赠别等诸多题材，名作颇多。譬如，苏轼的《鹧鸪天》"林断山明竹隐墙"，描绘了一幅夏日雨后的农村小景，抒写了雨后随意游赏的闲适心境。李清照的《鹧鸪天·桂花》，以群花作衬与梅花作比而盛赞桂花，抒发自己的幽怨之情，笔法巧妙。晏几道的《鹧鸪天》"彩袖殷勤捧玉钟"，写久别重逢、犹恐梦中的情感经历，抒情曲折深婉，妙绝无比。辛弃疾的《鹧鸪天·送人》，由送别的"离""悲"引申到人间"行路"的险恶，立意不俗，超出常境。

　　选择"鹧鸪天"词牌，自选熟悉的适当题材，或述怀、或赠别，或写景、或咏物，写一首五十五字的词作。

　　三、九十一字以上的长调，比小令、中调的篇幅要长，能容纳的内容更多，可写景咏物叙事抒情，更适合表现复杂多样的社会生活。譬如，毛泽东的《沁园春·长沙》写景忆旧，抒发了"到中流击水，浪遏飞舟"的豪情壮志；苏轼的《水调歌头》（明月几时有）望月思亲，表达了"但愿人长久，千里共婵娟"的美好愿望；柳永的《雨霖铃》（寒蝉凄切）叙离别伤怀，抒发了缠绵悱恻，凄婉动人的离情别绪……

　　相比中调小令，长调更要讲究谋篇布局。如何填写一首长调？下列写词的步骤可供参考：静下心来，先想想："写什么？"要写的应是自己感触很深的情与景。确定下来后，考虑的就是："怎么写？"围绕这一问题展开来思考，首先应找好切入点，确定主题，选择情景；同时要寻找适合表达自己情感的词牌，熟读背诵名作，谙熟其写法。接着是研究词牌，为要写的词谋篇布局。尔后是依声填词，遣词组句：事先或写作途中选择出要用的韵部，依照句数、字数、平仄、押韵的要求，来选词组句，描绘所选景物，表达自己的思想情感，组成一首词。词写成后，还须推敲修改，最后定型。

　　试挖掘、选择自己感触特别深的，当前或过去曾经激起过感情浪花的景观、事件，自定题材，自选情景，挑选一首九十一字以上的、适合表达你的情感需要的词牌，填写一首长调。

　　用心写好后，自己读几遍，修改。再交流，征询别人对词作的意见，再行修改定稿。然后发送到微信上的朋友圈内，若评价好可投稿争取刊登。

第十三讲　散曲鉴赏创作

一　率真通俗元曲美　衬字通押可重韵

本节要点

⊙一代文学看散曲　　⊙率真通俗，诙谐风趣
⊙不避俚俗，白描直抒　⊙韵密重韵，平仄通押
⊙灵珑变化，可加衬字

"唐之诗、宋之词，元之曲，皆所谓一代之文学"[1]，元曲，与唐诗、宋词比肩同辉，成为我国古代文学艺术发展史上的又一座高峰。

元代盛行的是建立在北方音乐、方言基础上的北曲。后世多以北曲泛指元曲。元曲有剧曲与散曲的区分。剧曲是戏剧中连缀而成的套曲，用来表演故事，专在舞台上演出。而散曲适宜于清唱、吟咏，无须戏剧中的"宾白"（自说、对话）、"科介"（动作）配合。虽然包含了音乐成分，但在元明时期，散曲已逐渐成为一种独立的诗体，有许多作家从事创作，形成中国诗歌史上一道独特的风景。

散曲，受到人们的欢迎，为不少文人所喜爱。因其率真通俗，诙谐风趣，"曲尽人情也"[2]。

曲和诗词一样，可以写景、咏物、叙事、抒情与议理，要求押韵、合律、规范。不过，诗词向来崇雅鄙俗，具有婉曲美。而曲则不忌谐谑浅俗，呈现率真美，

---

[1]　"唐之诗……"：引自王国维《宋元戏曲史》第十二章"元曲之文章"，华东师范大学出版社，1995年版。

[2]　"曲尽人情也"：引自陈继儒《秋水庵花影集叙》。

能"摹写胸中之感想,与时代之情状,而真挚之理,与秀杰之气,时流露于其间"[①]。拿同样是揭示封建皇帝的丑态、窘境的诗词曲来比较。"纵酒疏狂不治生,中阳有土不归耕。偶因世乱成功业,更向翁前与仲争"[②],是诗;虽对刘邦进行辛辣嘲讽,但讽刺内敛,还算含蓄,态度庄重。"雕栏玉砌应犹在,只是朱颜改。问君能有几多愁,恰似一江春水向东流",是词;薄命君王悲情倾诉,怅恨叹惋,但也只是对景抒怀,比兴感慨,欲言又止,也算婉曲。"少我的钱差发内旋拨还,欠我的粟粮中私准除。只道刘三,谁肯把你揪捽[③]住?白甚么[④]改了姓更了名,唤做汉高祖",是《高祖还乡》套曲中的片语;通俗率直,诙谐有趣,没有一点诗词中的婉曲含蓄。一个粗俗低下的乡民竟公然向拥有天下的皇帝讨债,还敢拿皇帝死后的封号"汉高祖"开玩笑,居然称皇帝为"刘三",用土话说要"揪捽住"、"白甚么"……,其大胆非礼之至足以让人噤口咋舌,真是泼辣淋漓,嬉笑嘲骂达到极点。

散曲喜用方言土语,不避俚俗;多用白描铺叙,直抒胸臆,以说尽说透为佳。为诗词创作避而远之、让人摇头嗤鼻的不登大雅之堂的题材内容,却能堂而皇之地出现在散曲中,化丑为美,以此为趣。元人兰楚芳的《四块玉·风情》表现的是一个自称"事事村(粗蠢)"的姑娘的爱情观:"我事事村,他般般丑。丑则丑村则村意相投。则为他丑心儿真,博得我村情儿厚。似这般丑眷属,村配偶,只除天上有。"此曲中"村"、"丑"配对,无法与郎才女貌的传统佳配美眷相比较,让文人雅士不屑一顾;不过,貌"丑"心却"真",人"村"情倒"厚",这种情投意合的爱情,"只除天上有",以此傲视世间只重门第、金钱、外美而缺乏真爱的可叹婚姻。

散曲受到人们欢迎,为文人所喜爱,还因为其灵珑轻快,可伸缩变化,具有诗词没有的特点、优势。

散曲与词都是长短句,都讲究平仄声韵,都有着能取得和谐或拗怒效果

[①] "摹写胸中之感想……":引自王国维《宋元戏曲史·序》,华东师范大学出版社,1995年版。

[②] 见宋代诗人张方平诗《题沛县高祖庙》。"中阳"是刘邦的故里,"仲"是他的二哥。刘邦做了皇帝后,曾对父亲说:"始大人常以臣无赖,不能治产业,不如仲力。今某之业所就孰与仲多?"

[③] 捽(zuò):紧紧地抓。

[④] 白甚么:为什么。

的句式韵律的不同组合，有时几乎难以分辨。然而，词的字数与句式是相对稳定的，一般不能随便再加字；而曲可以依据表达的需要在曲牌规定之外适当增加字数，那些另加的字叫作衬字。能否加衬字，成为曲与词最明显的区别，也是曲能伸缩变化、灵活表达的最大优势。

要了解这一区别，弄清衬字，下面将同为"庆东原"曲牌的两首曲先后放进曲谱①里进行对比。先看第一首曲与曲谱。

庆东原·江头即事　　　　　　　　元·曹德

——｜，｜｜上▽ ＋—＋｜ ——去▲ ＋—｜ 上▼ ＋—｜ 上▼ ＋｜—
低茅舍，卖酒家，客来旋把朱帘挂。长天落霞，方池睡鸭，老树昏
—△＋｜｜ ——，｜｜——去▲
鸦。几句杜陵诗，一幅王维画。

"庆东原"是曲牌名，"江头即事"是曲题。曲谱中，用"—"表示平声字，用"｜"表示仄声字，用"＋"表示可平可仄；用"△"表示押平声韵，用"▲"表示押仄声韵。用"去"表示去声字，"▲"表示去声韵；用"—"（可上）表示平声字也可为上声字，"▽"表示押平声韵也可押上声韵；用"上"（可平）表示为上声字也可为平声字，"▼"表示押上声韵也可押平声韵。

此曲共三十五字，与曲谱规定的字数完全一样。前后八句，有六句押韵，其中四句末字"家"、"霞"、"鸭"、"鸦"押平声韵，二句末字"挂"、"画"押去声韵；平仄交错押韵，一韵到底。

曲用韵相对较密，要求句句押韵的曲比词要多得多。曲一般只能一韵到底，大多数曲牌在规定处可以平仄通押；而词牌中只有少数词可以平仄通押，有的词中途可以换韵。

值得注意的是，为什么曲谱中存在去声韵呢？为什么有的地方允许平声与上声通用呢？

元代周德清写成《中原音韵》，把汉字声调分为平、上、去三声，平声又分阴平、阳平，成为人们写曲用韵的依据。在元曲里，有些曲牌如《人月圆》、《鹊踏枝》等，只分平仄，不分上声、去声；但另有些曲牌在有的地方，

---

① 曲谱：此指上海古籍出版社1981年2月版、当代词学大师唐圭璋先生编写的《元人小令格律》中的曲谱。

特别是在末句韵脚字上,却要严格区分上声与去声。像以上例曲中第三句"客来旋把朱帘挂"、结尾句"一幅王维画"的末字"挂"、"画"为去声,就不能随意换成其他声调的字。

并且,元代人认为上声韵比较接近平声韵,所以有时上声韵与平声韵可以通押。例如,同为曹德写的另一首《庆东原·江头即事》:"闲乘兴,过小亭,没三杯著甚资谈柄?诗题小景,香销古鼎,曲换新声。标致似刘伶,受用如陶令。"曲中的第四、五句末字"景"、"鼎"为上声,而上文例曲四、五句"长天落霞,方池睡鸭"的末字"霞"、"鸭"则为平声,这说明按曲谱规定此两处既可为平声韵也可为上声韵。

要强调的是,何处为韵脚,韵字应是平声还是上声或者是去声,何处平声与上声可通用,在曲谱中都有规定;要照谱填曲,不能想当然地随便处理。

以上列举了《庆东原·江头即事》,弄清了曲谱的有关知识,下面把另一首同曲牌的曲也试着放进曲谱里,看看有什么变化。

庆东原·次马致远先辈韵九篇　　　　　　元·薛昂夫

——|,　||—▽　+—+|——▲+|—|上▼
*已挂了*齐王印,*不撑开*范蠡船。*子房* 公 身退何 曾缠, 不 思保全,
+||—▼　　+|——△　+||——,　||——去▲
不防未然,*划地*①据位专权。*岂不闻*自古太平 时,不许将 军见。

庆东原·江头即事　　　　　　　　　　　　元·曹德

——|,　||—▽　+—+|——去▲+|—|上▼+|—|上▼
低茅舍, 卖酒家, 客 来 旋把朱帘挂。长 天落 霞, 方 池睡鸭,
+|——△+||——,　||——去▲
老树昏鸦。几句杜陵 诗, 一幅王 维 画。

与曹德的《庆东原·江头即事》比较,薛昂夫的这首曲,写了四十七字,除了曲谱中规定的三十五个正字以外,还分别在句子前添加了用小号斜体标出的"已挂了"、"不撑开"、"子"、"划地"、"岂不闻"等十二字,这就是人们所说的"衬字"。此曲第三句末字用平声押韵,与曲谱中标示的

---

① 划(chàn)地:副词,无端地,怎地。

去声押韵有异，算是作者当时可能找不到更好的去声替换字而只好如此的特例。

除了在句前，还可以在句中添加衬字。试把元人兰楚芳的《四块玉·风情》放入曲谱中：

　　　　＋｜—，——｜▲｜　｜—　—｜——△＋—＋｜　　　　—
　　*我*事事村，*他*般般丑。丑*则*丑　村*则*村意相　投。*则　为　他*丑*心儿真，博得我*村
—　｜▲　　＋｜—，＋｜—▽　　＋去—▽
情*儿*厚。*似这般*丑眷属，村配偶，*只除*天上有。

此小令正格二十九正字，兰楚芳加了十六衬字。其中，在第二句、第三句中间，各加了一个"则"字"；特别是把正格的第四句的一句七字变为二句十四字，在句中添加了"心儿真，博得我"、"儿"等七个衬字。

衬字不受曲谱的字数、平仄限制，可以补充正字语意的缺漏不足，起到修饰、润色、扩充或限制等作用，使曲作内容更完整充实，语言更周密丰富，或者使字句与音乐旋律更加贴合。制曲者使用不受格律限制的衬字，行文用笔有了较大的灵活性，能更好地表情达意。

曲中，衬字是否增添、在何处可增添，在曲牌格律中并未注明。一般说来，小令衬字少，套数衬字较多。至于哪些句子用衬字，每句要用多少个衬字，没有一定之规。衬字不讲平仄，可以衬一字到衬几十字，但以衬三、四字为常见。一般用于句首或句中，不能用于句末或停顿处，尤其是不能用作韵脚。在曲谱中衬字常用小字侧写。创作时，要依据描摹景色情态或修饰事物或补足语气的需要、参考前人增添衬字的先例来灵活而定。要注意合乎句读句法，不害文理。

曲可衬字，某些曲调还可以在规定的句数之外增加句子。例如，张可久的《折桂令·九日》"对青山强整乌纱。归雁横秋，倦客思家。翠袖殷勤，金杯错落，玉手琵琶。人老去西风白发，蝶愁来明日黄花。回首天涯，一抹斜阳，数点寒鸦"，前后共十一句，为"折桂令"曲牌的常格。可同一作者的另一首《折桂令·酸斋学士①席上》"岸风吹裂江云，进一缕斜阳，照我离樽。倚徙西楼，留连北海，断送东君②。传酒令金杯玉笋，傲诗坛羽扇纶巾。

---

① 酸斋学士：贯云石，号酸斋，元代散曲家。
② 东君：在楚辞屈原《九歌》中指"太阳神"，此处指太阳。

惊起波神，唤醒梅魂。翠袖佳人，白雪阳春"，却有十二句，在末句增加了一个四字句。而作者的另一首《折桂令·西陵送别》"画船儿载不起离愁，人到西陵，恨满东州。懒上归鞍，慵开泪眼，怕倚层楼。春去春来，管送别依依岸柳；潮生潮落，会忘机①泛泛沙鸥。烟水悠悠，有句相酬，无计相留"，竟有十三句，在末句增加了两个四字句。"折桂令"曲作最多可增至十七句；《南北词简谱》注称：此调"句字不拘，可以增损"，"增句多在末句增仄仄平平四字句数句"。

增句与衬字一样，可以较大地增加曲作的表现空间和容量，便于作者发挥才情，丰富作品内容。学写曲作，要想增句，可参照前人名曲作品。不过，要注意的是，增句虽无严格规律，但也不能随心所欲，只能限于少数曲牌。周德清《中原音韵》列有"句字不拘可以增损者一十四章"，特意指出"端正好"、"货郎儿"、"煞尾"、"混江龙"、"后庭花"、"青哥儿"、"草池春"、"鹌鹑儿"、"黄钟尾"、"道和"、"新水令"、"折桂令"、"梅花酒"、"尾声"等为可增句的十四支曲牌。

除了可用衬字、少数曲调可增句以外，曲比诗词要灵活的地方，还不忌重韵。

少数词谱也允许在规定的地方用同一字重复为韵，可曲却允许在格律规定之外重韵。例如，"叨叨令"曲牌中没有重韵的规定，可元人周文质的《叨叨令·自叹》中的一首："筑墙的曾入高宗梦，钓鱼的也应飞熊梦，受贫的是个凄凉梦，做官的是个荣华梦。笑煞人也么哥，笑煞人也么哥，梦中又说人间梦"，作者自主选用"梦"这一韵字多次重复，用来突出主题，反复强化作者对世事的洞悟与对现实混浊的失望。曲中"也么哥"是语尾助词，无义，在曲谱中是规定的固定格式。

曲也讲对仗，与词的要求相近，却没有律诗中颈联与颔联必须用对仗那么严格。有些曲谱并未注明何处要用对仗，可有的作家也在句式整齐的双句或数句处用了对仗。有的曲谱中注明了此处彼处要用对仗，可有些作家的曲作却并未用对仗。例如，《南北词简谱》②依张可久《普天乐·暮春即景》曲一二、三四、五六句及末三句分别用了对仗的例子，指出"通首对偶颇多，句法须依次定格"；可是，张养浩的《普天乐》："楚《离骚》，谁能解？

---

① 忘机：忘却心机；意为淡泊名利，不陷于世事俗务，有出世隐逸之意。
② 《南北词简谱》是近代戏曲理论家吴梅先生"竭毕生之精力"编写而成。

就中之意,日月明白。恨尚存,人何在?空快活了湘江鱼虾蟹。这先生畅好是胡来。怎如向青山影里,狂歌痛饮,其乐无涯",小令中除了五六句"恨尚存,人何在"用了宽对以外,其余句子并未用对仗。

一般说来,曲的对仗,和词一样,既可平仄相对,也可同声相对,还可同字(词)相对。如张养浩的《双调·雁儿落兼得胜令·退隐》一曲中,"倚杖立云沙,回首见山家"是同声相对,"野鹿眠山草,山猿戏野花"是平仄相对,而"云来山更佳,云去山如画"中"云"、"山"是同字相对。曲常用的还有"鼎足对",即以三句为一组,互为对仗,能淋漓尽致地刻画事物。例如,上段提起过的张可久的《普天乐·暮春即景》的末三句"斜阳落霞,娇云嫩水,剩柳残花",就是鼎足对。

综上所述,用韵较密、一韵到底,有时仄声要分上声与去声,此为散曲格律有些严格甚而叫人有时难以下笔的原因。但是,散曲可在曲牌之外增加不考虑平仄的衬字、平仄有时可以通押、可以重韵、对仗较为多样并不严格,这又是散曲较为宽松的地方甚至是独有的优势所在。

【思考与练习】

一、浏览下面的一览表,依据本讲内容与平日所学,填写表内加"＿＿"的空白内容。

诗词曲异同比较一览表

	相同点	格式规范	句式特色	用 韵	风 格
散曲	都可写景、咏物、叙事、抒情与议理;都要求押韵、合律、规范。	有曲牌,＿＿＿＿	参差美,规范的长短句,还可加＿＿＿＿。	一韵到底,有些平仄可互押。韵字可重复。	不忌谐谑浅俗,＿＿＿＿呈现率真美。
词		有词牌,定句定字,可分片。	参差美,规范的长短句。	一韵到底:专用平韵、专用仄韵,或平仄韵交换用;不同韵部平仄换用	有＿＿与＿＿两大派别。长于细腻深长的抒情,贵典雅。
律诗		十六种基本定式,不分段,只有四句或八句。	句式整齐,每句限＿、＿＿言。	只能用＿＿韵。	有庄重美。讲究温柔敦厚,含蓄蕴藉。

190

二、与词相近，散曲也是长短句，讲究平仄声韵；不同的曲牌，有着不同的平仄声韵的组合规则。

元代张养浩写有《山坡羊·潼关怀古》曲："峰峦如聚，波涛如怒，山河表里潼关路。望西都，意踌躇。伤心秦汉经行处，宫阙万间都做了土。兴，百姓苦；亡，百姓苦！"这是元代散曲中思想性、艺术性完美结合的名作，在怀古之作中韵味最为沉郁，情感色彩最为浓重。

背诵此曲，参考本书附录《一些常用的曲谱》中的《山坡羊》的曲谱解说，了解其平仄声韵组合的特色，品读其韵味，赏析曲作。然后谈谈此曲表现了何种难得的沉重的情感，又是如何来表现的。

二、下面有三首《中吕·普天乐》曲，请对照曲谱分析，试指出其中有哪几首用了衬字、用了哪些衬字。

普天乐·西山夕照　　　　　　元·徐再思

晚云收，夕阳挂，一川枫叶，两岸芦花。鸥鹭栖，牛羊下。万顷波光天图画，水晶宫冷浸红霞。凝烟暮景，转晖老树，背影昏鸦。

普天乐·旅况　　　　　　元·王仲元

树杈丫，藤缠挂。冲烟塞雁，接翅昏鸦。展江乡水墨图，列湖口潇湘画。过浦穿溪沿江汉，问孤舟夜泊谁家。无聊倦客，伤心逆旅，恨满天涯。

普天乐·咏世　　　　　　元·张鸣善

洛阳花，梁园月，好花须买，皓月须赊。花倚栏干看烂熳开，月曾把酒问团圆夜。月有盈亏花有开谢，想人生最苦离别。花谢了三春近也，月缺了中秋到也，人去了何日来也？

《普天乐》曲谱：

|+一，——|▲+一+|，+|——△+|—，——|▲+|—————+▲+——+|——△+|+，+—+|，+|——▽（可上）

注：曲谱中，用"—（可上）"表示平声也可为上声。用"▽"表示押平声韵也可押上声韵。

二　小令套数样式多　散曲新作看今人

本节要点

⊙寻常小令加幺篇　　⊙重头小令反复填
⊙宫调曲牌曲题分　　⊙小令连体带过曲
⊙套数组曲有尾声　　⊙今人也能赋佳曲

散曲玲珑轻快，可伸缩变化，而且体式多样，既有一调独立、可单片可组曲的小令，也有数调组合、可长可短的套数。创作者可以依自己的需要，或作速写式的即兴小品，或作畅所欲言的鸿篇巨制，有较大的选择余地。

散曲分为小令和套数两大类。散曲中的套数，在剧曲中习惯称为套曲，指的是由同一宫调中包含尾声在内的由若干支曲牌按一定顺序连缀而成的组曲。散曲中的小令，指的是能表达一个完整意思的单支独立的曲子，这不同于词中的小令只是指词谱中五十八字以内的短词。曲中小令通常只有一段，称为寻常小令。但也有根据一定的规则组成的特殊形式：若是连续使用同一曲牌填写，第二首重复的小令不标出曲牌名而称之为"幺篇"；若重复两次以上、由三首以上的同一曲牌组成的曲作则称为"重头小令"；若是将两支或三支曲调连缀而成为一支新的曲调则称为"带过曲"。

寻常小令相当于诗一首或词一阕的篇幅，大多短小精悍，直言灵巧，便于表情达意。看看元人阿鲁威的《蟾宫曲》："问人间谁是英雄？有酾酒临江，横槊曹公[1]。紫盖黄旗[2]，多应借得，赤壁东风。更惊起南阳卧龙，便成名八阵图中。鼎足三分，一分西蜀，一分江东。"此小令只有五十四字，咏史怀古，大开大合，再现三国英雄曹操、周瑜、诸葛亮的历史风采与英雄业绩，表达

---

[1] 酾（shī）酒临江：洒酒于江，以示凭吊。槊（shuò）：杆儿较长的矛。古代兵器。曹公：指曹操。

[2] 紫盖黄旗：指云气。古人附会为王者之气的象征。

了追慕古贤的宏愿，实属灵巧精悍的作品。

表情达意，若嫌寻常小令篇幅短小，也可以用寻常小令的同一曲牌重写一次，写成的第二首曲称为幺篇。例如，元人张可久写了一首咏重九的单调曲《风入松·九日》："琅琅新雨洗湖天。小景六桥边。西风泼眼山如画，有黄花休恨无钱，细看茱萸一笑，诗翁①健似常年。"同样是表达安贫自然、不慕富贵的情怀，元末明初的汤舜民用这个曲牌连写两次，写成《风入松·寓意》的曲："杜鹃啼过落花多，天气近清和。道人②不管公家事，一樽酒抚掌而歌。吞海壮怀寂寞，看山老眼摩挲。 六龙飞去迅如梭，谁挽鲁阳戈？百年半逐云飞尽，青山旧白发婆娑。但得石田茅屋，休言金谷铜驼。"

同是《风入松》，张可久写的曲是单片，可称为寻常小令。汤舜民的曲，由于加了幺篇，有了句数与声韵平仄完全相同的上、下两片。纵向比较，后者与宋代词牌《风入松》分两片、平仄句式组合完全相同的格式要求是一样的；这是词大多分片的特点在曲中的遗迹。

幺篇与前篇的格律，多见的是完全相同，但也有的幺篇改变了前篇头部一句或几句的格律，这称作换头。例如，元人赵雍的《人月圆》"人生能几浑如梦，梦里奈愁何。别时犹记，眸盈秋水，泪湿春罗。 绿杨台榭，梨花院宇，重想经过。水遥山远，鱼沉雁渺，分外情多"，幺篇换头，将前篇首二句七言、五言改为四言三句。探其渊源，"人月圆"既是曲牌名，也是词牌名，两者的格律完全相同，词调直接变为了曲调，换头也随着承继过来。

曲是由词演化而来。虽然有的小令曲牌名与词牌名称完全相同，但是，就平仄声韵句式而言，有的完全相同，如"人月圆"、"风入松"（取词调一片）；有的大同小异，如"青玉案"、"醉春风"；有的完全不同，如"捣练子"、"满庭芳"。不过，元曲中也有许多是新创的曲调，为词调中所无，如"山坡羊"、"耍孩儿"、"呆骨朵"等。

表情达意，倘若想写的内容较多，也可以用寻常小令的同一曲牌重复填写三次以上、甚至多可至百次，用被称为重头小令的组曲来表现。

譬如，宋元时人胡祗遹③写了《阳春曲·春景》三首：

---

① 诗翁：诗人自称。
② 道人：旧时对道士的尊称，指奉行道教经典规戒、修习道术的教徒。
③ 祗遹：读"zhīyù"。

几枝红雪墙头杏，数点青山屋上屏，一春能得几晴明。三月景，宜醉不宜醒。残花酝酿蜂儿蜜，细雨调和燕子泥。绿窗春睡觉来迟。谁唤起？窗外晓莺啼。一帘红雨桃花谢，十里清阴柳影斜，洛阳花酒一时别。春去也。闲煞旧蜂蝶。

这一组曲是重头小令，曲牌名只在总题前标示一次，同题同调异韵，首尾句法相同，围绕"春景"而各有侧重，分别突出春晴、春睡、春归的特点，共同渲染出一派风和日丽、蝶逐蜂嚷、百花争艳的浪漫春色。

重头小令以组曲形式出现，虽内容彼此关联，但各支曲子仍是完整独立的，故可分押不同的韵，但也可押相同的韵。组曲有总题，每首可不再命题，也可有不同的分题。后者举例，若翻看中国妇女出版社出版的《元曲鉴赏辞典》，可以看到关汉卿写的《中吕·普天乐·崔张十六事》，组曲中的每首小令都有分题，如前三首的分题分别是"普救姻缘"、"西厢寄寓"、"酬和情诗"。

这里需要弄清标题前"中吕"的意思。"中吕"是元曲十二个常用的宫调之一，下属"普天乐"在内的五十六支曲牌。宫调为戏曲音乐术语，是曲子清唱时腔调声情高低范围的限定，不同宫调表达的声情有所不同。元人为曲作标题、后人在区分曲与词不同体裁时，往往在曲牌前标示宫调名。但在散曲逐渐脱离音乐、成为独立的诗体后，宫调与曲作已没有什么关系；当代人刊载或创作曲作时，也可以只标明曲牌，而不标示宫调名。

表情达意，倘若想写的内容较多，元人还常用同一宫调里两支或三支音律相谐的小令连缀在一起来填写，组成一首新的特殊小令，这就是"带过曲"。

元人乔吉写了一首《雁儿落过德胜令·忆别》："殷勤红叶诗，冷淡黄花市。清江天水笺，白雁云烟字。 游子去何之，无处寄新词。酒醒灯昏夜，窗寒梦觉时。寻思，谈笑十年事。嗟咨，风流两鬓丝。"此曲依同为双调的两首曲牌连缀写成，标题中的"过"点明是带过曲，前四句依《雁儿落》的格律，后八句依《德胜令》的格律；书写时前曲与后曲之间空了两格。此带过曲前后一韵，韵字同属《中原音韵》中的"支思"韵部。

带过曲是小型连体组曲而成的新的曲调，标题中往往有"带"、"过"、"兼"或"带过"等字词出现，必须一韵到底。带过曲讲究音律衔接，曲子的搭配也相对固定，不能随便组合。留存至今的元代散曲中带过曲大约有三十多支，其中，只有《雁儿落过得胜令》、《快活三过朝天子》、《齐天乐过红衫儿》与《骂玉郎过感皇恩采茶歌》等几种格式较为常用，其余很少使用。

要写带过曲，可以翻阅前人曲作，选择参照，不宜随意。

散曲创作，带过曲中的支曲最多不超过三支，倘若还嫌篇幅不够、容纳不了须表达的更多内容，就可以另辟蹊径，就同一宫调的曲牌，选取三支以上的若干支曲调，组成套数，尽情抒写心中的情事。

散曲中的套数，是指由多支正曲和尾声组合而成的组曲，必须一韵到底。套数中支曲多可达二十多支，一般用"尾声"或"煞尾"曲牌作结。每支曲牌名分别加"【　】"标在曲子前面。第一支小令可以不标曲牌名，通常把它写作全套的曲牌。

看看关汉卿写的一组套曲。

双调·乔牌儿·无题

世情推物理，人生贵适意。想人间造物搬兴废，吉藏凶，凶暗吉。

【夜行船】富贵那能长富贵，日盈昃①月满亏蚀。地下东南，天高西北，天地尚无完体。

【庆宣和】算到天明走到黑，赤紧的是衣食。凫短鹤长不能齐，且休题，谁是非。

【锦上花】展放愁眉，休争闲气。今日容颜，老如昨日。古往今来，恁须尽知，贤的愚的，贫的和富的。

【幺】到头这一身，难逃那一日。受用了一朝，一朝便宜。百岁光阴，七十者稀。急急流年，滔滔逝水。

【清江引】落花满院春又归，晚景成何济！车尘马足中，蚁穴蜂衙内，寻取个稳便处闲坐地。

【碧玉箫】乌兔相催，日月走东西。人生别离，白发故人稀。不停闲岁月疾，光阴似驹过隙。君莫痴，休争名利。幸有几杯，且不如花前醉。

【歇拍煞】恁则待闲熬煎、闲烦恼、闲萦系、闲追欢、闲落魄、闲游戏。金鸡触祸机，得时间早弃迷途。繁华重念箫韶②歇，急流勇退寻归计。采蕨

---

① 昃（zè）：太阳偏西。

② 箫韶：相传是舜作的乐曲名。

195

薇，洗是非；夷齐①等，巢由②辈。这两个谁人似得？松菊晋陶潜③，江湖越范蠡④。

此套数集中表述了摆脱功名利禄、不理人间是非，唯求"自适"的人生情怀。作者实际上是一个爱憎鲜明的人；乱世中的不理是非，实质上是对由传统伦理所判断的是非标准采取蔑弃的态度。

套数曲牌的排列次序大致一定。此套数按前后次序由同属双调的"乔牌儿"、"夜行船"、"庆宣和"等八只小令、加上重复一次的"锦上花"的"幺篇"组成；首尾用韵字都在《中原音韵》中的"齐微"韵部之中，同韵到底。"歇拍煞"表示此套数节拍停歇，套数完结。由于"乔牌儿"是首曲，就作为套数的曲牌写在最前面。

套数、寻常与特殊的小令，格式多样，可按需要选择；不过，选择时要弄清楚每种样式的特点以及不同样式的区别、适用范围。

与可以自由选用词调不同，曲调的选用受到一定限制，不能随意。有些曲调，如《端正好》、《滚绣球》、《倘秀才》等，专用于散套，不能用于可独自使用的小令。有些曲调，小令与套数都能用；另有些曲调，专用于小令。据王力《汉语诗律学·曲的概说》中介绍，普通最常见的元人小令有醉太平、叨叨令、寄生草、醉中天、一半儿、谒金门、红绣鞋、山坡羊、迎仙客、喜春来、卖花声、四块玉、阅金经、干荷叶、采茶歌、沉醉东风、庆东原、拨不断、落梅风、折桂令、清江引、殿前欢、水仙子、天净沙、小桃红、凭栏人、寨儿令、梧叶儿、雁儿落带得胜令、骂玉郎带过感皇恩等三十支曲牌；可供作曲者写小令时选用。

从传世的元代散曲来看，小令的留存数量和艺术成就都远超过套数。小令与诗、词鼎足而三，流芳百代。

今人也能写出好的曲作。现代佛教名人赵朴初先生所写的、发表在1965

---

① 夷齐：伯夷、叔齐的并称；是古代孤竹国国君的两个儿子，谦让不继王位，耻为周民而隐居于首阳山，不食周粟而饿死。

② 巢由：巢父和许由的并称；相传皆为尧时隐士，尧让位于二人，皆不受。

③ 陶潜：东晋诗人，名渊明，后改为潜，浔阳柴桑人。清人龚自珍《己亥杂诗》之一二八赞曰："陶潜酷似卧龙豪，万古浔阳松菊高。"

④ 范蠡：春秋楚人，助越王勾践灭吴建国，功成后隐居江湖，经商成巨富。世人誉之："忠以为国；智以保身；商以致富，成名天下。"

年2月1日《人民日报》上的《某公①三哭》，读来脍炙人口。"上帝啊！俺费了多少心机，才爬上这把交椅，忍叫我一筋斗翻进阴沟里。哎哟啊咦！辜负了成百吨黄金，一锦囊妙计。……光头儿顶不住羊毫笔，土豆儿垫不满砂锅底，伙伴儿演出了逼宫戏。这真是从哪儿啊说起，从哪儿啊说起"，这是三首小令中的《哭途穷》的部分曲词。虽然那一段历史的恩恩怨怨已成为一言难尽的往事，但作者别开生面地描写国际题材、在嬉笑怒骂中显示出的讽刺才华，已跃然纸上，传诵久远。

2011年元月《中国韵文学刊》刊载的《当代散曲学苑的一朵奇葩》一文，推介了《陕西当代散曲选》书中的不少佳作。譬如，宗振龙的《正宫·塞鸿秋·赠股友》："红盘乐得你眼儿开眉儿笑，下跌气得你鼻儿拧心儿跳，套牢急得你肚儿胀脾气儿躁，停盘盼得你项儿伸胡子儿翘。都说炒股难，酸甜苦辣谁知道？人生比股票，跌跌涨涨藏玄妙。"曲作将当代股民随股市起伏而变化的神情略带夸张地描摹出来，令人会意一乐；而后"人生比股票"的议论又引人沉思。又如，马骏英的《仙吕·寄生草·野蛮执法者心态》："当官儿的发财靠腐败，俺小的们来钱靠手快。不听令的咱拿脚踹，不服管的往车上拽，眼不亮的咱叫他卷铺盖。咱是为整顿市容管理拆迁为民造福祉，管他娘名声好与坏！"此小令犹如一幅市井图画，把那些借执法为名而实则中饱私囊的野蛮执法者的丑恶嘴脸勾画得惟妙惟肖。讽刺时弊，描画人生，抒写真情，当代散曲中涌现出了不少反映社会生活、有着浓厚的时代气息的小令。

小令长于抒情，可长可短，可俗可雅，嬉笑怒骂，皆可成篇，便于联系现实，反映时代风云，为诗词之难能或不能。学写散曲，可从简短易学、便于成篇的小令入手。

【思考与练习】

一、杂剧与散曲，金元时期流行于北方的称为北曲，流行于南方的则称为南曲。与北曲有异，南曲中有一种普遍运用的创制新调的变化方法——集曲，

---

① 某公：指前苏联领导人尼基塔·赫鲁晓夫。曲作摹仿他的口吻哭诉，用泼辣之笔进行极度嘲讽。

即采用若干支旧有的曲牌、各自摘取其中的若干乐句、综合而成的组曲。

譬如，下面刊载的、曾获得过中华诗词学会主办的2014年第五届"华夏诗词奖"一等奖、今人滕士林的《正宫·转调货郎儿·民工食堂》，就是由四支曲牌组合而成的集曲。"正宫"是宫调名，"民工食堂"是题目；"转调货郎儿"是集曲名，即将"货郎儿"曲分为头尾两部分，中间插以几支其他曲牌组合而成。

看看想想，集曲中的"货郎儿"、"脱布衫"、"小梁州"、"幺篇"、"醉太平"等曲各写了什么内容，又是怎样组合成为一个前后有联系、表达一个完整意思的组曲的？你觉得它为什么会被评为第五届"华夏诗词奖"一等奖？能说说理由吗？

正宫·转调货郎儿·民工食堂　　　　　　　　滕士林

【货郎儿】远离了豪华时尚，亲近了平民念想。炊烟一缕袅湘江，便引得四下里民工汉，尽来到这边厢。

【脱布衫】汗巴巴未脱工装，呼啦啦涌进食堂。似一帮饥兵上场，恰正好补充能量。

【小梁州】一碗家乡口味汤，先安抚了饥肠。再来杯小酒兴飞扬。边哼唱，跑调又何妨。

【幺篇】说什么难调众口油盐酱，一勺亲情便调和了四水三湘。胃口好，心情畅。饱餐一顿，攒劲又奔忙。

【醉太平】拾掇起家传本行，发扬这烹饪专长。食为天天不废厨房，舌尖上牵动着家国盛昌。莫炫那挥金食玉豪奢状，莫忘了这鸿基大业谁开创，想一想这急难险重又谁扛？因此上好饭菜农工共享。

【货郎儿】农工共享，共享小康，莫负了这亿万中华钢脊梁！

二、小令可以写景咏物，可以抒情说理。参照《山坡羊》、《庆东原》、、《天净沙》、《普天乐》等曲作，或者选择你自己喜欢的曲牌，试写一首小令；题材内容自定，可以添加或不添加衬字。

《山坡羊》、《庆东原》、《天净沙》、《普天乐》等曲牌格律，可参照本书附录《一些常用的元曲小令格律》。

三、下面是两首《雁儿落过得胜令》曲与曲牌。不过，后一首没有加衬字，前一首加了较多的衬字。两首曲都表达了对生命、自然、社会的思考与选择，肯定了虚无恬淡、闲适隐居的生活。元代知识分子在统治者高压排斥、令人战栗的社会现实面前选择消极处世的态度，在当时无可厚非，但在今天并不可取。不过，那种张扬个性、超群脱俗、"此心安处是吾乡"（苏轼《定风波》）的人生态度倒有几分值得肯定。

你对人生、社会有着什么样的思考？你有着什么样的个性？能否用一首散曲来形象地表达呢？学习名曲的写法，选择"雁儿落过得胜令"，或者只选"雁儿落"，或者只选"得胜令"，试写一首散曲，形象地表现自己的思想情感。注意学习衬字的添加的方法，能正确用到自己的习作中来为佳。

雁儿落过得胜令　　　　　　　　　　张养浩

*也不学*严子陵七里滩[①]，*也不学*姜太公磻溪岸[②]，*也不学*贺知章乞鉴湖[③]，*也不学*柳子厚游南涧[④]。　*俺*住云水屋三间，风月竹千竿，一任傀儡棚中闹，且向昆仑顶上看。身安，*倒大来*无忧患；游观，壶中天地宽。

雁儿落过得胜令·闲适　　　　　　　邓玉宾子

乾坤一转丸，日月双飞箭。浮生梦一场，世事云千变。　万里玉门关，七里钓鱼滩[⑤]。晓日长安近，秋风蜀道难。休干，误杀英雄汉。看看，星星两鬓斑。

曲谱：

雁儿落过得胜令

[雁儿落] ＋－＋｜－▽，＋｜－－去▲＋－＋｜－，＋｜－－去▲

[得胜令] ＋｜｜－－△＋｜｜－－△＋｜－－｜，＋－＋｜－▽－－△＋｜－－去▲－－△＋－＋｜－▽

---

① 严子陵：严光，字子陵，曾为汉武帝的同学，不屑高攀皇帝，宁愿在富春江畔的七里滩悠然垂钓。

② 姜太公：姜太公即姜子牙，八十岁垂钓于磻溪，等待时机，与周文王风云遇合。

③ 贺知章：唐代诗人，晚年还乡，向皇帝乞求湖面数顷以为放生池。

④ 柳宗元：唐代诗人，字子厚。曾被贬为永州司马，借山水自遣，写有著名的《永州八记》、《南涧中题》诗。

⑤ 万里玉门关：指东汉名将班超玉门关抗击匈奴，大胜扬名，封定远侯。七里钓鱼滩：见此页注释①。

第十四讲　新诗鉴赏创作

一　挣脱旧诗格律体　白话自由创新诗

本节要点

⊙新诗成熟少瑶琼　　⊙随意变化自由诗
⊙诗行诗节顿组合　　⊙篇不盈尺目无穷
⊙随韵交韵和抱韵　　⊙美感情韵须洗练

新诗是指"五四"新文化运动发生以来打破旧诗格律、用白话写成的自由洒脱的新体诗歌。从诞生之日起，已有百年的历史，新诗取得了不菲的成绩，涌现出不少的佳作，"可以说是成熟了，而且丰收在望"，"却稀见瑶草琼花，更不用说参天巨树了"。近些年来，新诗诗坛诗作繁杂，出现了不少自由无度、直白浅露、诗意贫乏的诗歌，"不愧为伟大时代的伟大诗篇，却止于呼唤而终未出台"。①

诗为什么要新？王国维在《人间词话》中说："盖文体通行既久，染指遂多，自成习套，豪杰之士，亦难于其中自出新意，故遁而作他体，以自解脱。一切文体所以始盛终衰者，皆由于此"。新诗是为了挣脱传统诗歌的严谨格律而产生的，它不拘格律，不讲平仄，不论长短，形式自由，追求内在的自然旋律与节奏，强调潜在的音乐感，适宜表现奔放深沉、复杂多变的思想感情。

新诗以自由诗为主，辅以格律不太严谨的格律诗。

追本溯源，自由诗创始于十九世纪美国诗人惠特曼的《草叶集》，后来

---

① "可以说是成熟了……"：几处引言摘自公木编著的《新诗鉴赏辞典·序言》，上海辞书出版社 2002 年 2 月版。

成为世界性的潮流。"我们的新诗在'五四'时代基本上是从外国诗（主要是英国诗）借来音律形式的"[①]。

新诗与旧体诗大异其趣，形式自由，音节、句数、段数等没有固定规格，诗句、诗节的长短随诗意而变化，以语言的自然节奏为基础，靠音节、句子、段落的参差来形成节奏；可押韵，不过用韵比较自由，有的甚至不押韵。

请看最早发表于《新青年》上的、曾任北京大学教授的刘半农所创作的白话新诗的力作《相隔一层纸》："屋子里拢着炉火，／老爷吩咐开窗买水果，／说："天气不冷火太热，／别任它烤坏了我。"／屋子外躺着一个叫化子，／咬紧了牙齿，对着北风呼"要死！"／可怜屋外与屋里，／相隔只有一层薄纸！"[②]

诗押仄声韵，中途换韵一次。前四句末字"火"、"果"、"我"同韵，后五句末字"子"、"死"、"齿"、"里"、"纸"同韵。此诗将强烈的人道主义关怀的情感倾注于客观化的叙述，通过两个反差极大的场景的对比描写，鲜明、具体揭示出社会不平等现象和贫富的悬殊对立。有景有情，情景交融，内容是诗的；诗句是散文化的，诗的节奏是自然语言即日常口语的节奏，完全是凭着情感的自然起伏而形成的。

自由诗中，"'自然的音节'近于散文而没有标准"[③]；"'自由诗'没有一定的格式，只要有旋律，念起来顺畅，像一条小河，有时声音高，有时声音低，因感情的起伏而变化"[④]。不过，作为诗歌，自由诗也须有音乐性，这是区别于散文的重要标志。正像鲁迅早年所说："新诗先要有节调"，"没有节调，没有韵，它唱不来；唱不来，就记不住，就不能在人们的脑子里将旧诗挤出，占了它的地位"。[⑤]

节调即节奏。诗的音乐性的中心是节奏。节奏有内外之分，内化节奏是

[①] "我们的新诗……"，引言摘自朱光潜《新诗能从旧诗学习得些什么》一文。文见罗尉宣编审的《朱光潜集》第二辑，花城出版社 2009 年版。

[②] 新诗往往分行排列，因顾及篇幅的长短，文中用"／"表示诗在此处须分行排列。

[③] "'自然的音节'……"，摘自《朱自清选集》第 326 页，人民文学出版社 2004 年 3 月版。

[④] "自由诗没有一定的格式……"，摘自《艾青选集》第三卷 264 页，四川人民出版社 1986 年版。

[⑤] "新诗先要有节调……"，见鲁迅《致窦隐夫》，《鲁迅书信集》，人民文学出版社 1976 年版。

心灵的音乐,是内在情感变化波动的图谱,属于包含诗歌在内的一切高品位的文学艺术;外化节奏则表现为诗歌语句的停连顿挫,是交替出现的有规律的声音的强弱长短现象,这才是诗的专属。一般情况下提到的节奏,指的是诗的外化节奏。

诗句的节奏,在传统诗歌中,主要表现为顿(又称音节、音步)、逗(指语句中的停顿,如逗号)重复体现的复沓圆环。古诗的节奏单位,大多以两个字,或者是以一个字组合为一顿,再由若干顿组成诗句。五言诗句如"明月／松间／照",由三顿组成,可称为三顿体;七言诗句如"不尽／长江／滚滚／来",由四顿组成,可称为四顿体。

自由诗也须注重节奏。一般说来,自由诗句节奏的单位以二字顿、三字顿和四字顿为主,间或较少出现单字顿和五字顿;再由一定数量的诗顿组成诗行。如诗句"喜欢舞／枫林的／秋叶",是三顿体诗行,前后为三字顿、三字顿、二字顿;"在城市的／公园／和人行／道上"是四顿体诗行,前后为四字顿、二字顿、三字顿、二字顿。

相对而言,由多个字音组成的顿给人以沉重的节奏感,有种"抑"的感觉;而由较少字音组成的顿给人以轻朗的节奏感,有种"扬"的感觉。诗行中顿的组合,若抑扬或扬抑相间,循序变化,节奏感就会和谐。推展开来看,由长诗行组合成的诗节就显得沉滞,属"抑"的性能;由短诗行组合成的诗节就显得明快,属"扬"的性能;诗节中诗行的组合,若能让多顿的长诗行和少顿的短诗行有机搭配,就能形成长短渐进、抑扬变化而层层推进的节奏特色。

台湾诗人覃子豪的《追求》,写的是海洋中的落日,声色并茂,就是按内在思想情绪的扬抑交替趋势,有机地组合成诗行、诗节的和谐有变、扬抑交替的节奏的。

追　求

大海中的落日　　　　　　黑夜的海风
悲壮得像英雄的感叹　　　刮起了黄沙
一颗星追过去　　　　　　在苍茫的夜里
向遥远的天边　　　　　　一个健伟的灵魂
　　　　　　　　　　　　跨上了时间的快马

此诗分两节,共九行。从外国诗学来的新诗喜分行,语法上的一句话可

202

以成为一行,也可以有意地"跨行"——把一句话分割为两行或两行以上;或者是将两句甚至三句放在一行,如《相隔一层纸》中的"咬紧了牙齿,对着北风呼'要死!'",两句话就放在一行里。

若是按语法分析,《追求》诗虽有九行,可实际上只有四句,一二行、三四行、五六行、七八九行各为一句。分了行,但没有打标点符号。为什么呢?若是有四行加上标点,另五行却没有标点,时有时无反而显得别扭,这或许是有些新诗没有用标点符号的原因。新诗相当多的篇章不喜欢用标点,但也有一些喜欢用标点,因人因诗而异。

分行看似"自由",实则是建立在集字成顿、集顿成行的基础上。

《追求》诗行中顿的组合,有由四字到二字(如"大海中的/落日"),由三字到二字(如"黑夜的/海风")等由抑到扬的推进,也有由二字到三字再到二字("一个/健伟的/灵魂")这样由略抑到扬再到略抑的变化,还有三字与三字(一颗星/追过去)的平稳行进;整体来看,诗行中的节奏组合抑扬交替、和谐有变。

再看诗节的组合。此诗第一节有四个诗行,由起句的二顿体、到三顿体、再到二个二顿体构成,相对而言,由扬到略抑再回到扬。第二节有五个诗行,由前面的三个二顿体、推进到后面的二个三顿体,由扬过渡到略抑。从诗篇整体来看,由扬到略抑令人沉思,由略抑到扬令人兴奋,再由扬到略抑使人兴奋中有深思,这正适合于《追求》诗对人生境界和价值的引人深思、激发向上的思虑与情绪的流向。

《追求》只有九行五十八字,不长。自由诗的篇幅不宜过长,不能毫无节制。朱自清认为:"就是写自由诗,诗行也得短些、紧凑些,而且不宜过分参差,跟散文相混。"一般说来,中国诗歌的篇幅不长;像《离骚》、《孔雀东南飞》这样的诗篇已算得鸿篇巨制,较为少见。新诗除了叙事长篇、抒情长诗因诗情内容而不得不长外,大多不长,也不宜长,小诗往往控制在十行以内为佳。应修人写少妇思念丈夫的《悔煞》小诗只有四句:"悔煞许他出去;/悔不跟他出去。/等这许多时还不来;/问过许多处都不在。"冯雪峰创作的请鸟儿作使者表达无限的情思的《山里的小诗》也只有四句:"鸟儿出山去的时候,/我以一片花瓣放在它嘴里,/告诉那住在谷口的女郎,/说山里的花已经开了。"冰心创作的由一百六十四首小诗组成的《繁星》诗集中的一百三十一首,抒发热爱大海的强烈情感,只写了五句:"大海呵,

/那一颗星没有光？/那一朵花没有香？/那一次我的思潮里/没有你波涛的清响？"[①]优秀的诗歌往往是篇不盈尺，而游目无穷。

新诗用韵情况如何？有些自由诗并不押韵；这使一般人感觉不惯，甚至不承认是诗。不过，许多新诗是押韵的。从传承诗歌的音乐性来看，能够用韵要比不用韵好。"韵"是歌、乐、舞同源的一种痕迹。中国语言中，音的轻重不甚分明，音节易散漫，必须借韵的回声来联络、呼应和贯穿。因此，"韵"对中国诗歌就显得很重要。闻一多先生给吴景超的信中说得好："中国韵极宽，用韵不是难事，并不足以妨害词意。既然这样，能够用韵的时候，我们何必不用呢？用韵能帮助音节，完成艺术；不用正如藏金于室，而自甘冻馁，不亦愚乎？"

新诗用什么来押韵？新诗摆脱了古文，以白话为基础来重建诗歌语言，完全以新韵——当今广泛使用的普通话的语音来押韵。写诗须查韵书，当今戏曲界通用的十三辙，也为新诗所用。十三辙，就是将诗韵分为十三类，有时让人感到失之于宽。今天流行的韵书如《诗韵新编》分为十八韵部，用得较多。将诗韵分为十三类或十八类，是由相近的韵部规定通押的宽严不同而形成的。

新诗可以用重字来押韵，甚至不止一个重字。例如，王志端的《偏是》："我原不想见他，/偏是梦里见着！/既然梦里见着，/偏是夜鸟叫着！/夜鸟关我甚事，/偏是闹得我睡不着！/睡不着也罢了，/偏是那月亮儿又淡淡的照着！"此诗偶句末字相同，都是"着"字，颇有替代韵脚的效果。

传统诗词曲中的韵脚只有一个音节，新诗大致也如此，并把这种韵叫作阳韵。不过，新诗还出现"了"、"着"、"的"、"吗"、"呢"等轻音节字附着在前面同韵的重音节字后，共同构成两个或三个音节的阴韵。例如，闻一多的《罪过》诗中："我知道今日个不早了，/没想到一下子睡着了。/这叫我怎么办，怎么办？/回头一家人怎么吃饭？/老头儿拾起来又掉了，/满地是白杏儿红樱桃。"此诗共六句，换了两次韵。开头二句末字"早了"、"着了"，与倒数第二句末字"掉了"，押的是含有"ao"加"le"（了）的阴韵；尾句末字"桃"用的则是含"ao"的阳韵。中间两句末字"办"、"饭"，

---

① 《悔煞》诗选自《湖畔》，湖畔诗社1922年版。《山里的小诗》选自《春的歌集》，湖畔诗社1923年版。冰心的小诗选自《繁星（一三一）》，商务印书馆1923年版。

204

换的是含"an"的阳韵。

新诗的押韵标准比较宽松，与传统诗歌不同的是，大多不拘平仄，平仄可以互押；古诗中不允许放在一起押韵的 en 和 eng、in 和 ing，有些新诗却用在同一首诗中押韵。

韵押何处？按中国的诗歌传统，一首诗须一韵到底，或者中间转韵，总是在偶数诗行的末尾押韵，奇数诗行除第一行可押可不押外，大多不押韵。新诗大致把这种传统继承了下来。如李瑛的《石头》："我不知道时间的源头是什么样子，/也不知道宇宙极限是怎样的情景；/也许，只有熔岩横流，大火弥天，/也许，只是一片混沌，云雾腾腾……"。诗中的偶数诗行押韵，平仄不拘；奇数诗行不押韵。

借鉴西洋诗的韵式，新诗还有用随韵、交韵和抱韵的。

新诗分节，最少的以二行为一节，四行为常见；若每节八行，往往可认为是二个四行的结合。为了叙述的方便，下面用 a、b、c、d 等字母来表示句末的字，字母不同则韵脚不同，字母相同则韵脚相同。例如一首四行诗的韵脚是 abcb，则表示第二行与第四行押韵，第一行、第三行不押韵；上述《石头》诗就是这样的韵式。

随韵就是第一、二行相随押某韵，第三、四行则相随押另一韵；韵式是 aabb。如朱大枬的《逐客》第一节："自从你搬到我心里居住，/苦恼就是你给我的房租；/但我总渴想有一天闲静，心里没有你的舞影歌声"，第一、二行末字"住、租"押姑（u）韵，第三、四行末字"静、声"押庚（eng、ing）韵。

交韵有单交和双交两种。单交是偶行交相押韵，奇行不押韵，韵式是 abcb；汉语的绝句、律诗有四行、八行，若是首句不押韵，韵式可以解释为单交。双交是偶行、奇行都押韵，韵式是 abab。翻开卞之琳的《大车》，看到的就是八行双交的韵式："拖着一大车夕阳的黄金，/骡子摇摆着踉跄的脚步，/穿过无边的疏落的荒林，/无声的扬起一大阵黄土，/叫坐在远处的闲人梦想/古代传下来的神话里的英雄/腾云驾雾去不可知的远方——/古木间涌出了浩叹的长风！"此诗八行的韵式是 ababcdcd，前、后四句用的韵式都是双交。

抱韵是第一行和第四行押韵，第二行和第三行押韵，有前者环抱后者之势；韵式是 abba。用抱韵的新诗，如徐志摩的《朝雾里的小草花》："这岂是偶然，小玲珑的野花！／你轻含着鲜露颗颗，／怦动的像是慕光明的花蛾，／在黑暗里想念焰彩，晴霞"。首行与尾行的"花、霞"押韵，中间两行的"颗、蛾"押韵。

随韵、交韵和抱韵，也有在一首诗中交相混杂使用的；甚至还有根据诗歌感情变化而自由押韵的。如严辰的《玫瑰》："迎着朝霞，映着月亮的清辉，／到处是大片盛开的玫瑰，／空气里散发着醉人的幽香，／满眼是色彩艳丽的雾霭。／／红玫瑰——熊熊的火焰，／粉玫瑰——春来桃花水，／黄玫瑰——绒绒的鸭雏在颤动，／白玫瑰——天末轻扬的云彩。"诗中用"／／"表示分节；第一节的第一、二行的"辉"、"瑰"、第二节的第二行的"水"，押同一韵，第二节的第四行的"彩"与第一节的第四行的"霭"，则押另一韵。

新诗的用韵、节奏、篇章等形式，概而言之，虽仍有一定的讲究，不过比起古诗词的格律要求来说，相对要自由宽松得多。新诗作者在形式上获得相对自由，但在艺术上应该自律。诗要讲究音乐性、形象性、精炼性，要结构严谨、字字珠玑，要有意境，有言外之意，经得起咀嚼。诗歌艺术亘古以来的这些要求，当然不应该无原则地随意"放宽"。

形式上的宽松，长短不拘，自由奔放，自由诗追求散文美而出现散文化倾向，似乎无可厚非；但倘若走向极端，枝蔓、懒散、凌乱，"非诗"化倾向严重，偏离了诗歌的艺术轨道，这样的"新诗"则被人瞧不起。如纯是本能直觉的表述，打着"平民化"旗帜，"自由无度，任意为之"的当代口水诗，就是其中的代表。有一位"当代诗人"写了一首诗《一个人来到田纳西》："毫无疑问／我做的馅饼／是全天下／最好吃的"。直白的议论，散漫无际的日常语言，失去了诗歌最基本的内涵与韵味。如此口水诗，的确"已经不能再具有诗的圣名"。

新诗应是明朗而耐读。明朗则不会艰深晦涩，耐读则不致浅陋无味。诗的功用在于表现美感与情韵。能表现美感与情韵，即俗语俗字亦在所不避。不能表现美感与情韵，赤条条的日常口语，干枯乏味，就不宜进入诗中。过去新诗最为人诟病的，一是失诸太浅，浅薄直露，味同嚼蜡；一是失诸太深，晦涩艰深，朦胧得叫人不知所云。

朱光潜曾指出"提倡白话者"那句"作诗如说话"的口号"也有些危险"。在他看来，"日常的情思多粗浅芜乱，不尽可以入诗；入诗的情思都须经过一番洗练，所以比日常的情思较为精妙有剪裁。"①

诗人戴望舒曾写过《有赠》一诗，用没有"美术的培养"的日常口语来写，结果写成：

> 我的梦和我遗忘中的人，
> 哦，受过我私自祝福的人，
> 终日有意地灌溉着蔷薇，
> 我却无心地让寂寞的兰花愁谢。

此诗凑巧被作曲家陈歌辛看中，要拿它作影片《初恋》中的主题歌，就帮助修改了一下②：

> 呵，我的梦和遗忘的人！
> 最受我祝福的人！
> 终日我灌溉着蔷薇，
> 却让幽兰枯萎！

改写后的诗歌谱曲演唱，风行一时。比较前后诗作，原作直白粗制，欠简洁流畅；修改后的诗句精练活泼、词语溢出诗美光彩。单说最后一行，原诗"我却无心地让寂寞的兰花愁谢"是散文化的，略嫌懒散臃肿，既然已"愁谢"，再用"无心地"来辩解就显得无力多余；诗中首提"兰花"，用"寂寞"来比拟，有点突然、勉强，缺乏感发力量。改作"却让幽兰枯萎"，将之改为传统诗词中有着意象定位的"幽兰"，便于联想；去掉句中乏力可删的词语，则显得精练，有神气，使全句能流畅地表达强烈的遗憾与叹惜的情感。

赤条条的没有经过洗练的日常用语不宜直接进入诗中，只有有了好的情景，经过洗练，精妙剪裁，成为形象精练的语言，才会有好诗的诞生。

【思考与练习】

一、阅读汪国真写的一首新诗，想一想，此诗是如何用韵的？诗中有两句写得非常好，耐人寻味，是哪两句？好在哪里？

---

① 朱光潜语见《朱光潜全集》第 102—103 页，安徽教育出版社 1987 年 8 月版。
② 陈歌辛改诗一事见《戴望舒诗集》中《有赠》诗的小注，四川人民出版社，1981 年版。

山高路远 　　　　　　　　汪国真

呼喊是爆发的沉默

沉默是无声的召唤

不论激越

还是宁静

我乞求

只要不是平淡

如果远方呼唤我

我就走向远方

如果大山召唤我

我就走向大山

双脚磨破

干脆再让夕阳涂抹小路

双手划烂

索性就让荆棘变成杜鹃

没有比脚更长的路

没有比人更高的山

二、比较下面内容相同但体裁不同的两首诗，你更喜欢哪一首诗，为什么？

围绕同一题材和主题，可以写成新诗，也可以写成古体诗。譬如，余光中写过一首《红烛》诗："三十五年前有一对红烛／曾经照耀年轻的洞房／——且用这么古典的名字／追念厦门街那间斗室／迄今仍然并排地燃烧着／仍然相互眷顾地照着／照着我们的来路，去路／烛啊愈烧愈短／夜啊愈熬愈长／最后的一阵黑风吹过／哪一根会先熄灭呢，曳着白烟？／剩下另一根流着热泪／独自去抵抗四周的夜寒／最好是一口气同时吹熄／让两股轻烟绸缪成一股／同时化入夜色的空无／那自然是求之不得，我说／但谁啊又能够随心支配／无端的风势该如何吹？"

此诗发表后，小说家兼旧体诗作者高阳读后甚为赞叹，把余诗改写为一首七言绝句：

红烛同烧卅五年，夜长烛短更缠绵。
可能风急双双熄，同化轻烟入九天？

三、仿照鲁藜的《泥土》，或正文中介绍过的《悔煞》，或《山里的小诗》，或《繁星》的一三一首，或者是自己构想，自选题材，写一首短小押韵的新诗。

泥土　　　　　　　　　　　　　鲁藜

老是把自己当作珍珠
就时时怕被埋没的痛苦

把自己当泥土吧
让众人把你踩成一条道路

二　格律新诗重对称　整齐参差复合式

本节要点

⊙现代诗歌格律体　　⊙定行定顿还定韵
⊙整齐对称须克隆　　⊙参差对称看长短
⊙复合对称多混合　　⊙情深景美期待多

新诗中有自由诗，也有自己的格律诗。现代诗歌"格律化"是世界现代诗史上始终存在的一股艺术潮流，中国也不例外。

格律是指诗赋词曲等关于字数、句数、节奏、对偶、平仄、押韵等方面的格式和规则。传统的近体诗严格讲究格律，以平仄为纲；格律体新诗则放宽了要求，完全不讲平仄、对仗，也不像绝句、律诗那样限制五言、七言、只有四句、八句等四种格式，而是集顿成行、集行成节、集节成诗，在定行、定顿、定韵的基础上允许多变。定行是指每节行数一定，如四行为一节，或二行、或三行、或其他行数组成一节。定顿，指每行的顿的数目一定，可以是常见的二顿体、三顿体、四顿体，也可以是一顿体或五顿体。定字，指每行的字数一定，例如七字、九字，或其他字数。定韵，指每节固定的诗行押韵，例如偶行押韵，也可以奇行押韵，或者用随韵、交韵、抱韵；既可一韵到底，也可每节换韵。

格律体新诗寻求相对稳定的有规律的诗体，经过近百年的发展，基本形成了以音韵和节奏为基础的三种对称诗体模式：整齐对称式、参差对称式、复合对称式。

对称最初是生活中的概念，例如人体的左右两边，从外观上看基本相同，它是对称的。格律体新诗的对称，讲究诗节之间或诗行之间的一一对应，和谐布局。

整齐对称式是以一个诗行作为基准诗行模型而反复克隆后，形成顿数相等，字数相等或大致相等的几个诗行组成的诗节，诗节重叠组成诗篇的对称式。如丁芒的八行诗《最响的歌声》：

谁能／比你／更了解／祖国？
你亲手／量过／万水／千山。
谁的／歌声／比你／更响？
你／唤醒了／地下的／宝藏。

驼铃／替你／敲着／节拍，
暴风／在空中／拨动／琴弦，
为了替／六亿人／寻找／幸福，
歌唱吧，／勇敢的／勘探／队员！

此诗首行为由二字、三字组成的四顿体，以此为基准诗行（下面用 A 表示四顿体），反复克隆此行就形成了分别由四个四顿体组成的四行诗（AAAA），前后行的字数为九字、九字、八字、九字，趋于一致。后一节重叠了前一节的格式，诗行模式也是 AAAA，前后行字数为八字、九字、十字、十字，大致相近。这样，全诗八个诗行都是四顿体，不过每顿的字数并不划一，以二字顿、三字顿为主，也有一字顿的。因而前后诗行的字数略有变化，但句式大体整齐，节奏鲜明和谐。

整齐对称式也可以只有一节。如沙白的《独享寂寞》开篇第一首《给珠贝》：

不要求／一缕／非分的／阳光
不希冀／一滴／额外的／雨露
没有说／一句／浮华的／话语

> 悄悄／在水下／孕育／珍珠

此诗只有四句，由四个十字或九字的四顿体的诗行组成，把信念、理想和追求寄寓在珠贝的形象之中。

与诗行的顿数要求划一的整齐对称式不同的是，参差对称式则允许顿数不同的长短句，以相随、相交、相抱等方式组合成诗节，诗节格式反复克隆后组成参差对称的诗篇。

参差对称式须有基准诗节，通常是诗人情绪律动的第一节，其他诗节在节式、韵式上都必须"亦步亦趋"地复制它。且看晓曲的《星夜感怀》：

> 临夜／独立／柳堤／岸边
> 星星／纷纷／落入／湖面
> 本想／探身／打捞
> 无奈／有蛙／抢先
>
> 人生／常有／机遇／良缘
> 林林／总总／沉浮／眼前
> 苦心／寻求／捕捉
> 总也／有人／在前

此诗第一节是由两个重叠的四顿体诗行（用 AA 表示）与紧紧相随的二个重叠的三顿体诗行（用 BB 表示）组成；这种诗节格式克隆一次，就构成了诗篇。此为诗行前长后短、紧紧相随组成的 AABB 式的收缩型参差对称式。

与此有别，徐志摩的《哀曼殊斐儿》，则是长短相交组合而成的诗节：

> 我昨夜／梦入／幽谷，
> 听子规／在百合／丛中／泣血，
> 我昨夜／梦登／高山，
> 见一颗／光明泪／自天／坠落。

诗节的奇行短，偶行长。第一、三行是三顿体诗行（用 A 表示），第二、四行是四顿体诗行（用 B 表示），形成长短诗行两两相交的 ABAB 式的相交型参差对称式。诗节中的二、三、四行也可看作是长短诗句相抱的首尾长、中间短的 ABA 式的"凹型"参差对称式。

卞之琳的《断章》，是一首有名的四行诗：

  你站在 / 桥上 / 看风景,
  看风景 / 的人 / 在楼上 / 看你。

  明月 / 装饰了 / 你的 / 窗子,
  你装饰了 / 别人 / 的梦。

  由于是不同的两种形象,所以分成了两节;但如果把这四行诗联系起来看,第一、四行是三顿体(用 A 表示),中间二行是四顿体(用 B 表示),形成长短诗行相抱的首尾短、中间长的 ABBA 式的"凸型"参差对称式。此诗用抱韵,即第一行和第四行的"景、梦"押韵,第二行和第三行的"你、子"押韵。

  以参差式与整齐式为基础,复合对称式则是将二者混合组成的复合诗体。常见的有变顿整齐复合式、变型参差复合式和整齐参差复合式三种。

  以变顿整齐复合式组合成诗的,如万龙生的《回眸》:

  你就是 / 一颗 / 螺丝钉
  一只手 / 便把你 / 固定

  大不了 / 是一个 / 齿轮
  由别人 / 叫你 / 转或停

  你不能 / 选择 / 是什么 / 机器
  它生产 / 什么 / 你也 / 不知情

  哪天 / 不行了 / 换下来 / 一扔
  这就是 / 你那 / 可悲的 / 一生

  全诗四节,每节都是只有两行的整齐式。前两节为三顿八字整齐式,后两节为四顿十字整齐式,两种顿数不同的整齐式诗节复合组成了诗篇。

  以变型参差复合式组合成诗的,如李肇星《在莫扎特和希特勒的故乡》:

  一样的 / 太阳
  一样的 / 月亮
  两位 / 名人
  一样的 / 故乡

用音符／装点／春天的
　　永生在／美丽的／交响
　　用炸弹／毁坏／春天的
　　有谁知／埋葬在／什么／地方？

　　全诗二节，每节同为四行。第一节四行都是两顿体，但四行诗的字数并不完全相等，可以看作是句式前后长、中间短的"凹型"参差式。第二节前三行为三顿体，后一行为四顿体，是前短后长的扩展型参差式。此诗为由"凹型"参差诗节与扩展型参差诗节复合组成的变型参差复合式。要注意的是：虽然两个参差式是不同的类型，但诗节的行数是相同的，并列组成了诗篇，仍显得和谐。

　　以整齐参差复合式组合成诗的，如艾青的《盼望》：
　　　　一个／海员说，
　　　　他／最喜欢的／是起锚／所激起的
　　　　那一片／洁白的／浪花……

　　　　一个／海员说，
　　　　最使他／高兴的／是抛锚／所发出的
　　　　那一阵／铁链的／喧哗……

　　　　一个／盼望／出发
　　　　一个／盼望／到达

　　全诗三节，前两节每节三个诗行，为首尾短、中间长的"凸型"参差式的重叠出现，后一节只有二个诗行，为三顿六字的整齐式，参差式和整齐式诗节混合组成了诗篇。

　　综上所述，整齐对称式、参差对称式、复合对称式，成为格律体新诗的三种诗体模式。由于整齐对称式中基准诗行的顿数与字数是可以变化的、参差对称式中的基准诗节中的长短句按相随相交相抱的方式灵活组合是变化多端的，而且整齐、参差、复合对称式由诗节组合成诗篇的方式也是层出不穷的；因而，格律体新诗就有了无法计数、变化多样的种种格式。创作者可以根据主题内容表达的需要自定诗行的多少、诗句的长短、押韵的方式，具有无限多样的表现形式，诗人对形式的创造和使用便有了较大的主动权，也较好地避免了自由诗的非诗化倾向。

格律体新诗虽然有着无限多样的种种可变的模式，但经过近百年的创作实践，有一些诗体的雏形已经形成，且正日益成熟。譬如四行体、八行体、十四行体格律新诗，就是许多新诗作者所喜爱的特定诗体。

四行体、八行体格律新诗，形式上类似于绝句、律诗，不过是运用现代白话诗的语言及格律进行的新的演绎。上文所列举的诗例，大多是四行体、八行体，此处就不再赘述。

十四行体格律新诗，是从外国诗引进的，又称"商籁体"，可分节，也可不分节，是一种形式整齐、音韵优美、格律严谨的抒情诗体，可以看作是欧洲的律诗。它流行于意大利，后来法国、英国、德国等国的大诗人莫不纷纷模仿，至今仍是盛行的一种诗式。

杰出的英国剧作家、大诗人莎士比亚创作了一百五十四首十四行诗，其中的第一十八首，梁宗岱先生把它译成了中文[①]：

> 我怎么能够把你来比作夏天？
> 你不独比它可爱也比它温婉；
> 狂风把五月宠爱的嫩蕊作践，
> 夏天出赁的期限又未免太短。
>
> 骄阳的眼睛有时照得太酷烈，
> 他那炳耀的金颜又常遭黯晦；
> 给机缘或无常的天道所摧折，
> 没有芳艳不终于凋残或销毁。
>
> 但你的长夏将永远不会凋落，
> 或者会损失你这烨烨的红芳，
> 或死神夸口你在他影里漂泊，
> 当你在不朽的诗里与时同长。

[①] 梁宗岱先生的译诗，以及后文引用的他自创的《商籁》第一首，分别引自王力的《汉语诗律学》第 909 页、880 页；世纪出版集团、上海教育出版社 2005 年 4 月第二版。

只要一天有人类，或人有眼睛，
这诗将长生，并且赐给你生命。

全诗十四行，分为四节，按四、四、四、二行编排。译诗的行数、节数、韵式，完全依照莎士比亚的原诗，只是将原来的十音改为了十二音。要注意的是，莎士比亚原诗的押韵格式为 abab、cdcd、efef、gg。

莎士比亚的十四行诗是商籁的变式体；常见的意大利体是正式体，将每首诗分成两部分：前一部分由两段四行诗组成，后一部分由两段三行诗组成，即按四、四、三、三编排；用韵与莎士比亚体有些不同，其韵式为：abba、abba、ccd、eed，后六行还可有其他的变式，如 ccd、ede，或 cdd、cdc，等等。

十四行诗每行的字数，常用十字或十二字，其他十一字、九字到五字也都是可以的。梁宗岱写时，喜欢每行十二字，如他自创的《商籁（第一首）》，就大致按商籁的正式体写成：

幸福来了又去：像传说的仙人，
他有时扮作肮脏褴褛的乞丐，
瘦骨嶙峋，向求仙者俯伏叩拜，
看凡眼能否从卑贱中看出真身；

又仿佛古代赫赫的至尊出巡，
为要戒备暴徒们意外的侵害，
簇拥着旌旗和车乘如云如海，
使人辨不清谁是侍卫谁是君。

但今天，你这般自然，这般妩媚，
来到我的身边，我光艳的女郎，
从你那清晨一般澄朗的眸光，

和那嘹亮的欢笑，我毫不犹豫
认出他的灵光，我惭愧又惊惶，
看，我眼中已涌出感恩的热泪！

这首十四行诗每行十二字，分为四节，按四、四、三、三行编排。前两节八行的韵式为 abba、abba，用两个抱韵；后六行的韵式为 cdd、cdc；其中，

C 用的是宽韵。

从欧洲引进的十四行诗,经过中国诗人多年来的创作实践而逐渐固定下来,成为格律体新诗的一种,可以把它归属于整齐对称式。

纵览新诗的发展,与篇无定节,节无定行,行无定顿的自由诗相比,格律体新诗寻求相对稳定的有规律的诗节、诗篇的对称组合,形成比较整齐与鲜明的顿数、规律化的押韵,有利于造成新诗匀称、和谐的视觉美和音乐美。格律本身也可以给人以美感,有益于艺术地表达思想情感。

现代人需要现代的格律诗,就如好画并不拒绝合适的金框。格律体新诗正在走向成熟和规范,新诗格律化的道路任重而道远。遥想不久的将来,无论是格律体新诗,还是自由诗,人们都希望能多多涌现出情深景美、声情并茂的好诗。

【思考与练习】

一、下面是 2008 年第 29 届北京奥运会主题歌词,看看这是一首什么样的格律体新诗,它的句式与押韵格式有什么特点。

请参照此诗格式,或者另外自选,试写一首格律体新诗,面向微信朋友圈或集体,表达自己的心声。

我和你

我和你,心连心,同住地球村。
为梦想,千里行,相会在北京。
来吧!朋友,伸出你的手,
我和你,心连心,永远一家人。

二、仿照流沙河的《理想》第一节,以"信念"、"爱心"、"团结"或你想到的其他内容写几句诗,能自成一首诗更好。

理　想　　　　　　　　　　流沙河

理想是石,敲出星星之火;
理想是火,点燃熄灭的灯;

理想是灯，照亮夜行的路；

理想是路，引你走到黎明。

…… ……

三、读诗文名篇，谈自身感慨，写一首新诗。

《关雎》是《诗经》的名篇，也出现在初中语文课本中。"关关雎鸠，在河之洲。窈窕淑女，君子好逑……"，当代王玉强先生熟读深悟，从男士渴望佳偶天成的角度，写成一首读后有感而发的新诗《天空中翩跹的蝶》："如飘舞的蝶，／窈窕的淑女飞入心扉，／青荇的招摇涌动纯粹。／那辗转反侧的淡月，／告诉钟鼓的韵味，／优哉游哉，／我的琴瑟娓娓劲吹。／／为何让雎鸠唱出好逑的心慰？／为何快乐借助钟鼓的激擂？／为何相思单纯着君子的贞静与恬美？／是伴着'乐而不淫，哀而不伤'的妩媚？"

你也可以试试，对感兴趣的某篇诗歌或散文，熟读、领悟、深思，充分地展开联想与想象，从自己的视角、抓住某一点展开，可写景，可叙事，可咏人，可咏史，可抒情，用诗的语言，写一首新诗。可以像《给珠贝》那样只写四句，也可以写两节诗或再多一点。

第四编　情景物事理　读写各有异

第十五讲　抒情诗鉴赏创作

一　感于哀乐缘事发　直抒借事表情意

本节要点

⊙诗分情景物事理　　⊙直抒胸臆能感人
⊙显情隐情有依托　　⊙借事抒情事为宾
⊙特指朦胧成泛指

　　弄清诗歌的体式是认识和把握诗歌的锁钥。不同体式的诗歌有着不同的特点和艺术手法。对诗歌体式的比较分析、深入把握，不仅有益于欣赏诗歌作品，而且能指导和优化诗歌创作。

　　中国诗歌源远流长，体类丰繁。从形式体制即具体样式来看，诗歌有古体诗、近体诗、词、曲等传统诗歌与新诗之分。这些体类的诗歌特色及鉴赏创作要点，本书第三编《诗词散曲，鉴赏创作》中的五讲已详细解说。从诗歌的内容（题材、主旨等）与性质（表达方式、功用等）来看，诗歌可分为抒情诗、写景诗、咏物诗、叙事诗、哲理诗等五大类。此等诗歌的分类概说，在第二讲《什么是诗》中也已触及；下面扩充展开、分类来谈，首先探讨的是抒情诗。

　　在中国诗歌艺术长河中，抒情诗占据着最主要与最重要的地位。正因为依托抒情的特长而存在和发展，走了抒情的道路，中国才成其为诗的国度。诗歌的多类题材，往往都能归结到抒情诗体中。譬如，咏怀诗像近代李大钊的《壮别》"壮别天涯未许愁，尽将离恨付东流。何当痛饮黄龙府，高筑神州风雨楼"，抒发的是以身许国、再造神州的豪情壮志。情爱诗如唐代鱼玄机的《江陵愁望有寄》"枫叶千枝复万枝，江桥掩映暮帆迟。忆君心似西江水，日夜东流无歇时",表达的是盼人不至、惆怅不已的相思之情。羁旅诗如唐代李商隐的《夜雨寄北》"君问归期未有期,巴山夜雨涨秋池。何当共剪西窗烛,却话巴山夜雨时",隐现的是羁旅的愁苦与思念妻子的深婉情怀。闲适诗如唐代陆龟蒙的《和袭美春夕酒醒》"几年无事傍江湖,醉倒黄公旧酒垆。觉后不知明月上,满身花影倩人扶",表现的是浪迹江湖、闲逸脱俗的高情远韵。讽喻诗如五代十国时花蕊夫人的《述国亡诗》"君王城上竖降旗,妾在深宫那得知?十四万人齐解甲,更无一个是男儿",怒斥着蜀国君臣的荒淫误国,展示的是弱女子的羞愤痛切之情。

抒情诗中的"情",作何解释?刘勰《文心雕龙·明诗》中说"人禀七情,应物斯感,感物吟志,莫非自然";文中后句"感物吟志"中的"志",与前句"人禀七情"中的"情"是包容相通的。孔颖达《正义》注释中说:"在己为情,情动为志,情、志一也",说得更明确,"情"与"志"是统一的。如此看来,抒情诗中的"情",指的是人的思想感情,既包含思想、志向、怀抱,又包含情感、心意。

抒情诗是以抒发作者内心情感为主、直接或间接表达作者对现实生活体验和感受的一类诗体。作者的着眼点与诗的重心不在于再现客观世界,而在于抒发观照自然、社会、人生时产生的喜怒哀乐爱恶欲的情感。

抒情诗的抒情方式大体有直接抒情、间接抒情两大类。直接抒情往往以第一人称(以"我"自称)的表达方式,由作者把自己的感情直接倾吐出来;间接抒情则是借助景物、事件的描述来间接传达情意。

直接抒情又称直抒胸臆,就是勿隐含勿委婉,直接坦率地流露出自己的思想情感。中国传统诗词虽然以含蓄蕴藉为美,有"忌直贵曲"之说,但实际上并非全都如此。诗词要写景抒情,而情感是复杂多样的;像温婉、缠绵等类情感用含蓄的手法来表达当然不错,可有些激烈、果断的情感,"是要忽然奔迸一泻无余的"[①]。

含蓄固然美,直说同样能够感人,关键是要看如何表达的具体效果。看看汉乐府中的爱情诗《上邪》:"上邪!我欲与君相知,长命无绝衰。山无陵,江水为竭;冬雷震震,夏雨雪。天地合,乃敢与君绝。"诗中,一位痴情女

[①] "是要忽然奔迸……":引自梁启超《中国韵文里头的所表现的情感》一文。见《梁实秋散文选集》,百花文艺出版社,1991年版。

子呼天为誓,坦荡直白,用山无峰崖、江水枯竭、冬天雷声震震、夏天风雪飘飘等看似无稽荒唐的假设,真切传神地反照出她为爱情痴迷而挚烈的情状。用极反之语写极真之情,活泼爽直,"奔迸一泻无余",令人倾倒。

直说要动人心弦,必须真诚坦率,自然流露。只有长期积蓄、不吐不快的真情实感的袒露,只有作者内心的强烈震颤与灵魂的独白,才能创作出"真于情性"的上乘之作,才能具有直接撼动人心的力量。看看陈子昂仅有四句的《登幽州台①歌》:"前不见古人②,后不见来者③,念天地之悠悠④,独怆然⑤而涕下。"诗人胸怀建功立业壮志,直谏屡屡被拒,征讨契丹时非但"吾谋不用",反而被贬为军曹,报国宏愿化为泡影;在含愤登上幽州台时,他俯仰天地,纵览古今,为不遇明主而感伤,胸中积累已久的宇宙悠悠、人事莫测、英雄末路的慷慨悲凉、寂寞苦闷的情感奔涌而出,"独怆然而涕下"。诗歌把个人悲凉苦闷的情感放在一个更为广阔的宇宙与悠久的历史的背景上来观察、审视,表达了古往今来许多怀才不遇的人士所同有的情感,因而获得了广泛的共鸣,成为千古传诵的名篇。

此诗没有写景叙事,没有对幽州台作一点描写,并不依傍和假借外物而直接抒发登台的感慨。不过,直抒胸臆、显情隐景的背后,诗人怀才不遇的身世,燕昭王修筑黄金台招纳贤才的史迹,是隐藏着的作者诗中吟咏的事物,也是隐藏着的读者读懂此诗须了解的这一段历史。这样看来,直抒胸臆的诗歌,情感表现是直接的,仍然须有触发情思的诱发点,仍然要有能为读者所理解的景物、场景、环境、气氛等这样或那样抒情依托的背景。否则,无病呻吟、百无聊赖的抒情,只会浮荡无所依存,不足以感人。

与直接抒情不同,间接抒情须借助事件、景物来间接表达作者的感情:或者通过叙事诗句引出情意,或者借助景物的描写来抒发情意,或者是通过

---

① 幽州台:即传说中燕昭王为求贤而筑的黄金台。幽州,是古代燕国的国都,在今北京市西南大兴县。

② 古人:指古代的明君贤士,如燕昭王、乐毅等。乐毅:战国后期杰出的军事家,辅佐燕昭王振兴燕国;曾统帅燕国等五国联军攻打齐国,连下七十余城,创造了中国古代战争史上以弱胜强的著名战例。

③ 来者:指后世的明君贤士。

④ 悠悠:长远得无穷无尽的样子。

⑤ 怆(chuàng)然:伤感的样子。

叙事与写景交织来抒发情意，或者为情感表达找到一个"客观对应物"而设景寓情。情意与事件、景物的关系，前者为主，后者为宾。事件、景物往往只是情感表现的背景、媒介，叙事写景只是为了抒情。

"感于哀乐，缘事而发"，如果说像《登幽州台歌》那样引发直抒胸臆的诗的"事"是隐匿在暗处，那么借事抒情诗中的"事"则显露在明处：因某某事件触动了情感，从而借助叙事来表情达意。不过，抒情诗中的叙事，不像叙事诗那样须较完整地叙述事件的发生发展的过程，只是为抒情而叙事，可以选择触发情感的事件的某一瞬间或几个片断，简要概括地加以叙述。

杜甫的《江南逢李龟年》"岐王宅里寻常见，崔九堂前几度闻。正是江南好风景，落花时节又逢君"，是在借江南逢友、四十年沧桑巨变之事来抒发深层的感喟。诗中没有具体地叙说与故友交往前后的情况，叙事并不是重心，只是简要概括地点出几幅跳跃的图景，通过"见"、"闻"、"逢"与"落花时节"的描述而展现了时空跨度的变化，包容着深厚的情感。岐王是皇亲，崔九是秘书监，盛世之年能经常在达官贵人弦歌燕舞的府第出入，也算是名人了；可在乱世的落花时节，步入老年、漂泊颠沛江南的老歌唱家与老诗人又重逢了，却是何等感伤。虽然诗中没有一个直接表达情感的词语，可四十多年的时代沧桑、人世巨变，盛去衰来，索寞怅惘的伤怀却隐含、渗透在诗中，成为杜甫绝句中最有情韵、最富含蕴的一篇。

抒情诗是主观的、个人的，但是诗人却借助于将个人情感放置于广阔的时空背景中、对个人经验作一般化描写的手法，使诗歌获得了普遍的非个人的色彩，而同时又不失其抒情诗的本质。《江南逢李龟年》是这样，秦观的《鹊桥仙》"纤云弄巧，飞星传恨，银汉迢迢暗度。金风玉露一相逢，便胜却人间无数。 柔情似水，佳期如梦，忍顾鹊桥归路。两情若是久长时，又岂在朝朝暮暮"，也是如此。前者表现的是故友重逢时杜甫的个人情感，后者吟咏的是牛郎织女"银汉迢迢暗度"的故事，都具有某种特指性。可前一首诗的后两句只是点出了"江南"和"暮春"的大致地点与时间，同时由于使用了"君"这个代名词，从而获得了一般化的效果。后一首词的下阕从鹊桥上"柔情似水，佳期如梦"的二人世界，升华出结尾"两情若是久长时，又岂在朝朝暮暮"这一男女爱情普遍性的道理。抒情对象朦胧了，所抒之情具有了鲜明的泛指性，就能获得一般化的效果。这种从抒情的特指性向泛指性过渡的手法，使诗歌本身具有了某种普遍性，留给读者更多想象、品味的空间。读者面临类似的场面，也可深情地吟诵起这些诗句，表达自己相近或相似的情感。

与借事抒情不同的是，借景抒情是通过最有感发意义的景物画面或活动场面，来表达对世界与人生的情意，传达抒情的内容。抒情是目的，借景是手段。作者依托情感选择景物后，或缘情写景，或触景生情，或情景浑成。

缘情写景常常是情在景先，诗人往往先点明特定的情感内容，然后围绕它选取景物加以描绘；所选景物可以是实景，也可以是为了抒发感情的需要而出现于想象中的虚景。譬如，陆游是南宋著名爱国诗人，一生以抗金复国为己任，晚年写下了《十一月四日风雨大作》："僵卧孤村不自哀，尚思为国戍轮台①。夜阑卧听风吹雨，铁马冰河入梦来。"诗中"僵卧孤村"、"夜阑卧听风吹雨"是诗人生活中真实的景象，而"为国戍轮台"、"铁马冰河"分别是卧中所想、梦中所思的虚景。实景反衬虚景，虚景与开篇点出"不自哀"（复国大业未成而不胜哀痛）的伤感相呼应，凸现了诗人强烈的报国热情。全诗因情设景，诗中的"实景"与"虚景"就是围绕这种报国热情而选取并按躺卧至梦境的顺序而描绘展开的。

再看看李白的《劳劳亭》："天下伤心处，劳劳送客亭。春风知别苦，不遣柳条青。"这是抒离别之情的，情在景先，首句即点出"伤心"。诗人由送别而联想到折柳，又进一步联系到春风。折柳赠别是古代的习俗，"折柳"之景与伤感之情具有"同形同构"②的关系：柔弱的柳枝那摇摆不定的形体，能够传达出一种与人伤感时摇荡不已那种相似的感觉，两者有一定的对应性。诗中，温柔宜人的春风好像深知人世间的离别之苦而不忍心看到令人伤绝的离别场面，所以故意"不遣柳条青"。"以我观物，故物皆着我之色彩"③。诗人的"伤心"之情外射到春风，使无情感的春风人格化了。这种用拟人化的手法，化无情为有情的移情手法，在诗词中常常用到。又如"感时花溅泪，恨别鸟惊心"，"花红易衰似郎意，水流无限似侬愁"，"蜡烛有心还惜别，替人垂泪到天明"，"多情只有春庭月，犹为离人照落花"，等等。

---

① 轮台：为今新疆轮台县，此借指宋代北方边疆。

② 同形同构：格式塔心理学认为，如果外部事物运动和形状与人的心理情感模式吻合，那么外物就能勾起人相应的感情活动。

③ "以我观物……"：引自王国维《人间词话》手定稿之三。

【思考与练习】

一、放眼世界诗坛中的一幕。匈牙利诗人裴多菲写了一首箴言诗:"生命诚可贵,爱情价更高。若为自由故,两者皆可抛。"一百多年来,这首诗广为传诵,数以亿计的人们能背出这首诗。

这首箴言诗没有具体的景物事件的描绘,而是直抒胸臆,对人生在世的价值进行直接的评说,为什么仍能感人至深、广受欢迎?你能说说其中的奥妙吗?

二、直接抒情的诗较好辨认,间接抒情的抒情诗与叙事、写景、咏物诗有时就难以分清。但这可以从以下几方面细加辨别:诗题有无透露?全诗的侧重点何在?表达方式以何为主?是表现心态还是事态、物态?思辨分析时,要把握好以下要点:抒情诗的着眼点不在于再现客观世界,而在于抒发作者的主观情感,表达方式以抒情为主。

阅读下面李白代长安思妇而作的代言诗,试分析、辨别这是一首叙事写人诗还是一首间接抒情的抒情诗,为什么?

子夜吴歌·秋歌

长安一片月,万户捣衣声。
秋风吹不尽,总是玉关情。
何日平胡虏,良人罢远征。

三、情感是诗人进行创造的酵素和内驱力。比起其他文学样式,诗歌更加强调情感表现。如蓝色的新诗《圣诞节》写道:"总觉得塞进邮筒的信/对方不会收到/放在街旁的自行车/会被别人偷掉/总觉得端在手上的高压锅/马上就会爆炸/转播足球赛的电视机/会出什么故障/如果撞上了什么东西/那一定是得了脑震荡/如果这班车她还不到的话/我就要一个人被撇在世界上/一个成熟的男人/身上为什么会有/那么多的分量。"诗中主人公所表现出来的心有余悸是一种卡夫卡式的焦虑[①],它是现代文明社会中常见

---

① 卡夫卡的焦虑:弗兰兹·卡夫卡(1883——1924年),是奥地利著名的表现主义作家。他笔下描写的都是生活在下层常处于焦虑状态的小人物,他们在这充满矛盾、扭曲变形的世界里惶恐,不安,孤独,迷惘,遭受压迫而不敢反抗,也无力反抗,向往明天又看不到出路。

的一种病态心理。

学习这种简要概括叙述罗列的事件来表现某种多次出现的类似情感的写法，或者自定写法，从学习、生活或工作中出发，自选主题与题材，用新诗或其他体式，力争写一首感动自己，也能感动别人的抒情诗歌。

二 借景抒情善选景 设景寓情重象征

本节要点

⊙借景抒情情为主：缘情写景可移情
•触景生情善选景 •情景浑成妙无垠
⊙设景寓情巧象征：寄物托情寻对应

与缘情写景不同，触景生情不是先情后景，而是先景后情。作者观景前心里比较平静，只是凭直觉去观察某种景物，因受到景物的刺激，激起了原本潜伏在作者意识中的某样情感。景物成为情感的触发点。李白的《静夜思》"床前明月光，疑是地上霜。举头望明月，低头思故乡"，就是先景后情，触景生情。清秋夜景，月白霜清，举头望月，低头生情，月光唤起了蕴藉深沉的思乡之情。短短四句诗，"信口而成"，"妙绝古今"[①]。

写景要服从于抒情达意的需要，善于找到情景之间相对应的关系，通过典型的图景或细节的描绘，使人物的真情实感像水果中的果汁一样蕴蓄在具体的形象之中，给品尝它的人带来齿颊留香的感受。譬如，《静夜思》之所以成为几乎是全世界华人耳熟能详的一首思乡名诗，一个非常重要的原因，就是诗人经历并且选择了望明月而思故乡这一情境，情与景能恰到好处地相生互映：独在异乡，看见了明月就想起了家乡亲人，就渴望着团圆；明月千里寄乡思，这是人们共通的心理体验。再看，王维的《送元二使安西》诗，前两句"渭城朝雨浥轻尘，客舍青青柳色新"，诗句中的"客舍"本是羁旅

---

① "信口而成"两句：引自胡应麟《诗薮·内编》卷六。

者的"伴侣","杨柳"更是古人离别的象征物,虽不用"别"字,却将"送别之意"写足;后两句"劝君更尽一杯酒,西出阳关无故人"中的"更尽",将此前的殷殷劝酒、此刻的依依不舍、此后的关切怀念的情愫表现得淋漓尽致了。

显然,选择什么样的景物,描写景物的何种状态,才能传情达意,对于借景抒情的抒情诗来说十分重要。"悲落叶于劲秋,喜柔条于芳春,心懔懔以怀霜",以哀景写哀情、以乐景写乐情,情景双绘显示为相生互映的关系。但也可以相反,"昔我往矣,杨柳依依;今我来思,雨雪霏霏[①]",以乐景写哀情,以哀景写乐情,情景双绘显示出相反相克而互映的关系。

《古诗十九首·回车驾言迈[②]》就是一首情景双绘、反衬互映的佳作。此诗共十二句,前四句"回车驾言迈,悠悠涉长道。四顾何茫茫,东风摇百草"在叙事写景:回车远行,长路漫漫,但见东风浩荡、百草摇曳,春的世界来到人间。后八句是抒情发感慨:"所遇无故物,焉得不速老。盛衰各有时,立身苦不早。人生非金石[③],岂能长寿考[④]?奄忽随物化,荣名以为宝"。纵观全诗,艳阳的春天却反衬"衰飒如秋"的迷惘、凄凉的情怀,"其力真堪与造物争衡,焉得不移人之情?""盖草经春来,便是新物;彼去年春,尽为故物矣。草为东风所摇,新者日新,则故春日故,时光如此,人焉得不老!老焉得不速!"[⑤]对于"回车"的抒情主人公来说,从景物的反衬中惊悟到人生寿命的短暂而感慨"立身不早",因而有了沉沦失意的情感。当情感和景物如此相反相克时,会因物我冲突、内外反衬而激发出审美的张力,反而强化了情景反衬互映的和谐。

像《回车驾言迈》这样的诗是前有叙事写景交织后有抒情,像《劳劳亭》那样的诗是前情后景,情景的先后次序不同,但都是情景双绘;可有的诗却是亦景亦情,情景浑成,妙合无垠,达到难以区分的地步。看看秦观被贬谪

[①] 依依:柳枝随风飘拂貌。思:语助词,无义。雨(yù):作动词,下雪。霏霏:雪花纷飞貌。

[②] 回车驾言迈:掉转车头,驾车行进。言:语助词,无义。另一说,"驾"为象声词。

[③] 金石:富含贵金属的矿藏。古人云"精诚所至,金石为开";金石也可以理解为"坚硬的石头"。

[④] 长寿考:长命百岁。考:与"老"同义,年纪大。

[⑤] "其力真堪……"等两处引言,引自吴淇《选诗定论》。

至郴州旅途时所写的《踏莎行》一词。开篇"雾失楼台,月迷津渡①,桃源②望断无寻处",诗句中巧用既能描绘景物、动作特色又能表现主观心态的词语"失"、"迷"、"望断"、"无寻",既是在描绘凄楚迷茫的景色,也是在倾诉凄迷、失望的心情。接着"可堪孤馆闭春寒,杜鹃声里斜阳暮",此中"孤馆"、"春寒"、"杜鹃"、"斜阳"等伤心的景物汇聚,加上"可堪"这样表达情感的词语,凄清冷漠的旅舍环境就迷漫着惨淡凄厉的情感。下阕"驿寄梅花,鱼传尺素③,砌成此恨无重数",诗人无穷的"飘零"之"恨"的情感,形象地化为无数寄梅传素似的书信如砖石垒墙般"砌"成的"恨"墙。而后,"郴江幸自绕郴山,为谁流下潇湘去",看似借眼前山水景物痴痴一问,有了"幸自"、"为谁",实际上是在慨叹诗人被贬谪飘零的莫名悲愤。纵观全词,可以说句句都在写景,又句句都在抒情,情景真切,诗人被贬谪至郴州旅居的迷茫、凄清的景象与失意怅惘、哀苦凄厉的情感,自然微妙结合、浑然天成,是一首蜚声词坛的千古绝唱。

享誉词坛的《踏莎行》的高明之处,是将个人被贬谪途中所见所念之景与怅惘悲愤之情浑然融合;而被《沧浪诗话》赞为"唐人七言律诗,当以崔颢《黄鹤楼》为第一"的特别之处,则是将"昔人"之事、眼前所见之景,与人类寻求精神家园的愁思微妙融合。诗的前两联"昔人已乘黄鹤去,此地空余黄鹤楼。黄鹤一去不复返,白云千载空悠悠",这是在叙"昔人"千载不返之事。"昔人"乘鹤仙逝作为一个典故,已成为通向神天仙境的影射,"黄鹤"也被赋予能"与众神沟通"的精灵。诗句的字里行间,"已""去"、"空余"、"不复返"、"空悠悠",则渗透着盼望着通向神天仙境不能而怅惘失落之情。颈联"晴川历历汉阳树,芳草萋萋鹦鹉洲",由叙典故念想转为写眼前之景,景中有情,暗含着虽传说典故为虚、但眼见美景为实、是可遇可求的感慨。尾联"日暮乡关何处是? 烟波江上使人愁",则是在"日暮"的"烟波江上"有着伫立之"人"的景物描绘中抒发"乡关何处是"的愁情,情中有景。此

---

① 津渡:渡口。

② 桃源:指陶渊明在《桃花源记》中描绘的世外桃源。其地在武陵(今湖南常德),离郴州(今湖南郴州市)不远。

③ 驿寄梅花:据南朝宋《荆州记》所载,陆凯在《赠范晔诗》中有"折梅逢驿使,寄与陇头人。江南无所有,聊寄一枝春。"鱼传尺素:《玉台新咏》题名汉蔡邕《饮马长城窟行》诗中有"客从远方来,遗我双鲤鱼。呼儿烹鲤鱼,中有尺素书。"以上两句用典故表达亲友间的寄赠与慰藉。

种愁情,有人将之解释为"思乡之愁",这是片面的:一般正常的人都能回答"你的家乡是何处"的问题,站在黄鹤楼上,"芳草萋萋"、"晴川历历"可见,熟知的家乡也应是方位渺茫可辨、足迹依稀可寻的,而"乡关何处是"中的"乡关"看来并非指家庭世代居住的地方;寻求全诗的逻辑联系,"昔人"已去,"黄鹤"不返,通向神天仙境不能,那么人类灵魂的归宿、精神的家园又"何处是"呢?俞陛云《诗境浅说》中说:"谓其因仙不可知,而对此苍茫,百端交集,尤觉有无穷之感……其佳处在托想之空灵,寄情之高远也。"此诗情景浑成,寄寓着宇宙的感兴、人类精神家园难求的愁思,这是不同于一般诗作的独特的制高点;无怪乎李白到黄鹤楼后感叹道:"眼前有景道不得,崔颢题诗在上头。"①

　　王夫之在《夕堂永日绪论内编》中说:"神于诗者,妙合无垠。巧者则有情中景,景中情。""景中情"是指景中含情。《踏莎行》上阕是如此,《黄鹤楼》前三联也如是。再看下面同为李白写景的诗句:《渡荆门送别》诗"山随平野尽,江入大荒流",万里长江在"尽"与"大"的描绘中显得气势磅礴的图景,就蕴含了诗人青年时兴致勃勃游览故地时喜悦开朗的心境;《秋登宣城谢朓北楼》诗"人烟寒橘柚,秋色老梧桐",秋风摇落而"寒"、秋光渐"老"的景物描绘中,暗含着诗人弃官后飘荡流浪时的失意、寂寞的心情。要注意的是,景中含情,需要化景物为情思。写景须带着真情实感来铺写景物,要像李白、崔颢、秦观这样善用既能描绘景物、动作特色又能表现主观心态的词语,或是在景物的描绘中恰到好处地插入表现情感的词语,使情感自然融合贯穿在景物的描绘之中。

　　借景抒情,写景不能随意,要写含有情的景。抒情呢?情中要有景,抒情不宜抽象地说悲说喜,而要像《踏莎行》下阕那样,化抽象的情感为形象的景物描绘,情中显景;或者如《黄鹤楼》尾联那样,在写悲喜时与景物同在,情景融合。这样的诗例还有不少。杜甫《奉和贾至舍人早朝大明宫》中"诗成珠玉在挥毫"句,写才人翰墨淋漓自我赞赏之情,通过"成珠玉"的比喻、"挥毫"的场面来表现。鲍照《代白头吟》中"直如朱丝绳,清如玉壶冰",用"朱丝绳"、"玉壶冰"来比喻人的直爽、清廉的性格和品德。唐代李嘉祐《暮春宜阳郡斋愁坐,忽枉刘七侍御新诗,因以酬答》中"芳草伴人还易

---

① 李白到黄鹤楼无作而去之事,见《唐才子传》卷一。

老,落花随水亦东流",本是抒人易老之情,不直写,而是移情于芳草易老、谐落花流水而去之景来表现。

以上所说,情景浑成、触景生情、缘情写景,都是有景有情、借景抒情。还有,若不是直接倾吐,抒情诗中所蕴含的情感,除可以借景、借事、抑或是借写景叙事交织来表现外,还可以设景寓情、用象征手法含蓄地来表现。

什么是象征?人们把借助事物间的联系、用特定具体的事物来寄寓某种情感品质或抽象事理的表现方式称为象征。例如,上述《踏莎行》尾句"郴江幸自绕郴山,为谁流下潇湘去","言在于此,意在于彼",对郴江"为谁"而流的诘问,含蓄朦胧地寄寓着诗人自己难言的凄苦情怀;诗人的情感与郴江的"绕"、"流"非形似而是"神似"。这种寄物托情的手法就是象征。要注意的是,"神似"的象征与"形似"的比喻不同。后者如"问君能有几多愁?恰似一江春水向东流",不过是用"春水东流"来生动形象地说明"愁"的多与深、源源不断的特点,是"形似"而非"神似",因而是比喻而非象征。

设景寓情,离不开寄物托情;关键之处,是需要作者为自己所要表达的情意寻找一个恰到妙处的对应物——可以是外界的具体事物,也可以是虚构的虚幻情景。看看选择现实中已存在的事物为对应物的,如白居易的成名作《赋得古原草送别》:"离离原上草,一岁一枯荣。野火烧不尽,春风吹又生。远芳侵古道,晴翠接荒城。又送王孙去,萋萋满别情。"此诗极力描写"古原草"的顽强抗争、虽枯后荣又翠绿弥漫的景致,再将离愁别绪与绵绵茂盛的芳草结缘,以"原上草"的繁衍不息象征着友人之间的绵绵情意。不过,寄物托情,象征的客体与象征意义之间是凭借联想联系起来的,因而读者也可以从主观感受出发,赋予象征客体以新的含义。此诗的前四句更为人们所喜爱,"野火烧不尽,春风吹又生"常被用来歌颂那顽强不屈的精神;虽不知此点是否为作者写作此诗时的用意所在,但不少读者读后往往会赋予类似的含义,这也是此诗得以广为流传的主要原因。

象征有公共象征与私设象征之分。历史上形成的并为人们广泛接受的象征性的意象,具有一定程度的约定俗成性,称为公共象征。例如"青青陵上柏"、"亭亭山上松",松柏成为公认的孤直耐寒品格的象征意象。与此不同,个人触兴于物,临时创造出来的,表现其独特的情感状态的意象,称为个人性象征或私设象征。如上述用"原上草"的繁衍不息来象征绵绵情意,是私设象征。还有,《踏莎行》的结尾处,借眼前所见的郴山郴水的痴问来表达独特的被贬谪时怅惘凄厉的情感，也是私设象征。

《踏莎行》中的象征手法只用于词作的局部。《赋得古原草送别》中的象征则体现于全篇，毛泽东的《满江红·和郭沫若同志》也是如此，不过与白居易诗选择现实中的事物不同，此词则是以虚构的情景作为表达情意的客观对应物："小小寰球，有几个苍蝇碰壁。嗡嗡叫，几声凄厉，几声抽泣。蚂蚁缘槐夸大国，蚍蜉撼树谈何易①。正西风落叶下长安，飞鸣镝②。　多少事，从来急；天地转，光阴迫。一万年太久，只争朝夕。四海翻腾云水怒，五洲震荡风雷激。要扫除一切害人虫，全无敌。"

这是一首政治抒情的豪放之作，境界的设置是用浪漫主义方法、凭想象虚构创造的，是为"造境"；这不同于像《踏莎行》那样以现实主义创作方法、来真实描写客观现实境界的"写境"。词的上片"苍蝇嗡嗡"、"飞鸣镝"的比喻与"蚂蚁缘槐"等典故展现的虚景，象征着屡次碰壁、不自量力的霸权主义者的反华行径；下片"只争朝夕"、"全无敌"等"高吟肺腑走风雷"似的直接抒情与"四海翻腾云水怒，五洲震荡风雷激"的比喻相结合的情景，则象征着共产党人领导下的世界革命风起云涌的浪潮。诗人在创造情境、抒发经过提炼的、具有个性化的情感、展现自己的精神世界时，也在创建着自己的形象。一代伟人囊括宇宙、包容古今的博大胸怀与高瞻远瞩、慷慨激昂的反帝反霸的豪情壮志，寄寓在词中描写的这一片宇宙风光之中。我们可以从中感受到抒情主人公指点宇宙、激扬奋进、豪迈强势的无产阶级革命家的高大形象。

用象征手法委婉含蓄地表现诗人的情感、创造情境的因情设境，与借景抒情、借事抒情、直抒胸臆一起，构成了抒情诗常用的多种方式。创作者在写作抒情诗时，可以依据表情达意的需要，灵活地选择适当的抒情方式。

---

①　蚂蚁缘槐：据唐李公佐《南柯太守传》记载，有个叫淳于棼的人，一天喝醉梦见自己在"大槐安国"当了驸马，做了南柯郡太守，醒来才知是梦。后来他在屋后发现一个白蚂蚁穴，还建有王城，原来这就是"大槐安国"。蚍蜉撼树：唐韩愈《调张籍》，"蚍蜉撼大树，可笑不自量"。

②　鸣镝：响箭，汉时匈奴冒顿单于用此来发号施令。

【思考与练习】

一、欣赏下面两首绝句，看看诗中抒情是属于抒情诗常用的何种方式、是如何写景抒情的。

泊秦淮　　　　　　　　　　杜牧

烟笼寒水月笼沙，夜泊秦淮近酒家。
商女不知亡国恨，隔江犹唱后庭花。

漫　兴　　　　　　　　　　杜甫

肠断春江欲尽头，杖藜徐步立芳洲。
颠狂柳絮随风舞，轻薄桃花逐水流。

二、看看下面题中的提示，依据前二句的景物续写后二句的抒情，注意情景融合，前后须韵律和谐。

1、前二句：花开花又谢，雁去雁又来。

续写后二句：

2、前二句：试卷一发下，两眼直冒花。

续写后二句：

3、前二句：前日看叶绿满枝，今朝飘飘盖沙石。

续写后二句：

三、"君自故乡来，应知故乡事。来日绮窗前，寒梅着花未？"这是王维询问亲友、思念故乡的诗歌。"旅馆寒灯独不眠，客心何事转凄然。故乡今夜思千里，霜鬓明朝又一年"，这是高适怀念故乡、凄然感伤的绝句。"慈母手中线，游子身上衣。临行密密缝，意恐迟迟归。谁言寸草心，报得三春晖"，这是孟郊感恩慈母、慨叹难以回报的诗作。思念故乡、思念感恩亲人的诗歌还有很多。

学习前人诗歌的写法，自己构思，写作一首思念故乡或思念或感恩亲人的抒情诗，体裁不拘。抒情诗写好后，可在条件允许的范围内传观，请别人提意见，再修改。

第十六讲　写景诗鉴赏创作

一　捕捉山水风景美　灵动鲜活出佳作

本节要点

⊙风景写照景为主　　⊙形似神似情意牵
⊙隐匿闪现或显露　　⊙灵动鲜活画图美
⊙构图层次有讲究　　⊙画中有人添活力

写诗往往离不开写景。倘若诗歌以抒情为主旨，只是把景物作为情感表现的背景、媒介，借助景物描绘来表达对世界与人生的看法，那样写出来的就是抒情诗。但倘若诗歌以四时风景、山水田园等自然景物或人文景观作为吟写的对象与主旨、以客观描写手法为主要表达方式、以再现景物的形貌、神韵和美感为主要艺术追求，情感表达只是来自并融化于景物描绘之中，这样写出来的就是写景诗。

让我们来看看杜甫的《绝句两首》：

其一：

　　迟日[①]江山丽，春风花草香。
　　泥融飞燕子，沙暖睡鸳鸯。

[①]　"迟日"，出自《诗经·七月》："春日迟迟。"春天光照时间渐长，天气趋暖，正所谓"天初暖，日初长"（欧阳炯《春光好》）。

其二：

> 江碧鸟逾白，山青花欲燃。
> 今春看又过，何日是归年？

这两首小诗都写了春景春意，不过也大有不同。"其二"前两句描绘春光融洽的江、山、花、鸟的美好景色，后两句抒发羁旅异乡的感伤。后者是主旨，写景不过是为抒情服务，以乐景反衬哀情，更显深厚。它是一首抒情诗。"其一"没有情怀的显露，全诗只写景物，描绘的是春日迟迟、风传花香、紫燕轻飞、鸳鸯卧沙的美好景象；其中隐含着赞赏明媚春景中生命活力的欢悦情怀，要借助于读者的欣赏品位才能发现和感知。这是一首写景诗。

写景诗以山水景物为描写对象，须"巧构形似之言"，既要"貌其形而得其似"[①]，写景逼真，"如印之印泥"；又要"窥情风景之上"[②]，"巧"在"神"的捕捉，以呈现大自然的生命与神态。杜甫《绝句》其一，择取几样最具代表性的、最能引发美感意识的景物，概括地描绘春景春意。诗中，既有迟日江山、春风花草、燕子飞、鸳鸯睡的"形似"的描绘，更有"丽"、"香"、"泥融"方"飞"、"沙暖"方"睡"的"春神"的捕捉；形神兼得，柔和的春意，勃勃的生机，相映成趣，构成一幅色彩鲜明，春意盎然的诗情画意图。

写景诗描写的是山水风景，虽不以抒情写意为主，但也不是简单机械地临摹景物，而需用作者的"心"来观赏并写作景物，"以我观物，物皆着我之色彩"[③]，诗中呈现的应是耳目所及的山水风景之美，感动人心的往往是诗人所表现的主观印象与感触。古人写景的诸多名句，如南北朝谢灵运《登池上楼》中"池塘生春草，园柳变鸣禽"，南北朝萧悫《秋思》中"芙蓉露下落，杨柳月中疏"，唐朝钱起《春夜过长孙绎别业》中"带竹飞泉冷，穿花片月深"，东晋陶渊明《饮酒》中"采菊东篱下，悠然见南山"……，"皆由直寻"，"寓目辄书"[④]，捕捉的是山水之美，而情感寓含景中。

[①] "巧构形似之言"，见南朝梁钟嵘《诗品》卷上。"貌其形而得其似"，摘自《文镜秘府论》征引王昌龄《诗格》部分。

[②] "如印之印泥"、"窥情风景之上"，见《文心雕龙·物色》篇。

[③] 引言出自王国维的《人间词话》。

[④] "皆由直寻"……：引言出自南朝梁代钟嵘《诗品》中对山水诗特点的评价。直寻：直接观物搜寻。寓目则书：眼前所见，就写了下来。引言强调的是对生活感受的直接描写，诗中的胜语佳句往往是从感物动情之中直接求得，而无须在前人典故或诗作中苦苦寻词觅句。

写景诗倘若不能"神之于心,处身于境,视境于心,莹然掌中","以意排之",就会如王昌龄批评的那样:"诗有'明月下山头,天河横成楼,白云千万里,沧江朝夕流。浦沙望如雪,松风听似秋,不觉烟霞曙,花鸟乱芳洲'并是物色,无安身处,不知何事如此也。"① 这就是说,倘若不能身临其境、用"心"观赏,对景物的神韵没有透彻的了解、不能用情意来安排前后次序,虽然诗中堆积景象众多,但看不出作者主观情思何在,景象也就"无安身处",读者不知他为什么要写这首诗。

写景诗不能写毫无情意的景物,而是要写能引起作者感兴之景,而且,多种景物呈现须有内在的情感联系;"当所见景物与意相惬者相兼道。"② 作者所描绘的山水景物,与由此而引发激起的或喜悦、或钟爱、或感伤、或惊叹的情感,须水乳交融地流淌在诗中,呈现出某种独特的意境美。

在以景物描写为主的写景诗中,情感的表现,不少是隐匿需寻的,也有些是依附闪现的,还有的则是明朗显露的。

纯是景物描写,情感隐匿须寻的,有些写景诗隐含的是对自然美的惊讶、陶醉与向往之情,别无寓意。如上文谈到的"迟日江山丽"绝句,全然是描绘明媚春光中的自然美景,隐含的是对自然美的陶醉与赞赏之情,这不难看出。不过,显景隐情,另有些写景诗的情感倾向比较隐蔽,别有寓意,要仔细品味才能领会。譬如,王维的《辛夷坞》"木末芙蓉花③,山中发红萼④。涧户⑤寂无人,纷纷开且落",就是一例。此诗中只有自然的真实写照,景物任自然原样不加干预地演现出来,直接以其姿势、状态和读者交流。品味诗作,辛夷花应时而生,自开自落,没有生的喜悦,没有死的悲哀,也无需旁人的赞美或伤感,一切是那样自然、平常;此中寓含了深邃的"法本自然"、"无

---

① "神之于心……"、"以意排之"、"诗有'明月下山头……'":此三处引言,皆出自王昌龄《诗格》。

② "当所见景物……",见王昌龄《诗格》。

③ 木末:指树尖;花苞打在枝条的最末端。芙蓉花:指辛夷,辛夷含苞待放时,近似芙蓉。芙蓉花即荷花。

④ 萼(è):花萼,环绕在花的最外面一轮的叶状薄片,一般呈绿色。

⑤ 涧户:涧口,山溪口。

为无不为"①的佛禅之理。寻美找趣，以物观物，物我浑然为一，诗人的情感与生命意识，隐匿景中，已经与自然发生了一种奇妙的融合，景情理相即相融，把读者引向一个兴味盎然的景致中；这是写景诗的极佳境界。

景物描写为主，情感依附闪现的，如杨万里的《小池》："泉眼无声惜细流，树阴照水爱晴柔。小荷才露尖尖角，早有蜻蜓立上头。"诗人发现了小池中泉眼、树阴、小荷、蜻蜓的独特景观之美并加以写照，让人觉得十分有趣。诗中也有"爱"这样表现情感色彩的词语，但这只是附依而闪现在景物描绘之中、并与景观描绘相融合的"爱"，表现的是对自然美的惊讶陶醉之情，而别无寓意；它并不同于像"今春看又过，何日是归年"那种游离于晚春美景之外的、诗人观景之前早有的情感。

景物描写为主，情感明朗显露的，如陆游的《瞿唐行》，前六句写瞿唐水涨的雄壮景观："四月欲尽五月来，峡中水涨何雄哉！浪花高飞暑路雪，滩石怒转晴天雷。千艘万舸不敢过，篙工柂师②人胆破"。接着惊叹"人人阴拱待势衰，谁敢轻行犯奇祸。一朝时去不自由，山腹空有沙痕留"，议论抒发的是由险景引发的人生临险惧祸的情感。作者重在真实写照自然，抱着一种比较客观的态度审视景观，并没有带着某种原有、预设情感的"有色眼镜"去观赏景物；情感的显露，只是由眼前实景而激起的即时感触。

要写好写景诗，不仅要摆正景与情的位置，显露的情感表达须由景物引发、并与景物描绘水乳交融；而且写景要灵动、鲜活，能引发读者真切的视觉联想，在脑海中形成具象的画面或场景，才能感人。

苏轼评价王维的诗，曾道："诗中有画"。这并不是说诗就是画，可以一一坐实；而是说诗可像画那样形象地呈现在读者眼前，令人有一种宛然在目的感觉。诗人常将山水画的一些技巧技法，如构图、层次、线条、明暗、色彩等运用到诗中，使诗中描写的物态和表现的情景像画一样，呈现在读者眼前。

王维的诗，有不少形象具体，可以入画。譬如他的代表作《终南山》，

---

① 法本自然：佛法（佛家道理）来自于自然。无为而无不为："无为"是指顺其自然，不妄为。"无不为"是说没有一件事是它所不能为的。通俗地说，有的事应该做的一定要做，不应该做的就不要做。

② 篙（gāo）工柂（duò）师：均指船工。篙：撑船的竹杆或木杆。柂，同"舵"。

可以看作是一首以画工之眼安排布局、设色而移步换景、动态展开的诗中佳作："太乙近天都①，连山到海隅。白云回望合，青霭入看无②。分野中峰变③，阴晴众壑殊。欲投人处宿，隔水问樵夫。"首联从山下仰视远观高山写起，雄浑巍峨的终南山成为画面的大背景。接着，人行山中，平视近观，颔联写缭绕在山间的迷离变幻、浑茫无际的白云、青霭。而后，登上山顶，俯视远瞰，颈联写巅峰所见，群山由阴阳而隔的明暗、峰壑由高下而分的阴晴，尽收眼底。末后，走下山峰，平视近观，尾联写投宿问路，是一个细部的对话特写。全诗四联八句，每一联都有一个独特的视角，诗人移步换景，从不同角度观照对象，随物赋形④，将不同时空的景物组合进画面，层次清晰，腾挪多姿，对终南山作了全方位的展示。这就借鉴了绘画时从不同时间、不同视点，多角度地表现山水景物的"散点透视"的构图方法，收到了"以少总多"，"以不全求全"的艺术效果。再者，诗中景物描绘注意色彩、光线的表现。茫茫白云、蒙蒙青霭、阳光浓淡、阴晴壑殊，色彩光线变化对比调和，与整个画面相映衬，展现了终南山的画图美。

　　诗中有画，画中有景，既可是眼中所见，也可为心中描绘。《终南山》中间两联"白云回望合，青霭入看无。分野中峰变，阴晴众壑殊"，是眼中所见，为诗人在实地感受到的景物。但"太乙近天都，连山到海隅"，写太乙峰高耸到快要接近天上的都城，绵延的山峦直达大地的尽头海边，则是王维由眼前所见而想象到的、从总体上去认识与把握景物的特征、带有夸张似的宇宙论式的拓展之景。推而广之，山水风景诗中的景物描绘，有不少并不是纯客观的描写，而是从作者独有的审美视角出发，在真实的基础上，通过联想或想象展开，而使景物发生符合主观情感的变异，从而突出作者观赏景物时独特的感受。

　　诗中有画，若画中有人，则平添活力。《终南山》前三联都在写山景，尾联

---

　　① 太乙：终南山的主峰，也是终南山的别名，在长安城南约四十里处。天都，指唐都城长安。
　　② 此两句为互文，即"白云、青霭回望合，入看无"。青霭：也指雾气，比白云淡。
　　③ 分野中峰变：中峰南北，属于不同的分野。
　　④ "随物赋形"：苏轼在《书蒲永升画后》写道："画奔湍巨浪，与山石曲折，随物赋形，尽水之变，号称神逸。"他屡次谈文论艺时都提到"随物赋形"。这是说客观存在的事物本来是什么样子，就应该写成什么样子；不同的事物就应写出它们种种不同的样子。

"欲投人处宿,隔水问樵夫",景物中增添了人,有了音响,也就有了一种暖意。王维的另一首五律《辋川闲居赠裴秀才迪》,人物活动融入景物描绘中,描绘出了一幅绝妙的"高士秋趣图":"寒山转苍翠,秋水日潺湲。倚杖柴门外,临风听暮蝉。渡头余落日,墟里上孤烟。复值接舆醉①,狂歌五柳②前。"诗的首、颔两联,描绘寒山、秋水、落日、孤烟构成的和谐静谧的山水田园秋景;颈、尾两联,则描绘诗人和裴迪两位隐士倚杖、临风、醉酒、狂歌的种种动作和神态。山村风光,历历在目;田园隐士,栩栩传神。风光人物,相映成趣,不仅构成情景交融的艺术境界,也使诗篇流溢出浓郁的生活情趣。全诗并没有一个直接表示情感的字眼,而诗人悠然自得的欢愉之情,却渗透全篇。

此外,有的写景诗,风光景物描绘中的人物描写处于中心位置,成为一道亮丽的风景线。如五代西蜀词人李珣的《南乡子》:"乘彩舫③,过莲塘,棹歌④惊起睡鸳鸯。游女带香偎伴笑,争窈窕,竞折团荷遮晚照。"细赏此词,南国水乡明丽而鲜艳的画面中,一曲棹歌惊起水面上成双的鸳鸯,乘彩舫出游的少女们偎伴而笑,香气与笑声在水面飘荡,一会儿又竞相争着摘下荷叶来遮挡阳光,憨态可掬。词中有画,景中人动,绘影绘声,赏心悦目。

【思考与练习】

一、写景诗以山水风光及人文景观作为吟写的主要对象,以客观描写为主要手法,情感只是蕴含融化于景物描写之中。赏读下面唐代诗人的一首诗,看看能否称之为写景诗,为什么?诗中又蕴含着什么样的情感?各种景物又是怎样联系在一起的?

---

① 值:遇到。接舆:春秋时楚国人,好养性,假装疯狂,不出去做官。此处以接舆比裴迪。
② 五柳:陶渊明号"五柳先生"。此处诗人以"五柳先生"自比。
③ 彩舫:彩饰华丽的小船。
④ 棹(zhào)歌:棹本义船桨,棹歌即指渔民在撑船、划船时候唱的渔歌。

处士卢岵山居　　　　　　　　　　　温庭筠

西溪问樵客，遥识主人家。
古树老连石，急泉清露沙。
千峰随雨暗，一径入云斜。
日暮鸟飞散，满山荞麦花。

二、天空中的景象，该如何描绘呢？譬如，描绘雨景，可以从它的形状、动态、作用、人在雨中的活动来展开描绘："柳丝长，春雨细，花外漏声迢递"（李煜），"黯黯阴连月，萧萧滴到明"（陆游），"夜来春雨润垂杨，春水新生不满塘"（王文治），"漠漠春寒罢对棋，霏霏春雨却催诗"（陆游）。

与写雨类似，描绘太阳、月亮、风、雪、云、雷等景象，也可以如此展开。

请选择你感兴趣的天空中景象中的一项（如月亮），从网上或书本中搜集描绘它的诗句，至少十句，接着对照分析，看看先贤们是怎样描绘的。然后自己观察此种或它种景象，也写几句描绘的诗句。

三、学习白居易《忆江南》"江南好，风景旧曾谙。日出江花红胜火，春来江水绿如蓝。能不忆江南"的写法，以现实观赏或怀念自己所熟悉的驻地或家乡的某一美景为对象，考虑平仄协调，写一首《忆江南》。

"忆江南"又名"望江南"，五句二十七字，三平韵。先是三言句突兀而起，接着承接五言加以解说；而后是两个七言律句，可以描绘渲染驻地或家乡美景的特别之处；末句为五言独立完整句，坐实落稳。

二　对景能赋写所见　因情造境拟虚景

本节要点

⊙ 动静交织能变换　　　⊙ 并置叠加善融合
⊙ 乡村风情有忙闲　　　⊙ 一貌全景都市绘
⊙ 实景能赋虚景拟　　　⊙ 奇山异水需好诗

诗中有画，但并不等同于"画"。画图中的景物描绘是静态的，诗中的景物描写既可以是静态，也可以是动态，有时又需要静动结合，相互交织。看看南北朝谢朓《游东田》中的诗句"远树暖阡阡，生烟纷漠漠①。鱼戏新荷动，鸟散余花落"，诗中之景，远处林木丛茂，昏昏一片，周围笼罩，迷蒙轻烟，这是静态景象；新荷亭亭，游鱼触动，鸟儿扑闪，春花簌落，这是动态描绘。远近相融，动静交织，对照映衬，夏日的奇景异色，活脱脱地写照了出来。

要注意的是，描绘大自然的山水风光，不能一味静者写静，动者绘动，只是翻版自然有可能会缺乏艺术吸引力。写景诗有时需要动静交织、如实描绘；有时则需要化静为动，或化动为静。如苏轼《六月二十七日望湖楼醉书》其二："放生鱼鳖逐人来，无主荷花到处开。水枕能令山俯仰，风船解与月徘徊。"诗人睡在西湖游船上、颠簸于波浪之中，眼中似现"山俯仰"、"月徘徊"景象，表现的是动态的感觉。诗人用笔，化静为动，活灵活现，颇有趣味。又如，李白《望庐山瀑布》中"日照香炉生紫烟，遥看瀑布挂前川"，一个"挂"字，便把飞流直下的瀑布水定格为一幅静态的山川瀑布图，化动为静，惟妙惟肖地表现出倾泻的瀑布在"遥看"中的景象，并蕴含着诗人对大自然的神奇伟力的赞颂，使瀑布的形象获得了特有的表现力。

诗中有画，画中景致，构想安排，诗人们经常采用并置叠加的写景手法，即将高低远近不同视点所见之景象，并置组合于同一空间的山水风景画面。此种景象的组合方式，以缓慢的节奏不断展现直观的具体形象，能减少或取消语法联系并取得最经济最浓缩的效果，是最符合诗歌本质的表现方式之一。

写景时，可以将名词片语并置叠加。例如，马致远《天净沙·秋思》前三句"枯藤老树昏鸦，小桥流水人家，古道西风瘦马"，连续并置了"枯藤"等九个名词景象，中间没有任何修饰、连接的词语，就像几个无声的电影蒙太奇②镜头一样连续呈现在人们眼前，凝练浓缩地聚合，与"夕阳西下"相连接，唤起一种萧瑟与孤独之感，触动了"断肠人在天涯"的悠悠的哀思，创作出了一幅令人感伤的天涯孤旅图。

并置叠加，也可用于同类句型。两句为一组合单元的，如被王国维称为"千古壮观"的王维的写景名句"大漠孤烟直，长河落日圆"，前后句型相同。

---

① 阡阡（qiān），树木茂盛貌。"漠漠"，迷蒙、散布的样子。

② 蒙太奇：在法语是"剪接"的意思，后指电影中镜头的拼接组合。

浩瀚沙漠中孤烟直升,绵长黄河上夕阳浑圆,并置的意象直接诉诸读者的感官,唤起联想,进而产生山水历历在目的感觉。上文提及的"水枕能令山俯仰,风船解与月徘徊""远树暖阡阡,生烟纷漠漠""渡头余落日,墟里上孤烟"等句式组合,也能产生类似的使几个单一的意象组合在一起、创造出超出它们简单相加之总和的效果。并置叠加还有四句为一组合单元的,如杜甫的《绝句》"两个黄鹂鸣翠柳,一行白鹭上青天。窗含西岭千秋雪,门泊东吴万里船",上联、下联分别由对仗句组成,四句四景,并置叠加,近远变换,动静结合,错落有致,以陶然观赏草堂春色到乡思之情触动而贯穿融合,构成一组别有情趣的画面。

与描绘山水风景的写景诗有别,描绘色彩缤纷的都市、乡村风情图景的写景诗,除了写自然风光外,还得写社会性景物,兼具自然属性与社会属性。

描绘乡村风情图景的诗,看看南宋诗人范成大的《四时田园杂兴》六十首田园诗中的一首:"昼出耘田夜绩麻,村庄儿女各当家。童孙未解供耕织,也傍桑阴学种瓜。"诗人用清新的笔调,对农村初夏时男女各司其事、连小孩也在学着种瓜的紧张劳动气氛,作了较为细腻的概括描写,隐含着赞赏喜爱之情,流露出浓厚的乡村气息,读来意趣横生。

辛弃疾的《清平乐》则是描写农闲时一户农家的生活画图:"茅檐低小,溪上青青草。醉里吴音相媚好①,白发谁家翁媪?大儿锄豆溪东,中儿正织鸡笼。最喜小儿无赖,溪头卧剥莲蓬。"此词用素描手法,勾勒出""茅檐"、"溪上青青草"的环境,描画了两位老人安详谈话、三个儿子从容劳作的场面;自然景物加上了人的活动,构成社会性景物,呈现的是一幅农家乐的美好图景。而图景的背后,隐藏的却是作者的思想情感。以军事活动自豪的辛弃疾,在宋金对峙缓和的时期,也体味到和平生活的乐趣。诗人艺术地记录一户农家的欢愉,为的是曲折地表现词人心中对闲适生活的欢愉的赞赏与向往。

描绘色彩缤纷的都市生活的写景词作也有不少。看看宋代词人仲殊写的咏叹成都蚕市的《望江南》:"成都好,蚕市趁邀游。夜放笙歌喧紫陌,春邀灯火上红楼。车马溢瀛洲。 人散后,茧馆喜绸缪。柳叶已饶烟黛细,桑条何似玉纤柔。立马看风流。"此词上片写动,围绕"好"落笔,通过笙歌、灯火、车马的描绘,渲染着蚕市热闹的场面;下片写静,渲染人散后的清静、

---

① "醉里吴音相媚好":带着醉意的吴地口音显得温柔美好。吴地指江苏、浙江一带。

恬淡。柳叶、桑条是实写,也是虚写,用来映衬桑女的美好形象。蚕女柔媚喜悦,蚕市活跃兴盛,由此可见当时成都商业贸易兴旺繁荣的一斑。

与只是描绘成都蚕市一貌不同,柳永的《望海潮》是描写杭州全景的经典之作,以大开大阖、波澜起伏的笔法,浓墨重彩地铺叙展现了名城的繁华、壮丽景象,可谓"承平气象,形容曲尽"[①]。开篇"东南形胜[②],三吴都会[③],钱塘自古繁华",是在概述、点睛擒题。"烟柳画桥,风帘翠幕[④],参差十万人家。云树绕堤沙,怒涛卷霜雪,天堑无涯","重湖叠巘清嘉,有三秋桂子,十里荷花",则是描绘杭州优美的自然风光。而"市列珠玑[⑤],户盈罗绮[⑥],竞豪奢","羌管弄晴[⑦],菱歌泛夜[⑧],嬉嬉钓叟莲娃。千骑拥高牙,乘醉听箫鼓,吟赏烟霞",则是写杭州繁华景象、风土人情,此与杭州城优美的风景相互映衬,染上了一层迷人的人文色彩。此类写法,自然景物与人文景观相映衬,景物描绘与有关的风土人情、文学掌故、神话传说、历史故事等相融合,昭示了生活的情趣,扩大了诗歌的意蕴,提高了诗歌的品位格调。

上述列举柳永的《望海潮》、辛弃疾的《清平乐》等众多诗词,写的都是实在的景象,称为实景。元人吴师道撰《吴礼部诗话》云:"作诗之妙,实与景遇";宋人周紫芝《竹坡诗话》曰:"作诗正要写所见耳"。孙联奎《诗品臆说》指出:"实况实景,真堪入画";南宋曾季貍《艇斋诗话》则引苏轼论作诗句为:"喜对景能赋,必有是景"。此景此情,实景入诗,这是写诗寻常的路径。

不过,诗写实景多,亦有虚景在;景有目接,亦有神遇。譬如,本讲上一节文中曾经提及过《终南山》中的诗句"太乙近天都,连山到海隅",是诗人带有夸张似的宇宙论式的"神遇"之景。又如,曹操的《观沧海》诗,前八句"东临碣石,以观沧海。水何澹澹,山岛竦峙。树木丛生,百草丰茂。

---

① "承平气象……":引言见南宋陈振孙私人藏书目录《直斋书录解题》。
② 东南形胜:在东南一带地理条件优越,⑤市列珠玑:市场上陈列着珠玉珍宝。
③ 三吴都会:三吴指吴兴、吴都、会稽等三郡。都会:大都市。
④ 风帘翠幕:挡风作帘子与翠绿的帐幕。
⑤ 市列珠玑:市场上陈列着珠玉珍宝。
⑥ 户盈罗绮:家庭里充满着绫罗绸缎。
⑦ 羌管弄晴:晴天里欢快地奏着乐曲。羌管:笛子,这里泛指乐器。
⑧ 菱歌泛夜:夜晚划船采菱歌声飞扬。

秋风萧瑟，洪波涌起"，描写沧海景象，有动有静，是实景；后四句"日月之行，若出其中。星汉灿烂，若出其里"，则是从眼前实景出发，融入丰富奇特的想象和夸张，展现的是"笼盖吞吐气象"的虚景，将大海的气势和威力凸显在读者面前。全诗动静相衬，虚实相生，状尽大海浩渺无垠、吞吐日月的宏大气势，寄寓着诗人如沧海般的豪迈情怀。

　　与《观沧海》中虚实结合、只有部分是作者想象中的虚景不同，有的诗歌，全诗描绘的都是作者想象的虚幻景象。看看刘禹锡的七律《巫山神女庙》："巫山十二郁苍苍，片石亭亭号女郎。晓雾乍开疑卷幔，山花欲谢似残妆。星河好夜闻清佩，云雨归时带异香。何事神仙九天上，人间来就楚襄王。"品味诗作，巫山神女峰上的一片石头被称为神女，晓雾、山花疑似"卷幔"、"残妆"，星河夜似传来佩玉之声，云雨归似带来奇异香味，九天神女就要来相会人间楚襄王。诗人有感于巫山神女的传说，描绘的是婀娜多姿的神女峰人化景象，想象奇特，渐次升级，逐步融入神仙境界，透溢出神奇的韵味。

　　建立在实景的拓展与幻化之上的想象可创设虚景，通篇虚构、"因情造境"也可创设虚景。有的写景诗，描绘的景象看上去十分真切，但并不是人们所能见到的真实景观，而只是依据情感表达的特殊需要而创造出的诗人心中之境，纯属虚构。例如，《江雪》就是柳宗元被贬永州后在失意苦闷之中、创造出来的一个"千山鸟飞绝，万径人踪灭，孤舟蓑笠翁，独钓寒江雪"的理想中的境界。试想一下：千座高山不见一只鸟飞过，万条道路不见一个人走着，大雪铺地，荒旷、清冷，只有孤舟上的一位蓑笠翁在江上垂钓；现实的自然景观中会有这种奇特的景象吗？显然，这不是实写，而是在描绘想象和隐喻的自然宇宙空间。"绝"、"灭"、"孤"、"独"，蓑笠翁钓的是时间、是生命，心境晶莹，静以养性，以此来象征空静寂灭、超尘绝俗的佛老精神境界。这个被幻化并且美化了的孤独却显得清高孤傲、甚至有点凛然不可侵犯的渔翁形象，实际上正是诗人思想情感的寄托和写照。

　　想象描绘，因情造境，虚景可拟。不过，要注意的是，正如王国维在《人间词话》中指出的那样："虽如何虚构之境，其材料必求之于自然，而其构造，亦必从自然之法则。故虽理想家，亦写实家也。"

君看天下山水奇,终须诗人几多诗。"襄阳好风日,留醉与山翁。"[1] 只有摆脱世俗的羁绊,解除功利的尘缨,浑然忘我地观照山水风景,真切发现、领悟大自然或人文景观之美,才能"状难写之景,如在目前;含不尽之意,见于言外",写出好的写景诗来。古人先贤是这样,今人后学者也是如此。

【思考与练习】

一、摹写物态,须曲尽其妙。宋代周邦彦的《浣溪沙》"翠葆[2]参差竹径成。新荷跳雨碎珠倾。曲阑斜转小池亭。 风约帘衣归燕急,水摇扇影戏鱼惊。柳梢残月弄微晴",句句写景,描绘了一幅素朴秀丽的仲夏晚景图,绚丽多姿。有人评论道:此词写景,动静结合、相互交织;景中有人,景中有情。此种看法,你同意与否?请说说你的理由。

二、描写景色,既可以实写,也可以虚写,还可以虚实相伴;传统诗词如此,新诗也是这样。下面选录的《雨晨游龙潭》是现代塞先艾的一首纪游写实诗,《家乡》则是现代饶孟侃的一首思乡诗,回味想象中家乡的情景有实有虚;还有,常见而未选录于下的《天上的市街》则是郭沫若的一首夜空风景诗,天国乐园的风光全为想象虚构。这三首都是格律体新诗,诗体对称,讲究押韵。

学习这三首诗的写景方法,从实写、虚写或虚实结合中任选一种方式,写一首描绘自己喜爱熟悉抑或想象中的山水风景或乡村城镇风光的新诗;长短不拘,押韵为好,可以写成自由诗,也可以写成格律体新诗。

---

[1] 诗句出自唐朝诗人王维的诗《汉江临泛》。全诗如下:"楚塞三湘接,荆门九派通。江流天地外,山色有无中。郡邑浮前浦,波澜动远空。襄阳好风日,留醉与山翁。"山翁:指山简,晋代竹林七贤之一山涛的幼子,西晋将领,镇守襄阳,有政绩,好酒,每饮必醉。作者以山简自喻。

[2] 翠葆:翠绿茂盛。葆,茂盛。

家　乡　　　　饶孟侃	雨晨游龙潭　　　蹇先艾
这回我又到了家乡，	游人冒着料峭的寒意低回，
前面就是我的家乡：	漫空里不见一丝云彩，
远远的凝着青翠一团；	漫空里画出无限阴霾，
眼前乱晃着几根旗杆。	青鸦也跨着萧凉的海天飞。
转个弯小车推到溪旁，	
嘶的一声奔上了桥梁；	这林壑间显映有雄浑伟大，
面前迎出些熟的笑容，	悠长的驴嘶和着流泉，
我连忙踏步走入村中。	交互啸响在寥寞空山，
故乡啊仍旧一般新鲜，	这山旁洒遍了点点的梨花。
虽然游子是风尘满面！	
你瞧溪河还飘着香风，	哦！山道上充满了水色春光，
歌声响遍澄黄的田陇，	迷蒙的毛雨飘落纷纷，
溪流边依旧垂着杨柳，	远峰织着翡翠的树影，
柳荫下摇过一只渔舟。	仿佛我又一度地回到故乡。
呀呀井栏边噗噗洗衣，	
炊烟中远远一片呼归，	
算命的锣儿敲过稻场，	
笛声悠扬在水牛背上，	
这回我又到了家乡，	
前面就是我的家乡。	

三、由登山临水所得到的耳目之娱，属较浅近的审美经历，进入因徜徉山水而得身心之乐，属较高层次之审美感受。"山川之美，古来共谈。高峰入云，清流见底。两岸石壁，五色交辉。青林翠竹，四时俱备。晓雾将歇，猿鸟乱鸣。夕阳欲颓，沉鳞竞跃。实是欲界之仙都！"[1] 我们是社会的人，也是自然的人，有时何妨亲近自然，流连山川，忘情于清风明月水云时空？

登山临水，"窥情风景之上，钻貌草木之中"（刘彦和语），或者回味自己游览名山胜水或人文景观的经历，写一首写景诗，题材自定，长短不拘，不过要求写成传统体式（古体诗或近体诗、词、曲）。

---

[1] 引文见南朝梁时被誉为"山中宰相"的陶弘景的《答谢中书书》。选自《全上古三代秦汉三国六朝文·全梁文》卷四十六，中华书局1983年版。

第四编　情景物事理　读写各有异

第十七讲　咏物诗鉴赏创作

一　专主一物来刻画　绘形传神无寄托

本节要点

⊙专咏一物善传神　　⊙随物赋形求形似　　⊙心灵感应求神似
⊙还须神形融一体：以形传神活灵现　•以神带形重特性
•形神兼备诚可贵

咏物诗是我国传统诗歌中的一园奇葩。古人很喜欢咏物，据统计，仅《全唐诗》就存有咏物诗六千零六十一首，《全宋词》则存有咏物词三千一百五十七首。[①]

与往往需要组合几种景物来布景构图的山水田园诗不同，咏物诗是"专注于刻画一物"、以单独的个体作为咏写的主要对象、对事物的形象与特性作传神的描绘的诗歌。

譬如，看看同为诗中有柳的两首绝句。清人高鼎的《村居》，诗中有"拂堤杨柳醉春烟"的描绘，与"草长莺飞二月天"、"儿童散学归来早，忙趁东风放纸鸢"的景象，共同构成了一幅色彩缤纷的乐春图；这是一首田园诗。而唐人贺知章的《咏柳》诗，专注于刻画柳树，前两句"碧玉妆成一树高，万条垂下绿丝绦"，是在绘"形"，写春柳像翠绿色的玉石妆饰成的美人，柳枝倒垂则似千万条绿丝带在飘摇；后两句"不知细叶谁裁出，二月春风似

[①] 咏物诗、咏物词数据：前者引自《周口师范学院学报》二十三卷第四期载《郑谷咏物诗发微》一文；后者引自商务印书馆 2005 年 12 月版、路成文著《宋代咏物词史论》第 45 页"咏物词所占比重"表格统计。

247

剪刀"，是在传"神"，用自问自答的设问方式，揭示出是因二月回暖、春风吹拂，大自然的鬼斧神工才使柳枝细叶变得如此柔媚动人的奥妙。此是一首咏物诗。

咏物诗是把大自然的专一景象和人工造成的各种物品作为关注的重心和表现的主体，作者因物而生感，因感而咏物，对物的形象与特性作传神的描画，以"穷物之情、尽物之态"①。

万物有"形"，物体各有自身的形貌体状，如鸟兽之体态、羽毛、鸣叫声，花木之形状、色彩、气味。万物也有"神"，各有其神态、特性，如鸟兽之灵性、花木之风韵。物体的"神"，是人们带着情感才能感受到的，且可诉之于言语。例如，人们常说莲花高洁、梅花雅淡、牡丹雍容富贵，这些花的美的特性已为人们所共识。

咏物当随物赋形，切合所咏之物；要依据物体的客观实际，既绘形又传神，描绘出物体本来的样子，不同的物体要写出不同的形状神态。

随物赋形，当求形似。客观存在的事物本来是什么形貌、状态，就应该写成什么样子；"巧言切状"，图形写貌。譬如，南朝谢朓《咏竹》诗，"窗前一丛竹，清翠独言奇。南条交北叶，新笋杂故枝。月光疏已密，风声起复垂"，将竹子青翠、密杂、随风起垂的形貌，贴切生动地表现了出来。而宋人王祈自认最为得意的两句"叶垂千口剑，干耸万条枪"，十条竹竿竟只有一匹叶儿，乱编失真，惹人笑话。据《王直方诗话》记此事引苏轼语："世间事勿笑为易。惟读王祈大夫诗，不笑为难。"

写物图貌，需针对客观事物的形态给予形象生动的描绘。即便看同一类物体，形貌也有不同。"同是花也，而梅花与桃花异观；同是鸟也，而鹰隼与燕雀殊科。"②譬如，林逋的"疏影横斜水清浅，暗香浮动月黄昏"，决非桃李诗，因为衬托桃李诗的背景一般是春光明媚，何来"暗香"，"疏影"？而对梅花来说，在"月黄昏"、"水清浅"的衬托下，有"暗香"，现"疏影"，则显得贴切形似，不可移易。再看，同为鸟鸣，"百啭千声随意移，山花红

---

① "穷物之情……"：见清人俞琰《咏物诗选·序》。"穷物之情"的"情"，指人们带着情感体验到的物体的神态、特性。

② "同是花也……"：引自南宋张戒著《岁寒堂诗话》卷下。

紫树高低"[1]，能在山花树林之间随意飞翔、自在啼鸣，百啭千声，优美动人，当为画眉鸟；"还相雕梁藻井，又软语商量不定"[2]，能看了雕梁又看天花板，而后柔声鸣啾、俏言俏语似乎在商量什么，只会是成双的燕子。

随物赋形虽应形似，但"咏物诗不待分明说尽，只是仿佛形容，便见妙处。"[3]"诗不可太切"，"不宜逼真"，"妙在含糊"[4]。这就是说，描写物态不宜一味去精细描摹、追求酷似，过分拘泥于形迹则会显得呆板学究，就难以传达出物体内在的精神风韵。例如，某晚唐诗人吟咏蜻蜓诗句"碧玉眼睛云母翅，轻于粉蝶瘦于蜂"，貌求酷似，可效果呢？比较杜甫《曲江对酒》中"穿花蛱蝶深深见，点水蜻蜓款款飞"、杨万里《小池》中"小荷才露尖尖角，早有蜻蜓立上头"这些把蜻蜓写活的诗句，前者就显得了无神韵，读来"生意索然"，缺乏一种灵动之气。朱宝莹《诗式》言之有理："咏物若但刻画一物，纵使尽态极妍，要非诗家所取也，惟在似物非物、非物似物之间。"

随物赋形，既要形似，还须神似，咏物要寻觅描绘出物体内在的情态特性。

万物各自有其情态，花鸟山水、草木虫鱼等各种物体，呈现出感人的千姿百态，争奇斗巧，美不胜收。然物不能作态向人，唯慧心之人通过细致的观察，捕捉感人的形象，用客观准确的言语穷形尽貌，并融入主观情感，方能描画出最能体现物体的神态特性，求得神似。与此照应，读者在咏物诗词中所寻求的，不只是物象本身的描绘逼真，更看重的是吟咏者通过心灵感应而传达出物体内在的精神风韵、灵动之气。

譬如，自然界的风，本是看不见摸不着，无法直接描写，唐人李峤却用心去感受，凭着对风的熟知与了然，通过"叶"、"花"、"浪"、"竹"在风的作用下的变化的间接描绘，来显发善变的风之魄力与威力："解落三秋叶，能开二月花，过江千尺浪，入竹万竿斜。"

再看宋人曾觌[5]咏燕的《阮郎归》："柳阴庭院占风光，呢喃清昼长。碧波新涨小池塘，双双蹴水[6]忙。萍散漫，絮飘飏，轻盈体态狂。为怜流去落红香，

---

[1] "百啭千声……"：见宋人欧阳修诗《画眉鸟》。
[2] "还相雕梁藻井……"：见宋人史达祖词《双双燕·咏燕》。
[3] "咏物诗不待分明说尽……"：见南宋魏庆之著《诗人玉屑》卷六引《吕氏童蒙训》语。
[4] "诗不可太切"等语：引自明代谢榛著《四溟诗话》。
[5] 曾觌（dí）：人名。"觌"：相见，拜见，观察，显现。
[6] 蹴（cù）水：踏水。

衔将归画梁。"词作处处说燕,而终篇无一燕字,藏题于景。说它写得不像,却非它物可以替代;说它像,却只有散点的描绘,似乎又不太像。可此词妙就妙在似与不似之间,取其神而不刻意袭其貌。词中轻描形似,借助比喻,写庭院、池塘的环境,写燕的声音"呢喃"、体态"双双"、动作"蹴水",写得形似又未太似;而重在勾画燕之特性,求得神似:"呢喃清昼长"、"双双蹴水忙"、"轻盈体态狂"、"衔将归画梁"。词人描画出一幅活生生的飞燕闹春图,又赋予燕子怜香惜花、大雅不俗的品格,映射出自己的心影。

物体之神,许多时候是作者的情的反射,即人的情感与物体外表的审美特征相遇合的结晶。譬如,梅尧臣的《苏幕遮》是咏草的名篇,上片重在描绘春草在雨后江天中的"嫩色"、"乱碧萋萋"之美态[1],下片"接长亭,迷远道。堪怨王孙[2],不记归期早。落尽梨花春又了。满地残阳,翠色和烟老",则是用拟人手法,赋予草以人的情感,写芳草连接长亭、迷漫远道,送迎了多少远行之人,又企盼着远游的王孙归来;梨花落尽而春将逝去,在夕阳暮霭下碧草显得那般苍老。这样写,芳草由嫩而老,颇显多情的神态特性就传达出来了。此词与林逋的《点绛唇》[3]、欧阳修的《少年游》[4]同为咏草名篇,加上冯延巳描绘芳草"细雨湿流光"五字,被王国维赞为"皆能摄春草之魂者也"[5]。

要正确地抓住并传达出物体的神态特性,咏物诗作者须察看领悟,恰到好处地认识并比照出来,而且要能为多数人所接受认同。例如,"富贵风流拔等伦,百花低首拜芳尘"[6],诗人说牡丹"富贵风流",是因为牡丹花艳丽清秀,"色可销魂,大可悦目,态可醉心",感人情致。又如"高标逸韵君知否,

---

[1] 梅尧臣的《苏幕遮》上片为:"露堤平,烟墅杳。乱碧萋萋,雨后江天晓。独有庾郎最年少。窣发春袍,嫩色宜相照。"

[2] 王孙:贵族公子。

[3] 林逋《点绛唇》词:金谷年年,乱生春色谁为主?余花落处,满地和烟雨。又是离歌,一阕长亭暮。王孙去。萋萋无数,南北东西路。

[4] 欧阳修《少年游》词:栏干十二独凭春,晴碧远连云。千里万里,二月三月,行色苦愁人。谢家池上,江淹浦畔,吟魄与离魂。那堪疏雨滴黄昏。更特地、忆王孙。

[5] 王国维语见江苏古籍出版社2002年7月版《人间词话》第66页。

[6] "富贵风流拔等伦……":见元人李孝元《牡丹》诗。

正是层冰积雪时"①，诗人说梅花"高标逸韵"，有着高雅超俗的风度气派，是因为梅花能迎雪吐艳，凌寒独开，花色美秀，幽香宜人。诗人们如此写照，合乎人们情感评判的倾向，因而得到赞赏，并流传至今。

神似形似，形与神的有机结合、完美和谐，是写好咏物诗的一个至关重要的法则。形是神的载体，神是形的灵魂，二者须融为一体。写作咏物诗，既要形似，又须神似，这是咏物诗作者所追求的理想境界。而要做到此点，常见的写法有三种：或以形传神，或以神带形，或形神兼备。

我国古代咏物诗中颇多"以形传神"之作，即侧重于形似的描写，抓住物体的外部特征，"把那特性，或者至少把对象的重要性质，尽力表现得鲜明得势"，在"形似"中传神。例如，唐代诗人骆宾王七岁时写的《咏鹅》诗"鹅，鹅，鹅，曲项向天歌。白毛浮绿水，红掌拨清波"，短短四句，绘声绘形，重在形似，以形写神，活灵活现地描绘了白鹅在绿水中用红掌划游高歌时嬉戏自得的神态。又如杜牧的《鹭鸶》诗"雪衣雪发青玉嘴，群捕鱼儿溪影中。惊飞远映碧山去，一树梨花落晚风"，全诗用了"雪衣"、"雪发"、"青玉嘴"、"一树梨花"等四个比喻，从个体、群体、近景、远景等不同的角度来刻画鹭鸶戏水、远飞时的形象，以形写神，传达出鹭鸶姿美、行速的特征。

与以形传神不同，以神带形、偏于写神的咏物诗，不太追求细致刻画、工巧形似，而是重在写物的神态，表现物的内在精神，即作者所感受到的物的特性。如唐代诗人张渭的《早梅》："一树寒梅白玉条，迥临村路傍溪桥。不知近水花先发，疑是经冬雪未销。"此诗没有细腻地描绘梅花的形态，而是着重写诗人遥望所见的寒梅似玉似雪的神采与近水先发的特性。又如，王安石的《梅花》诗"墙角数枝梅，凌寒独自开。遥知不是雪，为有暗香来。"诗中没有具体写梅花的形貌，而是在"墙角数枝梅"的不清晰的印象中，突出写花之予人的感受，以此赞颂了梅花凌寒不惧、留芳于世的品性，创造了一种传神而令人心动的意境美。显然，这种遗貌取神、以神带形，从感受和印象落墨的写法，使诗作能产生特有的艺术魅力，比一般描头画脚、穷形尽相的咏物诗作要高出一筹。

形神兼备，绘形写神，既描绘出物的形貌，又表现出物的神韵，此种咏

---

① "高标逸韵君知否……"：见宋人陆游《梅花》诗。

物诗也不少见。前文所举的贺知章的《咏柳》、曾觌的《阮郎归》、梅尧臣的《苏幕遮》,都是形神兼备的脍炙人口的咏物佳什。再看一例,宋代毗陵(今江苏常州)有位李秀才的十六岁的女儿,为一枚残破的铜钱吟诗一首:"半轮残月掩残埃①,依稀犹有开元②字。想得清光③未破时,买尽人间不平事。"前两句诗描述落在尘埃中、宛如半轮残缺的月亮、依稀有"开元"通宝字样的破铜钱的形貌,后两句通过联想议论,揭示出不合理社会中金钱万能的特性。此诗形象具体贴切,见识难能可贵,形神毕现,得以流传千年。

咏物而能做到形与神有机结合,不管是以形传神,还是以神带形,抑或是形神兼备,都无非是作者进行创作时可以选择的途径,是塑造形象,创造意境的重要手段。

无庸置言,状形传神的咏物诗,生动细腻地表现"物"的美感,如一幅静物画面或动态画图,能给人以美的享受,自有它存在的价值。不过,以上所说咏物诗创作的三种方式所举诗例,作者往往是站立在要吟咏的对象物之外,直写物象,无所寄托。虽然此类诗中也明里或暗里含有睹物生感而引起的或惊喜或赞颂或慨叹等情感,如上文所举《咏破钱》诗中对金钱丑陋魔力的慨叹、《梅花》诗中对梅花凌寒不惧、留芳于世的赞颂、《咏鹅》诗中对白鹅嬉戏自得的欣赏喜爱;但这些情感,都是作者以旁观者的身份来观照和表现对象时因物生感、感物咏叹而产生的;物还是物,"我"(作者)还是"我"。

【思考与练习】

明代唐寅写有一首题画诗《画鸡》:"头上红冠不用裁,满身雪白走将来。平生不敢轻言语,一叫千门万户开。"

品赏此诗,谈谈作者采用了什么手法,是如何"形""神"兼备地描绘画中公鸡的形象的。

二、欣赏曾被苏轼赞为妙绝的章质夫的《水龙吟》,领悟并指出此词是

---

① 掩尘埃:掩埋在泥土之中。
② 开元:唐玄宗年号。
③ 清光:铜钱未旧时能清纯反光。

如何描绘出柳花的形态、传达出柳花的神韵的。可以参阅有关此词的鉴赏文章，然后再来分析。

水 龙 吟　　　　　　　　章质夫

燕忙莺懒芳残，正堤上柳花[①]飘坠。轻飞乱舞，点画青林，全无才思。闲趁游丝，静临深院，日常门闭。傍珠帘散漫，垂垂欲下，依前被风扶起。　兰帐玉人睡觉，怪春衣雪沾琼缀。秀床渐满，香球无数，才圆却碎。时见蜂儿，仰沾轻粉，鱼吞池水。望章台路杳，金鞍游荡，有盈盈泪。

三、咏物诗的布局，短诗可用"起承转合"的写法：起（开头）要平直，承（承接）要从容，转（转换）要变化，合（结尾）要收束。如今人咏物佳作《狗》，"起"句"日高肠饥看家门"，直写狗白天看家的状态环境；接着，"承""日高"续写夜深看家的情景："夜深风寒守五更"。而后"行凶犹恐责任大"，"转"向议论责任；末后，"合"于"保安何曾怨家贫"，收束全诗，赞美其"神"。

请选择你感兴趣的动物界中一类（如猩猩），从网上搜集它的文字和图片、视频资料，阅读思索，揣摩熟透它的习性和特长，用"起承转合"的技法，写一首吟咏它的短小诗歌，体裁不拘。

提示：猩猩又叫人猿，值得关注，它是已知仅次于人类的最聪慧的动物，大约一千万年前后和人类分家，现在还是树栖爬行，集群生活。网上有不少资料，从中可以找到值得一看的《黑猩猩》的纪录片。

如果不写猩猩，你也可以选择另外的动物，抑或是某种植物，写首咏物短诗。

二　咏物寓意多奇葩　借彼物理抒心胸

本节要点

⊙咏物有"我"隐咏怀　　⊙托物抒怀重比兴

⊙缘物写情多婉曲　　　⊙借物评议不即离：

[①] 柳花，呈鹅黄色，成子后，上有白色绒毛，随风飞舞飘落，俗称柳絮，昔人咏柳诗词中，时常絮、花不别。章质夫词中所谓"柳花"，实为柳絮。

议政 •咏史　　　　⊙直写寓意皆可行

清人李重华《贞一斋诗说》中有一句为诗词界首肯的名言："咏物诗有两法：一是将自身放顿在里面；一是将自身站立在旁边。"依此看来，直写物象、无所寄托的咏物诗是"将自身站立在旁边"；而咏物寓意、有所寄托的咏物诗则是"将自身放顿在里面"，也如清人刘熙载在《艺概·词曲概》中所说"咏物，隐然只是咏怀，盖其中有我在也"。

咏物寓意，即客观地描述物体的形貌特性来寄寓情意，或托物抒怀，或缘物写情，或借物论理。相比无所寄托，咏物而有所寄托往往更高一筹，可以有着更深的内涵，更耐人寻味；历代诗论家赞赏的咏物诗上乘之作多为咏物寓意类诗词。

咏物寓意，虽仍要图貌写形、传物神态，但主要的目的已不在于物体本身，而是"借彼物理，抒我心胸"，用比兴手法将人的精神品性寄托于所描绘的对象物之中，或者说是通过对具有象征意义的客观事物的描绘来寄寓作者自己的精神品性。

宋人陆游的《卜算子·咏梅》是一首托物抒怀的佳作："驿外断桥边，寂寞开无主。已是黄昏独自愁，更著风和雨。　无意苦争春，一任群芳妒。零落成泥碾作尘，只有香如故。"此词吟咏的是梅，梅本自然物，在黄昏的风雨中开放，零落成尘，并无情感；可词中的梅，却表现得"寂寞"、"独自愁"，"无意苦争春，一任群芳妒"，被作者赋予了人的情感，虽化为尘土却仍"香如故"，即身处凄苦困厄的处境却有着高尚坚贞的品性。陆游在咏梅，又意不在梅，由梅引发，以梅自喻，寄寓在作品中的，是作者的生存苦况和高洁品性，用的是比兴思维。写梅是"取神不取貌"，突出描写梅在困境中显示的高尚坚贞品性的"神"，而梅长得何样、开的什么花、如何零乱成泥的，却没有细说。

梅花是历代文人墨客千年吟咏不绝的主题。古代咏梅的诗词不计其数，陆游的《卜算子·咏梅》算是其中的一等佳作。不过，词中梅花在黄昏的风雨中无奈地"独自愁"，痛苦却无力抗争、孤芳自赏的感伤情怀，却不为现代伟人毛泽东所赞同，于是"反其意而用之"，写下了别具一格的《卜算子·咏梅》："风雨送春归，飞雪迎春到。已是悬崖百丈冰，犹有花枝俏。俏也不争春，却把春来报。待到山花烂漫时，她在丛中笑。"欣赏这首词，冰雪风雨中的梅花，

傲寒俊俏,

不争春,却报春,坦然凋零,笑迎百花盛开,表现的是革命者高瞻远瞩、蔑视困难、乐观豁达的高尚情怀。此词与陆词展现的情怀意境迥然不同,远胜陆词。可见,"景物无自生,惟情所化"[①],情感才是诗的精英或灵魂。

以上两词,都是通过咏物来象征比附精神品德。除此之外,托物抒怀的咏物诗,还包括咏物言志的作品。譬如,杜甫的《房兵曹胡马[②]》诗:"胡马大宛[③]名,锋棱瘦骨成。竹批双耳峻[④],风入四蹄轻。所向无空阔,真堪托死生。骁腾有如此,万里可横行。"此诗前半首着重正面描绘刻画即实写,从马的种属、形体、骨相、动态等特征描画了一匹神清骨峻、奔驰矫健的"胡马";后半首着重侧面描写烘托即虚写,写马"所向无空阔"的气概与"真堪托死生"的品德,接着赞誉马能驰骋万里,期望房兵曹为国立功,更是诗人自己希望横行万里的凌云壮志的写照。此诗咏物言志,表达了杜甫年轻时锐于进取的精神。

与托物抒怀中的咏物言志或象征比附精神品德不同,缘物写情的咏物诗,一般不出现直接抒情的言语,而是通过对具有象征意义的客观事物的描绘,委婉曲折地表现出作者的喜怒哀惧爱恶欲的情感,"借物以寓性情",从而具备感人的魅力。

看看唐人钱起的《石井》:"片霞照仙井,泉底桃花红。那知幽石下,不与武陵通?"诗的前两句以桃花映照古井起兴,后两句扣住井下通幽的特性来联想展开,以"不与武陵通"的设问,暗抒了诗人对桃花源生活的向往之情。此诗咏物寄情,抓住陶渊明笔下的桃花源具有乌托邦式的理想社会的象征意义而巧妙构思,精要地绘形传神,形象性与暗示性和谐统一于二十字的短诗之中。

缘物写情,苏轼的《水龙吟·次韵章质夫杨花词》[⑤],被清人王国维在《人

---

① 吴乔在《围炉诗话》中说:"夫诗以情为主,景为宾。景物无自生,惟情所化。"后句的意思是:景物本身没有情感,只是随着作者情感的变化而变化。

② 房兵曹:"房"是姓。兵曹:是兵曹参军的简称,为州郡参佐军事的官员。胡马:北方少数民族地区的马。

③ 大宛(yuān):汉朝西域国名。

④ 竹批:像竹被刀削。批:有削的意思。两耳瘦削,是千里马的象征。

⑤ 水龙吟:词牌名。次韵:用原作之韵,并按照原作用韵次序进行创作。章质夫:苏轼好友。

间词话》中评价"咏物""为最工",而南宋张炎在《词源》中则赞颂为"愈出愈奇,压倒今古"。

欣赏品味此词。开篇"似花还似非花,也无人惜从教坠",道出杨花本质:杨花原为柳絮,似花又不似花,无人怜惜,任其飘坠。接着拟人,"抛家傍路,思量却是,无情有思",写飘零的杨花"抛家"看似无情,但"傍路"难舍却是有情。随后写柳树像思妇般的愁容,"萦损柔肠,困酣娇眼,欲开还闭",纤细柳枝犹如离愁百结的柔肠,柳花从苞中裂开刚露出白絮犹如欲开还闭的娇眼。可为何"有思"而愁呢?"梦随风万里,寻郎去处,又还被、莺呼起",原来是梦中远去寻儿郎,却被黄莺的啼叫惊醒,叫人如何不恼怒!至此为词的上片,写柳絮的无情有思与柳树的柔肠百结。下片换头转向议论抒情,"不恨此花飞尽,恨西园,落红难缀",杨花飞尽倒也罢了,恨的是西园百花此时才纷谢。"晓来雨过,遗踪何在?一池萍碎。春色三分,二分尘土,一分流水①",说的是雨过天晓,杨花已化为一池碎萍;此时春色已去,化为尘土与流水了。再瞧碎萍,"细看来,不是杨花,点点是离人泪",在词人眼中,柳絮已化为离妇的眼泪,以此照应上片关于思妇的遐想;人的情感化入对象物之中,交融难分。

"咏物诗最难工","要不即不离"②;不离者切合物事,不即者关乎情意。"不离咏物,亦不徒咏物",方为"大手笔"。③苏轼此词,明写柳花柳树、暗喻离儿思妇而吟咏离情,更隐然寄托了作者当时被贬官而漂泊沉沦的寂寞幽怨。词中,既有飘飞不止、化为碎萍的物态正面描写,又有对柳树牵挂悲叹、对西园落红难缀的侧面烘托,看似无情的柳花、柳树竟变得思忆绵绵、哀怨遗恨,被赋予了人的情思,抽象的离情也得以形象的表达。物而有灵,情可容物,二者相洽相得,"不即不离",各尽其妙。

除缘物写情、托物抒怀以外,体物寓意的咏物诗还有借物评议一类。借物评议是议论型咏物诗,通过咏物来议政论史,表达作者的观点看法,但重

---

① "春色三分,二分尘土,一分流水":春色已去,居然可以分属?这是一种奇妙而兼以极度夸张的想象。从全词来看,"二分尘土"与上片"抛家傍路"相呼应,"一分流水"则与上文"一池萍碎"相承袭。

② 钱梅溪《履园诗话》曰:"咏物诗最难工,太切题则黏皮带骨,不切题则捕风捉影,须在不离不即之间"。

③ "不离咏物……":引自清代钱梅溪《履园诗话》。

心不在说理。要注意的是,借物评议与以物寓理不是同一类型。以物寓理虽有咏物,但重在说理,当归属于哲理诗;借物评议重在通过咏物而表明观点看法,当归属于咏物诗。

借物议政的咏物诗,对所咏之物有具体生动的描写,可见其形,可品其神;往往是为了形象生动地表达政见看法、而通俗易懂地曲折地指斥嘲讽,寓庄于谐,带有寓言诗的意味。如今人黄毅顺的《毽子》诗:"几片鸡毛想上天,结交借重小铜钱。举头更羡风筝好,平步青云一线牵。"此诗通俗形象,抓住毽子借铜钱压底鸡毛上扬、但仍飞不高的特性、设想她有着羡慕风筝可青云直上的心态,针砭嘲讽了那些靠金钱手段谋官、借亲故关系腾达的势利小人。一首小诗,揭露官场丑态入木三分。

再看由物咏史、议论评价的佳作,既有咏物,也有咏史,将咏物与咏史评议融成一片,使作品具有深沉的历史感。毛泽东的《沁园春·雪》就是一首倍受赞赏的咏物绝唱。作者咏雪而不离开雪,上片写雪,视通万里。"北国风光,千里冰封,万里雪飘。望长城内外,惟余莽莽;大河上下,顿失滔滔。山舞银蛇,原驰蜡象,欲与天公试比高。须晴日,看红装素裹,分外妖娆";此中,北国雄伟壮观的冰雪的形貌、神态、气魄,跃然显现,熔铸为诗中雪景的形象。诗人咏物而"不离"物,但又能"不即",眼光不停留在雪上,而是通过咏雪来赞美祖国山河的伟大壮丽,进而推进到评论古今的英雄人物,思接千载。下片"江山如此多娇,引无数英雄竞折腰。惜秦皇汉武,略输文采;唐宗宋祖,稍逊风骚。一代天骄,成吉思汗,只识弯弓射大雕"。诗人的胸怀、抱负、理想,不仅融入于对壮丽雪景的大气磅礴的描绘赞颂之中,而且深含在对历史人物的评说、与"俱往矣,数风流人物,还看今朝"的自信与期望之中。欣赏此词,状写雪景,逼真如画,评古论今,理壮情浓;真可谓"咏史咏物,两极其妙"。

总括全文,咏物诗作,既可"将自身站立在旁边",绘形传神地直写物象;也可"将自身放顿在里面",或托物抒怀,或缘物写情,或借物评议。如此看来,咏物诗的写法,真是丰富多彩,变化多样,确实是诗词创作者应该尝试、值得努力的一个方向。

需要末章点明的是,本文所说的咏物诗,不是指包罗万象的广义的咏物诗,而是指涉及之物较为单纯的狭义的咏物诗,即专门咏写日月风云、山石水泉、鸟兽虫鱼、花草树木以及亭台楼阁、用具器皿等自然物、人工建筑物及器物的诗歌;并且是以单独的个体作为咏写的主要对象、对事物的特征与形象作传神的描画的诗歌,并不包括不能算做吟咏物类的岁时节日诗,也不包括需组合几种景物来布景构图的山水田园诗以及吟咏人物的诗①。

【思考与练习】

一、运用比兴象征手法,比喻寄托,用具体形象来表现抽象的思想情感,咏物诗多是"借彼物理,抒我心胸",很少用来写时事。杜牧《早雁》的特别之处,就在于表面上似乎句句写雁,实际上却是句句写人写时事。而且,此诗还是正面描绘与侧面烘托相结合的上乘咏物诗作。试参考注释,阅读体味此诗通篇采用的比兴象征手法;并谈谈诗中是如何将正面描绘与侧面烘托相结合的。

早　雁② 　　　　　　杜牧

金河秋半虏弦开③,云外惊飞四散哀。
仙掌④月明孤影过,长门⑤灯暗数声来。
须知胡骑纷纷在,岂逐春风一一回。
莫厌潇湘少人处,水多菰米岸莓苔⑥。

二、唐代咏蝉,最好的三首,清人施补华在《岘傭说诗》中评说:"同一咏蝉,虞世南'居高声自远,端不借秋风',是清华人语;骆宾王'露重

---

① 按本书体例,依照以抒情还是以叙事为中心的岁时节日诗当划分在抒情诗或者叙事诗之列,以描绘景物为主的山水田园诗则划分在写景诗之列,而吟咏人物的诗歌则归类于写人叙事之列。

② 《早雁》诗:唐武宗会昌二年(公元842年)八月,北方的少数民族回纥南侵,大肆掳掠,边地的人民纷纷南逃,景象凄惨。诗人借咏雁表现了这件事。

③ 金河:在今内蒙古自治区呼和浩特市南,这里泛指北方边地。秋半:八月。房弦开:一语双关,既指挽弓射猎,又指回鹘发动军事骚扰活动。

④ 仙掌:指长安建章宫内铜铸仙人举掌托起承露盘。

⑤ 长门:汉宫名,汉武帝时陈皇后失宠时幽居长门宫。

⑥ 菰(gū)米:一种生长在浅水中的多年生草本植物的果实(嫩茎叫茭白)。莓苔:一种蔷薇科植物,子红色。这两种东西都是雁的食物。

飞难进，风多响易沉'，是患难人语；李商隐'本以高难饱，徒劳恨费声'，是牢骚人语。"

品读这三首"借彼物理，抒我心胸"的咏蝉诗，看看分别属于咏物寓意、有所寄托中或托物抒怀，或缘物写情，或借物论理的哪一类，并说说如此分类的理由。

蝉　　　　　　　　　　　　　虞世南

垂绥①饮清露，
流响出疏桐。
居高声自远，
非是借秋风。

蝉　　李商隐　　　　　　在狱咏蝉　　骆宾王

本以高难饱，徒劳恨费声。　　西陆②蝉声唱，南冠③客思深。
五更疏欲断，一树碧无情④。　　那堪玄鬓影⑤，来对白头吟。
薄宦梗⑥犹泛，故园芜⑦已平。　　露重飞难进，风多响易沉。
烦君最相警，我亦举家清。　　无人信高洁，谁为表余心？

三、咏物成诗，可"将自身站立在旁边"，或偏于写形，或重于写神，或形神兼具；也可咏物寓意而有所寄托。像写松，"站立在旁边"而偏于写形的，如南北朝沈约的《寒松》诗"梢耸振寒声，青葱标暮色。疏叶望岭齐，

---

① 垂绥："绥"是古人结在颔下的帽带下垂部分，蝉的头部有伸出的触须，形状好象下垂的冠缨，故说"垂绥"。

② 疏欲断：鸣声稀疏，无力继续下去。碧无情：碧树对蝉的鸣叫无动于衷。

③ 薄宦梗犹泛：薄宦，卑微的官职。梗犹泛：像流水中的树枝一样漂泊不定，身不由己。梗：树枝。

④ 故园芜已平：这句语出陶潜《归去来辞》："归去来兮，田园将芜，胡不归？"芜：杂草丛生，连成一片。

⑤ 西陆：指秋天。《隋书·天文志》："日循黄道东行一日一夜行一度，三百六十五日有奇而周天。行东陆谓之春，行南陆谓之夏，行西陆谓之秋，行北陆谓之冬。"

⑥ 南冠：楚冠，这里是囚徒的意思。用《左传·成公九年》，楚钟仪戴着南冠被囚于晋国军府事。

⑦ 玄鬓影：指蝉。玄：黑色。古代宫女鬓发梳得薄如蝉翼，看上去像蝉翼的影子。

乔干临云直",突出描绘寒松的高直和青葱。重于写神的,如建安七子中的刘桢《赠从弟》云"亭亭山上松,瑟瑟谷中风。风声一何盛,松枝一何劲,冰霜正惨凄,终岁常端正。岂不罹严寒,松柏有本性",赞美松柏之坚贞禀性,借此勉励从弟陶冶情操品性。形神兼具的,如南朝梁时范云《咏寒松诗》"修条拂层汉,密叶障天浔。凌风知劲节,负雪见贞心",既写伟岸参天、舒展青云的形,又写劲节贞心之神。咏物寓意而有所寄托、"将自身放顿在里面"的,如唐人李商隐的《题小松》"怜君孤秀植庭中,细叶轻阴满座风。桃李盛时虽寂寞,雪霜多后始青葱。一年几变枯荣时,百尺方资柱石[1]功。为谢西园车马客,定悲摇落尽成空。"诗人在赞颂小松,也寄寓着自己的傲岸清高和政治抱负,以不耐霜雪的桃李嘲讽煊赫一时的显贵和奔走于其门庭邀宠之徒。

  参考权衡咏物诗的种种写法,请自选题材,自定写法,写一首咏物诗或咏物词。既可以"将自身站立在旁边",咏物而能形神兼备;也可以"将自身放顿在里面",用比兴象征手法来寄寓自己的情意品性更佳。

---

[1] 柱石:支撑大厦的柱头和柱头下的大石,与"栋梁"同义。

第十八讲　叙事诗鉴赏创作

一　写人叙事为主干　纪事感事择场景

本节要点

⊙叙述描绘重叙事　⊙情感隐含纪事型：
截取片断绘场景　•对话叙事须提炼
•人面桃花叙事法　⊙抒情议论感事型

唐代大诗人李白十分看重友情,他曾写过两首类型不同的送别诗。一首是《赠汪伦》:"李白乘舟将欲行,忽闻岸上踏歌声。桃花潭水深千尺,不及汪伦送我情。"此诗前两句直叙将行友送的场景,后两句以潭水深不过友情作比来抒情。叙述为抒情服务,全诗的重心在抒情,是抒情诗。另一首是《黄鹤楼送孟浩然之广陵》:"故人西辞黄鹤楼,烟花三月下扬州。孤帆远影碧空尽,唯见长江天际流。"这首诗前两句叙说送别的地点、时令及友人的去向,末两句描绘久久伫立,目之所见孤帆远去的江上景象。虽说景象的描绘中暗含着与友怅别乃至向往烟花扬州的深情,但无论从题目还是从文字本身来看,全诗都是在叙述描绘,无直接抒情之语,可以说是一首简约的叙事小诗。

叙事诗是客观地叙述事件的动态变化过程、其中虽饱含着情感、但以写人叙事为主干的一种诗歌体式。与直接描绘相对静态的自然社会人生的面貌、以抒情为主而较少较轻地涉及时间演变过程的抒情诗相比,叙事诗以实实在在变化发展着的人物事件为重点,既可以有着开端、发展、高潮等比较完整的故事情节和鲜明的人物形象,也可以只是截取一个或几个动态性的内涵丰厚的生活场景或事件发展过程中的片断,讲述故事片断及动态变化的趋势。

场景也可称画面,可以是人物活动的场所,也可以是某地的风俗、风情、风物或风景。叙事短诗中，选取的场景常常是一个片断特写；片断虽小，却能代表一个典型的单元，依靠它的张力呈现出不平常的事件或戏剧冲突的精彩情节。《黄鹤楼送孟浩然之广陵》是借伫立远望送别的场景来叙事寄情的。

唐人卢纶的《塞下曲》(其二)则是化用李广射虎故事的片断进行连贯叙述："林暗草惊风，将军夜引弓。平明寻白羽，没在石棱中。"前两句写黑暗树林中怪风突起，将军引弓欲射猛虎的情形；后两句叙述"没石饮羽"的奇迹，把时间推迟到翌日清晨，跳跃着留下一段时间空白，也就是在设置悬念，续后而来的奇观使故事显得波澜陡生，曲折有变。显然，只有四句的绝句不可能完整详细地叙事，这本是其短处，但也正是其灵活之处。片断叙事可以借助跳跃与留白而显得空灵，营造出诱发读者联想的叙事空间。

有着一定事实依据、北宋江端友的《牛酥行[①]》的叙事与上不同，人物对话融入叙事之中，成为推进事件进程的重要手段：

> 有客有客官长安，牛酥百斤亲自煎。
> 倍道奔驰少师府，望尘且欲迎归轩。
> 守阍[②] 呼语"不必出，已有人居第一先。
> 其多乃复倍于此，台颜[③] 顾视初怡然。
> 昨朝所献虽第二，桶似纯漆丽且坚。
> 今君来迟数又少，青纸题封难胜前。"
> 持归空惭辽东豕[④]，努力明年趁头市。

此诗后两句与前十二句押不同的韵，只用同韵的两个韵脚字"豕"、"市"的短韵，是为促收式换韵。

诗歌开篇令人生疑，长安的高官竟然要亲自熬炼出上百斤的牛酥；随即日夜兼程，送往"少师府"，不过主人却不在家，只好眼巴巴望着大道，等待尘土扬起而跪迎官车。可"守阍"即看门的却吆喝拒收，原因是早有人送，

---

① 《牛酥行》：宋徽宗时的受宠太监梁师成权倾一时，西京（今河南洛阳）留守邓某曾向这位官职仅次于宰相的"少师"进献过牛酥一百斤。牛酥：从牛奶中提炼出来的高级食用品，需反复熬炼。

② 守阍：守门人。阍，门。

③ 台颜：大人的脸色。台，曾为官府名。

④ 辽东豕：典故出自《后汉书·朱浮传》：辽东有个人见一白头小猪，感到奇特，准备把它敬献给上官。可到了河东一看猪全是白头的，只好扫兴而归。

第一个送的要多一倍,第二个要纯净漂亮得多。一瓢冷水泼来,羞愧的邓某人暗下决心,争取明年送礼拿个头市。

　　叙事诗摹写的是经过提炼的生活。亲制、亲送、亲呈牛酥,邓某投献者的奴颜卑膝的嘴脸便活画了出来。诗中守门者只有一番言语,没有对他的外貌动作等进行描写,不过是"见事不见人",将粗鄙的事情庄重地说出,强烈的讽喻意识妙不可言。这不只是对邓某的挖苦嘲弄,而且将投献者从一个扩至三个,还留下大约会有接踵而至的送礼者的余音。试想,牛酥尚且如此,其他珍品异物更不用说了。权贵的门庭若市,高官的献媚丑态,乃至整个官场的丑恶,都在无字处呈露出来了。这样看来,口语与叙事挂钩,不能是日常生活的简单"提货单",不能是现象碎片的简单罗列,而是要与叙事为伍,融会于诗,从中能够提炼出颇有韵味的诗意。

　　《牛酥行》、《塞下曲》等三首诗叙说的是近日之间这一较短时间内发生的事件片断,那么,时间跨度较长的事件在篇幅短小的诗词中又如何叙说展开呢?

　　宋代欧阳修有一首只有二十字的《生查子·元夕》词:"去年元夜时,花市灯如昼。月上柳梢头,人约黄昏后。 今年元夜时,月与灯依旧。不见去年人,泪湿春衫袖。"上阕回忆去年元宵节晚与情人难忘的约会,下阕从回忆回到了现实,繁华热闹依旧,唯独不见去年的心中人,不由人伤感泪落。此词叙事跨度为一年,通过今悲昔欢的对比,含蓄地表达了那凄怨、缠绵而又刻骨铭心的相思之情。此种叙事方法,与唐人崔护的《题都城南庄》诗先由今日回溯往昔"去年今日此门中,人面桃花相映红"、再接写今日"人面不知何处去,桃花依旧笑春风"的章法,颇有异曲同工之妙;可以称之为跨时较长的"人面桃花型"叙事法。

　　再来看看贺知章的《回乡偶书》诗:"少小离家老大回,乡音无改鬓毛衰。儿童相见不相识,笑问客从何处来"。此诗叙事的跨度为几十年,"老大回"乡时"儿童相见不相识,笑问客从何处来"的现时场景,暗含与"少小离家"时风华正茂的情境的对比,诗人不由得发出了"乡音无改鬓毛衰"的感慨,哀婉备至。

　　时间跨度较长的叙事,往往由追叙往事到接写眼前,不论像《回乡偶书》这样由眼前场景引起今昔对比的感慨,还是像《题都城南庄》那样由今昔场景转换而内蕴情感,都是通过同一地点由熟悉喜爱而变为陌生失落的场景的转换对比，引起某种难以忘怀、刻骨铭心的情感的波动起伏。

联系起来看，上述列举的《回乡偶书》等六首叙事诗，有一个共同的特征：只是客观地按事件发生发展的时空顺序以顺叙或倒叙方式描述事件进程，叙事时不直接抒情议论，作者的主观情感隐含在叙述描绘之中。这一类结构模式的叙事诗可称之为以叙事为中心的纪事型叙事诗。篇幅不长的诗歌，尤其是绝句、律诗与词，往往喜欢采用此种叙事方式。

与纪事型的叙事诗模式不同的是，感事型的叙事诗是既客观地描述事件进程，也在叙事中插入作者的抒情议论，注入作者浓烈的情感。

近代张维屏写有记叙三元里人民抗英斗争的英雄颂歌式七言歌行《三元里①》。全诗四句一换韵，平仄通用，铿锵有力。开篇起"三元里前声若雷，千众万众同时来。因义生愤愤生勇，乡民合力强徒摧②。家室田庐须保卫，不待鼓声群作气。妇女齐心亦健儿，犁锄在手皆兵器。乡分远近齐斑斓，什队百队沿溪山……"，诗歌极力叙写人民群起反抗外国侵略者波澜壮阔的战斗场面，又以辛辣的讽刺笔墨勾画了英国侵略者仓皇失措、无处可逃的狼狈相："下者田塍苦踯躅，高者岗阜愁颠挤。中有夷酋貌尤丑，象皮作甲裹身厚。一戈已摏长狄喉，十日犹悬郅支首③。纷纷欲遁无双翅，歼厥渠魁④真易事。"而后，篇末在评论谴责清朝官吏媚外纵敌与屈辱求和的卖国行径："不解何由巨网开，枯鱼竟得攸然逝？魏绛和戎且解忧，风人慷慨赋同仇。如何全盛金瓯日，却类金缯岁币谋"⑤，作者在叙事描写中插入抒情议论，注入了浓烈的爱国情感。

同为感事型叙事诗，与叙述歌颂人民群众同仇敌忾的史诗《三元里》不同，

---

① 三元里：距广州约五里。1841年5月27日，英军经过该村时抢劫行凶并调戏妇女，三元里人民联合附近一百零三乡群众奋起反抗。

② 摧：摧毁，打击。"摧"、"来"押韵，同为旧平声"灰"部。

③ 诗中"夷酋"、"长狄"、"郅支"都是指英人首领。夷，外国人，酋，首领。长狄，古代少数民族。

④ 渠魁，指头领；渠，大，魁，帅。歼厥，歼灭。

⑤ "不解何由巨网开……"等句：诗人明知故问"不解何由"：正当人心大快之时，广州知府余保纯奉上司之命，赶来驱散义军，英军得以逃遁。接着嘲讽清政府如春秋晋朝大夫魏绛和戎，只谋眼前；自称"金瓯全盛"，却要向外敌缴纳金缯岁币。诗人以"风人"自居，慷慨而歌。金缯，金银丝绢。岁币，指朝廷每年向外族输纳的银两。

李白的《南陵别儿童入京》是在叙述个人的一段欢快的经历。全诗如下:"白酒新熟山中归,黄鸡啄黍秋正肥。呼童烹鸡酌白酒,儿女嬉笑牵人衣。高歌取醉欲自慰,起舞落日争光辉。游说万乘[①]苦不早,著鞭跨马涉远道。会稽愚妇轻买臣[②],余亦辞家西入秦。仰天大笑出门去,我辈岂是蓬蒿人[③]。"这是诗人在得到唐玄宗召他入京的诏书、回到南陵家中、与儿女告别出门时,写下的一首七言古体叙事诗。诗的开篇写秋熟时节"山中归",白酒新熟、黄鸡啄黍的丰收景象,衬显出诗人兴高采烈的情绪。接着,通过呼童烹鸡、儿女嬉笑、开怀痛饮、高歌起舞等几个似乎是特写的镜头的推进,来直陈其事,并融情于事,诗句中"呼"、"嬉"、"歌"、"醉"、"舞"等词语前后连通一气,把诗人的喜悦心情表现得层层迭起,活灵活现。而后几句侧重于诗人内心世界的描绘,诗人"恨不早"见皇帝而"著鞭跨马";自比朱买臣,而今"辞家西入秦"即将青云直上;"仰天大笑出门去",因为"我辈岂是蓬蒿人"。这既是在袒露心胸,激情洋溢,也是在叙事,使诗人离家之际的自负得意之态溢于言表,感情的波澜涌向高潮。此诗以事寄情、在叙事中抒情、在抒情中叙事、形式上是叙事的、而基本语调仍是抒情的这一特色,也正是不少感事型叙事诗得以成功之处。

叙事诗中,以怎样的身份和怎样的观察角度来叙述事件,称为叙事视角。叙事视角,既有全知全觉无须解释的全知视角,也有事件叙述中"人物"提供自己所知的东西的有限视角。有限视角又包括主人公视角和见证人视角两种。

《南陵别儿童入京》是李白叙述自己的故事,"我言说我",真实自叙,用的是"余"的第一人称的主人公自述的有限视角;《三元里》则是张维屏在叙述三元里人民抗英斗争的史实,用的是见证人——作者所知的有限视角。杜甫的《兵车行》用的也是有限视角,不过既有诗中人物的主人公视角,也有见证人视角。诗的开篇以"道旁过者"的见证人身份叙事,起笔就是气氛的渲染:"车辚辚,马萧萧,行人弓箭各在腰。爷娘妻子走相送,尘埃不见

---

① 万乘(shèng):指天子、皇帝。万乘,原意为万辆兵车。
② 据《汉书·朱买臣传》,朱买臣为西汉会稽郡吴县人,妻子因家贫羞辱他而离去。后买臣为会稽太守。
③ 蓬蒿人:借指草野中人。蓬蒿,指飞蓬和蒿子两种植物。

咸阳桥。牵衣顿足拦道哭，哭声直上干云霄。"接着"道旁过者问行人"，才转为故事中的主人公——"行人"的叙说："行人但云点行频。或从十五北防河，便至四十西营田。去时里正与裹头，归来头白还戍边。边亭流血成海水，武皇开边意未已……"。此诗采用的是在古体叙事诗中十分流行的"A遇B，听B诉说"的叙事视角。正是由于有了"道旁过者"与"行人"的对话所构成的清晰的结构线索，全诗才能缓缓地展开震人心弦的场景，仿佛是由几幅简笔图画组成的画卷：骨肉哭别图、头白戍边图、开边未已图、健妇犁荒图、县官索租图、百草白骨图，让读者体察到当时统治者穷兵黩武所加给人民造成的巨大灾难。

"道旁过者"与"行人"的第三人称叙说，作者见证的第三人称叙说，以及"我言说我"的作者的第一人称真实自述，叙说者有一个共同的特点：只能从自己所见所知的角度来扫描叙述生活，所见所知之外的事情就不能叙说了。

《兵车行》中，作者隐身于事外，扮演着不同的人物，以他们的有限视角转换来铺叙故事，既能如实描述现状，突现其视听的客观真实性与情感逼真，又能宕开拓深，议论抒情，使作品"含不尽之意，见于言外"，给人一种烟波无际的感觉。事实上，"道旁过者"的所见就是诗人自身所见；"行人"的自述则曲折地代言了诗人的几多话语："君不闻，汉家山东二百州，千村万落生荆杞……"的声声控诉，其实就是诗人自己的议论控诉。

这首缘事而发、即事名篇的新乐府，融叙事、议论、抒情为一体，艺术地再现与评价了当时的社会现实，犹如一篇精彩的新闻报道，是古代叙事诗"以时事入诗"的典范之作。杜甫的"三吏"、"三别"等作品与此诗类似，以诗传史；无怪乎人们称他的叙事诗为"诗史"。

【思考与练习】

一、用词中小令来叙事，与绝句、律诗类似，不可能有头有尾完整地叙述，必须截取片断，选择细节，跳跃着叙事，有时也会留下一些叙述空白。

李清照写有《如梦令》："昨夜雨疏风骤。浓睡不消残酒。试问卷帘人，却道"海棠依旧"。知否，知否？应是绿肥红瘦！此词只有六句三十三字，可"短幅中藏无数曲折"，采用的就是片断式、细节式的叙事方式。试品读分析，此词截取了什么片断，选择了什么细节，如何巧妙地表现出主仆两人情感、修养的差异的。

二、古人写送别诗的多，写相逢诗的少。著名长篇叙事诗《圆圆曲》的作者、明清之际的吴伟业的《遇旧友》、唐代诗人李益的《喜见外弟又言别》，都是叙说离乱后亲朋好友重逢的五言律诗。试从记事型、感事型的叙事模式着眼，比较分析这两首相逢诗写法与情感表达的相同与不同。

喜见外弟又言别　　李益	遇旧友　　吴梅村
十年离乱后，长大一相逢。	已过才追问，相看是故人。
问姓惊初见，称名忆旧容。	乱离何处见，消息苦难真。
别来沧海事，语罢暮天钟。	拭眼惊魂定，衔杯笑语频。
明日巴陵道，秋山又几重。	移家就吾住，白首两遗民。

三、比较而言，律体长于抒情，古体长于叙事；新诗只要押韵、句式大致整齐，则类同于古体诗的格式，也长于叙事。

学习《兵车行》、《三元里》、《牛酥行》、《南陵别儿童入京》等叙事诗的写法，选择生活中亲身经历的或者是所见闻的亲戚朋友或别人所经历的某件值得回味的大事，抑或从报刊杂志中所见有感的事件报道（如抗震救灾、嫦娥登月），用五言或七言古体或新诗的形式，写一首叙事诗，长短自定。

二　传神写照塑形象　情节跌宕看长篇

本节要点

⊙围绕写人来叙事：简笔纪事善剪影　•叙述感事重形象
⊙写人纪事情节型：情节、形象、视角
⊙现实浪漫，各有神韵

《兵车行》、《南陵别儿童入京》、《三元里》、《牛酥行》、《回乡偶书》等叙事诗，虽然叙事中也有人的活动，"事在人为"，但诗歌的结构都是以叙说事件为中心，这是常见的叙事诗的结构。与此有异，还有一类并不多见的虽有叙事却是以写人为中心的叙事诗。

从标题就可看出，与《南陵别儿童入京》是一首以事件为中心的叙事诗不同，李白的《苏武》则是一首以赞颂苏武这位民族英雄为中心的叙事诗："苏武在匈奴，十年持汉节[①]。白雁上林飞，空传一书札[②]。牧羊边地苦，落日归心绝。渴饮月窟冰，饥餐天上雪。东还沙塞远，北怆河梁别。泣把李陵衣，相看泪成血。[③]"虽然此诗以苏武被困匈奴十九载的感人故事为依托，但并不是以事件的推演为中心，而是围绕着颇有个性特征的人物行动与心理，精心选择后简洁地跳跃着摹写了白雁传书、牧羊归心、饮窟餐雪、苏李话别等边地生活的场景，形象地传达出苏武历尽艰辛、持节不屈的故国情怀与民族气节。

以人物为结构中心、非长篇的叙事诗，人物形象常常是通过对事迹的简笔记述或者截取典型行动场景形成故事片断的方式来呈现的，较少对人物做面貌、身姿、穿戴、心理、情感、脾性等全方位的刻画，而是把人物作为剪影式的客观对照物，传神写照，突出隐含在形象背后的作者的感喟与评价。《苏武》诗是如此安排，杜甫的《饮中八仙歌》也是这样构思，而且平中见奇，并将所见之奇高度集中化、独特化，以速写的笔法极为简洁地勾勒出唐代八位嗜酒旷放的名人的奇特肖像。譬如，八仙中的贺知章，杜诗为其造像："知章骑马似乘船，眼花落井水底眠。"作者化用明代王嗣奭《杜臆》卷一中"阮咸尝醉，骑马倾欹[④]，人曰：'个[⑤]老子如乘船游波浪中'"这一典故，而且有所超越，"眼花落井水底眠"，醉酒后跌进井里竟酣睡不知，可谓奇绝。八仙中的李白，作者提取好友嗜酒如命的典型举动，将其狂放不羁的一面夸张放大，为其造像："李白一斗诗百篇，长安市上酒家眠。天子呼来不上船，

---

① 苏武被汉武帝派遣出使匈奴，却被扣留在匈奴十九年。"十年"是个概数。

② "上林"指"上林苑"，是皇家围场。据说，一天皇帝射下一只南飞的白雁，大雁的脚上绑着一封苏武思念大汉的帛书。后来的"鸿雁传书"便由此来。

③ "东还沙塞远……"：这四句写苏武和李陵话别，彼此相望，泪湿青衫，化为血泪，故国情怀，悲痛难舍。沙塞：沙土飞扬的边塞。北怆河梁：北上河梁，悲怆话别。《汉书·苏武传》载：苏武将归汉，李陵置酒为其送行，"泣下数行，因与武诀"。李陵《答苏武书》云："此陵所以仰天椎心而泣血也。"

④ 欹（qī）：歪斜。

⑤ 个：这，此。李白《秋浦歌》之十五："白发三千丈，缘愁似个长。"

自称臣是酒中仙",显示出李白傲视王侯、豪放纵横的奇特形象。《饮中八仙歌》塑造的形象极富特色,是有别于圣君贤臣、妙妇壮士的另一种理想化身。

《饮中八仙歌》虽为奇绝,但与《苏武》类似,叙说时不直接抒情议论,应当归属于以写人为中心的纪事型叙事诗。这有别于在写人叙事时插入作者的议论抒情、以写人为中心的感事型的叙事诗。

陶渊明的《咏荆轲》就是一首以歌咏荆轲这位英雄的感事型的叙事诗。此诗重在刻画人物形象。诗的头四句"燕丹善养士,志在报强嬴。招集百夫良,岁暮得荆卿",从秦、燕矛盾之中引出肩负重任的荆轲,接着描写了出京、饮饯、登程、搏击几个场面。"提剑出燕京"时"君子死知己"的心理描写,描绘出荆轲仗剑行侠的英姿、痛快豪爽的性格特征。易水饮饯,"渐离击悲筑,宋意唱高声。萧萧哀风逝,淡淡寒波生。商音更流涕,羽奏壮士惊"的悲壮淋漓的氛围的渲染,衬托出"壮士一去兮不复还"的英雄主题。而"雄发指危冠,猛气充长缨",以夸张的笔法写出荆轲义愤填膺、热血沸腾的神态;"登车何时顾,飞盖入秦庭。凌厉越万里,逶迤过千城"四句,更写出了荆轲义无反顾、直蹈秦邦的勇猛气概。对行刺秦王这一高潮,诗中并没有正面叙写,而是从反面着笔:"图穷事自至,豪主正怔营",只是简笔勾出荆轲行刺时令秦王变色的虎威。最后四句,"惜哉剑术疏,奇功遂不成。其人虽已没,千载有馀情",便是作者直截的评论抒情,既惋惜其"奇功不成",又肯定其精神犹存。在有限的篇幅之中,作者通过线条粗略的肖像、行动、心理描写来塑造形象,用气氛的渲染来烘托出人物的精神,在惋惜与赞叹之中,高歌了荆轲这位勇于牺牲、不畏强暴的英雄,也烛照出诗人心底嫉恶如仇的火光。

行文至此,已经介绍了叙事诗的几大类型。叙事诗有纪事型与感事型之分,这两大类叙事诗之下,都还可以再分为以叙事或以写人为中心的两小类。

与纪事型、感事型的叙事结构模式不同的是,还有一种以人物、事件为中心组织材料、有着完整的故事情节和鲜明的人物形象的情节型的叙事结构模式。此中,事件是指人类生活和社会现象中所发生的不平常的大事情,而情节则是指叙事作品中有着矛盾冲突的生活事件,通常包含着故事的开端、发展、高潮、结局,有的还有序幕、尾声。

中国古今的叙事诗大都为叙述事件的诗歌,其中多数只是叙述某一事件或情节的片断;真正具有像《孔雀东南飞》、《长恨歌》这样完整的故事情节和人物形象的作品为数极少。

《孔雀东南飞》是"古今第一首罕见的"[①]情节型的叙事长诗，描绘的是刘兰芝、焦仲卿夫妇的爱情悲剧，歌颂的是忠于爱情、反抗封建礼教的叛逆精神。诗歌结构完整、紧凑、细密。其情节的组织，由刘兰芝、焦仲卿的爱情悲剧为线索。诗中的矛盾冲突在刘、焦夫妇反迫害同焦母、刘兄的迫害的斗争中展开。兰芝诉虐请归是故事的开端。而后，仲卿跪告、夫妻盟誓、兰芝辞婆、归家拒媒、被逼允婚、黄泉相约、仲卿别母等是矛盾冲突的发展。双双殉情是故事的高潮，两家合葬是结局。鸳鸯相鸣则是告诫后人的尾声。

此诗情节波澜曲折、跌宕起伏、引人入胜的活力来源，便是不断设置悬念、造成意外。譬如，兰芝被遣，仲卿誓不相负、兰芝蒲苇不折、磐石无转的承诺能否兑现是最大的悬念。兰芝归家拒媒，可被迫允婚的意外发生了；接着，府吏、兰芝相约"黄泉下相见"又紧扣着读者的心。直到兰芝投水自尽、仲卿挂枝自缢，才使所有的悬念有了悲惨的着落。

情节型的叙事诗必须刻画人物形象，需要对人物的外貌、言语、动作、心理进行描画。人物形象塑造，可以像《孔雀东南飞》那样全面铺开、进行十分具体地描写；也可以像《长恨歌》那样灵活选择，不一定面面俱到，都做十分具体的描写。

灵活选择，譬如肖像描写，既可以全面细致地描摹刻画，如《孔雀东南飞》中"足下蹑丝履，头上玳瑁光。腰若流纨素，耳著明月珰。指如削葱根，口如含朱丹"，对刘兰芝肖像进行全方位的细致描绘，传达出她"精妙世无双"的美丽可爱。也可以不在"形似"上多下功夫，而是重在"神似"，甚至将神似之"妙"寄寓在"似与不似之间"。《长恨歌》写貌美、娇柔的杨贵妃："回眸一笑百媚生，六宫粉黛无颜色。春寒赐浴华清池，温泉水滑洗凝脂。侍儿扶起娇无力，始是新承恩泽时。云鬓花颜金步摇，芙蓉帐暖度春宵"，人物的容光、笑貌和动作，几乎都笼罩在"汉皇"多情的目光之中。这是从"情人"的凝视中走出来的人物形象，故一切都染上了"情人"的主观色彩，看来"似"可又"不似"，却为"神似"之笔。

《长恨歌》中的心理描写也颇具特色。如对痴心钟情的"汉皇"（借指唐玄宗）的复杂心曲的描绘，是将叙事、写景和抒情和谐地结合在一起，抒情成分很浓。如"归来池苑皆依旧，太液芙蓉未央柳。芙蓉如面柳如眉，对

[①] "古今第一首……"：引言见明人王世贞《艺苑卮言》。

此如何不泪垂",是以景融情,由"芙蓉"而思其"面",由"柳叶"而念其"眉",从而伤心"泪垂"。又如"夕殿萤飞思悄然,孤灯挑尽未成眠。迟迟钟鼓初长夜,耿耿星河欲曙天",描绘的是从黄昏到黎明,飞动的萤火牵引着他的悄然思绪,挑尽的孤灯陪伴着他的彻夜无眠。而后,顺势推出痛心疾首的刻画"悠悠生别死经年,魂魄不曾来入梦",句中的事件叙述、景物描绘中融入了人世间想梦却无梦的大悲痛之情!

《长恨歌》中没有人物对话描写,但仍不失为成功之作。

与其不同,通过有个性的人物对话塑造鲜明的人物形象,是《孔雀东南飞》最大的艺术成就。在贯穿全篇的对话中,此诗语言描写精彩绝伦,人物对话能真实而又贴切地反映出人物的性格与心理活动。譬如,诗中最重要的女主人公刘兰芝,敢爱敢恨、敢说敢为,在与不同人物讲话时有着不同的态度与语气,点点滴滴汇聚成她那勤劳、善良、备受压迫而又富于反抗精神的外柔内刚的丰满的个性。看看诗的开头,"十三能织素,十四学裁衣,十五弹箜篌,十六诵诗书。十七为君妇,心中常苦悲。君既为府吏,守节情不移……",兰芝对丈夫倾诉的叙述性铺叙,表现了她的多才多艺与勤劳知礼,出语直率;而后,"妾不堪驱使,徒留无所施。便可白公姥,及时相遣归",竟敢主动提出"遣归",对唯命是从的封建礼教勇敢地做出了大无畏的反抗,表现了她性格坚强、刚烈的一面。离家之前,她对婆婆说"受母钱帛多,不堪母驱使",表现得不亢不卑,很有教养。在她吩咐丈夫处置旧物"留待作遗施"和叮咛"久久莫相忘"的一番对话中,读者又看到了一个分明是温柔善良体贴的妻子形象。在被遣归回家的路上,焦仲卿"誓不相隔卿"的表态打动了她,她也立下了誓言:"君当作磐石,妾当作蒲苇。蒲苇纫如丝,磐石无转移",将自己对爱情的坚定、忠诚之心表露无遗。回娘家后,阿兄逼婚,她说"处分适兄意,那得自任专",屈心抑志绝望认命;但外柔内刚,不久"我命绝今日,魂去尸长留",履行了她与仲卿双双殉情的誓言。在爱情与封建家长制的尖锐冲突中,刘兰芝这个栩栩如生、性格鲜明的艺术形象闪耀着夺目的光彩。

《孔雀东南飞》、《长恨歌》用的是第三人称叙事。与扫描生活只是由故事中的某个人物的视野来延伸与拓展的有限视角不同,这两首诗用的都是全知视角。全知视角叙述,叙述者扫描生活的角度千变万化,对故事的全过程以及每一人物、每一细节都了如指掌,无所不知。采用全知视角的叙事诗,多用于记述大的历史事件,描画比较复杂的人生经历,并可用来叙说民间传说与神话。

  《孔雀东南飞》这首丰碑式的叙事杰作，塑造了刘兰芝等性格鲜明的人物形象，记录了一千七百年前人们真实的情感，采用的是现实主义的创作方法。诗歌结篇，刘焦合葬的墓地上松柏梧桐枝叶覆盖相交、"中有双飞鸟，自名为鸳鸯，仰头相向鸣，夜夜达五更"，则是富有浪漫色彩的尾声，凄美迷人；"多谢后世人，戒之慎勿忘"，与前面"生人作死别，恨恨那可论"等诗句相呼应，同为叙事中作者议论抒情性的穿插，是向世人发出的多情而悲悯的忠告。

  "感于哀乐，缘事而发"、"饥者歌其食，劳者歌其事"[①]等理念，确立了叙事诗现实主义的创作原则。不过，历史的真实是相对的，诗歌艺术需要想象和创造，也允许虚构。有些诗，甚至是完全真实或基本真实的，像杜甫的"三吏"、"三别"是"咏身所见闻事"[②]的"即事名篇"。另有些诗，虽亦真亦假、虚实结合甚至是完全虚构的，但能直接或间接反映时代社会生活，有着叙事诗沉甸甸而又灵动的叙事神韵。现实主义的叙事加上浪漫的尾声的《孔雀东南飞》是实中带虚；以唐代史实为基础、以浪漫主义的生花妙笔编织出来的"独出冠时"的《长恨歌》，则是虚实结合的典型范例。诗中既有史实，有传说，也有诗人大胆的虚构，如对临邛道士意念中的蓬莱仙境、"上穷碧落下黄泉"寻找贵妃魂魄以及杨妃惊梦、思念寄语的描写。这些虚构的情节，意落天外，给史实和传说染上了令人神往的浪漫色彩，显示了独特的叙事神韵。又如，杜甫的《佳人》是完全虚构的，诗中对"绝代有佳人，幽居在空谷……"的描写，不是写他实实在在见到的弃妇，而是诗人以弃妇的口吻来写，假借弃妇之形象，来寄寓自己的人生体验和历史沧桑之感。

  "文章合为时而著，歌诗合为事而作"。诗心，必须与民心齐跳；诗心，必须与国脉相连。今人非古人，今时胜古时。当今社会波澜壮阔，远非古时之状貌，要创作出精品叙事诗，必须驾今日之长风，搏现时之急浪，方能顺乎潮流，有所创新，谱写出新时代的壮阔乐章。

---

  ① "感于哀乐……"、"饥者歌其食……"：前后引言见《汉书·艺文志》）、汉·何休《公羊传解诂》。

  ② "咏身所见所闻事"：引言见沈德潜《唐诗别裁》。

【思考与练习】

一、写人叙事，抓住常见的生活片断细加描述，也可吟唱成诗，发人所不能发。品读赏析近代钱振锽的小诗，然后回答后面的问题。

挑荠女　　　　　　　　　　清·钱振锽

蓬头小女茅房住，东方明时挑菜去。
春寒少雨土脉坚，星星荠菜小如钱。
腹空唯有隔宵粥，日高挑得盈筐绿。
市人持称不容情，两则有余斤不足。
得钱与母持换米，明日提筐还早起。

问题：叙事诗有记事型、感事型、情节型叙事三大类。此诗属于哪一大类？挑荠女是一个什么样的人？此诗是如何抓住生活中的片断来前后展开、细加描述的？

《挑荠女》是一首七律吗？诗是如何用韵的？

二、写人叙事，也可为自己画像。有位初一学生写了一首《自画像》的诗："儿时顽劣日，抛砖自砸头。墙宽乱绘画，厅敞喜玩球。上课台前站，放学班后留。招来眯眼笑，懵懂小泥猴。"看过此诗，你有何感慨？

学习《苏武》、《咏荆轲》、《饮中八仙歌》、《挑荠女》等诗的写法，或者如《自画诗》那样，为自己或为亲友同学题诗，若能与最近拍摄的相片配合起来更佳。

写人叙事，既可以描写容貌神情，也可以片断叙事，还可插入议论抒情；能写出人物个性、特点最好。

三、《全宋词》中有一首无名氏所作专咏"长恨"故事的《伊州曲》：金鸡障下胡雏戏，乐极祸来，渔阳兵起。鸾舆幸蜀，玉环缢死。马嵬坡下尘滓，夜对行宫皓月，恨最恨、春风桃李。洪都方士，念君萦系。妃子。蓬莱殿里，寻觅太真，宫中睡起。遥谢君意，泪流琼脸，梨花带雨。仿佛霓裳初试。寄钿合，共金钗，私言徒尔。在天愿为，比翼同飞，居地应为，连理双枝。天长与地久，唯此恨无已。

此词一百一十八字，可以说是九百四十字的《长恨歌》的简本。对照《长恨歌》，此词只是提纲挈领，选择一些经典性的片断或细节，化为片言只语来叙说，如"胡雏戏"、"玉环缢死"、"夜对行宫"、"寻觅太真"、"寄钗"等。

学习此种浓缩式叙事的方法，以《孔雀东南飞》为蓝本，浓缩故事情节，不用对话，提纲挈领，用精炼的诗的语言，写一首一百字至一百五十字以内的、叙说刘兰芝与焦仲卿爱情悲剧的叙事诗；所写诗须押韵，中途可换韵。

第四编　情景物事理　读写各有异

第十九讲　哲理诗鉴赏创作

一　哲理诗词高台阶　写景咏物叙事伴

本节要点

⊙ 形象寓理忌直白　　⊙ 以景晓理善提炼
⊙ 借物论理引哲思　　⊙ 就事悟理靠发掘
⊙ 咏史明理似论证　　⊙ 理中有趣贵自然

记得德国哲学家马丁·海德格尔曾说过：诗不是偷闲者的轻浮的梦幻，而是人类生存的精神动力。著名科学家钱学森在《系统思想系统科学和系统论》中则认为："文学艺术里面这个高的台阶，或者说是最高的台阶，是表达哲理的，是陈述世界观的……诗词里面就有嘛！"

有哲理意味的诗词，如金石掷地有声，有沉甸甸的沉重感，给人以启迪和教益，读后经久不忘，历来受到人们的喜爱和看重。

"哲"者，智也；"理"者，道理、事理也；"哲理"就是睿智洞照之人事与自然之理。哲理诗则是以阐述哲理为主、探索宇宙自然和探求社会人生、思想观念、道德伦常的本质及规律的诗。

譬如，汉代无名氏《古诗》"甘瓜抱苦蒂，美枣生荆棘。利旁有倚刀，贪人还自贼"，以生动的形象来讲述做人的道理，充满哲理意味。诗的大意为：甜瓜连接环抱着瓜藤苦蒂，甜枣生长在有荆棘的枣树上；"利"字边上有倚刀（刂），人若贪得无厌，往往会祸及自身。

甘瓜连苦蒂，美枣生荆棘，植物界的这种甘苦对立、互存相依，和老子《道德经》所说的社会生活"祸兮福所倚，福兮祸所伏"的道理是相通的。不过，老子所说是理性的，纯粹说理，抽象而缺乏形象；而《古诗》中用具体的形

275

象来阐述甘苦祸福是对立统一的哲理，发人深思。

由于纯粹说理的诗，常失去诗歌的特点而味同嚼蜡，高明的诗人便喜爱把说理与写景、咏物、叙事、咏史、抒情、形象化的议论等结合起来，让哲理蕴含在诗的形象之中，生动而有趣味。

哲理诗多见的形式是在观赏自然现象、吟咏自然景物时阐发哲理。看看南宋理学家朱熹的《观书有感》（其一）："半亩方塘一鉴开，天光云影共徘徊。问渠那得清如许？为有源头活水来"。诗的前两句写景，暗含喜爱之情：方塘水平如镜，天光云影，在水中摇曳晃动。后两句以设问来抒发诗人观景的感慨，是诗人的理性思索：方塘为何这般清澈明净，因为有活水不断从源头流来。

初读此诗，不免疑问：明明是写方塘池水，怎么会与题目"观书有感"扯上关系？仔细寻思，原来此诗是借生动形象的自然景物的描绘来表达人生的哲理，以池水源头比喻读书做学问要想有所长进、颖悟自在，须不断地学习，汲取新的营养。

虽有写景，但不是以描绘景物为主，只是为了引出观景感慨时的哲理性的思索，侧重于景与理的结合，重在写观察景物时所思所感的体会；这是写景晓理的哲理诗的特色。

《观书有感》阐述哲理，并非直接说理，理性思考蕴含在明净澄澈的景物描写中。这是一首大手笔、广为传诵的哲理好诗。不过，名家写出的并不一定都是好诗。看看作者在《训蒙绝句》近百首中的《致知》诗："此心原自有知存，气蔽其明物有昏。渐渐剔开昏与蔽，一时通透理穷源"。此诗是在讲解儒家格物致知[①]、正心诚意的道理，但全为抽象说理，"理过其辞，淡乎寡味"。

哲理诗旨在达理，诗中寓理、诗化哲理是其本质特征。显然，哲理在诗中的阐述，不是思辨的推理，不是"押韵的哲学讲义"，不能以抽象直白的形式来讲述哲学的大道理，更不能抄袭别人现成的思想和结论。诗化哲理，应是人生体验的提炼，是建立在感性基础上的理性思索。作者应有一双慧眼，

[①] 格物致知：探究事物原理，从而获得知识。格物致知是中国古代儒家思想中的一个重要概念，源于《礼记·大学》所论述的"欲诚其意者，先致其知；致知在格物。物格而后知至，知至而后意诚"此段。

有着对生活不但是正确而且是独特的认识、发现和评价,诗中带有新鲜独创的个性色彩。

苏轼的《题西林壁》"横看成岭侧成峰,远近高低各不同。不识庐山真面目,只缘身在此山中",可堪是别出心裁地从观赏庐山之景象的感受而提炼出哲理的大作。诗作起笔于漫游庐山所"看",从"横"、"侧"、"远"、"近"、"高"、"低"等不同角度观赏后汇总"各不同"的变幻特点,收摄于观山时总的感受:"不识庐山真面目,只缘身在此山中"。议论中蕴含着为人观物的哲理:观赏事物因立脚点有别而导致观察结果有异、局部观察难以把握全局面目;也可以说映衬着某种人生哲理:"当局者迷,旁观者清",高瞻远瞩宏观地把握事物才能避免片面局限性。古人云:"诗无达诂",仁者见仁,智者见智,诗的哲理意义的理解,往往不是单一的,而具有多样化的特点。

从景物描绘的角度来说,此诗首二句写景确实不够具体形象,但从明理的角度来看,这样写景却准确而恰当,因为只有概括写出庐山千变万化的风姿,才能为哲理归纳提供具体而形象的依据。理从景出,景自成理,全诗因此而形成景与理的完美统一,令人回味无穷。

整首诗主要是用来表现哲学道理的,如以上所举《题西林壁》、《观书有感》,我们称之为哲理诗。而有的写景、叙事、抒情诗,虽然不是以表现哲理为主,但诗中含有概括力强、富有哲理的诗句,我们将这些诗句称之为哲理性的警策句。如陆游的《游山西村》,全诗是一首游记般的描写农村风光的诗歌,可其中"山重水复疑无路,柳暗花明又一村",既是传诵千古的实景描绘,又包含着深刻的哲理:喻指人生道路乃至社会发展,由于主观努力或转机出现,一时由塞转通,绝处逢生,走向光明。又如刘禹锡《酬乐天扬州初逢席上见赠》,虽然律诗主要是回忆慨叹多年来的贬谪生活,但诗中的"沉舟侧畔千帆过,病树前头万木春"却是哲理性的警策句,诗人将自己的坎坷失意比作"沉舟"、"病树",而将新进与后生们比喻成竞发之"千帆"、"万木春",其中蕴含了历史决不会因为个别事物的衰败没落而停步不前、新生事物是不可遏制、注定要蓬勃发展的哲理。

以上诗歌或诗句中的以景晓理,是论及观赏景物时的体验与理性思考,借物论理则是通过咏物来议论说理,也是让哲理蕴含在诗的形象之中的常用手法。本文开头所举汉代无名氏的《古诗》,就是一首祸福倚伏的哲思包孕在甘瓜连苦蒂、美枣生荆棘的形象中的哲理诗。

与随物赋形、托物寄情的咏物诗不同，借物论理侧重于明理，咏物只为引发哲思，通过吟咏物体的某某特性，来拓展议论评述，形象生动地讲清道理，意蕴深长，使人容易领会，回味无穷。

譬如，欧阳修的《画眉鸟》："百啭千声随意移，山花红紫树高低。始知锁向金笼听，不及林间自在啼。"此诗前两句写所闻所见：婉转千声，花木烂漫，画眉鸟在山林间自由飞翔、自在鸣叫，欢快且动听；后两句对比以往锁在金笼中画眉鸟的啼鸣，感叹哪有自在啼飞美好！全诗蕴含了一个哲理：失去了自由的画眉鸟，即使将它用金笼供养起来，也没有身在大自然那样的快乐。倘若由物及人，道理也是相通的。此诗是诗人由接近皇帝的龙图阁直学士被贬为主管滁州行政的长官三年后写下的，再联想到宋初的王禹偁的《量移[①]后自嘲》诗"可怜踪迹转如蓬，随例量移近陕东。便似人家养鹦鹉，旧笼腾倒入新笼"，已将官场比喻成鸟笼；如此看来，此诗也是以鸟为喻，表现出对官场生活厌倦的情感。

诗人借画眉鸟的啼鸣来表达自己对摆脱束缚、争取自由生活的向往之情，委婉含蓄道出自由对于生命之重要的哲理，显得生动形象，耐人寻味。显然，诗的哲理是形象化的哲理。只有形象喻理，将抽象的哲理附丽于鲜明的形象之中，让形象说话，才能写出既有说理、又有诗味的哲理诗。

借物可论理、写景可晓理，就事也可悟理。日常生活中常见的普遍现象，有时也可以发掘出其中蕴涵的哲理。杜甫有一首《缚鸡行》："小奴缚鸡向市卖，鸡被缚急相喧争。家中厌鸡食虫蚁，不知鸡卖还遭烹。虫鸡与人何厚薄，吾叱奴人解其缚。鸡虫得失无了时，注目寒江倚山阁。"诗中之意，鸡食虫蚁，所以要被家人卖掉；但鸡被卖掉，只能被他人宰杀烹煮，又何必厚虫薄鸡呢？此诗从日常生活中鸡食虫、人食鸡这样普通的事情中，领悟出"鸡虫得失无了时"的日常哲理：天下之事，皆有利害，兴一利或将带一害，除一害又或毁一利。权衡利弊而后动，又何必顾此失彼呢？

与《缚鸡行》不同的是，倘若不是从事件本身悟出妙理，而只是把事件当作引子，通过咏史来明理，又将如何呢？

据桐城县志记载：康熙年间，礼部尚书张英收到桐城老家与邻居互争公共隙地建房纠纷的书信，阅罢批诗四句："一纸书来只为墙，让他三尺又何妨。

---

① 量移：唐、宋公文用语，指官员被贬谪远方后，遇恩赦迁距京城较近的地区。

长城万里今犹在,不见当年秦始皇。"书信寄出,张英家人见到,让出三尺地基,邻居家见状,也退让三尺,形成了一条"六尺巷"空地,方便行人往来,被传为美谈。

张英的诗,针对的是两家争地的事件,可谈论的理却是古今历史变迁的大道理,颇具说服力。"长城万里今犹在,不见当年秦始皇",以长城万里犹在、秦始皇早亡的集合意象,揭示了功名利禄生不带来、死不带去、还是退让和谐为好的道理。1956年中苏关系恶化,毛泽东主席在会见苏联驻华大使尤金时,就巧妙地引用这两句诗,意在谈中苏关系,表达两国之间的事宜应该谦让、平等相待。

写历史事件与历史人物而发出感慨的诗称为咏史诗。与以诗叙史而专咏人事的叙事体咏史[1]、咏史喻今而寄托怀抱的抒情体咏史[2]不同的是,咏史明理、蕴含哲理思考的说理诗是议论体咏史。咏史明理诗中,凝练简洁交代某一历史人事只是作为出发点,为说理服务。

刘禹锡《西塞山怀古》是一首备受赞誉的咏史诗,采用的是从形胜古垒入手、咏叹物是人非一番、由此引出某种哲理的咏史模式。"王濬楼船下益州,金陵王气黯然收。千寻铁锁沉江底,一片降幡出石头",诗的前两联所吟为西晋王濬平吴一段史事,强调长江天险与"金陵王气"也阻止不了东吴孙皓政权被灭亡的结局。颈联"人世几回伤往事,山形依旧枕寒流",抒发由史事而引发的感慨,国家兴亡的哲理跃然纸上:人世兴亡,山河永恒,自然之险并不足恃,王朝兴衰之根本原因在于人事而非地形;这与诗人在《金陵怀古》诗中所论"兴废由人事,山川空地形",是同一意思。倘若将此诗看作是一首诗化的议论文体,此联就是哲理性的论点,前两联是论证论点的强有力的论据;尾联"今逢四海为家日,故垒萧萧芦荻秋",则是对论点的渲染与强化:当今天下一统,面对萧萧故垒,历史的教训人们不应该忘记。

同是怀古咏史的名篇,杜牧写有《赤壁》诗。"折戟沉沙铁未销,自将

---

[1] 叙事体咏史诗,如王维的《息夫人》:"莫以今时宠,难忘旧日恩。看花满眼泪,不共楚王言。"息夫人是春秋时陈国国君的次女、息国君主的妻子,容颜绝世。楚王占领息国,将她据为己有,生了两个孩子,但她默默无言,始终不与楚王说一句话。

[2] 抒情体咏史诗,如骆宾王《于易水送人》:"此地别燕丹,壮士发冲冠。昔时人已没,今日水犹寒。"此诗是一首怀古咏史诗,将一个复杂的历史故事压缩在方寸之间,将思古之幽情与现实之离意结合起来。

磨洗认前朝"，诗人游经赤壁古战场，发现一支沉沙断戟，磨洗后认出是前朝遗物。由此联想到三国时的赤壁之战，感慨不已："东风不与周郎便，铜雀春深锁二乔"。此为深沉的兴亡慨叹，引发对历史发展的哲理性思考：假如当时没有东风吹起，那么东吴的美女——大小二乔就会被关进曹操所修建的铜雀台上，战争的结局就会不同。诗句强调周瑜胜利侥幸得利于天时，说明此中带有很大的偶然性；偶然性有时也能起决定作用。于此看来，诗人认为历史给了周瑜一个机会，却暗含着自己虽有出众的才能却没有好的机遇而郁郁不得志的情绪，颇有怀才不遇的感慨。

历史上的赤壁之战，是以孙权胜利、曹操失败而告终的，可是诗人偏偏来一个与史实不同的相反的新奇设想，不从正面入手，却从一片沉沙断戟写起，自然引向赤壁之战的评述，将读者的视线与思维拉回悠久的历史长河中。接着，作者以诗论史，不作抽象的史评，而是运用形象思维，通过"二乔"成为俘虏、用孙策与周瑜的妻子将来的命运，反衬出东吴家国可能不保这种政治军事形势的截然不同的变化，来表达自己独特、颇含哲理的看法，自然会引起读者的兴趣。

哲理诗贵有理趣。理趣，顾名思义，就是说理而有趣，或者说是由说理而引发作者的兴趣，并能使读者感到有趣。哲理诗言理而称趣，并非如议论文章中作者自顾自说理，而是景中物中事中史中自然有之而在诗中含蓄道出。

诚如钱钟书先生在《谈艺录》中所说："理之在诗，如水中盐、蜜中花，体匿性存，无痕有味"。理中有趣，可以像《赤壁》诗如此通过新奇形象化的历史场面的设想来展现，也可以如《题西林壁》那样从日常生活和普通景物中悟出新意妙理而引人兴趣。如此看来，诗篇议论感慨的是社会自然之理，遍在万物宇宙，作者挥笔诉诸言辞，思人所未思，发人所未发，自感趣味；读者领悟会意于心中，深感合于自然之理，颇有所得，自然引生兴趣。

【思考与练习】

一、王之涣《登鹳雀楼》中"欲穷千里目，更上一层楼"，王安石《登飞来峰》中"不畏浮云遮望眼，只缘身在最高层"的名句，都是通过形象化的议论，揭示了站得高看得远的哲理。这种借景而晓理，富有形象的美感的诗句在李白、杜甫、白居易、刘禹锡、陆游、苏轼、王安石等著名诗人的诗歌中也能找到不少。试从历代诗人的诗词中，找出至少八首含有哲理的诗词，并将富有形象美感的哲理性诗句誊写在你的本子上，不论是借景寓理、借物论理，或是借事晓理、咏史明理，皆可。

二、唐代杜荀鹤的《泾溪》是一首借事晓理的哲理诗。品读鉴赏，说说此诗是通过什么修辞手法、如何形象化地展开议论，就事悟理的？

泾 溪

泾溪石险人兢慎，终岁不闻倾覆人。

却是平流无石处，时时闻说有沉沦。

三、宋代严羽在《沧浪诗话》中说："诗有别趣"，"所谓不涉理路，不落言筌者，上也"。清代沈德潜《说诗晬语》中评论杜诗作品，说《蜀相》、《咏竹》、《诸葛》等诗有议论，"但议论带情韵以行"，"江山如有待，花柳更无私"、"水深鱼极乐，林茂鸟知归"、"水流心不竞，云在意俱迟"等句，"俱入理趣"但又不是"以理语成诗"。

哲理诗应含理趣，须通过诗的形象来表现哲理的艺术趣味，哲理与诗趣要浑融契合。赏析唐代章碣的《焚书坑》："竹帛烟消帝业虚，关河空锁祖龙[①]居。坑灰未冷山东乱，刘项原来不读书。"试着分析，谈谈此诗是如何"不涉理路"却能"入理趣"，将哲理与诗趣能浑融契合的。

二　情发理昭常议论　悟出纳入须储备

本节要点

⊙情理交至睿智照　　⊙形象议论含哲理

⊙哲理诗化两途径：体验生活善悟出

• 以理观物巧纳入（哲思／象征物／跳板）

[①] 祖龙：《史记·秦始皇本纪》集解引苏林说："祖，始也。龙，人君象。谓始皇也。"

哲理诗强调的是思索与说理，须有理趣，也须融于诗情。刘勰《文心雕龙·才略》中说："情发而理昭"，强调道理须从性情中发出，在抒发感情的同时，道理也须讲得昭然明通。如此看来，说理离不开抒情，情理应融为一体；情能使理灵动，理能使情沉思。要注意的是，哲理诗中抒情的"情"，不只是指七情六欲，也包括一些趋近哲理的人生感悟，不过应以形象的笔墨来表达。

"不识庐山真面目，只缘身在此山中"，诗句中蕴含着经深思熟虑后豁然贯通而醒悟明了略感欣然的情感；"东风不与周郎便，铜雀春深锁二乔"，既有羡慕不屑又暗含怀才伤感的情怀。无情不成诗，哲理融于诗情，就会颇具魅力。不论是写景寓理、借物明理，还是就事论理、咏史明理的诗歌，在此类形象化的议论诗句中，都暗含着作者的某种情感。不过，与此有异，在那些情理交至的哲理诗中，情感是直接强烈的，哲理融化在炽热的情感之中。

抒情诗偏重于抒发情感，哲理诗则偏重于理智的表达。如果将说理同炽热的抒情结合在一起，自然会产生引人入胜的艺术效果。如李商隐的《乐游原》："向晚意不适，驱车登古原。夕阳无限好，只是近黄昏。"诗的后两句，作者赞赏夕阳美好而慨叹其消逝沉沦；就诗论诗，或许作者写作时只想形象地表达此种惋惜留恋的心情。可是，"作者之用心未必然，而读者之用心未必不然"[①]，后人却从诗句"夕阳无限好，只是近黄昏"中，挖掘出难得的哲理：世间有些事物既是美好的但又行将消逝，盛极必衰，自然交替。因而有人将此诗看作是一首饱融着情感的哲理诗。

由于哲理诗说理往往融合于写景、咏物、叙事、抒情、咏史之中，有时前后有着难以分辨的交集，导致诗歌的分类有时带有某种不确定性，缺乏公认的界说。正像有人将借物论理诗看作是咏物诗，而另有人则认定为哲理诗那样；有些人将情理交至的诗看作是抒情诗，而另有些人则认定为哲理诗。

舒婷的新诗《致橡树》，有人看作是抒发爱情的抒情诗，但更适合于看作是睿智洞照爱情观的哲理诗；因为此诗并不是向特定对象倾诉情爱，而是在着力表达理想中男欢女爱的理念。诗歌采用内心独白的抒情方式，首先否定了"像攀援的凌霄花"、"痴情的鸟儿"那种依附性的爱情观，也否定了"像泉源""送来清凉的慰藉"、"像险峰""衬托你的威仪"那种奉献性的爱情观。诗人将自己比拟为一株跟橡树并排站立的木棉，彼此平等、人格独立；"根，

---

① "作者之用心未必然……"：此语摘录自清人谭献《复堂词录序》一文。

紧握在地下"，"叶，相触在云里"，既"分担寒潮、风雪、霹雳"，又"共享雾霭、流岚、虹霓"，终生相依，同甘共苦。全诗感情色彩强烈，坦诚、开朗地倾诉了自己对爱情的热烈、诚挚和坚贞的向往，同时又具有清醒的理性思考，并且贯穿洞照于情感之中，表达了新时代女性对新型的比肩站立，风雨同舟的真挚的爱情观和人生价值的向往与追求，耐人咀嚼回味。

此诗中有不少饱含情感的形象化的议论性诗句，如"我必须是你近旁的一株木棉，作为树的形象和你站在一起"这一木棉的宣言，是诗人对自己的爱情观进行的表白评议，既饱含情感，又形象生动，鲜明地表达了现代女性"人格独立，地位平等"的爱情主张。

哲理是可以蕴含在议论中的，精深的议论可以包含哲理。通过议论来拓开思路、揭示哲理，是哲理诗的重要特色之一。不过，在诗中，议论不能空发，须带情感韵味以行，多托于景物情事，建立在或写景或咏物或叙事或咏史的基础上。新诗是这样，传统诗词也是如此，上文所举哲理诗例中"夕阳无限好，只是近黄昏"、"人世几回伤往事，山形依旧枕寒流"、"东风不与周郎便，铜雀春深锁二乔"等诗句，都是蕴含着情感的形象化的议论性诗句，而且，似议非议，有论无论，"有意而不落议论"，却说理深刻含蓄，意味无穷；比起像"世人结交须黄金，黄金不多交不深"那样虽说还好、但意尽言中、略显直截的"粗诗之派"的议论[①]来说，前者要高明得多。

与说理往往融合于写景、咏物、叙事、抒情、咏史之中、诗中只包含有部分形象化议论诗句的哲理诗有别，有些哲理诗整首都是建立在形象化的议论之上。

欣赏一下苏轼的律诗《和子由渑池怀旧》[②]："人生到处知何似，应是飞鸿踏雪泥。泥上偶然留指爪，鸿飞那复计东西？老僧已死成新塔[③]，坏壁无由见旧题。往日崎岖还记否？路长人困蹇驴嘶。"此诗"以议论为诗"，但不是干巴巴的议论说教，而是使议论依托于景物情事，与意象紧密结合，并

[①] "世人结交须黄金……"：诗句摘自唐代张谓《题长安壁主人》；"粗诗之派"的评论出自《唐诗别裁集》卷二十。

[②] 此诗创作背景：苏轼经渑池（今属河南），忆及苏辙曾有《怀渑池寄子瞻兄》一诗，从而和之。子由：苏轼弟苏辙字子由。

[③] 老僧：即指僧人奉闲。苏辙原唱"旧宿僧房壁共题"自注："昔与子瞻应举,过宿县中寺舍，题其老僧奉闲之壁。"塔：古代僧人死后，以塔葬其骨灰。

倾注了作者真切的情感，熔铸了浓厚的韵味。前两联紧扣"雪泥鸿爪"的比喻而铺开形象化的议论：人生旅途，就像鸿雁来来去去，脚爪雪泥，偶然留痕，不计东西。后两联依托回忆昔日情事而展开：老和尚已死，只剩下新建的埋葬骨灰的塔；墙壁损坏，再也找不着昔日所题诗句。还记得曾经走过的崎岖困顿之路，所骑的驴子在跛脚嘶鸣吗？考虑到写此诗时兄弟二人都已中进士，提起往日的艰难困苦，理当暗含往事已逝、要珍惜现在的意思。欣赏全诗，可以看出，诗中蕴含着丰富的人生经验与探索到的哲理：人生易逝、偶然留痕、随时变灭，也是一种自然规律；人活着要向前看，没有必要过于怀旧。

综上所述，形象化的议论、情理交至、咏史明理、叙事悟理、借物论理、写景寓理，是哲理诗表现的多种形式；哲理性、形象性、抒情性、理趣性、议论性，是哲理诗应具的特征。

创作哲理诗，或者说哲理的诗化，变化无端，但其基本径路，大体上可分为"悟出"与"纳入"两种方式。悟出是先有生活的体验而后提炼，"长因送人处，忆得别家时"、"寻常一样窗前月，才有梅花便不同"，表现为从生活情景、生命体验中感悟出理蕴，提炼出某种形象化的哲理。譬如，《题西林壁》是从观赏庐山形貌特征的体验中，形象地提炼出认识事物的哲思："不识庐山真面目，只缘身在此山中。"《缚鸡行》是从日常生活中鸡食虫与人食鸡这样普通的事情中，引发出"虫鸡与人何厚薄""鸡虫得失无了时"的哲思感慨。《西塞山怀古》是从西晋王濬平吴的一段史事中，概括地提炼出"人世几回伤往事，山形依旧枕寒流"的社会发展的哲理。

纳入是以理观物，"美酒饮教微醉后，好花看到半开时"①、"劝君平地上，还似过坡时"②。作者创设意象，先有某种哲理的思索，而后从生活体验中选择最佳象征物，即寻找客观的对应物，将自己的感悟纳入具体的形象中，通过揭示客体的内在特征，展示某种哲思、理趣，使人能像闻到玫瑰香味那样地感知理蕴。而要如此，就需要努力捕捉哲思与象征物的对应关系，准确

---

① "美酒饮教微醉后，好花看到半开时"，这是以理观物，揭示理趣。诗句选自宋人邵雍诗《安乐窝中吟》。作者把他所住的地方取名叫"安乐窝"，认为安乐人生是最高最美的享受。

② 清代诗人袁枚在其《小心坡》诗中云："险极坡难过，小心各自持。劝君平地上，还似过坡时。"

把握对应点，暗暗铺下诱发人们思考的"跳板"；还可以用添设环境、创造气氛等手法，扩大和增添对应点，或者是用比拟即拟人或拟物的手法来创设对应点，以求观念的完美表达。

譬如，朱熹创作《观书有感》，先是对"读书穷理"需有"源头活水"这一理念有了深刻的认识，而后从自己的生活体验中，找出并借"天光云影"的"半亩方塘"的形象作为读书人心灵的最佳象征物，铺设"天光云影"的环境，牢牢把握住"清如许"的对应点，用"问渠那得清如许"的设问，暗铺"跳板"，通过一问一答，引出"为有源头活水来"的哲思。

预设环境而暗铺跳板，又如唐人杜荀鹤的《小松》："自小刺头深草里，而今渐觉出蓬蒿。时人不识凌云木，直待凌云始道高。"诗的前两句设置、描绘小松刺头深草、竟不如草高而慢慢成长的环境，而后暗铺"时人不识"的跳板，跳向"凌云"的高端，前后对比，借松写人，托物讽喻：目光短浅的人只看眼前，看不到未来。

用比拟手法来创设对应点，又如曹植的《七步诗》，是诗人先有悲愤，再巧妙地运用比拟手法，选择了豆萁、豆子作为同胞兄弟的象征物，以"煮豆燃豆萁"作为骨肉之间互相残杀的对应点，而后才有"豆在釜中泣"的悲鸣，发出了理直气壮的"相煎何太急"的斥责。

看看这样那样著名的哲理诗句的哲思走向，我们从中可以领悟到，不论是"纳入"的以理观物，还是"悟出"的先有体验后提炼，作者头脑中都须有哲理知识的储备，需有对于宇宙和人生的基本原理的某种程度的了解、对于思维和存在、意识和物质的关系等等基本哲学问题的某方面清醒的认知，才能具有一双慧眼，在灵感闪现时，可以从司空见惯的事物、习以为常的生活中，发现人们尚未发现的哲理，并把它转化为形象化的哲思诗句。

机遇往往偏爱有准备的头脑，成功常常倾向于勤奋者的睿智。哲理诗写好不易，诗词创作没有平坦的大道可走，要想有所成就，就像王国维在《人间词话》手定稿中所说："必经过三种之境界：'昨夜西风凋碧树，独上高楼，望尽天涯路。'此第一境也。'衣带渐宽终不悔，为伊消得人憔悴。'此第二境也。'众里寻他千百度，蓦然回首，那人却在灯火阑珊处。'此第三境也。"诚如此言，学习写诗，须志存高远，善于学习，用心揣摩，不辞辛劳，执着坚毅，不断寻觅达到成功彼岸的途径，方能从"必然"走向"自如"，"直待自家都了得，等闲拈出便超然"[1]。

【思考与练习】

一、哲理诗旨在探索宇宙自然、社会人生的本质及规律。写景晓理，须描绘生动形象的自然景物，从中引出耐人寻味的哲思。

读读南宋叶绍翁的《游园不值》："应怜屐齿印苍苔，小扣柴扉久不开。春色满园关不住，一枝红杏出墙来。"说说此诗通过怎样生动而有趣的情景，表现了什么精微而深刻的哲理。

二、以理观物，从生活体验中寻找最佳象征物，需要努力捕捉哲思与象征物的对应关系，在对应点不够的情况下，可以用虚构细节、添设环境等手法，扩大和增添对应点，以求观念的完美表达。

看看汉乐府《长歌行》："青青园中葵，朝露待日晞。阳春布德泽，万物生光辉。常恐秋节至，焜黄华叶衰。百川东到海，何时复西归？少壮不努力，老大徒伤悲。"此诗的精华之处，就在于运用了朝露日晞、万物春荣秋衰、北川东去不复西归等三个自然界事物变化的画面，雄辩地说明了万事荣衰相继、时间一去不复返的客观真理。

不过，全诗要表达的主题是"少壮不努力，老大徒伤悲"，虽说与以上所述物理有着荣衰相继、时光一去不复返的对应点，也就隐含有对人生易老不能返童的伤悲，但还缺少为"少壮不努力"而老来难堪感到悲伤的对应点。试着虚构描绘某种少不努力而老来悲叹的情景，用五言或七言，写四句或六句或八句诗，插入"何时复西归"与"少壮不努力"之中，以求完美地表达主题。希望增补后的全诗能意脉贯通，韵律和谐，朗朗上口。

提示：描绘某种少不努力而老来悲叹的情景，可以学习、参考下面一首诗的写法，写出自己设想构思的内容。

唐朝诗人韦应物青年时是侍卫，骄气逼人；老来贫困，落魄他乡。因而

---

[1] "直待……"：诗句的意思是：一直要等到自己彻底明了作诗的各种规律，能运用自如，那时随手拈来，就是好诗。诗句选自宋代诗评家吴可的《学诗诗》（其一）："学诗浑似学参禅，竹榻蒲团不计年。直待自家都了得，等闲拈出便超然。"了，妙悟，禅家用语。

自用二十个字对比叙述了三十年前后变化、含有自责之情的《赠旧识》:"少年游太学,负气蔑诸生。蹉跎三十载,今日海隅行。"

三、古往今来,许多杰出的优秀人物,将自己学习知识、取得成功的经验,用诗歌的形式抒写出来,用以勉励自己、激励后人,此类诗被称为教诲劝学诗。

宋人编撰的《神童诗》中写道:"朝为田舍郎,暮登天子堂。将相本无种,男儿当自强。"孟郊《劝学》诗中说"人学始知道,不学非自然","夜学晓不休,苦吟神鬼愁。"杜甫主张要多向名家能人学习,《戏为六绝句》中说"别裁伪体亲风雅,转益多师是吾师",《奉赠韦左丞丈二十二韵》中则说自己"读书破万卷,下笔如有神"。元人高明《琵琶记·旌表》中感慨:"不是一番寒彻骨,争得梅花扑鼻香。"王安石《题张司业诗》中如此认为:"看似寻常最奇崛,成如容易却艰辛。"

在你的学习、生活中,有什么成功的经验或失败的教训,有什么深层的感慨,请选择最佳感受,试着写一首说理的短诗。体裁不拘,但要求通过或写景或咏物或叙事或咏史或抒情或形象化地议论,诗化地阐明某项道理,倘若是哲理更佳。

第五编　对联独特　鉴赏创作

第二十讲　对联文体

文学实用谐巧性　奇光异彩赏对联

本节要点

⊙对联文化卷浪潮　⊙文学对联为精粹：写景　•叙事
•抒情　•说理　⊙实用对联看需要：通用联　•专用联
⊙谐巧对联游戏体：谐趣　•巧妙　•诗钟

对联是我国文化艺术宝库中闪烁着奇光异彩的瑰宝，是华夏汉民族特有的独立文体。随着传统文化的再度复兴，近二十多年来迅速卷起一股对联文化的巨大浪潮。诗词楹联组织在全国各地各级普遍建立，迅速发展；对联学术研究方兴未艾，对联书刊出版多样繁荣；对联基础教育得到加强，有的大、中学校开设了楹联文化课；全国性的大型对联征集活动此伏彼起，声势浩大；借助电视等新兴媒体扩大社会宣传，对联文化逐渐融入当今社会主流文化。"楹联习俗"已于2006年5月被列入了国家非物质文化遗产名录，有望申报世界非物质文化遗产。

俗话说，"有钱没钱，贴对子过年"。创作与悬挂在壁间柱上的对联是汉民族长期以来养成的风俗习惯，已构成了一种中华民族所独有的社会文化现象。可以这样说：广义的对联是一类文化现象，狭义的对联则是一种文体形式。

不过，狭义的对联究竟是一种什么样的文体呢？

古往今来，众说纷纭：有人说是文学文体，有人说是实用文体，有人说是游戏文体。联话①类著作的开山鼻祖梁章钜先生,将大量只注重文字技巧的谐巧性对联归属于"巧对"的名目之下,而将文学性与实用性的对联统归于"楹联"名目之下。此种说法得到了当代楹联界的大体认同。

如此看来,对联是集"文学性"、"实用性"和"谐巧性"于一身的文章体式。对联可以分为楹联和巧对两大派别。那些无法"文以载道"的"巧对",只能算是一些"为对而对"的文字游戏。而写出来可以悬挂在壁间柱上的楹联,作为能表情达意的文章体式,则能堂堂正正地自立门户。

楹联包括文学性对联和实用性对联两大类。文学性对联是以文学性为主,具有音乐性、形象性、情景融合的特征,并在思想性、艺术性上达到一定高度的对联。实用性对联则是具有较强的文学性、以生活实用为主,即景、即物、即人、即事而写出的对联。

文学性对联与古典诗词一脉相承,承袭了诗词语言精巧凝练、律诗中对仗等传统。古今对联中,以文学性的形象语言来写景、叙事、抒情、说理的佳作大量存在,构成了继诗词曲之后发展成熟的文学性对联,占据了对联文化的高端,体现了对联艺术的精粹。文学性对联可以分为写景、叙事、抒情、说理等几大类别。

写景联是以描绘自然景物、名胜古迹、园林风光为主的对联。譬如,郑板桥故居中堂的一副题联"春风放胆来梳柳,夜雨瞒人去润花",为典型的七言律句,描绘了春风拂柳、春雨催花的景象,笔调如诗,具有诗的韵味情感。又如,浙江会文书院联:"秋月照人,春风坐我;青山当户,白云过庭",以秋月、春风、青山、白云的意象,表现雁荡山中的书院生活的淡泊情趣,贴切自然,既富蕴涵之厚,又有画面之美。联语以四字句组成的双句为对,类似于重视声韵和谐、要求词句整齐对称的骈文笔调。

叙事联是以叙述事实为主的对联,涵盖社会、历史、人物、文化、艺术等各方面。叙事往往与抒情、议论结合起来,单纯叙事的不多。如北京大学2004年自主招生考试中,有一题是根据当时"神舟五号"飞船发射成功而出的一个上联,据报载,有考生以"三峡工程"为内容对出下联,全联为:"九天揽月,华夏英豪驰宇宙;三峡截流,神州盛事壮山河。"此联分别叙述了

---

① 联话:评论对联、作者及记录对联故事的著作,可记实、可摘引、可评论、可辨正,灵活自由,是研究对联的重要资料。

两件举世瞩目的国家大事，夹叙夹议，字里行间蕴含了民族自豪感和爱国之情。

抒情联是以抒情为主的对联，包括抒情色彩深厚的自题联、题赠联、感怀联。且看现代教育家陶行知所拟的感怀名联"捧着一颗心来，不带半根草去"，以明白如话的白话文，抒发了献身教育、不谋私利的爱心。再看徐特立1938年给某店铺店员王汉秋的题赠联："有关家国书常读，无益身心事莫为"；联中，蕴含着长者对晚辈的谆谆教诲，通俗易懂，意味深长。又如南宋陆游以书为伴，将居室取名为"书巢"，并自题一联："万卷古今消永日，一窗昏晓送流年。"联语中折射出作者读书废寝忘食的形象，抒发了以学为乐、"读书有味身忘老"的情怀，也暗含着这位爱国诗人当时报国无门、只好寄情于诗词的无奈之情。此联是陆游《题老学庵壁》诗中的颔联，可见律诗中有些对仗句能直接摘录成为对联，对联是由律诗发展变化而来。

说理联是以议论明理为主的对联，包括励志联、修身联、处世联、治学联、惜时联、勤政联等。譬如，清代学者魏向桓撰写了一副为官处世联："欺人如欺天，毋自欺也；负民即负国，何忍负之"；联中，闪射着为官者不要欺人、负民的思想光辉，笔调如古文。又如，明代学者胡寄垣屡试不举，愤而放弃科考，立志著述，曾题写励志楹联："有志者，事竟成，破釜沉舟，百二秦关终属楚；苦心人，天不负，卧薪尝胆，三千越甲可吞吴。"此联以励志为要，引用项羽破釜沉舟、大破秦兵和越王勾践卧薪尝胆、灭吴雪耻这两个历史典故，抒发自己不甘沉沦的意志和百折不挠的决心，激励自己奋发向上。联中有三言、四言、七言等句式、带有宋词中长短组句的特点，笔调如词。

可以如此推断，楹联是从诗歌和骈体文发展而来、而后融合了词曲、古文及白话文等语言特点，复合而成的"别是一家"的独立文体。

与诗词曲一脉相承的文学性对联有别，实用性对联是带有较强的文学性、格式相对固定并为特定的社会生活所需要的实用文体。实用性对联广泛应用于城镇乡村、各行各业，点缀于书室店铺、机关学堂、娱乐会场、宗教古建等场合。无论是节日喜庆、婚寿贺赠、缅亡悼挽、商业开张，还是送旧迎新、集会品题、广告宣传等等，都可用它来烘托气氛，平添生机。

依据具体的实用领域，实用性对联可以分为时令、行业、庆吊、古建、宗教等几大类别。时令类包括春联、节气联等。行业类包括文化联、教育联、商业联、工矿企业联、农业联等。庆吊类包括婚庆联、寿诞联、挽联等。古建类指古代建筑，包括故居纪念地联、书院联、会馆联、陵墓联等。宗教类包括佛教联、道教联、基督教联、伊斯兰教联等。

实用性对联举例，且看台湾大学 2001 年联考国文科对联应用试题：罗董事长的三位朋友分别在今天过七十大寿、乔迁新居、分店开幕。如果你是董事长的秘书，下面有三副对联，你该如何分送才恰当？

其正确答案是："室有芝兰春自永，人如松柏岁长新"是祝人健康长寿之意；作为一副寿联，当分送给七十大寿者。"交以道接以礼；近者悦远者来"，意思是以道以礼交接，远近顾客高兴而来；作为一副庆贺生意兴隆联，当送给分店开幕者。"大启尔宇，长发其祥"，是说大大地修造你的房屋，长久会呈现其祥瑞；作为一副庆贺新屋落成联，当分送给乔迁新居者。

这三副对联是通用联，没有时间地点的限制，一般人都可以使用。作者注重以意行文，不拘于律句的节奏，流畅简洁；有的带语助词，这是用古文笔法写成。而从对联的句式组成来看，其中两副为七字单句、一副为四字单句。推而广之，实用性对联，大多由此类诗句式的单分句短联，或骈文句式的两分句短联，成对组成。

与通用联不同，专用联是指只能用于某一方面或某一特定对象的对联。看看陈蜕庵先生为辛亥革命、武昌起义纪念大会所送的、由两分句组成的短联："喜大好河山，从兹永奠金汤固；愿一般儿女，莫作承平歌舞看[①]"。此联为庆贺联，在庆祝革命成功之时，却告诫人们战火犹存，要清醒头脑，以示警诫；联语仅适用于当时当地之情势，表达出作者的见解高出时人。

与正统的文学性、实用性组成的楹联来比较，作为游戏文体的谐巧性对联，扎向社会民众这块沃土的根系，讲究形式上的对偶工巧，不过声律要求宽松，是一种口语与书面语混杂而流传的文体。

谐巧性对联总体上可分为谐趣、巧妙、诗钟等几大类别。谐趣类包括无情对、滑稽联以及只依靠文字上的技巧来戏谑挖苦的讽刺联。巧妙类包括以字义、字形、字音来统领文字的几种技巧联语。诗钟类包括嵌字格、分咏格等。

谐趣类看看无情对。它依靠巧妙独特的构想，使字面对仗工整，但上、下联内容却并不相关。例如，清代洋务派代表人物张之洞，一日与李文田在陶然亭对饮。张一时兴起，以"陶然亭"出句，向李索无情对。李文田笑道：

[①] "莫作承平歌舞看"："看"字，平水韵有平声、去声两读，此处读平声。

"若要无情，非阁下姓名莫属矣。"如此，"张之洞，陶然亭"，就组成了以人名对地名、内容风马牛不相及的一副无情对；虽表现了奇趣诙谐，但没有实用价值，只能算是一种文字游戏。

巧妙类的举例，看看以字义统领文字的析字联。析字是将某些汉字的形体结构进行分析肢解，利用文字离合的方法或拆或合而表示一定的意义，往往翻出新意，妙趣横生。例如，有一析字联流传很广："此木为柴山山出，因火成烟夕夕多"上联"此木"合为"柴"，"山山"合为"出"；除荒山秃岭外，几乎山山出产木柴。下联"因火"合成"烟"，"夕夕"合成"多"；夕阳西下，每见村舍中升腾缕缕炊烟。上下联遣词造句均恰当合理，蕴含巧趣；不过，侧重文字技巧，谈不上言志抒情。

诗钟是一种限时吟诗作对的文字游戏。从作对来看，须限时有条件地吟成一联或多联，古时以燃尽一炷香功夫即鸣钟为限。例如，嵌字格是将人名、地名、事物名或有特定含义的字嵌入联中，其下又可分为将名词完整地嵌入的整嵌、拆开后按顺序或倒序而散嵌的分嵌。例如，华罗庚先生五十年代初随中国科学家代表团出国途中，将同行的钱三强、赵九章二人的名字，分别嵌入上下联中，咏写成联："三强韩赵魏，九章勾股弦。"联中"三强"、"九章"，既指战国韩赵魏三国、最早阐述勾股弦定理的《九章算术》一书，又是两位科学家的名字；一语双关，镶嵌自然，文通意畅，还暗寓褒义；但联中内容却是拼凑而为。此类嵌名联用途广泛，在人际交往中颇受青睐。

巧对虽巧，却很难像文学性、实用性对联那样能言志抒情、文以载道。上文所说的析字联"此木为柴山山出，因火成烟夕夕多"，虽有拆字之巧，含意却平淡乏味。嵌名联"三强韩赵魏"中，此"三强"也与钱三强风马牛不相及。"陶然亭，张之洞"，除了字面上的技巧和由此可能引发的趣味性之外，很难说还有任何价值和用途。古今流传的大量巧联妙对，有些只是对偶工巧的词语，通常都是用巧妙的对仗及特殊的修辞方式，以表现某种奇趣诙谐，使读者莞尔微笑或大笑。无怪乎，有学者把它看作为"小道"、"游戏"文体，与谜语、酒令性质相类似，而归于"俗文学"之列。

概而言之，可归于"俗文学"的谐巧性对联，与可归于"高雅文学"的纯文学性对联、文学性强的实用性对联，共同构成了具有多元性模糊性的对联大阵容。

【思考和练习】

一、览胜登临，昆明大观楼值得一看；佳联品鉴，不能不欣赏昆明大观楼的一百八十字长联。上联写滇池四周风光，像一副山水画；下联记云南历史，如一篇叙事史诗。长联将写景叙事抒情融为一体，气势磅礴，意境高远。诗人毛泽东能熟练地背诵此联，还亲加点评，赞为"从古未有，别创一格"。请熟读、背诵这一被世人赞誉的"海内第一长联"。

昆明大观楼长联：

五百里滇池，奔来眼底。披襟岸帻①，喜茫茫空阔无边。看东骧神骏②，西翥灵仪③，北走蜿蜒，南翔缟素④。高人韵士，何妨选胜登临。趁蟹屿螺洲⑤，梳裹就风鬟雾鬓⑥；更苹天苇地，点缀些翠羽丹霞。莫辜负四周香稻，万顷晴沙，九夏芙蓉，三春杨柳。　数千年往事，注到心头。把酒凌虚，叹滚滚英雄谁在。想汉习楼船⑦，唐标铁柱⑧，宋挥玉斧⑨，元跨革囊⑩。伟烈丰功，费尽移山心力。尽珠帘画栋，卷不及暮雨朝云；便断碣残碑，都付与苍烟落照。只赢得几杵疏钟，半江渔火，两行秋雁，一枕清霜。

二、对联可以分为楹联和巧对两大派别。写出来可以悬挂在壁间柱上、能言志抒情的楹联，包括以文学性的形象精巧凝练的语言来写景、叙事、抒情、说理的文学性对联，和带有很强的文学性、格式相对固定并为特定的社会生活所需要的实用性对联。巧对则是无法"文以载道"、只是"为对而对"

---

① 披襟岸帻：披开衣襟，推开头巾。帻（zé）：古时的一种头巾。
② 东骧神骏：东面的金马山似昂头奔跃的骏马。
③ 西翥灵仪：西面的碧鸡山似凤凰鸟飞起。翥（zhù）：飞起。灵仪：凤凰一类的鸟，指碧鸡山。
④ 缟素：白色的绢帛，指昆明西面的白鹤山。
⑤ 蟹屿螺洲：滇池中以蟹与螺壳堆成的小岛或小沙洲。
⑥ 风鬟雾鬓：喻风中垂柳。鬟（huán）：环形发髻；鬓（bìn）：耳边垂发。
⑦ 汉习楼船：汉武帝修昆明湖、治楼船以习水军。打通通往印度的路。
⑧ 唐标铁柱：唐中宗时平吐蕃之乱"建铁柱于滇池以勒功"。
⑨ 宋挥玉斧：玉斧为文房古玩，作镇纸用。当时有边官谣传：宋太祖曾以玉斧画大渡河以西曰："此外非吾有也！"
⑩ 元跨革囊：指忽必烈征大理过大渡河至金沙江，乘革囊及皮筏以渡。

的文字游戏。

阅读下面几副对联，请将它们分别归属于文学性、实用性、巧对的三大类别。

A、清末翁同龢写有一副流传很广的对联：每临大事有静气，不信今时无古贤。

B、南岳衡山南天门上有副对联：门可通天，仰观碧落星辰近；路承绝顶，俯瞰翠微峦屿低。

C、郑板桥在潍县作县令时写有一副对联：霜熟稻粱肥，几村农唱；灯红楼阁迥，一片书声。

D、杜康在洛阳开酒坊时，曾写有一副对联：猛虎一杯山中醉，蛟龙两盏海底眠。

E、《竖瓠集》引《侯鲭录》载翰林院有人出上联、杨亿对下联：马援死以马革裹尸，死得其所；李阳生指李树为姓，生而知之。

F、1932年夏，清华大学国文系试题中有一道对对子的题：孙行者；有考生对：胡适之。此成佳对。

G、明代，湖北巡抚顾璘出句考"江陵神童"张居正：雏凤学飞，万里风云从此始；居正遂答：潜龙奋起，九天雷雨及时来。

对联归类：

文学性对联有：_____ 实用性对联有：_____ 巧对有：_____

三、从你熟悉的律诗中寻找一副适合表达自己心境的对联，写在自己的记事本上，或张贴于合适的地方。

古人诗中择联举例：

宋代诗人黄庭坚写有《寄黄几复》诗："我居北海君南海，寄雁传书谢不能。桃李春风一杯酒，江湖夜雨十年灯。持家但有四立壁，治病不蕲三折肱。想得读书头已白，隔溪猿哭瘴溪藤。"

他写的彭水故居联"桃李春风一杯酒，江湖夜雨十年灯"，摘取的是律诗中的颔联。意思是怀念旧友：当年春风下观赏桃李共饮美酒，如今江湖落魄，一别已是十年，常对着孤灯听着秋雨思念着你。

第二十一讲　联律通则

一　严入宽出有规章　词语对仗须明辨

本节要点

⊙联律通则定规则　　⊙字句对等上下联
⊙词性对品可放宽：词性相同　•传统对仗格　•放宽范围
⊙结构对应须灵活：完全相同　•不完全相同　•传统对格可特殊

寻根究底，人们要问：集文学性、实用性、谐巧性于一身、总体来看属于文学体裁、但其中也包含着一些实用性强甚至文字游戏的对联，究竟有着什么样的基本格式和规则呢？

如同近体诗词曲一样，对联也有自己的格律要求。它最初缘于律诗的对仗句，后来发展到能独立使用、自成篇章的独立文体。联无定格、也无定句、句无定字、无须押韵的对联，构建的基石与核心就是对仗：无论字句的长短多少，上下联必须处于对称平衡、既对又联的状态。

对联基本承袭了五七言律诗中间两联对仗的格律要求。凡符合对仗要求的律句，都可以认为符合了联律。不过，联律不等同于诗律。对联在形式上集合了诗词曲赋、骈文、古文乃至白话诸多文体的特征，联句中有不少非律句，也就有了非律联。联律须是一套包容了诗律在内的、但又相对宽泛的基本规范。

中国楹联学会于 2008 年 10 月正式颁布了《联律通则》，对于对联文体的形式要求进行了"严入宽出"式的详细规定。《联律通则》指出："楹联的基本特征是词语对仗和声律协调"，确立了六条基本规则：字句对等、词性对品、结构对应、节律对拍、平仄对立、形成意联。

下面来了解、熟悉一下这六条基本规则。

其一、字句对等。这是说上下联句数相等，对应语句的字数也相等。例如，民主革命家黄兴为安徽安庆徐锡麟烈士楼题写挽联："登百尺楼，看大好江山，天若有情，应识四方思猛士；留一抔土，以争光日月，人谁不死，独将千古让先生"。此联赞颂烈士名垂千古，表达了崇敬之情。上下联前后都是由四言、五言、四言、七言等四个分句组成，总字数也相等。

不过，也有一种所谓的字数不相等的"绝情对"，只能作为特例。譬如，民国初期袁世凯死后，四川某人作一副与常用格式不同的挽联："中国人民万岁，袁世凯千古。"上下联字数不同，属对不起，于是就有了袁世凯"对不起"中国人民的弦外之音，起到了讽刺挖苦的效果。

其二、词性对品。这是说上下联句法结构中处于相同位置的词，词类属性应相同，或符合传统的对仗种类。词类属性相同就是说要名词对名词，动词对动词，形容词对形容词，数词对数词……这是总体的要求，但由于汉字的词性复杂，语法结构多变，词性的对仗远非这么简单。

如果符合传统的对仗种类，词性是否相同就可以不计较。这就是说：有时见到一些属对格，虽然上下联相同位置的词的词性或结构不同，但符合传统修辞对格，即可视为成对。传统的对仗种类，指的是历史上形成的且沿用至今的属对格式。古人总结传统的对仗方式不下几十种，有字法中的叠语、嵌字、衔字，音法中的借音、谐音、联绵，词法中的互成、交股、转品，句法中的当句、鼎足、流水对等；每种方式均归纳为一种修辞格。

譬如叠语联，即包含部分叠字和全部叠字的词语重叠联。如苏州网狮园联："风风雨雨，暖暖寒寒，处处寻寻觅觅；燕燕莺莺，花花叶叶，卿卿暮暮朝朝"，全副楹联所有音节全用了叠字，从时间、空间上渲染了网狮园的美景，倒读还是一副很好的回文联；虽然上、下联同位的形容词重叠"暖暖寒寒"与名词重叠"花花叶叶"、动词重叠"寻寻觅觅"与名词重叠"暮暮朝朝"，词性不同，但因为是传统的叠语联，也就可以不计较了。

再看句中位置不同的词交错互对的交股对。如黄鹤楼涌月台联"曾是当年觞月地，而今又作上台人"。初看，上下联相同位置的"曾是"与"而今"、"当年"与"又作"，词性不同，是不能相对的；可同为副词+动词的"曾是"可对"又作"，同为时间名词的"当年"可对"而今"，交错互对是传统对格，上下联相同位置上的词性与结构是否相同就可以不计较了。

除传统的属对格式以外，对于词性相同与否，古人也有着自己的特殊讲究。

古人属对，讲究"同门类相对"，将名词分为天文、地理、时令、人伦、衣饰、植物、动物、艺文、饮食等小类，同一小类名词才能相对。如沈义甫幼时应塾师对："雨打波心，看见茫茫象眼；风吹水面，浮来片片龙鳞。"天文类的"雨"对"风"，地理加器官类的"波心"对"水面"……上下联各部分对仗十分工整，堪称严对。

当今的"词性对品"比古代的"同门类相对"，宽松了许多；比前些年宣传提倡的"词类相同"，也灵活便利了。分析看来，词类相同则词性自然相同，但二者并不完全等同。因为汉语中有词的兼类（字词具有多种词性和词义）、词性活用[①]（某些词在特定的语言环境中还可以充当别的词类）等现象，所以即使是同一字词，使用场合不同，词性也可能不同。于是，容纳词的兼类和词性活用现象，古今对仗应用，也有即便不属于同一类词、但只要相应词语共有某种相类似的意义遥相呼应、就能形成对称的诸多实例，突破了严格的词性一致的限制。这就有了一个词性从宽的问题。

按《联律通则》所说，对仗放宽，"允许不同词性相对的范围大致包含"如下。

一是形容词和动词（尤其是不及物动词）可以相对。如灵隐寺冷泉亭联："在山本清，泉自源头冷起；入世皆幻，峰从天外飞来。"上下联相同位置，"冷"是形容词，"飞"是不及物动词，仍可相对。

二是在以名词为中心的偏正词组中充当修饰成分的词，不同词性的词可以相对。如黄鹤楼联："何时黄鹤重来，且自把金樽，看洲渚千年芳草；今日白云尚在，问谁吹玉笛，落江城五月梅花。"因为同是名词词组相对、充当修饰成分，上联代词"何"对下联名词"今"，上联形容词"芳"对下联名词"梅"，仍然能成立。

三是按句法结构充当状语的词，不同词性的词可以相对。如中央电视台1984年全国迎春征联获一等奖联为集句联："愿得此身长报国，每逢佳节倍思亲。"上联出自唐代戴叔伦诗《塞上曲》之二，下联出自唐代王维诗《九月九日忆山东兄弟》。"报"、"思"分别是上、下联谓语；同是充当状语，上联动词"愿"与下联副词"每"，相对不拘词性；而代词"此"与形容词"佳"，

[①] 词性活用：如王安石《泊船瓜洲》中诗句"春风又绿江南岸，明月何时照我还"，"绿"字本为形容词，这里有"使……变绿"之意，转性为动词。

因为同在名词词组"此身"、"佳节"中充当修饰成分,也能相对。

四是在同义连用字、反义连用字、方位与数目、数目与颜色、同义与反义、同义与联绵、反义与联绵、副词与连词介词、连词介词与助词、联绵字互对等常见对仗形式中,不同词性的词可以相对。

略举数例。同义与反义互对,如"肝胆至今推挚友,死生从古困英雄",上联名词"肝胆"为同义连用字自对,下联动词"死生"系反义连用字自对,互对时可以不拘词性。

反义与联绵互对,如沈葆桢题闽江边仰止亭联:"俯仰亭中,何人吹铁笛,几声唤醒沧桑世界;徘徊栏侧,岂我抱布衣,素志盱衡日夜乾坤"。上联"俯仰"为反义联合词,下联"徘徊"为叠韵联绵词,虽有区别,但同为动词,可以相对。

副词、介词、连词、助词等虚词之间,虽词性不同,仍可相对。如集古文某联:"曲席而坐,传器而食;捐金于山,沉珠于渊"。上联"而"为连词,下联"于"为介词,仍可相对。

五是某些成序列(或系列)的事物名目,两种序列(或系列)之间可以相对,如,自然数列、天干地支系列、五行、十二属相,以及即事为文合乎逻辑的临时结构系列等。例如,李璧瑜自题联:"伤心夜雨,蕉窗点半盏寒灯,替诸生改之乎者也;回首秋风,桂院剩一支秃笔,为举家谋柴米油盐。"上联"之乎者也"为助词序列,下联"柴米油盐"为名词序列,仍可相对。

其三、结构对应。此指上下联词语的构成、词义的配合、词序的排列及虚词的使用、修辞的运用,合乎规律或习惯,彼此对应平衡。

从现代汉语语法学的角度讲,对仗句的词语结构和句子结构要彼此对称,有的完全相同,有的并不完全相同。词语和句子结构完全相同的,如明代解缙赠人联:"墙上芦苇,头重脚轻根底浅;山间竹笋,嘴尖皮厚腹中空",上下联都是主谓句,都由偏正结构组成的主语和由联合结构组成的谓语组合而成;词语的构成、词义的配合和词序的排列、拟人的修辞手法的运用都完全相同,彼此照应平衡,自然构成对仗句。

词语和句子结构并不完全相同,即词语结构相同,但句型结构不完全相同,也能构成对仗句。如唐诗名句"清晨入古寺,初日照高林",前句是无主语的动宾句,"清晨"作状语,后句是主谓宾句,"初日"作主语,句型显然不同;但都由名词+动词+名词组合而成,词语结构、词序排列相同,词义配合一致,为唐朝的习惯用法,彼此对应平衡,因而是对仗句。

再则，如果符合传统的对仗种类，与词性是否相同一样，词语结构是否相同，也可以不计较。譬如，对仗中有一种合乎传统习惯的、有规律的自对格，即不是上下联之间的互为对仗，而是遥相呼应的半联内词语或句子的自对，即王力先生在《汉语诗律学》《近体诗·对仗的讲究与避忌》一节中指出的："先在出句里用并行语作成颇工的对偶，然后在对句里也用并行语作为颇工的对偶。这样，既自对而又相对，虽宽而亦工"。譬如，阮元题平湖秋月联"胜地重新，在红藕花中，绿杨荫里；清游自昔，看长天一色，朗月当空。"从互对来看，上、下联首句，名词"胜地"不宜对动词"清游"；同位的后两分句的词语结构不同，前为介宾结构，后为动宾结构，不能互对。但上联"红藕花中"与"绿杨荫里"，同为表示方位的偏正结构，可以自对；下联"长天一色"与"朗月当空"，同为描绘景物的主谓结构，也可自对。上联、下联的同位都有自对，就补救了上下联句型结构不同于词性有异而不能互对的缺憾。

对联中虚词的使用，上下联也须照应平衡。例如，湖南衡山南天门酒楼联"来吧，来吧，都道是此间乐；轻点，轻点，莫惊了天上人"。此联上下联句型一样，相同位置上的"吧"为语气助词、"点"为动态助词，虽词性有别，但同为虚词，前后呼应对称，也可相对。

【思考与练习】

一、下面的两副名联，有人提出了疑问，请分析解答。

1、山西霍县韩信祠有联：生死一知己；存亡两妇人。上、下联同一位置，"知己"为动宾结构，"妇人"为偏正结构，词的结构不同，为何仍能相对？

2、湖北黄冈二赋堂有一副朱玙题联：
胜迹别嘉鱼，何须订异箴讹，但借江山摅感慨；
豪情传梦鹤，偶尔吟风啸月，毋将赋咏概生平。
处在同一位置，上联的"感慨"原是动词，下联的"生平"应为名词，词性不同，但为何却能相对？

二、请解答下列疑问：山东潍坊"三河杯"曾征得佳联："年画卷中游，碧水扬波，三河流韵；纸鸢天上看，晴空铺锦，万国织春。"不过，有人质疑：

上联"年画卷中游"为偏正结构,"年画卷中"作"游"的状语,省略了主语"鱼";下联"纸鸢天上看"为主谓结构,"纸鸢"作主语,"天上"为状语,"看"为谓语。相同位置上的句法结构明显不同,为什么却被评为佳联?

三、撰写楹联须词语对仗,即上下联要字句对等、词性对品、结构对应。下面有几副名联,每联中隐去了少数词语,请揣摩上下联的意蕴,按词语对仗的要求,试着填空。然后上网去找资料,对照比较原作,修正错误。

1、明代弘治元年,某县令出上联,六岁的杨慎对下联:
____古树为衣架,万里____作浴盆。

2、清代郑板桥有一副自题联:
____古书____眼界,少管____养精神。

3、明代郑烨题杭州湖心亭联:
____笙歌,尚有穷民____夜月;
六桥花柳,____隙地种桑麻。

4、某地城隍庙菩萨联:
你亦求,他亦求,为了____臭钱,叫人如何是好?
朝也拜,____,不做半点好事,令我____为难!

5、明代解缙善谐巧联,曾写一联:
天当棋盘_____,谁人敢下?
地作琵琶路作弦,_____。

二 声律和谐有讲究 语意关联文载道

本节要点

⊙节律对拍重和谐 ⊙平仄对立有讲究:
 联句一至七言例 多句联看马蹄韵
⊙形对意联主题同:正对反对与串对

前文所述,结构对应、词性对品、字句对等这三条规则是围绕着词语对仗这一对联的特征而解说的,紧接而来的两条规则则是围绕着声律协调这一

303

特征而展开的。

其四、节律对拍。此指上下联节奏相同,通过同样的停顿或间歇的韵律变化,造成和谐的音乐美。

对联句内节奏的确定,常按语意节奏来划分,即顺着语意的推进、语句结构变化,灵活地以一字、二字,或三字、或多字为一节来安排联句的停顿间歇。节奏单位又称为音步;节奏点在音步的最后一字。

其五、平仄对立。这指上下联对应节奏点的用字平仄相反。与此相呼应,对联的平仄须和谐变化,还包括:句中平仄交替须按节奏来安排、句脚平仄一般要形成音步递换。

将以上两条规则联系起来看,对联句内平仄安排的原则,节奏点上的字平仄要交替变换,非节奏点上的字可以从宽。"一三五可不论,二四六须分明"同样适用于对联中的律句,不过要小心避开"三仄尾"、"三平尾"的出现。

平仄交替从而调谐节奏,平仄对立从而错综字调,因而形成对联的音乐美。不讲平仄,就失去了抑扬顿挫的韵律美,就不能称为标准的对联。

汉字多以二字或一字为一音步,以律句为典型、常见的联句节奏格式与平仄安排,举例如下。

四言联多为二二节奏、"平平仄仄"对"仄仄平平",如"春临/宅第,喜上/眉梢";其中,"宅"为平声,因在非节奏点上,可从宽。

五言联常见的有二二一节奏、二一二节奏,平仄组合多为:"仄仄平平仄"对"平平仄仄平"、"平平平仄仄"对"仄仄仄平平"。例如,陕西耀县五台山联:"峭石/千重/立,藤萝/百道/开",为二二一节奏,"仄起仄收"[①]对"平起平收",因用平水古韵,"石"为仄声。又如江苏沈婉璋长城联"山风/惊/虎啸,海浪/喜/龙吟",则为二一二节奏,"平起仄收"对"仄起平收"。

六言联多为二二二节奏、"仄仄平平仄仄"对"平平仄仄平平",如"汉柏/秦松/骨气,商彝/夏鼎/精神"。

七言联常见的有二二二一节奏、二二一二节奏,平仄组合多为:"平平仄仄平平仄"对"仄仄平平仄仄平"、"仄仄平平平仄仄"对"平平仄仄仄平平"。如徐文长撰枭矶孙夫人祠联"思亲/泪落/吴江/冷,望帝/魂归/

---

① "仄起仄收":按律句平仄称呼习惯,"起"以句子第二字平仄为准,"收"则看最后一字的平仄。

蜀道/难",为二二二一节奏、"平起仄收"对"仄起平收"。又如,福州古藤书屋联"万菊/充庭/秋/富贵,双藤/蔓地/古/烟霞",为二二一二节奏、"仄起仄收"对"平起平收"。其中,"菊"古为入声字,仄声。

细看所举联例,都有一个共同点:上联仄收,下联平收。对联虽不要求尾字押韵,但"联脚上仄下平"是对联声律最基本的规则。

一言联、二言联、三言联为超短联,只要做到上联仄收、下联平收,三言还须避开三仄、三平,如此平仄排列组合即为合度。因为字数少,超短联很难表达一个完整的意思,在实际应用中很少见到;但适合儿童、初学者学用。如古人学习属对的启蒙读物《笠翁对韵》中,就有不少超短对的练习,如"天对地,雨对风。大陆对长空。山花对海树,赤日对苍穹。雷隐隐,雾蒙蒙。日下对天中。风高秋月白,雨霁晚霞红……"。

一言联肯定上仄下平。二十世纪三十年代悼念抗日烈士,有人送了副一言挽联:"死,生",含有烈士虽死犹生,永远活在人们心中之意。

二言联与一言联同,也只有一个节奏,第一字可不论平仄。如湖南古城南书院门联:"岳峻,湘清","仄仄"对"平平"。

三言联一般为二一或一二节奏,除忌讳三平、三仄连用外,第一字可不论平仄。如"无心/草,没骨/花","平平仄"对"平仄平","没"为平声,可不论平仄。又如"动/天地,感/鬼神","仄平仄"对"仄仄平",上下联第一字都为仄声,可以随意。

联句的节奏与平仄安排,除常见的以二字、一字为一音步外,也有插入三字或多字的音步,显得变化多样。只要节奏点上的字,句内平仄相间,上下联平仄对立,即为合格。略举数例。

四言联也有一三节奏,如"说/真心话,做/老实人",节奏点上的"说"、"话",对"做"、"人",平仄和谐。

五言联也有二三节奏,如"四诗[①]/风雅颂,三立[②]/德功言",节奏点上的"诗"、"颂",对"立"、"言",平仄合格。

六言联也有三三节奏,如"一张琴/半壶酒,三尺剑/万卷书",节奏点

[①] 四诗:《诗经》分为风、雅、颂三部分,"雅"又有小雅、大雅之分。
[②] 三立:古人称"立德"、"立功"、"立言"为"三不朽"。意思是要流芳百世,须树立高尚的道德、为国建立功德、能提出有真知灼见的言论。

上的"琴"、"酒",对"剑"、"书",平仄和谐。

七言联也有三四节奏,如"天地间/诗书最贵,家庭内/和睦为先",节奏点上的"间"、"贵",对"内"、"先",平仄合格。上下联的后四字"诗书/最贵"、"和睦/为先"也可看作二二节奏,平仄排列也是合格的。

七言联还有四三节奏,如郑燮题画竹联"未出土时/先有节,纵凌云处/也虚心",节奏点上"时"、"节",对"处"、"心",平仄和谐;"节"古为入声字,仄声。

相对于七言以内的短联而言,八言以上的对联,每半联往往由两个或两个以上的分句组成。此类多句联,仍须上下联节律对拍、平仄对立、句内平仄交替。以下用"—"、"丨"标示字的平声(阴平、阳平)、仄声(上声、去声、古有入声)。

看看由八言组成的书斋厅堂常用联:

　　山水幽深,襟怀妙远;　— 丨 — —　丨 — 丨 丨
　　诗书夙好,心气平和。　— — 丨 丨　— 丨 — —

此联的上、下联各有两个四言分句,句内平仄交替、上下联平仄对立。单边分句衔接处,前句末字与后句第二字,上联"深"、"怀"为平、平,是相同的;下联"好"、"气"为仄、仄,也是相同的。两分句句脚的平仄,上联的"深"、"远"为平、仄,是交替的;下联的"好"、"和"为仄、平,也是交替的。

又如某格言联:

　　酒能成事,亦能败事;　丨 — — 丨　丨 — 丨 丨
　　水可载舟,又可覆舟。　丨 丨 丨 —　丨 丨 丨 —

此八言联,单边分句衔接处,前句末字与后句第二字,上联"事"、"能"为仄、平,是交替的;下联"舟"、"可"为平、仄,也是交替的。再则,上联两分句的句脚"事"、"事"为仄、仄,平仄相同;下联的"舟"、"舟"为平、平,平仄也相同;联中有规则的重字是允许的。

以上两副由两分句组成的多句联,分句衔接处,单边前句后置音步与后句起始音步的节奏点上的字的平仄,前一联相同,并不交替;后一联交替,并不相同。依此类推,可以说,多分句联可单独安排每个分句的平仄,不用考虑分句之间的平仄交替。

再来看看上下联分句句脚的平仄安排。书斋厅堂常用联为"平、仄"对"仄、

平"，某格言联为"仄、仄"对"平、平"。

多句联末两句的句脚，上联的"平、仄"对下联的"仄、平"，对联中多见①，人们称之为"正格"；上联的"仄、仄"对下联的"平、平"，人们称之为"变格"。

单边为三分句联句脚平仄安排的正格，看看由顾复初题写的成都杜甫草堂联：

异代不同时，问如此江山，龙蟠虎卧几诗客；
｜｜｜——　｜—｜——　——｜｜｜—

先生亦流寓，有长留天地，月白风清一草堂。
——｜—｜　｜———｜　｜｜——｜｜—

此上、下联句脚的平仄组合，是"平、平、仄"对"仄、仄、平"。其中，末两句句脚是"平、仄"对"仄、平"，与书斋厅堂常用联相同。单边句脚的第一分句与第二分句，上联是"平、平"，下联为"仄、仄"，这就是人们所说的"平顶平"、"仄顶仄"②。此合乎《联律通则》关于多句联句脚平仄"一般要求形成音步递换，传统称"平顶平，仄顶仄"的规定。

如此安排，在两分句联的基础上，每增加一句，就在其前边加一平或一仄，并且要符合"平顶平，仄顶仄"的要求；起句句脚则可以为单仄或单平，同平或同仄不能连续出现三次。

单边为四分句联句脚平仄安排的正格，看看海口五公祠联：

唐嗟未造，宋恨偏安，天地几人才，置诸海外；
——｜｜　｜｜——　—｜｜——　｜—｜｜

道契前贤，教兴后学，乾坤留正气，在此楼中。
｜｜——　｜—｜｜　———｜｜　｜｜——

此上、下联句脚的平仄组合，是"仄、平、平、仄"对"平、仄、仄、平"；起句句脚是单仄对单平，余下三句与单边三分句联的句脚平仄安排相同。

依上推论，多分句句脚平仄安排的正格是：单边为两句的上下联句脚为：平、仄；仄、平。单边为三句的上下联句脚为：平、平、仄；仄、仄、平。

---

① 句脚单仄对单平，对联中众多的单句联都是如此：上联煞句为仄，下联煞句为平。

② 顶：后面紧靠前面，"平顶平"就是"后面用一个'平'连接前面的'平'"，"仄顶仄"亦如此。

307

单边为四句的句脚为：仄、平、平、仄；平、仄、仄、平。单边为五句的句脚为：仄、仄、平、平、仄；平、平、仄、仄、平。

同理，多分句句脚平仄安排的变格为：单边为两句的上下联句脚为：仄仄；平平。单边为三句的上下联句脚为：平仄仄；仄平平。单边为四句的句脚为：平平仄仄；仄仄平平。单边为五句的句脚为：仄平平仄仄；平仄仄平平。

以上所谈，句脚平仄、句内平仄、句间平仄、多句联句脚平仄安排规律，简要归纳于下：对联平仄，必须讲究：上联仄收，下联平收；句内交替，平平仄仄，节奏点上，前后变换；句间平仄，替否随便；（多句）联脚轮替，双平双仄，（若）单平单仄，首尾可现。

谈到平仄，论及对仗，此处还须指出，只要符合传统的修辞对格，除词性与结构的对仗以外，句中平仄要求也可以从宽。这就是《联律通则》第十二条所说的："巧对、趣对、借对、摘句对、集句对等允许不受典型对式的严格限制"。譬如，嵌名联"三强韩赵魏，九章勾股弦"，妙趣横生，但下联节奏点上的"章"与"弦"都是平声，平仄并不相间，"章"与上联的"强"同为平声，也不对立，看起来平仄不符合要求，但可以不受典型对式的严格限制。

不管是放宽要求，还是严格规则，综上所述：平仄对立与节律对拍，是围绕声律协调而展开；而结构对应、词性对品、字句对等，则是围绕词语对仗而解说；这五条基本规则，构成了词语对仗和声律协调这一对联文体形式的基本特征。

不过，对联，对联，有了形式上的对，还要关注内容上的联。以形式上的对立，来表现内容上的统一，才会有引人入胜的魅力。这就有了至关重要的下一项：

其六、形成意联。此指形式对举，意义关联；上下联所表达的内容统一于主题。

要指出的是，属于广义对联范围内的各种巧联，意义仅在于自身的文字技巧和趣味性，并不作为表情达意的工具。如无情对"三星白兰地；五月黄梅天"，字词对仗精工，但语意毫不相关。因而此类巧对、趣联特别是无情对，常常是形式对举，但对而不联，并不能"形成意联"。

能否形成意联，也就成为对联中的楹联、巧对概念的分水岭。

什么叫对联？对联是由词语对仗、声调和谐的上、下两个等量部分构成的对仗句组成的独立文体,包括了纯文学性对联、文学性强的实用性对联和文字游戏性的巧对。

什么叫楹联?楹联是能张贴或悬挂在壁间柱上、由词语对仗、声调和谐、意义相关的两个等量部分构成的对仗句组成的、具有能言志抒情、文以载道的文学性的独立文体。楹联是对联的主力军,包括了纯文学性对联和文学性强的实用性对联。有些楹联还有横贴在上下联中间的上方、起画龙点睛或补充深化作用的横批。

楹联写作,如文如诗,语意关联尤为重要。一副楹联,上下联的内容虽有不同,但思想内容与语气却要协调一致,围绕同一特定的主题加以表达和阐述。不管是抒情或写景,抑或是咏物或叙事,或者是说理,虽然一副对联一分为二,但上下联都是奔着同一目标而来,或并驾齐驱,或背道而驰,或首尾相衔,总要相互关联,有着合理的内在逻辑关系。

楹联的语意关联,可以为上下联并驾齐驱的正对,从不同的角度、不同的侧面,展开相关的内容,互为补充、映衬,来表达同一主题。倘若写景,可以从视角变换或画面组合等不同方式来分写上下联。如阮元题杭州西湖平湖秋月联"胜地重新,在红藕花中,绿杨阴里;清游自昔,看长天一色,朗月当空",上联写重游所见湖中日景,下联写昔览所忆长天月色,湖中与长天,日景与夜色,相融一体,概括写出平湖秋月这一独特的景色。倘若写名人胜迹,常选取其中最重要的事迹或景致,截取分述而展开上下联。如唐景崧题台南延平郡王祠联:"由秀才封王,主持半壁旧河山,为天下读书人顿生颜色;驱外夷出境,开辟千秋新功业,愿中国有志者再鼓雄风。"联中所指延平君王即郑成功,上下联所分述的封王、驱夷两件大事,是他的主要成就,也是后人之所以纪念他的主要原因。

古今对联多为正对,正对中的名联也不胜枚举。不过,由于语调口气、表达方式相同或相近,正对容易犯角度重复、用词雷同的"合掌"的禁忌。如"长空展翅,广宇翔云",联中"广宇"、"长空"同义,"翔云"意同"展翅",上下联意思完全重复,白白浪费了四个字。

语意关联也可以为上下联背道而驰的反对,通过一正一反两个方面的描绘或说理,相辅相成,彼此映衬,"理殊而趣合",来表达同一个主题。如沙俊清格言联:"心田不种仙人掌,人际当栽君子兰。"上联从反面、下联从正面比喻,两相对照,互为配合,突出了要种花不要栽刺、与人为善的主旨。

又如，杭州西湖岳坟联"青山有幸埋忠骨，白铁无辜铸佞臣。"联意为：栖霞岭下的墓园，"有幸"安葬了"精忠报国"的民族英雄岳飞；白铁"无辜"，却铸成陷害岳飞的佞臣秦桧等人，跪拜在墓前。上下联意义完全是对立的，统一于墓园这一场景，并通过反义词"有幸"和"无辜"的使用，使歌颂忠烈、谴责奸臣的主题鲜明突出，增强了表现力。

语意关联还可以为上下联首尾衔接的串对，又称流水对，即将一个意思分成前后两部分来表达，内容连贯，语气衔接，若行云流水。在逻辑上，形成对仗后，构成为承接、递进、选择、条件、因果、假设、目的等关系。譬如，长沙岳麓山云麓宫联"直登云麓三千丈，来看长沙百万家"，上、下联为登山、观景的承接关系；单边独看难以自立，前后连贯、相串起来就能表达一个完整的意思：登上高耸入云的云麓宫，就可以俯瞰人口众多的长沙城。又如，启功先生联"若能杯水如名淡，应信村茶比酒香"，前后为假设关系。上联假定条件"杯水如名淡"，下联推出结论"村茶比酒香"：若是能看淡名利，就会活得潇洒自足。其联意味深长，耐人寻味。

不论是串对，还是正对或反对，都要围绕着合理的上下联互为呼应的或相扣、或相关、或相反的内在逻辑联系来展开，而不能南辕北辙，风马牛不相及。

例如，全国高考 2004 年语文卷中有一对联题：已知某图书馆上联是"学问藏今古"，让考生补拟下联。有的考生对为："生活尝苦辛"，虽然看似为正对，对仗工整，但并没有围绕"图书馆"这一主题而展开，不符合"内容相关"的要求；只有"才识贯中西"这样的内容，才能联对"学问藏今古"，形成意联。

【思考和练习】

一、阅读、研判下列对联素材，按照楹联词语对仗和声律协调、能形成意联的基本特征，将适合构成一副对联的上下联用直线连接起来，若不能配对而构成对联则不连接。

板凳要坐十年冷　　只此盘中有文章
春风放胆来疏柳　　万家忧乐到心头

天增岁月人增寿　　依然十里杏花红
正邪自古同冰炭　　毁誉于今判伪真
有关家国书常读　　夜雨瞒人去润花
四面河山来眼底　　文章不写一字空
又是一年芳草绿　　无益身心事莫为
家居绿水青山畔　　春满乾坤福满门

二、试做山东省2014年高考语文试题中的对联题：用下面的短语组成两副有关春节和端午节的对联。

要求：上下联各为七字，语意连贯，符合节日和对联特点，不得重复使用短语。

门上桃符　　碧浪竞舟　　江边柳线　　青艾驱瘴
迎春绿　　十里欢　　耀眼红　　千家乐

三、有位同学拟就一副句脚平仄安排有问题的多句联，试分析指出其中的问题，试着调整、改正，使上下联句脚平仄安排合理。

讲道义，做好事，奉公守法；
学雷锋，树新风，顾己助人。

四、属对训练曾是元明清时我国儿童启蒙教育的重要课程。可以先从一个单词开始对起，逐步增加，直到对一句较长的话。如《笑得好·风雨对》中，师出"菊"，生对"湖"；师出"一园菊"，生对"千顷湖"；师出"篱下一园菊"，生对"门前千顷湖"；师出"香飘篱下一园菊"，生对"月静门前千顷湖"，等等。

两人以上可以进行对课练习，一人出句，另一人或多人对句。倘是课堂上，可教师出句，学生对句；或是试着学生出句，其他学生对句；也可两三位同学互相出句、对句。内容与形式自便。

第二十二讲　写好对联

超卓见识拟佳联　立志须高入门正

本节要点

⊙ 高见卓识循序进　　⊙ 立意贵新选材精
⊙ 情景妙合为最佳　　⊙ 生动传神不越理
⊙ 对偶修辞讲究多　　⊙ 借用材料编对联

当代已故楹联家刘叶秋先生在《中国楹联大典·序》中说："撰写对联虽似小道，却是一个人学问、胸襟、见识、文学造诣的集中表现。作好对联不只是讲究平仄、推敲对仗的问题，而且要有全面的文史修养和高见卓识。见识超卓，则不求工而文自工。"

见识超卓非短时之功，但要成为努力的方向。对初学者来说，学作联语，不宜急于求成，而应循序渐进，由短而长，由简而繁，成效易期。开始宜由一言、二言、三言短联入手，可以自撰，也可以由二人或多人互对。待学入门径，然后继之以四言、五言、六言、七言……多加练习，最好以五、七言对联为主，熟悉律诗格式者，尽可能选用律诗标准句式，在避开三平尾、三仄尾的情况下，基本上可按"一三五不论，二四六分明"的口诀来处理，也不一定要计较形成"孤平"的联句。如武汉市春光照相馆联"春风拂面芳容靓，光彩照人情影真"，虽下联除尾字、首字平声外只有"人"字为孤平，但并不犯对联的禁忌。

写作对联，要符合对联体式的要求，上下联要工整、字句对等、词性对品、结构对应、节奏对拍、平仄对立；否则不能成联。例如，"青山 / 不语 // 花 /

含笑，碧树/红楼//幸福/家"①，前后结构不对应、节奏不对拍，上句是主谓式组成的并列结构，下句是三个偏正式组成的并列结构，二者不能成联。若是保留上句，把下句也改为主谓式组成的并列结构，就能成联了：青山/不语//花/含笑，绿水/无声//鸟/作歌。

合格的楹联，既要形式对举，又要意义关联，在遵循对联词语对仗、声律和谐的规则的同时，也要遵循文学创作的一般规律，也要讲究立意选材、谋篇布局、语言表达、修辞技巧。

撰写楹联，立意贵在创新。对联的体裁是多样的，不论是写景还是抒情、叙事还是咏物，不管是言志还是论理、抑或是讥讽或戏谑，其对联品位的优劣高低，首先是由立意的高下来决定的。

独树一帜，不落俗套，不袭前人窠臼的立意方为上品。如理发店联，有人这样写："推剪剃刮使您满意，烫吹洗理令君称心"，且不说上下联后四字有合掌之嫌，联中将理发操作过程件件写入，过于实际而乏味，有点俗套。而同是理发店的名联"虽云毫末技艺，却是顶上功夫"，自赞手艺好而别出心裁，"毫末"、"顶上"，既指理发，也含评价，一语双关，引人注目。又如，清朝巡抚刘长佑为广西桂山书院撰题大门联"桂林无杂木，山水有清音"。书院在桂林，多桂树而无杂木，高山流水，有清美如乐曲般的声音；自然景物的描绘，暗含着书院人杰地灵受到浓郁的人文氛围的陶冶之意。此联短短十字，内涵丰厚，立意超凡脱俗。

楹联主题要鲜明，选材用语须慎重。联中所用何材，实为重要，未下笔前，须将应需之材料，收集齐全，而后围绕主题表达的需要而加以抉择。如某报社联"纵谈中外事，洞彻古今情"，选材用语紧扣报社要旨而展开，一看就是在宣扬报社。又如某祝寿联"人生不满公今满，世上难逢我独逢"，"祝百岁翁"的主题隐于词间、源于名言：《古诗十九首》中有诗句"人生不满百，常怀千岁忧"，《增广贤文》中有言"山中也有千年树，世上难逢百岁人"；此联的"今满"、"独逢"是由隐含材料中的"不满"、"独逢"推演而来，婉曲地表现了主题。反之，倘若写好了对联却不符合要表达的主题，就会留下遗憾。如1988年春节的"环宇大团圆"征联，征联者已出上联，与所征某

---

① "青山/不语//花/含笑……"：联中用"/"划分节奏单位——顿，而"//"则表示处在半中腰的那个顿，即"半逗"，它将诗行分为近乎均匀的两半。

人对之下联，合成全联："皓月仰中天，自有清辉周四海；黄花香晚节，俨然正色傲三秋"，虽然对句切合征联时令，平仄对仗没有问题，遣词组句也不错，但"黄花香晚节"的选材用语，与"大团圆"的主题联系不紧，因而与大奖无缘。

选材用语须切题切事切人。写对联，特别是实用性对联，要有明确的针对性，不能泛泛而谈。你要写什么，就须抓住它的特点，切合所写的人或事，写出它的与众不同之处。譬如写弥勒佛，要抓住他是大肚子、总面带笑容这两个特点来选材造语。"大肚能容，容天下难容之事；慈颜常笑，笑世间可笑之人"，一看就知道这副对联是写弥勒佛的。

对联中的春联、寿联、挽联中，有不少是通用联，放之四海而能用，却缺乏个性，不会成为创作的主要途径；倒是切题切人切事的专用联针对性强，有个性，值得提倡。譬如，1975年4月5日，蒋介石病逝；张学良苦苦思索了三天，才写出了一副挽联："关怀之殷，情同骨肉；政见之争，宛若仇雠。"上联叙述私人情谊之深，下联叙述政见不和，半个世纪的恩恩怨怨凝聚在短短的十六字之中，个性特征鲜明，"似颂似嘲，似哀似怨，似赞似恨"，概括凝练，持论公允，褒贬有度，分寸把握十分得体。

撰写楹联，也须谋篇布局，讲究意境。有景有情，情景妙合无垠者为上，读之才能激起浓厚兴味、引起大的反响。譬如，明代徐渭自题浙江省绍兴青藤书屋联"雨醒诗梦来蕉叶；风载书声出藕花"。读此联，雨打芭蕉，淅淅沥沥，唤醒了作者的诗梦；书声琅琅，清风吹拂，送出了花香的荷塘；看是写景，可书屋主人忘我创作、刻苦攻读的治学精神，却含蓄地融和于夏日景物之中，情景相生，意到境成，读着有种身临其境的感觉。

"文学之事"，"上焉者，意与境浑"；而那些单纯写景、纯粹议论、情归情、景归景的联语，则难以激发读者之兴感。例如"传家有道惟忠厚，处世无奇但率真"，或如"柳丝垂岸，燕尾点波"，这些纯为平淡议论或纯粹写景的对联，就只好排列在次等联语之类了。

楹联须形对意联，上下联内容虽有不同，但思想内容与语气要协调一致，按照内在的逻辑联系，围绕同一特定的主题加以表达和阐述。布局上下联，或为并驾齐驱的正对，如格言联：海纳百川，有容乃大；壁立千仞，无欲则刚。或为背道而驰的反对，如程道州医师自署联：但愿人皆健，何妨我独贫。或为首尾相衔的流水对，如劝学联：少壮不经勤学苦，老来方悔读书迟。

形对意联，上下联气势上的匹配，要做到轻重相当，旗鼓相配，不能出现半联强半联弱、并不相配的情况。最好的是上联、下联的力度均衡同等。上联强、下联弱，气势连接困难，是为禁忌。但上联弱些、下联稍强，只要反差不是过大，则是允许的。《坚瓠集》载，朱元璋曾携四子朱棣、长孙朱允炆闲步御苑，朱元璋出句风吹马尾千条线，其孙对句：雨打羊毛一片毡。下联气势弱，与上联难以匹配，朱元璋认为缺乏皇家应有气势，摇头不满意。朱棣即对下联：日照龙鳞万点金，意境和气势徒然升华，胜过上联，受到朱元璋的赞赏。

语言表达是撰写对联的基本功。在繁纷复杂的语言世界中，须抛弃陈词滥调，杜绝标语口号。要寻求精巧凝练的语词，取百收一；须铸造清新典雅的言语，生动传神。譬如，2014年第二届"恒立昌杯"楹联大赛一等奖作品："潮荡小康歌，岁月流金无尽日；心追中国梦，人生出彩正当时"。此联紧扣当代主潮流，表达了圆梦出彩的心声，"岁月流金"、"人生出彩"等用语精练别致，"小康歌"、"中国梦"等用词新潮贴切，富有时代气息。"意新语工，得前人所未道者"[①]为上，也不负一等奖之评定。

"琢句练字，虽贵新奇，亦须新而妥，奇而确。妥与确总不越一理字。欲望句之惊人，先求理之服众。"[②]新奇须妥确不越理。传说苏小妹偶得一联："月下杜鹃喉舌冷，花前蝴蝶梦魂香"，自鸣得意，其兄苏东坡也认为不错；可街上一位"专改天下奇联"者，看后却认为"此联不通"："月下杜鹃，若是闭口飞行，风吹不进喉舌，何以会'冷'？花前蝴蝶若是飞着，不曾熟睡，何来'梦魂'，又何曾会'香'？"继而挥笔将原联改为："啼月杜鹃喉舌冷，眠花蝴蝶梦魂香。"苏东坡不得不叹服。两字之改，静态变动态，形象生动，立意严谨，造境自然。

对联多议论说理，可以明言。如于右任于1961年赠蒋经国联"计利当计天下利，求名应求万世名"，议论虽游离于形象之外，但贵在入理精辟，也能起到振聋发聩的作用。

不过，入理精辟的明言实在难寻，纯粹的议论说理则容易流于抽象乏味。只有将议论说理溶化于形象之中，让生动的艺术形象去启迪、感染读者，就

---

① "意新语工……"：见欧阳修《六一诗话》。
② "琢句炼字……"：见清代李渔《窥词管见》。

能像吃橄榄似地越嚼越有味。如毛泽东老师杨昌济的自题联"强避桃源称太古，欲栽大木拄长天"。联意为：远避世俗，心游太古，怡养心性；而潜心教育，培育栋梁之材，去撑起中国这个天。此联议论明志，"强避"是退隐、自持，"欲栽"是进取、济世；而"桃源称太古"、"大木拄长天"则是形象的描绘。曲笔而就，含蓄婉转，形象化的议论之中，作者养生济世的高超境界似现若隐。

撰写对联，还须讲究修辞技巧。对联是讲究对仗的语言艺术，创作过程自始至终伴随着从文字到词语、再到句子和篇章各个层次上的修辞活动。撰联如炼金，反复锤炼才能精巧凝练。

前人在长期的语言实践中，已经归纳出大量的对偶修辞格，在对联撰写中已大量运用。对偶修辞，在布局谋篇方面，以联意论对，有已论及的正对、反对、串对；以变格论对，有已介绍过的自对、交股对、无情对等。借对也是一种变格论对，利用有些汉字有多音多义的特点，借用某字词的同音或同义等与另一字词相对。如"红白相兼，醉后怎分南北；青黄不接，贫来尽卖东西"，上联的"红白"表示两种颜色不同的酒，下联的"东西"本意是表物件，但是借表方位的意思来与上联的表方位的"南北"相对，这是借对中的借音对。

对偶修辞，在联句组合方面，有排比、顶针、回文、设问、反问、层递、分总……等许多似曾见过的修辞格。譬如分总，是指组句中排列有联系的事物时既有分述也有总述，或先分后总或先总后分或先总后分再总。如春联"松竹梅岁寒三友，桃李杏春暖一家"，上下联分别先分述"松竹梅"、"桃李杏"，后总述，用的是含有数量的偏正词组"岁寒三友"、"春暖一家"，前后句式结构相同，形成对仗。

对偶修辞，在遣词技艺方面，有比喻、比拟、借代、夸张、双关、呼应、联绵……等常见的修辞格。譬如联绵，指由两个音节联缀成义而不能分割的词，包含着如"悠悠"、"往往"这样的叠音词、如"崎岖"、"澎湃"这样的双声词、如"参差"、"蒙昧"此等由两个声母相同的音节构成的叠韵词，或是如"玲珑"、"婉转"等既为双声又是叠韵的词，抑或如"葡萄"、"萧瑟"等无双声叠韵但有密不可分的关系的词。在对联中，联绵词必须对应联绵词，可以不管是否属于同一类别，也不论词性相同或是不同。如扬州云山阁联"宛转通幽处，玲珑得旷观"，上联中的"宛转"为叠韵、动词，而下联中的"玲珑"为双声、形容词，二者相互对仗，符合传统修辞对格，成对从宽。

对偶修辞，在用字技艺方面，有重字、析字、漏字、添字、改字、虚字、嵌字……等不多见的修辞格。譬如重字，对联允许有规则重字，忌讳不规则重字。有规则重字，多指单边都有重字、但上下联相同位置为不同重字。如《清末民国讽喻联集》中的"年年难过年年过，处处无家处处家"，联中"年年"、"处处"是"年"、"处"的连续重复，此为叠字；不同的叠字分别在上下联相同位置反复出现，是允许的。有规则重字，还包括被称为"换位格"的两个字或两个词的"异位互重"，如"室有奇书穷亦富，胸无点墨富也穷"，联中"穷"、"富"二字异位互重，也是允许的。但对联不允许无规则重字，是指不允许单个字词在上下联中异位或同位重复出现。异位单字重复，如"玉女飘飘如天降，珠花滚滚似玉倾"一联中，上下联异位"玉"字重复，不当。同位单字重复，如"春安夏泰人长寿，秋福冬祥人进财"中，上下联同位"人"重复，不妥。不过，作为特例，"之乎而也"等虚词的同位重复是允许的，如"漏网之鱼，世间时有；脱天之鸟，宇内尚无"一联中，"之"字同位可以重复。

以上所说，要讲究对偶修辞、语言表达、谋篇布局、立意选材，既是在自拟新联时要潜心研究，尽力而为的，也是在借用材料编辑对联时不容忽视的。

借用已有的材料编辑对联，有摘句对、集句对、改联、仿联、征联等类别。

摘句对是从某一前人的诗文中摘引成句，不作任何删改，以对联的形式出现，集联者与原作者共鸣。例如，陈毅摘杜甫《将归草堂途中有作》诗，题于成都杜甫草堂诗史堂联"新松恨不高千尺，恶竹应须斩万竿"，寄寓了疾恶扬善的深意。

集句对是将同一作者或不同作者、不同诗文里本不相连的两句配成一副对仗工整的对联，语言浑成，另出新意。如清代端方集李商隐诗、苏轼词中名句合成新意，题镇江焦山夕阳楼联"夕阳无限好，高处不胜寒"，有着夕阳晚景虽好、但承受不了高处风寒之意，也寄寓着登上极高境界感到孤独与寒冷的感慨。

改联是借用诗文中的成句或成联，在文字上略作修改、可增字、减字、移动或改字、而另铸新意的创作对联的手法。联改得好，可以点石成金，使原联主旨大变，成为妙对佳联。例如，旧时一纨绔子弟，因游手好闲而坐吃山空，变得穷困潦倒，除夕撰一联以自嘲："行节俭事，过冷清年"。村中一老学究见之十分感慨，乃取笔在原上下联首各添一字："宜行节俭事，免过冷清年"。改联使原联意思变样，又带有规劝警戒之意，语重心长。又如，长城雁门关联"莫愁前路无知己,西出阳关多故人"。上联集高适《别董大》句,下联集王维《送元二使安西》中"西出阳关无故人"句,并改"无"为"多",既避免了上下联同位重字,又使联意焕然一新,以乐观高昂的情绪取代了王诗忧愁感伤的情调。

仿联指模仿古今之人楹联的模式风格而制作的对联。仿联是对原联的格调偏好或思想情趣发起共鸣,写好了,也能出神入化,妙趣横生。看看济南大明湖小沧浪亭联:"四面荷花三面柳,一城山色半城湖"。因为此联是七言两句、围绕用数字修饰的四种景物而展开环境描写,特别适宜写景,所以国内有的景点制联,如昆明黑龙潭联"万树梅花一潭水,四时烟雨半山云",又如江西庐山御碑亭联"四壁云岩九江棹,一亭烟雨万壑松",都是模仿此种模式写成。

征联是由部门或团体或个人发起,由应征者撰写,然后由评委遴选评出奖次或决出高下;或者依照限定主题而自由构思创作,或者按出句(上联或下联)而对出对句(下联或上联),或者依限定格式、特殊要求而将人名、地名、公司店堂名等嵌入联中。例如,由湖北之声和湖北省楹联学会联合举办的"精彩中国2013"湖北第34届春联大赛,2013年元月评出获奖楹联一百副,颁发了奖金和证书。获得一等奖的有十副楹联,其中一副为:"走阳光道,挣良心钱,给家乡长脸;种诚信花,栽奉献树,为城市增妍",还有横批:题农民工宿舍。此横批成为对联内容的补充概括,点明所赞颂的对象。横批多为三至五言,一般可配合春联、寿联、婚联、挽联使用;与名胜对联配合使用的另称横额。

又如,2002年春节,中华世纪坛出句限格征对,应征对句三千多副,经评选,天津二十五岁的学子张志成的对句拔得头筹。由世纪坛出句、获奖对句组成的上、下联为:"京城旗下,旌呈七色;菁程古都,睛盛新貌;精诚赤子,经承风雷;兢乘龙马,惊成伟业"、"世纪坛上,视际六合;侍祭列祖,试寄情思;示计春秋,事记历史;誓继先烈,势济中华"。

征联、仿联、改联等借用材料编写对联的方式,需要时自会用到;而完全用自己的话写成的自创新联,才是撰写对联最通常的写作方式。不过,无论用什么方式来写作,用清人邹弢在《三借庐笔谈·楹联》中的话语来说:"总须精神团结,不即不离,以清丽之思,运清灵之笔,措辞用典,食古而化,方称妙手";"楹联不难于巧织而难于自然,不难于切题而难于超脱"。

对于初学撰联者而言，由于已经远离了古典文学语境，要学懂弄通楹联的基本特征和规则、做到平仄声调和谐，是会有一定难度。然而，不管是学写对联，还是学写诗词曲，都应当"以识为主，入门须正，立志须高"，"若自退屈，即有下劣诗魔入其肺腑之间"，"路头一差，愈骛愈远"①。只有起步阶段取法乎严，前期遭到某些禁锢，后来才能得到自由；不懈努力而假以时日，个人创作才有希望达到收放自如、随心所欲而不逾矩的高度。

【思考和练习】

一、明末顾宪成曾撰有"风声雨声读书声，声声入耳；家事国事天下事，事事关心"这副心怀远大抱负之名联。文革刚过，北京有人改动此联，变成为：风声雨声不吱声，了此一生；国事大事不问事，平安无事。这副对子后来让胡耀邦同志知道，觉得改得太消沉，就把对子又作改动，变成了：风声雷声悲叹声，枉此一生；险事难事天下事，争当勇士！②

赏析这三副对联，比较改动后的两副对联所呈现的不同精神境界，并试着加以评说。

二、学习下面对联的写法，就平时学习与考试、或努力与成果的关系仿写一副对联。

宋代话本小说《碾玉观音》中有一副格言联：平时不做皱眉事，世上应无切齿人。

三、临近节日，自己试写一副临近节日的对联，通用或专用都行。交流修改后，可以择优张贴在自家门口或教室门上。

节日联须合乎楹联规则要求，适合节日氛围，含有庆祝、纪念之意，起到增添欢乐、隆重气氛的作用。如春联"春风添画意，新岁富诗情"，中秋节联"人逢喜事尤其乐，月到中秋分外明"，国庆节联"四海扬波，万朵金菊迎盛典；八风送爽，一天丽日耀长安"。

---

① "以识为主"、"若自退出"等引言：见宋代严羽《沧浪诗话》。
② 此题材料，来自于中国少年儿童出版社 1987 年 1 月版《千年对联佳话》一书《胡耀邦改联换新意》一文。

四、学习下面对联的写法，就你对自己或某学友或某亲人的认识或评价、希望或勉励的某一方面，自创一副对联留存或赠送。对联字数不拘。

解题提示：

题赠联可以表示勉励与希望。如清文学家陈白崖的自题联可作为人们洁身自爱的座右铭：事能知足心常惬，人到无求品自高。

赠联可以表达肯定、赞扬之意。如石才中赠王兴波联：诗山奋步探新路，联海腾波飞快舟。此联从诗词、对联创作两方面展开，赞扬了被赠联者的优异成果。

赠联还可以将人名、地名镶嵌在对联的字句中，以适合特定的对象。如郭沫若为韬奋图书馆题联，将"韬奋"二字分嵌在上、下联句首：韬略终须建新国，奋飞还得读良书。

主要参考书目

《汉语诗律学》 王力著 上海世纪出版集团2005年4月版

《文心雕龙解说》 南朝梁·刘勰著 祖宝泉解说 安徽教育出版社2009年8月第2版

《人间词话·人间词注评》 陈鸿祥编著 江苏古籍出版社2002年7月版

《诗品》 南朝齐梁·钟嵘著 曹旭集注 上海古籍出版社2011年10月版

《诗论》 朱光潜撰 上海古籍出版社2006年1月版

《中国历代文论精品》 张少康主编 时代文艺出版社2000年6月版

《文学概论》 童庆炳主编 武汉大学出版社2000年4月版

《中国古代诗学原理》 吴建民著 人民文学出版社2001年12月版

《中国诗歌艺术研究》 袁行霈著 北京大学出版社1997年5月版

《中国诗学体系论》 陈良运著 中国社会科学出版社2003年4月第3版

《中国诗学（形式论）》 骆寒冰 陈玉兰著 中国社会科学出版社2009年5月版

《中国诗歌通论》 张涤云著 浙江大学出版社2006年12月版

《中国诗史》 陆侃如 冯沅君著 百花文艺出版社2002年1月版

《中国诗学》 美·叶维廉著 人民文学出版社2006年7月版

《中国词曲史》 王易著 团结出版社2006年3月版

《诗学原理》 徐有富著 北京大学出版社2007年1月版

《诗词十六讲》 朱自清 吴梅 闻一多著 中国友谊出版公司2009年10月版

《中国古诗话批评论纲》 张一平著 中国社会科学出版社2008年6月版

《古典诗的现代性》 江弱水著 生活·读书·新知三联书店2010年10月版

《中国古代诗法纲要》 易闻晓著 齐鲁书社2005年7月版

《中国诗学思维》 田子馥著 人民出版社2010年12月版

《中国诗歌艺术》 王红 谢谦主编 高等教育出版社2006年12月版

《中国诗体流变》 程毅中著 中华书局2013年4月北京版

《中国古代诗歌艺术研究》 刘焕阳著 山东大学出版社2008年12月版

《基础诗学——后形而上学艺术原理》 徐岱著 浙江大学出版社 2006 年 6 月版

《诗词例话》 周振甫著 江苏教育出版社 2006 年 3 月版

《诗歌——智慧的水珠》 邵毅平著 复旦大学出版社 2008 年 4 月版

《学诗 26 讲》 俞汝捷著 中国青年出版社 2009 年 7 月版

《叶嘉莹说诗讲稿》 叶嘉莹著 中华书局 2010 年 4 月版

《我的诗词道路》 叶嘉莹著 河北教育出版社 1997 年 7 月版

《清词丛论》 叶嘉莹著 河北麦田图书有限责任公司 1997 年 7 月版

《中国诗学范畴的现代阐释》 李旭著 上海古籍出版社 2009 年 1 月版

《中国古代诗学的空间问题研究》 邓伟龙著 中国社会科学出版社 2012 年 5 月版

《中国古代诗学探论》 吴晟著 2012 年 11 月版

《月迷津渡——古典诗词个案微观分析》 孙绍振著 上海教育出版社 2012 年 3 月版

《聚讼诗话词话》 陈一琴选辑 孙绍振评说 上海三联书店 2012 年 10 月版

《古诗指瑕》 陈如江著 上海书店出版社 2000 年 2 月版

《古代诗词创作与鉴赏》 黄志浩著 汉语大辞典出版社 2002 年 2 月版

《现代诗学问题十讲》 童庆斌著 中国海洋大学出版社 2015 年 4 月版

《怎样赏诗》 中华书局编辑部编 中华书局 2012 年 9 月版

《文言和白话》 张中行著 中华书局 2007 年 5 月版

《诗性语言研究》 马大康著 中国社会科学出版社 2005 年 3 月版

《唐诗语言研究》 蒋绍愚著 语文出版社 2008 年 8 月版

《古诗词文吟诵》 陈少松著 社会科学文献出版社 1999 年 10 月版

《诗歌朗诵》 张颂编著 中国传媒大学出版社 2014 年 1 月版

《诗歌朗诵艺术》 王福生著 中国广播电视出版社 2008 年 10 月版

《诗歌朗诵艺术》 陆澄著 上海人民出版社 2009 年 10 月版

《意与境：中国古典诗词美学三昧》 陈铭著 浙江大学出版社 2001 年 11 月版

《古典诗词审美建构》 韩玺吾著 黑龙江人民出版社 2007 年 3 月版

《现代汉语的诗性空间》 张桃洲著 北京大学出版社 2005 年 4 月版

《人物意象研究》 许兴宝著 中国社会科学出版社 2007 年 12 月版

《中国诗句法论》 易闻晓著 齐鲁书社 2006 年 1 月版

《赋比兴与中国诗学研究》 刘怀荣著 人民出版社 2007 年 7 月版
《中华韵典》 盖国梁主编 上海古籍出版社 2004 年 2 月版
《古体诗苑》 万事慎 万士志编著 黄山书社 2009 年 10 月版
《近体诗苑》 万事慎 万士志编著 安徽文艺出版社 2006 年 3 月版
《唐诗艺术讲演录》 尚永亮著 广西师范大学出版社 2008 年 6 月版
《唐诗二十讲》 闻一多等著 胡晓明选编 华夏出版社 2009 年 1 月版
《唐诗修辞论》 段曹林著 中国社会科学出版社 2014 年 8 月版
《唐诗近体源流》 钱志熙著 北京大学出版社 2015 年 1 月版
《唐诗学习指南》 刘克智著 北京燕山出版社 2006 年 12 月版
《唐诗三百首》 清·蘅塘退士选编 陈才俊等注析 海潮出版社 2010 年 4 月版
《李杜诗学》 杨义著 北京出版社 2002 年 11 月版
《刘禹锡诗论》 肖瑞峰著 浙江大学出版社 2013 年 2 月版
《唐诗美学探索》 张福庆著 华文出版社 2001 年 1 月版
《唐代歌行论》 薛天纬著 人民文学出版社 2006 年 8 月版
《中国古代神童诗》 闻荃堂等选注 东方出版社 1996 年 10 月版
《唐诗宋词十五讲》 葛晓音著 北京大学出版社 2013 年 1 月第 2 版
《唐宋词美学》 邓乔彬著 齐鲁书社 2006 年 3 月版
《唐宋词名著讲演录》 王兆鹏著 广西师范大学出版社 2006 年 3 月版
《唐诗宋词的艺术》 谭德晶著 学林出版社 2001 年 9 月版
《唐诗宋词鉴赏》 张明非等著 中国人民大学出版社 2012 年 3 月版
《穿越唐诗宋词》 李元洛原著 王希明编注 复旦大学出版社 2013 年 2 月版
《唐诗宋词研究》 冷成金著 中国人民大学出版社 2005 年 4 月版
《诗词散论》 缪钺著 陕西师范出版社 2008 年 5 月版
《宋词二十讲》 夏承焘等著 彭国忠选编 华夏出版社 2009 年 3 月版
《宋词艺术技巧辞典》 宋绪连、钟振振主编 吉林文史出版社 1998 年 1 月版
《词学十讲》 龙榆生著 北京出版社 2011 年 2 月版
《宋词综论》 金诤著 巴蜀书社 2001 年 11 月版
《词学概说》 吴丈蜀著 中华书局 2001 年 8 月版
《词曲概论》 龙榆生著 北京出版社 2009 年 3 月第 2 版
《元曲的历史（赏读元曲 100 首）》 吴德新著 重庆出版社 2006 年 12 月版
《元曲之旅》 李元洛著 中国青年出版社 2013 年 5 月版

《元散曲通论》 赵义山著 上海古籍出版社 2004 年 3 月版

《元曲大辞典》（修订本） 李修生主编 凤凰出版社 2003 年 9 月版

《珠吟玉韵——诗词曲比较审美》 欧阳代发等著 武汉大学出版社 2009 年 1 月版

《诗词曲学谈艺录》 于永森著 齐鲁书社 2011 年 10 月版

《毛泽东诗词鉴赏》 臧克家主编 河北人民出版社 1999 年 12 月版

《毛泽东诗词鉴赏》 公木著 长春出版社 1998 年 2 月版

《中国新诗学》 杨匡汉著 人民出版社 2006 年 2 月版

《中国诗歌 2010 理论》 人民文学出版社 2010 年 12 月版

《新诗的艺术》 黄维樑著 江西高校出版社 2006 年 6 月版

《新诗格律与语言的诗化》 林庚著 经济日报出版社 2000 年 1 月版

《诗美创造学》 毛翰著 西南师范大学出版社 2002 年 4 月版

《诗的八堂课》 江弱水著 商务印书馆 2017 年 1 月版

《中国现代诗体论》 吕进主编 重庆出版社 2007 年 1 月版

《哲理诗鉴赏》 田戈编 新疆人民出版社 2003 年 6 月版

《古诗哲理》 林东海著 学林出版社 2001 年 6 月版

《古今中外哲理诗鉴赏辞典》 孙鑫亭主编 中州古籍出版社 1997 年 8 月版

《抒情诗的构思》 沈仁康等著 长江文艺出版社 1959 年 5 月版

《抒情诗的艺术》 吴欢章等著 青海人民出版社 1981 年 5 月版

《中国山水诗研究》 王国璎著 中华书局 2007 年 8 月版

《中国古代诗歌情景关系研究》 王德明著 广西民族出版社 2005 年 1 月版

《唐代咏史怀古诗研究》 张润静著 上海三联出版社 2009 年 1 月版

《古代咏史诗通论》 赵望秦 张焕玲著 中国社会科学出版社 2010 年 12 月版

《中国叙事诗研究》 高永年著 江苏教育出版社 2002 年 9 月版

《中国古代叙事诗研究》 程相占著 广西师范大学出版社 2002 年 11 月版

《唐代叙事诗研究》 胡秀春著 人民出版社 2013 年 12 月版

《近代叙事诗研究》 李亚峰著 中国社会科学出版社 2015 年 10 月版

《论叙事诗》 安旗著 作家出版社 1962 年 12 月版

《宋代咏物词史论》 路成文著 商务印书馆 2005 年 12 月版

《中国楹联学概论》 谷向阳著 昆仑出版社 2007 年 2 月版

《对联知识手册》 常江著 中国青年出版社 1998 年 9 月第 2 版

《对联通》 余德泉著 湖南大学出版社 1998 年 7 月版

《对联写作规则》 秦腾蛟著 岳麓书社 2006 年 9 月版

《中华对联写作》 罗维扬著 岳麓书社 2004 年 5 月版

《名联鉴赏辞典》 苏渊雷主编 上海辞书出版社 2007 年 1 月版

《楹联撮要》 刘占一著 团结出版社 2009 年 7 月版

《康熙词谱》 岳麓书社 2000 年 10 月版

《中国古代诗话词话辞典》 张葆全主编 广西师范大学出版社 1997 年 8 月第 2 版

《诗词曲知识辞典》 李文初等编 广东人民出版社 1995 年 12 月版

《实用诗词曲格律词典》 李新魁编著 花城出版社 1999 年 12 月版

《中华词律》（增订本） 谢映先编著 湖南大学出版社 2010 年 1 月第 2 版

《词谱律析》（上、下册） 林克胜著 商务印书馆 2013 年 4 月版

《元人小令格律》唐圭璋编写 上海古籍出版社 1981 年 2 月版

《诗韵合璧》 清·汤文璐编 上海书店出版社 2008 年 1 月版

《佩文诗韵 词林正韵 中原音韵》 清·弋载等著 上海古籍出版社 2011 年 7 月版

《诗韵新编》 本社编 上海古籍出版社 1999 年 4 月版

《写诗填词押韵词典》 隗志新编 四川辞书出版社 2011 年 2 月版

《中华韵典》 盖国梁主编 上海古籍出版社 2004 年 2 月版

《白香词谱》 清·舒梦兰撰 王新霞注解 人民文学出版社 2011 年 9 月版

《写作大辞典》 庄涛等主编 汉语大辞典出版社 1992 年 4 月版

《中国历代诗歌鉴赏辞典》 刘亚玲等主编 中国民间文艺出版社 1988 年 12 月版

《先秦诗鉴赏辞典》 姜亮夫等撰写 上海辞书出版社 1998 年 11 月版

《汉魏六朝诗鉴赏辞典》 吴小如等撰写 上海辞书出版社 1992 年 9 月版

《唐诗鉴赏辞典》 专家学者编纂 上海辞书出版社 1983 年 12 月版

《宋诗鉴赏辞典》 缪钺等撰写 上海辞书出版社 1999 年 1 月版

《唐宋词鉴赏辞典》 唐圭璋等撰写 上海辞书出版社 1988 年 4 月版

《唐宋词鉴赏辞典》 唐圭璋主编 江苏古籍出版社 1986 年 12 月版

《元明清诗鉴赏辞典》 钱仲联等撰写 上海辞书出版社 1994 年 12 月版

《元明清词鉴赏辞典》 钱仲联等撰写 上海辞书出版社 2002 年 12 月版

《元曲鉴赏辞典》 蒋星煜主编 上海辞书出版社 2008 年 4 月版
《元曲鉴赏辞典》 贺新辉主编 中国妇女出版社 1988 年 5 月版
《近现代诗词鉴赏辞典》 贺新辉主编 北京燕山出版社 2009 年 7 月版
《新诗鉴赏辞典》 公木主编 上海辞书出版社 2010 年 5 月版

附 录

教育部《义务教育语文课程标准》（2011版）推荐背诵的古诗词

小学部分
推荐背诵七十五首

江南　　汉乐府

江南可采莲，莲叶何田田。
鱼戏莲叶间。鱼戏莲叶东，
鱼戏莲叶西，鱼戏莲叶南，
鱼戏莲叶北。

长歌行（节选）　　汉乐府

青青园中葵，朝露待日晞。
阳春布德泽，万物生光辉。
常恐秋节至，焜黄华叶衰。
百川东到海，何时复西归？
少壮不努力，老大徒伤悲。

敕勒歌　　北朝乐府

敕勒川，阴山下，
天似穹庐，笼盖四野。
天苍苍，野茫茫，
风吹草低见牛羊。

咏鹅　　骆宾王

鹅 鹅 鹅，曲项向天歌。
白毛浮绿水，红掌拨清波。

风　　李峤

解落三秋叶，能开二月花。
过江千尺浪，入竹万竿斜。

咏柳　　贺知章

碧玉妆成一树高，万条垂下绿丝绦。
不知细叶谁裁出，二月春风似剪刀。

回乡偶书　　贺知章

少小离家老大回，乡音无改鬓毛衰。
儿童相见不相识，笑问客从何处来。

凉州词　　　王之涣
黄河远上白云间，一片孤城万仞山。
羌笛何须怨杨柳，春风不度玉门关。

登鹳雀楼　　　王之涣
白日依山尽，黄河入海流。
欲穷千里目，更上一层楼。

春晓　　　孟浩然
春眠不觉晓，处处闻啼鸟。
夜来风雨声，花落知多少。

凉州词　　　王翰
葡萄美酒夜光杯，欲饮琵琶马上催。
醉卧沙场君莫笑，古来征战几人回。

出塞　　　王昌龄
秦时明月汉时关，万里长征人未还。
但使龙城飞将在，不教胡马度阴山。

芙蓉楼送辛渐　　　王昌龄
寒雨连江夜入吴，平明送客楚山孤。
洛阳亲友如相问，一片冰心在玉壶。

鹿柴　　　王维
空山不见人，但闻人语响。
返景入深林，复照青苔上。

送元二使安西　　　王维
渭城朝雨浥轻尘，客舍青青柳色新。
劝君更尽一杯酒，西出阳关无故人。

九月九日忆山东兄弟　　　王维
独在异乡为异客，每逢佳节倍思亲。
遥知兄弟登高处，遍插茱萸少一人。

古朗月行（节选）　　　李白
小时不识月，呼作白玉盘。
又疑瑶台镜，飞在青云端。
仙人垂两足，桂树何团团。
白兔捣药成，问言与谁餐。

静夜思　　　李白
床前明月光，疑是地上霜。
举头望明月，低头思故乡。

望庐山瀑布　　　李白
日照香炉生紫烟，遥看瀑布挂前川。
飞流直下三千尺，疑是银河落九天。

赠汪伦　　　李白
李白乘舟将欲行，忽闻岸上踏歌声。
桃花潭水深千尺，不及汪伦送我情。

黄鹤楼送孟浩然之广陵　　　李白
故人西辞黄鹤楼，烟花三月下扬州。
孤帆远影碧空尽，惟见长江天际流。

早发白帝城　　　李白
朝辞白帝彩云间，千里江陵一日还。
两岸猿声啼不住，轻舟已过万重山。

望天门山　　　　李白
天门中断楚江开，碧水东流至此回。
两岸青山相对出，孤帆一片日边来。

别董大　　　　高适
千里黄云白日曛，北风吹雁雪纷纷。
莫愁前路无知己，天下谁人不识君。

绝句　　　　杜甫
两个黄鹂鸣翠柳，一行白鹭上青天。
窗含西岭千秋雪，门泊东吴万里船。

春夜喜雨　　　　杜甫
好雨知时节，当春乃发生。
随风潜入夜，润物细无声。
野径云俱黑，江船火独明。
晓看红湿处，花重锦官城。

江畔独步寻花　　　　杜甫
黄四娘家花满蹊，千朵万朵压枝低。
留连戏蝶时时舞，自在娇莺恰恰啼。

绝句　　　　杜甫
迟日江山丽，春风花草香。
泥融飞燕子，沙暖睡鸳鸯。

枫桥夜泊　　　　张继
月落乌啼霜满天，江枫渔火对愁眠。
姑苏城外寒山寺，夜半钟声到客船。

滁州西涧　　　　韦应物
独怜幽草涧边生，上有黄鹂深树鸣。
春潮带雨晚来急，野渡无人舟自横。

游子吟　　　　孟郊
慈母手中线，游子身上衣。
临行密密缝，意恐迟迟归。
谁言寸草心，报得三春晖。

早春呈水部张十八员外　　　　韩愈
天街小雨润如酥，草色遥看近却无。
最是一年春好处，绝胜烟柳满皇都。

渔歌子　　　　张志和
西塞山前白鹭飞，桃花流水鳜鱼肥。
青箬笠，绿蓑衣，斜风细雨不须归。

塞下曲（其二）　　　　卢纶
林暗草惊风，将军夜引弓。
平明寻白羽，没在石棱中。

望洞庭　　　　刘禹锡
湖光秋月两相和，潭面无风镜未磨。
遥望洞庭山水翠，白银盘里一青螺。

浪淘沙　　　　刘禹锡
九曲黄河万里沙，浪淘风簸自天涯。
如今直上银河去，同到牵牛织女家。

赋得古原草送别　　　　白居易
离离原上草，一岁一枯荣。

野火烧不尽，春风吹又生。
远芳侵古道，晴翠接荒城。
又送王孙去，萋萋满别情。

    池上   白居易
小娃撑小艇，偷采白莲回。
不解藏踪迹，浮萍一道开。

    忆江南   白居易
江南好，风景旧曾谙。
日出江花红胜火，春来江水绿如蓝。
能不忆江南？

    小儿垂钓   胡令能
蓬头稚子学垂纶，侧坐莓苔草映身。
路人借问遥招手，怕得鱼惊不应人。

    悯农（其一）   李绅
春种一粒粟，秋收万颗子。
四海无闲田，农夫犹饿死。

    悯农（其二）   李绅
锄禾日当午，汗滴禾下土。
谁吃盘中餐，粒粒皆辛苦。

    江雪   柳宗元
千山鸟飞绝，万径人踪灭。
孤舟蓑笠翁，独钓寒江雪。

    寻隐者不遇   贾岛
松下问童子，言师采药去。
只在此山中，云深不知处。

    山行   杜牧
远上寒山石径斜，白云生处有人家。
停车坐爱枫林晚，霜叶红于二月花。

    清明   杜牧
清明时节雨纷纷，路上行人欲断魂。
借问酒家何处有，牧童遥指杏花村。

    江南春   杜牧
千里莺啼绿映红，水村山郭酒旗风。
南朝四百八十寺，多少楼台烟雨中。

    蜂   罗隐
不论平地与山尖，无限风光尽被占。
采得百花成蜜后，为谁辛苦为谁甜？

    江上渔者   范仲淹
江上往来人，但爱鲈鱼美。
君看一叶舟，出没风波里。

    元日   王安石
爆竹声中一岁除，春风送暖入屠苏。
千门万户曈曈日，总把新桃换旧符。

    泊船瓜洲   王安石
京口瓜洲一水间，钟山只隔数重山。
春风又绿江南岸，明月何时照我还？

书湖阴先生壁　　王安石
茅檐长扫净无苔，花木成畦手自栽。
一水护田将绿绕，两山排闼送青来。

六月二十七日望湖楼醉书　　苏轼
黑云翻墨未遮山，白雨跳珠乱入船。
卷地风来忽吹散，望湖楼下水如天。

饮湖上初晴后雨　　苏轼
水光潋滟晴方好，山色空蒙雨亦奇。
欲把西湖比西子，淡妆浓抹总相宜。

惠崇《春江晚景》　　苏轼
竹外桃花三两枝，春江水暖鸭先知。
蒌蒿满地芦芽短，正是河豚欲上时。

题西林壁　　苏轼
横看成岭侧成峰，远近高低各不同。
不识庐山真面目，只缘身在此山中。

夏日绝句　　李清照
生当作人杰，死亦为鬼雄。
至今思项羽，不肯过江东。

三衢道中　　曾几
梅子黄时日日晴，小溪泛尽却山行。
绿阴不减来时路，添得黄鹂四五声。

示儿　　陆游
死去原知万事空，但悲不见九州同。
王师北定中原日，家祭无忘告乃翁。

秋夜将晓出篱门迎凉有感　　陆游
三万里河东入海，五千仞岳上摩天。
遗民泪尽胡尘里，南望王师又一年。

四时田园杂兴　　范成大
昼出耘田夜绩麻，村庄儿女各当家。
童孙未解供耕织，也傍桑阴学种瓜。

四时田园杂兴　　范成大
梅子黄时杏子肥，麦花雪白菜花稀。
日长篱落无人过，唯有蜻蜓蛱蝶飞。

小池　　杨万里
泉眼无声惜细流，树阴照水爱晴柔。
小荷才露尖尖角，早有蜻蜓立上头。

晓出净慈寺送林子方　　杨万里
毕竟西湖六月中，风光不与四时同。
接天莲叶无穷碧，映日荷花别样红。

春日　　朱熹
胜日寻芳泗水滨，无边光景一时新。
等闲识得东风面，万紫千红总是春。

观书有感　　朱熹
半亩方塘一鉴开，天光云影共徘徊。
问渠那得清如许，为有源头活水来。

题临安邸　　林升
山外青山楼外楼，西湖歌舞几时休。
暖风熏得游人醉，直把杭州作汴州。

游园不值　　　　叶绍翁
应怜屐齿印苍苔，小扣柴扉久不开。
春色满园关不住，一枝红杏出墙来。

乡村四月　　　　翁卷
绿遍山原白满川，子规声里雨如烟。
乡村四月闲人少，才了蚕桑又插田。

墨梅　　　　王冕
我家洗砚池头树，朵朵花开淡墨痕。
不要人夸颜色好，只留清气满乾坤。

石灰吟　　　　于谦
千锤万凿出深山，烈火焚烧若等闲。
粉骨碎身浑不怕，要留清白在人间。

竹石　　　　郑燮
咬定青山不放松，立根原在破岩中。
千磨万击还坚劲，任尔东西南北风。

所见　　　　袁枚
牧童骑黄牛，歌声振林樾。
意欲捕鸣蝉，忽然闭口立。

村居　　　　高鼎
草长莺飞二月天，拂堤杨柳醉春烟。
儿童散学归来早，忙趁东风放纸鸢。

己亥杂诗　　　　龚自珍
九州生气恃风雷，万马齐喑究可哀。
我劝天公重抖擞，不拘一格降人才。

二、初中部分
推荐背诵四十首

关雎　　　《诗经》
关关雎鸠，在河之洲。
窈窕淑女，君子好逑。

参差荇菜，左右流之。
窈窕淑女，寤寐求之。

求之不得，寤寐思服。
悠哉悠哉，辗转反侧。

参差荇菜，左右采之。
窈窕淑女，琴瑟友之。

参差荇菜，左右芼之。
窈窕淑女，钟鼓乐之。

蒹葭　　　《诗经》
蒹葭苍苍，白露为霜。
所谓伊人，在水一方。
溯洄从之，道阻且长。
溯游从之，宛在水中央。

蒹葭萋萋，白露未晞。
所谓伊人，在水之湄。
溯洄从之，道阻且跻。
溯游从之，宛在水中坻。

蒹葭采采，白露未已。

所谓伊人,在水之涘。
溯洄从之,道阻且右。
溯游从之,宛在水中沚。

十五从军征　　　汉乐府

十五从军征,八十始得归。
道逢乡里人:"家中有阿谁?"
"遥望是君家,松柏冢累累。"
兔从狗窦入,雉从梁上飞,
中庭生旅谷,井上生旅葵。
舂谷持作饭,采葵持作羹。
羹饭一时熟,不知贻阿谁。
出门东向望,泪落沾我衣。

观沧海　　　曹操

东临碣石,以观沧海。
水何澹澹,山岛竦峙。
树木丛生,百草丰茂。
秋风萧瑟,洪波涌起。
日月之行,若出其中。
星汉灿烂,若出其里。
幸甚至哉,歌以咏志。

饮酒　　　陶渊明

结庐在人境,而无车马喧。
问君何能尔?心远地自偏。
采菊东篱下,悠然见南山。
山气日夕佳,飞鸟相与还。
此中有真意,欲辨已忘言。

木兰辞　　　北朝民歌

唧唧复唧唧,木兰当户织。
不闻机杼声,惟闻女叹息。
问女何所思,问女何所忆。
女亦无所思,女亦无所忆。
昨夜见军帖,可汗大点兵,
军书十二卷,卷卷有爷名。
阿爷无大儿,木兰无长兄,
愿为市鞍马,从此替爷征。
东市买骏马,西市买鞍鞯,
南市买辔头,北市买长鞭。
旦辞爷娘去,暮宿黄河边,
　不闻爷娘唤女声,
　但闻黄河流水鸣溅溅。
旦辞黄河去,暮至黑山头,
　不闻爷娘唤女声,
　但闻燕山胡骑鸣啾啾。

万里赴戎机,关山度若飞。
朔气传金柝,寒光照铁衣。
将军百战死,壮士十年归。
归来见天子,天子坐明堂。
策勋十二转,赏赐百千强。
可汗问所欲,"木兰不用尚书郎;
　愿驰千里足,送儿还故乡。"

爷娘闻女来,出郭相扶将;
阿姊闻妹来,当户理红妆;
小弟闻姊来,磨刀霍霍向猪羊。
开我东阁门,坐我西阁床。
脱我战时袍,著我旧时裳。

当窗理云鬓，对镜贴花黄。
出门看火伴，火伴皆惊惶：
"同行十二年，不知木兰是女郎！"

雄兔脚扑朔，雌兔眼迷离。
双兔傍地走，安能辨我是雄雌？

送杜少府之任蜀州　　　王勃
城阙辅三秦，风烟望五津。
与君离别意，同是宦游人。
海内存知己，天涯若比邻。
无为在歧路，儿女共沾巾。

登幽州台歌　　　陈子昂
前不见古人，后不见来者。
念天地之悠悠，独怆然而涕下。

次北固山下　　　王湾
客路青山外，行舟绿水前，
潮平两岸阔，风正一帆悬。
海日生残夜，江春入旧年。
乡书何处达？归雁洛阳边。

使至塞上　　　王维
单车欲问边，属国过居延。
征蓬出汉塞，归雁入胡天。
大漠孤烟直，长河落日圆。
萧关逢候骑，都护在燕然。

闻王昌龄左迁龙标遥有此寄　　　李白
杨花落尽子规啼，闻道龙标过五溪。
我寄愁心与明月，随君直到夜郎西。

行路难　　　李白
金樽清酒斗十千，玉盘珍馐直万钱。
停杯投箸不能食，拔剑四顾心茫然。
欲渡黄河冰塞川，将登太行雪满山。
闲来垂钓碧溪上，忽复乘舟梦日边。
行路难，行路难，多歧路，今安在？
长风破浪会有时，直挂云帆济沧海。

黄鹤楼　　　崔颢
昔人已乘黄鹤去，此地空余黄鹤楼。
黄鹤一去不复返，白云千载空悠悠。
晴川历历汉阳树，芳草萋萋鹦鹉洲。
日暮乡关何处是？烟波江上使人愁。

望岳　　　杜甫
岱宗夫如何？齐鲁青未了。
造化钟神秀，阴阳割昏晓。
荡胸生层云，决眦入归鸟。
会当凌绝顶，一览众山小。

春望　　　杜甫
国破山河在，城春草木深。
感时花溅泪，恨别鸟惊心。
烽火连三月，家书抵万金。
白头搔更短，浑欲不胜簪。

茅屋为秋风所破歌　　　杜甫
八月秋高风怒号，卷我屋上三重茅。
茅飞渡江洒江郊，高者挂罥长林梢，

　　　　下者飘转沉塘坳。

南村群童欺我老无力，忍能对面为盗贼。
公然抱茅入竹去，唇焦口燥呼不得，
　　　　归来倚杖自叹息。

俄顷风定云墨色，秋天漠漠向昏黑。
布衾多年冷似铁，娇儿恶卧踏里裂。
床头屋漏无干处，雨脚如麻未断绝。
自经丧乱少睡眠，长夜沾湿何由彻。

安得广厦千万间，大庇天下寒士俱欢颜，
　　　　风雨不动安如山。呜呼！
　　　何时眼前突兀见此屋，
　　　　吾庐独破受冻死亦足！

　　　白雪歌送武判官归京　　岑参
北风卷地白草折，胡天八月即飞雪。
忽如一夜春风来，千树万树梨花开。
散入珠帘湿罗幕，狐裘不暖锦衾薄。
将军角弓不得控，都护铁衣冷难着。
瀚海阑干百丈冰，愁云惨淡万里凝。
中军置酒饮归客，胡琴琵琶与羌笛。
纷纷暮雪下辕门，风掣红旗冻不翻。
轮台东门送君去，去时雪满天山路。
山回路转不见君，雪上空留马行处。

　　酬乐天扬州初逢席上见赠　刘禹锡
巴山楚水凄凉地，二十三年弃置身。
怀旧空吟闻笛赋，到乡翻似烂柯人。
沉舟侧畔千帆过，病树前头万木春。
今日听君歌一曲，暂凭杯酒长精神。

　　　卖炭翁　　　　白居易
　卖炭翁，伐薪烧炭南山中。满面尘灰烟火色，两鬓苍苍十指黑。卖炭得钱何所营？身上衣裳口中食。可怜身上衣正单，心忧炭贱愿天寒。夜来城外一尺雪，晓驾炭车辗冰辙。牛困人饥日已高，市南门外泥中歇。翩翩两骑来是谁？黄衣使者白衫儿。手把文书口称敕，回车叱牛牵向北。一车炭，千余斤，宫使驱将惜不得。半匹红绡一丈绫，系向牛头充炭直。

　　　钱塘湖春行　　　白居易
孤山寺北贾亭西，水面初平云脚低。
几处早莺争暖树，谁家新燕啄春泥。
乱花渐欲迷人眼，浅草才能没马蹄。
最爱湖东行不足，绿杨阴里白沙堤。

　　　雁门太守行　　　李贺
黑云压城城欲摧，甲光向日金鳞开。
角声满天秋色里，塞上燕脂凝夜紫。
半卷红旗临易水，霜重鼓寒声不起。
报君黄金台上意，提携玉龙为君死。

　　　赤壁　　　　杜牧
折戟沉沙铁未销，自将磨洗认前朝。
东风不与周郎便，铜雀春深锁二乔。

泊秦淮　　　　　杜牧
烟笼寒水月笼沙，夜泊秦淮近酒家。
商女不知亡国恨，隔江犹唱《后庭花》。

夜雨寄北　　　　李商隐
君问归期未有期，巴山夜雨涨秋池。
何当共剪西窗烛，却话巴山夜雨时。

无题　　　　　　李商隐
相见时难别亦难，东风无力百花残。
春蚕到死丝方尽，蜡炬成灰泪始干。
晓镜但愁云鬓改，夜吟应觉月光寒。
蓬山此去无多路，青鸟殷勤为探看。

相见欢　　　　　李煜
无言独上西楼，月如钩。寂寞梧桐深院锁清秋。　剪不断，理还乱，是离愁。别是一番滋味在心头。

渔家傲　　　　　范仲淹
塞下秋来风景异，衡阳雁去无留意。四面边声连角起。千嶂里，长烟落日孤城闭。　浊酒一杯家万里，燕然未勒归无计。羌管悠悠霜满地，人不寐，将军白发征夫泪。

浣溪沙　　　　　晏殊
一曲新词酒一杯，去年天气旧亭台。夕阳西下几时回？　无可奈何花落去，似曾相识燕归来。小园香径独徘徊。

登飞来峰　　　　王安石
飞来山上千寻塔，闻说鸡鸣见日升。
不畏浮云遮望眼，只缘身在最高层。

江城子·密州出猎　　苏轼
老夫聊发少年狂，左牵黄，右擎苍，锦帽貂裘，千骑卷平冈。为报倾城随太守，亲射虎，看孙郎。　酒酣胸胆尚开张。鬓微霜，又何妨！持节云中，何日遣冯唐？会挽雕弓如满月，西北望，射天狼。

水调歌头　　　　苏轼
（丙辰中秋，欢饮达旦，大醉，作此篇，兼怀子由。）

明月几时有？把酒问青天。不知天上宫阙，今夕是何年。我欲乘风归去，又恐琼楼玉宇，高处不胜寒。起舞弄清影，何似在人间。　转朱阁，低绮户，照无眠。不应有恨，何事长向别时圆？人有悲欢离合，月有阴晴圆缺，此事古难全。但愿人长久，千里共婵娟。

游山西村　　　　陆游
莫笑农家腊酒浑，丰年留客足鸡豚。
山重水复疑无路，柳暗花明又一村。
箫鼓追随春社近，衣冠简朴古风存。
从今若许闲乘月，拄杖无时夜叩门。

登京口北固亭有怀　　辛弃疾
何处望神州，满眼风光北固楼。
千古兴亡多少事，悠悠。不尽长江滚滚

流。　年少万兜鍪，坐断东南战未休。天下英雄谁敌手？曹刘。生子当如孙仲谋。

破阵子·为陈同甫赋壮词以寄之
　　　　　辛弃疾

醉里挑灯看剑，梦回吹角连营。八百里分麾下炙，五十弦翻塞外声，沙场秋点兵。　马作的卢飞快，弓如霹雳弦惊。了却君王天下事，赢得生前身后名。可怜白发生！

过零丁洋　　文天祥

辛苦遭逢起一经，干戈寥落四周星。山河破碎风飘絮，身世浮沉雨打萍。惶恐滩头说惶恐，零丁洋里叹零丁。人生自古谁无死，留取丹心照汗青。

天净沙·秋思　　马致远

枯藤老树昏鸦，小桥流水人家，古道西风瘦马。夕阳西下，断肠人在天涯。

山坡羊·潼关怀古　　张养浩

峰峦如聚，波涛如怒，山河表里潼关路。望西都，意踌躇。　伤心秦汉经行处，宫阙万间都做了土。兴，百姓苦；亡，百姓苦！

己亥杂诗　　龚自珍

浩荡离愁白日斜，吟鞭东指即天涯。落红不是无情物，化作春泥更护花。

满江红　　秋瑾

小住京华，早又是中秋佳节。为篱下，黄花开遍，秋容如拭。四面歌残终破楚，八年风味徒思浙。苦将侬，强派作蛾眉，殊未屑！　身不得，男儿列，心却比，男儿烈！算平生肝胆，因人常热。俗子胸襟谁识我？英雄末路当磨折。莽红尘，何处觅知音？青衫湿！

诗韵新编常用字表

注：本表依据《诗韵新编》十八韵部的分类编写原则，但不单列"仄声""入声"，完全以普通话语音为标准，选取《通用规范汉字表》、《现代汉语常用字表》两表中出现过的共三千六百零三字，编辑而成，供使用新韵写作诗歌者选用。

一、麻韵【a ia ua】

阴平：阿啊八巴吧疤叭芭捌笆擦叉插杈差搭发瓜刮哈花哗加夹佳家嘉枷咖夸垃拉啦妈趴啪掐撒杀沙纱杉砂鲨刷她他它塌挖蛙洼哇虾瞎压呀押鸦鸭丫渣扎喳抓

阳平：拔跋查茶察茬碴达答瘩乏伐罚阀筏华滑猾荚颊麻嘛蟆拿爬扒耙啥娃侠峡狭霞匣暇牙芽蚜涯衙杂砸轧闸铡

上声：把靶衩打法寡甲贾钾假卡垮喇俩马吗码蚂玛哪洒傻耍塔瓦哑雅咋眨爪

去声：坝爸罢霸岔刹大尬挂卦褂化划画话桦价驾架嫁稼挎跨胯腊蜡辣骂那纳娜钠捺呐怕帕恰洽飒萨煞霎踏蹋袜下吓夏厦亚讶炸榨乍诈栅

二、波韵【o uo】

阴平：菠播拨波玻剥戳搓撮多哆咄锅郭啰摸坡泼颇奢赊说缩唆梭嗦托拖脱窝涡蜗哟遮捉桌卓拙

阳平：脖伯驳泊博搏膊薄勃舶渤夺踱佛国活罗萝锣箩骡螺逻模膜麽摩磨魔馍摹蘑挪婆驼驮鸵着浊啄灼茁酌琢昨

上声：跛簸朵躲果裹火伙裸所索锁琐妥椭我左佐

去声：绰错挫措锉惰垛堕舵跺过或货获祸豁霍扩括阔廓络骆落洛抹末沫莫漠墨默茉陌寞诺懦糯迫破魄热若弱烁硕特拓唾沃卧握作坐座做

三、歌韵【e】

阴平：车哥胳鸽割搁歌戈疙喝呵科棵颗坷苛磕蝌

阳平：得德鹅蛾额讹俄哦峨娥阁革格葛隔蛤禾合何和河核荷盒壳咳舌蛇爷则择泽责折哲辙

上声：扯可渴惹舍也冶野者

去声：册侧厕测策彻撤澈恶饿扼愕遏噩鳄鄂个各贺褐赫鹤克刻客课乐勒色涩瑟设社射涉摄赦业叶页夜液掖谒腋这浙蔗

四、皆韵 [ie üe]

阴平：憋鳖爹跌阶皆接揭街秸揸切缺贴帖些歇楔蝎削靴薛约曰

阳平：别叠蝶谍碟迭节劫杰洁结捷截竭睫决绝觉掘嚼诀倔崛茄瘸协邪胁斜携鞋挟谐穴学

上声：瘪姐解咧撇且铁写雪

去声：介戒届界借芥诫列劣烈猎裂掠略灭蔑聂镊孽疟虐窃怯却雀确鹊泄泻卸屑械谢懈蟹血岳粤月悦阅跃越

五、支韵（zh ch sh r z c s）[-i]

阴平：吃嗤痴尸失师诗施狮湿虱丝司私思斯撕嘶之支只汁芝枝知织肢脂蜘吱姿资滋咨兹

阳平：池驰迟持匙弛词慈辞磁祠瓷雌十什石时识实拾蚀食执侄直值职植殖

上声：尺齿耻侈此史使始驶矢屎死止旨址纸指趾子紫仔籽姊滓

去声：斥赤翅次刺赐士氏世市示式事侍势视试饰室是柿适逝释誓恃拭嗜四寺似饲肆伺已祀日至志制帜治质秩致智置挚掷室滞稚字自

六、儿韵 【er】

阴平：无　　　阳平：儿而

上声：耳尔饵　　去声：二贰

七、齐韵 [i]

阴平：逼低堤滴击饥圾机肌鸡积基激讥叽唧畸箕稽缉咪眯妮批披劈坯霹七妻戚期欺漆柒凄栖嘁梯踢剔夕西吸希析息牺悉惜稀溪锡熄膝昔晰犀熙嬉蟋嘻一衣医依伊壹揖

阳平：鼻荸的敌笛嘀涤嫡迪及吉级即极急疾集籍棘嫉辑藉厘梨狸离犁璃黎漓篱驴迷谜弥糜靡尼泥呢皮疲脾啤齐其奇骑棋旗歧祈脐崎畦鳍提题蹄啼习席袭媳仪宜姨移遗疑夷胰怡贻

上声：比彼笔鄙匕秕底抵几己挤脊礼李里理哩鲤米你拟女匹乞企岂启起体洗喜徙许铣乙已以蚁倚椅矣

去声：币必毕闭毙辟弊碧蔽壁避臂庇痹荸璧地弟帝递第缔蒂计记纪忌技际剂迹季既济继寄绩妓寂祭鲫荠冀力历厉立丽利励例隶栗粒莉吏沥俐荔砾痢雳秘密蜜泌觅逆昵匿溺腻僻屁譬气弃汽砌器迄泣契剃惕替屉涕戏系细隙义亿忆艺议亦异役译易疫益谊意毅翼屹抑邑绎奕逸溢肄

八、微韵 [ei ui]

阴平：杯悲碑卑吹炊催摧崔堆飞非啡菲妃归龟规闺硅瑰黑嘿灰恢挥辉徽亏盔窥胚虽推危威微偎薇巍追椎锥

阳平：垂锤捶肥回茴蛔葵魁雷没眉梅煤霉枚玫媒楣陪培赔谁随隋颓为围违唯维桅帷惟贼

339

上声：北匪诽给轨鬼诡癸悔毁傀垒蕾儡磊每美馁蕊水髓腿伟伪尾委纬苇萎嘴

去声：贝备背倍被辈狈惫焙悖脆翠悴粹队对兑废沸肺费吠卉柜贵桂跪刽汇会绘贿惠慧讳诲晦秽愧溃馈泪类累肋擂妹昧媚魅内佩配沛锐瑞税睡岁碎穗祟遂隧退蜕褪卫未位味畏胃喂慰尉谓猬蔚魏坠缀赘最罪醉

九、开韵 [ai uai]

阴平：哀唉挨哎埃掰猜拆揣呆该乖开揩拍塞腮筛衰摔胎苔歪灾栽哉摘斋

阳平：癌白才材财裁柴豺孩怀槐徊淮还来莱埋排牌徘台抬宅

上声：矮蔼百柏摆采彩睬踩歹改拐海凯慨楷买乃奶甩宰窄

去声：爱碍艾隘败拜菜蔡代带待怠贷袋逮戴盖溉概丐钙怪害亥骇坏块快筷赖癞睐迈麦卖脉耐奈派湃赛晒帅蟀太态泰汰外再载在债寨拽

十、姑韵 [u]

阴平：出初粗督夫肤麸孵敷估姑孤辜咕沽菇箍乎呼忽枯哭窟扑书叔殊梳疏舒输蔬抒枢淑苏酥凸秃突乌污呜屋巫诬迂淤朱株珠诸猪蛛租

阳平：除厨锄雏橱毒读独犊伏扶服俘浮符幅福凫芙拂袱辐蝠狐胡壶湖糊蝴弧葫弗芦炉卢庐颅奴仆葡菩蒲如儒蠕熟秫赎俗图徒涂途屠无吴芜梧蜈

吾于余鱼娱渔愉愚榆隅逾舆渝竹烛逐足族卒

上声：补捕哺卜础储楚处堵赌睹抚府斧俯辅腐甫脯古谷股鼓虎唬苦卤虏鲁母亩牡姆拇努朴普谱圃浦乳辱汝暑鼠薯黍署蜀曙土吐五午伍武侮舞捂鹉予与宇屿羽雨语禹主属煮拄嘱瞩阻组祖诅

去声：不布步怖部埠簿触畜蓄促醋簇杜肚度渡妒镀父付妇负附咐复赴副傅富腹覆赋缚固故顾雇互户护沪库裤酷露陆录鹿碌路赂禄木目牧墓幕慕暮沐募睦穆怒铺瀑曝入褥术束述树竖数恕庶墅漱诉肃素速宿塑粟溯兔勿务物误悟雾坞晤戊玉育狱浴预域欲御裕遇愈誉吁芋郁喻寓豫住助注驻柱祝著筑铸贮蛀

十一、鱼韵 【ü】

阴平：居拘鞠驹区驱屈趋岖蛆躯须虚需戌墟

阳平：局菊橘桔渠徐

上声：举矩沮旅屡吕侣铝缕履曲取娶

去声：句巨拒具俱剧惧据距锯聚炬律虑滤率绿氯去趣序叙绪续絮蓄旭恤酗婿

十二、候韵 [ou iu]

阴平：抽丢都兜勾沟钩纠究揪鸠抠溜欧殴鸥剖丘秋蚯收搜艘偷休修羞优忧悠幽州舟周洲粥

阳平：仇绸愁稠筹酬畴喉猴侯刘流留榴琉硫馏瘤浏楼娄谋牛求球囚柔揉蹂头投尤由犹邮油游轴

上声：丑瞅抖陡蚪否狗苟吼九久酒灸玖韭口柳搂篓某扭纽钮偶呕藕手守首朽友有酉肘帚走

去声：臭凑斗豆逗痘构购够垢后厚候旧救就舅臼疚扣寇叩六漏陋谬肉寿受兽售授瘦嗽透秀绣袖锈嗅又右幼诱佑宙昼皱骤咒奏揍

十三、豪韵 [ao iao]

阴平：凹熬包胞苞褒标彪膘操糙抄钞超刀叨叼雕刁碉高膏糕羔篙蒿交郊娇浇骄胶椒焦蕉礁跤捞猫抛漂飘悄敲锹跷掻骚臊捎梢烧稍涛掏滔挑肖宵消销萧硝箫嚣潇霄妖腰邀夭吆遭糟招昭

阳平：雹槽曹朝潮巢嘲毫豪嚎壕劳唠牢辽疗僚聊寥嘹撩潦燎缭毛矛茅锚苗描瞄挠袍刨咆瓢乔侨桥瞧荞憔饶勺芍笤逃桃陶淘萄条迢淆窑谣摇遥肴尧姚凿

上声：袄宝饱保堡表草吵炒导岛倒蹈捣祷搞稿镐好角狡绞饺脚搅缴侥矫剿考烤拷老姥了铆卯秒渺藐恼脑瑙鸟跑巧扰扫嫂少讨小晓咬舀早枣澡蚤藻找沼

去声：傲奥拗澳懊报抱暴爆豹鲍到悼盗道稻吊钓掉告号浩耗皓叫轿较教窖酵靠铐涝烙酪料镣瞭茂冒贸帽貌妙庙闹尿炮泡票俏峭窍翘撬绕绍哨套跳孝效校笑啸哮药要耀钥灶造燥躁噪召兆赵照罩肇

十四、寒韵 [an ian uan]

阴平：安氨庵鞍班般斑搬扳颁边编鞭蝙参餐掺搀川穿丹单担耽颠掂滇巅端帆番翻干甘杆肝竿柑尴关观官棺酣憨欢奸尖坚歼间肩艰兼监煎捐鹃娟刊堪勘宽蔫攀潘翩偏篇千迁牵铅谦签圈三叁山删衫珊苦煽拴栓酸贪摊滩瘫天添弯湾豌仙先纤掀鲜锨宣喧轩咽烟淹腌焉冤鸳渊沾粘毡瞻专砖

阳平：残蚕惭馋缠蝉禅传船凡烦繁矾樊含寒函涵韩环兰拦栏蓝篮澜婪连帘怜莲联廉镰峦蛮馒瞒眠绵棉男南难年盘钱钳潜前乾黔全权泉拳痊然燃坛谈痰昙谭潭檀田甜填恬团丸完玩顽闲弦贤咸衔嫌涎舷悬旋玄漩延严言岩沿炎研盐颜阎蜒檐元员园原圆援缘源袁猿辕咱

上声：俺板版扁贬匾惨产铲阐喘胆掸典碘点短反返秆赶敢感橄馆管喊罕缓拣俭茧捡减剪检简柬碱砍坎槛款览懒揽缆榄脸敛卵满免勉娩冕缅捻撵碾暖浅遣谴犬染冉软伞闪陕坦毯袒舔挽晚碗宛婉惋皖显险选癣掩眼演奄衍远攒斩展盏崭辗转

去声：岸按案暗黯办半伴扮拌瓣绊便变遍辨辩辫灿颤串窜篡旦但诞弹淡蛋氮电店垫殿甸佃贴淀奠段断缎

锻犯泛饭范贩赣冠贯惯灌罐汉汗旱悍捍焊憾撼翰幻唤换患宦涣焕痪见件建剑荐贱健舰渐践鉴键箭涧溅卷倦绢眷看烂滥练炼恋链乱慢漫曼幔蔓面念判叛盼畔片骗欠歉嵌劝券散扇善擅膳赡涮蒜算叹炭探碳万腕县现线限宪陷馅羡献腺炫绚渲厌宴艳验焰雁燕砚唁谚堰怨院愿苑暂赞占战站栈绽醮撰赚钻

十五、痕韵 [en in un ün]

阴平：奔宾滨彬缤濒斌春椿村吨蹲敦墩恩分吩纷芬氛根跟昏婚荤巾今斤金津筋襟军君均菌钧昆坤拎喷拼亲侵钦森申伸身深呻绅孙吞温瘟心辛欣新薪芯锌馨勋熏因阴姻音茵殷荫晕贞针侦珍真斟榛谆尊遵

阳平：尘臣沉辰陈晨忱纯唇淳醇存坟焚痕浑魂邻林临淋琳磷鳞轮抡仑伦沦门们民您盆贫频芹琴禽勤秦擒裙群人仁壬神屯臀豚文纹闻蚊寻巡旬询循银吟淫寅云匀耘

上声：本蠢盹粉滚很狠仅紧谨锦肯垦啃捆凛檩敏皿闽悯品寝忍沈审婶吮损笋稳吻紊引饮隐蚓瘾允陨怎诊枕疹准

去声：笨鬓衬趁寸盾顿囤钝份奋愤粪忿棍恨混尽劲近进晋浸禁俊峻骏竣困吝赁躏论闷嫩聘沁刃认任纫韧润闰肾甚渗慎顺瞬问信衅训讯迅汛驯逊殉印孕运韵酝蕴阵振镇震

十六、唐韵 [ang iang uang]

阴平：肮帮邦梆仓苍舱沧昌猖疮窗当裆方坊芳冈刚纲缸钢肛光夯荒慌江姜将浆僵疆缰康糠慷筐乓枪腔桑伤商双霜汤汪乡相箱厢湘镶央殃秧鸯脏赃张章彰樟庄装妆桩

阳平：昂藏长肠尝偿常裳床防妨肪房航杭皇黄煌凰惶蝗螳簧扛狂郎狼廊琅榔良凉梁粮梁忙芒茫氓囊娘旁庞螃强墙瓤唐堂塘膛糖棠搪亡王详祥翔扬羊阳杨洋

上声：绑榜膀厂场敞闯挡党仿访纺岗港广晃谎恍幌讲奖桨蒋朗两莽抢嚷壤攘嗓晌赏爽倘躺淌网往枉享响想仰养氧痒涨掌

去声：傍棒蚌谤磅镑畅倡唱创荡档放杠逛匠降酱抗炕亢况旷矿框眶浪亮谅辆量晾酿胖呛让丧上尚烫趟妄忘旺望向巷项象像橡样漾葬丈仗帐胀障杖账壮状撞幢

十七、庚韵 [eng ing]

阴平：崩绷冰兵称撑铛灯登蹬丁叮盯丰风封疯峰锋蜂枫更耕羹庚哼京经茎惊荆晶睛精兢鲸坑吭砰烹乒青轻倾清蜻氢卿扔僧升生声牲笙甥厅听翁嗡兴星腥猩应英樱鹰莺婴缨鹦增憎争征睁筝蒸怔狰

阳平：层曾成呈承诚城乘惩程澄橙逢缝冯恒横衡棱楞伶灵铃陵零龄玲凌翎菱蛉羚聆萌盟蒙朦檬名明鸣铭螟

冥能宁凝拧狞柠朋棚蓬膨彭硼鹏澎篷平评凭苹瓶萍坪屏情晴擎仍绳疼腾誊藤亭庭停蜓廷刑行形型邢迎盈营蝇赢荧莹萤

上声：丙柄饼秉禀逞等顶鼎讽埂耿梗井颈景警阱恐冷岭领猛锰捧顷请省眚挺艇统醒影颖永咏泳整拯

去声：蹦泵并病蹭秤凳邓瞪钉订定锭凤奉净径竞竟敬境静镜靖愣令另孟梦命泞碰庆胜圣盛剩瓮杏姓幸性映硬赠挣正证郑政症

十八、东韵【ong iong】

阴平：充冲匆葱聪囱东冬工弓公功攻供宫恭躬蚣轰哄烘空松通凶兄胸匈汹佣拥庸中忠终钟盅衷宗棕踪综

阳平：虫崇从丛红宏洪虹鸿弘龙笼聋隆咙胧窿农浓脓穷琼绒荣容熔融茸溶蓉榕戎同桐铜童彤瞳雄熊

上声：宠董懂巩汞拱窘孔垄拢冗桶筒捅勇涌蛹踊肿种总

去声：动冻栋洞共贡控弄宋诵送颂讼痛用众重仲纵

常用词谱

注：本词谱主要依据岳麓书社 2000 年 10 月版《康熙词谱》体式、参照人民文学出版社 2011 年 9 月版《白香词谱》体式而编制，所选词例大致相同，并添加了"指要"部分。

词谱中，"—"表示平声，"｜"表示仄声，"+"表示可平可仄，"△"表示押平声韵，"▲"表示押仄声韵。在普通话中，"阴平"、"阳平"称为"平声"，而上声、去声称为"仄声"。

常用词谱目录

十六字令......344 页	南歌子......345 页	渔歌子......345 页	忆江南......346 页
忆王孙......346 页	如梦令......347 页	长相思......347 页	相见欢......348 页
浣溪沙......348 页	卜算子......349 页	菩萨蛮......349 页	忆秦娥......350 页
清平乐......350 页	阮郎归......351 页	西江月......351 页	浪淘沙......352 页
鹧鸪天......353 页	鹊桥仙......353 页	虞美人......354 页	南乡子......354 页
一剪梅......355 页	临江仙......355 页	蝶恋花......356 页	行香子......356 页
满江红......357 页	满庭芳......358 页	水调歌头......358 页	扬州慢......359 页
念奴娇......360 页	桂枝香......360 页	望海潮......361 页	沁园春......362 页

十六字令

词谱：

—△+｜——｜｜—△——｜，+｜｜——△

词例：

天

宋·蔡伸

天，休使圆蟾照客眠。人何在？桂影自婵娟。

指要：

1、单调小令，四句，三平韵；只十六字，因得名。长短句交错，七言、五言为律句，"一"可不论。

2、最重要的是突兀而起的第一个字，要直接点明主题或指明要描写的对象。

3、此词短小灵动，既可用以写景抒情，也可叙事言理，适合表达较短时间内或瞬间的感受。

南歌子

词谱：

｜｜——｜，——＋｜－△ ＋－－＋｜｜－－△ ＋｜＋－＋｜｜——△

词例：

南歌子　　　　　　　　　唐·张泌

柳色遮楼暗，桐花落砌香。画堂开处晚风凉。高卷水晶帘额、衬斜阳。

南歌子　　　　　　　　　毛熙震

惹恨还添恨，牵肠即断肠。凝情不语一枝芳，独映画帘闲立、绣衣香。
暗想为云女，应怜傅粉郎。晚来轻步出闺房，髻慢钗横无力、纵猖狂。

指要：

1、单调，四句，二十六字，三平调。可重复填一片，即为双调；如词例中毛熙震词。

2、开头两句五言，须平仄对仗。双调上下片开头以两个对偶五言句领起，是为"双拽头"。结尾为九言句，可断为六、三读（顿）句，须蝉联不断，可读（顿）不可句。

3、此调舒缓流走，一般适合于表达比较轻松欢快的情绪和热闹的场面，偶用于怀旧伤情者。

渔歌子

词谱：

＋｜——｜｜－△ ＋－－｜｜——△ －｜｜，｜－－△ ＋－

＋｜｜——△

词例：

渔歌子　　　　　　　　　唐·张志和

西塞山前白鹭飞，桃花流水鳜鱼肥。青箬笠，绿蓑衣，斜风细雨不须归。

指要：

1、有平韵格、仄韵格。常格为单调平韵小令，五句，二十七字，四平韵。通篇看，近似七绝，只是将第三句拆为两个对偶的三言句，后句押韵。单调重复一次，就成双调。

2、此调轻快明朗，可用于写乐景，表达欢快飘逸的情绪。

忆江南

词谱：

—＋｜，＋｜｜——△＋｜＋——｜｜，＋—＋｜｜——△
＋｜｜——△

词例：

忆江南　　　　　　　　　唐·白居易

江南好，风景旧曾谙。日出江花红胜火，春来江水绿如蓝，能不忆江南？

望江南　　　　　　　　　宋·欧阳修

江南蝶，斜日一双双。身似何郎曾傅粉，心如韩寿爱偷香。天赋与轻狂。微雨过，薄翅腻烟光。才伴游蜂来小苑，又随飞絮过东墙。长是为花忙。

指要：

1、此调又名"梦江南"，"望江南"。单调，五句，二十七字，三平韵。三言句突兀起笔，五言句搭配协调；中间两句为讲究平仄对仗的律句，也可不对仗；末句独立完整句，宜扎实落稳。可重复填一片，即为双调；如词例中欧阳修词。

2、此调节奏明快，朗朗上口，适宜写小景与柔和美好之情。

忆王孙

词谱：

＋—＋｜｜——△＋｜——＋｜—△＋｜——＋｜—△｜——

△ ＋｜－－＋｜－△

词例：

忆王孙　　　　　　　　宋·秦观

萋萋芳草忆王孙，柳外楼高空断魂。杜宇声声不忍闻，欲黄昏，雨打梨花深闭门。

指要：

1、单调，三十一字，五句均用平韵。其中四句为七言律句，第一、二句为平仄相对的复句，第三句自成完整一句；第二、第三、第五句皆为仄起平收式。

2、本调清新绵邈，适用于写景抒情、怀念、述怀。

如梦令

词谱：

＋｜＋－＋｜▲ ＋｜＋－＋｜▲ ＋｜｜－－，＋｜＋－＋｜▲ ＋｜▲ ＋｜▲（重叠）＋｜＋－＋｜▲

词例：

如梦令　　　　　　　　南唐·李存勖

曾宴桃源深洞，一曲舞鸾歌凤。长记别伊时，和泪出门相送。如梦，如梦，残月落花烟重。

指要：

1、单调，七句，三十三字，五仄韵，一叠韵。四个六言句皆为仄起仄收式，"一三五可不论"。

2、此调是仄韵格中较短词调，叠句别具韵味，适于写景、咏物、抒情。

长相思

词谱：

＋＋－△ ＋＋－△（叠韵）＋｜－－＋｜－△ ＋－＋｜－△ ＋＋－△ ＋＋－△（叠韵）＋｜－－＋｜－△ ＋－＋｜－△

词例：

长相思　　　　　　　　唐·白居易

汴水流，泗水流，流到瓜洲古渡头。吴山点点愁。　思悠悠，恨悠悠，恨到何时方始休。月明人倚楼。

指要：

1、双调，八句，三十六字。上下片格式相同，各三平韵、一叠韵。每片起首为两个后两字叠字叠韵的三言对偶句，其余五言、七言句皆为律句。

2、调名含思念丝缕络绵之意。此调句句押韵，紧促激袅，一般用来写相思之情或羁旅伤怀之感。

相见欢

词谱：

　　＋—＋｜——△｜——△＋｜＋——｜｜——△　＋—｜▲（换仄韵）＋—｜▲｜——△（归平韵）＋｜＋——｜｜——△

词例：

相见欢　　　　　　南唐·李煜

无言独上西楼，月如钩。寂寞梧桐深院锁清秋。　剪不断，理还乱，是离愁，别是一般滋味在心头。

指要：

1、双调，七句，三十六字，前片三句三平韵，下片换片处换二仄韵，再接二平韵，平仄韵同部交错，句句入韵。此调三六九句型长短搭配，形成了起伏跌宕的节奏感。

2、此调往往适用于表达矛盾纠葛、悲凉激愤心绪，可写景抒情，抒写离愁别恨、哀怨纠缠之情。

浣溪沙

词谱：

　　＋｜＋—＋｜—△＋—＋｜｜——△＋—＋｜｜——△　＋｜＋——｜｜，＋—＋｜｜——△＋—＋｜｜——△

词例：

浣溪沙　　　　　　宋·晏殊

一曲新词酒一杯，去年天气旧亭台。夕阳西下几时回？　无可奈何花落去，似曾相识燕归来。小园香径独徘徊。

指要：

1、双调，六个七言律句，四十二字。上片三平韵，下片二平韵，韵脚颇密。上下片首联平仄对仗，第三句平仄同第二句，独句入韵，是前两句内容的补充说明。

2、此调音节和婉，名作颇多，宜用于写离情、闲情、恋情、愁情、怀远、愁梦、赠别、咏物等。

卜算子

词谱：

十｜｜——，十｜——｜▲十｜——｜｜—，十｜——｜▲
十｜｜——，十｜——｜▲十｜——｜｜—，十｜——｜▲

词例：

卜算子·送鲍浩然之浙东　　　　　　宋·王观

水是眼波横，山是眉峰聚。欲问行人去那边？眉眼盈盈处。　才始送春归，又送君归去。若到江南赶上春，千万和春住。

指要：

1、双调，八句，四十四字，上、下片格式相同，各二仄韵。以五言为主，七言穿插中间，上片起式两句对偶。

2、此调整齐规整中含寓起伏跌宕的变化，适于绘景状物、借物咏怀，可抒发幽峭深邃之情。

菩萨蛮

词谱：

十—十｜——｜▲十—十｜——｜▲十｜｜——△（换平韵）十—十｜—△　十——｜｜▲（再换仄韵）十｜十—｜▲十｜｜——△（再换平韵）十—十｜—△

词例：

菩萨蛮　　　　　　唐·李白

平林漠漠烟如织，寒山一带伤心碧。暝色入高楼，有人楼上愁。　玉阶空伫立，宿鸟归飞急。何处是归程？长亭连短亭。

指要：

1、双调，四十四字，八个律句，八韵，上、下片皆为二仄韵转二平韵，平仄韵不同部。两个七言句相粘，六个五言句大致相对相粘；起伏跌宕，急促转低抑。

2、此调平仄转韵，情调火爆激烈，闪烁转换，可以赞歌，也可怒斥和调侃；喜怒哀乐，皆可抒写。名作较多，题材颇广。

忆秦娥

词谱：

一十｜▲ 十一十｜一一｜▲ 一一｜▲（叠句叠韵）十一十｜，｜一一｜▲　十一十｜一一｜▲ 十一十｜一一｜▲ 一一｜▲（叠句叠韵）十一十｜，｜一一｜▲

词例：

忆秦娥　　　　　　唐·李白

箫声咽，秦娥梦断秦楼月。秦楼月，年年柳色，灞陵伤别。　乐游原上清秋节，咸阳古道音尘绝。音尘绝，西风残照，汉家陵阙。

指要：

1、双调，四十六字。上、下片各五句，三仄韵加一叠韵，古用入声韵，新韵可用仄声为韵。全词共三言、四言、七言三种句型，上下片第三句与前面七言句之三字尾叠字叠韵。

2、此调韵脚密，仄韵促迫，极富抒情性，通常适用于表达悱恻哀悼、激昂悲壮等复杂心绪，而不适合抒写欢快闲适之情。所写内容当与长短交错，缓急跌宕的句式、声韵的变化相契合。

清平乐

词谱：

十一十｜▲ 十｜一一｜▲ 十｜十一一｜｜▲ 十｜十一十｜▲　十一十｜一一△（换平韵）十一十｜一一△ 十｜十一十｜，十一十｜一一△

词例：

清平乐　　　　　　宋·晏殊

红笺小字，说尽平生意。鸿雁在云鱼在水，惆怅此情难寄。　斜阳独倚西楼，遥山恰对帘钩。人面不知何处，绿波依旧东流。

指要：

1、双调，八句，四十六字。上片四仄韵，下片换三平韵，上下两片押韵不必属同一韵部，属平仄转换的密韵格。上片为四言、五言、七言、六言句，下片全为六言句。六言句只有仄起仄收、平起平收二种句型。

2、此调上片用仄韵，长短句交替，显得音律拗怒、激烈昂奋；下片用平韵，全为六言双音节奏，变得舒畅和谐。前起后落，疾缓分明。题材内容及情感表达，既可哀伤愁怨，激情壮烈，亦可喜庆，从容悠闲，还可前后转折，随境而定。

阮郎归

词谱：

＋｜－－｜｜－－△－－＋｜－△＋－＋｜｜－－△＋－＋｜－△－｜｜，｜－－△＋－＋｜－△＋－＋｜｜－－△＋－＋｜－△

词例：

阮郎归　　　　　　南唐·李煜

东风吹水日衔山，春来长自闲。落花狼藉酒阑珊。笙歌醉梦间。　春睡觉，晚妆残，无人整翠鬟。留连光景惜朱颜，黄昏独倚阑。

指要：

1、双调，四十七字，九句，上片四句四平韵，下片五句四平韵。通篇三个七言句、四个五言句，皆为律句；下片换头，两个三言句平仄对仗。

2、此调所赋内容，多与调名"归"沾边。平仄相间，用韵密，给人以缠绵悱恻之感，可用来抒写男女感怀、羁旅思乡、怀人怀旧、山水幽情等题材。

西江月

词谱：

＋｜＋－＋｜，＋－＋｜－－△＋－＋｜｜－－△＋｜＋－＋｜▲

351

（叶仄）① 　　＋｜＋－＋｜，＋－＋｜－－△＋－＋｜｜－－△＋｜＋－＋｜▲（叶仄）

词例：

西江月·夜行黄沙道中　　　　宋·辛弃疾

明月别枝惊鹊，清风半夜鸣蝉。稻花香里说丰年，听取蛙声一片。　七八个星天外，两三点雨山前。旧时茅店社林边，路转溪桥忽见。

指要：

1、双调，五十字，八句六韵，上下片结构同，各二平韵协一仄韵，平仄转同部韵字；开初两句习用对偶，为双拽头。全词以六言律句为主，有仄起仄收、平起平收式两种句式。

2、此调明快，表现力强，既可用于写景叙事咏物，又可用来抒发感慨，词家多喜用之。

浪淘沙

词谱：

＋｜｜－－△＋｜－－△＋－＋｜｜－－△＋｜＋－－｜｜，＋｜－－△　＋｜｜－－△＋｜－－△＋－＋｜｜－－△＋｜＋－－｜｜，＋｜－－△

词例：

浪淘沙　　　　南唐·李煜

帘外雨潺潺，春意阑珊，罗衾不耐五更寒。梦里不知身是客，一晌贪欢。独自莫凭栏，无限江山，别时容易见时难。流水落花春去也，天上人间！

指要：

1、双调，十句，五十四字，上、下片各四平韵。只有四言、五言、七言三种句式，上下片第一、二、三句连续贯气而下，相对独立而又排比推进，恰如白居易诗中所形容"一泊沙来一泊去，一重浪灭一重生"，确有大浪淘沙之感。能写出这种跌宕变化的声韵节奏感，方得此调妙要。

2、此词填者甚多，音调激越凄壮，意多哀怨悲切。宜用于心绪激荡时，

---

① 叶仄：仄即仄韵，"叶"又称"协"，即与上句所押之韵，同属一韵部。词例中，"片"押仄声韵，与前面押平声韵的"蝉"、"年"，同属一韵部；此即"中仄"。

表现历史、人生感慨或相思念远之情。

鹧鸪天

词谱：

＋｜－－＋｜－△ ＋－＋｜｜－－△ ＋－＋｜－－｜，＋｜－－＋｜－△ －｜｜，｜－－△＋－＋｜｜－－△＋－＋｜－－｜，＋｜－－＋｜－△

词例：

鹧鸪天　　　　　　　宋·晏几道

彩袖殷勤捧玉钟，当年拚却醉颜红。舞低杨柳楼心月，歌尽桃花扇底风。从别后，忆相逢，几回魂梦与君同。今宵剩把银釭照，犹恐相逢是梦中。

指要：

1、双调五十五字，九句六平韵，通篇浑似七律，只将第五句变为两个三言句，后句押韵。于整齐中寓含变化，既有律诗之严整，又有长短句之参差。音韵和谐，凡熟悉律诗者，用此调为即兴之作则十分顺手。

2、此调情意委婉细腻，易于表达欲露不露之情怀，为言情佳作，适用于述怀、酬答、赠别、祝寿、即事、咏物、写景等。

鹊桥仙

词谱：

＋－＋｜，＋－＋｜，＋｜＋－－｜▲＋－＋｜｜－－，｜＋｜、－－＋｜▲　＋－＋｜，＋－＋｜，＋｜＋－＋｜▲＋－＋｜｜－－，｜＋｜、－－＋｜▲

词例：

鹊桥仙　　　　　　　宋·秦观

纤云弄巧，飞星传恨，银汉迢迢暗度。金风玉露一相逢，便胜却人间无数。柔情似水，佳期如梦，忍顾鹊桥归路。两情若是久长时，又岂在朝朝暮暮！

指要：

1、双调，十句，五十六字，四仄韵，用韵较疏，上下片结构完全相同，开片皆用两个四言句带动一个六言句领起，为双拽头。

2、此调句式结构严谨，节奏流畅，多用来写男女悲欢离合之情，亦可用于表达拗怒、郁闷感慨方面的题材，也有用于写农村风物、闲情逸趣者。

虞美人

词谱：

＋－＋｜－－｜▲＋｜－－｜▲＋－＋｜｜－－△＋｜＋－－｜｜－－△　＋－＋｜－－｜▲＋｜－－｜▲＋－＋｜｜－－△＋｜＋－－｜｜－－△

词例：

虞美人　　　　　南唐·李煜

春花秋月何时了？往事知多少。小楼昨夜又东风，故国不堪回首月明中。雕栏玉砌应犹在，只是朱颜改。问君能有几多愁？恰似一江春水向东流。

指要：

1、双调，八句，五十六字，上下片重叠，各二仄韵换二平韵，末句九言可划为二／七读（顿）句，七言、五言皆为律句。句句用韵，不同韵部的平仄韵转换。

2、此调凄婉沉郁，偏于委婉感伤者多，大多用于写羁旅思乡、家国之恨、离愁别绪、咏物慨叹、伤春病酒等题材。

南乡子

词谱：

＋｜｜－－△＋｜－－｜｜－△＋｜＋－－｜｜，－－△＋｜－｜｜｜－△　－＋｜－△＋｜－－｜｜－△＋｜＋－－｜｜，－－△＋｜－－｜｜－△

词例：

南乡子·登京口北固亭有怀　　　　　宋·辛弃疾

何处望神州？满眼风光北固楼。千古兴亡多少事？悠悠。不尽长江滚滚流。年少万兜鍪，坐断东南战未休。天下英雄谁敌手？曹刘。生子当如孙仲谋。

指要：

1、双调，十句，五十六字，八平韵，上、下片格式相同。每片皆由五言律句携仄起式七言律句领起，而后为两个仄起式七言律句夹节奏突变的二言短韵句，词调富于跳跃性，偏于激昂，具有震撼力。

2、此词既可沉郁婉约，也可雄浑豪放；适于抒发悲怆感慨、起伏跌宕的心绪，可即景抒情，托物寄意，登临怀古，怀旧悼亡。

一剪梅

词谱：

＋｜——＋｜－△ ＋｜——，＋｜——△ ＋－＋｜｜——，＋｜——，＋｜——△　＋｜——＋｜－△ ＋｜——，＋｜——△ ＋－＋｜｜——，＋｜——，＋｜——△

词例：

一剪梅　　　　　　宋·李清照

红藕香残玉簟秋。轻解罗裳，独上兰舟。云中谁寄锦书来？雁字回时，月满西楼。　花自飘零水自流。一种相思，两处闲愁。此情无计可消除，才下眉头，却上心头。

指要：

1、双调，十二句，六十字，通篇由一个七言律句带两个四言句的四组句式组合而成。上、下片平仄格式相同，每片三平韵；不过，结句也可叠字叠韵，则下片增一韵，如李清照词。

2、此调长短句交错，四言偶句为主，可叠字叠韵，声情低抑，宜于委婉抒发细腻复杂之情，或用于抒写叹息伤悲之感慨。

临江仙

词谱：

＋｜＋——｜｜，＋－＋｜——△——＋｜｜——△ ＋－－｜｜，＋｜｜——△　＋｜＋——｜｜，＋－＋｜——△——＋｜｜——△ ＋－－｜｜，＋｜｜——△

词例：

临江仙　　　　　　宋·侯蒙

未遇行藏谁肯信，如今方表名踪。无端良匠画形容。当风轻借力，一举入高空。　才得吹嘘身渐稳，只疑远赴蟾宫。雨余时候夕阳红。几人平地上，

355

看我碧霄中。

指要：

1、双调，十句，六十字。六平韵。上、下片格式同，各有一组五言律句相对，七言律句夹六言句，格局工整，音节和婉平缓。

2、此调清新绵邈，适于写景抒情、怀人忆旧、送别伤怀，亦可写羁旅苦况、家国之悲。

蝶恋花

词谱：

　　＋｜＋－－｜｜▲＋｜－－，＋｜－－｜▲＋｜＋－－｜｜▲＋－＋｜－－｜▲　＋｜＋－－｜｜▲＋｜－－，＋｜－－｜▲＋｜＋－－｜｜▲＋－＋｜－－｜▲

词例：

蝶恋花　　　　　　　　　宋·柳永

伫倚危楼风细细。望极春愁，黯黯生天际。草色烟光残照里。无言谁会凭阑意。　　拟把疏狂图一醉。对酒当歌，强乐还无味。衣带渐宽终不悔。为伊消得人憔悴。

指要：

1、双调，六十字，通篇八句中有六句为七言律句。上下片各五句，四仄韵。每片开始用七言入韵的语意完整的独句，接着四言、五言两句，变换节奏，复回七言一联作结，活而不乱。

2、用仄韵较密，显得拗怒；但每句平仄相间，以和谐之音调节，又显得情意委婉。故此调既适合表达幽峭之情，又可抒细腻缠绵之意。名篇佳作不少。名为"蝶恋花"，写作宜与情事相关为好。

行香子

词谱：

　　＋｜－－△＋｜－－△＋－＋、＋｜－－△＋－＋｜，＋｜－－△＋－＋｜，＋－｜，＋－－△　＋－＋｜，＋｜－－△＋－＋、＋｜－－△＋－＋｜，＋｜－－△｜＋－＋，＋－｜，｜－－△

词例：

行香子　　　　　　　宋·苏轼

一叶舟轻，双桨鸿惊。水天清、影湛波平。鱼翻藻鉴，鹭点烟汀。过沙溪急，霜溪冷，月溪明。　　重重似画，曲曲如屏。算当年，虚老严陵。君臣一梦，今古空名。但远山长，云山乱，晓山青。

指要：

1、双调，六十六字，上片八句五平韵，下片八句四平韵。此调有四言句十个，以"可平可仄、可仄平平"为基础句型；有三言句六个.上下片开头"双拽头"，以两个对偶四言句领起。每片倒数第三句，为前一后三结构。前边一字称"一字领"，领三句排偶。

2、此调音节流利、畅达、优美，名称偏于褒扬，既可叙事、绘景、状物，又可议论抒情。一般多用以即景抒情，表现轻松、洒脱、闲散舒适的心情，也可叹恨，还可咏唱三百六十行。

满江红

词调：

+｜——，—+｜、+—+｜▲—｜｜，｜——｜，｜—+｜▲
+｜+——｜｜，+—+｜——｜▲+++，+｜｜——，——｜▲
++｜，—｜｜▲—｜｜，——｜▲—｜+｜，｜——｜▲+｜+—
—｜｜，+—+｜——｜▲+++，+｜｜——，——｜▲

词例：

满江红　　　　　　　宋·岳飞

怒发冲冠，凭栏处、潇潇雨歇。抬望眼，仰天长啸，壮怀激烈。三十功名尘与土，八千里路云和月。莫等闲、白了少年头，空悲切。　　靖康耻，犹未雪。臣子恨，何时灭！驾长车，踏破贺兰山缺。壮志饥餐胡虏肉，笑谈渴饮匈奴血。待从头、收拾旧山河，朝天阙。

指要：

1、双调九十三字，上片八句四仄韵，下片十句五仄韵，古用入声韵，今可用仄声为韵。多用顿号，偏于曲折顿挫之感，又运用三言排偶及七言对偶，呈现奔放之势，矛盾对立统一。

2、此调繁音促节，音律拗折，声情激越雄浑，慷慨悲壮，宜抒豪壮情感与恢宏抱负，亦偶有用于感情低沉者。

满庭芳

词谱：

+｜— —，+ — +｜，+ — +｜ — — △ + — +｜，+｜｜ — — △
+｜+ — +｜，+ +｜、+｜ — — △ + — ｜，+ — +｜，+｜｜ — — △
+ — — ｜｜，+ — +｜，+｜ — — △ ｜+｜+ —，+｜ — — △
+｜+ — +｜，+ +｜、+｜ — — △ — — ｜，+ — +｜，+｜｜ — — △

词例：

满庭芳　　　　　　　　　　宋·晏几道

南苑吹花，西楼题叶，故园欢事重重。凭栏秋思，闲记旧相逢。几处歌云梦雨，可怜便、流水西东。别来久，浅情未有，锦字系征鸿。　年光还少味，开残槛菊，落尽溪桐。漫留得尊前，淡月西风。此恨谁堪共说，清愁付、绿酒杯中。佳期在，归时待把，香袖看啼红。

指要：

1、双调长词，九十五字，上下片各十句四平韵。前后片用三、四豆（顿）句调整节奏，唯后五句格式相同，其余不同。上片以两个对偶的四言句携六言句开篇，下片过片三句为五言句携两个四言句，第四句则为一四结构的五字句。也有将过片前五言设为二言、三言句的，如周邦彦《满庭芳·夏日溧水无想山作》过片处为"年年。如社燕，飘流翰海，来寄修椽"。

2、此调平仄相间，韵脚较疏，格局摇曳多姿，婉约缠绵，调名"满庭芳"，含蕴美好吉祥之意，可描绘绮丽景色，咏物寄意，叙事抒情，抒发积极乐观心情，或抒发缠绵的离情别绪。

水调歌头

词谱：

+｜｜ — ｜，+｜｜ — — △ + — +｜ — +，+｜｜ — — △ +｜ — +｜，+｜ — — +｜，+｜｜ — — △ ｜+｜，+｜｜，｜ — — △ + — +｜，— ｜+｜｜ — — △ +｜ — —

＋｜，＋｜｜――＋｜，＋｜｜――△＋｜――｜，＋｜｜――△

词例：

水调歌头　　　　　　　　宋·苏轼

明月几时有？把酒问青天。不知天上宫阙，今夕是何年。我欲乘风归去，又恐琼楼玉宇，高处不胜寒。起舞弄清影，何似在人间。　　转朱阁，低绮户，照无眠。不应有恨，何事长向别时圆？人有悲欢离合，月有阴晴圆缺，此事古难全。但愿人长久，千里共婵娟。

指要：

1、此调有平韵格、平仄错叶格。《康熙词谱》中的平韵格正体为双调，十九句，九十五字，上片九句四平韵，下片十句四平韵，词例为宋代毛滂的《水调歌头》（九金增宋重）。平仄错叶格即在以上平韵基础上，上片五、六句、下片六、七句夹不同韵部的仄韵，如以上苏轼词。初学者可以不夹仄韵。

2、此调以五言、六言句为主，夹三言、四言、七言而错落有致，若只用平韵则为八韵，用韵不密；格局纵横捭阖，音韵和谐，刚柔相济，可用于抒发豪逸激荡、气势磅礴、慷慨高昂之情，也可指责贬斥、浇胸中郁闷块垒．

扬州慢

词谱：

＋｜――，＋－＋｜，＋－＋｜――△｜――＋｜，＋＋｜－△｜＋｜、－－＋｜，＋－＋｜，＋｜――△｜－－、＋＋－＋，－｜――△　　＋－＋｜，｜――、＋｜――△｜＋｜――，＋－＋｜，＋｜――△｜｜＋－－｜，－－｜、＋｜――△｜＋－－｜，＋－＋｜－－△

词例：

扬州慢　　　　　　　　宋·姜夔

淮左名都，竹西佳处，解鞍少驻初程。过春风十里，尽荠麦青青。自胡马、窥江去后，废池乔木，犹厌言兵。渐黄昏、清角吹寒，都在空城。　　杜郎俊赏，算而今、重到须惊。纵豆蔻词工，青楼梦好，难赋深情。二十四桥仍在，波心荡、冷月无声。念桥边红药，年年知为谁生。

指要：

1、双调，九十八字，上片十句四平韵、下片九句四平韵，通篇以四言、六言句为主体，起看两句四言，宜作对仗。四句五言句全为前一后四句式，前一字为领格字；四个七言句皆可断为三、四读（顿）句。结尾处第八句之前一字领起两句。

2、此调较悲怆，前人大多在忆古抚今、吟物寄意中抒发感慨。

念奴娇

词谱：

＋－＋｜，｜＋－＋｜，＋＋－｜▲＋｜＋－－｜｜，＋｜＋－－｜▲＋｜－－，＋－＋｜，＋｜－－｜▲＋－－｜，｜－－｜＋｜▲
＋｜＋｜－－，＋－＋｜，＋＋－｜▲＋｜＋－－｜｜，＋｜＋－－｜▲＋｜－－，＋－＋｜，＋｜－－｜▲＋－－｜，｜－－｜－｜▲

词谱：

念奴娇　　　　　　　　　　宋·苏轼

凭高眺远，见长空万里，云无留迹。桂魄飞来光射处，冷浸一天秋碧。玉宇琼楼，乘驾来去，人在清凉国。江山如画，望中烟树历历。　　我醉拍手狂歌，举杯邀月，对影咸三客。起舞徘徊风露下，今夕不知何夕。便欲乘风，翻然归去，何用骑鹏翼？水晶宫里，一声吹断横笛。

指要：

1、《康熙词谱》载苏轼别词"大江东去"为变体，谱内无可平可仄字，难填。此调仄韵词以此首"凭高眺远"为正体。双调一百字，二十句，上下片各四仄韵。以四言为多，六言稍次，三、五、七言夹杂，起式不凡，长短错落有致，结尾痛快淋漓，用韵激烈，格调流畅，古用入声韵，当今则可用仄声替代。

2、此调音节高亢豪壮，纵横捭阖，英雄豪杰之士多喜用之。适于写豪放激昂之情，亦可作悲壮苍凉之调。

桂枝香

词谱：

＋－＋｜▲＋｜＋－－，＋＋－｜▲＋｜－－｜｜，｜－－｜▲＋－＋｜－－｜，｜－－、＋＋－｜▲｜－－｜，＋－＋｜，＋－－｜▲

|＋＋、－－||▲|＋|－＋，＋＋－|▲＋|－－，＋||－－|▲＋－＋|－－|，|－－＋＋－|▲＋－＋|，＋－＋＋，|－－|▲

词例：

桂枝香　　　　　　　　　宋·王安石

登临送目。正故国晚秋，天气初肃。千里澄江似练，翠峰如簇。征帆去棹残阳里，背西风、酒旗斜矗。彩舟云淡，星河鹭起，画图难足。　念往昔、繁华竞逐，叹门外楼头，悲恨相续。千古凭高，对此漫嗟荣辱。六朝旧事随流水，但寒烟衰草凝绿。至今商女，时时犹唱，《后庭》遗曲。

指要：

1、双调，二十句，一百零一字。上、下片各五仄韵，古用入声韵部，今可用仄声为韵。

2、上、下片第二句均为前一后四句法，前一字为领字，宜用去声。上片第七句、下片第一句为三、四豆（顿）句法。

3、名曰《桂枝香》，含有赞颂之意。此调声情较为激壮，可用于登临凭吊、借古论今、托物寄慨，发挥得好，有可能写出具有时代精神的佳篇。

望海潮

词谱：

＋－－|，－－＋|，＋－＋|－－△－||－，－－||，＋－＋|－－△＋||－－△|＋＋＋|，＋|－－△＋|－－，＋＋＋|，|－－△　＋－＋|－－△|＋－||，＋|－－△－||－，－－||，＋－＋|－－△＋||－－△＋＋－＋|，＋|－－△＋|－－＋|，＋||－－△

词例：

望海潮　　　　　　　　　宋·柳永

东南形胜，三吴都会，钱塘自古繁华。烟柳画桥，风帘翠幕，参差十万人家。云树绕堤沙。怒涛卷霜雪，天堑无涯。市列珠玑，户盈罗绮，竞豪奢。

重湖叠巘清佳。有三秋桂子，十里荷花。羌管弄晴，菱歌泛夜，嘻嘻钓叟莲娃。千骑拥高牙，乘醉听箫鼓，吟赏烟霞。异日图将好景，归去凤池夸。

指要：

1、双调，一百零七字，上片十一句五平韵，下片十一句六平韵。以"四言四言六言"组合为主旋律，以"五言五言四言"组合为副旋律；偶字句双节奏颇多，给人以通畅流利之感。

2、下片第二句为前一后四字句法，前一字为领格字；起首两句和上、下片四、五两句均为四言对仗。

3、此调以偶字句组合为主，夹五言、七言句，整饬中有变化，音节和谐，清新绵邈，适宜表现富丽繁华与雍容和悦气象，可以欣喜，可以怒怨，可以悲壮，还可抒写纠葛复杂心绪，表达奔放情怀。

沁园春

词谱：

＋＋－－，＋＋＋＋，＋＋＋－△｜＋－＋｜，＋－＋｜，＋－＋｜，＋｜－－△＋｜－－，＋－＋｜，＋｜－－＋｜－△＋－｜，＋＋－＋｜，＋｜－－△　＋－＋｜－－△＋＋｜，＋－＋｜－△｜＋－＋｜，＋－＋｜，＋－＋｜，＋｜－－△－｜－－，＋－＋｜，＋｜－－＋｜－△＋＋｜，｜＋－＋｜，＋｜－－△

词例：

沁园春　　　　　宋·苏轼

孤馆灯青，野店鸡号，旅枕梦残。渐月华收练，晨霜耿耿，云山摛锦，朝露漙漙。世路无穷，劳生有限，似此区区长鲜欢。微吟罢，凭征鞍无语，往事千端。　当时共客长安，似二陆初来俱少年。有笔头千字，胸中万卷，致君尧舜，此事何难。用舍由时，行藏在我，袖手何妨闲处看。身长健，但优游卒岁，且斗尊前。

指要：

1、双调，一百一十四字，上片十三句四平韵，下片十二句五平韵。通篇以四言句为基本旋律，开头以三个四言句领起，中间一长串四言句流泻，结尾四言句作收，中间穿插三言、五言、七言句，调整缓急。

2、上片第四句与下片第三句，以一个去声字领起四言四句；四个四言句常用对仗，如苏词上片"月华收练，晨霜耿耿"对"云山摛锦，朝露漙漙"，下片"笔头千字"对"胸中万卷"。上下片结尾均以一去声字领起四言二句。

4、此调体式流畅，用韵较疏，便于作者放笔直书，故显得格局开张，气雄势贯，适于抒写豪迈旷远的壮阔情怀，抒情、写景，咏物，叙事均可。

常用曲谱

注：编辑"常用的曲谱"的依据，以汇集传统曲谱并参照元曲作品择善整理而成的上海辞书出版社2008年4月第二版、蒋星煜主编的《元曲鉴赏辞典》一书附录《元北曲谱简编》、中国妇女出版社1996年2月版、贺新辉主编的《元曲鉴赏辞典》一书附录《常见曲谱介绍》、上海古籍出版社1981年版、唐圭璋先生《元人小令格律》及《康熙曲谱》[①]中的北曲为准，同者照录，异者依大致合乎"平平仄仄相间"原则从宽，综合选编而成。

曲谱中，用"—"表示平声，"｜"表示仄声，"十"表示可平可仄。用"△"表示押平声韵，"▲"表示押仄声韵，"◣"表示押去声韵，"⊕"表示可押平声韵也可押仄声韵。

元曲有时须区分上声、去声，有时平声、上声可以通用。在必须区分上声、去声字时，用"上"表示上声字，用"去"表示去声字。用"上"（可平）表示为上声也可为平声，"▼"表示押上声韵也可押平声韵；用"—"（可上）表示为平声也可为上声，用"▽"表示押平声韵也可押上声韵。

本曲谱，以逗号、句号、问号等分开为一句，顿号前后文字联合起来才为一句。所举曲例，曲谱规定的正字用大字，另加的衬字则以小号斜体字标示。

常用曲谱目录

醉高歌......365 页　　落梅风......365 页　　天净沙......366 页　　四块玉......366 页
清江引......367 页　　节节高......367 页　　庆东原......367 页　　风入松......368 页

[①] 当代词曲大师卢前先生在《元人小令格律·序》中指出："清代《钦定曲谱》，北词全袭明宁献王《太和正音谱》，毫无考订。其间正衬不明，声韵不详，学者憾焉！"因而，只以《康熙曲谱》作为曲谱格式参照，不作为主要依据。

沉醉东风......368 页   小桃红......369 页   山坡羊......369 页   醉太平......370 页
叨叨令......370 页   普天乐......371 页   驻马听......371 页   人月圆......372 页
满庭芳......372 页   折桂令......373 页   十棒鼓......374 页
雁儿落过得胜令......374 页   骂玉郎带过感皇恩采茶歌......375 页

醉高歌

曲谱：

＋－＋｜——△＋｜——｜｜▲＋－＋｜——｜▲＋｜——去
上▼（可平）

曲例：

醉高歌·感怀　　　　　　　　元·姚燧

十年书剑长吁，一曲琵琶暗许。月明江上别湓浦，愁听兰舟夜雨。

指要：

1、此曲又名"最高楼"，小令、套数兼用，属中吕。体式与词调"西江月"近似。

2、全曲二十五正字，共四句；有四韵，其中一平韵、二仄韵、一为上声韵也可平韵。

落梅风

曲谱：

——｜，＋｜＋＋｜＋＋、｜——去▲＋—｜——去上▼（可平）｜＋＋、｜——去▲

曲例：

落梅风·潇湘夜雨　　　　　　　　元·马致远

渔灯暗，客梦回。一声声滴人心碎。孤舟五更家万里，是离人几行清泪。

指要：

1、此曲又名寿阳曲，小令套数兼用，属双调。

2、全曲二十七字，共五句；有四韵，其中二去声韵，一可平韵可仄韵，一为上声韵也可平声韵。

365

天净沙

曲谱：

+－+｜－－△ +－+｜－－△ +｜+－去上▼ +－+去▲
+－+｜－－△

曲例：

天净沙·秋思　　　　　　元·马致远

枯藤老树昏鸦，小桥流水人家，古道西风瘦马。夕阳西下，断肠人在天涯。

指要：

1、小令与套数兼用，属越调。

2、全曲二十八正字，共五句；有五韵，其中三平韵，一去声韵，一为上声韵也可平韵。

3、一、二句多用对仗，也可与第三句共为鼎足对。

四块玉

曲谱：

+｜－，－－｜▲ +｜－－｜－－△ +－+｜－－｜▲ +｜－，+｜－▽ +｜－▽

曲例：

四块玉·别情　　　　　　元·关汉卿

自送别，心难舍，一点相思几时绝？凭阑袖拂杨花雪。溪又斜，山又遮，人去也！

指要：

1、小令与套数兼用，属南吕。

2、全曲二十九正字，共七句；有五韵，其中二仄韵，一平韵，二为平韵也可上声韵。

3、末三句多用对仗，或二句相对，或三句作鼎足对。如元人刘时中《四块玉》末三句"门外山，壶内酒，林下叟"。

清江引

曲谱：

　　＋－｜＋$\overset{可上}{-}$｜上▼＋｜——去◣＋－＋｜－，＋｜——去◣＋｜——去$\overset{可平}{上}$▼

曲例：

清江引　　　　　贯云石

　　湘云楚雨归路杳，总是伤怀抱。江声搅暮涛，树影留残照。兰舟把愁都载了。

指要：

1、小令、套数兼用，属双调。

2、全曲二十九正字，共五句；有四韵，其中二为上声韵也可平韵，二为去声韵。

节节高

曲谱：

　　｜——｜▼｜——｜▼——去上，——上去▼｜｜－，——｜，＋｜－△去上——｜$\overset{可上}{-}$▽

曲例：

节节高·题洞庭鹿角庙壁　　　元·卢挚

　　雨晴云散，满江明月。风微浪息，扁舟一叶。半夜心，三生梦，万里别，闷倚篷窗睡些。

指要：

1、小令、套数可兼用；北曲与南曲不同。

2、此曲三十一正字，共八句；有五韵，其中三仄韵，一平韵，一为平韵也可上声韵。

庆东原

曲谱：

　　——｜，＋｜$\overset{可上}{-}$▽＋－＋｜——去◣＋－｜上$\overset{可平}{▼}$＋－｜上$\overset{可平}{▼}$＋｜——△＋｜｜——，＋｜——去◣

曲例：

庆东原·江头即事　　　　　　　　元·曹德

低茅舍，卖酒家，客来旋把朱帘挂。长天落霞，方池睡鸭，老树昏鸦。几句杜陵诗，一幅王维画。

指要：

1、小令、套数兼用，属双调。

2、此曲三十五正字，共八句；有六韵，其中一平韵，二去声韵，一为平韵也可上声韵，二为上声韵也可平韵。

3、首两句多对仗。四、五、六句多作鼎足对。

风入松

曲谱：

＋－＋｜｜－－△＋｜｜－－△＋－＋｜－－｜，｜－＋、＋｜－－△＋｜＋－＋｜，＋－＋｜－－△

风入松·九日　　　　　　　　元·张可久

琅琅新雨洗湖天。小景六桥边。西风泼眼山如画，有黄花休恨无钱，细看茱萸一笑，诗翁健似常年。

指要：

1、小令、套数兼用，属双调；与词调《风入松》同，取其一半。

2、全曲三十八正字，共六句，有四平韵。

沉醉东风

曲谱：

＋＋｜、－－｜上▽＋＋－、＋｜－－△＋｜－，－－｜▲｜－＋、＋｜－－，＋｜－－｜｜－△＋＋｜、－－去上▽

曲例：

沉醉东风·渔夫　　　　　　　　元·白朴

黄芦岸白苹渡口，绿杨堤红蓼滩头。虽无刎颈交，却有忘机友。点秋江白鹭沙鸥。傲杀人间万户侯，不识字烟波钓叟。

指要：

1、小令、套数兼用，属双调。

2、全曲四十一正字，共七句；有五韵，其中二为上声韵也可平韵、二平韵、一仄韵。

3、首两句多对仗，三、四句可对仗。

4、首两句可作六字句："＋｜——｜＋＋＋—＋｜——△"。如张可久的《沉醉东风·琼花》首两句"蝶粉霜匀玉蕊，鹅黄雪点冰肌"。

小桃红

曲谱：

＋—＋｜｜——△＋｜——｜▲＋｜——｜—去▲｜——△＋—＋｜——去▲＋—＋｜，＋—＋｜，＋｜｜——△

曲例：

小桃红　　　　　　元·杨果

采莲人和采莲歌，柳外兰舟过。不管鸳鸯梦惊破，夜如何？有人独上江楼卧。伤心莫唱，南朝旧曲，司马泪痕多。

摘要：

1、此曲又名"武陵春"、"采莲曲"，小令用，属越调。

2、全曲四十二正字，共八句；有六韵，其中三平韵、一仄韵、二去声韵。

山坡羊

曲谱：

＋—＋去，＋—＋去▲＋—＋｜——去▲＋———△｜——△＋—＋｜——去▲＋｜＋——去上▼—，＋去—▽—，＋去—▽

曲例：

山坡羊·潼关怀古　　　　　　元·张养浩

峰峦如聚，波涛如怒，山河表里潼关路。望西都，意踟蹰，伤心秦汉经行处，宫阙万间都作了土。兴，百姓苦；亡，百姓苦。

指要：

1、此曲又名"苏武持节"，小令与套数兼用，属中吕。

2、全曲四十三正字，共十一句；有九韵，其中四仄韵、二平韵、一为上声韵也可平韵、二为平韵也可上声韵。

3、一句与二句、四句与五句，元人多作对仗。最后四句共八字，两个三字句为重叠语。

醉太平

曲谱：

十一｜—可上▽ 十｜——△ 十—｜十｜｜——△ 十—｜—可上▽ 十—十｜——｜▲ 十—十｜——｜▲ 十—十｜｜——△ 十—｜上可平▼

曲例：

　　　　　　　醉太平·讥贪小利者　　　　　　　元·无名氏

夺泥燕口，削铁针头，刮金佛面细搜求：无中觅有。鹌鹑嗉里寻豌豆，鹭鸶腿上劈精肉，蚊子腹内刳脂油。亏老先生下手！

另一体：

　　　　　　　醉太平·叹世　　　　　　　　　　元·张可久

人皆嫌命窘，谁不见钱亲？水晶环入面糊盆，才沾粘便滚。文章糊了盛钱囤，门庭改做迷魂阵，清廉贬入睡馄饨，葫芦提倒稳。

摘要：

1、又名"凌波曲"，小令、套数兼用，属正宫。

2、全曲四十四正字，共八句；有八韵，其中三平韵、二仄韵、二平韵也可上声韵、一为上声韵也可平韵。

3、此曲另一体为四十八字，其中一、二、四、八句为五字句："十——｜上可平▼"、"十｜｜——△"、"十——｜｜▲"、"十——｜上可平▽"，见以上张可久的《醉太平·叹世》。

4、此两体，首两句多对仗，五、六、七句多为鼎足对。

叨叨令

曲谱：

十一十｜——去▲ 十—十｜——去▲ 十—十｜——去▲ 十—十｜——去▲ 十上可平 也么哥，十上可平 也么哥，十—十｜——去▲

曲例：

叨叨令　　　　　　　　　　元·邓玉宾

白云深处青山下，茅庵草舍无冬夏。闲来几句渔樵话，困来一枕葫芦架。*您省的也么哥，您省的也么哥，煞强*如风波千丈担惊怕。

指要：

1、小令用，属正宫。

2、全曲四十五正字，共七句，有五去声韵。曲例中有五衬字。

3、五、六两句叠用，"也么哥"是定格。

普天乐

曲谱：

｜＋一，一一｜▲＋一＋｜，＋｜一一△＋｜一，一一｜▲＋｜一一一一｜▲＋一一＋｜一一△＋一｜上（可平），＋一＋｜，＋｜一一▽（可上）

曲例：

普天乐·西山夕照　　　　　　元·徐再思

晚云收，夕阳挂，一川枫叶，两岸芦花。鸥鹭栖，牛羊下。万顷波光天图画，水晶宫冷浸红霞。凝烟暮景，转晖老树，背影昏鸦。

指要：

1、小令用，属中吕。全曲四十六正字，共十二句；有六韵，其中三仄韵、二平韵、一为平韵也可上声韵。

2、一句与二句、三句与四句、五句与六句，元人多作对仗。末三句常有对仗，或二句相对，或三句作鼎足对。

驻马听

曲谱：

＋｜一一，＋｜一一一＋｜上（可平）▼＋一一＋｜，＋一一＋｜｜一一△＋一＋｜｜一一△＋一一＋｜一一｜▲｜一一△＋一一＋｜一一｜▲

曲例：

驻马听·歌　　　　　　　　元·白朴

白雪阳春，一曲西风几断肠。花朝月夜，个中唯有杜韦娘。前声起彻绕危梁，

371

后声并至银河上。韵悠扬，小楼一夜云来往。

指要：

1、小令及套数兼用，属双调。

2、全曲四十六正字，共八句；有六韵，一为上声韵也可平韵、三平韵，二仄韵。

3、首四句多作扇面对，即一句对三句、二句对四句。五、六句也可对仗。

人月圆

曲谱：

＋－＋｜－－｜，＋｜｜－－△＋－＋｜，＋－＋｜，＋｜－－△

（幺篇换头）＋－＋｜，｜－＋｜，＋｜－－△｜－＋｜，＋－＋｜，＋｜－－△

曲例：

人月圆　　　　　　　　元·倪瓒

伤心莫问前朝事，重上越王台。鹧鸪啼处，东风草绿，残照花开。　怅然孤啸，青山故国①，乔木苍苔。当时明月，依依素影，何处飞来？

注：①"国"字古为入声字，在《中原音韵》里归入"齐微"部的上声。

指要：

1、小令用，属黄钟。全曲四十八正字，共十一句，有四平韵。此曲体式与词调同。

2、有[幺篇]，须换头：上片首二句为七言、五言句，在下片起始则改作三个四言句。

满庭芳

曲谱：

＋－｜上▼＋－＋｜，＋｜－－△＋－＋｜－－去▲＋｜－－△＋＋｜、－－｜＋＋＋＋－、＋｜－－△－－去▲＋－｜－▽＋｜｜－－△

曲例：

　　　　　　　满庭芳·渔父词　　　　　　　元·乔吉

轻鸥数点，寒蒲猎猎，秋水厌厌。五湖烟景由人占，有甚防嫌。是非海天惊地险，水云乡浪静风恬。村醪酽，歌声冉冉，明月在山尖。

指要：

1、又名"满庭霜"，小令、套数兼用，属中吕。

2、全曲四十九正字，共十句；有九韵，其中四平声韵，二去声韵，一为仄韵也可平韵，一为平韵也可上声韵，一为上声韵也可平韵。

3、第二、三两句、第六七两句可分别作对仗。

折桂令

曲谱：

＋＋＋、＋｜－－△＋｜－－，＋｜－－△＋｜－－，＋－｜｜，＋｜－－△＋＋＋、＋－｜上▼＋＋＋、＋｜－－△＋｜－－△＋｜－－，＋｜－－△

（可平）

曲例：

　　　　　　　折桂令·九日　　　　　　　元·张可久

对青山强整乌纱。归雁横秋，倦客思家。翠袖殷勤，金杯错落，玉手琵琶。人老去西风白发，蝶愁来明日黄花。回首天涯，一抹斜阳，数点寒鸦。

另一体：

　　　　　　　折桂令（次韵①）　　　　　　　元·张可久

唤西施伴我西游，客路依依，烟水悠悠。翠树啼鹃，青天旅雁，白雪盟鸥。人倚梨花病酒，月明杨柳维舟。试上层楼，绿满江南，红褪春愁。

指要：

1、此曲又名"蟾宫曲"、"天香引"、"秋风第一枝"，小令套数兼用，属双调。

2、全曲五十四正字，共十一句；有七韵，其中六平韵、一为上声韵也可

----

① 次韵：古人"和韵"的一种格式，又叫"步韵"，它要求作者用所和的诗的原韵原字，其先后次序也与被和的诗相同，是和诗中限制最严格的一种，就是依次用原韵、原字按原次序相和。

平韵。首句亦可作前三后四式七字句；第五、六两个四字句，可合并为前三后四的七字句。第九句后可增仄仄平平四字句若干。

3、本曲另一体为五十一正字，第一句、七句、八句作六言句，分别为"＋－＋｜－－△"、"＋｜－－｜上▼"、"＋－＋｜－－▽"句式；曲例见以上张可久另一首《折桂令》，首字"唤"为衬字。

十棒鼓

曲谱：－－｜｜▲－－－＋＋｜－＋｜，＋｜－－△＋－｜＋，｜＋－｜＋＋－＋－＋＋－－｜｜－－｜▲｜｜－＋＋－－｜，－｜－－＋＋－＋＋｜｜－－－｜｜▲｜｜－－△

曲例：

十棒鼓　　　　　　元·无名氏

将簪冠戴了，麻袍宽超；拖一条藜杖，自带椰瓢。沿门儿化得，化得皮袋饱；傍人休笑，甘心守分学修道。乐乐陶陶，春花秋月。秋月何时了？心中欢乐；且自清闲直到老，散诞逍遥。

指要：

1、小令用，属双调。

2、全曲六十四正字，曲例有三衬字。共十一句；有十一韵，其中三仄韵、二平韵、六可平韵也可仄韵。

雁儿落过得胜令

曲谱：

[雁儿落]＋－＋｜－▽，＋｜－－去▲＋－＋｜－，＋｜－－去▲

[得胜令]＋｜｜－－△＋｜｜－－△＋｜－－｜，＋－＋｜－▽－－△＋｜－－去▲－－△＋－＋｜－▽

曲例：

雁儿落过得胜令·闲适　　　　　　元·邓玉宾子

乾坤一转丸，日月双飞箭。浮生梦一场，世事云千变。万里玉门关，七里钓鱼滩。晓日长安近,秋风蜀道难。休干,误杀英雄汉。看看,星星两鬓斑。

指要:

1、"雁儿落"与"得胜令"是双调中的两只小令,可独立成曲,也可组合起来成为带过曲。

2、"雁儿落"二十正字,共四句;有三韵,其中一为平韵也可上声韵,二为去声韵。"得胜令"三十四正字,共八句,有七韵,其中四平韵、一去声韵、二为平韵也可上声韵。带过曲共五十四正字,十二句,十韵,其中三去声、四平声韵、三为平韵也可上声韵。

骂玉郎带过感皇恩采茶歌

曲谱:

[骂玉郎] +—+|——去▲++|、|——△+—+|——去▲+|+,—|—,——去▲

[感皇恩] +|——△+|——△|——,—|+,|——△—|+,+|——△|+—,+||,|——△

[采茶歌] |——△|——△+—+||——△+|+——|上▼+—+||——△

曲例:

    骂玉郎带过感皇恩采茶歌·花(四景之二) 元·钟嗣成

千红万紫都争放,要占断早春光。一枝分付娇相向。晓露浓,昼日长,和风荡。 院粉宫黄,国色天香。逞娇柔,增秀媚,竞芬芳。只愁暮晚,风雨相妨。爱芳姿,付密意,动情肠。 向回廊,傍华堂,高烧银烛照红妆。遇景逢时随意赏,也胜潘岳在河阳。

指要:

1、此南吕中的三调不管用为小令或套数,必须连用。

2、带过曲九十正字,共二十一句;有十四韵,其中十平韵、三去声韵、一为上声韵也可平韵。

联律通则

引　言

楹联是中华文化宝库中的独立文体之一，具有群众性、实用性、鉴赏性、久盛不衰。

楹联的基本特征是词语对仗和声律协调。为弘扬国粹，我会集中联界专家将千余年来散见于各种典籍中有关联律的论述，进行梳理规范，形成了《联律通则（试行）》。在一年多的试行实践基础上，又吸纳了各方面的意见进行修改，制订了《联律通则》（修订稿）。现经中国楹联学会第五届第十七次常务会议审议通过，予以颁发。

内　容

第一章　基本规则

第一条　字句对等。一副楹联，由上联下联两部分构成。上下联句数相等，对应语句的字数也相等。

第二条　词性对品。上下联句法结构中处于相同位置的词，词类属性相同，或符合传统的对仗种类。

第三条　结构对应。上下联词语的构成，词义的配合，词序的排列，虚词的使用，以及修辞的运用，合乎规律或习惯，彼此对应平衡。

第四条　节律对拍。上下联句的语流一致。节奏的确定，可以按声律节奏"二字而节"，节奏点在语句用字的偶数位次，出现单字占一节；也可按语意节奏，即与声律节奏有异有同，出现不宜拆分的三字或更长的词语，其节奏点均在最后一字。

第五条　平仄对立。句中按节奏安排平仄交替，上下联对应节奏点上的用字平仄相反。单边两句及其以上的多句联，各句脚依顺序连接，平仄规格一般要求形成音步递换，传统称"平顶平，仄顶仄"。如犯本通则第十条避忌之（3），或影响句中平仄调协，则从宽。上联收于仄声，下联收于平声。

第六条　形成意联。形式对举，意义关联。上下联所表达的内容统一于主题。

第二章　传统对格

第七条　对于历史上形成的且沿用至今的属对格式，例如，字法中的叠语、嵌字、衔字，音法中的借音、谐音、联绵，词法中的互成、交股、转品，句法中的当句、鼎足、流水等，凡符合传统修辞对格，即可视为成对，体现对格词语的词性与结构的对仗要求，以及句中平仄要求则从宽。

第八条　用字的声调平仄遵循汉语音韵学的成规。判别声调平仄遵循近古至今通行的《诗韵》旧声或现代汉语普通话的今声"双轨制"，但在同一联文中不得混用。

第九条　使用领字、衬字、介词、连词、助词、叹词、拟声词，以及三个音节及其以上的数量词，凡在句首、句中允许不拘平仄，且不与相连词语一起计节奏。

第十条　避忌问题。（1）忌合掌。（2）忌不规则重字（3）仄收句尽量避免尾三仄；平收句忌尾三平。

第三章　词性从宽范围

第十一条　允许不同词性相对的范围大致包括：

（1）形容词和动词（尤其不及物动词）；

（2）在以名词为中心的偏正词组中充当修饰成分的词；

（3）按句法结构充当状语的词；

（4）同义连用字、反义连用字、方位与数目、数目与颜色、同义与反义、同义与连绵、反义与连绵、副词与连词介词、连词与介词与助词、连绵字互对等常见对仗形式；

（5）某些成序列（或系列）的事物名目，两种序列（或系列）之间相对，如，自然数列、天干地支系列、五行、十二属相，以及即事为文符合逻辑的临时结构系列等。

第十二条　巧对、趣对、借对（或借音或借义）、摘句对、集句对等允许不受典型对式的严格限制。

第四章　附则

第十三条　本通则作为楹联创作、评审、鉴赏在格律方面的依据。由中国楹联学会解释。

第十四条　本通则自2008年10月1日起施行。2007年6月1日公布的《联律通则（试行）》同时废止。

（中国楹联学会）

后　记

　　我与中华诗词结缘、一发而不能止步，还要追溯到 2000 年 9 月。当时，凭着一篇《谈谈用古诗词进行爱国主义教育》的教研论文，在接到陈图渊副秘书长发来的邀请函后，有幸参加了在深圳举行的全国第十三届中华诗词研讨会。此次盛会空前，诗词界的精英云集，"让中华诗词走进中小学校园"的主题震撼我心。回到怀化市三中后，与语文组的老师们取得共识，随即开始了"中华诗词大步走进三中校园"的课题研究与实施：背诵诗词，学生人手一册语文组编写的《古诗词三百首》；多媒体引进诗词课堂与课外，提高学生鉴赏诗词水平，指导学生写诗；成立舞阳诗社，创办舞阳诗报，激励学生写诗；从 2003 年起，在初一年级开设诗词鉴赏写作课，后来也在高一年级开设诗词创作选修课，前后担任了八年诗词课的专任教师。

　　诗词大步走进校园，教诗育人，诗教创新，怀化市三中培养了一批又一批能写传统诗词与新诗的学生。2003 年 11 月，本人《让学生提笔写诗，开创表现升华情感世界的新天地》一文，获得中国教育学会中学语文教学专业委员会颁发的国家级论文一等奖；2005 年 3 月，三中 24 位同学写的诗词获得中国语文教学研究中心颁发的"第四届中华全国校园文学大赛"奖；2007 年 5 月，本人所教诗词课的 77 位学生写的诗歌，获得了"新国风编辑部"颁发的"全国首届新国风杯青少年儿童文学作品大奖赛"奖，学校因而获得了"中国诗坛希望奖"。

　　不过，在诗教行进中，顾前思后，慨叹全国绝大多数大学本科中文系普遍没有开设诗词写作指导课、在网络书店大致寻找不到一本全面深入探讨诗词曲联鉴赏创作、并适合青少年学子起步入门的指导书的大背景，作为中华诗词学会和全球汉诗总会的会员，立定了要自己动手撰写的大志向。而要如此，诗海茫茫，千头万绪，须分门别类地从中理出思路，寻径探微，又是何等庞杂而艰巨的工作；看来是勉为其难，也只有奋力拼搏而为了。退休后，在原有诗词教学研究的基础上，尽力到书店、网络上去寻找、购买能找到的古今有关诗词鉴赏与创作的书籍文章，广泛地阅读摘录、整理古今名家谈及诗词鉴赏创作的资料，然后汇总分类、分别提出要点与精华，按自有的看法、思路来熔铸、整合，用自己的设想、架构来组织言语，磨合篇章。为此，经常是绞尽脑汁，穷尽智慧。许多时候为了寻找资料，在书海中、网络上一待就是大半天，也不知多少次夜半人静时还在翻寻资料而思考斟酌；有时天还未亮就坐在电脑前敲键疾书，有时思路不畅旬日不敢动笔，有时苦思冥想早晚才智成几句……如此，前后经历八个春秋，虽时有杂务缠身，断断续续、一讲一讲地研究、撰写、推进、定稿，终于汇聚而成既独立又有联系、比较全面系统地论及诗词曲联鉴赏创作的普及型指导书《诗词曲联鉴赏创作二十二讲》。

2015年3月初稿完成后，曾将全书分开章节，请怀化学院、怀化职业学院、怀化市三中的十几位教中文的教授、副教授与特级、高级教师、怀化市三中高一的四十三位爱好诗词并开始写诗的学生阅读并提出意见。得到了认可后，参照他们提出的意见，再融合自己的拷问反思，依据新近搜寻得来的诗词资料，全面进行增删修改，又历时近二年，才最终定稿；并获得中国书籍出版社领导与编辑的认可看重，得以出版。

此书大部分章节，都曾在写作途中或完成后，放到自己的诗词教学中检验并修改过；部分章节曾形成讲座稿，多次到一些中小学、师范、诗词团体进行讲座，受到欢迎。譬如，2013年6月，曾将拙著第十三讲《散曲鉴赏创作》化为多媒体课件，在怀化市三中讲座，邀请部分语文老师与怀化诗联理事参加。麻阳县诗协主席邓明艾现场听课后觉得不错，就邀请我于同年11月17日到县诗协讲座了这一内容。又如，2017年元月13日，面向全国公开发行的湖南怀化《边城晚报》，以略带夸张式的标题《牛！这个班孩子人人能作诗——退休老师陈浩然一小时调教出奇效》，报道了本人到怀化市鹤翔小学为五年级学生指导诗词创作的情况。此次讲课内容《唤醒诗意，模仿写诗》，就是依据本书《诗的作用》《模仿起步》二讲等内容，予以整合改编而成。

与中华诗词结缘十八年，诗海茫茫，教坛碌碌，撰写艰辛，终成一书。虽才力不逮，自顾谫陋，但登高望远，殚精竭虑，是朝着最好的可能，尽最大的努力来写好此书的。不过，诗学无涯，鉴赏创作迷雾重重，区区一书岂能详尽；个人的才识学力有限，书中仍可能有谬误疏漏之处，敬请读者批评雅正。

阅读此书，读者若有批评建言，或有疑惑求解之处，可写信寄往笔者"舞

后 记

阳老陈"邮箱 wylch1708@qq.com；有需要者也可前往与此书配套、笔者在"腾讯课堂"开设的"诗词赏析创作寻径探微"在线课程，快速学习提高；或者搜索关注微信公众号"诗词曲联鉴赏创作二十二讲"，适时分享与此书呼应并有所扩展的干货文章。①

　　埋头教苑复何图，起步赋诗探路途。雄起诗国诗浪涌，甘为诗教马前卒。愿望与努力在我，认可与评价却在于广大读者。倘若拙著能得到一些诗词爱好者的认同赞许，为鉴赏创作诗词曲联者提供或少或多有益的帮助，那就是个人生命中最大价值所在了。

陈浩然

2017 年 11 月 11 日

---

① 要进入腾讯课堂《诗词赏析创作寻径探微》课程，电脑从网上，或手机从 QQ "动态"中，搜索 "腾讯课堂"，再搜 "诗词赏析创作" 或 "学诗赋诗，阔步人生"，点击 "报名" 后即可。还有，要进入《诗词曲联鉴赏创作二十二讲》公众号，只要单击微信顶部的 "搜索"，找到并点击 "公众号"，输入 "诗词曲联鉴赏创作二十二讲"，进入后点击 "关注"，即可；若需查看以往发布的系列消息，只要点击顶部头像进入，再点击 "查看历史消息"，就可看到。

图书在版编目（CIP）数据

诗词曲联鉴赏创作二十二讲/陈浩然著.—北京：中国书籍出版社，2017.12
ISBN 978-7-5068-6609-5

Ⅰ.①诗… Ⅱ.①陈… Ⅲ.①诗词—诗歌欣赏—中国②散曲—鉴赏—中国③对联—鉴赏—中国 Ⅳ.①I207

中国版本图书馆CIP数据核字（2017）第287063号

诗词曲联鉴赏创作二十二讲

陈浩然　著

策划编辑	王星舒
责任编辑	王星舒
责任印制	孙马飞　马　芝
版式设计	中尚图
出版发行	中国书籍出版社
地　　址	北京市丰台区三路居路97号（邮编：100073）
电　　话	（010）52257143（总编室）（010）52257140（发行部）
电子邮箱	eo@chinabp.com.cn
经　　销	全国新华书店
印　　刷	三河市顺兴印务有限公司
开　　本	710毫米×1000毫米　1/16
字　　数	401千字
印　　张	24.5
版　　次	2018年2月第1版　2018年2月第1次印刷
书　　号	ISBN 978-7-5068-6609-5
定　　价	49.00元

版权所有　翻印必究